外 国 文 学 名 著 丛 书

〔苏联〕鲍利斯·帕斯捷尔纳克／著

日瓦戈医生

张秉衡／译

"外国文学名著丛书"编委会

人民文学出版社
PEOPLE'S LITERATURE PUBLISHING HOUSE

БОРИС ПАСТЕРНАК
ДОКТОР ЖИВАГО
据 Доктор Живаго (Ann Arbor：University of Michigan Press，
1959，2. Print) 译。

图书在版编目（CIP）数据

日瓦戈医生／(苏)鲍利斯·帕斯捷尔纳克著;张秉衡译. —北京：人
民文学出版社，2022 (2024.5重印)
（外国文学名著丛书）
ISBN 978-7-02-015561-3

Ⅰ.①日… Ⅱ.①鲍…②张… Ⅲ.①长篇小说—苏联
Ⅳ.①I512.45

中国版本图书馆 CIP 数据核字(2022)第 027838 号

责任编辑　李丹丹
装帧设计　刘　静
责任印制　王重艺

出版发行　人民文学出版社
社　　址　北京市朝内大街 166 号
邮政编码　100705

印　　刷　北京盛通印刷股份有限公司
经　　销　全国新华书店等

字　　数　483 千字
开　　本　850 毫米×1168 毫米　1/32
印　　张　22.75　插页3
印　　数　5001—8000
版　　次　2013 年 5 月北京第 1 版
印　　次　2024 年 5 月第 2 次印刷

书　　号　978-7-02-015561-3
定　　价　98.00 元

鲍利斯·帕斯捷尔纳克

出 版 说 明

　　人民文学出版社自一九五一年成立起,就承担起向中国读者介绍优秀外国文学作品的重任。一九五八年,中宣部指示中国科学院文学研究所筹组编委会,组织朱光潜、冯至、戈宝权、叶水夫等三十余位外国文学权威专家,编选三套丛书——"马克思主义文艺理论丛书""外国古典文艺理论丛书""外国古典文学名著丛书"。

　　人民文学出版社与中国科学院文学研究所,根据"一流的原著、一流的译本、一流的译者"的原则进行翻译和出版工作。一九六四年,中国社会科学院外国文学研究所成立,是中国外国文学的最高研究机构。一九七八年,"外国古典文学名著丛书"更名为"外国文学名著丛书",至二〇〇〇年完成。这是新中国第一套系统介绍外国文学作品的大型丛书,是外国文学名著翻译的奠基性工程,其作品之多、质量之精、跨度之大,至今仍是中国外国文学出版史上之最,体现了中国外国文学研究界、翻译界和出版界的最高水平。

　　历经半个多世纪,"外国文学名著丛书"在中国读者中依然以系统性、权威性与普及性著称,但由于时代久远,许多图书在市场上已难见踪影,甚至成为收藏对象,稀缺品种更是一书难求。在中国读者阅读力持续增强的二十一世纪,在世界文明交流互鉴空前频繁的新时代,为满足人民日益增长的美好生活的需要，人民文学出版社决定再度与中国社会科学院外国文学研究所合作，以"网罗经典，格高意远，本色传承"为出发点，优中选优，推陈出新，出版新版"外国文学名著丛书"。

值此新版"外国文学名著丛书"面世之际，人民文学出版社与中国社会科学院外国文学研究所谨向为本丛书做出卓越贡献的翻译家们和热爱外国文学名著的广大读者致以崇高敬意！

"外国文学名著丛书"编委会

二〇一九年三月

编委会名单

目　次

译 本 序

帕斯捷尔纳克是一九五八年的诺贝尔文学奖获得者。他一生致力于探索艺术表达的最佳途径,文学创作的心路历程坎坷曲折,个人生活与命运跌宕起伏。在小说《日瓦戈医生》出版之前,他一直以诗人的形象在俄罗斯文学圈里生活;但是,小说《日瓦戈医生》的问世,不仅使帕斯捷尔纳克的文学史地位完全改观,而且使其一跃而成为二十世纪世界上屈指可数的伟大作家。《日瓦戈医生》是世界上传播最广的当代小说,对二十世纪的文学、文化与历史均产生了重要的影响。帕斯捷尔纳克的创作,经受了完整的现、当代文学史的考验,成为艺术观念和文学成果的标准与标志。《日瓦戈医生》的写作成就,穿越了文学视野中的"史诗"解读和历史文化空间中的社会学认识,成为"当代圣经"和旷世之文学经典。

对帕斯捷尔纳克的评价,迄今为止最有分量的仍然是女诗人茨维塔耶娃的看法:"帕斯捷尔纳克是伟大的诗人。他现在比所有的人伟大:因为大多数人属于过去时,有一些人是现在时,而他一个人属于将来时。"很多评论家都认为翻开帕斯捷尔纳克的书是很困难的,而《日瓦戈医生》这部小说所"笼罩的迷雾"似乎更为多重,不唯艺术上的理解困难,关于小说是否是一部纯文学文本的争辩就已经绵延了半个多世纪之久。但是，《日瓦戈医生》的存在境况及其解读只能使读者对小说的深度和广度越发兴趣浓烈。俄罗斯文化大家德·利哈乔夫院士认为，帕斯捷尔纳克"鲜活地触摸到了所有时代所有民族之人类文化和风格的一致性，触摸到了'艺术的贯通性形象'"。这说明，日瓦戈医生这一艺术形象集中展示了当代俄罗斯文学所具有的形而上学特质的人类精神和美学思想的高度与广度。

一

帕斯捷尔纳克一八九〇年二月十日出生于莫斯科。父亲是画家，母亲为钢琴家。他于一九〇八年考入莫斯科大学法律系，第二年转入哲学部，最终获得了哲学学士学位。一九一六年至一九一九年，帕斯捷尔纳克的文学成就包括出版诗集《生活，我的姐妹》、中篇小说《柳维尔斯的童年》、散文《寄自图拉的信》以及阐述艺术观点的论文《几个论断》。此后至一九四五年前，出版的作品主要有：诗体小说《斯佩克托尔斯基》、长诗《施密特中尉》、自传性作品《保护证》、随笔集《军中之旅》和《辽阔的大地》，此外还翻译了格鲁吉亚两大诗人塔比泽和亚什维利的作品以及莎士比亚的《哈姆雷特》；一九四五年至一九五五年，他致力于撰写长篇小说《日瓦戈医生》，翻译莎士比亚的《李尔王》和歌德的《浮士德》，写下了精神的巅峰诗作《圣诞之星》……帕斯捷尔纳克履行的是俄罗斯文学传统中代代承继的作家使命。一九四七年，他在上下求索半生之后，全力投入了他自己称为"童话"的警世恒言的创作之中，置外界的一切质疑于不顾，悲喜交集地进入自己的天命之年。

《日瓦戈医生》是诗歌与小说的合集。帕斯捷尔纳克在创作的早期把诗歌的哲理性视为重要建构内容，这固然与他醉心于哲学有关，但不能否认的是，避免各种现代主义诗歌流派的侵袭是不能忽略的因素，他与白银时代的诗歌流派关系紧密，写过论文《象征主义与永生》，但是他对各种思潮有着极强的消化能力，最终坚持了自己独特的诗歌理念。一九四〇年前后，帕斯捷尔纳克的诗歌已经完成了从"物"至"人"的过渡与转变，创作中的自然界逐渐出现以人为中心的抒情篇章，人的精神世界、人看世界的方法、人对历史范畴的认识，都进入了他的创作思维。作家对创作的边界认识更清晰了，不再满足于诗歌或是中短篇小说的创作。他这样界定自己向长篇小说创作的转向："我认为抒情诗歌已无法表达我们经验的博大性与宏伟度。生活变得太沉重了，太复杂了，而小说最善于表现我们需要的价值观念。我在自己的长篇小说中试图把它表现出来。"同时代的女诗人阿赫玛托娃认为，帕斯捷尔纳克没有诗歌"学徒期"，这也适用于他的小说创作。体裁一旦确定，创作的主题如潺潺溪水一般进入构思，这也得益于帕斯捷尔纳克在翻译工作中对以莎士比亚、歌德为代表的世界文化的理解。世界的本质、生活的意义、人的使命与义务、永恒与不朽等等主题，都引发了作家的创作激情。经过了大半生战争与革命的洗礼，对于再造个人的文学生命，帕斯捷尔纳克没有犹豫。在投入《日瓦戈医生》写作的十年中，诗歌作为插入文本源源不断地进入小说章节中，二十五首诗歌成为解读小说的"秘钥"。这其中，有与莎士比亚互文的《哈姆雷特》一诗，有透视神性的《客西马尼的林园》一诗，有论复活的,有论生死的,有论爱的精神的,有论艺术的,有论自然的,有论人和历史的,有论善恶的……莎士比亚巨大而潜在的文本意义,浮士德形象的文化历史观照,帕斯捷尔纳克的哲学体悟,都进入了这部长篇小说。

二

《日瓦戈医生》是一部当代经典,它的文本文化是对俄罗斯文学审美的信赖与提升。日瓦戈医生这一文学形象,进入了美国学者汤普逊(Ewa M. Thompson)所提出的"俄国文化圣愚"的行列。这个人物的精神特点是与当代小说文本文化相一致的。在二十世纪古典英雄退场、当代英雄被视为凡人的情况下,如何演绎文本中匡扶正义的人物呢?帕斯捷尔纳克给出的答案显然是文学化的,塑造的人物具有不可忽视的、惊人的精神容量。

以医生的眼光来揭示历史文化中的疾患,以治疗之可能与否来隐喻历史文化的病态模式,这是文学史上从不缺席的文本追求。医生这个形象"悬壶济世"的审美价值和历史伦理,面对的是"病态"的文化和存在的荒谬。帕斯捷尔纳克有意识地选择描写一个风云激荡的时代,但主人公却不是叱咤风云、振臂一挥、应者云集的英雄。这足以说明,作者的构思建立在一个毫不隐讳的批判意识之上。俄罗斯千百年来的文化积弊,在历史的转折关头凸显出特别明显的"世纪病",弥漫在医生这个形象周围。医生履行自己的职责,细致观察并进行诊断,虽然他并没有被骗进"第六病室",但显然,这个焦虑的观察者对于救治是无能为力的,他的"药方"属于未来。

小说从医生行医环境的变化开始叙述他的"异质"。表面上看,这是一个专业困境:"医院里已经开始分化。对那些迟钝得让医生感到愤懑的四平八稳的人来说,他显得是个危险分子;在那些政治上走得很远的人看来,他的色彩还不够红。他就是落到这样一种不上不下的处境:对这部分人显得落后,对那部分人又难以接近。"日瓦戈医术精湛,却屡遭排挤,并以专业类别审查的借口被赶到前线军医院"闻闻火药味儿"。必须为政治问题站队,这是试图感染到医生身上的第一个严峻的"时代病症"。医生带着全家逃离了莫斯科,生活的其他元素就重新回到了他的精神世界,他身心愉悦地开始接触古典艺术,冥思古今历史,以诗歌、治病、读书为特征的真、善、美不断在他的精神世界中升华碰撞,他的生命激情勃发。道德问题、政治问题、哲学问题、美学问题、社会问题以及宗教(信仰)问题,在离开莫斯科以后变成了个人化的思考,这既是寻求对话的一种方式,同时也是对话语境一步步消失的过程。莫斯科这个空间承担了政治、思想、文化病态流行的功能,"三年间的各种变化,失去音讯和各种转移,战争,革命,动荡,枪击,种种死亡和毁灭的场面,被炸毁的桥梁,断裂,大火——所有这一切霎时都化为毫无内容的巨大空虚。"所以,以为是心旷神怡地一步步接近自己的温暖的家,然而……不是的,作者把小说的第六章命名为"莫斯科宿营地",而不是温暖的家园之所在。"朋友们都变得出奇地消沉了。每个人似乎都失去了自己的天地、自己的见解。在记忆中,他们的形象原本是更加鲜明的。看来从前他对他们的评价过高了。"连儿子也不亲近他,在妈妈的百般呼唤中,"恶狠狠地照他脸上打了一巴掌"……作者当然希望"一切野蛮政治化"的新生活退场，但是，"要想回到原先那种被中断了的生活，首先应该结束现在这种新生活。将来会有这一天的，会有的。不过，究竟是什么时候，什么时候呢？"所以，必须承认，日瓦戈医生不再热心行医，浪迹西伯利亚冰天雪地是对二十世纪知识分子命运的典型预言。政治立场的分化吞噬了知识分子赖以生存的精神世界（遑论专业），它所要求的随波逐流是二十世纪人性缺失和信仰失落的根源。小说中理性和感性空间不断切换，使帕斯捷尔纳克的批判充满了理性言说。

小说中的科马罗夫斯基这个人物延伸出来的是过去的线索。日瓦戈医生与他的全部交往都集中在"过去的秩序"上。日瓦戈医生对这个"过去"深恶痛绝。然而，医生面前的这个"病人"身上所集中的人性信仰缺失及其所带来的政治投机主义症状，却如噩梦般如影随形。他的阴影贯穿全书，他本人是下一代悲剧的根源。他的外表冠冕堂皇，但已经秃顶；他的地位如此显赫，但只是一名"睥睨一切"的猥琐律师；他的作为是如此的无耻之尤，但一直大行其道，毫无阻碍；……他的秘密是如此之多，它的轨迹竟不能淹没于历史……它是"真"走向"假"的范例，是日瓦戈时刻警醒的现实压力和历史包袱。

第一，科马罗夫斯基这个人物在小说中是一个"提线木偶"的操纵者。日瓦戈医生从小极力摆脱的"物质的、庸俗的、破坏性的、无耻的力量"在律师身上激荡不已。他在排斥所有社会制度、意识文化形态和知识层面的人性与信仰。他生活舒适优裕，穿着考究，家里纤尘不染，小狗名贵，他每一次出场时几乎都满不在乎地高谈阔论，但他所做的一切无人受益，一大批中年人的丰厚资产被他这个滑头律师盘剥殆尽，他还将魔爪伸向下一代的生活；他对一切的变革与动荡都了然于胸，在任何事情上为自己分争得一杯羹，而且是最大的一部分利益。因此，"科马罗夫斯基"这个名字，意味着黑暗，意味着秘密，意味着道德沦丧。他从事的职业看似理性，但是，他混沌的内心一直盛行着欺骗与谎言，毫无理性可言。小说选择这个人物并从视觉形象上烘托他所造成的阴影，反映了作家在这个角色设置上的尽量微观考察的构思。科马罗夫斯基这个人物的评价体系反映了果戈理在《外套》中的名言："在人的身上才没有人性。"日瓦戈医生精神飞升的过程，对应的正是科马罗夫斯基堕落的轨迹。法律的阐释者和维护者，却正是社会秩序的破坏者！这个正义的维护者其实是自私的代名词。就是在这样的情境之下，他想到的是避免立案、要弄到"拉拉行凶时已经丧失了自制力的精神病鉴定，争取把此案撤销"，除了自保，他对自己的下流和邪恶毫无反省之意。《日瓦戈医生》是一部抽象的小说，但涉及科马罗夫斯基的片段总有形象化的细致描写，这是医生认识过去世界的最重要途径，它必须是不模糊的，必须是具象的。

第二，科马罗夫斯基是日瓦戈和拉拉对谈的主要内容之一。日瓦戈患伤寒之后和拉拉在瓦雷金诺有一场对谈，谈的是"生活腐化"的那个人，"更让人厌恶的人"，"在旧时代享受一切、无所不为、不劳而食的有了一把年纪的人"，"虚伪、庸俗而又自信"的人，"不讲道德并且自得其乐的平庸之辈"，这种鉴定已经是显性的"离弃"——日瓦戈医生和拉拉在远离这个曾经的熟人和恶人的时候，把科马罗夫斯基纳入"过去时"，就像把他和他所代表的历史放入密封的容器就地封存。被践踏的爱，被毁掉的生活，都被归结到道德，日瓦戈深深同情拉拉往日所遭受的痛苦,理解她因"跌过跤"而产生的美……他们在回忆往事的时候,都明白了命运的奇诡,明白了屈从并不是生活的路径。他们卸下的是昨天的负担,他们都以为科马罗夫斯基已经成为僵死的过去,但是却仍然心有余悸,日瓦戈说:"如同忌妒传染一样我忌妒科马罗夫斯基,他会在什么时候把你抢去,就像有朝一日你或我的死把我们分开一样。"不料,一语成谶。

　　第三,在"重归瓦雷金诺"一章中出现的科马罗夫斯基,是"从十二月份的夜间黑暗里走来"的,对于自己即将飞黄腾达颇为自负,滔滔不绝的长篇大论里夹杂着谎言和对他要再次伸出"贼手"的人的"死亡威胁",他的所谓"可靠的消息来源"和关于"加入远东政府任司法部部长"的憧憬,对日瓦戈医生和拉拉的生活再次造成了不可挽回的冲击。他摇身一变,又成了适合"共产主义的方式……这个尺寸的人"。这正是历史的吊诡之处——正直善良的人都进入了"清算旧账"的黑名单,"若是不想出什么办法防备危险,你们的自由,可能甚至连生命都指日可数了。"帕斯捷尔纳克所写的历史足够直白,一点儿也不隐讳它的黑暗之处,科马罗夫斯基的发迹与为某些家族"办过事","一半是秘密的,一半是在苏维埃政权公开放任下筹建的政府密使……"也就是说,国内战争是一场自己人打自己人的内战,但是有理所当然地从中捞到好处的人,别人别处流血牺牲、骨肉分离、满目疮痍,都是投机分子钻营的好时机。科马罗夫斯基为了自己的职位稳固,必须抓在手上的一个筹码就是拉拉。他还把拉拉的女儿的安危说得无比动听感人,最后却无情地抛弃了她们。帕斯捷尔纳克用巧合的方式来写自己与科马罗夫斯基的"相遇",用这样的手法来探讨历史的偶然性中的必然性,把良知的丧失当作历史中最为惨痛的一页,诊断出历史以战争、革命、暴力这样狂飙突进的方式冲向世纪悬崖的深刻的人性病理学原因。

实际上,小说中对暴力、革命、自己人分化为两个阵营等等有很多表述,日瓦戈医生在被迫参战的时候无法确定向哪一方开枪,只好"照着枯树开枪",并伺机救助敌方伤员,但是,伤员养好伤之后并不念及救助之恩,表示要继续回来与他们作战。因此,安季波夫(斯特列尼科夫)这个人物的设置与日瓦戈医生的精神史具有辩证的关系,他是历史的"现在进行时",是理智与情感、忏悔与自省、言说与行动的搏斗史的写照。小说中,大雪、火车、道路、狼群、梦境,无一不是革命暴力时期严酷环境的写照。如果从世俗的观点说日瓦戈是沿着自己奉行的人道主义之路却一步步地失掉了职业,失却了家园,成为革命时代落魄的知识分子,那么,安季波夫就是按着理想主义方式离妻弃女,义无反顾地投入了时代的洪流,痴迷于革命与暴力,从一个痛恨旧世界的中学教师变成了铁甲列车上偏激、狂热、冷酷的政委。作为一名工人的儿子,安季波夫的勤奋和好学并没提升他的思考力,他没有日瓦戈医生那种对生活本质的认识,他对那种"未经渲染的"生活一无所知,日瓦戈医生紧张思考的未来、天国、新生,对安季波夫来说都是陌生的。但是,作家对这个人物倾注了最大的热情,重点不是写他的外貌,而是花费大量的笔墨来描述他的气质和禀赋,他的性格和才干。小说中安季波夫占据了最戏剧性的情节。比如,拉拉枪击科马罗夫斯基之后在拉拉住处窗下徘徊的痴情恋人,新婚之夜跌入人生低谷的新郎,参军之后变成斯特列尼科夫的六亲不认的冷酷政委,自杀之前到瓦雷金诺与日瓦戈医生长夜倾谈的"在俄国的俄国人"……这些小说情节每一处都震撼人心,形象地总结了一个纯洁的人变成暴力代名词的历史过程。

拉拉"在那些有广泛意义的问题上,在生活的哲学方面"来理解自己的丈夫,因为"哪儿还谈得到妻子!是那个时代吗?这是世界无产阶级,宇宙大改造,完全是另一回事。"日瓦戈和拉拉理解这个人物,完全是建立在对他的行为举止和行动方式深刻了解之上,他不与政治上同源的父亲相认,不顾妻子和女儿之所在炮轰尤里亚金,是因为"曾经一度把人类从偶像崇拜之中解放出来的这些人,如今又同样大批献身于从社会恶行中进行人类的解救,但对自身的解脱却无能为力,不能摆脱对已经过时并已经失去意义的陈腐说法的忠诚,不能超越自己并且不留痕迹地消失在其他人之中,而这些人的宗教基础是他们亲自建立的,若是对之有很好的理解,这些人本该是对他们非常接近的。很可能是压制和迫害造成了这种无益的、致命的态势,产生了只能带来灾难的这种勇于献身且又腼腆的独特状态,不过在其中也有内在的衰颓和多少世纪以来累积的历史劳乏。"即理解人类历史悲剧不断重演的时候,应该看到的是不断重复的文化缺陷,安季波夫这个人物的塑造符合小说对当代历史的自觉认知,历史不是简单的几个蛇蝎之人的所作所为,而是一个内在的文化符码在不断生成其所需要的各个序列。安季波夫作为斯特列尼科夫的历史体验之旅,既是他个人精神生活的内在形式,也是日瓦戈医生俯瞰社会、洞穿当代历史的基本视野。

安季波夫自杀之前的崩溃的理性,说明他的全部信仰和生活的目的都已经流失在社会变革过程中的耻辱和罪恶之中，这与日瓦戈医生的历史观形成了鲜明的对比并互相映衬。进退失据的困兽，是俄罗斯、也是人类百年历史的真正困境。

三

完整的女性形象赋予小说最为独特的生命意象和文本隐喻网络。对拉拉、冬妮娅和一系列女性形象的塑造形成了日瓦戈连接精神世界与现实世界的桥梁，她们都具有历史见证人的特质。帕斯捷尔纳克对"究竟谁更了解生活"这一问题给出了奇异的"童话构思"，这是一部思辨小说的重要特征：女性形象是对扭曲世界的修正，她们对生活的虔诚理想和对生活本质的认识，使日瓦戈身上的道德判断散射开来，在理智与情感、现实与理想以及对话与交流的图式中，女性是确保日瓦戈对外失语而对内拥有对话、对谈权利的屏障。换言之，女性形象流露出了小说强烈的悲剧审美意识。

小说中两位母亲的死亡，是日瓦戈的精神世界与现实世界隔膜的开始。为了文学化地表达一个十岁小孩的精神源头，帕斯捷尔纳克果断地选择了从葬礼开始的叙事。什么是葬礼呢？就是哭泣与独白将占据生者的身心。从葬礼开篇来贯彻《新约》中的七大观念（上帝观、基督观、信仰观、救赎观、圣灵观、伦理观和末世观），借此建立小说的信仰拓本，这使帕斯捷尔纳克成为世界文学中"隐喻解经"现代化文本的创造者。身处地狱，经至炼狱，仰望天堂，人物不断经历生死，主人公不断在旅程和返程之间移动，这个追寻的框架是当代俄罗斯人的"神迹"，正如列夫·托尔斯泰所说，"基督教不是神学，而是对生活的崭新的理解"。日瓦戈医生从这种文化中领略出来的首先是"善"的意义。

冬妮娅这个人物在小说的意义网络中占据的是失乐园的主题。由于叙事的主因素并不在男女关系或者家庭的离合之间，而在日瓦戈医生的独特的思想体验中。那么，跟随冬妮娅这一形象的"日瓦戈精神"主要是信札。作为插入文本的组成部分，这些文字的意义是无限的。冬妮娅在生活中并不接受"不妥当和不合时宜"，在他们夫妇的对话之前，连冬天的到来都是"事先估计的那样"。在"一切都处于所有习惯的生活基础正在破坏与改造之中，都拼命要抓住即将逝去的生活"这个关键点上，日瓦戈夫妇移居到遥远的西伯利亚，到尤里亚金原先的领地瓦雷金诺去了。一路上历经艰辛，但是，在泛滥的水面就要淹没路基的时候，冬妮娅认真地发现了丈夫的"问题"，说他"整个人是由各种矛盾构成的"，在清醒与酣睡之间难以理解，以后要找个时间跟他好好谈谈。在这个外省的新天地（实际上是旧领地），他们一家"躲进小楼成一统"，日瓦戈开始写各种札记，干各种体力活，不知疲倦地读丘特切夫的诗歌，读《战争与和平》《叶甫盖尼·奥涅金》《罪与罚》《双城记》《红与黑》，接着冬妮娅怀孕了，她的贞洁、安静、温顺、利索、力量都被医生写进了札记，他们没完没了地谈艺术，从普希金的诗歌格律讨论到涅克拉索夫的三音步诗的长度，从普希金到契诃夫的稚气讨论到果戈理、托尔斯泰和陀思妥耶夫斯基的生死观……不仅如此，日瓦戈的神秘的同父异母弟弟"奇迹"般地来到这里住了大约两个星期，以至于日瓦戈写道："有了一些迹象说明我们的生活条件确实正在改变。"但是，遽然之间，一切生活的轨迹都改变了：医生在回家的路上被游击队"征用了"，丈夫在失踪之前的负心令她作为妻子承受了巨大的打击，她在痛苦之中生下了他们的女儿并仓皇回到了莫斯科；但是随着她的伯父所在党派受到整肃，她和一家人被迫出国侨居，她给日瓦戈的长信是一封此生难见的永久告别信，日瓦戈"对窗向外望着，外面下的似乎不是雪，而是不停在读着的冬妮娅的信，风掀起来闪过眼前的不是冰晶似的干雪粉粒，却是信上黑色字母之间露出的一个个纸的空白，没有尽头的空白。"妻离子散淹没了日瓦戈医生生命中过去的一切美好，时代终于像一座大山一样倒下了。

拉里莎·费奥多罗夫娜（拉拉）这个形象是小说中所有分散主题的统一点，是小说巨大结构的支撑点，是这部小说中所有问题的答案。日瓦戈与拉拉的每一次重逢，都意味着双方的精神觉醒。拉拉在婚前受到科马罗夫斯基的诱惑，婚后被丈夫无情地抛弃，在她每一个生活的重要节点——母亲因发现女儿被诱骗而愤懑地企图自杀的旅馆、枪击科马罗夫斯基的舞会现场、伤兵满员的前线军医院、暴风雨中静谧的尤里亚金图书馆、战乱中的世外桃源瓦雷金诺——都发现了日瓦戈医生的身影。是的，拉拉在生活中所受到的创伤和蹂躏、她成为一个被侮辱被损害的人的经历，引起了日瓦戈的一系列郑重的思考：旅馆中是最初的"她"觉醒，是人、性、男女之别的认知；在枪击现场，日瓦戈痛彻心扉的是生命的觉醒；而西伯利亚的每一次重逢中，日瓦戈所看到的拉拉是精神和身份发生了彻底重生的蜕变：她面对家庭变故、独自抚养孩子，在革命和战争的阴云之下，她没有了先前的歇斯底里和狂暴的复仇之心，对自己在雷霆万钧之下的生活泰然处之，冷静平和，不动声色。教师、护士、图书管理员，这些身份都在暗示在一个暴虐无道的时代奉行真、善、美的生活原则。日瓦戈医生对这一切的发现是惊人的，他认为拉拉是永恒的女性的化身！她是在历史的惊涛骇浪中与野蛮的丛林文化争辩的文明法则的化身！她住的房子在"有雕像的房子"对面，"这座住宅的许多根柱子上都有古代缪斯神的雕像，神像手里拿的是红方块王牌、竖琴和面具"。他们讨论的议题如此广泛，但中心却是"生活本身、生活现象和生活的赐予，又是何等引人入胜、非同小可啊！为什么要用生生臆造的儿童闹剧，用契诃夫笔下的学生逃学去偷换生活？"他们坚决反对将自己人分成两个不同阵营的荒谬，意识到独立思考的精神需要。日瓦戈对拉拉的不同时期的认识和理解，托举了拉拉这个形象的从容不破的包容精神，她本身就是一部苦难史，她的承受是这个世界赖以存在的前提，她包容过全世界，同时也失去了整个世界。

拉拉是小说中所有人物关系的说明和思想纽带。她与科马罗夫斯基、安季波夫、日瓦戈的同父异母的哥哥叶夫格拉夫都有交集，她是过去、现在和未来的说明书。日瓦戈和拉拉的对谈无所不包，"命运之书将我们写在一行"，她的"显性"的人生经历（青少年时代——科马罗夫斯基，青年时代——安季波夫，中年时代——日瓦戈，中老年时代——叶夫格拉夫）与日瓦戈医生表面上平淡不惊的生活构成了一个事物的两面。因此，科马罗夫斯基对日瓦戈的影响在日瓦戈医生看来是遥远的、间接的，有别人告诉他，"这个就是教会你父亲喝酒并害死他的那个人"，但日瓦戈对父亲的印象是模糊的，而拉拉的认识是清晰和决绝的；日瓦戈见过斯特列尼科夫，但拉拉只认安季波夫，甚至对于哥哥日瓦戈认识到的是亲情，而拉拉在革命与战争之后想到的是与哥哥商量保存和出版日瓦戈的作品手稿！她照料战乱中分娩的日瓦戈的妻子冬妮娅，等待迷途的丈夫，为了所爱的人的安危甘愿被科马罗夫斯再次裹挟而去……这种勇敢的担当而不是无端的焦虑，成为小说中暴虐世界的拯救力量。而日瓦戈医生对拉拉的爱正是对这种力量的人道主义原则的确认。他们的爱，离弃的是庸俗社会学中的政治意识形态以及历史空间中多层的蒙昧主义形态。有相当多的研究将拉拉视为俄罗斯本身的象征，从这个形象的概括性的容量来看，这丝毫也不奇怪。拉拉这个形象，是帕斯捷尔纳克为俄罗斯人、为现代人类规定的信仰维度，在一切都粗俗化了的现代社会，拉拉是不可替代的"艺术警示"。

在人类漫长的历史中，"丛林法则"和"文明法则"如影随形，却存在着不可调和的矛盾。以文学的方式，站在哲理的高度，用不朽的形象，充分而细致地诠释人性在现代社会中的境遇，帕斯捷尔纳克为此项使命付出了沉重的代价，在期待读者"视野融合"的阅读的意义上，使文本超越了他的时代，功莫大焉！

四

小说《日瓦戈一生》的俄文版本众多，仅近三十年来就有上百个俄文版本问世；英文、意大利文、法文和西班牙文等版本在二〇〇〇年至二〇二一年不断出现，中文版本在一九七九年至二〇一九年有不同出版社的近十种之多。帕斯捷尔纳克的著作出版名目的变化，是值得严肃的文学史撰写者和读者深思的。从世界闻名的"禁书"到洛阳纸贵的人手一册之

"口袋书",从"经典名作"到"中小学馆藏书系列选",从跨入"俄罗斯二十世纪文学经典"行列到入选"世界百部经典首选文学杰作",《日瓦戈医生》作为"命运之书"的境遇与品格可见一斑。

文学从古典到现代的每一个进阶都耸立着一座座作家的纪念碑,帕斯捷尔纳克是新近奠基的一座而已。对小说《日瓦戈医生》的阅读,是每一位读者拜谒作家的起点。

冯 玉 芝
二〇二一年三月十九日于南京河西

上　卷

第一章　五点的快车

一

　　他们走着，不停地走，一面唱着《永志不忘》。歌声休止的时候，人们的脚步、马蹄和微风仿佛接替着唱起这支哀悼的歌。

　　行人给送葬的队伍让开了路，数着花圈，画着十字。一些好奇的便加入到行列里去，打听道：

　　"给谁送殡啊？"回答是："日瓦戈。""原来是他。那就清楚了。""不是他，是他女人。""反正一样，都是上天的安排。丧事办得真阔气。"

　　剩下不多的最后这点儿时间也无可挽回地流逝了。"上帝的土地和主的意志，天地宇宙和芸芸众生。"神甫一边念诵，一边随着画十字的动作往玛丽娅·尼古拉耶夫娜的遗体上撒了一小把土。人们唱起《义人之魂》，接着便忙碌起来，合上棺盖，把它钉牢，然后放入墓穴。四把铁锹飞快地填着墓坑，泥土像雨点似的落下去。坟上堆起了一个土丘。一个十岁的男孩踏了上去。

　　在隆重的葬礼将要结束的时候，人们往往有一种迟钝和恍惚的感觉。正是在这种情况下，大家觉得这个男孩似乎要在母亲的坟上说几句话。

这孩子扬起头，从高处失神地向萧瑟的荒野和修道院的尖顶扫了一眼。他那长着翘鼻子的脸顿时变得很难看，脖颈伸直。如果一头狼崽也这样仰起头来，谁都知道它马上就要号叫。孩子用双手捂住脸，失声痛哭起来。迎面飞来的一片乌云洒下阴冷的急雨，仿佛用一条条湿漉漉的鞭子抽打他的手和脸。一个身着黑衣、窄袖上镶了一圈皱襞的人走到坟前。这是死者的兄弟，是正在哭泣的孩子的舅舅，名叫尼古拉·尼古拉耶维奇·韦杰尼亚平，是个自愿还俗的神甫。他走到孩子跟前，把他从墓地领走了。

二

他们过夜的地方是修道院里的一间内室，这是靠着过去的老关系才给舅舅腾出来的。正值圣母节①的前夕。明天，这孩子就要和舅舅到南方一个很远的地方，到伏尔加河畔的一个省城去。尼古拉神甫在当地一家办过进步报纸的书局里供职。火车票已经买好，单间居室里放着捆扎停当的行李。从邻近的车站那边，随风传来远处正在调车的火车头如泣如诉的汽笛声。

到了晚上，天气骤然变冷了。两扇挨近地面的窗户，朝向周围种着黄刺槐的不值得观赏的一角菜园，对着大路上一个结了冰的水洼和白天埋葬了玛丽娅·尼古拉耶夫娜的墓地那

---

① 圣母节，东正教的宗教节日，在10月14日（俄历10月1日）。

头。除了几畦冻得萎缩发青的白菜以外,园子里空空荡荡。一阵风吹来,一丛丛落了叶的刺槐便发疯似的晃来晃去,向路边俯下身去。

夜里,敲窗声惊醒了尤拉。幽暗的单间居室不可思议地被一道晃动的白光照得很亮。尤拉只穿一件衬衣跑到窗前,把脸贴在冰冷的玻璃上。

窗外看不见道路,也看不到墓地和菜园。风雪在院子里咆哮,空中扬起一片雪尘。可以这样想象,仿佛是暴风雪发现了尤拉,并且也意识到自己的可怕的力量,于是就尽情地欣赏给这孩子造成的印象。风在呼啸、哀号,想尽一切办法引起尤拉的注意。雪仿佛是一匹白色的织锦,从天上接连不断地旋转着飘落下来,有如一件件尸衣覆盖在大地上。这时,存在的只有一个无与匹敌的暴风雪的世界。

尤拉从窗台上爬下来,头一个念头就是要穿好衣服到外面去干点儿什么。他担心修道院的白菜被雪埋住,挖不出来;他害怕风雪在荒野里湮没了母亲,而她无力抗拒,只能离他更远、更深地沉睡在地下。

结果仍然只是流泪。舅舅醒了,给他讲基督的故事,安慰他,后来打了一个呵欠,踱到窗前,沉思起来。他们开始穿衣服。天色渐渐发白。

三

母亲在世的时候,尤拉还不知道父亲早已遗弃了他们,一个人在西伯利亚的各个城市和国外寻欢作乐,眠花宿柳,万贯家财像流水一般被他挥霍一空。尤拉常听人说,父亲有时住在彼得堡，有时出现在某个集镇，但经常是在伊尔比特集市上。

后来，病魔缠身的母亲又染上了肺痨。她开始到法国南方和意大利北部去治疗，尤拉曾经陪她去过两次。就这样，在动荡不定的环境中，在一连串哑谜似的事件中，在常常变换的陌生人的照料下，尤拉度过了童年。他已经习惯于这些变化，而在无止境的不安定的情况下，父亲不在身边也就不使他感到奇怪了。

当初那个时代，许多风马牛不相及的东西都要冠上他家的姓氏，不过那时他还是个很小的孩子呢。有过日瓦戈作坊，日瓦戈银行，日瓦戈公寓大楼，日瓦戈式领结和领带别针，甚至有一种用甜酒浸过的圆点心就叫日瓦戈甜饼。另外，无论在莫斯科的哪条街上，只要朝车夫喊一声"到日瓦戈公馆！"，那就等于说："到最远的地方去！"小雪橇就会把您送到一个很远的地点。在您周围是一处幽静的园林。落在低垂的云杉枝杈上的乌鸦，扑撒下树上的寒霜。它们"呱、呱"的聒噪，仿佛干枝爆裂时的脆响，传送到四面八方。几条纯种猎狗从林间小径后面的几幢新房子中间跑出来，越过了大路。它们跑来的那个方向，已经亮起了灯火。夜幕降临了。

突然间这一切都烟消云散了。他们家破了产。

四

一九〇三年的夏天，尤拉和舅舅并排坐在一辆四轮马车上，顺着田野驶向纺丝厂主、知名的艺术赞助者科洛格里沃夫的领地杜普梁卡，去拜访教育家兼普及读物作家伊万·伊万诺维奇·沃斯科博伊尼科夫。

正赶上喀山圣母节，也是收割大忙的时候。可能恰好是吃午饭的时间，或者也许是因为过节，田野里不见一个人影。阳光暴晒下还没有收割完的庄稼地，就像是犯人剃了一半头发的后脑勺。小鸟在田野上空盘旋。没有一丝风，地里的小麦秆挺立着，垂下麦穗。离大路稍远的地方堆起了麦垛，如果长时间地凝望过去，它们就像是些活动的人形，似乎是丈量土地的人沿着地平线边走边往本子上记什么。

"这一片地呢？"尼古拉·尼古拉耶维奇向书局的杂役兼门房帕维尔问道。帕维尔斜身坐在驭者的位置上，拱着腰，一条腿搭在另一条腿上，这就表明他不是真正的车夫，赶车并非他的本行，"这片地是地主的还是农民的？"

"这一片是老爷们的。"帕维尔一边答话，一边点着了烟，"那边的一片，"他用力吸了一口，烟头闪出了红火，停了半晌才用鞭鞘指着另一边说，"才是农民的呢。驾！又睡着了？"他不时地朝马吆喝，又不住地斜眼看马背和马尾，仿佛火车司机不停地看气压表。

这两匹牲口也和天下所有拉车的马一个样，辕马天生憨厚，老实地跑着，拉边套的马不知为什么像个十足的懒汉。

尼古拉·尼古拉耶维奇带来了沃斯科博伊尼科夫写的一本论述土地问题的书的校样。因为书刊审查制度越来越严，书局要求作者重新审阅一遍。

"乡下的老百姓造反了。"尼古拉·尼古拉耶维奇说，"潘科夫斯克乡里杀了个做买卖的人，烧了地方自治局的种马场。对这类事你怎么看？你们乡里的人怎么说？"

帕维尔的看法原来比一心想打消沃斯科博伊尼科夫对土

地问题的热情的书刊审查官还要悲观。

"他们怎么说？对老百姓太放纵了，宠坏了，就是这么说的。对待我们这些人能这样吗？要是由着农民的性子，他们会自己互相卡脖子，我敢向上帝发誓。驾！又睡啦？"

这是舅舅和外甥第二次到杜普梁卡去。尤拉以为记得这条路。每当田野向两旁远远地延伸开去，前后一望仿佛被树林镶上一条细边的时候，他觉得马上就能认出那个地方，从那儿起大路应该朝右转，拐过弯去，科洛格里沃夫庄园的全景就会展现在眼前，还有那条在远处闪闪发亮的河以及对岸的铁路，不过这一切很快又会从视野中消失。可是，每次他都认错了。田野接连不断，四周是一片又一片的树林。不断变换的一片片田野令人心旷神怡，情不自禁地产生出幻想并思考未来的渴望。

使尼古拉·尼古拉耶维奇日后成名之作，那时连一本也没有写出来，不过他的想法已臻成熟。他还不知道，造就他的时势已经迫近了。

这个人必将跻身于当代作家、教授和革命哲学家的行列并将崭露头角。他思索的是他们所考虑的所有命题，但是除了那些通用的术语外，他同他们迥然不同。那些人都抱残守缺地信奉某些教条，满足于咬文嚼字，不求甚解。然而尼古拉神甫担任过神职，体验过托尔斯泰主义和革命，并且不停地继续探索。他热心追求的思想，应该是可以鼓舞人的东西，在前进中如实地指明种种不同的道路，能使世间的一切趋于完善；它有如横空的闪电或滚滚的雷鸣，即便是黄口小儿和目不识丁的人都可闻可见。他渴求的是崭新的观念。

同舅舅在一起，尤拉觉得非常愉快。舅舅很像妈妈，同她一样,也是个崇尚自由的人,对自己不习惯的东西不抱任何成见。他像她一样,怀着同一切人平等相处的高尚感情。他也像她一样,对一切事一眼就能看穿,并且善于用最初想到的方式表达自己的思想。

尤拉很高兴舅舅带他到杜普梁卡去。那是个很美的地方,它的景色会让他记起酷爱大自然、常常带他一同散步的妈妈。另外使尤拉高兴的是,又可以同寄居在沃斯科博伊尼科夫家里的一个名叫尼卡·杜多罗夫的中学生见面。尤拉觉得尼卡可能看不起他,因为比他大两岁,每次问好的时候尼卡总是握住手用力往下拉,头垂得很低,头发披下来遮住前额,挡住了半边面孔。

五

"赤贫问题之关键——"尼古拉·尼古拉耶维奇读着修改过的手稿。

"我认为最好改用'实质'。"伊万·伊万诺维奇边说边在校样上做必要的改动。

他们是在一个带玻璃棚的昏暗的凉台上工作的。眼睛还可以分辨出地上乱放着的喷水壶和园艺工具。一把破椅子的靠背上搭了一件雨衣。墙角立着一双沾了干泥巴的沼泽地用的水靴,靴筒弯到地上。

"同时,死亡与出生的统计也表明——"尼古拉·尼古拉耶维奇口授着。

"应该加上年度统计。"伊万·伊万诺维奇边说边写了下来。

凉台上透风。小册子的书页上压着花岗石块,免得让风掀起来。

修改结束以后,尼古拉·尼古拉耶维奇急着回家。

"要有雷阵雨,该回去了。"

"没有的事,我不放你走。我们这就喝茶。"

"天黑以前我必须赶回城里去。"

"说什么也没用,我不管你这些。"

从房前小花园刮进茶炊的烟煤味,冲淡了烟草和茉莉花的味道。仆人们正把熟奶油、浆果和奶渣饼从厢房端过去。这时候又听说帕维尔已经到河里去洗澡,把马也牵去了。尼古拉·尼古拉耶维奇只好答应留下来。

"趁着准备茶点的工夫,咱们到悬崖上去看看,在那儿的长凳上坐会儿。"伊万·伊万诺维奇提议。

因为是多年的至交,伊万·伊万诺维奇便占用了家资富有的科洛格里沃夫的管家住的两间厢房。这幢小屋子和屋前的花圃,坐落在大花园的一个阴暗、荒芜的角落里,门前是一条半圆形的旧林荫路。林荫路杂草丛生,如今已经没有往来的车辆,只有垃圾车经过这里,往堆放干垃圾的一条沟谷里倒土和废弃的砖石料。科洛格里沃夫是个既有进步思想又同情革命的百万富翁,目前正和妻子在国外旅行。住在庄园里的只有他的两个女儿娜佳和莉帕,还有一位家庭女教师和为数不多的仆人。

生机盎然的黑绣球花长成一道稠密的篱笆,把管家的小院同整个花园、池塘、草地和老爷的住宅隔开。伊万·伊万诺维奇和尼古拉·尼古拉耶维奇从外面沿着这道开满鲜花的篱笆走着,每走过同样距离的一段路,前方绣球花丛里就有数量相同的一群麻雀飞出来，使这道篱笆荡起一片和谐的啁啾声，仿佛在尼古拉·尼古拉耶维奇和伊万·伊万诺维奇前面有一条流水淙淙的管道似的。

他们走过暖房、园丁的住房和一座不知道做什么用的石头建筑物的废墟。

"有才能的人并不少。"尼古拉·尼古拉耶维奇说道，"不过，目前盛行各式各样的小组和社团。任何一种组织起来的形式都是庸才的栖身之地，无论他信奉的是索洛维约夫①，是康德，还是马克思。寻求真理的只能是独自探索的人，和那些并不真正热爱真理的人毫不相干。世界上难道真有什么值得信仰的吗？这样的事物简直是凤毛麟角。我认为应该忠于不朽，这是对生命的另一个更强有力的称呼。要保持对不朽的忠诚，必须忠于基督！啊，您又皱眉头了，可怜的人。您还是什么也没有听懂。"

"嗯。"伊万·伊万诺维奇支吾了一声。淡黄色的细鬈发和两绺翘起的胡须（他不时地把胡子捻成一缕，用嘴唇去够它的两端）使他很像个林肯时代的美国人，"我当然不会表示意见。您也知道，对这类事我的看法完全不同。对了，顺便问一下，能不能告诉我您是怎么被免去教职的？我早就想问问。是不是胆怯了？革出教门了吗？"

"您不必把话扯开。就是革出教门又怎么样？别说啦，已经用不着再诅咒这些了。总之，是摊上了几件晦气的事，到现在还受影响呢。比方说，相当长的时期内不得担任公职，不

---

① 索洛维约夫（1846—1879），俄国民粹派革命家，参加过土地与自由社，在伏尔加河流域从事革命活动。1879 年 4 月 2 日在彼得堡刺杀沙皇亚历山大二世未遂，被处绞刑。

允许到京城去。不过这些都无所谓。还是言归正传吧。方才我说过,要忠于基督。现在就来讲讲这个道理。您还不懂得,一个人可以是无神论者,可以不必了解上帝是否存在和为什么要存在,不过却要知道,人不是生活在自然界,而是生存于历史之中。按照当前的理解,历史是从基督开始的,一部《新约》就是根据。那么历史又是什么? 历史就是要确定世世代代关于死亡之谜的解释以及对如何战胜它的探索。为了这个,人类才发现了数学上的无限大和电磁波,写出了交响乐。缺乏一定的热情是无法朝着这个方向前进的。为了有所发现,需要精神准备,它的内容已经包括在《福音书》里。首先,这就是对亲人的爱,也是生命力的最高表现形式,它充满人心,不断寻求着出路和消耗。其次,就是作为一个现代人必不可少的两个组成部分:个性自由和视生命为牺牲的观点。请注意,这是迄今为止最新颖的观点。在这个意义上,远古是没有历史的。那时,只有被天花弄成麻脸的罗马暴君所干出的卑鄙的血腥勾当,他丝毫也意识不到每个奴役者都是何等的蠢材。那时,只有被青铜纪念碑和大理石圆柱所夸大的僵死的永恒。只是在基督降生之后,时代和人类才自由地舒了一口气。只是在他以后,后代人的身上才开始有了生命,人不再死于路旁沟边,而是终老于自己的历史中,死于为了战胜死亡而从事的火热的劳作中,死在自己为之献身的主要任务中。唉,俗话说得真不错——讲的人大汗淋漓,听的人一窍不通!"

"这是玄学,我的老兄。医生禁止我谈玄学,我的胃口也消受不了。"

"让上帝保佑您吧。算了,您不愧是个幸运儿! 这儿的景色真美,简直叫人看不够!身在福中不知福,住在这儿的人反而感觉不到。"

往河面上看去,令人目眩。河水在阳光下起伏不停地流着,如同整块的铁板,突然间又皱起一条条波纹。一条满载着马匹、大车、农夫和农妇的渡船,从这边向对岸驶去。

"想不到刚过五点钟。"伊万·伊万诺维奇说道,"您瞧,那是从塞兹兰开来的快车,总在五点零几分从这儿经过。"

在平原的远处,一列明显的黄蓝颜色的火车从右向左开去,因为距离很远,显得很小。突然,他们发现列车停住了。机车上方升起一团团白色的蒸汽。稍后,就从它那里传来了警笛的响声。

"奇怪,"沃斯科博伊尼科夫说,"可能出事了。它没理由在那片沼泽地停车。准是发生了什么事。咱们回去喝茶吧。"

六

尼卡既不在花园,也没在屋子里。尤拉猜对了,他是有意躲避他们,因为觉得和他们在一起枯燥乏味,况且尤拉也算不上是他的伙伴。舅舅和伊万·伊万诺维奇到凉台上工作去了,于是尤拉有机会一个人漫无目的地在房子附近走走。

这儿真是个迷人的地方!每时每刻都能听到黄鹂用三种音调唱出清脆的歌,中间似乎有意停顿,好让这宛如银笛吹奏的清润的声音,丝丝入扣地传遍四周的原野。馥郁的花香仿佛迷了路,滞留在空中,被溽暑一动不动地凝聚在花坛上!这使人想起意大利北部和法国南部那些避暑的小村镇!尤拉一会儿向右拐，一会儿又转到左边，在悦耳的鸟啼和蜂鸣中似乎听到了妈妈在天上的声音飘扬在草地上空。尤拉周身颤抖，不时产生一种错觉，仿佛母亲正在回答他的呼喊，召唤他到什么地方去。

他走近一条沟谷，沿着土坡走下去，从上边覆盖着的稀疏、干净的林木中间下到长满赤杨树丛的谷底。

这里潮湿而晦暗，地面上到处是倒下的树木和吹落的果实。花很少，枝节横生的荆树杈桠很像他那本插图版《圣经》里面的刻着埃及雕饰的权标和拐杖。

尤拉越来越感到悲伤，情不自禁地想哭。他双膝跪倒在地，放声痛哭。

"上帝的天使，我的至圣的守护神，"尤拉作起祷告，"请指引我的智慧走上真理之路，并且告诉妈妈，我在这儿很好，让她不要牵挂。如果死后有知，主啊，请让妈妈进入天国，让她能够见到光耀如星辰的圣徒们的圣容。妈妈是多么好的一个人啊！她不可能是罪人。上帝啊，对她发慈悲吧，不要让她受苦。妈妈！"在心肝欲碎的痛苦中，他向上天呼唤着，仿佛呼唤上帝身边一个新的圣徒。他突然支持不住，昏倒在地上。

他昏厥的时间不长，苏醒后听到舅舅在上边的什么地方叫他。尤拉回答了一声，便向上走去。这时他忽然想起，还不曾像玛丽娅·尼古拉耶夫娜教给他的那样为自己那杳无音信的父亲祈祷。

可是一时的昏迷过后，他觉得心情很好，不愿失掉这种轻快的感觉。他想，如果下次再替父亲祈祷，也不会有什么不好。

"他会耐心等着的。"尤拉这么想着。对自己的父亲，他几乎没有任何印象。

七

在火车的一间二等卧车厢里，坐着从奥伦堡来的中学二年级学生米沙·戈尔东和他的父亲戈尔东律师。这是个十一岁的男孩子，沉思的面孔上长着一对乌黑的大眼睛。父亲是到莫斯科供职，孩子随着去莫斯科念中学。母亲和姐妹们已经先一步到达，正忙于布置新居。

男孩和父亲在火车上已过了两个多昼夜。

被太阳照得像石灰一样白的灼热的尘雾中，飞快地掠过俄罗斯：田野和草原，城市和村庄，大路上行驶着络绎不绝的大车，笨重地拐向铁道路口，从飞驰的列车上看去，车队仿佛是静止的，只见马匹在原地踏步。

每到一个大站，乘客们便忙不迭地跑向小卖部，西斜的太阳从车站花园的树林后边照到他们匆匆移动的脚步，照亮车厢下的车轮。

世界上任何个人的独自活动都是清醒而目标明确的，然而一旦被生活的洪流汇聚在一起，就变得混沌不清了。人们日复一日地操心、忙碌，被切身的利害所驱使。不过要不是那种在最高和最主要意义上的超脱感对这些作用进行调节的话，这作用也不会有什么影响。这个超脱感来自人类生存的相互关联，来自深信彼此之间可以相互变换，来自一种幸福的感觉，那就是一切事物不仅仅发生在埋葬死者的大地上，而且还可以发生在另外的某个地方，这地方有人叫作天国，有人叫作历史，也有人另给它取个名称。

对这条法则来说,这个男孩却是个伤心而沉痛的例外。忧郁始终左右着他,无牵无挂也不能使他轻松和振作。他自知身上有着继承下来的特性,常常以一种神经过敏的警觉在自己身上捕捉它的征兆。这使他痛心,伤害着他的自尊。

从记事的时候起他就始终觉得奇怪,为什么有的人体质发育得同旁人并无二致,言语、习惯也与常人无异,却不能成为和大家一样的人,只能得到少数人的喜爱,却要遭到另一些人的嫌弃。他无法理解这样一种状况,就是如果生来低人一等,便永远不可能改善处境。做一个犹太人意味着什么?为什么他还需要生存?这个只会带来痛苦的无能为力的名称,能得到什么报偿或者公正的解释?

当他请求父亲回答这些问题的时候,父亲便说他的出发点是荒谬的,不应该这样判断事物,但也提不出让米沙认为深刻的想法,使他在这个摆脱不掉的问题面前无言地折服。

因此,除了父母以外,米沙渐渐对成年人充满了蔑视,是他们自己把事情弄糟而又无法收拾的。他相信,长大以后他一定要把这一切弄个一清二楚。

就拿眼前发生的这件事来说,谁也不能判定他父亲向那个冲到车厢门口的精神病人紧追过去的举动不对;谁也不能说那个人用力推开格里戈里·奥西波维奇、拉开车门、如同从跳板上跳水似的从快车上倒栽葱跳到路基上不对,他当时不应该让火车停下。

正因为扳了紧急制动闸的不是别人,而是格里戈里·奥西波维奇,结果列车才这么不明不白地停了下来。

谁都不了解火车耽搁下来的缘由。有人说是突然停车损坏了汽动刹车装置;也有人说是因为列车停在一个坡道上,没有一个冲力机车就启动不了。同时又传来另一个消息，说死者是个很有地位的人，他的随行律师要求从离这里最近的科洛格里沃夫卡车站找几位见证人来作调查记录。这就是为什么司机助手要爬到电话线杆上去的原因，大概检道车已经在路上了。

车厢里隐隐约约可以闻到有人想用盥洗水冲净厕所时发出的气味，还有一股用油腻的脏纸包着的带点儿臭味的煎鸡肉的味道。几位两鬓已经灰白的彼得堡的太太，被火车头的煤烟和油脂化妆品弄得一个个活像放荡的茨冈女人，可是照旧往脸上扑粉，拿手帕擦着手掌，用低沉的吱吱哇哇的声音谈天。当她们用头巾裹住肩膀、走过戈尔东的包房的时候，拥挤的过道就成了打情骂俏的地方。米沙觉得她们正在用沙哑的声音抱怨着什么，要是从她们把嘴一撇的模样来判断，仿佛是说："哎呀，您说说看，这可是多么让人激动呀！我们可和别人不一样！我们是知识分子！我们可受不了！"

自杀者的尸体躺在路基旁边的草地上。一条已经发黑的凝结的血印，很清楚地横过死者的前额和眼睛，好像在他脸上画了个一笔勾销的十字形符号。血仿佛不是从他身体里面流出来的，倒像是旁人给贴上去的一条药膏，一块干泥，或者是一片湿桦树叶。

好奇的和抱着同情心的人围在死者身边，去了一批，又来一批。他的朋友，也就是和他同车厢的那个身体健壮、神态傲慢的律师，仿佛裹在汗湿的衬衣里的一头种畜，麻木地紧皱着眉头站在那里望着死者。他热得难过，不停地用帽子扇风。无论问什么，他都似理不理地耸耸肩膀，连身子都不转，回答说："一个酒鬼。这难道还不清楚？这是典型的酒狂病的下场。"

一个身穿毛料连衣裙、披着一条带花边的头巾的消瘦的妇人,两三次走到死者身边。这是两名火车司机的母亲,上了年纪的寡妇季韦尔辛娜。她带着两个儿媳免票坐在三等车上。那两个女人把头巾裹得很低,一声不响地跟在她后面,像是修道院长身后的修女。周围的人对这三位妇女肃然起敬,给她们让开了路。

季韦尔辛娜的丈夫是在一次火车事故中被活活烧死的。她在离死者几步远的地方停下来,为的是在这儿能从人群的中间看得更清楚一些。她不住地叹息,仿佛在比较两起意外事故。"人的命运都是生来注定的。"她似乎在这样说,"你瞧,天主要是让他生出个什么傻念头,就一定躲不开,放着荣华富贵不去享受,偏要到这儿来发疯。"

所有的乘客都到尸体这里来过,只是因为怕丢了东西,才又回到车上去了。

当他们跳到路基上,舒展一下筋骨,摘儿朵野花,小跑儿步的时候,大家都有一种感觉,似乎只是因为意外停车才来到了这个地方,如果没有这件不幸的事,这片起伏不平的沼泽草地,这条宽阔的河和对岸上那高耸的教堂和漂亮的房子,好像原本在世界上就不存在似的。

就连那太阳也像是当地特有的,含着傍晚的羞涩照耀着路轨旁边发生的这个场景,悄悄地向它接近,有如附近牧放的牛群中的一头小牛,走到路基跟前,向人群张望。

米沙被这意外的事惊呆了,一开始竟因为怜悯和惊吓而哭了起来。在漫长的旅途中,这个现在自杀了的人曾经到他们的车厢里来过几次,一连几个小时同米沙的父亲谈话。他说,最使人神往的是心灵的纯洁、宁静和对尘世的领悟。他还向格里戈里·奥西波维奇问了许多法律上的细节,以及有关期票、馈赠、破产和伪造等方面的诉讼问题。

"啊,原来是这样!"他对戈尔东的解释表示惊讶,"您所说的都是宽大的法令。我的律师提供的情况可不一样。他对这些问题的看法要悲观得多。"

每当这个神经质的人安静下来以后,他的律师就从头等车厢过来拉他到有公共客厅的车厢去喝香槟酒。这就是那位身体结实、态度傲慢、脸刮得精光而且衣着考究的律师,如今正俯身站在死者身旁,显出一副见怪不怪的神气。旁观者无法摆脱这样一种感觉:他的委托人经常处于情绪激动的状态,这在某种程度上似乎正合他的心意。

父亲说,死者是个有名的富翁,一个和善的、对自己的一半行为已然不能负责的鞭身派①的信徒。他当着米沙的面毫无顾忌地谈起和米沙年纪相同的自己的儿子和已故的妻子,说到后来同样被他抛弃的第二个家。讲到这儿他又突然想起了另外的什么事,脸色由于惊恐而变得苍白,谈话也显得语无伦次。

他对米沙流露出一种无法解释的怜爱,这可能是对另一个人的眷恋的反映。他不断地送给米沙一些东西。为了此事,一到大站他就要跑到头等车的旅客候车室去,那里有书摊,还出售各种玩具和当地的纪念品。

他一边不停地喝酒,一边抱怨说已经有两个多月不能睡

---

① 鞭身派,从俄罗斯正教会分离出来的基督教派的一支,主张基督永远复活和再现,人能同"圣灵"直接交往。

觉了，只要酒意一消，哪怕是一会儿工夫，就得忍受一般人无法想象的痛苦。

直到结束生命前的最后一分钟，他还跑到车厢里来，抓住格里戈里·奥西波维奇的手，想要说什么，但又没能说出口，然后就跑到车门口的平台上，从车上跳了下去。

米沙翻看着小木箱里一套乌拉尔的矿石标本，这是死者最后送给他的。忽然，周围的一切都震动起来，在另一条轨道上驶来了一辆检道车。从那车上跳下来一个制帽上缀着帽徽的侦查员、一位医生和两名警察。传来了打着官腔谈公事的说话声，提出了几个问题并且做了笔录。几个乘务员和两名警察沿着路基往上拖尸体，脚下还不住地在沙土上打滑。不知是哪一个农妇放声哭了起来。乘客被请回车厢，拉响了汽笛。列车开动了。

八

"又是那个讨厌的家伙！"尼卡恶狠狠地想着，在屋子里走来走去。客人的说话声越来越近，已经没有退路了。卧室里放了两张床，一张是沃斯科博伊尼科夫的，另一张是尼卡的。尼卡没怎么考虑就钻到第二张床底下。

他听见人们在找他，在另外一个房间里喊他，对他不在觉得奇怪。过后，他们就到卧室来了。

"唉，有什么办法，"韦杰尼亚平说道，"进去吧，尤拉，也许一会儿就能找到你的同伴，那时再一块玩吧。"

他们谈了一会儿彼得堡和莫斯科的大学生骚动，让尼卡在这个荒唐而丢脸的藏身之处受困二十分钟。最后，他们终于到凉台上去了。尼卡轻轻地打开窗户,跳了出去,走进花园。

今天他觉得很不舒服,前一天夜里没有睡觉。尼卡已经年满十三岁,他感到烦恼的是还被人当成小孩子看待。他整整一夜没有睡,黎明时从厢房走了出来。太阳已经升起,在花园的地面上洒下露水沾湿的斑驳的长长的树影。影子并不阴暗,而是深灰色的,像湿毛毯一样。清晨沁人心脾的芳香,似乎就从这片湿润的土地上升起,树影中间透出条条光线,仿佛女孩子纤细的手指一般。

突然有一条水银似的带子,像草尖上的露珠一样在离他几步远的地方流过。它不停地流过去,也不向土里渗透。骤然间这带子猛地弯向一边,消失不见了。原来是条赤练蛇。尼卡打了一个冷战。

他是个很奇特的孩子,兴奋的时候就大声地自言自语。他仿效母亲,也喜欢高谈阔论,追求一些怪僻的想法。

"活在世界上真是美妙!"他心中在想,"不过为什么又要常常为此而痛苦呢?当然,上帝是存在的。不过,上帝要是存在的话,他就是我。现在我就给这白杨下命令。"他朝一棵从树梢到树干都在微微颤动的白杨(这棵树濡湿、发亮的叶子仿佛是用马口铁剪成的)看了一眼,这么想着,"我这就给它下命令。"他像发疯似的用全力克制自己不发出声音,却用整个身心和全部血肉祝祷着,想象着,"你给我停止!"杨树立刻顺从地一动不动了。尼卡高兴得笑起来,接着就跑下河里游泳去了。

他的父亲杰缅季·杜多罗夫是个恐怖主义分子,曾被判处绞刑,后来蒙沙皇特赦才改服苦役。他母亲是出身于格鲁吉亚的埃里斯托夫家族的郡主，是个性情乖张但还很年轻貌美的女人，总是醉心于某些事情，比如同情暴动和反抗分子，主张极端的学说，吹捧著名的演员，帮助可怜的失意人，等等。

她宠爱尼卡，把他的名字变幻出一连串毫无意义的、温存而又傻气的昵称，像什么"伊诺切克"或"诺亲卡"之类，把他带到梯弗里斯给亲戚们看。在那里，最使他惊奇的是院子里的一棵枝叶繁茂的树。那是一棵粗壮的热带巨树。它那大象耳朵一般的叶子遮住了南方的灼热的晴空。尼卡无论如何也不习惯于认为这是一棵树，是一种植物，而不是动物。

让孩子使用父亲的可怕的姓名是要担风险的，所以伊万·伊万诺维奇征得妮娜·加拉克季奥诺夫娜的同意，准备上书沙皇陛下允许尼卡改用母亲的姓氏。

就在他躲在床下对世界上的许多事情感到愤懑不平的时候，也想到了这件事。沃斯科博伊尼科夫算个什么人，怎么能这样过分地干涉他的事？等着看他会怎样教训他们吧！

还有那个娜佳！难道因为她十五岁，就可以翘鼻子，像对待小孩子一样和他讲话吗？瞧着吧，要给她点儿厉害看看！"我恨她，"他自言自语地反复说了几遍，"我要杀死她！叫她去划船，把她淹死。"

妈妈倒是盘算得挺好。她走的时候肯定是骗了他和沃斯科博伊尼科夫。她在高加索一天也没有停留，就在最近的一个枢纽站换车北上，到了彼得堡以后又和大学生们一起枪击警察。可是他却该在这鬼地方活活地烂掉。不过，他一定要把所有的人都捉弄一番。把娜佳淹死，离开学校，到西伯利亚去找父亲发动起义。

池塘四面长满了睡莲。小船钻进稠密的睡莲丛中，发出干涩的窸窣声。只有空隙的地方才露出池水,仿佛是西瓜汁从切口当中渗了出来。

尼卡和娜佳开始采摘睡莲。两个人同时抓住了一枝如同橡皮筋一样绷得紧紧的结实的茎干,结果被它拖到一起,头碰到了一块儿。小船就像被钩竿搭住似的向岸边漂去。莲梗绞在一起,越来越短,只见一朵朵白花绽开艳丽的花心,仿佛带血的蛋黄,一忽儿沉到水里,一忽儿又淌着水珠浮出水面。

娜佳和尼卡继续摘花,把小船压得越来越斜,两个人几乎是并排地俯在倾斜的船舷上。

"我已经讨厌念书了,"尼卡说,"已经到了挣钱谋生、走上社会的时候了。"

"可是我正要请你讲讲联立方程式哪。我的代数不行,差一点儿要补考。"

尼卡觉得她的话里有刺。不用说,这是提醒他还是个小孩子呢。联立方程式!尼卡根本还没尝过代数是什么滋味哪。

他丝毫没有露出受了侮辱的样子,故意满不在乎地问了一句话,但是立刻就觉得太蠢了:

"长大以后,你要嫁给谁呢?"

"噢,这还早着呢,不过可能谁都不嫁。我还没想过这事。"

"请你别以为我对这件事很感兴趣。"

"那为什么要问呢?"

"你是傻瓜。"

他们开始争吵起来。尼卡想起了早晨他曾经十分讨厌女人的心情。他警告娜佳说,如果还继续说混话,就把她淹死。

"你试试看吧。"娜佳回答说。

他拦腰一把将她抱住，两个人挣扎起来，结果失去重心，一齐跌到了水里。

两个人都会游泳，不过睡莲有些缠手缠脚，而且还够不到底。最后，他们总算踩着陷脚的淤泥，蹚水走到岸边。水像小溪一样从两个人的脚下和口袋里流出来。尼卡感到很疲乏。

如果这事发生在不久以前，比如说今年的春天，他们一定会这样浑身湿透地叫嚷、嘲骂或是哈哈大笑起来。

可是现在他们却都一言不发，还喘不过气来，由于刚才发生的荒唐事而感到压抑。激怒的娜佳默默地生着闷气。尼卡周身疼痛，手脚和两肋像是被棍子打了一顿。

最后，娜佳像个大人那样轻轻地说了声："神经病！"尼卡也像个成人似的说："请原谅！"

两个人朝住宅的方向走去，仿佛是两只水桶，在身后留下一道湿漉漉的印迹。他们走的路穿过一片有蛇出没的土坡，就离尼卡早晨见到赤练蛇的地方不远。

尼卡想起了夜间自己那种奇怪的精神昂奋状态，想起了黎明时刻和清晨曾经使大自然听命的那种无所不能的力量。现在该命令她做什么呢？尼卡在想。他如今最需要的又是什么？他似乎觉得最需要的是什么时候能和娜佳再次一起滚到水里去，而且现在就情愿付出很大的代价以弄清这个希望是否会实现。

第二章　来自另一个圈子的姑娘

一

同日本的战争还没有结束，另外的事件突然压倒了它。革命的洪流激荡着俄罗斯，一浪高过一浪。

在这个时候，一位比利时工程师的遗孀、已经俄国化的法国女人阿玛莉娅·卡尔洛夫娜·吉沙尔，带着儿子罗季翁和女儿拉里莎从乌拉尔来到莫斯科。她把儿子送进武备中学，女儿送到女子寄宿学校，正好和娜佳·科洛格里沃娃同校、同班。

吉沙尔太太从丈夫手里得到一笔有价证券，先前的行情曾经上涨，目前却正往下跌。为了财产不受损失和避免坐吃山空，吉沙尔太太从女裁缝的继承人手里买了一处不大的产业，就是坐落在凯旋门附近的列维茨卡娅缝纫作坊，取得了使用老字号的权利，照应先前的老主顾并留用了全体裁缝女工和学徒。

吉沙尔太太这么办，完全是听从了丈夫的朋友、自己的保护人科马罗夫斯基律师的劝告。此人是个精通俄国事务、沉着冷静的实干家。这次举家迁移，是她和他事先通信商定的。

科马罗夫斯基亲自来到站迎接,并且穿过莫斯科全城把他们送到在军械胡同"黑山"旅店租下的一套带家具的房间。把罗佳①送进武备中学,是他的建议;拉拉②入学的女子学校,也是经他介绍的。他以漫不经心的神气和这个男孩子开着玩笑,同时用令人脸红的目光盯着那个女孩子。

二

在搬进作坊三间一套的小小住宅之前,她们在"黑山"住了将近一个月。

那一带是莫斯科最可怕的地方,聚居着马车夫,有整片街道专供寻花问柳,是许多下等妓女穷困潦倒的所在。

不整洁的房间、屋里的臭虫和简陋的家具,这都不会让孩子们感到奇怪。父亲死后,母亲一直生活在贫困的恐惧当中。罗佳和拉拉已经听惯了说他们全家处于死亡边缘之类的话。他们知道自己还算不上是流落街头的穷孩子,可是在有钱人的面前总像是被孤儿院收留的孩子那样忐忑不安。

他们的母亲就是这样一个整天生活在提心吊胆之中的活榜样。阿玛莉娅·卡尔洛夫娜年已三十五岁,体态丰满,一头黄发,每当心血来潮的时候总要做些蠢事。她胆子小得出奇,对男人怕得要命。正因为是这样,才由于惊吓而张皇失措地从一个男人的怀抱投入另一个男人的怀抱。

在"黑山",她家住的房间是二十三号,二十四号在他们

---

① 罗佳,罗季翁的爱称。

② 拉拉,拉里莎的爱称。

搬入之前就住着一位大提琴手特什克维奇。这人是个好出汗、秃顶上戴着扑粉假发的和事佬，每逢要说服别人，两手就像祈祷似的合起来放到胸前，在音乐会上演奏的时候，头向后仰着，兴奋地闪动着眼睛。他常常不在家，往往一连几天都留在大剧院或者音乐学院。这两家邻居已经彼此熟悉了，在相互照应中接近起来。

有孩子们在跟前，科马罗夫斯基每次来访都让阿玛莉娅·卡尔洛夫娜觉得不方便，于是特什克维奇走的时候，就把自己房间的钥匙留给她接待朋友。对他这种自我牺牲的精神，吉沙尔很快也就习以为常，甚至有好几次为了逃避自己的保护人，她噙着眼泪敲他房门求他保护。

三

这是幢平房，离特维尔街的拐角不远。可以感觉到布列斯特铁路干线就在附近，因为隔壁就是铁路职工宿舍、机车修理厂和仓库。

奥莉娅·杰明娜每天回家就是往那个方向去。这个聪颖的女孩子是莫斯科商场一个职员的侄女。

她是个很能干的学徒，是当初的商场老板物色到的，如今很快要出师了。奥莉娅·杰明娜非常喜欢拉拉。

一切还都保持着列维茨卡娅在世时的老样子。在那些满面倦容的女工脚踏或手摇之下，缝纫机发狂般地转动着。有些人坐在椅子上默默地缝纫，不时抬起拿着针的手，针上穿着长长的线。地板上乱丢着碎布头。说话必须用很大的力气才能压过缝纫机的嗒嗒声和窗拱下面笼子里的金丝雀的鸣叫声。大家都管这只鸟叫基里尔·莫杰斯托维奇，至于为什么取了这么个名字，先前的主人已然把这个秘密带到坟墓里去了。

在接待室里，太太们都像图画中的人物似的围在一张放着许多杂志的桌子旁边。她们站的、坐的或是半倚半坐的姿势，都模仿着画片上的样子，一边翻看服装样式，一边品评着。在另一张桌子后面经理的位子上，坐着阿玛莉娅·卡尔洛夫娜的助手——老裁剪工出身的法伊娜·西兰季耶夫娜·费季索娃。她骨骼突出，松弛的两颊长了许多疣痣。

她用发黄的牙齿叼住一支装了香烟的象牙烟嘴，眯起一只瞳孔也是黄色的眼睛，从鼻子和嘴里向外喷着黄烟，同时往本子上记等在那里的订货人提的尺码、发票号码、住址和要求。

在作坊里，阿玛莉娅·卡尔洛夫娜还是个缺少经验的新手。她还不能充分感觉自己已经是这里的主人。不过大家都很老实，对费季索娃是可以信得过的。可是，正赶上这些让人操心的日子，阿玛莉娅·卡尔洛夫娜害怕考虑未来。绝望笼罩着她，事事都不如意。

维克托·伊波利托维奇·科马罗夫斯基是这里的常客。每当他穿过作坊往那一边走去的时候，一路吓得那些正在换衣服的漂亮的女人们躲到屏风后面，从那里戏谑地和他开着放肆的玩笑；成衣工就在他背后用不大看得起和讥讽的口气悄悄地说："又大驾光临了。""她的宝贝儿来了。""献媚的情人来了。""水牛！""色鬼！"

最招人恨的是他有时候用皮带牵来的那条叫杰克的巴儿狗。这畜生快步向前猛冲，扯得他歪歪斜斜地走着，两手前伸,好像是让人牵着的一个盲人。

春天,有一次杰克咬住了拉拉的脚,撕破了一只袜子。

"我一定把它弄死,这魔鬼。"杰明娜像孩子似的凑近拉拉的耳朵哑声说。

"不错,这狗真叫人讨厌。可是你这小傻瓜有什么办法?"

"小声点儿,别嚷,我教给你。复活节的时候不是要准备石头鸡蛋吗。就是你妈妈在五斗橱里放的……"

"对,有大理石的,还有玻璃的。"

"是呀,你低下点儿头,我悄悄跟你说。把它们拿来涂上猪油,弄得油乎乎的,这条跟撒旦一样坏透了的杂毛畜生这么一吞,就算大功告成! 保准四脚朝天!"

拉拉笑了,同时多少有点儿羡慕地思量着:这个女孩子生活环境很穷困,自己要参加劳动。在平民当中有些人成熟得很早。不过,在她身上还保留着不少没有受到损害的、带着纯真的稚气的东西。石头鸡蛋,杰克——亏她想得出来。"可是,我们的命运为什么这样?"她继续想下去,"为什么要让我看到这一切,而且要为这一切感到痛心呢?"

四

"对他来说,妈妈就是……他也就是妈妈的……这个难听的字眼儿我可说不出口。既然如此,为什么他还用那种眼神看我呢? 我可是她的女儿呀。"

虽然十六岁刚过,拉拉已经是个完全成熟的少女了。看上去像是十八岁或者更大一些。她头脑清晰,性格明快。她出落得非常标致。

她和罗佳都懂得,生活中的一切要靠自己用双手去挣。和那些花天酒地的人不同,她和他都来不及过早地学会钻营之术,也不会从理论上去辨别那些实际上还接触不到的事物。只有多余的东西才是肮脏的。拉拉是世界上最纯洁的。

姐姐和弟弟都很清楚,事事都有自己的一本账,已经争取到手的要万分珍惜。为了能够出人头地,必须工于心计,善于盘算。拉拉用心学习并非出于抽象的求知欲,倒是因为免缴学费就得做个优秀生,就得有好成绩。如同努力读书一样,拉拉也毫不勉强地干着洗洗涮涮之类的家务活,在作坊里帮帮忙,照妈妈的吩咐到外边去办些事。她的动作总是不声不响而又和谐轻快,她身上的一切,包括那不易觉察的敏捷动作、身材、嗓音、灰色的眼睛和亚麻色的头发,都相得益彰。

这是七月中旬的一个礼拜日。每逢假日,清晨可以在床上懒散地多待一会儿。拉拉仰面躺着,双手向后交叉在枕头下。

作坊里异乎寻常地安静。朝向院子的窗户敞开着。拉拉听到远处有一辆四轮马车隆隆地从鹅卵石的大路走上铁轨马车的轨道,粗重的碰撞声变成了像是在一层油脂上滑行似的均匀的响声。"应该再睡一会儿。"拉拉这样想着。隐约的闹市声犹如催人入睡的摇篮曲。

透过左边的肩胛和右脚大指头这两个接触点,拉拉能够感觉出自己的身材和躺在被子下面的体态。不错,就是这肩膀和腿,再加上所有其余部分——在一定程度上就是她本身、她的心灵或气质,这些加在一起匀称地形成了躯体和对未来的无限憧憬。

"该睡了。"拉拉这么想,脑海里浮现出车市商场向阳的一面、打扫得干干净净的车库附近的地坪上停放着的出售的马车、车灯的磨花玻璃、熊的标本和丰富多彩的生活。往下,拉拉的心里出现了另一个场面:龙骑兵正在兹纳敏斯基兵营操场上训练,绕圈走着井然有序的马队,一些骑手在跳跃障碍、慢步、速步、快跑。许多带着孩子的保姆和奶娘,站在兵营的篱墙外面看得目瞪口呆。"再往下走,"拉拉继续想,"就该到彼得罗夫卡了,然后是彼得罗夫铁路线。

"拉拉,你这是怎么回事?哪儿来的这么多想象?原先只不过是要描绘出我的房子,它应该就在附近。"

科马罗夫斯基的一个住在车市商场的朋友,为小女儿奥莉卡庆祝命名日。于是成年人有了开心的机会,又是跳舞,又是喝香槟。这位朋友也邀请了妈妈,可是她身体不好,不能去。妈妈说:"带拉拉去吧。您不是常告诫我说:'阿玛莉娅,要好好照看拉拉。'这回就让您好好儿照看她吧。"他真照看了她,没得说,哈,哈,哈!

多么令人销魂的华尔兹!只管转啊,转啊,什么都用不着去想。只要乐声继续回荡,生活就像在小说中一样飞逝,一旦它戛然而止,就会产生一种丢丑的感觉,仿佛被人浇了一盆冷水或者赤身裸体被人撞见。除此之外,你允许别人放肆是出于夸耀,借此表示你已经是个大人啦。

她始终不曾料到他居然跳得这么出色。那两只乖巧的手,多么自信地拢住你的腰肢!不过,她是绝不会让任何人吻自己的。她简直不能想象,另一个人的嘴唇长时间贴在自己的嘴唇上,其中凝聚着多少无耻!

不能再胡闹了,坚决不能。不要装作什么都不懂,不要卖弄风情,也不要害羞地把目光低垂。否则迟早是要出乱子的。可怕的界限近在咫尺,再跨一步就会跌入万丈深渊。忘记吧,别再想舞会了,那里边无非都是邪恶。不要不好意思拒绝,借口总是能够找到的:还没学过跳舞,或者说,脚扭伤了。

五

秋天,在莫斯科铁路枢纽站发生了骚动。莫斯科到喀山全线罢工。莫斯科到布列斯特这条线也应当参加进去。已经作了罢工的决定,不过在罢工委员会里还没有议定什么时候宣布罢工日期。全路的人已然知道要罢工,就是还得找个表面的借口,那样才好说明罢工是自发的。

十月初一个寒冷多云的早晨。全线都是在这一天发薪金。账房那边好久不见动静。后来才看到一个男徒工捧着一叠表册、薪金登记表和一堆拣出来准备处罚的工人记录簿往账房走去。开始发薪了。在车站、修配厂、机务段、货栈和管理处那几幢木头房子中间,是一长条望不到头的空地。来领工钱的列车员、扳道工、钳工和他们的徒弟,还有停车场的那些清扫女工,在这块空地上排了长长的一队。

市镇的冬天已经来临,这是可以感觉到的。空气中散发着踩烂的槭树叶子的气味,还有机车煤烟的焦臭和车站食堂的地下室里刚刚出炉的热面包的香味。列车驶来驶去,一会儿编组,一会儿拆开,有人不住地摇晃着卷起或者打开的信号旗。巡守员的喇叭、挂车员的哨音和机车粗重的汽笛声,很协调地融合在一起。白色的烟柱仿佛顺着没有尽头的梯子向天空上升。机车已经停在那里升火待发,灼热的蒸汽炙烤着寒冷的冬云。

　　沿着路基的一侧,担任段长职务的交通工程师富夫雷金和本站的养路工长帕维尔·费拉蓬特维奇·安季波夫,前后踱来踱去。安季波夫对养护工作已经厌烦了,不住地抱怨给他运来换轨的材料质量不合格,比如说,钢的韧性不够,铁轨经受不住挠曲和破裂的试验。安季波夫估计,如果一受冻,就会断裂。管理处对帕维尔·费拉蓬特维奇的质问漠然置之。这里头可能有人捞到了油水。

　　富夫雷金穿的是一件外出时穿的皮大衣,敞着扣子,里面是一套新的哔叽制服。他小心翼翼地在路基上迈着脚步,一边欣赏着上衣前襟的褶缝、笔挺的裤线和皮鞋的美观式样。

　　对安季波夫的话,他只是一只耳朵进一只耳朵出。富夫雷金想的是自己的事,每分钟都要掏出表来看,似乎急于要去什么地方。

　　"不错,很对,老爷子,"他不紧不慢地打断了安季波夫的话,"不过这只是在某一个地方的正线上,或者是哪一段车次多的区间。可是请你想一想,你已经到手的是什么?有备用线,有停车线,万不得已的时候还可以空车编组,调用窄轨机车。怎么,还不满意!是不是发疯了!其实问题并不在于铁轨,换上木头的也没关系!"

　　富夫雷金又看了一次表,合上表盖,然后就向远处张望。一辆长途轻便马车正从那个方向朝铁路这边来。这时,大路的转弯处又出现了一辆四轮马车,这才是富夫雷金自己家的那辆,妻子坐车来接他。车夫在路基跟前才停住车,两手仍然扯紧缰绳,一边不停地用女人似的尖嗓子吆喝着,好像保姆对待淘气的孩子。拉车的马像是有点儿怕铁路。车厢角落里一位漂亮的太太随意地倚在靠枕上。

"好啦,老兄,下次再谈吧,"段长说着摆了一下手,"现在顾不上考虑你说的这些道理。还有比这更要紧的事呢。"

夫妇两个坐车离开了。

六

过了三四个小时,已经接近黄昏。路旁的田野里像从地底下冒出来似的出现了先前没见到的一双人影,不时回头张望,一边快步向远处走去。这两个人是安季波夫和季韦尔辛。

"走快点儿,"季韦尔辛说,"我倒不是怕侦探跟踪。这个会开得拖拖拉拉,肯定快结束了。他们从地窖一出来就会赶上咱们。我可不愿见他们。都这么推来推去,又何必多此一举。当初成立什么委员会啦,练习射击啦,钻地洞啦,看来都是白费!你倒是真不错,还支持尼古拉耶夫街上的那个废物!"

"我的达里娅得了伤寒病,得把她送进医院。只要还没住上院,我什么都听不进去。"

"听说今天发工钱,顺路去一趟账房。看在上帝的面上,我敢说,今天要不是开支的日子,我就会朝你们这帮家伙啐上一口唾沫,紧接着一分钟也不多等,就结束这吵闹的局面。"

"那我倒要听听,你有什么法子?"

"没什么新奇的,到锅炉房把汽笛一拉,就算大功告成了。"

两个人分了手,各走各的路。

季韦尔辛走的是去城里的路。迎面不断遇到从账房领钱回来的人。人很多。季韦尔辛估计,车站区域内所有人都领了工钱。

天色暗了下来。在空旷的广场上,账房旁边的灯光下聚了一些没上班的工人。广场的入口停着富夫雷金的马车。富夫雷金娜坐在车里,还是先前的那个姿势,似乎从早晨起就不曾下过车。她在等候到账房去领钱的丈夫。

骤然间下起了湿润的雨夹雪。车夫从座位上下来,支起皮车篷。他用一只脚撑住车厢的后帮,用力扯动篷架的横梁。坐在车里的富夫雷金娜却在观赏在账房的灯光辉映下闪烁飘过的、裹着无数银白色小珠子的水汽。她那一眨也不眨的眼睛向聚在一起的工人头上投去一瞥,带着期望的神色,如果有必要,这目光似乎可以像透过雾气或寒霜一样,洞穿这人群。

季韦尔辛无意中看到了她的神色,觉得非常厌恶。他没有朝富夫雷金娜鞠躬问好就退到一旁,决定过一会儿再去领钱,免得在账房见到她丈夫。他往前走了走,来到灯光较暗的修配厂这边。从这里可以看到黑暗中通向机务段去的许多支线的弯道。

"季韦尔辛!库普里克!"暗处有好几个声音朝他喊道。修配厂前边站了一群人。厂房里有谁在叫喊,夹杂着一个孩子的哭声。"基普里扬·萨韦利耶维奇,替孩子说说情吧。"人堆里有个女人这么说。

老工长彼得·胡多列耶夫又照老习惯在打他那个受气包——小学徒尤苏普卡。

胡多列耶夫原先并不这么折磨徒弟,不是酒鬼,手也不重。从前有个时候,莫斯科市郊工场作坊区的买卖人和神甫家里的姑娘们,见到这个仪表堂堂的有手艺的工人都要偷偷看上几眼。季韦尔辛的母亲当时还刚刚从教区学校毕业,拒绝了他的求婚,后来就嫁给了他的同伴、机车修理工萨韦利·尼基季奇·季韦尔辛。

萨韦利·尼基季奇惨死(在一八八八年一次轰动一时的撞车事故中被活活烧死)以后,在她守寡的第六个年头上,彼得·彼得罗维奇再次向她求婚,玛尔法·加夫里洛夫娜又拒绝了他。从此,胡多列耶夫喝上了酒,开始胡闹,固执地认为他之所以落到如此糟糕的地步,是整个世界的过错,一心要同整个世界算账。

尤苏普卡是季韦尔辛住的那个院子的看门人吉马泽特金的儿子。在厂子里,季韦尔辛总是护着这个孩子,这也让胡多列耶夫对他不大满意。

"你是怎么用锉刀的,你这个笨蛋!"胡多列耶夫吼着,抓住尤苏普卡的头发往后拖,使劲打他的脖颈儿,"铸工件能这么拆吗?我问你,是不是成心糟蹋我的活儿?你这个斜眼鬼!"

"哎哟,我下次不敢了,大爷!哎哟,我下次不敢了。啊,疼啊!"

"告诉他一千遍了,架子要往前推,拧紧螺栓,可是他根本不听。差一点儿断了大轴,这个狗娘养的。"

"大爷,主轴我可没动,老天爷,我真没动。"

"干吗要折磨一个孩子?"季韦尔辛从人堆当中挤进去问道。

"家狗咬架,野狗可别往前凑。"胡多列耶夫回了一句。

"我问你,为什么折磨孩子?"

"跟你说,趁早赶紧走开,少管闲事。打死他也算不了什么，下流胚，差点儿把大轴给我毁了。应该让他亲亲我的手，饶他一条活命，这个斜眼鬼。我只不过揪着他耳朵、头发教训教训他。"

"还要怎么样，照你说是不是该把脑袋揪下来，胡多列耶夫大叔？应该懂得害臊。已经是老师傅啦，活到白了头发还不通情理。"

"走开，走开，我说，趁着你身子骨还是整个儿的。要不我打你个魂灵出窍。敢来教训我，你这个狗屁股！你是在枕木上让人日出来的，就在你爹眼皮子底下。你妈是只烂猫，这瞒不了我，破鞋！"

接着发生的事不超过一分钟。两个人都顺手从放着沉重的工具和铁锭的车床上头抄起了家伙。这时候要不是人们一下子上去把他们拉住，两个人都会把对方打死。胡多列耶夫和季韦尔辛站在原地，低着头，前额几乎碰到一起，脸色煞白，瞪着充血的眼睛。暴怒之下，谁都说不出话来。大家从后面紧紧抓住他们俩的手。几分钟的工夫缓过了气力，他们扭动身子要挣开，拖曳着吊在身后的伙伴。衣服领钩、扣子都挣脱了，上衣和衬衫从肩膀上滑了下来。乱糟糟的喊叫声在他们周围一直不停。

"凿子！把凿子夺下来。""这会把脑袋凿穿的！""消消气吧，彼得大叔，不然把手给你扭脱臼！""干吗还跟他们废话？把他们拉开，锁起来就完了。"

突然，季韦尔辛以一股超人的力气甩掉了扑在身上的人，挣脱出来，几步就冲到了门口。人们刚要冲过去揪住他，可是看到他已经没有了那股发疯的劲头，就作罢了。他砰的一声关上门，头也不回地大步向前走去。秋夜的潮气和黑暗包围了他。

"要想给大家办点儿好事,就有人往你肋上插刀子。"他自己嘟哝着,也不知道要干什么和往哪儿去。

在这个卑鄙、虚伪的世界上,养尊处优的太太竟然用那种眼光看着卖力气干活儿的人;可是在这个制度下受罪的人,却让酒灌得昏迷不醒,只能在方才这样的作践自己当中得到某种满足。对这样的世界,如今他比任何时候都更加憎恨。他走得很快,似乎急促的脚步可以使他发热的头脑里渴望的世上只有理智和安宁的时代更快到来。他懂得,最近一些日子他们的各种努力,铁路上的混乱,集会上的演说,尚未执行、但也没有取消的罢工的决定,都是今后这条漫长道路的一部分。

但现在他兴奋得急不可耐地想要一口气跑完全程。他大步向前走着,心里还不大清楚究竟往哪里去,然而两只脚却知道应该把他送到什么地方。

季韦尔辛事后很久都不曾料到,就在他和安季波夫从地窖里出来后,会议决定当晚罢工。委员们立刻分了工,规定谁该到哪儿去和把谁从什么地方撤回。好像是从季韦尔辛心坎儿里发出来的一样,机车修理厂里响起了开始是喑哑的、随后逐渐变得嘹亮和整齐的信号声。这时候,从车库和货运站拥出的人群已经从进站的信号机那儿向城里走去,接着就同听见季韦尔辛的哨声而放下工作的锅炉房的人群汇合到一起了。

好多年来季韦尔辛都以为,那天晚上是他一个人让整条铁路停止了运行。只是在最后审讯过程中,根据全部事实审判的时候,没有添加上指使罢工这条罪名,他才明白过来。

人们纷纷跑了出来,不住地问:"这是叫大家上哪儿去?"

黑暗中有人回答说:"你又不是聋子,没听见吗,这是警报,得救火。""什么地方着火了?""当然是着火了,要不为什么拉汽笛。"

门砰砰地响,又走出来一批人。传来另一些人的说话声。"真会说,着火了! 乡巴佬! 别听这傻话。这就叫歇工,懂不懂? 你看,这是套具,这是笼头,可咱就是不上套。回家去吧,小伙子们。"

人越来越多。铁路罢工开始了。

七

到第三天才回家的季韦尔辛,冻得不住打寒噤,觉没睡够,脸也没有刮。前一天夜里突然变冷,这个季节从来没有这么冷过,可是季韦尔辛穿的是一身秋衣。在大门口碰见了看门人吉马泽特金。

"谢谢,季韦尔辛先生,"他一连说了好几遍,"没让尤苏普卡受屈,让他一辈子替你祷告上帝吧。"

"你是不是变傻了,吉马泽特金,我对你算得上什么先生? 求你别这么说了。有话快讲吧,你瞧这天气够多冷。"

"怎么能让你挨冻呢,你会暖和的,萨韦利耶维奇。昨天我们帮你妈妈玛尔法·加夫里洛夫娜从莫斯科商场运了整整一棚子木柴。全是一色的桦木,又干又好的烧柴。"

"太谢谢啦,吉马泽特金。你好像还有话要说,请快讲吧,我都冻僵了。"

"我要告诉你,你别在家过夜了,萨韦利耶维奇。得躲一躲。警察来过,警察分局长也来过,打听同你来往的都是什么人。我说没见到有什么人来,只有他的徒弟、机车乘务组和铁路上的人来过。另外的什么人可向来没见过。"

独身的季韦尔辛和他母亲、一个已经结了婚的哥哥一起住的这幢房子,是邻近的圣三一教堂的房产。房子的一部分住了教士和两家在城里零售水果、肉类的摊贩,其余的住户大多数是莫斯科至布列斯特这条线上的铁路职工。

房子是石砌的,几条木结构的回廊从四面围住一个肮脏、零乱的院子。同回廊相连的几条通到楼上去的又脏、又滑的木头楼梯,总散发着一股猫尿和酸白菜气味。紧靠楼梯转角的平台是厕所和门上挂着锁的储藏室。

季韦尔辛的哥哥应征入伍,当了一名列兵,在瓦房沟负了伤,目前正在克拉斯诺雅尔斯克的陆军医院治疗。他妻子已经带着两个女儿到那里去探望和照料。季韦尔辛一家几代人都是铁路员工,出门方便,可以使用俄罗斯全境的免费公务车票。家里如今非常安静,显得空落落的,只住着季韦尔辛和母亲。

他们住在二楼,在回廊一进门的前边,门口有一只由送水夫装满了水的木桶。当基普里扬·萨韦利耶维奇走上自己住的这一层的时候,发现木桶的盖子被挪到一边,水面的冰上冻住了一只铁茶缸。

"不会是别人,准是普罗夫。"季韦尔辛想着就笑了,"真是个喝不足的无底洞,一肚子的火气。"

普罗夫·阿法纳西耶维奇·索科洛夫是个诵经士,一个出名的不服老的人,和玛尔法·加夫里洛夫娜是远亲。

基普里扬·萨韦利耶维奇把茶缸从冰面上掀下来,放好桶盖,然后拉了一下门铃。一股家居的热气和香味迎面扑来。

“妈妈,炉子烧得真旺。咱家多暖和,真好。”

母亲一下子扑过来搂住他的脖子,拥抱着他哭了起来。他抚摸着她的头,过了一会儿,轻轻脱开身。

“勇敢就能扫除一切障碍,妈妈,”他轻声说道,“从莫斯科到华沙的铁路都瘫痪了。”

“知道,就是为这个我才哭呢。你可别闯了祸。库普林卡,是不是到远处躲一躲。”

“您那位可爱的朋友、好心肠的羊倌彼得·彼得罗夫,真叫我伤脑筋。”他想逗她高兴。不过她没理解这是开玩笑,正经地回答说:

“拿他开玩笑可真作孽,库普林卡。你应该可怜他。他是个没办法的不幸的人啊,整个心都给毁了。”

“安季波夫,就是那个帕维尔·费拉蓬特维奇,给抓走了。半夜里来的人,到处搜查,弄得乱七八糟,早晨把他带走了。他的达里娅正害伤寒病,还在医院里。帕夫卢什卡是个孩子,还在职业学校念书哪。家里就剩下他一个人和聋子姑姑。还要把他们从家里赶出去。我想应该把这孩子接到咱们家来。普罗夫干什么来了?”

“你怎么知道他来过?”

“看见水桶了,盖子没盖,还有那只茶缸子。我想准是他。普罗夫是个喝水喝不够的家伙。”

“你真会猜,库普林卡。说对了,就是普罗夫。普罗夫·阿法纳西耶维奇跑来借木柴。我给了他。难道我傻了,把木柴给人!可当时我已经想不到这些,因为他带来的是什么样的消息啊!你知道吗,皇上已经签署了一份公告,一切都要照新章程办,不让任何人受屈,给种田的分地,大家都和贵族平等。签了字的命令，你想想看，就差宣布了。主教公会也写了新的呈文，要增加一次祷告，为他的健康祈祷，我可不哄你。普罗武什卡说过，可我忘了。"

八

被捕的帕维尔·费拉蓬特维奇和住院的达里娅·菲利蒙诺夫娜的儿子帕图利亚·安季波夫搬到了季韦尔辛家里。这是个很爱整洁的孩子，生着一张五官端正的脸，一头淡褐色的头发从中间分开。他不时地要用小梳子拢拢头发，整理一下上衣和带着职业中学制服扣环的宽腰带。帕图利亚是个非常爱开玩笑的孩子，而且观察力很强。他能逼真而又滑稽地模仿看到、听到的东西。

十月十七日公告发布以后，很快就考虑举行一次从特维尔门到卡鲁日斯克门的示威游行。这次正像俗话所说："一个人担水吃，两个人抬水吃，三个人没有水吃。"参与此事的好几个革命组织互相争吵不休，然后一个接一个地宣布退出。但当得知在原先规定的那天清晨人们无论如何也要上街之后，又各自急忙派出自己的代表们参加示威游行。

不顾基普里扬·萨韦利耶维奇的劝阻和反对，玛尔法·加夫里洛夫娜还是带着快活的、好同人交往的帕图利亚参加游行去了。

这是十一月初干燥而又寒冷的一天，宁静的铅灰色的天空飘着几乎稀疏可数的小雪花，落地之前长时间地上下左右翻飞着，然后像一层蓬松的尘土似的填撒在路上的坑洼里。

乱哄哄的人流沿街向下挤去，只见一排排的脸孔、冬天的棉大衣和羔皮帽子。这都是些老人、女子学校的学生和孩子们，也有穿制服的养路工、电车场的工人、穿着高筒皮靴和皮上衣的邮电工人，还有中学生和大学生。

有一阵子大家唱着《华沙工人歌》《你们已英勇牺牲》和《马赛曲》，可是在前头倒退着走的、一只手紧抓着库班帽摇摆着指挥歌唱的那个人，忽然戴上了帽子，停止唱歌，转过身去听并排走的另外几个带队人在谈些什么。歌声散乱了，停止了。这时只听到巨大的人群走在结了冰的路面上踏出咯吱咯吱脆响的脚步声。

一些好心人通知游行的发起人说，前边哥萨克已经布置了警戒线，准备对付示威游行的人。也有人打电话到就近的药房，告诉游行的人前面有埋伏。

"那又怎么样，"带队的人说，"最要紧的是冷静，不要慌。应该立刻占据前边路上的一座公共建筑物，向大家说明面临的危险，然后解散队伍，化整为零。"

究竟往哪里去最好，几个人开始争起来。有的主张到商业经纪人协会，有的说应该去高等工科学校，也有人要去外国记者学校。

正在争论的时候，前边已经看到了一幢公用建筑物的屋角。这也是一所学校，比上边提到的那几处毫不逊色，很适合作避难所。

大家来到房子跟前的时候，领队的走上大门口半圆形的台阶，打手势让队伍的排头停住。

入口的几扇大门已经打开，整队的人摩肩接踵地拥进学校的前厅，走上迎面的楼梯。

"到礼堂去，到礼堂去！"后边异口同声地喊，但是人不停地拥进来,沿走廊和教室散开。

好不容易把大家招呼回来,安顿坐好以后,领队几次说前边路上已经设下埋伏,但是谁也不听。停止前进并进入这所房子,被当成立刻召开一次临时集会的邀请。

经过长时间的边走边唱以后,人们都想静静地坐一会儿,但愿别的人替他们吃点儿苦,出来叫喊一番。大家现在主要是对休息感到满意,至于在主要方面看法一致的几个发言人的分歧,也就觉得无所谓了。

所以,一位不想哗众取宠使人厌倦的最蹩脚的演说家,反而取得了最大的成功。他每讲一句都引起同情的呼喊。大家毫不吝惜地用表示赞同的喊叫压过了他的讲话。人们已经等得不耐烦,便急忙表示同意,一面喊着"可耻",一面通过了一份抗议电。后来终于听厌了讲演人那单调的声音,索性把他撇到一边,一个跟着一个成排地走下楼梯,奔到街上。队伍又继续前进了。

开会的时候,外面下起了雪,这时路面已经一片银白,雪也越下越密。

当龙骑兵飞快地迎面冲过来的时候,后排的人还完全没有察觉。队伍前方突然传来越来越大的响声,像是人群里喊起了"乌拉!""救命啊!""打死人啦!"并同另外许多叫喊声混成一片,分不清还喊了什么。几乎是同时,趁着这阵混乱的声浪,顺着急忙闪到两旁的人群形成的狭窄的通道,无声而迅速地闪过许多匹马的嘴脸、鬃毛和挥舞着马刀的骑兵。

半个排跑过去了,然后掉转马头,整好队形,从后边冲进了游行队伍的队尾。屠杀开始了。

几分钟以后,整条街差不多已不见一个人影。人们沿着小巷跑散了。雪已经变得稀疏,昏黑的傍晚景色很像是一幅炭笔画。已经落到屋后的太阳,忽然像用手指点着一样,从街角照出路上所有带红颜色的东西:龙骑兵的红顶皮帽,倒下的大幅红旗,洒在雪地上的一条条、一点点的血迹。

一个头盖骨裂开的人不住地呻吟,两手紧紧抠住地面,在大街的一侧爬着。有几名骑兵排成一队从街道下首放马缓步驶来。他们是追踪到大街另一头之后又返回来的。几乎就在他们脚下,头巾掉到脑后的玛尔法·加夫里洛夫娜跌跌撞撞地走着,一边用变了音的嗓子朝整条街喊着:"帕沙!帕图利亚!"

他起先一直和她走在一起,惟妙惟肖地学着最末一个演讲人的样子逗她开心,可是当龙骑兵冲过来的时候就突然不见了。

在最危险的时候,玛尔法·加夫里洛夫娜背上也挨了一鞭子。尽管身上那件絮得厚厚实实的短棉袄减轻了她挨打的感觉,她还是一边咒骂,一边吓人地朝跑远了的骑兵挥着拳头,对他们竟敢在体面的老百姓面前往她这个老太婆身上抽鞭子气得要命。

玛尔法·加夫里洛夫娜激动不安的目光扫向大街两侧,突然喜出望外地在对面人行道上看到了那孩子。在那边,在一座有廊柱的店铺和一所独家的砖房子的突出部中间的角落里,聚了一小群无意中路过的看热闹的人。

一个闯入人行道的龙骑兵,用马的后胯把他们赶到那个地方。人们受惊的样子使他很开心,于是他把出路挡住以后,就紧贴着大家的身子装腔作势地表演起驯马的动作来,先来几个急转弯,然后又像演马戏似的慢慢让马用后腿立起来。

当他看到那些慢慢返回来的伙伴以后，才用马刺刺了马一下，三蹿两跳地归了队。

被挤在角落里的人散开了。先前不敢作声的帕沙，立刻向老太太跑来。

他们往家里走。玛尔法·加夫里洛夫娜不住地嘟哝："该千刀万剐的杀人犯，天杀的刽子手！老百姓原本高高兴兴，皇上给了自由，这帮家伙就受不住了。什么都给搅得一团糟，把每句话的意思都弄拧了。"

她气得对龙骑兵发狠，对周围的一切都发狠，这一刻连她的亲生儿子也包括在内。在暴怒的瞬间，她仿佛觉得现在发生的这一切，都是被那些既不会拿主意、又自作聪明的库普林卡一伙糊涂虫惹出来的。

"真阴险狠毒啊！可是他们这些吵吵嚷嚷的人到底需要什么呢？一点儿也不明白！就知道骂呀，吵呀。还有那一个，特别会说话的那个，你怎么学他来着，帕申卡？再给我学一遍，亲爱的，学学看。哎哟，笑死我了，笑死了！简直一模一样。你这个讨厌鬼，大马蝇。"

回到家里，她不停地埋怨儿子，又说，不能活到这把年纪还让那个头发乱蓬蓬的麻脸蠢货从马上用鞭子抽屁股教训她。

"您可真是，妈妈！好像我就是哥萨克中尉或者宪兵队长。"

九

奔跑的人出现在窗前的时候，尼古拉·尼古拉耶维奇正站在窗前。他知道这是游行的人，于是聚精会神地向远处看了一阵子，看看在走散的人当中有没有尤拉或另外的什么人。但他没有发现熟人，只觉得快步走过去的那个人是杜多罗夫那个不要命的儿子（尼古拉·尼古拉耶维奇忘了他的名字），不久前才从他左肩取出一颗子弹，今天又在他不该去的地方窜来窜去。

尼古拉·尼古拉耶维奇是秋天从彼得堡来到这里的。在莫斯科他没有自己落脚的地方，但是又不喜欢住旅馆，如今是住在一房远亲斯文季茨基家里。人家在顶楼角上给他让出了一间书房。

这幢两层楼的侧屋对没有子女的斯文季茨基夫妇来说有点儿过大，这是已故的老斯文季茨基多年以前从多尔戈鲁基公爵手里租下来的。多尔戈鲁基的产业一共有三个院落、一座花园和许多格局零乱、不同风格的房屋，连着三条巷子，过去被人称作磨坊小城。

虽然开了四扇窗，这间书房依旧稍嫌阴暗。屋子里摆满了书籍、纸张、地毯和雕塑品。书房有个半圆形的外阳台，遮住了房子的这一角。冬天通往阳台的双重玻璃门关得严严实实。

透过书房的两扇窗和阳台的玻璃门，可以看到笔直的一条小巷、一条雪橇压出来的通向远处的路、排列不整齐的房子和歪斜的栅栏。

从花园向书房投来一片淡紫色的阴影。树木从外面窥探着室内，似乎要把蒙了一层雪青色凝脂般寒霜的枝条伸到地板上。

尼古拉·尼古拉耶维奇眼望着小巷，回想起彼得堡去年的冬天,回想起加邦牧师、高尔基、维特的来访和那些时髦的现代作家。他远远地离开那个令人眼花缭乱的环境,来到莫斯科这个安静和睦的地方写一本已经构思成熟的书。谁知根本不可能!他如同从火里出来又掉到炭上。每天都要讲演,作报告,没有喘息的机会。一会儿是女子高等学校,一会儿又是宗教哲学院,再不就是红十字会或者罢工基金委员会。真想到瑞士去,拣一个到处是森林的偏远的县份。那里会有静谧、清明的湖光山色和一切都能引起回响的凛冽的空气。

尼古拉·尼古拉耶维奇转身离开窗口。他情不自禁地想出去随便看望一个人,或者漫无目的地走去,但是立刻又想到那位信奉托尔斯泰主义的维沃洛奇诺夫有事要来找他,所以不能离开。于是他在室内踱来踱去,思想转到外甥身上。

从伏尔加沿岸一个偏僻的地方迁往彼得堡的时候,尼古拉·尼古拉耶维奇把尤拉带到莫斯科,让他见见韦杰尼亚平、奥斯特罗梅思连斯基、谢利亚温、米哈耶利斯、斯文季茨基和格罗梅科这几家亲戚。他先把尤拉安顿在既无头脑又爱饶舌的奥斯特罗梅思连斯基家里,亲戚们平时都管这个老人叫费吉卡。费吉卡同自己的养女莫佳暗中同居,所以自认是个足以动摇通常的伦常基础和捍卫自己的主张的人。不过他手脚不干净,辜负了对他的信任,连尤拉的生活费都被他挪用了。于是他又把尤拉转到格罗梅科家,此后尤拉便一直寄居在那里。

在格罗梅科家里,尤拉处在令人羡慕的和睦的气氛中。

“他们在那儿简直成了一个三人同盟。”尼古拉·尼古拉耶维奇想到尤拉、他的同年级伙伴戈尔东和自己的女儿冬妮娅·格罗梅科。三个人在一起已经读腻了《爱情的意义》和

《克莱采奏鸣曲》之类的书,于是又迷上了有关贞洁的说教。

在少年时代,应该体验一下那种偏于极端的纯洁情感。但是他们太过分了,以致反而糊涂起来。

三个人都有着可怕的怪脾性和孩子气。凡是使他们激动的、属于情欲方面的东西,不知为什么都被说成"庸俗化",而且不顾是否恰当,到处都把这个词挂在嘴上。简直是极端的用词不当!"庸俗化"——他们用来指的是人的本能的呼声、海淫的作品、作践妇女,甚至还包括整个物质世界。每逢说这话的时候,他们那一张张激动的脸由涨红而变得苍白!

"如果我在莫斯科,"尼古拉·尼古拉耶维奇这样想,"绝不让他们发展到这种地步。羞耻心是必要的,但要在一定的限度之内……""啊,尼尔·费奥克蒂斯托维奇,欢迎您。"他高声说着,走上前去迎接进来的客人。

十

一个身穿灰色上衣、腰束宽皮带的胖子走进房来。他脚上穿着一双毡靴,裤子的膝盖部分胀了出来。他给人一种印象,仿佛自己是一朵五彩祥云笼罩着的善行使者。一副用黑色宽绦带系住的夹鼻眼镜在鼻子上恶狠狠地跳动着。

在过道里,他没来得及把该办的事办完。围巾没有摘,一头拖在地上,手里还拿着一顶圆形呢礼帽。这几件东西使他无法同尼古拉·尼古拉耶维奇握手,甚至妨碍问好。

"唉,唉。"他不知所措地应答着,一面打量四周。

"随便放吧。"尼古拉·尼古拉耶维奇说,让维沃洛奇诺夫恢复说话能力和自制能力。

这一位是列夫·尼古拉耶维奇·托尔斯泰的追随者。在他们这些人的头脑里,那个永远不甘寂寞的天才大师的思想,只是安然享受着欢乐的休憩,而且被无可救药地庸俗化了。

维沃洛奇诺夫是来请尼古拉·尼古拉耶维奇到一所学校去为政治流放犯演讲的。

"我已经在那里讲过一次了。"

"是为政治流放犯讲的吗?"

"是啊。"

"还得再讲一次。"

尼古拉·尼古拉耶维奇稍加推辞,然后就同意了。

来访所要谈的事情完全谈妥了,尼古拉·尼古拉耶维奇也就没有过分地挽留尼尔·费奥克蒂斯托维奇,客人本来可以起身告辞了,但觉得这么快就离开不大礼貌,走之前应该找个轻松、活泼的话题谈一谈。结果谈话却拖得很长,而且不大愉快。

"您颓废了?陷入神秘主义里去了?"

"这是为什么?"

"人毁了呀。还记得地方自治会吗?"

"那还用说。我们还在一起筹备过选举哪。"

"还为乡村学校和教师学习会的事冲锋陷阵呢,记得不?"

"当然,那可是一场苦战。后来您好像转到民众福利和社会救济方面去了,对吗?"

"有过一段时间。"

"是啊,可如今时兴的都是些放荡的牧羊神呀,黄色的睡莲呀,受戒者呀,还宣传什么《我们要像太阳》。我是死也不相信。让一个富有幽默感的人,一个如此了解人民的聪明人去干……算啦,您不必说了……也许我触到您的隐私了吧?"

"何必信口开河地瞎扯呢?我们又何必非要争论这些?您根本不了解我的思想。"

"俄国需要的是学校和医院,不是淫荡的牧羊神和黄色的睡莲。"

"这谁都不反对。"

"乡下人没有穿的,饿得浮肿……"

谈话就这样跳跃式地进行着。意识到这样谈下去毫无意义,尼古拉·尼古拉耶维奇向他解释是什么使他同一些象征主义派的作家接近起来,接着把话题转到托尔斯泰身上。

"在某种程度上我同意您的看法。不过列夫·尼古拉耶维奇说过,人如果对美的追求越来越强,就会离善越来越远。"

"您以为正相反吗?能够拯救世界的究竟是美,是宗教的神秘仪式或类似的东西,还是罗赞诺夫①和陀思妥耶夫斯基?"

"请等一等,让我谈谈自己的想法。我认为,如果指望用监狱或者来世报应恐吓就能制服人们心中沉睡的兽性,那么,马戏团里舞弄鞭子的驯兽师岂不就是人类的崇高形象,而不是那位牺牲自己的传道者了?关键在于千百年来使人类凌驾于动物之上的,并不是棍棒,而是音乐,这里指的是没有武器的真理的不可抗拒的力量和真理的榜样的吸引力。直到现在还公认,《福音书》当中最重要的是训诫中的伦理箴言和准

---

① 罗赞诺夫(1856—1919),俄国作家,当时颇有名气。

则。我以为最要紧的是应该懂得,耶稣宣讲的时候往往使用生活中的寓言,用日常生活解释真理。从这里引出的看法是:凡人之间的交往是不朽的,而生命则是象征性的,因为它是有意义的。"

"我一点儿也听不懂。您应当把这些想法写成一本书。"

维沃洛奇诺夫走后,尼古拉·尼古拉耶维奇的情绪非常激动。他恼恨自己对呆头呆脑的维沃洛奇诺夫谈了一部分内心的看法,但没有产生丝毫影响。像通常那样,尼古拉·尼古拉耶维奇的懊恼突然换了目标。他一下子就完全忘记了维沃洛奇诺夫,仿佛这人根本不曾来过。他又想起另外一件事来。尼古拉·尼古拉耶维奇平时不写日记,但一年之中总有一两次要把感受最深的思想写在一册厚厚的普通记事本上。他取出这个本子,开始用那大而端正的字体写起来。下面就是他所写的。

这个施莱辛格傻女人使我整天感到不自在。早晨就来了,一直坐到吃午饭时,一连两个小时朗诵歪诗,叫人厌烦。这是象征派作家 A 为天体起源交响乐作曲家 B 所写的一篇散文诗,里边有各大行星的神祇、四首诗的唱词和另外一些东西。我一直是忍着,忍着,终于忍无可忍,于是恳求说:"受不了啦,请便吧。"

突然间我恍然大悟,懂得了为什么就连在浮士德身上这种东西也往往绝对难以忍受而又虚假。现代人没有这方面的要求。当他们被宇宙之谜弄得困惑不解的时候,他们要深入探索的是物理学,而不是赫西奥德①的六

━━━━━━━

① 赫西奥德(约前8—前7世纪),古希腊诗人,著有用六音步诗写成的《工作与时日》。

音步诗。

然而,问题不仅仅在于这种陈旧过时的形式,也不在于这些水火之神把科学明显弄清楚的东西重新弄得含混不清,而在于这种体裁与当今艺术的精神、实质以及创作动机格格不入。

在人类还很稀少、大自然尚未被人所掩盖的古老的大地上,相信天体演化是很自然的。大地上徘徊的还有猛犸,对恐龙和各种龙记忆犹新。那时,大自然是如此引人注目、如此凶猛而威风地扑向人的脖颈,似乎当真充满了各种神祇。这就是人类编年史最初的几页,而且还仅仅是开始。

由于人口过剩,这个上古世界在罗马结束了。

罗马挤满借用来的神祇和被征服的民族,挤成天上地下两层,龌龊一团,像扭了三个结的肠子一般。那里有达吉人、赫鲁人、斯基泰人、萨尔马特人、极北人,看到的是没有辐条的笨重的车轮、浮肿的眼睛、兽奸、双下颏、用受过教育的奴隶的肉喂鱼,还有不识字的皇帝。人要比后来的任何时候都多,在斗兽场的通道里被践踏,忍受痛苦。

如今,这个轻快的、光芒四射的人,突出了人性,故意显出乡土气息。这个加利利人①,来到这俗气的大理石和黄金堆中。从此,一切的民族和神不复存在,开始了人的时代,做木工的人,当农夫的人,夕阳晚照之下放牧羊

———————
① 加利利人,指耶稣。

群的人。人这个音听起来没有丝毫傲气,他随着母亲们的摇篮曲和世界上的所有画廊崇高地向各地传播。

十一

彼得罗夫大街给人的印象仿佛就是彼得堡在莫斯科的一个角落。街道两旁是对称的建筑,都有雕塑精致的大门,再往下去是售书亭、阅览室、图片社,还有高级的烟草店和考究的餐厅,餐厅门前笨重的支柱上是装在磨砂玻璃圆罩里的煤气灯。

冬天这个地方阴暗得难以通行。这里居住着稳重、自重而又富裕的自由职业者。

维克托·伊波利托维奇·科马罗夫斯基在这里租下的一套讲究的独身住宅是在二层楼上,通到那里的是一条有宽大、结实的橡木栏杆的宽楼梯。埃玛·埃内斯托夫娜,为他操持家务的女管家,不对,他幽居处所的女总管,对样样事都关心,都打听,但似乎对任何事又不干预,是个不声不响、不惹人注意的人。他对她则报以一个绅士所应有的骑士般的感激,而且在住宅里从不容忍同她那老处女平静的生活圈子不相容的客人和来访者。在这里,主宰一切的是修道院般的宁静——帘幕低垂,纤尘不染,如同手术室一般。

每逢礼拜天的上午,维克托·伊波利托维奇照例带着自己的巴儿狗沿彼得罗夫大街和库茨涅茨基大街闲逛,在一个街角,与从家里出来的演员兼纸牌迷康斯坦丁·伊拉里奥诺维奇·萨塔尼基会合。

他们一同在人行道上缓步踱着,讲着笑话,时断时续地交换一些无足轻重、睥睨一切的见解。其实，即便不讲话，随意哼哈几声，也能起同样的作用，但必须要让库茨涅茨基大街两旁的人行道都能听见他那响亮的、满不在乎地发呛的、像是由于颤抖而憋住气的低音嗓门，才算达到目的。

<h1 style="text-align:center">十二</h1>

天气也是病恹恹的样子。水珠滴滴答答地敲打着铁皮泄水管和屋檐板。各家的屋顶交错发出这种响声，似乎到了春天。开始融雪了。

她一路上迷迷糊糊地走着，只是回到家才明白发生了什么事。

家里的人都已入睡。她又陷入了麻木状态，失神地在妈妈的小梳妆台前坐下来，身上穿的是一件接近白色的浅紫色的长连衣裙，连衣裙上镶着花边，还披着一条面纱。这些都是为了参加假面舞会从作坊里拿来的。她坐在镜中自己的映像面前，可是什么也看不见。然后她把交叉的双手放在梳妆台上，把头伏在手上。

妈妈要是知道了，一定会打死她的。把她打死，自己再自杀。

这是如何发生的呢？怎么会出现这种事？现在已经迟了。

应该事先想到。

正像通常所说的，她已经是堕落的女人了，成了法国小说里的那种女人，可是，明天到了学校还要和那些女学生坐在一张书桌后面，同她相比，她们简直是一群吃奶的孩子。上帝啊,上帝,怎么会有这种事呀!

多年之后,如果可能的话,拉拉也许会把这一切都告诉奥莉娅·杰明娜。奥莉娅一定会和她抱头痛哭。

窗外滴水喃喃自语,这是融雪滴落的声音。街上有人在敲邻居家的大门。拉拉没有抬头。她双肩抖动,痛楚地哭着。

十三

"唉,埃玛·埃内斯托夫娜,这个讨人喜欢的姑娘,让人不好受。我烦死了。"

他往地毯上、沙发上胡乱丢着套袖、胸衣和别的东西,把五斗橱的抽屉拉开又关上,自己也不知道要找什么。

他非常需要她,可是这个礼拜天又不可能同她见面。科马罗夫斯基像头野兽似的,在屋子里胡乱走着,坐立不安。

她的心灵无比之美。她那两只手,像崇高的思维形象所能令人惊讶的那样,让人销魂。她那投在壁纸上的影子仿佛纯洁无瑕的侧影。贴身的上衣像是一幅绷在绣架上的细麻布,服帖而又紧紧地裹住她的前胸。

科马罗夫斯基用手指有节奏地敲打窗上的玻璃,合着柏油路上缓缓走动的马匹的脚步。"拉拉。"他轻声低唤,闭上了眼睛,脑海中出现了枕在他臂弯里的她的头。她已然入睡,睫毛低垂,一副无忧无虑的神态,让人可以一连几小时不眨眼地端详。头发散落在枕上,她的美恰似一股清烟,刺痛科马罗夫斯基的眼睛,侵入他的心灵。

礼拜天的散步没有实现。科马罗夫斯基带着杰克只在人行道上走了几步就停住脚步。他想起了库茨涅茨基大街、萨塔尼基开的玩笑和他所遇到的许多熟人。不行，他实在受不了啦！科马罗夫斯基向后转了。狗觉得奇怪，用不乐意的眼光从地上向他望着，不情愿地跟在后面。

"哪儿来的魔力！"他这样想，"这一切又意味着什么？是苏醒过来的良心，怜悯，还有悔恨？或许是不安？都不是，他明明知道她平安无事地待在自己家里，可为什么一直没法不想她？"

科马罗夫斯基进了门，顺着楼梯走到中间转弯的楼梯口。这里的墙上有一扇窗户，玻璃的四角装饰有华丽的纹章。照进来的缕缕阳光，五彩缤纷地投射在地板和窗台上。走到第二层楼梯的中间，科马罗夫斯基站住了。

"绝不能在这种恼人而刺心的苦闷面前屈服！已经不是小孩子了，应该懂得，如果作为一种消遣方式，这个姑娘，已故的老朋友的女儿，成了自己神魂颠倒的对象，将会有什么后果。要清醒！要有自信，不能破坏自己的习惯，否则全都会化为乌有！"

科马罗夫斯基用力紧紧抓住宽大的栏杆，抓得手都疼了。他闭了一会儿眼睛，然后坚决地转身走下楼去。在有阳光照进来的楼梯转弯的楼梯口，他看到巴儿狗的崇敬的目光。杰克从下向上望着他，抬着头，活像一个双颊松弛、流着口水的老年侏儒。

巴儿狗不喜欢那个姑娘，撕破过她的长筒袜子，朝她龇牙乱叫。它不高兴主人到拉拉那里去，仿佛怕他从她那儿沾染上人的气味。

"啊，原来如此！你也希望一切照旧——仍然是萨塔尼基、卑鄙的诡计和下流的笑话吗？好，那就给你这个，给你，给你！"

科马罗夫斯基用手杖和脚照着巴儿狗一阵踢打。杰克跑开，尖声号叫着，摇摆着尾巴上了楼，前腿扒在门上向埃玛·埃内斯托夫娜诉苦。

几天和几个礼拜过去了。

十四

这是一个多么可怕的迷魂阵啊！科马罗夫斯基闯进拉拉的生活，如果只是引起她反感、厌恶的话，拉拉原是可以抗拒和设法摆脱的。然而事情并非如此简单。姑娘自己也感到惬意，因为这个论年龄可以作为父亲、容貌已经开始秃顶的男人，这个在集会上受欢迎、报纸上也常提到的人，居然在她身上花费金钱和时间，把她称作女神，陪伴她出入剧场和音乐会，即所谓让她"精神上得到发展"。

她只不过还是个穿褐色长裙、未成年的寄宿学校的女生，学校里那些天真的恶作剧也都少不了她。无论是在马车里当着车夫的面，还是众目睽睽之下在剧院的幽静的包厢里，科马罗夫斯基的那种暧昧而大胆的举动迷惑住了她，挑逗起她心中渐渐苏醒的也想模仿一番的不良念头。

但这种学生淘气的激情很快就过去了。一种刺心的沮丧和对自己的畏惧长久地留在她的心里，在那里扎下了根。她总想睡觉，这是由于夜晚的失眠，由于哭泣和不断头痛，由于背诵功课和整个身体的疲乏。

十五

他是她所诅咒的人,她恨他。每天她想的都是这些。

如今她终身成了他的奴隶。他是靠什么制服她的呢?用什么恫吓她顺从,而她便屈服了,满足他的欲望,用毫不掩饰的羞耻的颤抖让他快活?莫非因为地位的差异,妈妈在钱财上对他的依赖,他善于恫吓她拉拉?不是,都不是。这一切都是无稽之谈。

不是她受他支配,而是他受她支配。难道她看不出来,他是怎样因她而苦恼?拉拉是无所畏惧的,良心是清白的。假如她把这一切揭穿,可耻和害怕的应该是他。然而问题就在这里,因为她永远不会那样做。她还没有这么卑鄙,还没有科马罗夫斯基对待下属和弱者的那股狠劲。

这就是他和她的区别。因此,她也就越发感到周围生活的可怕。生活中什么让她震惊?是雷鸣,还是闪电?不,是侧目而视和低声诽谤。到处都是诡计和模棱两可的话。每一根线都像蛛丝一样,一扯,线便断了,但要想挣脱这个网,只能被它缠得更紧。

卑鄙而怯懦的人反而统治了强者。

十六

她也曾经自问:如果她是已婚妇女,会有什么不同?她开始求助于诡辩。有时,绝望的忧郁控制了她。

他又是多么不知羞耻地匍匐在她脚下哀求:"不能这样

继续下去了。想想看,我和你做了些什么呀。你正在沿着陡坡向下滑。让我们向你母亲承认了吧。我娶你。"

他哭着,坚持着,好像她争辩并不同意似的。不过这只是空话,拉拉甚至懒得听他这套悲剧式的空话了。

可是他继续带着披着长面纱的她到那家可怕的餐馆的单独的房间里去。侍者和顾客目送着她,他们的眼光似乎要把她剥个精光。她只能自问:难道人们相爱,就要受屈辱吗?

有一次她做了一个梦:她被埋在土里,外面剩下的只有左肋、左肩和右脚掌;从她左边的乳房里长出了一丛草,而人们在地上歌唱着《黑眼睛和白乳房》和《别让玛莎过小溪》。

十七

拉拉并不信奉宗教,也不相信那些教堂仪式。但为了承受生活的重压,有时也需要某种内在音乐的陪伴。这种音乐并不是每一次都能自己谱写的。它是上帝关于生命的箴言,拉拉到教堂正是去哭它。

十二月初的一天,拉拉的心情就像《大雷雨》中的卡捷琳娜。她跑去祷告的感觉,似乎脚下的大地随时都会裂开,教堂的穹顶随时都会崩塌。活该。让一切都完结吧。可惜她带了奥莉娅·杰明娜这个话匣子。

"看,那是普罗夫·阿法纳西耶维奇。"奥莉娅对着她耳朵悄悄说。

"嘘,别讲话。哪个普罗夫·阿法纳西耶维奇?"

"普罗夫·阿法纳西耶维奇·索科洛夫,我的堂叔父。正在读经文的那个。"

"噢,你说的是那个诵经士,季韦尔辛家的亲戚。嘘,别作声。别打搅我。"

她们进来的时候,仪式刚刚开始。人们在唱赞美诗:"赞美我主,我的灵魂,以我所有,赞主圣名。"

教堂里显得空荡荡的,四处响起回声。只有前边挤着一群做祷告的人。这幢房子是新建的,不带颜色的窗玻璃不能使积雪的灰色小巷和往来的行人增添色彩。这扇窗前站着教堂长老,不顾正在进行的祈祷,用大家都能听到的声音对一个呆傻耳聋的乞丐开导着什么,他的声音像那扇窗和窗外的小巷一样呆板而平淡。

拉拉手里攥着几枚铜币,慢慢绕过祈祷的人,到门口替自己和奥莉娅领取蜡烛,然后小心翼翼地免得碰撞人,回到后边。这时普罗夫·阿法纳西耶维奇已经急促地念完九段经文,仿佛在念一篇大家早已熟悉的东西。

"祝福吧,心灵空虚的人……祝福吧,痛哭失声的人……祝福吧,渴望并追求真理的人……"

拉拉走着,打了一个冷战,停了下来。这说的就是她。他说:受践踏的人的命运是值得羡慕的。他们关于自己有许多话可以诉说。他们的前途是无量的。他就是这么认为的。这是基督的意思。

十八

正值普雷斯尼亚区①武装起义的日子。他们恰好住在起

---

① 普雷斯尼亚区,莫斯科的一个工业区,1905 年 12 月武装起义时街垒战的主要地点。

义区。在离他们几步远的特维尔街上筑起了街垒,从旅馆的窗口就可以看到。人们从院子里用桶提水浇街垒,为的是把构筑街垒的石头和废铁冻在一起。

隔壁院子里是义勇队员集合点,有些像救护站和食品供应点。

有两个男孩子到那儿去。这两个人拉拉都认识。一个是娜佳的朋友尼卡·杜多罗夫,拉拉就是在娜佳家里认识他的。他的性格同拉拉相似——耿直,孤傲,不爱讲话。他和拉拉相似,引不起她的兴趣。

另一个是职业中学学生安季波夫,住在奥莉娅·杰明娜外祖母季韦尔辛老太太家里。拉拉到玛尔法·加夫里洛夫娜家里去的时候已经觉察出自己对这男孩子产生的影响。帕沙·安季波夫还没有失掉童稚的纯朴,毫不掩饰拉拉的到来带给他的快乐,仿佛她是夏季的一片小白桦林,地上遍布着清新的小草,天空飘荡着如絮的白云,所以对她用不着掩饰牛犊似的又蹦又跳的狂喜,更用不着担心别人讥笑。

拉拉刚刚一发现自己对他产生的影响,便不自觉地开始利用这种影响了。不过,过了好几年之后,在他们交往的后期,她才更加认真地把握住他那温顺的性格。那时,帕图利亚已经知道自己发狂地爱着她,知道在自己的生活中已经别无选择了。

这两个男孩子正玩着一种最可怕的成年人的游戏,战争的游戏,而且参加这种游戏的人不是被绞死便是被流放。可是他们头上戴的长耳风帽还从后面扎着结子,清楚地表明他们不过还是两个孩子,还都受着父母的管教。拉拉像是大人看待小孩子那样看着他们。在他们危险的娱乐中有一种天真无邪的味道。其他的一切也都烙上了这种痕迹。冬天的寒冷的黄昏似乎泛起一层黑色的浓重的霜;还有这灰蓝色的庭院以及对面孩子们躲藏的那幢房屋。而主要的是从那儿不断传来的手枪射击声。"男孩子们在开枪。"拉拉想道。她想的已经不仅是尼卡和帕图利亚了,而是开枪射击的整个城市。"两个诚实的好孩子,"她想道,"正因为是好孩子,所以才开枪。"

十九

听说可能要向街垒射击,而且她们的房子有危险。但这个时候再考虑搬到莫斯科另一个区的熟人家里去已经太迟了,因为这个区已然被包围。只能在这包围圈附近找个角落,于是她们想起了"黑山"旅馆。

原来最先想到这里的并不只是她们。旅馆已经住满了人,同她们处境相同的人还有很多。只是因为她们算是老主顾,所以才答应把她们安顿在被服间里。

皮箱太惹眼,于是她们把最必需的东西包成了三个包袱,一天天拖延搬入旅馆的日期。

由于作坊里充满古朴的风习,所以尽管外面罢工,工人直到这一天仍继续干活。但在那一个寒冷而又沉闷的傍晚,外面有人按铃。进来的人指责了一番。大家要求店主到大门口去。法伊娜·西兰季耶夫娜到前厅去平息来人的火气。

"姑娘们,到这儿来!"不一会她把女工们都招呼到那里,把她们一个个地介绍给进来的人。

那人热情而笨拙地和每个人握手问候,同费季索娃讲妥了什么事之后便走了。

女工们回到大厅后，开始围披肩，一个个把手举过头，伸进瘦小的皮大衣袖子。

"出了什么事?"阿玛莉娅·卡尔洛夫娜急忙赶过来问道。

"把我们撵走了，太太，我们罢工了。"

"难道我……有什么地方对不起你们?"吉沙尔太太哭了出来。

"阿玛莉娅·卡尔洛夫娜，您别难过。我们对您没有恶意，而是非常感激您。问题不在于您，也不在于我们。如今大家都这样做，全世界都这样。能有什么法子反对呢?"

她们都走了，连奥莉娅·杰明娜和法伊娜·西兰季耶娜也走了。后者在告别的时候悄声对店主说，为了女东家和作坊的利益只好装出罢工的样子。但女东家并未平静下来。

"多么忘恩负义! 真想不到，把她们看错了! 就拿那个姑娘说吧，在她身上我操了多少心啊! 好吧，就算她还是个孩子，可是还有那个老妖婆呢!"

"您应该明白，妈妈，她们不能对我们例外。"拉拉安慰着她，"谁对咱们都没有恶意，恰恰相反。现在周围发生的这一切，都是为了人的权利，为了保护弱者，为了女人们和孩子们的幸福。是的，真是这样，您不用不相信地摇头。总有一天，这会对我和对您都有好处。"

可是母亲一点儿也听不明白。

"每回都这样，"她啜泣着说，"本来心里就乱糟糟的，你还说这种话，让人听了只能惊讶得瞪眼。都骑到我的头上拉屎来了，你还说对我有好处。不对，准是我老糊涂了。"

罗佳仍然在武备学堂。空落落的楼房里只剩下拉拉和母亲了。没有灯光的街道和房屋都用空洞的眼睛相互凝望着。

"咱们到旅馆去吧,妈妈,趁现在天还没黑。您听见没有,妈妈?马上走吧。"

"菲拉特,菲拉特。"她们喊来了看门人,"菲拉特,送我们,亲爱的,到'黑山'旅店去。"

"是,太太。"

"拿上包袱。还有,菲拉特,这阵子就请你在这儿照看着。别忘了给基里尔·莫杰斯托维奇这只鸟儿喂水、添食。东西都锁上。还有,请常到我们那儿看看。"

"是,太太。"

"谢谢,菲拉特。基督保佑你。怎么样,要分手了,一起坐一会儿吧,愿上帝保佑。"

她们来到街上,就像大病初愈一样,一下子适应不了新鲜的空气。凛冽澄澈的空间把圆润的、仿佛经过车床加工的平顺的声音轻轻地散向四方。炮声和枪声砰砰响,像要把远方炸成一堆废墟。

不管菲拉特如何说服拉拉和阿玛莉娅·卡尔洛夫娜,要她们相信真的在放枪,她们仍然认为放的不过是空枪。

"菲拉特,你真傻。想想看,根本见不到放枪的人,怎么会不是空枪呢。照你说谁在开枪,莫非是圣灵不成?当然是放空枪。"

在一个十字路口,巡逻队把她们拦住了。狞笑着的哥萨克对她们进行搜查,放肆地对她们从头到脚瞅来瞅去。他们的系带的无檐帽剽悍地拉到耳朵上,一个个好像都只有一只眼睛。

"真太好了!"拉拉想道,她们和城里其他地方隔绝的这段时间,可以不再见到科马罗夫斯基了!因为母亲的关系,她不能和他断绝来往。她不能够说:妈妈,别接待他。那一切就都公开了。说了又怎么样呢?为什么怕说呢?啊,上帝,让一切都完蛋吧,只要这事能了结。上帝啊上帝!她厌恶得就要昏死在街上。可是现在她又想起了什么呀?!就在开始发生这种事的那个单间屋子里,画着一个肥胖的罗马人的那幅可怕的画叫什么来着?好像是叫《妇人或花瓶》。当然,一点儿不错。这是一幅名画。要是和这件珍品相比的话,她那时还算不上妇人,后来才是。餐桌摆设得真够排场。

"你要到哪儿去呀,走得这么快?我赶不上你。"阿玛莉娅·卡尔洛夫娜在后边哭着说,喘着气,勉强赶上她。

拉拉被一股什么力量推动着,一股骄傲的、令人振奋的力量推动她仿佛凌空疾走。

"枪声多么清脆,"她想道,"被践踏的人得福了,受侮辱的人得福了。枪声啊,愿上帝赐你健康!枪声啊,枪声,你们也该有同感吧!"

二十

格罗梅科兄弟的房子坐落在希弗采夫的洼地街和另一条巷子的拐角上。亚历山大和尼古拉·亚历山德罗维奇·格罗梅科都是化学教授,前者在彼得罗夫斯基学院任教,后者在大学任教。尼古拉·亚历山德罗维奇是个单身汉,亚历山大·亚历山德罗维奇娶的是安娜·伊万诺夫娜。她娘家姓克吕格尔,父亲是铁矿场主,另外在乌拉尔的尤里亚金附近还有一座很大的林中别墅,那儿有几座已经废弃的、没有收入的矿山。

他们的房子是一座两层楼。楼上是寝室、孩子们的学习室、亚历山大·亚历山德罗维奇的工作间和藏书室,另外还有安娜·伊万诺夫娜的小客厅、冬妮娅和尤拉居住的房间;楼下是接待客人的地方。灰绿色的窗幔,大钢琴盖上镜子般发亮的光点,鱼缸,橄榄色的家具和样子像水藻似的室内植物,使楼下接待室给人一种梦幻般浮动的绿色海底的印象。

格罗梅科一家都是非常有文化修养、慷慨好客的人,非常喜欢而且懂得音乐。他们经常邀请一些人在自己家里举行钢琴、提琴独奏和弦乐四重奏的室内音乐会。

一九〇六年一月,尼古拉·尼古拉耶维奇出国以后不久,在希弗采夫街照例又要举办一次室内乐晚会。预定演奏塔涅耶夫[①]学派的一位初露锋芒的作曲家新谱写的一首小提琴奏鸣曲和柴可夫斯基的三重奏。

前一天就开始准备,把家具搬到一边,腾空了大客厅。在大厅的一角,调音师上百次地弹奏同一个音符,又像撒珠子似的弹出一连串音符。厨房里忙着煺鸡毛,洗蔬菜,把芥末调到橄榄油里,作调汁和拌凉菜用。

舒拉·施莱辛格一清早就来惹人讨厌了。她是安娜·伊万诺夫娜的密友和律师。

舒拉·施莱辛格是位生得略带男相的女人,面目端正,身材瘦高。她的相貌和皇上有些相似,尤其是斜斜地戴上那顶羔皮帽的时候。她作客的时候不摘帽子,只把扣在上面的面纱稍稍掀起一点儿。

---

① 谢·伊·塔涅耶夫(1856—1915),俄国著名作曲家和音乐教育家。

每逢遇到伤心和心烦的时候,这对朋友的交谈可以使双方都感到轻松。这种轻松感在于她们相互说的挖苦话越来越恶毒。一场风暴爆发了,但很快就以眼泪与和解而结束。这种周期性的争吵对双方都起镇静作用,就像用水蛭放血一样。

舒拉·施莱辛格嫁过好几次人,但一离婚便把丈夫忘了,不再理睬他,因此仍保留着单身女人冰冷善变等癖性。

舒拉·施莱辛格是神智学者,对东正教的一整套仪式,甚至包括心灵传递①在内,都非常清楚,所以在她兴致非常高的时候,总会按捺不住地要提醒神职人员该说什么,该唱什么,不断让人听到她那声音沙哑、脱口而出的提示:"请听吧,我主上帝","无所不在,无时不在","荣耀的天使",等等。

舒拉·施莱辛格懂得数学和印度密宗教义,知道莫斯科音乐学院知名教授的住址以及谁跟谁同居之类的事。天啊,没有她不知道的事。正因为如此,日常生活中发生什么重要的事,她总要被请来裁决和调停。

到了约定的时间,客人们陆续到了。来的人有阿杰莱达·菲利波夫娜、金茨、富夫科夫一家、巴苏尔曼先生和巴苏尔曼太太、韦尔日茨基一家和卡夫卡兹采夫上校。天正在下雪,每次打开前厅正门的时候,扑进来的冷气像是被纷纷扬扬的大小不一的雪花团团裹住似的。男人们从寒冷的街上进来,脚上穿的是宽松的深筒长靴,一个个都装出心不在焉和呆头呆脑的样子,可是那些在严寒中容光焕发的太太们,解开皮大衣最上边的两个扣子,蒙上一层白霜的头发后边披着毛茸

---

① 楷体文字在原著中为法语。以下不再一一标注,其他语言另注。——编者注

茸的头巾,反而像是老奸巨猾的骗子、奸诈的化身,没人敢惹。"居伊①的侄子。"当一位初次被邀请的新的钢琴家来到的时候,大家相互低声转告。

通过两端开着的侧门,从大厅可以看到餐室里已经摆好一条长桌,像冬天覆盖着白雪的一条路似的。颗粒状花纹瓶里的花楸露酒闪光耀眼。银托架上摆着各种装着奶油、香醋的小巧玲珑的五味汁瓶,唤起你的种种想象。一盘盘野味和冷荤拼成的彩色图画,乃至折成三角形的餐巾、排列整齐的刀叉和花篮里散发出杏仁味的蓝紫色的小花,都刺激着人的食欲。为了不拖延品尝这人间美味的渴望的时刻,大家尽快开始精神的筵席。他们在客厅里一排排地就了座。当钢琴家在钢琴前坐下来的时候,又听到人们低声说:"居伊的侄子。"音乐会开始了。

大家事先就知道,打头的这首奏鸣曲枯燥而做作。结果不出所料,而且曲子长得不得了。

关于这支奏鸣曲,休息的时候评论家克林别科夫还和亚历山大·亚历山德罗维奇争论了一番。评论家骂这支曲子,亚历山大·亚历山德罗维奇却替它辩护。周围都是吸烟的人,响起一片移动椅子的声音。

但是大家的目光再次落到隔壁餐桌上那张浆洗得平整光洁的桌布上,于是齐声建议音乐会赶快继续下去。

钢琴家用眼角扫了一下听众,向合奏者点了点头,示意开始演奏。小提琴手和特什克维奇挥动琴弓,如泣如诉的三重

---

① 居伊(1835—1918),1857 年彼得堡成立的俄国音乐创作集团"强力集团"的五位代表人物之一。

奏开始了。

尤拉,冬妮娅,还有大部分时间都在格罗梅科家寄居的米沙·戈尔东,三个人一起坐在第三排。

"叶戈罗夫娜向您打手势。"尤拉低声告诉坐在他前面的亚历山大·亚历山德罗维奇。

客厅门槛旁边站着头发斑白的格罗梅科家的老女仆阿格拉费娜·叶戈罗夫娜。她用焦急的目光向尤拉这边望着,同时朝亚历山大·亚历山德罗维奇使劲点头,让尤拉明白她有急事找主人。

亚历山大·亚历山德罗维奇掉过头来,责怪地看了叶戈罗夫娜一眼,耸了耸肩膀。叶戈罗夫娜并不罢休,于是两个人就在大厅的这一头和那一头像聋哑人那样"交谈"起来。大家都朝他们看去,安娜·伊万诺夫娜狠狠地瞪了丈夫几眼。

亚历山大·亚历山德罗维奇站起身来。应当想法处理一下。他红着脸从墙边绕过大厅走到叶戈罗夫娜跟前。

"您怎么不懂规矩,叶戈罗夫娜!您有什么大不了的事?好吧,快说,出了什么事?"

叶戈罗夫娜低声对他说了几句话。

"从哪个'黑山'来的?"

"'黑山'旅馆。"

"那又怎么样?"

"要求马上回去,他的一个什么亲戚快要死了。"

"快要死了。我想象得出来。不行,叶戈罗夫娜。等演奏完了这小段,我就去说,早了可不行。"

"来送信的茶房等着哪,赶车的也等着哪。我跟您说,人快死了,您明白吗?是位太太。"

"不行,不行。大不了就是五分钟,有什么了不起的?"

亚历山大·亚历山德罗维奇又蹑手蹑脚地沿着墙回到自己的座位,皱起眉头,用手揉鼻梁。

第一乐章结束后,他走到演奏的人跟前,在大家的掌声中告诉法杰伊·卡济米罗维奇外面有人找他,出了一件不幸的事,演奏只好中止。然后,亚历山大·亚历山德罗维奇用手掌向客厅里的人挥了挥,让大家停止鼓掌,大声说道:

"先生们,三重奏不得不停下来。让我们向法杰伊·卡济米罗维奇深表同情。他遇到了心烦的事,不得不离开我们。在这种时候,不能让他一个人走。我陪他去大概是必要的,我跟他一同去。尤罗奇卡①,亲爱的,出来一下,告诉谢苗把车赶到大门口,他早就套好车了。先生们,我不和诸位告别。请大家留下来,我只是暂时离开一会儿。"

两个男孩子请求跟亚历山大·亚历山德罗维奇一起在寒夜里坐车兜兜风。

二十一

虽然生活已经恢复正常,十二月以后有些地方仍有枪声,新的火灾也时有发生,好像早先的余烬还未烧完似的。

他们从来还没有像今天夜里坐车走这么远,走这么久。离"黑山"旅店只有一箭之遥,穿过斯摩棱斯克大街、诺温斯克大街和花园路的一半就到了,但酷烈的寒雾把天昏地暗的空间隔成一块一块的,仿佛它在世界各处都不相同。簇

----

① 尤罗奇卡,尤里的爱称。

火的浓烟、马蹄的嗒嗒声和滑轨的轧轧声加强了这种印象，让人觉得已经走了不知多久的路，而且驶入了令人惊骇的远方。

旅店门前停着一匹披着马衣、缠着蹄腕骨的马，套在一辆窄小、讲究的雪橇上。驭者座上坐着一个马车夫，用戴着手套的双手抱住缩进脖子里的脑袋取暖。

旅店的前厅很暖，在把入口处和存衣室隔开的栏杆后面，守门人在打盹儿，鼓风机的噪音、熊熊炉火的呼呼声和沸腾的茶炊的尖叫声催得他昏昏欲睡，但又不时被自己响亮的鼾声惊醒。

前厅左边的镜子面前站着一个浓妆艳抹的太太，由于脂粉涂得过多，脸孔显得虚肿，身上穿了一件在这种天气里过于单薄的皮上衣。这位太太正在等人从楼上下来，她转过身背朝着镜子，一会儿从左边肩头，一会儿从右边肩头打量自己，看看自己从后面看上去是不是好看。

冻僵了的车夫从外边探进身子来，长上衣的形状看起来像招牌上画的"8"字形小面包，身上冒出的一股股哈气更加强了这种印象。

"他们快来了吗，小姐?"他向站在镜子旁的女人问道，"跟你们这帮哥们儿打交道，马准保要冻坏。"

二十四号客房里发生的事不过是茶房们平时最恨的一件小事。走廊里几乎每分钟都要响起铃声，墙上玻璃长匣子里就跳一个号码，告诉你是哪个房里的客人发神经病了，自己也不知道要干什么，就是不让茶房安生。

现在正给二十四号客房里的老傻瓜吉沙尔太太急救，给她灌催吐剂，洗肠胃。女仆格拉莎忙得团团转，又是擦地板，又是把脏桶提出来，把干净的桶送进去。眼下的这场风波早在这阵慌乱之前就在下房里开始了，不过那时候还没觉得会出什么事，还没有派捷廖什卡坐车去请大夫和这位可怜的提琴师，科马罗夫斯基也还没来，门前走廊里也没聚集这么多人妨碍走动。

今天发生在下房里的这场乱子，起因是白天在窄小的过道里不知谁从小吃间里出来，转身的时候不留心碰了餐厅招待员瑟索伊一下，刚巧他右手高举着摆满菜肴的托盘，弯着身子从门里飞跑进走廊。瑟索伊扔了托盘，泼了汤，打碎了三个深盘子和一个浅盘子。

瑟索伊一口咬定碰他的那个人就是女洗碗工，应该让她赔，扣她的工钱。现在已经到了晚上十一点钟，一半人快下工了，可他们还在为这件事争吵不休。

"都是你手脚发颤，白天黑夜就知道像搂老婆一样搂着你那酒瓶子，连鼻子都舔饱了，像公鸭那样。干吗要碰人家，砸了盘子又泼了汤！谁撞你了，你这个不要脸的斜眼鬼？谁撞了你？"

"玛特廖娜·斯捷潘诺夫娜，我已经跟您说了，您讲话可要当心。"

"又吵又闹，又摔盘子打碗的，要是值得也就算了。什么稀罕东西，骚货太太，小心眼的小市民，好好儿的就要吞砒霜，这种过时的贞洁。我们在'黑山'旅店里干了不少年，还没见过这号拨弄是非的婆娘和欺侮女人的公狗。"

米沙和尤拉在门前的过道里走来走去。这一切都出乎亚历山大·亚历山德罗维奇的意料之外。他原先以为大提琴家生活中出现悲剧，准是某种纯洁而庄严的不幸。可鬼知道这算什么。不外乎是肮脏下贱的丑事,尤其是对孩子们来说。

两个男孩子在走廊里来回转。

"你们进去看看大婶吧,少爷们。"茶房走到男孩们跟前,再次不紧不慢地说,"你们进去吧,别犹豫了。放心吧,他们都没事了,都好好儿的。这里不能站人。今天就在这个地方发生了那件倒霉的事,把贵重的餐具摔碎了。你们瞧,我们得随时伺候着,跑来跑去,这地方窄,你们进去吧。"

两个孩子听从了。

客房里点着的煤油灯,已经从吊在餐桌上方的灯架挪到房间另半边,中间隔了一道发出臭虫气味的屏风。

那一边有个睡人的角落,被一条落满尘土、掀起的门帘隔开,遮住前室和外人的视线。大家在忙乱中忘记把它放下来,只是下半边搭在屏风的上面。煤油灯就放在一把扶手椅里。这一角像剧场脚灯从下向上照着似的,亮得刺眼。

太太吞服的是碘,不是洗碗女工胡说的砒霜。屋里有一股嫩核桃果皮发出的酸涩难闻的气味,尚未变硬的果皮让人摸得发黑。

一个姑娘在屏风后面擦地板,床上躺着一个被水、汗和眼泪弄得浑身精湿的半裸的女人。她把头俯在一个面盆上大声哭号,粘成一缕一缕的头发披散下来。两个男孩子立刻把眼睛掉开,往那边看实在不好意思,不成体统。不过,已经让尤拉感到惊讶了:当女人处于不舒服的竖立姿势中,在紧张和吃力的状态下,就不再是雕塑所表现的女性,而成了肌肉发达的穿着短裤参加比赛的半裸的角力士。

屏风那边终于有人想到应该把帘子放下来。

"法杰伊·卡济米罗维奇,亲爱的,您的手在哪儿?把您的手给我。"女人说,眼泪和恶心憋得她喘不过气来,"唉,我这是经受了多么可怕的事呀!我太多心了!法杰伊·卡济米罗维奇……我觉得……不过还算幸运,原来这都是蠢念头,是我的想象力错乱了,简直难以想象,法杰伊·卡济米罗维奇,真不得了,心想多轻松啊!结果……您看,我还活着。"

"安静点儿,阿玛莉娅·卡尔洛夫娜,求求您,安静下来。这真不像话,老实说,太不像话了。"

"咱们马上回家。"亚历山大·亚历山德罗维奇对孩子们嘟囔一声。他们窘得不知如何是好,站在昏暗的过道里,就在客房没有隔开的那一半的门槛上,因为他们不自在,便望着原来放灯的方向。那边墙上挂了几张照片,地上放着一个琴谱架,书桌上堆满纸张和画册;铺着手织台布的餐桌的那边,一个姑娘坐在扶手椅上睡觉,双手拢着椅子扶手,脸也贴在上面。她大概疲乏到了极点,周围的吵闹声和人的走动并没有妨碍她睡觉。

他们到这儿来可说是毫无意义,而且继续再待下去也不礼貌。"马上就走,"亚历山大·亚历山德罗维奇又说了一遍,"等法杰伊·卡济米罗维奇出来,我就向他告别。"

从屏风后面出来的却是另一个人。这是一个身体健壮的男子,脸刮得干干净净,威风凛凛,十分自信。他把从灯架上取下来的那盏灯举在头顶上,走到姑娘睡觉的那张书桌跟前,把它放在灯架上。亮光惊醒了那个姑娘。她朝这人笑了一笑,微微眯起眼睛,伸了个懒腰。

一见到这个陌生人,米沙不觉全身颤抖了一下,两眼死死地盯着他看,同时扯了一下尤拉的衣袖,想对他说什么。

"你在生人面前嘀咕什么,多不害臊?人家会怎么看你?"尤拉止住了他,而且也不听他说。

这时,在姑娘和那个男人之间演出了一幕哑剧。两个人一句话也没说,只是交换一下眼色,但相互的理解简直像着了魔法似的。他仿佛是耍木偶戏的,而她就是任凭他耍弄的木偶。

脸上露出的疲倦的微笑使姑娘半闭着眼睛,半张开嘴唇。对那男人嘲弄的眼色,她则报以一个同谋者的狡黠的眨眼。两个人都很满意,因为结果如此圆满,隐私没有暴露,服毒的也没死。

尤拉死死地盯着他们。他从谁也看不见的昏暗中不转眼地望着灯光照亮的地方。姑娘屈从的情景显得不可思议的神秘而又厚颜无耻的露骨。他心里充满矛盾的感情。尤拉的感情被这些从未体验过的力量揪成一团。

这也就是他同米沙和冬妮娅一直不断热烈争论的、并称之为什么也说明不了的庸俗的那种东西,就是那种既使他们惊恐又吸引他们的东西,在安全距离内口头上容易对付的东西。而现在出现在尤拉眼前的正是这种绝对物质的、模糊的力量,既是毫无怜悯的毁坏性的,又是哀怨并且求助。他们的童稚哲学到哪儿去了?尤拉现在该怎么办?

"你知道这个人是谁吗?"他们走出门外以后米沙问道。

尤拉只顾想自己的心事,没有回答。

"这就是教会你父亲喝酒并害死他的那个人。记得吗,在火车上,我对你讲过。"

尤拉想的是那个姑娘和未来,而不是父亲和过去。开始他甚至没弄明白米沙说的是什么。在严寒的天气里无法交谈。

"冻坏了吧,谢苗?"亚历山大·亚历山德罗维奇问了一句。

他们坐上车走了。

第三章　斯文季茨基家的圣诞晚会

一

那年冬天,亚历山大·亚历山德罗维奇送给安娜·伊万诺夫娜一个老式的衣柜。他是偶然买到手的。这只黑檀木衣柜非常大,整个搬动的话,哪个门都进不去。衣柜是拆开运来的,一部分一部分搬进屋子里,接着就考虑把它摆在什么地方。楼下客厅最宽敞,不过摆在那儿用起来不方便,楼上又挤,摆不下。最后还是把主人夫妇卧室门口楼梯平台的东西搬开,把衣柜摆在那里。

把衣柜拼装起来的是扫院子的仆人马克尔。他把自己六岁的女儿玛林卡也带来了。有人给了玛林卡一根大麦芽棒糖。她鼻子呼哧呼哧地舔着棒糖和沾满口水的细细的小指头,一面皱着眉头看父亲干活。

有一阵子活儿干得挺顺利。安娜·伊万诺夫娜眼看着柜子渐渐装起来。等到只剩下装柜顶的时候,她忽然心血来潮,想给马克尔帮个忙。她踩到离地很高的柜底上,可是身子一晃,碰上了只靠榫头连住的一块侧板。马克尔暂时捆住柜壁的绳扣散开了。随着柜板轰然倒地的声音,安娜·伊万诺夫娜也仰面朝天跌下来,摔疼了身子。

"哎呀,太太,"马克尔说着,朝她奔过去,"您这是何苦来,我的好太太。没伤着骨头吧?您快摸摸。要紧的是骨头,皮肉倒不算什么,可以再长,俗话说,皮肉不过是让太太们图个好看。别号了,没心肝的东西!"他骂起哭号的马琳卡来,"擦干净鼻涕,找你妈去。唉,太太,难道没有您我就装不上这个衣柜?您准是想,我只不过是个扫院子的,其实,说正经的,我们都是干木工的材料,干过木工活儿。兴许您不信,就是这些家具,什么柜子啦,食品橱啦,打我们手里一过才这么油光锃亮;再不就是那些细木料活儿,什么红木的、胡桃木的,都是我们干的。还可以打个比方说,早先也有人给我提过好几门亲事,全是体面人家的姑娘,请您原谅我这么说,都从眼皮子底下溜过去了。全都是因为我好喝酒,还非得劲儿大的不可。"

马克尔推过一把扶手椅,扶着安娜·伊万诺夫娜坐下。她哼哼唧唧地揉着摔疼的地方。马克尔重新组装碰散了的柜子。上好顶后,他说:"行啦,现在就差上柜门了,您就是送去展览都行。"

安娜·伊万诺夫娜不喜欢这衣柜,它那样式和大小都很像灵柩台或者皇陵,使她产生一种迷信的恐惧。她管这衣柜叫"阿斯科里德陵"①,实际上她指的是奥列格②的坐骑,也就是只会给自己主人带来死亡的那种东西。安娜·伊万诺夫娜

> ① 阿斯科里德陵,位于基辅的第聂伯河左岸,是公园的一部分,据传说,九世纪的基辅大公阿斯科里德埋葬在这里。
>
> ② 奥列格,基辅的罗斯大公,882年攻占基辅城,杀死基辅统治者阿斯科里德大公,后来被从他心爱的马的头盖骨中钻出的毒蛇咬死。

是个胡乱读过不少书的女人,在这里她把两个有关联的概念弄混了。

自从跌了一跤之后,安娜·伊万诺夫娜肺病的征兆开始显露出来。

二

一九一一年十一月的整整一个月,安娜·伊万诺夫娜卧床不起。她得了肺炎。

翌年春天,尤拉、米沙·戈尔东和冬妮娅将分别在大学和高等女子学校毕业。尤拉将是医学士,冬妮娅是法学士,米沙是哲学系的语言学士。

在尤拉的心灵里,一切都被搅乱、被颠倒了,一切都是非常独特的——他的观点、习惯和禀赋。他极端敏感,他的见解之新颖是无法描述的。

不管艺术和历史对他有多大的吸引力,尤拉选择自己的生活道路时并未踌躇。他觉得,正如天赋的乐观或者生就的郁闷不能成为一种职业一样,艺术在这个意义上也难完成它的使命。他感兴趣的是物理学和自然科学,认为在实际生活中应当从事对公众有益的工作。就这样,他选择了医学。

四年前还在读一年级的时候,他在大学的地下室里作了整整一学期的尸体解剖。他经常沿着一道曲折的扶梯下到地下室里。头发蓬松的大学生几个人一起或是单独一个人待在解剖室的深处。有的一面翻看封面快磨破的教科书,一面默记着什么,身边堆放着骨骼;有的在角落里不声不响地作解剖;也有的在谈话,开玩笑,追赶在停尸间石板上逃窜的老鼠。

在这半明半暗的解剖室里,那些身份不明的赤裸裸的尸体,年轻的自杀者,几具保存得很好、尚未腐烂的溺水的女尸,像磷火那样刺目。注射过明矾的尸体显得很年轻,造成肢体丰满的假象。尸体被剖开、肢解和制成标本,即便分成多少段,人体的美仍然不变,因此,当一具美人的尸体被粗野地扔到镀锌桌上的时候,仍然能引起人们的赞赏,并且他们把这种赞赏移到她被切下来的手臂或手上。地下室里弥漫着福尔马林和石炭酸的气味,从那些直挺挺的尸体的不可知的命运直到隐藏在这里的生与死的奥秘,到处都给人一种神秘的感觉,仿佛这里就是奥秘之家,它的大本营。

这种奥秘的召唤压倒其余的一切,折磨尤拉,妨碍他解剖尸体。可是生活当中还有许多事同样妨碍他。对此他已经习以为常,让他分心的干扰并没使他不安。

尤拉善于思考而更善于写作。还在中学的时候,他就曾幻想过写小说,写一本传记体的书,书中就像埋藏炸药似的把他所见到的并经过反思的事情当中感触最深的东西加进去。但写这本书他还嫌过于年轻,于是便用诗来代替,犹如画家一生都在为一幅深思熟虑的巨作勾画草图一样。

尤拉宽厚地对待这些刚刚出世的诗的弱点,因为它们具有一种力量和独创性。尤拉认为,力量和独创性这两种品格,才是艺术中现实性的有代表性的特点,其余都是无目标的、空泛的、不需要的。

尤拉知道,他的全部性格特征的形成应该大大地归功于他的舅舅。

尼古拉·尼古拉耶维奇这时住在洛桑。在当地用俄文出版的著作和译著当中,他进一步发展了很早以前的对历史的想法,即把历史看成人类借助时代的种种现象和记忆而建造起来的第二个宇宙,并用它作为对死亡的回答。这些书的中心意思是对基督教的一种新解释,其直接结果是一种新的艺术思想的产生。

这些思想对尤拉的朋友产生的影响更大。在这些思想的影响下,米沙·戈尔东选定了哲学作为专业。在系里,他听神学课,甚至几次考虑过以后转入神学院。

对尤拉而言,舅舅的影响促使他前进,解放了他的思想,然而对米沙则是一种束缚。尤拉也知道,米沙的出身对他那种极端的迷恋所起的作用。他出于审慎的分寸感,并没有劝说米沙放弃那些古怪的想法。不过,他经常希望看到米沙能更加看重实践经验,更加接近生活。

三

十一月末的一个晚上,尤拉从大学里回来得很晚,非常疲倦,一整天没有吃东西。家里人告诉他说,白天发生了让人担惊受怕的事:安娜·伊万诺夫娜不停地抽搐,来了好几位医生,还商量过请神甫,后来又打消了这个念头。现在她已经好些了,清醒过来,并且吩咐过,只要尤拉一回来,就立刻到她那儿去。

尤拉依照她的吩咐,衣服也没换,就到她卧室里去了。

屋子里还有不久前的惊慌忙乱的痕迹。助理护士不声不响地在床头小柜上整理东西。周围乱放着冷敷用的揉成一团的餐巾和湿毛巾。洗杯缸里的水是淡红色的,里面有血丝,还有安瓿药针的碎片和被水泡胀了的药棉。

病人浑身是汗,不断用舌头舔干燥的嘴唇。同早晨尤拉最后一次见到她的时候相比,她瘦了不少。

"会不会误诊?"他想道,"完全是哮喘性肺炎的症状。看来是转变期。"他同安娜·伊万诺夫娜打过招呼,说了几句通常在这种情形下说的那类空洞的安慰话,便打发助理护士离开了房间。他握住安娜·伊万诺夫娜的一只手给她诊脉,另一只手伸到制服上衣里取听诊器。安娜·伊万诺夫娜摇摇头,表示这是多余的,毫无用处。尤拉这才明白,她要见他是为了别的事。安娜·伊万诺夫娜鼓足了力气说道:

"你看,他们都要我忏悔了……死亡已经临头……每分钟都可能……就是拔颗牙,还怕疼呢,得有准备……这可不是一颗牙,是整个的你自己,是整个的生命……只要咯噔一下子,就让钳子拔掉了……这究竟是怎么一回事?……谁也说不清……我又烦闷又害怕。"

安娜·伊万诺夫娜不说话了。大颗的泪珠顺着她的面颊滚了下来。尤拉什么也没有说。过了一会儿,安娜·伊万诺夫娜接着说下去。

"你很有才能……才能这个东西……不是人人都有的……你该懂点儿事了……跟我谈点儿什么……好让我安心。"

"可我说什么好呢?"尤拉回答说,身子在椅子上不安地动来动去,站起来走了一会儿,重新坐下,"首先,明天您就会好一些,已经有了征兆,我可以拿脑袋担保。其次,死亡,意识,相信复活,等等。您想听听我这个学自然科学的人的意见吗?是不是另外找时间再谈?不行?现在就谈?好吧,随您的便吧。这问题一下子很难说清。"

于是他只得即兴给她上了整整一课，自己也奇怪居然能说得出来。

"复活，那种通常用于安慰弱者的最简陋的形态对我是格格不入的。就连基督关于生者和死者所说的那些话，我一向也有另外的理解。千百年所积累起来的一大群复活者往哪儿安置？整个宇宙都容纳不下，连上帝、善良和理性都要被他们从世界上挤掉，否则在这贪婪的动物般的拥挤中会被压碎的。

"可是，同一个千篇一律的生命永远充塞着宇宙，它每时每刻都在不计其数的相互结合和转换之中获得再生。您担心的是您能不能复活，而您诞生的时候已经复活了，不过没有觉察而已。

"您会不会感到痛楚，生理组织会不会觉察出自身的解体？换句话说，您的意识将会怎样？但究竟什么是意识？我们不妨分析一下。有意识地希望入睡，这就是真正的失眠症；有意识地要感觉出自己的消化作用，这肯定是消化功能紊乱。意识用在自己身上作为自身毒害的手段的时候是一种毒品。意识也是一股外射的光，当它照亮我们面前的路，使我们不致跌倒的时候。意识又是在前面行驶的火车头的两盏明亮的灯，如果把它们的光照向火车头里面，就会酿成惨祸。

"那么，您的意识又将会怎样呢？我说的是您的意识，您的。不过您又是什么呢？问题的症结就在这儿。我们还是可以分析一下。您是靠什么才能感觉出自身的存在，意识到自己身体的某一部分？是肾，是肝，还是血管？不论您怎么去琢磨，都不会是这些。您总是在外在活动的表现当中感觉到自己，譬如通过手上做的事，在家庭中，在其他方面。现在我说的您要特别注意听:在别人心中存在的人,就是这个人的灵魂。这才是您本身,才是您的意识在一生当中赖以呼吸、营养以致陶醉的东西。这也就是您的灵魂、您的不朽和存在于他人身上的您的生命。那又意味着什么呢?这意味着您曾经存在于他人身上,还要在他人身上存在下去。至于日后将把这叫作怀念,对您又有什么关系呢?这将是构成未来成分的您了。

"最后再说一点。没有什么可担心的。死亡是不存在的,它和我们无缘。您刚才说到人的才能,那是另一回事,它属于我们,被我们所发现。从最广泛而崇高的意义上来说,才能是生命的恩赐品。

"圣徒约翰说过,死亡是不会有的,但您接受他的论据过于轻易了。死亡之所以不会有,是因为先前的已经过去。几乎可以这么说:死亡是不会有的,因为这已经见到过,已经陈旧了,厌烦了,如今要求的是崭新的,而崭新的就是永恒的生命。"

他一边说,一边在屋子里来回走着。"睡一会儿吧。"他说,走到床前把手放到安娜·伊万诺夫娜的头上。过了几分钟,安娜·伊万诺夫娜渐渐睡着了。

尤拉悄悄走出房间,吩咐叶戈罗夫娜把助理护士叫到卧室里去。"真见鬼,"他想,"我简直成了个江湖术士,嘴里一边念念有词,一边把手放在病人身上治病。"

第二天,安娜·伊万诺夫娜有了起色。

四

安娜·伊万诺夫娜的病情一天天见轻。到十二月中,她已经试着起床了,不过身体还很衰弱。医生建议她还要好好卧床休养。

她经常让人把尤拉和冬妮娅找来,一连几小时地讲述她在乌拉尔的雷尼瓦河边祖父领地瓦雷金诺度过的童年。尤拉和冬妮娅从来没有到过那里,但是从安娜·伊万诺夫娜的话里,尤拉很容易想象出那片人迹罕至的五千俄亩的森林,林中漆黑如夜,还有那条沿着克吕格尔高耸陡峭的两岸湍急奔流的卵石铺底的河流,有两三处的河湾像尖刀似的插入密林。

这些天,尤拉和冬妮娅有生以来第一次定做了过节穿的衣服。尤拉的是一身黑色的常礼服,冬妮娅的是一件稍微袒露颈部的浅色缎子晚礼服。他们两个准备二十七日在斯文季茨基家一年一度的圣诞晚会上一展风采。

在男装成衣作坊和女服裁缝那里定做的这两套衣服,是同一天取回来的。尤拉和冬妮娅试过之后很满意,但还没来得及脱下来,安娜·伊万诺夫娜便打发叶戈罗夫娜喊他们过去。尤拉和冬妮娅就穿着新衣服去见她。

两个人一来,她就用臂肘支起身子,从侧面看了他们一遍,又让他们转过身去,说道:

"挺好,简直美极了。我还一点儿不知道已经做好了呢。冬妮娅,让我再看看。不错,很好,就是肩头有点儿发皱。知道吗,为什么叫你们来?不过,有几句话得先跟你说,尤拉。"

"我知道,安娜·伊万诺夫娜。是我让人把那封信给您看的。您肯定也跟尼古拉·尼古拉耶维奇一样，认为我不应该拒绝继承权。您先忍一会儿，您还不适于过多讲话。我马上说清楚，其实这些您都很清楚。

"总之，首先，有一件支付律师费和偿付诉讼费的日瓦戈遗产的案子。但实际上并没有任何遗产，有的倒是债务和一笔扯不清的糊涂账，以及在这当中暴露出来的肮脏勾当。要是有什么东西可以变卖成钱的话，难道我会白白把它们送给法院，不自己拿来享用？关键在于这场官司打到底也是一场空，与其在里面折腾，不如放弃并不存在的财产，把它让给那几个假冒的竞争对手和贪婪的自封的继承人。至于那位姓日瓦戈、带着孩子住在巴黎也想染指的艾丽斯夫人①，我也早就听说了。但如今又增加了要求，这是不久前才对我公开的，不知您知道不知道。

"原来家母在世的时候，父亲就迷恋上一个耽于幻想而又性情怪僻的女人，斯托尔本诺娃－恩利茨女公爵。这个女人和父亲生了一个男孩，如今已经十岁，名字叫叶夫格拉夫。

"女公爵过的是隐居生活。她带着儿子住在鄂木斯克郊外一幢单独住宅里，深居简出，不知道靠着从哪儿来的钱维持生活。有人给我看过那幢住宅的照片。那是一所有五扇窗的漂亮房子，窗子是落地式的，窗檐上的圆框里有浮雕。最近我总有一种感觉，好像那幢房子越过把俄罗斯的欧洲部分和西伯利亚隔开的几千俄里的距离，用它那五扇窗不怀好意地看着我，迟早要让我倒霉。所以，我又何必理睬这笔臆造的财产、人为的竞争对手以及他们的敌意和嫉妒呢！何况还有那

---

① 原文是英语。

些律师。"

"可你仍然不该拒绝。"安娜·伊万诺夫娜反驳道，"你们知道我为什么叫你们来吗？"她把这话又重复了一遍，立刻接下去说，"我想起了他的名字。记得吧，昨天我谈到的那个看林子的？他叫瓦克赫①。这个名字真少见，是不是？他是树林子里的可怕的黑怪物，胡子从下巴长到眉毛，却叫瓦克赫！他的脸上全是疤痕，熊咬过他，可他挣脱了。那地方的人都这样。他们的名字也怪得很，都是一个音节的，为的是喊起来响亮，好记。比如，瓦克赫，鲁普，或者法弗斯特。听着，你们听着。有时候通报说来了人啦，比方说叫阿弗克特的，或者叫福洛尔的，一听名字就像是祖父的双筒猎枪齐发。我们这帮孩子就从儿童室一下子钻进厨房。你们简直无法想象，那儿不是林子里烧炭的送来一头活的小熊，就是巡道工从很远的巡哨点带来了矿苗。爷爷就分别登记下来，然后让他们到账房去，有的付钱，有的给粮食，也有的发弹药。窗子外面就是大森林，雪下得真大，齐房檐那么深！"安娜·伊万诺夫娜咳了起来。

"别说了，妈妈，说话对您身体不好。"冬妮娅警告说，尤拉也附和她。

"没什么，算不了一回事儿。我顺便问问，叶戈罗夫娜说你们的坏话，好像你们后天去不去参加圣诞晚会还没拿定主意。我不许你们再说这种傻话！你们自己也不嫌难为情。尤拉，你以后还怎么当医生？就这么说定了，你们一定要去。我再回过头来给你们讲这个瓦克赫。他年轻的时候当过铁匠，

---

① 瓦克赫，希腊神话中的酒神，从公元前五世纪起他通常被描绘成俊美娇嫩的少年。

有一次打架把内脏打出来了,他就给自己另打了一副铁的。你真是个怪人,尤拉。难道我连这个也不懂?当然不是真打了一副铁内脏。不过老百姓都这么说罢了。"

安娜·伊万诺夫娜又咳了起来,而且比刚才咳的时间长得多。这阵咳嗽没过去,她还是喘不过气来。

尤拉和冬妮娅同时跑到她跟前,并肩站在她的床边。安娜·伊万诺夫娜不停地咳嗽,把他们挨在一起的手抓在自己手里,好一会儿不松开。后来,她喘过气来,能说话了,说道:

"如果我死了,你们可不要分开呀。你们是天生的一对。结婚吧。我给你们订婚了。"说到最后,她哭了。

五

一九〇六年春天,拉拉即将升入寄宿学校最后那个年级的时候,她同科马罗夫斯基持续了六个月的关系超过了她能忍耐的限度。他非常巧妙地利用她的沮丧情绪,每当他需要的时候,便委婉地在不知不觉之间提醒她所受到的凌辱。这种暗示恰恰使拉拉陷入一个好色之徒所要求的女人心慌意乱的状态。这种心慌意乱使拉拉在情欲的噩梦中越陷越深,但每当她清醒过来的时候吓得头发都竖立起来。但夜里的癫狂又像是巫术那样无法解释的矛盾。这时一切都颠倒了,一切都违背逻辑;银铃般的娇笑表现的却是刺心的痛楚,挣扎和抗拒意味着顺从,落在那折磨者手上的是无数感激的亲吻。

这一切仿佛永远不会完结似的,但春天,这个学年最后几天的一堂课上,她一想到夏天学校不上课了,这种纠缠会更加频繁,而躲避同科马罗夫斯基经常接触的避难所没有了,拉拉便迅速地作出了一个在很长时期里改变她生活道路的决定。

一清早就很闷热,看样子会有一场雷雨。上课时教室的窗户是敞开的。城市远方传来单调的喧闹声,像一群蜜蜂在蜂场上嗡嗡叫。有时还能听到院子里孩子们嬉戏的喊叫声。泥土和嫩叶气息让人头疼,就像过谢肉节喝醉了酒或被煎饼的煳味熏了似的。

历史老师正在讲拿破仑远征埃及。当他讲到在弗雷瑞斯登陆的时候,天色昏暗,一道闪电划过,响起雷声;一股尘土带着清新的气息从窗口涌了进来。两个爱拍马屁的女学生讨好地跑进走廊喊校役关窗,她们刚一开门,从门缝刮进来的一阵穿堂风把课桌上笔记本里的吸墨纸吹得在教室里乱飞。

窗户关好了,外面已经下起城市里才有的那种夹杂着尘土的脏雨。拉拉从笔记本上撕下一页纸,给同桌的娜佳·科洛格里沃娃写了几句话:

> 娜佳,我需要和母亲分开住。帮我找个报酬好一点儿的家馆糊口吧。你认识不少有钱的人家。

娜佳用同样的方式回答了她:

> 我们正在替莉帕找家庭教师呢。到我们家来吧,那可就太妙了!你知道,我爸爸妈妈多么喜欢你。

六

拉拉在科洛格里沃夫家里住了三年多。仿佛被一堵石墙挡住了,没人干扰和侵犯她,就连她极其疏远的母亲和弟弟也没来打扰她。

拉夫连季·米哈伊洛维奇·科洛格里沃夫是一位合乎潮流的大实业家，聪明而又有才能。作为一个财产可以同国库匹敌的大富翁，同时又是一个从平民中神话般地爬上来的人，他对这个衰朽的制度怀着十分的憎恨。他把秘密工作者藏在自己家里，替因政治问题而受审讯的人雇辩护律师；而且真像人们开玩笑所说的那样，他出钱资助革命，自己推翻作为私有者的自己，并在自己的工厂里组织罢工。拉夫连季·米哈伊洛维奇是出色的射手，一个酷爱狩猎的人，一九〇五年冬季每逢礼拜天都到谢列伯良内森林和洛西内岛教工人纠察队射击。

这是个出类拔萃的人，他的妻子谢拉菲玛·菲利波夫娜是与他相称的配偶。拉拉对他们两人无比钦佩和敬重。他们全家人也喜欢她，把她当成亲人。

三年多来，拉拉一直过着这种无忧无虑的生活，直到她弟弟罗佳有事来找她。罗佳学着纨绔子弟的派头摇晃着两条长腿，而且为了更显得傲慢，说话还带鼻音，故意拖长声调。他告诉她，他们这期毕业的士官生凑了钱准备给军校长官买纪念品，把钱交给了他，请他采购。但前天他把这笔钱输了个精光。话刚说完，罗佳就把他那瘦长身子往椅子上咕咚一倒，哭了起来。

拉拉听到出了这种事，浑身发凉。罗佳哽咽着说下去：

"昨天我上维克托·伊波利托维奇那儿去了。他拒绝同我谈这件事，但他说如果你有这种愿望的话……他说，尽管你已经不再喜爱我们大家了，可是你对他仍有极大的权利……拉罗奇卡①……你只要说一句话就行了……你明白，多么丢

<hr />

① 拉罗奇卡，拉里莎的爱称。

人,这有损士官生的荣誉呀！……上他那儿去一趟,对你又算得了什么,请求他……你总不至于让我用鲜血去洗刷输掉的那笔款子吧。"

"用鲜血洗刷……士官生的荣誉。"拉拉气愤地重复着他的话,一面在屋里激动地走来走去,"我不是士官生,我没有荣誉,怎么摆布我都行。你知道不知道你让我干的是什么事?你仔细想过没有,他向你建议的是什么?我一年一年,没完没了地干活,努力向上,连觉都睡不足,可他来了,毁掉一切不当一回事。见你的鬼去吧。开枪自杀吧,随你的便。这和我有什么相干?你需要多少钱?"

"六百九十多卢布,说个整数就是七百。"罗佳有点儿犹豫地说。

"罗佳！办不到,你简直疯了！明白你说的是什么吗?你真的输了七百卢布?罗佳！罗佳！你知道不知道,一个像我这样的普通人要多长时间才能靠自己诚实的劳动积攒下这个数目?"

停了一会儿,她像对待陌生人那样冷冰冰地补充了一句:

"好吧,我试试看。你明天再来。把你准备自杀用的手枪也带来。你把手枪转让给我,别忘了多带几颗子弹来。"

她从科洛格里沃夫那里弄到了这笔钱。

七

拉拉在科洛格里沃夫家里做事并没有妨碍她的学业,从女子中学毕业后,又进了师范专修班,学习很出色,再过一年,即一九一二年,便要毕业了。

一九一一年春天,拉拉所教的女学生莉帕奇卡也中学毕业了。她已经有了未婚夫,一个出身于富裕而有教养人家的年轻工程师弗里津丹柯。父母都赞成莉帕奇卡的婚事,但反对她过早结婚,劝她再等几年。为此发生了争吵。莉帕奇卡是全家的掌上明珠,被娇惯得十分任性。她同父母大吵大闹,跺着脚哭喊。

这个家庭把拉拉当成亲人一样看待,已经忘了她替罗佳借的债,从未有人提起过。

如果没有经常的开销,拉拉早就把钱还清了。她向别人隐瞒了这项开销的用途。

她瞒着帕沙给他被流放的父亲安季波夫寄钱,还资助他时常害病的唠唠叨叨的母亲。另外,她还更加秘密地设法减轻帕沙的个人开销,背地里替他向房东贴补食宿费。

年纪比拉拉稍小一点儿的帕沙,狂热地爱着她,样样事都对她百依百顺。按照她的坚决主张,帕沙读完职业中学后就专心一意地补习拉丁文和希腊文,准备进大学语文系。拉拉希望明年他们俩通过国家考试后就结婚,然后到乌拉尔的一座省城去教书,当男子中学和女子中学的教师。

帕沙住的房间是拉拉亲自在艺术剧院附近卡梅尔格尔斯基街上一幢新改建的房子里替他租下的,房东夫妇都是性情温和的人。

一九一一年的夏天,拉拉最后一次跟科洛格里沃夫一家到杜普梁卡去度假。她喜爱这个地方胜过主人,达到忘我的地步。大家都清楚地知道这一点,因此每年夏天到那里旅游对拉拉是一种不成文的约定。当那列把他们载来的被煤烟熏得乌黑的闷热的火车开走后,在一片香气四溢、令人如醉如痴的静谧中,拉拉就会激动得话都说不出来。在从小火车站把行李装上大车的时候,大家总让她一个人步行到庄园去。从杜普梁卡来的车夫穿着一件坎肩,肩膀下面露出红衬衣的两只袖子,一路向坐在车上的老爷和太太讲述上个季度当地的新闻。

拉拉沿着铁路路基在一条由朝圣的香客踩出来的路上走着,然后拐进一条通到树林子里去的小径。她不时停下脚步,眯起眼睛,呼吸着旷野中弥漫着花香的空气。这里的空气比父母更可亲,比情人更可爱,比书本更有智慧。霎时间,生存的意义又展现在拉拉面前。这时她领悟到,她活在世上为的是解开大地非凡的美妙之谜,并叫出所有的事物的名称来,如果她力不胜任,那就凭借着对生活的热爱养育后代,让他们替她完成这项事业。

这一年的夏天,由于拉拉担当的工作过重,来的时候已累得筋疲力尽了。她心绪不大好,变得神经过敏,这是先前所没有的。这个特点使她变得心胸狭窄,而她的性格一向是开朗而不拘小节的。

科洛格里沃夫夫妇不放她走。她在他们这里仍然受到先前那样的关怀。但自从莉帕自立以后,拉拉便认为自己在这个家庭里是多余的人了。她谢绝了薪水,他们却硬要她收下。她很需要钱用,但寄居在人家又领一份干薪是难为情的,实际上也是办不到的。

拉拉感到自己的处境虚伪而难堪。她觉得别人把她当成累赘,只不过不表露出来而已。她很想随便跑到什么地方去,能摆脱自己目前的处境和科洛格里沃夫一家就行,但依照她的处世原则,离开之前必须还清借债,不过目前又没有地方能筹到那笔款项。她觉得自己成了罗佳愚蠢的过失——输掉大家的钱——的人质了，并由于无能为力的愤慨而坐立不安。

她总感到受轻视的征兆。如果科洛格里沃夫家里的熟人对她过分关切的话，那就意味着他们把她当成唯命是从的"女学生"和容易弄到手的女人。要是人家不去打扰她，那又证明把她当成微不足道的人，无人理睬。

一阵阵的忧郁情绪并没有妨碍拉拉同许多到杜普梁卡做客的人一起娱乐。她游泳、荡舟，参加夜晚在河对岸的野餐，同大家一起放烟火和跳舞。她参加戏剧爱好者的演出，特别热衷于短统毛瑟枪的射击比赛，并认为最好用的还是罗佳的那把轻巧的左轮手枪。她用这支枪射击几乎弹无虚发，以致开玩笑地惋惜因为自己是个女人所以不能挑起决斗。然而拉拉越是玩得开心，心里越是感到难过。她自己也不知道究竟需要什么。

回到城里以后，这种感觉变得更加强烈。在拉拉的郁闷不乐当中又掺杂了同帕沙的小小争执（拉拉避免和他发生剧烈争吵，因为把他看成自己最后的倚靠）。最近帕沙有点儿自以为是，言谈话语之间所表现出的那种教训人的口吻，让拉拉觉得又可笑又可气。

帕沙、莉帕、科洛格里沃夫夫妇和那笔钱——所有这一切都在她脑海里翻腾。生活使她厌倦。她几乎要发疯了。她渴望抛开一切熟悉的和体验过的，另外建立一种新的东西。在这种心情下，她终于在一九一一年的圣诞节作出了一项致命的决定。她决心立刻离开科洛格里沃夫家，自己去过独立而孤单的生活，所需要的钱向科马罗夫斯基去要。拉拉认为经过了已经发生的事以及随后她所争得的几年的自由，他应该拿出骑士的风度来帮助她,而且无须任何解释,不附带任何肮脏的条件。

十二月二十七日晚上,她抱着这个目的到彼得罗夫大街去。出门时她把罗佳的左轮手枪上好子弹,打开保险,放进手笼里,准备一旦遭到拒绝、曲解或受到侮辱,就向维克托·伊波利托维奇开枪。

她异常惊慌地在充满节日气氛的街道上走着,对周围的一切都没注意。在她心里已然响起谋算好的那一枪,至于瞄准的究竟是谁倒完全无所谓。她能意识到的唯有这一声枪声,一路上都能听到它。这是射向科马罗夫斯基、射向她自己、射向自己命运的一枪,同时也是射向杜普梁卡林间草地上那棵树干上刻着靶标的柞树的一枪。

八

"别碰手笼。"她对惊讶得哎呀一声、伸手帮她脱衣服的埃玛·埃内斯托夫娜说。维克托·伊波利托维奇不在家,但埃玛·埃内斯托夫娜仍然劝拉拉脱掉皮大衣,到屋里去。

"不行,我还有急事呢。他在哪儿?"

埃玛·埃内斯托夫娜告诉拉拉,他参加圣诞节晚会去了。拉拉手里拿着记下地址的纸条,从那道阴森森的、让她清楚地想起一切的、窗上刻着彩色家徽的楼梯跑下来,立刻奔向位于面粉镇的斯文季茨基家。

直到现在,第二次来到户外,拉拉才仔细朝四周看了看。这冬天。这城市。这夜晚。

天气冷得要命,路面覆盖着一层厚厚的黑色的冰,仿佛碎啤酒瓶的瓶底。天冷得连呼吸都很困难。弥漫着灰霜的空气，就像拉拉围着的那条结了冰的毛围巾那样扎人，往嘴里钻，用浓密的鬃毛刺人的脸。拉拉走在空荡荡的街上，心剧烈地跳动。沿路的茶室和酒馆从门里往外冒着蒸气。从雾里不断显出过路人的冻得像香肠一样通红的面孔，还有身上挂着冰凌的马匹和毛茸茸的狗的嘴脸。房屋的窗子被厚厚的雪蒙住，仿佛刷了一道白灰；从不透明的窗玻璃后面闪现出圣诞树色彩缤纷的反光和欢乐的人的影子，就像从屋里映到幻灯前白幕布上、给街上人看的朦胧的图像。

拉拉走到卡梅尔格尔斯基大街站住了。"不能再瞒住他了，我受不了啦。"她几乎说出声来，"上楼去把一切都告诉他。"她镇静下来之后，想了想，推开很有气派的沉重的门。

九

帕沙用舌头顶起腮帮，对着镜子刮脸，然后戴上硬领，使劲把弯曲的领钩扣进浆硬的胸衣扣环里去，由于过分用劲儿，脸涨得通红。他正准备出去做客。他是一个心地单纯、缺乏社会经验的人，因此，拉拉没敲门便进来并且撞见他衣冠不整的样子，弄得他不知所措。但他立刻觉察到拉拉非常激动。她两腿发软，进门的时候腿在裙子里迈不开步，仿佛蹚水似的。

"你怎么啦？出了什么事？"他惊慌地问道，迎着她跑过去。

"坐到我旁边来。就这样坐下，不用穿上衣了。我还有事，马上就得走。别碰我的手笼。等一等。你先转过身去待一会儿。"

他照办了。拉拉穿的是一套英国式的服装。她脱掉上衣,把它挂到钉子上,再把罗佳的左轮手枪从手笼里拿出来放进上衣口袋,然后重新坐在沙发上,说道:

"现在可以转过来了。点上蜡烛,把电灯关掉。"

拉拉喜欢在烛光下面谈话。帕沙总为她准备着整包没拆封的蜡烛。他把烛台上的蜡烛头换上一支新的,放在窗台上点着。沾着蜡油的火苗噼啪响了几声,向周围迸出火星,然后像箭头似的直立起来。房间里洒满了柔和的烛光。在窗玻璃上靠近蜡头的地方,窗花慢慢融化出一个圆圈。

"帕图利亚,你听我说,"拉拉说,"我有件很为难的事,你得帮我摆脱出来。你别害怕,也别问我,但要放弃咱们跟别人一样的想法。今后不能再无忧无虑了。我永远处于危险之中。如果你爱我,不愿看到我毁灭的话,那咱们就赶快结婚吧,不要再拖延了。"

"这是我一向盼望的,"他打断了她的话,"你赶快定个日子,无论哪天我都乐意。可你得跟我说清楚,你究竟出了什么事,别用猜谜折磨我了。"

但是拉拉岔开话题,巧妙地避开了正面回答。他们又谈了很久,但都是同拉拉的忧愁无关的话。

十

这个冬天,尤拉写了一篇探讨视网膜首要组成部分的学位论文,准备参加大学的金质奖章竞赛。尽管尤拉攻读的是普通内科学,但他对眼睛了解的详尽程度并不亚于未来的眼科医生。

在这种对视觉生理学的爱好当中,可以看出尤拉天性的另外几个侧面:富有创造性的天资,对艺术形象的本质和逻辑思想的结构都有一定的见解。

冬妮娅和尤拉坐了一辆出租雪橇到斯文季茨基家去参加圣诞晚会。他们俩在一幢住宅里一起生活了六年,共同告别了童年,迎来了少年。他们彼此无所不知。两个人有着共同的习惯,用同样的方式互相说些简短的俏皮话,用同样的方式短促地嗤嗤一笑作为回答。现在他们就是这样坐在雪橇上,冻得紧闭着嘴,偶尔交换一两句简单的话。两个人都在想自己的心事。

尤拉想的是竞赛日期临近,得赶快把论文写好,但被街上年末的喧闹气氛分了心,思想又跳到别处去了。

戈尔东的系里出版了一份大学生办的胶印版刊物,他是这份刊物的编辑。尤拉早就答应替他们写一篇评论布洛克的文章。当时彼得堡和莫斯科两个城市的青年人都对布洛克入了迷,到处谈论他,而尤拉和米沙尤甚。

但是就连这些念头也没在尤拉脑子里停留多久。他们两个坐在雪橇上,下巴缩进大衣领子里,衣领摩擦冻僵了的耳朵,心里各自想着各式各样的事。不过,在一件事情上两个人想到一起了。

不久前在安娜·伊万诺夫娜床前的那一幕使两个人完全变了样。他和她仿佛一下子成熟了,彼此用新的眼光来看对方了。

冬妮娅,这个相处多年的伙伴,竟是个女人;这个明白无误、无须作任何解释的明显事实,竟是尤拉无法想象的全部问题中最难捉摸、最为复杂的问题。只要调动调动幻想力,尤拉就可能把自己想象成攀登亚拉腊山①的英雄、先知、胜利者或任何男子,却决不可能把自己想象成女人。

然而冬妮娅(从这时起,尤拉突然觉得她变得又瘦又弱,尽管她是个非常健康的姑娘)却把这项最艰难的至高无上的任务担在自己瘦弱的肩上。他对她充满了炽热的同情和羞怯的惊奇,这种惊奇就是情欲的萌发。

冬妮娅对待尤拉的态度也有了相应的变化。

这时,尤拉想到他们还是不应该去参加晚会。说不定他们不在的时候会出什么事。他想起他们俩穿戴齐整准备出门的时候,听说安娜·伊万诺夫娜的病情又恶化了,他们又回到她那里去,想要留在家里。她仍然像先前那样坚持不同意,要求他们照样去参加圣诞晚会。尤拉和冬妮娅一起走到窗帘后面的落地窗前,看看外面的天气怎么样。当他们从窗前走回来的时候,两幅窗帘裹在他们的新衣服上。紧贴在衣服上的质地轻柔的窗纱,在冬妮娅身后拖出好几步远,真像是新娘头上披的婚纱。卧室里的人都露出了笑容,因为这种相似无疑太显眼了。

尤拉朝四周张望,所看到的也就是片刻之前映入拉拉眼帘的一切。他们的雪橇行驶起来声音很响,不自然的噪音引起街心花园和林荫路上被积雪覆盖着的树木发出同样不自然的拖长的回响。住宅的窗玻璃外面蒙了一层霜,里面亮着灯光,像是一个个用烟水晶做成的贵重的首饰匣子。那里边隐藏着的是圣诞节期间莫斯科的生活:枞树上点着蜡烛,宾客云

---

① 亚拉腊山,土耳其境内的一座死火山。

集,化了装的引人发笑的人们玩着捉迷藏的游戏。

尤拉突然意识到,在俄罗斯生活的各个方面,在北方的都市生活和最新的文学界,在星空之下的现代的通衢大道上和本世纪的大客厅里点燃的枞树周围,布洛克便是圣诞节的显灵。他又想,关于布洛克无需作任何文章,只要写出俄国人对星相家的崇拜,就像荷兰人所写的那样,再加上严寒、狼群和黑黝黝的枞树林,就够了。

他们穿过卡梅尔格尔斯基大街。尤拉注意到一扇玻璃窗上的窗花被烛火融化出一个圆圈。烛光从那里倾泻出来,几乎是一道有意识地凝视着街道的目光,火苗仿佛在窥探往来的行人,似乎正在等待着谁。

"桌上点着一根蜡烛。点着一根蜡烛……"尤拉低声念着含混的、尚未构成的一个句子开头的几个词,期待着后面的词会自然而然地涌出。后面的词没有出现。

十一

记不得从什么时候开始,斯文季茨基家里的圣诞晚会便是按照这种方式安排的。到晚上十点钟孩子们回家以后,再给年轻人和成年人点上第二棵枞树,他们一直玩到清晨。上了年纪的客人通宵在一间三面是墙的华丽的小客厅里打牌。这客厅是大厅的延续,中间被一道用大铜环串挂起来的沉重厚实的帘子隔开。快天亮的时候,大家聚在一起进晚餐。

"你们怎么这么晚才来?"斯文季茨基夫妇的侄子若尔日穿过前厅往里边跑去找叔叔和婶母,边跑边问他们。尤拉和冬妮娅也决定先到那边去向主人问个好,走过大厅的时候,一边脱外衣，一边朝里边张望。

在散发着热气、拦腰映射出几道光环的枞树前面，那些没有跳舞而闲走着的人，站着谈话的人，长裙发出窸窣声，擦肩摩踵地像一堵黑色墙壁似的移动着。

圈子里面，跳舞的人飞快地旋转。副检察官的儿子、皇村中学的学生科卡·科尔纳科夫指挥大家转圈，结成两人一对，然后又组成一个圆环。他指挥各式各样的舞蹈，用最大的嗓门从大厅的这一边向另一边喊着："快步轮舞！连成一排！"大家都依照他的号令跳舞。"请奏华尔兹！"他朝钢琴师喊了一声，便走进第一圈的排头领着自己的舞伴三拍、两拍地跳起来，同时减慢了速度，缩小舞步，直到仅仅能觉察出在原地踏小步为止，这时已经完全不是华尔兹，只是即将终止的余波了。大家纷纷鼓掌，接着便向人群中间分送冰激凌和各式冷饮。这些人走来走去，靴后跟碰得砰砰响，喧声笑语不断。浑身燥热的青年男女们一时之间停止了喧嚷和嬉笑，急忙贪馋地喝起冰凉的果汁和汽水来，等到把杯子放回托盘，就又立刻以十倍的力气重新开始喧闹嬉笑，仿佛服了兴奋剂似的。

冬妮娅和尤拉没有进入大厅，两个人到内室见主人去了。

十二

斯文季茨基夫妇的几间内室挤满用不着的家具，这些家具都是为了腾地方，从客厅和大厅里搬过来的。这里是主人神奇的备用品库房和放置圣诞物品的小仓库。房子里散发着油漆和糨糊的气味，放着成卷的彩纸、装饰用的五颜六色的小星。备用的枞树蜡烛盒子摞了几摞。

斯文季茨基家里长辈中的几位老人正在写礼品的号码、晚餐的入席卡和抽彩用的签。若尔日在一旁给他们帮忙,可是常常把号码弄乱,老人们就生气地唠叨他。斯文季茨基夫妇对尤拉和冬妮娅的到来异常高兴。他们记得这两人小时候的模样,便免了客套,让他们一起来做这些事。

"费利察塔·谢苗诺夫娜不懂得这类事必须事先都考虑好,不能挨到节骨眼儿上客人都来了再办。瞧你这个糊涂虫,若尔日,怎么弄的,又把号码弄乱了!已经说好把装满糖果的点心盒都放到桌子上,空盒放到沙发椅上,你又弄颠倒了。"

"阿涅塔身体见好了,我真高兴。我和皮埃尔都很为她担心。"

"那不假,亲爱的,不过她的情况并不好。你总是东拉西扯。"

尤拉和冬妮娅同若尔日和老人们为圣诞晚会忙碌了半个晚上。

十三

在他们俩和斯文季茨基两位老人待在一起的时候,拉拉始终没离开过大厅。虽然她没穿参加舞会的服装,而且谁也不认识,却像睡梦中一样瘫软,一会儿听凭科卡·科尔纳科夫带着她旋转,一会儿又沮丧地绕着大厅漫无目的地踱来踱去。

有一两次拉拉迟疑地在小客厅门前停住脚步,希望面对大厅坐着的科马罗夫斯基能发现她。但他眼睛盯着左手举在脸前像一扇屏风似的挡住他的纸牌,也许当真没看见她,也许装作没看见。拉拉觉得受了屈辱,气得喘不过气来。这时,拉拉不认识的一位姑娘从大厅走进小客厅。科马罗夫斯基朝她看了一眼，那种眼神是拉拉非常熟悉的。这个受宠若惊的姑娘向科马罗夫斯基嫣然一笑，脸上泛起一片红晕，显得更加娇媚。拉拉看到这一幕，几乎失声叫了出来。她满面羞愤，连前额和脖颈都涨红了。"一个新的牺牲品。"她这样想。拉拉仿佛从镜子里看到自己整个的过去和现在。不过，她还没有放弃同科马罗夫斯基谈一谈的念头，但决定先等一下，等待更为恰当的时机，于是强迫自己镇静下来，重新回到大厅。

同科马罗夫斯基同桌打牌的还有三个人。他旁边坐着的一个牌友是请拉拉跳过华尔兹、衣着考究的皇村中学学生的父亲。这是拉拉同这位舞伴在大厅里跳舞时随即交谈中知道的。那个身材修长、黑衣乌发、脖子像蛇一样绷紧、让人看了不舒服的女人，便是科卡·科尔纳科夫的母亲。她一会儿从小客厅走到大厅看儿子跳舞，一会儿又回到小客厅里看丈夫打牌。最后，拉拉偶然知道那位勾起她复杂的心情的姑娘是科卡的妹妹，而她那种猜测是毫无根据的。

"科尔纳科夫。"一开始科卡就这样向拉拉作了自我介绍，但当时没引起拉拉的注意，"科尔纳科夫。"他像滑翔似的跳完了最后一圈，把她送回到座位上，又重复了一遍，便走开了。

这次拉拉才听清楚。"科尔纳科夫，科尔纳科夫，"她寻思着，"好像很耳熟，又很讨厌。"她终于想起来了，科尔纳科夫就是莫斯科高等法院的副检察官。对铁路职工小组提出公诉的就是他，季韦尔辛也在那批受审的人当中。拉夫连季·米哈伊洛维奇曾经受拉拉之托到他那里去说情，希望他在这件案子上不要太苛刻，但是没有奏效。"原来如此！不错,不错。真有意思。科尔纳科夫,科尔纳科夫。"

十四

已经是深夜十二点或凌晨一点钟了。尤拉的耳朵嗡嗡鸣响。休息的时候,大家都在餐室里喝茶,吃点心,然后又开始跳舞。枞树上的蜡烛燃尽,已经没有人再去换新的了。

尤拉失神地站在大厅当中,看着正同一个陌生人跳舞的冬妮娅。冬妮娅轻飘飘地擦过尤拉身边的时候,用脚把略显过长的缎子裙襟一踢,啪的一响,便像条鱼一样又隐没到跳舞的人群里去了。

冬妮娅非常兴奋。大家在餐室里休息的时候,她没有喝茶,只是一个劲儿地用很容易剥皮的香甜的橘子解渴。她不时地从腰带或袖口的折缝里抽出像果树上一朵花那么小的手帕,拭着前额两边的汗水和黏腻的指缝,一边笑一边继续着活跃的谈话,然后又飞快地把手帕掖回腰带或前胸紧身衣里。

现在她正和一个陌生的舞伴跳舞,转弯的时候擦过皱着眉站在一边观看的尤拉,调皮地握了一下他的手,接着意味深长地嫣然一笑。就在握手之间,她的手帕便留在尤拉的掌心里了。他把它紧贴在嘴唇上,闭起了眼睛。手帕散发出橘皮味和冬妮娅发热的掌心的气味,两种气味混合在一起令人心醉。一种尤拉有生以来从未体验过的新鲜感觉从头顶一直贯到脚心。这股孩子般天真的芳香,有如黑暗中亲切的耳语。尤拉闭着眼站在那里,嘴唇贴在手中的手帕上。突然,屋子里响起了一声枪响。

大家都把头转向那道把小客厅和大厅隔开的帷幔。有一分钟的工夫鸦雀无声，然后就开始了混乱。人们奔走，喊叫，有人朝响枪的地方跑去，找科卡·科尔纳科夫。这时，从那边已经有些人迎面走了过来，有的嚷着吓人的话，有的在哭泣，也有的互相大声争吵，彼此都要打断对方的话。

"她干的好事，她干的好事。"科马罗夫斯基绝望地连声说。

"鲍里亚，你没事吗？鲍里亚，你还活着。"科尔纳科夫太太歇斯底里地叫喊着，"都说德罗科夫医生也在这儿，可是他在哪儿，他在哪儿呀？哎呀，都请留下别走。对你们来说，这不过是块擦伤，可对我就得洗刷一辈子。我那可怜的受难的人，所有罪犯的揭发者啊！就是她，就是这个贱货，真该挖掉她的眼睛，臭婊子！等着瞧吧，你这回可跑不了啦！您说什么来着，科马罗夫斯基先生？是朝您开的？她是朝您开的枪？不对，我可不这么看。是我遭了难，科马罗夫斯基先生，您清醒清醒吧，现在我可没有心思开玩笑。科卡，科克奇卡，你说是怎么回事！朝你父亲……对……可是天网难逃啊……科卡！科卡！"

人们从小客厅拥向大厅。科尔纳科夫走在当中，一面勉强敷衍着说着，尽力让大家相信他没怎么受伤，一面用一块干净的餐巾捂着左手被子弹擦伤的地方。在他身后侧面不远的另一群人中间，有人拖住拉拉的双手往前走。

尤拉一见是她，便惊呆了！同她又在一个不同寻常的场合里见面了！又有那个头发花白的人，不过尤拉现在已经知道他是谁了。这人便是著名的律师科马罗夫斯基，并且是同父亲的遗产有关的那个人。用不着互相致意，尤拉和他彼此都装出不认识的样子。那么她呢……是她开的枪吗？朝着检察官？可能是女政治犯。倒霉的人，这下她可要吃大亏了。她美得多么骄傲啊。拖曳她的那些混蛋仿佛抓住小偷似的反拧着她的双手。

但他立刻就明白自己是想错了，拉拉已经两腿无力。他们是扶着她的手臂，免得她倒下去，而且费了很大的力气才把她抱到最近的一把椅子那里，她一下就瘫倒在上面。

尤拉跑到她跟前，想帮她恢复知觉，但为了更得体，应该先对那位设想中的被谋害的人表示一下关心。于是他走到科尔纳科夫面前，说道：

"刚才有人要求医生的帮助，我可以帮忙。请您把手给我看看。啊，上帝真保佑了您。这算不了什么，连包扎都不需要。不过涂点碘酒总没坏处。我们可以跟费利察塔·谢苗诺夫娜要点儿。"

斯文季茨基太太和冬妮娅快步走到尤拉跟前，脸上一点儿血色也没有。她们让他丢开这件事，快去穿外衣，家里派人来接他们回去，家里出了不顺遂的事。尤拉吓了一跳，做了最坏的准备，把什么都忘了，便跑去穿外衣。

十五

他们回到希弗采夫大街，从大门口没命地跑进房子里，但还是没有赶上见安娜·伊万诺夫娜最后一面。他们回来之前的十分钟，死神已经降临了。死因是未能及时发现的急性肺气肿所引起的长时间的窒息。

最初的几个钟头里，冬妮娅不停地大哭大叫，浑身抽搐，连周围的人都认不出来了。第二天她才平静下来，耐心地听完父亲和尤拉对她说的话,只能点头作为回答,因为一开口悲痛仍会像先前那样猛烈地震撼着她,她又会像着了魔似的哭喊起来。

在祭奠的间歇她一连几个小时跪在死者身边,用那双美丽的大手抱住棺材的一角,棺材安放在台子上,盖满了鲜花。她察觉不到周围的人。她的目光一接触到亲人的眼睛,便急忙站起身来,忍着眼泪,快步离开大厅,顺着楼梯飞跑回自己的房间,扑到床上,把头埋在枕头里,倾泻出满腔的悲痛和绝望。

由于痛苦、长时间的站立和睡眠不足,以及低沉的挽歌和昼夜耀眼的烛光的刺激,再加上这几天所患的感冒,尤拉心里有一种甜蜜的紊乱,怡然而荒诞,悲痛而兴奋。

十年前妈妈下葬的时候尤拉还完全是个孩子呢。直到现在他还记得当时他被恐惧和痛苦所压倒,他怎样悲痛欲绝地哭泣。那时主要的事还不在他身上。尤拉当时几乎不能想象他尤拉单独存在算什么,有无意义和价值。那时候最主要的事却在他身外,在他周围。上层社会从四面八方把尤拉包围起来,这个社会像一座森林,可以感觉到,但无法通过,不容争辩。因此妈妈的去世才使他受到极大的震动,仿佛他和她一起在森林里迷了路,而突然间就只剩下他孤身一人。世界上所有的东西都是森林的一部分——天上的浮云,城市里的广告,消防瞭望塔上悬挂的信号球,还有骑在马上护送载有圣母神像的马车的教堂执事,因为在圣像面前不能戴帽子,只好光头戴着耳套。商场里店铺的橱窗,还有那布满星辰的高不可及的夜晚的天穹和圣像,便构成了这座森林。

正当保姆同他讲宗教故事的时候,那高不可攀的上天低低地垂下来,天顶一直弯到儿童室里保姆的裙边,仿佛人们在沟谷里采榛果的时候,把树枝往下一拉,树梢就出现在眼前,举手便可采摘一样。一刹那间,天空似乎又沉落到儿童室的那只镀金的面盆里,于是在火和金之中盥洗沐浴之后,就变成了保姆时常带他去的街巷小教堂里的晨祷或者午祷。这时,天上的星辰化作无数的神灯,圣母化为父亲,其余的也都按照或大或小的能力处于各种职位上。然而,最主要的还是成年人的现实世界和像森林一样四周黑黝黝的城市。那时,尤拉便以自己全部的半开化的信仰崇奉这森林的上帝,像崇奉管理林区的人一样。

如今已经大不相同了。在中学、大学度过的整整十二年里,尤拉钻研的是古代史和神学,传说和诗歌,历史和探讨自然界的学科,都像钻研自己的家史和族谱一样亲切。现在他已全然无所畏惧,无论是生还是死,世上的一切,所有事物,都是他词典中的词汇。他觉得自己是条顶天立地的汉子,完全不用像先前祭奠妈妈那样来祭奠安娜·伊万诺夫娜了。那个时候他完全顾不上悲痛,只知道胆怯地祈祷。如今他倾听着安魂祈祷,仿佛倾听对他说的、与他有直接关系的话。他倾听着这些话,像对待其他任何事情一样,求其明白无误的含意,而对大地和上天的崇高的力量,他是当作伟大的先驱者崇拜的,但这种继承下来的情感则与笃信上帝毫无共同之处。

十六

"圣明的主啊,坚强、永恒的上帝,请赐福于我们。"这是怎么回事?他在哪儿?起灵了,要出殡了。该醒一醒了。这时已是清晨五点钟,他和衣蜷缩在沙发椅上。他可能有点儿发烧。人们正在房子里到处找他,谁也想不到他会睡在图书室里,而且在远远的一个角落,在几架高得几乎顶到天花板的书橱后面熟睡。

"尤拉,尤拉!"看门人马克尔就在附近喊他。已经开始起灵了,马克尔必须把花圈从楼上搬到外面去,但是找不到尤拉,还一个人被堵在寝室里,那儿的花圈堆得像座小山,可是房门被敞开的衣橱的门把手钩住,他走不出来。

"马克尔!马克尔!尤拉!"有人在楼下喊他们。马克尔用力一推,排除了这个障碍,搬着几个花圈顺楼梯跑了下去。

"神圣的主啊,坚强、永恒的上帝……"轻轻的祝祷声在街上回荡,经久不息,仿佛有谁用轻软的鸵鸟毛在空中拂过,所有的东西都在摇摆,包括那些花圈和迎面走来的人,佩戴着缨饰的马头,教士手中用小链子提着的香炉,还有脚下白雪皑皑的大地。

"尤拉!我的老天爷,到底找着了。快醒醒吧。"舒拉·施莱辛格终于找到他,摇着他的肩膀喊道,"你怎么啦?起灵了。你和我们一起去吗?"

"那还用说。"

十七

安魂祈祷结束了。乞丐们冷得直跺脚,紧紧地挤在两边。灵车、运花圈的车和克吕格尔家的轻便马车都缓缓地向前移动。哭得泪人儿似的舒拉·施莱辛格走出教堂,用手撩开被泪水沾湿的面纱,用目光向那一排马车夫搜寻。一看到殡仪馆的那几个抬灵柩的,她便点头示意让他们过来,接着就和他们一起走进教堂。从教堂里拥出越来越多的人。

"这回可轮到安娜·伊万诺夫娜了。命运面前不能不低头,这个可怜人,终究走上了不归之路。"

"可不是,总算蹦跶到头了,这个可怜人。如今算是去安歇了,这个不安生的女人。"

"您坐马车还是坐十一路车①?"

"脚都站麻木了,稍微走一走再坐车。"

"看见了没有,富夫科夫那副难过的样子?两眼一直盯着死者,鼻涕眼泪流成了河。旁边可就是她丈夫。"

"他一直盯了她一辈子。"

往城市另一端的墓地走去的路上,不时可以听到这类的对话。这是严寒过后气温略有回升的一天。这一天充满了凝滞的沉重气氛,又像是严寒稍减、生机消逝的一天,也仿佛大自然专为丧葬安排的日子。已经弄脏的积雪仿佛透过掉在地上的黑纱露出的一点儿白色。

这儿就是玛丽娅·尼古拉耶夫娜安息着的那片令人难忘的墓地。这些年,尤拉一直还没给母亲上过坟。"妈妈。"他从远处望着那个地方,几乎用当年的嘴唇轻声喊了出来。

人们庄重地、甚至是做作地沿着几条扫得干干净净的小路分散开,但是转弯抹角的地方很不适合他们那种送葬的匀整脚步。亚历山大·亚历山德罗维奇挽着冬妮娅的手臂走着。克吕格尔一家跟在后面。冬妮娅穿着丧服,丧服非常合身。

<hr>

① 坐十一路车,即步行。

在几长列隆起的十字架的顶部和修道院的紫红色院墙的墙头,像霉迹一样蓬松散乱地挂着霜须。修道院最深处的院落的一角,墙和墙之间拴了绳子,上面晾着洗好的衣服:袖口绣了一道道花边的衬衣,杏黄色的桌布和歪七扭八没有扯平的床单。尤拉注意朝那边看,终于明白这个修道院就是当年暴风雪肆虐的地点,不过被新盖的房屋改变了模样。

尤拉单独走着,步子一快就超过了别人,有时要停下来等一等。死亡使慢慢跟在后面的这一群人感到空虚,作为对此的回答,他不可遏止地、像形成漩涡的激流一定要越转越深一样,渴望着幻想和思考的机会,要在众多的方面付出辛劳,要创造出美好的事物。如今他比任何时候都更清楚地看到,艺术总是被两种东西占据着:一方面坚持不懈地探索死亡,另一方面始终如一地以此创造生命。真正伟大的艺术是约翰启示录,能作为它的续貂之笔的,也是真正伟大的艺术。

尤拉满怀热望预先体会到一种乐趣,那就是在一两天之内完全从家庭和大学里消失,把此时此刻生活赋予他的无意间的感受写成追荐安娜·伊万诺夫娜的诗句,其中应该包括:死者的两三处最好、最有特色的性格,身穿丧服的冬妮娅的形象,从墓地回来路上的几点见闻,从前风雪怒号和他小时候哭泣的地方现在已经成为晒衣服的地方了。

第四章　不可免的事已臻成熟

一

　　拉拉昏昏沉沉地躺在费利察塔·谢苗诺夫娜卧室里的床上。斯文季茨基夫妇、德罗科夫医生和仆人在她周围低声谈话。

　　斯文季茨基家这幢空荡荡的房子沉浸在一片寂静、昏暗之中，只有在门对门的两排房间当中的一个小客室里墙上挂着的一盏昏黄的灯，照亮了过道的前前后后。

　　在这个地方，维克托·伊波利托维奇不像在别人家里做客，倒像在自己家里一样，迈着沉重的步子走来走去。有时他朝卧室里看一眼，想知道那边的情况究竟怎么样，然后又走到房间的另一头，经过那棵缀满了串珠的枞树，径直来到餐室。餐桌上摆满了没有动过的菜肴，每当窗外街上有马车经过或是一只小老鼠从盘盏当中溜过去，那些绿色的酒杯就轻轻发出一阵叮当的碰撞声。

　　科马罗夫斯基处于盛怒之下，各种相互抵触的情绪在心里翻腾。多么丢脸，多么荒唐！他怒不可遏。他的处境岌岌可危。这件事毁了他的名声。不过还来得及弥补，要不惜任何代价防止事态进一步发展，必须快刀斩乱麻，如果风声已经传开，就得压住，得趁着种种流言刚一冒头就堵回去。另一方面，他再次感到，这个绝望的、发疯的姑娘有一种无法抗拒的吸引力。一眼就可以看出，她与众不同。在她身上永远有一种异乎寻常的东西。然而，无论多么让人伤感和无法挽回，看来正是他毁了她的一生！她拼命挣扎，无时无刻不在反抗，一心要按自己的意志改变命运，开始全新的生活。

需要从各方面帮助她，也许应该给她租间房子，但千万不能再招惹她，恰恰相反，要避开她，躲在一边，不露任何痕迹，否则，她那样一种性格，还会干出可怕的事来！

往后麻烦事还多得很呢！眼前这事不可能不了了之，因为法律是不宽容的。天还没亮，事情才发生了两个小时，警察已经来过两次了。科马罗夫斯基在厨房里和警察分局长作了解释，才把事情平息下来。

不过越往后越复杂。需要证明拉拉开枪打的是他，而不是科尔纳科夫。但是只凭这点，事情还不能了结。拉拉可以减轻一部分责任，其余方面还要受到法庭的审讯。

不用说，他正千方百计设法防止这种情况的发生，不过要是立了案，那就必须弄到一份可以说明拉拉行凶时已经丧失了自制力的精神病鉴定，争取把此案撤销。

经过这一番盘算，科马罗夫斯基才平静下来。黑夜过去了，白昼的光线从屋子的这一间照到那一间，就像一个小偷或者像当铺的估价人朝桌子和沙发椅下面察看似的。

科马罗夫斯基走进卧室，看到拉拉的情况并没有好转，便离开斯文季茨基家，坐车去找他熟识的律师——一位在俄国居住的政治侨民的妻子鲁芬娜·奥尼西莫夫娜·沃伊特-沃伊特科夫斯卡娅。她那套有八个房间的住宅已经超出需要，经济上也无力维持，就租出去两间。不久以前有一间空出来了，科马罗夫斯基就替拉拉租了下来。几小时以后，仍然半昏迷的、浑身发热的拉拉便被送到那里。她由于神经受刺激而患了热病。

二

鲁芬娜·奥尼西莫夫娜是个思想先进的妇女，反对一切偏见。照她所想和所说的来看，她对世界上一切"正当的和有生命力的"事物都同情。

她在五斗橱里保存了一份有制定者签名的《爱尔福特纲领》①。挂在墙上的许多照片当中有一张是她丈夫的，她称他为"我的善良的沃伊特"。这照片是在瑞士的一次群众游乐会上和普列汉诺夫一起拍摄的。两个人都穿着有光泽的毛料上衣，戴着巴拿马草帽。

鲁芬娜·奥尼西莫夫娜一见拉拉便不喜欢这位生病的房客。她觉得拉拉是个装病的泼辣女人。她高烧时说的胡话，在鲁芬娜·奥尼西莫夫娜看来完全是假装出来的。鲁芬娜·奥尼西莫夫娜随时可以发誓，断定拉拉扮演的就是"狱中的格蕾欣②"的角色。

鲁芬娜·奥尼西莫夫娜有意作出种种过分活跃的举动，

---

① 《爱尔福特纲领》，即《社会民主党一八九一年纲领》，1891 年 10 月在德国爱尔福特召开的代表大会上通过。

② 格蕾欣，《浮士德》中的人物，由于溺死私生子被囚禁在监狱中，后来成了疯子。

以此表示对拉拉的鄙视。她把门弄得砰砰响,大声唱歌,像一阵风似的在自己住的房子里走动不停,而且整天开着窗户透气。

她的住宅位于阿尔巴特街一所大房子的最上层。这一层的窗户,从冬天太阳偏转过来的季节开始,一直对着澄澈明朗的蓝天,宽阔的蓝天有如汛期的一条大河。整个住宅半个冬天都洋溢着未来春天的气息。

南方吹来的暖风透进气窗,在车站那一边拼命响着火车的汽笛。病中的拉拉躺在床上,用遥远的回忆消磨自己的闲暇。

她常常想起七八年前从乌拉尔来到莫斯科的第一个夜晚。那是难以忘怀的童年。

当时,他们坐了一辆出租马车沿着无数条昏暗的街巷穿过莫斯科全城往旅馆去。迎面越来越近的和抛在后面渐渐远去的街灯,把佝偻着上身的车夫的影子投到房屋的墙壁上。影子越来越大,越来越大,大到很不自然的程度,遮住了路面和房顶以后便消失了,接着又重新开始。

昏暗中,天空响起莫斯科各处教堂的钟声,地上雪橇的滑轨响亮地驶向四方,就连那些吸引人的橱窗和灯火也同样让拉拉觉得震耳,它们似乎也和大钟、车轮一样发出声音。

房间里桌子上摆着科马罗夫斯基向他们祝贺乔迁之喜的大得出奇的西瓜,还有面包和盐,使拉拉眼花缭乱。她觉得这西瓜就是科马罗夫斯基权势和财富的象征。当维克托·伊波利托维奇一声脆响把这带着冰碴和大量糖分的深绿色圆圆的怪物用刀切开的时候,拉拉怕得气都不敢出,但也不敢拒绝不吃。她费劲地咽着一块块紫红色、香喷喷的瓜瓤,因为激动有时就卡在喉咙里。

这是一种在奢侈的饮食和首都的夜景面前表现出的惶恐,不久后她面对科马罗夫斯基的时候又常产生这种惶恐,这便是以后发生的那种事的主要谜底。不过现在他已经完全变了,没有任何要求,丝毫不让拉拉想到他,甚至根本就不出面,而且总同她保持一定的距离,用极高尚的方式尽力帮助她。

科洛格里沃夫的来访,就完全是另一回事了。他让拉拉觉得非常愉快。这并不在于他那高大而匀称的身材,而是在于他身上带有一股活力和才华。这位客人用他身上的一切,包括炯炯的眼神和聪颖的微笑,占去了大半个房间,屋子都显得狭小了。

他坐在拉拉的床前,搓弄着两只手。他在彼得堡参加大臣出席的会议的时候,和那些身居高位的老头子们谈起话来,就像面对一群调皮的预科学生一样。但是,现在他面前躺着的却是不久前他家庭中的一个成员、一个如同自己女儿一样的人,对她也和对家里其他人一样,经常是忙得边走边交换一下眼色或者说几句话(这种简单而又很有表现力的交往方式,是特别令人神往的,双方都能体会)。对待拉拉,他不能像对成年人那样严肃和漠不关心。他不知道应该怎样同她谈话才能不惹她生气,只好像对待一个小孩子那样微笑着对她说:

"天哪,您这是搞的什么名堂啊?有谁要看这出传奇剧?"他停住了,开始端详天花板和糊墙纸上的斑驳水迹。过了一会儿,他略带责备意味地摇了摇头,继续说道,"杜塞尔多夫有个国际博览会开幕了,是绘画、雕塑和园艺方面的博览会。我准备去看看。这屋里可是有点儿潮湿。您在天地之间还要闲逛多久？这里可不是舒服的地方。我只想告诉您，这位沃伊特太太是个十足下贱的人，我知道她。换个地方吧，您也躺够了。您病了一场也就算了，现在该起来了，另外换个住处，复习一下功课，把师范专修班读完。我有个朋友是画家。他要到土耳其斯坦去两年。他的画室用板壁隔成了几部分，依我看简直就是一套住宅。他似乎想连家具一起转让给一位合适的人。我可以替您办，您愿意吗？还有一件事，您得依照我的意思办。我早就想，这是我的神圣职责……自从莉帕……这是一点儿小意思，作为她结束学业的酬金……别这样，不行，请让我……您别拒绝……不行，请您原谅。"

　　不论她怎么谢绝，流泪，甚至像打架一样推推搡搡，他走的时候硬是让她收下了一张一万卢布的银行支票。

　　拉拉恢复健康以后，搬到科洛格里沃夫极力称赞的新住处。地点就在斯摩棱斯克商场附近。这套住房在一幢古老的两层石砌房子的楼上。楼下是商店的栈房。这里住着运货马车的车夫。院子是小鹅卵石铺的地，上边总有一层散落的燕麦和乱扔的稻草。许多鸽子在院子里到处走，发出咕咕的叫声。它们成群地扑响着翅膀从地上飞起来，高度不超过拉拉的窗户，有时还会看到一群大老鼠沿着院子里石砌的水沟跑过去。

三

　　帕沙非常痛苦。拉拉病重的时候，人家不让他到她跟前去。他该怎么想呢？照帕沙的理解，拉拉要杀的那个人对她是无所谓的，可是后来又处在她谋杀未遂的那个人的庇护之下。而且这一切就发生在圣诞之夜他和她在烛光下那次具有纪念意义的谈话之后！如果不是那个人，拉拉准会被逮捕并受到审判。他使她摆脱了危在旦夕的惩罚。因为他，拉拉才能留在师范专修班里，丝毫没有受到伤害。帕沙既苦恼又困惑不解。

拉拉病情好转后，把帕沙叫来，对他说：

"我不是好女人。你还不了解我，以后有机会再跟你细说。我难以开口，你看，眼泪让我喘不过气来。你把我丢开，忘掉我吧，我配不上你。"

然后便是一幕比一幕更令人心碎的场面。那时拉拉还住在阿尔巴特街，所以沃伊特科夫斯卡娅一看到满面泪痕的帕沙，就急忙从走廊回到自己住的房间，倒在沙发上哈哈大笑，笑得肚子发疼，同时嘴里不住地说："哎哟，受不了，我可受不了！这可真是……哈、哈、哈！真是个勇士！哈、哈、哈！叶鲁斯兰·拉扎列维奇！①"

为了让帕沙结束不完美的爱情，从斩不断的柔情当中解脱出来，彻底结束痛苦的折磨，拉拉斩钉截铁地拒绝了帕沙的爱情，说是并不爱他，但是说的时候又哭得那样伤心，让人无法相信。帕沙怀疑她所有不可饶恕的罪行，不相信她的每一句话，打算诅咒并憎恨她，但依然发狂地爱着她，对她的每一个念头、对她喝水用的杯子和她睡觉的枕头都感到嫉妒。为了不致发疯，必须迅速地采取果断行动。他们决定不再拖延，考试结束以前就结婚。本来准备在复活节后的第一周举行婚礼，但由于拉拉的要求又延期了。

三一节后的第一天，也就是圣灵降临节，他们举行了婚

---

① 叶鲁斯兰·拉扎列维奇，古俄罗斯民间故事中的勇士。

礼,那时他们已经确切地知道他们可以顺利结业了。婚事是柳德米拉·卡皮托诺夫娜·切普尔柯替他们办的。她是和拉拉同班毕业的同学杜霞·切普尔柯的母亲。柳德米拉·卡皮托诺夫娜是个颇有姿色的女人,胸脯高高地耸起,嗓音很低,会唱歌,对什么事都喜欢添枝加叶。真实的事和迷信的传说,只要她一听到,便要添油加醋,把自己想象的东西添加进去。

城里热得怕人。当把拉拉送上"婚礼的圣坛"的时候,柳德米拉·卡皮托诺夫娜一面给她做临行前的打扮,一面用茨冈歌手潘宁娜①那样的低音哼着曲子。教堂的鎏金圆顶和游艺场各处新铺的沙土,显出耀眼的金黄颜色。三一节前夕砍过的白桦树,枝叶上蒙了一层尘土,无精打采地垂挂在教堂的墙头,像被烧焦了似的卷成圆筒。炎热使人感到呼吸困难,阳光刺激得眼睛发花。四周仿佛有成千对的人举行婚礼,因为所有的姑娘都卷了头发,穿上鲜艳的衣服,年轻的后生们为了过节也都往头发上擦了油,穿着笔挺的黑西服。人们的情绪是激动的,大家都觉得很热。

拉拉另一个女友的母亲拉果金娜,在拉拉踏上通往圣坛的红地毡的时候,朝她脚下撒了一把银币,祝她日后生活富足;为了同一个目的,柳德米拉·卡皮托诺夫娜告诉拉拉,当她戴上婚礼冠的时候,千万不要伸出裸露的手臂画十字,而要用一角披纱或者袖口的花边把手遮住一半,跟着又告诉拉拉应该把蜡烛举得高高的,日后可以当家做主。但为了帕沙的幸福,拉拉宁愿牺牲自己的前程,于是她尽量把蜡烛举得很低,不过还是没有用,因为不管她怎么想办法,她的蜡烛总比

① 潘宁娜(1872—1911),俄国女低音歌手,以唱茨冈歌曲为主。

帕沙的高。

从教堂里直接回到由安季波夫一家人重新布置好的那间画室举行酒宴。客人们不断地喊："苦啊,喝不下去。"另一边的人就大声应和着："给点儿甜的。"于是这一对年轻人便含羞带笑地接吻。柳德米拉·卡皮托诺夫娜为他们唱了喜歌《葡萄》,把当中的叠句"上帝赐给你们爱情和忠告"重复了两次,又唱了一首《松开你的发辫,散开你那淡褐色的秀发》。

人们散去之后,只剩下了他们两个,帕沙在这突然来临的寂静中感到不知所措。院子里正对着拉拉的窗户的柱子上亮着一盏灯。不管她怎么拉窗帘,仿佛一块劈得很薄的板子似的一线亮光还是从两扇窗帘的夹缝当中照了进来,宛如一个人在偷看他们。帕沙奇怪地发现,他的心思都在这盏灯上,甚至比想自己、想拉拉、想对拉拉的爱还多。

在这永恒之夜,被同学们叫作"斯捷潘妮达"和"大姑娘"的不久前的大学生安季波夫,既登上了幸福的顶峰,也沉入了绝望的深渊。他那疑团丛生的猜忌和拉拉的坦率承认相互交替。他提出了一个又一个的问题,而随着拉拉一次又一次的回答,他的心一次比一次更往下沉,仿佛跌入万丈深渊。他那遍体鳞伤的想象力已经跟不上她所吐露的新情况了。

他们一直谈到天明。在安季波夫的一生当中,没有比这一夜的变化更惊人、更突然的了。清早起来,他已经全然变了一个人,自己几乎都奇怪为什么人们还像过去那样称呼他。

四

十天以后,朋友们还是在这间屋子里为他们送行。帕沙和拉拉都以优异的成绩毕了业,接到了到乌拉尔同一个城市工作的聘书。第二天一早他们即将起程。

大家照例喝酒,唱歌,高声谈笑,不过这次清一色的都是年轻人,没有上年纪的。

在那道隔开住人的一角同聚集着客人的大画室的隔板后面,放着拉拉装东西的一大一小两个网篮、一只皮箱和一个盛食具的木箱。屋角的地上还放着几只口袋,行李不少,有一部分第二天早晨作为慢件托运。所有东西差不多都收拾妥当,但还没有完全装完。皮箱和木箱的盖子敞开着,里面还没有装满。隔一会儿拉拉就想起一件什么东西,于是把它拿到隔板后面放到网篮里,再把上边摆平整。

拉拉到专修班去领取出生证和其他证件的时候,帕沙在家招待客人。院子的守门人陪她一起回来,带了一张包装用的椴皮席和一大卷第二天捆东西用的结实的粗绳。拉拉打发走了守门人,在客人面前转了一圈,同这个握手寒暄,同那个互相亲吻,然后便到隔板的那边去换衣服。她换好服装出来的时候,大家拍手叫好,随后都入了座,像几天前在婚礼上那样的喧闹开始了。活跃的人忙着给邻座斟伏特加酒,无数只举着叉子的手伸到桌子当中去拿面包和盛冷热菜肴的盘子。大家纷纷祝酒,发出满意的啧啧声,争先恐后地说俏皮话。有的人很快就醉了。

"可真把我累死了。"和丈夫挨着坐在一起的拉拉说,"你要办的事都办完了吗?"

"办完了。"

"不管怎么累,我觉得精神很好。我感到幸福。你呢?"

"我也一样。我也觉得很好。说起来,一两句话说不完。"

科马罗夫斯基例外地被允许参加这群年轻人的晚会。快结束的时候,他想说这对年轻朋友走后自己会感到孤苦伶仃,在他眼中莫斯科就会变成撒哈拉沙漠,可是心里一阵发酸,哽咽起来,不得不重新开始被激动所打断的话。他请求安季波夫夫妇允许他给他们写信,允许他到他们尤里亚金的新居去拜访他们,如果他忍受不了分离的痛苦的话。

"那倒大可不必。"拉拉若无其事地高声回答,"什么通信啊,撒哈拉沙漠啦,这些话都用不着说。至于到那个地方去,您干脆连想也别想。没有我们,上帝也会保佑您日子过得一样好,况且我们也不是什么了不起的人物,帕沙,你说是不是?您运气好,一定能找到代替我们的新朋友。"

拉拉仿佛完全忘了正在和谁谈话和谈的什么话,似乎又想起了一件事,急忙站起身来到隔板那边的厨房里去了。她在那儿拆开绞肉机,把零件放进食具箱的几个空着的角里,再用稻草塞好。拆绞肉机的时候,她差一点儿让箱子边上的一根大刺扎破了手。

她忙着装东西,又忘记自己还有客人了,对他们的声音也是充耳不闻,直到后来隔板那边爆发了一阵特别响亮的喧闹声,才提醒了她。拉拉这时想到,喝醉酒的人总是喜欢竭力模仿醉汉,显出那种既俗气又有意夸张的更厉害的醉态。

这时,从敞开的窗子传来院子里一个特别的声音,引起她的注意。拉拉撩开窗帘探出身子去。

一匹拴着绊腿绳的马正在院子里一蹶一颠地跳着。这匹不知是谁家的马可能走错了路,走到这个院子里来了。天色已近黎明,不过离日出还早。仿佛沉睡的阒无人迹的城市笼罩在清晨淡紫色的寒气中。拉拉闭上了眼睛。这阵异乎寻常的马蹄声，把她带到遥远的迷人的乡村里去。

楼下响起了门铃声。拉拉侧耳细听。有人从餐桌边走去开门。来的是娜佳！拉拉忙不迭地向她跑过去。娜佳是直接从车站来的，她是那么鲜嫩迷人，浑身似乎散发着杜普梁卡的铃兰花的芳香。这一对朋友站在那里说不出话来，只是放声大哭，紧紧拥抱，几乎都让对方喘不过气来。

娜佳给拉拉带来了全家的祝贺、送别的话和父母赠送的贵重礼品。她从手提包里拿出一个用纸包着的首饰匣，打开裹着的纸，掀起盖子，递给拉拉一串精美出奇的项链。

响起了一片惊叹声。一个已经有些清醒的醉汉说：

"这是玫瑰红的风信子石。没错儿，玫瑰色的，你们想想，这可是不亚于钻石呀。"

可是娜佳分辩说，这是黄宝石。

拉拉让她坐在自己身边的座位上，把项链放在自己的餐具旁边，目不转睛地看着。放在紫色衬垫上的宝石光华夺目，熠熠生辉，有时像流动的水珠，有时又像一串纤巧的葡萄。

桌边有的人醉意已经慢慢消失了。因为娜佳入席，酒醒过来的人又喝了起来。大家很快把娜佳灌醉了。

没过多久，整个屋子里的人都沉入了梦乡。多数人第二天还要到车站送行，所以留下来过夜。一半人随便往一个角落里一倒便打起鼾来。拉拉自己也不记得怎么和衣躺在已经在沙发上睡着了的伊拉·拉果金娜的身边。

耳边一阵很响的说话声把拉拉惊醒了。这是从街上到院子里来找那匹走失的马的陌生人的声音。拉拉睁开眼睛一看，觉得很奇怪——帕沙可真是闲不住，那么大的个子站在屋子当中没完没了地翻腾着什么。这时,被当成帕沙的那个人朝拉拉转过身来,她才看清不是帕沙,而是满脸麻子、从鬓角到下巴有一道伤疤的人。她明白了,这是贼溜进屋里来了,于是想喊叫,可是一点儿声音也发不出来。突然她想起了项链,悄悄地用手肘支起身子往餐桌上看了看。

项链就放在一堆面包屑和吃剩下的夹心糖中间,这个迟钝的坏家伙在杯盘狼藉的桌面上没有发现它,光是拿那些已经叠好的被单和衣服,把收拾整齐的行装弄得一塌糊涂。拉拉的醉意还没有完全消失,看不清当时的情况,只是特别可惜整理东西费的工夫。她气得想喊叫,可还是张不开口。她就用膝盖使劲顶了一下睡在身边的伊拉·拉果金娜的心口。随着伊拉·拉果金娜疼得变了嗓音的一声喊叫,拉拉也嚷了出来。小偷扔下裹着衣物的包袱,慌慌张张地从屋里跑出去。跳起来的几个男人好不容易弄清出了什么事之后,跑出去追赶,可是贼早已无影无踪了。

这场慌乱和事后的议论,成了大家都得起床的信号。拉拉剩下的一点点酒意已经完全消失了。不管大家怎么要求让他们再睡一会儿,躺一躺,拉拉坚决让他们都起来,然后很快给他们煮了咖啡喝,请大家都回家去,等到开车前在车站见面。

客人散去以后,拉拉就忙了起来。她麻利地收拾好一个个行李袋,把枕头塞进去,扎紧带子,央求帕沙和女看门人千万别帮忙,免得碍她的事。

一切都及时准备停当了。安季波夫夫妇一点儿也没有耽误。仿佛同送行的人手中摇动帽子的动作相配合,火车徐徐开动了。当人们不再挥手并从远处第三次向他们喊叫(可能喊的是"乌拉!")的时候,火车加快了速度。

五

一连三天都是坏天气。这是战争开始后的第二个秋天。第一年取得战绩过后,情况开始不利。集结在喀尔巴阡山一线的布鲁西洛夫的第八军,本来准备翻过山口突入匈牙利,结果却是随全线后退而后撤。我军让出了战事开头几个月占领的加里西亚。

日瓦戈医生,过去叫尤拉,如今大家越来越多地用本名加父名称呼他,①此时正站在妇产医院产科病房门外的走廊里。刚由他送来的他的妻子安冬妮娜·亚历山德罗夫娜,就在这间病室里。他同妻子告别后,正在等着助产士,想告诉她必要的时候怎么通知他,以及他如何从她那儿了解冬妮娅的健康情况。

他很忙,急等着回自己的医院去,在这以前还要到两个病人家出诊,可现在却在这里白白浪费宝贵的时间,眼看着窗外被一阵阵秋风搅乱的左右歪斜的雨丝,仿佛是风雨中田野里东倒西歪的麦穗。

天还不很黑。尤里·安德烈耶维奇眼前看到的是医院的后院、洁维奇田庄几所住宅的有玻璃棚顶的凉台和一条通向医院楼房后门口的电车线。

尽管风很大,仿佛被落到地上的从容流淌的雨水激怒了

---

① 尤拉,尤里的爱称,一般用于称呼年轻人或社会地位低的人。尤里·安德烈耶维奇是本名加父名的称呼,含有敬意。此处指日瓦戈医生长大成人,并成为受尊重的医生。

似的，这愁人的秋雨却只管不紧不慢地下着。阵风不时地撕扯着凉台上爬满了的野葡萄藤的嫩枝，似乎要把它连根拔起，在空中抖一抖，再像扔一件恶心的破衣服那样扔到地上。

从凉台旁边朝医院驶来一辆挂着两节拖车的铁路压道车，从那里开始往医院里抬伤员。

莫斯科的所有医院都已人满为患，特别是卢兹克战役之后，伤员都安置在楼梯拐角的平台和走廊上。城里各家医院已经超员的情况开始影响到妇产科病房了。

尤里·安德烈耶维奇转过身来背向着窗户，疲倦地打了一个呵欠。他已经不能集中思考，但突然间想起一件事。在他工作的那所红十字医院的外科，几天前死了一个女病人。尤里·安德烈耶维奇断定她得的是肝包虫病。可大家都不同意他的看法。今天就要进行尸体解剖，查明病因。不过，医院解剖室主任是个狂饮无度的酒徒。天晓得他会怎么办。

夜幕很快降临了。窗外已经分不清任何东西。接着好像魔杖一挥，家家窗内亮起了灯光。

产科主任医生、妇产科专家从隔开走廊和冬妮娅病房的小风门里走了出来。他每逢回答别人问题的时候，总是眼望天花板，耸着肩膀。这些动作再加上说话时的表情，仿佛在说，我的老兄，不管知识多么渊博，总有些连科学也解不开的谜。

他从尤里·安德烈耶维奇身边走过的时候，微笑着点点头，用掌心很厚的胀鼓鼓的两只手摆动几下，意思是说，一切都得听其自然，耐心等待，然后就到候诊室吸烟去了。

这时，这位沉默寡言的妇科专家的一个女助手从里面出来找尤里·安德烈耶维奇。她跟这位专家完全相反，很喜欢讲话。

"我要是您的话,就回家去了。明天我给您往红十字会打电话。在这以前恐怕不会出什么事。我相信是顺产,不需要采取什么措施。不过,她的骨盆稍微狭小,胎位仰面向上,产妇没有痛感,子宫收缩也不明显,这倒值得注意。不过现在还不能下断语。一切都看临产时她的肌肉紧张程度如何了。过一段时间会看出来的。"

第二天,医院里接电话的看门人让尤里·安德烈耶维奇不要挂上,然后就跑去查问,足足让他等了十分钟,最后只说了一点儿笼统的、没头没脑的情况:"让我转告您,您把太太送来得太早了,应该接回家去。"尤里·安德烈耶维奇听了他的话气得不得了,要求找个了解情况的人来听电话。"还没有临产的迹象,"护士对他说,"请您这位医生别着急,恐怕还得等一天。"

第三天他才知道,临产是夜间开始的,天亮的时候破了羊水,剧烈的阵痛从早晨起一直没停止过。

他急忙赶到医院,穿过走廊的时候从一扇半开的门里听到了冬妮娅令人心碎的叫声,仿佛是一个从车轮下边抬出的、压断了肢体的人喊出来的。

他无法到她身边去,把弯起来的一根手指咬得出了血。他走到窗前,外面下着雨,像前两天一样。

助理护士从产房里走出来,门里传出初生婴儿尖细的哭声。

"她没事儿了,没事儿了。"尤里·安德烈耶维奇高兴得自言自语地说。

"是个儿子。是个男孩。顺顺当当地生下来了。"助理护士拖长声音说，"现在不能看。到时候才能让您看呢。您可要舍得为产妇花钱。她真受了不少罪。这是头胎，头胎总免不了吃苦。"

"她没事了，她没事了。"高兴的尤里·安德烈耶维奇并没有明白助理护士说的话，也没有理解到她说这些话是把他当成刚刚发生过的这件事的一个当事人。可是这跟他有什么相干呢？父亲，儿子——他看不出在这轻而易举取得的父亲身份当中有什么值得骄傲的，也丝毫感受不到这天生的亲子之情。这些都是他所意识不到的。最重要的是冬妮娅，一度受到死亡的威胁而又幸运地避开了它的冬妮娅。

他有个病人就住在产院附近。他到这个人家里去了一会儿，半小时后返回来。从走廊穿过风门和从风门通向病房的两扇门都没关严。尤里·安德烈耶维奇自己也不知道想干什么，便溜进了风门。

那位穿白大褂的妇科专家像从地底下冒出来似的，迎着他叉开双手。

"到哪儿去？"为了不让产妇听到他们的谈话，他低声说，拦住了他，"您发疯了？她有伤口，出了血，还要防止感染，更不用说精神上的刺激。您可倒不错！亏得还是个医生呢。"

"我并不是……我只看一眼。就从这儿，从门缝看一眼。"

"哦，那倒是另一回事啦。就算是这样吧。您可瞒不过我！……看看吧！要是让里边发现了，我可轻饶不了您，准叫您身上没好地方。"

产房里背朝门站着两个穿白大褂的女人：助产士和卫生员。卫生员手里有个发出尖细声音的娇柔的小生灵，像一块深红色的橡皮在蠕动。助产士正在往脐带上缚线,好使胎盘脱落。冬妮娅躺在屋子中间一张用托板支起来的手术台上。她躺的位置相当高。尤里·安德烈耶维奇因为过度兴奋把什么都看得过大,所以觉得她躺的高度同人站在前面写字的那种高腿斜面写字台一样。

死人的头部经常被垫高,而冬妮娅现在躺着的姿势比这还要高,头朝上脚朝下地斜躺着,像是跑得疲惫不堪的人那样浑身冒热气,正在享受经过痛苦折磨以后的休息。她高高地躺在产房中间,仿佛港湾里刚刚下碇就已卸去了重载的一艘帆船;它跨过死亡的海洋来到了生命的大陆,上面有一些不知来自何方的新的灵魂;它刚刚把这样一个灵魂送到了岸上,如今抛锚停泊,非常轻松地歇息下来;和它一同安息的还有那折损殆尽的桅樯索具,以及渐渐消逝的记忆,完全忘却了不久前在什么地方停泊过,怎样航行过来又如何停泊抛锚的。

谁也不了解它悬挂的旗帜所代表的是哪个国家,因此,也不知道对它应该使用哪一种语言。

他回到自己的医院,大家抢着向他祝贺。"他们知道得好快!"尤里·安德烈耶维奇感到惊讶。

他来到主任医生办公室,大家都把这儿叫小酒馆和脏水坑,因为医院拥挤,已经超员,现在都在这间屋子里换衣服,穿着套靴来来去去,有的人把从别的房间带来的不相干的东西忘在这儿,而且到处都是烟蒂和废纸。

窗前站着脸上皮肤松弛的解剖室主任,他举起两只手对着亮光从眼镜上面观看瓶里的混浊液体。

"恭喜你。"他说了一句,眼睛始终朝着原来的方向,对尤里·安德烈耶维奇连看都不看一眼。

"谢谢。我非常感动。"

"不必谢我。这和我没关系。是波楚什金解剖的。但大家都大吃一惊,原来是包生绦虫。大家都说,这才算是诊断医师呢!大家都在谈论这件事。"

这时候医院的主任医生走了进来。他同他们两人寒暄后说:

"真见鬼。这儿简直不是主任医师办公室,是个过道,真不像话!不错,日瓦戈,您想想看,是包生绦虫!我们都诊断错了。祝贺您。可是,还有一件不太愉快的消息。对您的专业类别又重新审查过了。这次可留不住您了。军医人员奇缺。您不得不闻闻火药味儿了。"

六

安季波夫夫妇在尤里亚金安顿下来,竟出乎意料地顺利。吉沙尔一家在这里人缘好,这使拉拉减少了在一个新地方安家立业必然会遇到的困难。

拉拉完全被辛劳和操心的事占据了。她要照管一个家和三岁的小女儿卡坚卡。不论在安季波夫夫妇这里帮忙的长着火红色头发的玛尔富特卡怎么尽力,靠她帮助还是不够。拉里莎·费奥多罗夫娜得参与帕维尔·帕夫洛维奇的所有事务。她自己还在女子中学教课。拉拉毫不懈怠地工作着,感到很幸福。这正是她渴望的那种生活。

尤里亚金这地方很得她的喜爱。这是她亲爱的城市。它坐落在中、下游都通航的雷尼瓦河边,同时又在乌拉尔的一条铁路线上。

在尤里亚金,冬天临近的标志就是有船的人家都用大车把船从河里拖上来运到城里去,放在各家各户的院子里过冬,直到第二年春天。在尤里亚金许多院落深处反扣在地上的白色的船只还意味着另一件事,那就是此时在别的地方已经可以看到南飞的鹤群,或是降了初雪。

安季波夫夫妇租住的这家院子里,也有这样漆成白色的一只船,底朝天扣在那里,卡坚卡在它下面玩耍,就像在花房的圆顶底下一样。

拉里莎·费奥多罗夫娜从心里喜欢偏远的地方,包括当地那些穿着毡靴和暖和的灰法兰绒上衣、操着浓重的北方口音的知识分子,以及他们那种对人的纯朴的信任。拉拉总是眷恋着土地和普通的老百姓。

奇怪的倒是帕维尔·帕夫洛维奇,这个莫斯科铁路工人的儿子,却是一个很难改变首都生活习惯的城里人。他对待当地的尤里亚金人要比妻子挑剔得多。当地人的蛮性和没有礼貌使他感到恼火。

如今回过头来看已经很清楚,他在博览群书过程中具有非凡的汲取和积累知识的本领。过去常常是在拉拉帮助之下他才读了许多书。在外地深居简出的这几年,他的求知欲更加旺盛,以至于拉拉在他眼中都是学识不足的人了。他在自己那些教育界的同事中间已经出人头地,而且抱怨与这些人为伍感到郁闷。他们那些在战争时期时髦的爱国主义的言谈举止,总是带着官样文章和一些酸溜溜的味道,和安季波夫的爱国思想的复杂形式不相适应。

帕维尔·帕夫洛维奇是古典语文学校毕业的。他现在教的课是拉丁文和古代史。可是在他这个过去的职业学校学生的身上，突然恢复了已经荒疏的对数学、物理和其他精密学科的极大兴趣。经过自学，他在这些课程方面已达到了大学的程度。他期待着一有可能就参加州一级的考试，重新确定一个数学方面的专业，然后把家搬到彼得堡去。夜间紧张的学习影响了帕维尔·帕夫洛维奇的健康，他开始失眠。

他和妻子的关系很好，不过也十分不寻常。她的善良和关心体贴让他有压力，而他也决不许自己对她有半点儿伤害。他谨小慎微，唯恐在他毫无恶意的言辞之间让她凭空觉得隐含着什么责备——比如说她门第高贵而他出身微贱，或者在他之前她曾经属于别人。唯恐她怀疑他持有这种不公正的荒唐想法使她伤心，以致这种担心给他们的生活带来某种做作的成分。他们相敬如宾，结果倒使情况复杂了。

安季波夫夫妇的客人当中，有几个和帕维尔·帕夫洛维奇同事的教师，拉拉工作的那所学校的女校长，还有帕维尔·帕夫洛维奇曾经担任过一次调解人的仲裁法庭的一位成员和另外一些人。所有这些男男女女在帕维尔·帕夫洛维奇眼中都是蠢材。他奇怪拉拉能如此热情地和他们周旋，而且不相信她当真喜欢其中的某个人。

客人告辞以后，拉拉要用很长时间开窗换空气，打扫房间，和玛尔富特卡在厨房里洗餐具。她做完这些事以后，确信卡坚卡盖好了被子，帕维尔也睡了，自己才赶快脱了衣服，关上灯，像是让母亲抱到床上去的孩子那样自然地躺到丈夫身边。

安季波夫装作睡着了的样子，其实并没有入睡。近来常犯的失眠症又发作了。他知道，这样辗转反侧还要持续三四个小时。为了引起睡意和躲避客人们留下来的烟草气味，他悄悄起身,在内衣外面穿上皮大衣,戴了帽子,然后来到院中。

这是个寒冷清澈的秋夜。松脆的薄薄的冰面在安季波夫的脚下发出碎裂的声响。群星点点的夜空仿佛是燃烧的酒精火焰,用蓝色的反光照出冻结了许多脏土块的地面。

安季波夫夫妇的住房坐落在和码头的方向相反的城市的另一部分,在一条街的末端。再往前去就是一片田野,有条铁路穿过,铁路边是个值班房,横跨铁轨有过路的通道。

安季波夫坐在翻过来的船底上,望着星光。这几年他已习以为常的一些想法,令人不安地充满他的心中。他觉得迟早要把这些想法彻底弄清楚,而且最好就在今天。

"不能再这样下去了,"他这么想,"早就应该预见到的,如今发现得迟了。为什么拉拉能把他当成孩子,并能随心所欲地左右着他?为什么当初在冬天他们结婚以前她也曾坚持这一点的时候,没想到拒绝她?难道不知道她对他并不是爱,而是对他承担一种高尚的责任,是她自己所体现的一种英雄行为?这种感人至深而又值得赞誉的责任感,又和真正的家庭生活有什么共同之处呢?最糟的是直至今天他仍然一往情深地爱着她。她依然那样不可思议的美好。也许,他心中怀有的也并非爱情,而是拜倒在她的美和宽容面前的惘然的感念之情吧?唉,你呀,把这弄清楚吧!连魔鬼也无能为力。

"那么现在应该怎么办?把拉拉和卡坚卡从这种虚假当中解脱出来?这恐怕比他自己解脱更重要。可是用什么方式呢?离婚?投河?——呸,这太丑了。"他生自己的气了,"我可永远不能走这条路。不过,为什么心里又产生出这个卑鄙念头呢!"

他看了一眼天上的群星,似乎向它们要求答案。那些疏密相间、大小不一、蓝色的和闪耀着虹彩的繁星,无言地眨着眼。突然,闪起了一道晃动着的耀眼的亮光,扫过星空、房屋和院落、那只小船和上面坐着的安季波夫,像是有人从那片田野朝大门跑来,手里举着燃亮的火把。原来这是一列向西行驶的军车经过岔道口,穿过火红的烟雾向天空投去的一道黄色光柱。从去年开始,不计其数的军车日夜不停地从这里经过。

帕维尔·帕夫洛维奇微微一笑,从小船上站起来,回去睡觉了。理想的出路找到了。

七

听到帕沙的决定后,拉里莎·费奥多罗夫娜呆住了,起先还以为是听错了。"鬼念头。又是照例的古怪想法。"她这么认为,"不去管它,到时候他自己就全忘了。"

可是事情越来越清楚,丈夫已经准备了两个星期,报告已经送到兵役局,学校里也安排了接替的副职,而且从鄂木斯克已经送来通知,那里的军校同意录取他。出发的日期迫近了。

拉拉如同农村妇女一样号啕大哭,扯着他两只手,躺在他脚下。"帕沙,帕申卡,"她不住地喊道,"你把我和卡坚卡丢给谁呀?你别这么办,可别这么办!现在还不晚。我能给你想办法。你都没好好让医生检查一下你的心脏。什么,害羞?你把家庭当作发疯的牺牲品,难道不害羞吗?志愿兵!原先总是嘲笑罗佳太庸俗,可忽然又羡慕起他来了!帕沙,你是怎么回事,我都认不出你了!你换了一个人,还是发疯了?可怜可怜我,告诉我实话,看在基督的分上,别打官腔,难道俄国真需要你这样的人入伍吗?"

她一下子明白过来了,根本不是这么一回事。不善于揣摩细节的她,这次却抓住了要害。她猜到帕图利亚大概误解了她对他的态度。他不了解她对他永生永世倾注的脉脉温情中掺杂着的母性的感情,他也想象不到这样的爱情是超出一般女人所能给予的。

像挨了打的人一样,她咬紧嘴唇,把一切都深藏在心中,一言不发,默默地咽下泪水,开始为丈夫准备上路的行装。

他走了以后,拉拉仿佛觉得全城都变得静悄悄的,连天上飞的乌鸦都稀少了。"太太,太太。"玛尔富特卡得不到回答地呼唤她。"妈妈,妈妈。"卡坚卡没完没了地叫着,扯她的衣袖。这是她生活当中最沉重的打击,她那最美好的、最光明的希望破灭了。

从西伯利亚来的信件中,拉拉可以知道丈夫的一切情况。他很快就清醒了,十分想念妻子和女儿。几个月以后,帕维尔·帕夫洛维奇获得准尉军衔,提前毕了业,而且出乎意料地被派往一个作战的军里服役。在紧急奉调的途中,他从很远的地方绕过尤里亚金,在莫斯科也没有来得及和任何人见面。

他开始从前线寄信来,已经不像在鄂木斯克军校时那样伤感,而是写得颇有生气了。安季波夫很希望能有所表现,为的是一次军功或者一次轻伤可以换得一次回家探亲的假期。确是出现了这种机会。就在后来被叫作布鲁西洛夫战役而出了名的那次突破之后,这个军转入了进攻。安季波夫的信收不到了。开始,这并没有使拉拉感到不安。她觉得帕沙一时没有消息是因为军事行动正在展开,行军途中不可能写信。

到了秋天,这个军的行动暂时停止。部队开始构筑阵地。

可是安季波夫依然杳无音信。拉里莎·费奥多罗夫娜开始担心，就设法打听，先是在尤里亚金当地，之后就通过莫斯科的邮局，并且按帕沙所在部队先前的作战地址往前线写信。到处都没有消息，得不到答复。

正像县里许多善心的太太们一样，从战争一开始，拉里莎·费奥多罗夫娜就在尤里亚金县医院扩建成的陆军医院里尽自己的力量服务。

如今她十分认真地学习医务方面的基本知识，而且已经通过了医院的护士资格考试。

她以护士的身份向学校请了半年的假，把尤里亚金的房子托付给玛尔富特卡照管，就带着卡坚卡到莫斯科去了。在那儿她把女儿安置在莉帕奇卡家里，她丈夫弗里津丹柯是德国籍，已经和其他平民俘虏一起被拘禁在乌发。

拉里莎·费奥多罗夫娜已经确信这种远距离的寻找是不会有结果的，就决定直接到帕沙参战的地方去。她抱着这个目的，以护士的身份上了一列救护车，那列车经过里斯基市驶向匈牙利边境梅佐-拉勃尔，那是帕沙发出最后一封信的地方。

八

一列救护车向师司令部前线驻地开来。这是由塔季扬娜伤员救援会赞助者出资装备起来的。在这一长列由许多短小而难看的加温车组成的列车上，有一节头等车厢，里面坐着从莫斯科来的客人——社会活动家，他们带着赠给士兵们和军官们的礼物。戈尔东也在他们当中。他听说，他童年时代的朋友日瓦戈所在的师部医院就设在不远的一个村子里。

戈尔东取得了在前线附近活动的许可,拿到了通行证,于是搭了一辆朝那个方向去的军用四轮大车,就出发去看望朋友了。

马车夫不是白俄罗斯人就是立陶宛人,俄语讲不好。由于担心敌人的奸细搞的侦察活动,所以谈的话不外乎是事先可以猜得出的那些规定的内容。这种十分做作的谈话激发不起谈兴。一路上,大部分时间坐车的和驾车的都默不作声。

在那习惯于调动整个军的行动、动辄以几百俄里的距离来计算行程的司令部里,大家都肯定地说,这个村子就在附近二十或二十五俄里的地方。可事实上,有八十多俄里。

整个路途中,从前进方向左侧的地平线上传来不怀善意的沉闷的轰响。戈尔东有生以来不曾经历过地震,可是他能够断定,远处这种依稀可辨的敌人大炮凛然的闷响完全可以和火山造成的地下震动和轰鸣媲美。暮色苍茫的时候,那个方向的天际出现了不断闪动的火光,直到黎明。

马车夫载着戈尔东经过了许多被毁的村庄,其中一部分已经阒无人迹,另一些地方的村民都躲在很深的地窖里。这样的村落看上去只见一堆堆的垃圾和碎土丘,但却整齐地排成一行,好像当初的房屋一样。在这些被战火夷平的村庄里,有如置身于寸草不生的沙漠中,从这一头可以一直望到那一头。那些劫后余生的老年妇女,每人都在自己的废墟中间搜挖着,翻拨着灰烬,不停地把一些东西收藏起来,似乎周围还是墙壁,所以外人看不见她们。她们迎送戈尔东的目光似乎是在探询:这世界什么时候才能清醒过来,什么时候才能过上安定而有秩序的生活?

深夜,这两个驾车赶路的人迎面碰上了一个侦察班。于是命令他们从这条大路上退回,再从乡间的小道绕过这里。马车夫不认识那条新路。他们毫无头绪地乱走了两个小时,天亮前来到了一个村子,它的名字正是戈尔东想要找的那个。可是村子里根本没听说过这个师部医院。后来很快就弄清楚了,这个区有两个同名的村子,那个村子才是他们要找的。大清早他们到达了目的地。当戈尔东经过散发出一股药用除虫菊粉和碘酒气味的村口的时候,他心里想的是不在日瓦戈这里过夜,只停留一个白天,晚上赶回火车站去找留在那里的同伴们。但是,情况使他滞留了一个多星期。

九

这些日子,战线有所移动,发生了一些突然的变化。在戈尔东抵达这个村子以前,我方一个兵团的部分兵力进攻得手,突破了敌人固守的阵地。突击队一面扩大战果,一面向对方纵深挺进。跟着它扩大突破口的辅助部队,渐渐落在先头部队的后面。结果出现了人员被俘的事。就是在这样的形势之下,安季波夫准尉在损失了半个连的士兵以后也被俘了。

关于他有各种各样不实的说法。大家都认为他是被土埋在一个弹坑里,已经死了。和他同一个团的熟人加利乌林少尉说,好像是在观察所从望远镜里亲眼看到了安季波夫在率领自己的士兵进攻时阵亡了。

加利乌林眼前出现的是突击部队已经习以为常的场面。他们的任务是以接近跑步的速度通过两军之间的一片田野,那里蔓生着迎风摇曳的干艾蒿和纹丝不动的挺拔的刺蓟草。

突击队应该以勇猛的动作迫使对方短兵相接,或者使用集束手榴弹把固守战壕的奥地利人就地消灭。这片田野似乎也在奔跑,一眼望不到头。脚下踏过的像是松软的沼泽一样的地面。安季波夫准尉开始在前面,随后忽前忽后地和士兵跑在一起。他挥动举在头上的手枪,嘴张得不能再大地喊着"乌拉",可是他这喊声无论是自己还是周围跑着的士兵都听不见。按照准确的间隔,跑动的人一会儿卧倒,一会儿又猛然站起来重新喊叫着继续向前冲去。每一次和他们一起前进,总有几个中弹的人,就像被砍伐的高高的树木一样,整个身子异样地倒下去,再也站立不起来。

"超越了目标。给炮队打电话,"不安的加利乌林向站在身旁的炮兵军官说,"噢,不。他们干得不错,是在延伸火力。"

这时,突击队已经接近了敌人。炮火停止了。在突然到来的一片寂静中,站在观察所里的人心跳明显加快了,仿佛同安季波夫一起身临其境,领着大家冲到奥地利人的避弹壕跟前,接着就该让机智和勇敢大显身手了。就在这一瞬间,前面接连炸开了两颗十六英寸的德国炮弹。黑色的尘土和烟柱遮住了一切。

"真主保佑!完了!全完了!"加利乌林颤动着发白的嘴唇喃喃自语,认为安季波夫准尉和他的士兵都已阵亡。

第三发炮弹就落在观察所旁边。大家都把身子弯向地面,急忙从里边撤到远一些的地方去。

加利乌林和安季波夫曾住在一个掩蔽所里。团里觉得安季波夫被打死了,不会回来了,于是就委托了解安季波夫的加利乌林保存他的遗物,以便日后转交给死者的妻子。在安季波夫留下来的东西当中,有许多张妻子的照片。

志愿入伍的加利乌林不久前提升为准尉,原先是个机械师,是季韦尔辛那个院子的守门人吉马泽特金的儿子。早先他是个钳工学徒,常常受工长胡多列耶夫毒打,他能有出头之日,还得算是过去这位虐待徒弟的人的功劳。

当上准尉以后,加利乌林并非出于本人的志愿,不知为什么被派到一个后方卫戍部队所在地,那里气候温和、偏远幽静的地方。他在那儿指挥一队半残废的士兵,每天早上由那些差不多同样衰弱的老教官带他们操练已经忘记的队列。除此而外,加利乌林还要检查他们是不是准确地在兵站仓库布置了哨位。生活是无忧无虑的,因为上级对他再没有更多的要求。突然之间,他非常熟悉的彼得·胡多列耶夫,随着一批从年限很长的后备役军人和莫斯科入伍的士兵当中补充来的人员一起,也来到了。

"啊,咱们是老熟人了!"加利乌林脸色阴沉地冷笑着说了一句。"是,准尉大人。"胡多列耶夫回答,立正敬了个礼。

事情并没有如此简单地了结。就在军衔低的胡多列耶夫第一次在队列中出错的时候,加利乌林准尉对他大声斥责,而当他觉得这个士兵行礼时不直接望着他而望着旁处时,就举手打了他几个嘴巴,并命令送到禁闭室关押四十八小时。

如今,加利乌林的一举一动都带着要算老账的味道。在棍棒体现的隶属关系之下,这种报复的方式简直就是一场只赢不输的游戏,未免不够高尚。究竟该怎么办?两个人已经不可能继续留在一个地方。可是除了送到惩罚营以外,一个军官又能用什么借口把一个士兵从规定的服役部队改派到别的地方去呢?从另一方面来说,加利乌林自己能提出什么理由要求调动呢？于是，以后方卫戍勤务过于单调和无所作为为理由，他被批准调往前线。这就使他赢得了一个良好的表现，而且不久以后在另一桩事情上他又显露了自己另一方面的才能，说明他是个出色的军官，因此很快就被提升为少尉。

早在季韦尔辛家里的时候，加利乌林就认识了安季波夫。一九○五年，帕沙·安季波夫有半年的时间住在季韦尔辛家里。那时候尤苏普卡就常去找他，过节的时候在一起玩耍，当时也有一两次在他那里见到过拉拉。从那以后就没有再听说过他们两人的情况。当帕维尔·帕夫洛维奇从尤里亚金来到他们团以后，这位老朋友身上发生的变化很使加利乌林吃惊。过去像姑娘似的腼腆、爱整洁达到了可笑程度而又很调皮的一个人，如今成了一个神经质的、知识广博而又鄙视一切的忧郁的人。他聪明，勇敢，沉默寡言，好嘲笑人。有时，加利乌林望他一眼就乐意发誓说，在安季波夫深沉的目光里，仿佛在一扇窗的深处可以看到他的另一个化身，其中藏着他心中的思想：或者是对女儿的思念，或者是妻子的面庞。安季波夫好像是神话当中着魔的人物，突然之间就消失了，加利乌林手中剩下的只是安季波夫的一些证件和照片，以及他身上发生的变化的秘密。

拉拉的查询或迟或早都会追寻到加利乌林这里。他已经准备好了对她的回答。然而正是事情刚刚发生不久时，他没有勇气把实情原原本本地说出。他希望她先对即将承受的打击有所准备。因此，他准备给她写一封详细的长信，可是却一再拖了下来，当时他不知道她就在前线某处当护士，也不知道把信往什么地方投递。

十

"怎么样？今天有马吗？"当日瓦戈医生中午回到他们住的这间小屋子吃饭的时候，戈尔东问道。

"哪儿来的马呀！现在是前进不能，后退无路，你还要到哪儿去？周围的情况完全弄不清楚。任何人都说不出所以然来。在南边的几个地方，我军迂回过去，或许突破了德军防线。不过听说我们也有几支分散的队伍落到了敌人口袋里。在北边，德国人已经渡过了一向认为在这一段不能越过的斯文塔河。这是一支骑兵部队，人数相当于一个军团。他们正在破坏铁路，摧毁仓库，而且据我看还正在对我军形成包围圈。你看，就是这个形势。可你还在说什么马。好吧，卡尔宾柯，快点儿开饭，动作麻利点儿。咱们今天吃什么？啊，牛蹄，太妙啦。"

卫生队、医院和其余的师属单位都分散在这个奇迹般保存下来的村子里。村里那些仿照西方样式在墙上装有许多双扇窗户的房屋，一所也没有毁坏。

正是晴和的秋季。金色的秋天最后几个温暖晴朗的日子。白天，医生和军官们都开了窗子，扑打着那些在窗台上和低矮的屋顶裱糊纸上成群爬着的苍蝇，解开制服和军便服的扣子，满头大汗地喝着热的菜汤或者茶；晚上，他们还要蹲在炉门前把点不着的湿柴下面快要熄灭的炭火吹旺，一面被烟熏得眼睛流泪，一面骂着不会生炉子的勤务兵。

这是个安静的夜晚。戈尔东和日瓦戈面对面躺在相对的两侧墙边的长木凳上。他们中间是一张吃饭用的桌子，另一面是一扇从这头直通到那一头的长条形的窗子。屋里炉子烧得挺热,抽烟抽得雾气腾腾。他们把长窗两头的气窗打开,呼吸着在玻璃上蒙了一层哈气的秋夜里清新的空气。

他们仍是按着这些日子白天和晚上的习惯谈话。像往常一样,前线那边的地平线上闪耀着玫瑰色的火光。每当这种一分钟也不停的均匀的射击声中落进几响低沉的、每一次都听得清清楚楚的、有分量的打击声的时候,地面似乎都被移动了,又像是远处有人在地板上略微向一旁移动沉重的铁皮箱似的。这时,为了表示对这种声音的尊重,日瓦戈暂时把谈话停止一会儿,然后说:"这是贝尔塔,德国人的十六英寸的大炮,六十普特重的大家伙。"接着想继续先前的谈话,可是又忘了刚才说的是什么。

"村子里总有一股什么气味?"戈尔东问了一句,"头一天我就发现了。有点儿甜腻腻的讨厌的气味。好像老鼠的气味。"

"我知道你说的是什么。那是大麻。这儿有不少大麻田。大麻本身就散发出一种使人很难受的烂果子的气味。另外,在作战地区还把敌人的死尸扔到大麻田里,日子长了没人发现就腐烂了。这一带到处都有尸体气味是很自然的。又是大炮,你听到了吗?"

这些日子,他们几乎把世界上的事都谈遍了。戈尔东完全了解自己这位朋友对战争、对当代形势的看法。尤里·安德烈耶维奇向他讲了自己是多么难以习惯这种一定要相互消灭的血腥的逻辑,而且不忍心去看那些受伤的人,特别是可怕的现代战场的创伤,更难以习惯那些被最新的战争技术变成一堆丑陋不堪的肉块的残存下来的畸形人。

戈尔东每天都陪着日瓦戈出去,所以也亲眼看见了一些情况。当然,他也意识到,无所事事地从旁看着别人表现的英勇行为,看着人家如何以非人的力量战胜可怕的死亡,并为此付出多么大的牺牲,冒多么大的风险,是很不道德的。可是,对这些只能发出几声无能为力、毫不起作用的叹息,他觉得也没有丝毫高尚的意味。他认为,待人接物要适合现实生活为你安排的环境,要诚实而自然。

有一次到西边离火线很近的战地包扎所的红十字支队去,这时候他就亲身体验到有些伤员的模样确实可以使人晕倒。

他们来到一半已经被炮火轰倒了的大森林中间的空地上。在被毁坏和践踏过的灌木丛里,头朝下躺着几辆被打坏的炮车。有一棵树上拴着一匹战马。远处可以看到有一幢林务所的木头房子,房顶被掀去了半边。包扎所就设在林务所办公室和林子中间的两座灰色大帐篷里。两座帐篷搭在经过林务所的那条路的两边。

"把你带来可真没有必要,"日瓦戈说道,"差不多紧挨着战壕,离这儿只有一里半或者两里,可是咱们的炮队就在那边,在林子后头。你听听,这是什么声音?别硬充英雄好汉了,我不相信你是好汉。你现在准保吓得要死,这很自然。情况每分钟都可能变化。这里会落炮弹的。"

在林中道路两旁,一些满身尘土、疲惫不堪的年轻士兵叉开穿着沉重的皮靴的两腿躺在地上,有的面朝下,有的面朝上,军服上衣的前胸和肩胛骨部分都被汗湿透了。这是严重减员的一个班剩下来的人。他们从接连三天三夜的战斗中撤下来,到后方稍微休息一下。士兵们躺在地上一动不动,像石头一样,连笑一笑和说几句下流话的力气都没有了。当树林深处的路上响起了急速跑来的马车声音的时候,他们连头都没有回。这是几辆没有弹簧的双轮轻便马车,向上颠动着急驶过来,给包扎所送来了伤员,把这些不走运的人的骨头架子差不多都颠散了,五脏六腑都要翻个个儿。包扎所只能做些简单处理,很快打上绷带,有些特别紧急的也只能做些简单的手术。这些伤员都是半小时以前炮火稍停的时候,从堑壕前面的开阔地上运下来的,数量多得吓人,其中半数以上昏迷不醒。

把他们运到办公室门廊前的时候,卫生员带着担架从屋子里出来开始卸车。一个护士用一只手从下边撩开帐篷的底边儿,向外观望。现在不是她值班,闲着没事。帐篷后面的树林里有两个人在大声争吵。苍翠高大的树木用很响的回声把争吵的余音传播开来,不过具体的话却听不清。伤员运到的时候,争吵的两个人从树林里来到路上,朝办公室走去。那个怒冲冲的年轻军官朝医疗分遣队的医生不住地叫嚷,一定要从他那里打听到原先驻扎在树林里的炮兵辎重队转移到哪里去了。医生什么也不知道,因为这和他毫无关系。医生请那位军官等一等,不要喊叫,伤员已经运到了,他有事情要做。可是军官仍旧不肯罢休,把红十字会、炮兵机关和世界上的一切都大骂一通。日瓦戈来到医生跟前,两个人打过招呼后,就沿台阶进入林务所。那个带点儿鞑靼人口音的军官继续在骂,一边解下拴在树上的马,跳上马背往树林深处跑去了。那个护士一直在看着。

突然,她的脸吓得变了样子。

"你们要干什么?是不是发疯了?"她朝两个不用人扶、

自己走在担架中间往包扎所去的轻伤员喊着，一面从帐篷里跑出来，直奔路上追了过去。

担架上抬着一个伤势特别吓人、血肉模糊的不幸者。一块炸开的炮弹壳碎片把他的脸炸得不成样子，嘴唇、舌头成了一团血酱，可是人还没死，那块弹片牢牢地卡在削掉了面颊的那个部位的颌骨缝里。这个重伤员发出轻微的、断续的呻吟，完全不像是人的声音，听到的人都会觉得这是在请求尽快了结他，解除这不可想象的拖长的痛苦。

护士仿佛看出，旁边走着的两个轻伤员在这种呻吟声的影响下，正准备徒手从这人的面颊上把那块可怕的铁片拔下来。

"你们要干什么，难道能这样？这得外科医生来做，要用专门器械。但不知道还有没有这个必要。"戈尔东在心里说："上帝啊，上帝，请把他召去吧，可别让我怀疑你的存在！"

眨眼之间，就在上台阶的时候，这个血肉模糊的人喊叫了一声，全身一抖，就断了气。

死去的这个五官残缺不全的人是预备役的士兵吉马泽特金，在树林里吵嚷的那位军官是他的儿子加利乌林少尉，护士就是拉拉，戈尔东和日瓦戈亲眼目睹了这一切，他们都同在一个地方，彼此就在近旁，可是互相都没有认出来，其他人更是永远也不会知道，他们当中有些事永远无法确定，有些事只有等下一次机会，等另一次萍水相逢，才会知道。

十一

这一带奇迹般地还保存下来几个村庄。在这一片毁灭的海洋之中，它们成了一个不可思议的劫后余生的小岛。傍晚，戈尔东和日瓦戈回到住的地方去。太阳已经落山了。在他们路过的一个村子里，一个年轻的哥萨克在周围人的哄笑声中，把一枚五戈比的铜币抛起来，强迫一位穿长袍的白胡子犹太老人用手去接。老人总是落空，铜币每次都擦着他那双可怜地叉开的手掉到泥地上。他一弯腰去捡铜币，哥萨克就打他的屁股，围着的人从两边扶着他，笑得哼哼哟哟地直喘气。这是最让大家开心的地方。虽然暂时还看不出有什么恶意，可是谁也不能担保这样下去不会变得更严重。这人的老伴儿从对面的小屋子里跑到路上，叫喊着向他伸出双手，可是因为害怕，又躲了起来。两个小女孩哭着从屋子里看着窗外的祖父。

赶车的士兵觉得这很好笑，就让马一步步慢慢地走，好让车上的老爷们开开心。可是日瓦戈把那个哥萨克叫到跟前来，骂了几句，让他停止这个恶作剧。"是的，老爷。"那人很顺从地回答说，"我们不懂事，只是为了开开玩笑。"

后来，一路上戈尔东和日瓦戈都沉默着没有讲话。

"这真可怕。"看到了他们住的那个村子的时候，尤里·安德烈耶维奇开了口。"你大概想象不到，在这次战争里犹太居民遭到什么样的苦难。打仗的地方正好是在指定的犹太人居住区。除了受罪、交纳种种苛捐杂税和倾家荡产以外，还得应付许多不合理的摊派，忍受侮辱和责难，说他们缺乏足够的爱国心。要是在敌人那边可以享受一切权利，在我们这边受迫害，他们的爱国心又能从哪儿产生呢？归根结底，就是对他们怀着强烈的憎恨心理。他们贫困、吝啬、软弱和不会抵抗，这本来是应该同情和体谅的，反而让人生气。真弄不明白，这里边似乎有点儿宿命的味道。"

对他的这番议论，戈尔东什么也没说。

十二

他们又是各自躺在那扇狭长的窗子的两头。已经是夜里了,两个人还在谈话。

日瓦戈向戈尔东讲他如何在前线看到了沙皇。他说得有声有色。

那是他在前线度过的第一个春天。他被派去的那个部队的司令部设在喀尔巴阡山的一个盆地里。部队的任务是封锁从匈牙利方面通往盆地的入口。

盆地底部有个火车站。日瓦戈给戈尔东描述当地的地形,那些长满了粗壮的枞树、松树的高山顶端镶着朵朵白云,森林中隐现的灰色板岩和石墨岩峭壁像是浓密的毛皮当中磨出的秃疤。那是天还没有亮的四月里的一个清晨,潮湿而又灰蒙蒙的,就像那岩石一样;四周让高山围着,所以一切都显得是凝滞不动的,非常闷热。地上蒸发的水气笼罩了盆地,不断形成一股股气流向上升腾,中间还夹杂着从车站来的火车头的烟气,湿淋淋的草地是灰色的,山也是灰色的,衬托着苍黑的森林和片片乌云。

这些天,沙皇正在巡视加利西亚地区。突然有通知说,他要到由他担任名誉长官的驻守在这里的部队来。

他随时都可能抵达。站台上布置了欢迎的仪仗队。人们疲乏地等候了一两个小时。然后,接连通过了两列豪华的火车。又过了一会儿,沙皇的专车开到了。

在尼古拉·尼古拉耶维奇大公爵的陪同下,陛下检阅了这支由近卫军组成的精锐部队。他那嗓音不高的每一句问候的话,仿佛是摇荡着一桶桶的水一样，激起了一阵阵雷鸣般的欢呼。

带着腼腆笑容的沙皇，给人的印象似乎要比纸币和勋章上的肖像显得苍老和没有精神。他面容倦怠，略有点儿浮肿。他不时像带点儿歉意似的侧过头来看一看尼古拉·尼古拉耶维奇，不知道在这种场合要求他做出什么表示。尼古拉·尼古拉耶维奇毕恭毕敬地弯身凑到他的耳旁，用不着说话，只是通过眉头或肩部的动作就让他摆脱了窘迫。

在这个灰蒙蒙的湿热的山区的清晨，让人感到沙皇也很可怜，而且一想到那种怯生生的矜持和拘谨可能就是这位统治者的本来面目，决定生杀予夺的就是这种软弱性格，简直使人不寒而栗。

"他本应当讲些这类的话，比如说：'我，我的剑和我的人民……'就像威廉皇帝那样，总之是这方面的话。不过一定要提一提人民，这是必不可少的。可是你要知道，他天生是俄罗斯化的，可悲的是还要更加鄙俗。问题在于这种矫揉造作在俄国是不可思议的。因为这本来就是装腔作势，难道不是吗？如果说是恺撒治下的那些民族，像高卢人，或斯维夫人，或伊利里亚人，我还可以理解。可是从那个时期往后，这个名称只不过是个虚构，为的就是让那些皇帝、政客和王公在演说时可以这样讲：人民，我的人民。

"这么一来，前线上的采访人员和新闻记者可就多得成灾了。写出了各式各样的'见闻'，记录了种种的名言警句，探视了伤员并且提出了有关民意的新理论。这简直就像达利先生[1]再世，同样是精于杜撰的、有文字癖的、追求文章辞藻

---

[1]　达利（1801—1872），俄国作家和语言学家，《俄语详解词典》编纂者。

的写作狂。这是一类。还有另一类,最喜欢用不连贯的词句,精雕粗刻,又带有怀疑和厌世的味道。比方说,(我曾读过)有一位就写了这么一段有深寓意的文字:'天色阴沉,宛如昨日。一清早就开始落雨,遍地泥泞。临窗眺望大路,那是鱼贯行进着看不到头的俘虏。车上运的是伤员。大炮正在射击。今天又在射击,和昨天一样,明日仍如今朝,每日每时,周而复始……'你看,这够多深刻,多俏皮! 不过他为什么要迁怒于大炮? 要求大炮打出花样来,太自命不凡了! 为什么对大炮感到奇怪,而不对他自己每天发射大量的用逗号隔开的流水账似的词句觉得奇怪呢? 为什么不停止这种像跳蚤蹦跳一样匆忙发射出来的字面上的仁慈呢? 他应该明白,不是大炮而恰好是他才应该有新面貌,不要旧调重弹;靠笔记本记下大量言之无物的东西永远也不会有什么内容;如果没有自己的见地,如果缺乏那么一点儿奔放的天才或是某种传奇的色彩,事实也就失去了意义。"

"非常正确,"戈尔东打断了他的话,"现在我要说说今天我们看到的那个场面。这个拿一位长者嘲笑取乐的哥萨克,完全同无数类似的情况一样,是最普通的一种卑劣下贱的举动。很清楚,对这种举动用不着讲大道理,抽他的嘴巴就行了。要是说到整个犹太人的问题,就需要哲学,而且它会出乎意料地翻个个儿。不过,我也提不出任何新的见解。你我的这些思想,都是从你舅舅那儿来的。

"人民是什么? ——这是你刚才问到的。对他们是不是需要过分迁就照顾? 凡不是存心打算取悦于人民,而是用自己的丰功伟绩使万民趋之若鹜并受到颂扬而流芳百世的人,这不就是他应有的本分吗? 哦,当然,当然。话说回来,在基督教的时代还需要谈什么民族呢？因为这已经不是一般的民族了，而是被说服和教化过的，所以关键在于转变，而不在于恪守旧的基础。我们不妨回想一下《新约》。它对这个问题是怎么说的呢？首先，《新约》并不曾规定要这样、要那样。它只提出一些朴素的、稳重的主张。它提出：你愿不愿按照以前从未有过的新的方式生活，愿不愿得到精神上的幸福？结果，上下几千年所有的人都采纳了这个建议。

"当它谈到天国里既没有古希腊人也没有犹太人的时候，难道仅仅说的是在上帝面前人人平等吗？不是的，只为这个也不需要《新约》，在这以前，希腊的哲人、罗马的圣贤和《旧约》的先知早就了解这个道理。不过它说的是这个意思：在深思熟虑的心灵里，在新的生活方式当中，在被称作天国的新的交往范围里，没有民族，有的只是个人。

"你刚才说过，如果不加进某种思想的话，事实也是毫无意义的。基督教和个人奉行的宗教仪式，正应该加进事实中去，从而才使它对人具有意义。

"我们已经谈到了那些对生活和世界总体上说无所贡献的庸才，那些眼光狭小的二流货色，他们感兴趣的就是总要有那么一种关于人民的话题，人民最好还是弱小的，所以就要受苦受难，因此也就听任对他们的摆布，同时在他们身上还可以满足大发善心的欲望。这种灾难的独一无二的、百分之百的牺牲者就是犹太人。民族的意识已然规定他们必须麻木不仁地永远充当百姓，世世代代都不可改变，可是在这期间他们当中产生的一股力量却把整个世界从这种卑微的桎梏之下解救出来。多么奇怪！这又怎么发生的呢？这个欢欣鼓舞的节日，这种从平庸混沌状态之中的解脱，这种克服了终日碌碌无为的飞跃,所有这一切就诞生在他们的土地上,使用的是他们的语言,和他们属于同一个种族。他们难道对此视而不见、听而不闻地白白放过了?他们不可能让自己的精神失去如此引人入胜的美德和力量,他们不可能同意在这股力量取得胜利和左右一切的地位的时候,心安理得地继续充当已经被他们抛掉的这种怪事的徒有其表的外壳。这样自讨苦吃究竟对谁有利,究竟是谁需要世世代代忍辱负重,让那些绝对无辜的、对善与爱能够如此体贴入微的老人、妇女和儿童流淌鲜血!为什么这个民族的精神主宰不远远地甩开这种过分廉价的举世闻名的受苦的方式和有讥讽味道的智慧?为什么不肯冒险放弃自己的这项不可更改的职责,而像锅炉在巨大压力之下爆炸一样,把这支不知道为了什么而正在挣扎和受到残害的队伍释放出来?为什么不说:'你们清醒清醒吧,够了。别再这样了。不要像过去那样自命不凡了。别再抱成一团,散开来吧。你们应该和所有的人一样。你们是世界上最早、最好的基督徒。你们当中那些最低级的、最软弱的,才是你们的对立面。'"

十三

第二天,日瓦戈回来吃午饭的时候说:

"你不是总说急着要走么,这话可应验了。我决不能说'你真走运',咱们又被包围了,这还算什么运气?往东去的路还通,可是又从西边朝我们压过来了。已经命令所有的医疗单位收缩集中。我们明天或者后天就要开拔。到哪儿去可不知道。卡尔宾柯,米哈伊尔·格里戈里耶维奇的内衣还没洗好吧。真是说不清道不明。光说是干亲家、干亲家,你要正经问他是怎么个干亲家,他自己也莫名其妙,糊涂虫。"

他根本没去听勤务兵如何东拉西扯地为自己辩解,也没有注意因为临走不得不穿上日瓦戈的内衣而不大痛快的戈尔东,继续说:

"唉,咱们这个行军当中的家,算得上是个吉卜赛人的窝,刚来的时候我觉得什么都不顺眼,炉子放的不是地方,天花板太低,而且又脏又闷。可是现在,你打死我也想不起来在这以前还住过什么更好的地方。看着炉子角上的瓷砖反射的阳光和路边那棵树的影子在它的上面晃来晃去,似乎就在这儿住一辈子也可以。"

他们开始不慌不忙地收拾东西。

夜里,喧嚷、喊叫、射击和奔跑的声音把他们惊醒了。村子被不祥地照得很亮。窗外人影憧憧。一墙之隔的房主人也醒了,翻着身。

"卡尔宾柯,快到外边去问问,怎么这么乱糟糟的。"尤里·安德烈耶维奇说道。

很快就都清楚了。急忙穿好衣服的日瓦戈,亲自跑到师部医院想去证实这是谣传,结果却是实情。德军在这一地段突破了俄军的抵抗。整个防线向村子这边推进,越逼越近。这个村子已在炮火射程之内。师部医院和机关不等撤退命令到来就匆忙开始撤离。估计天亮以前撤退完毕。

"你随第一梯队走,有一辆敞篷马车立刻就走,我已经告诉他们等你一下。那就再见吧。我送你去上车。"

他们朝医疗队正在装车的村子另一头跑去。跑过一幢幢房屋的时候,他们弯着腰,凭借墙角的掩护。子弹在街上嗖嗖叫着飞过。在田野里几条路交叉的道口上,可以看得见榴霰弹爆炸的火光,像撑开的伞一样。

"你怎么办?"戈尔东边跑边问。

"我随后走。还得回去取东西。我和第二梯队一起走。"

他们在村口告别了。几辆大车和一辆敞篷车组成的车队出发了,一辆挨着一辆,然后逐渐排成一列。尤里·安德烈耶维奇向远去的朋友挥着手。一座烧着的木板棚的火光照出了他们的身影。

尤里·安德烈耶维奇尽力靠着房檐屋角的遮蔽,赶忙往回跑。就在离他的住处还差两幢房屋的地方,一股爆炸的气浪把他掀倒在地,一颗开花弹使他受了伤。尤里·安德烈耶维奇跌倒在路中间,流着血,失去了知觉。

十四

撒下来的陆军医院孤单地设在西部边区铁路线上的一座城市里,和大本营相邻。正是二月底的温煦的日子。在身体快要复原的军官病房里,依照正在那里治疗的尤里·安德烈耶维奇的要求,靠近他病床的一扇窗是开着的。

快要吃午饭了。病员各以其力所能及的方式在消磨饭前的这段时间。他们被告知说,医院里新到的一个护士今天第一次要到这儿来查房。尤里·安德烈耶维奇对面躺着的加利乌林正在翻看刚刚收到的《言语》和《俄罗斯之声》,对新闻检查官给开的天窗十分愤慨。尤里·安德烈耶维奇在读野战邮局送来的冬妮娅的信,一下子就积压了一摞。微风掀动信笺和报纸。这时传来了轻轻的脚步声。尤里·安德烈耶维奇从信纸上抬起眼睛。拉拉走进了病房。

尤里·安德烈耶维奇和少尉都认出了她,可是彼此并不知道这一点。她对他们俩都不认识。她说:

"你们好。为什么开着窗?你们不冷吗?"她说着,走到加利乌林跟前。

"什么地方不舒服?"她一边问,一边拉住他的一只手,准备量脉搏,可是立刻又把手放开了,自己也坐到床边的椅子上,显出很窘迫的样子。

"可真没想到,拉里莎·费奥多罗夫娜,"加利乌林回答说,"我和您的丈夫在一个团里,我认识帕维尔·帕夫洛维奇。我还为您保存着他的东西。"

"不可能,不可能,"她重复地说,"这真是巧得出奇。这么说您认识他?请快告诉我,全部经过是怎样的?说是他牺牲了,让土给埋住了?什么都不用隐瞒,您不用担心,因为我都知道。"

加利乌林没有足够的勇气去证实她从种种传言当中得到的这种情况。他决定哄骗她,让她安下心来。

"安季波夫被俘了。"他说,"发起攻击的时候,他带领自己那部分人在前面跑得太远,结果就剩下一个人。他被包围了,不得不投降。"

可是拉拉并不相信加利乌林的话。由于这番话让人吃惊地感到突然,她非常激动,控制不住就要涌出来的热泪,也不愿意在不相干的人面前哭泣。她急忙站起身,走出病房,想在走廊里镇静下来。

过了一会儿她又回来,外表已经平静了。她有意不往加利乌林那边看,为的是不要再忍不住哭出来。她径直走到尤

里·安德烈耶维奇床前,心不在焉地、例行公事地说:

"您好,哪儿不舒服?"

尤里·安德烈耶维奇看到她的激动和眼泪,想问问她发生了什么事,也很想说出曾经有两次和她相遇,一次是他还在中学的时候,另一次是已经上了大学,但又觉得这样有点儿失礼,会让她认为举动有失检点。接着他突然想起当初在希弗采夫的时候故世的安娜·伊万诺夫娜睡在棺材里的模样和冬妮娅的哭喊,于是就忍住了,反而说了一句:

"谢谢您。我自己就是医生,自己会给自己看病。我什么也不需要。"

"他为什么生我的气?"拉拉心里想,奇怪地看着这位翘鼻子的、其貌不扬的陌生人。

接连几天都是多变的、不稳定的天气,一到充满了湿润的泥土气味的夜晚,就刮起飒飒作响的温暖的风。

这些天不断从大本营传来一些奇怪的消息,从家里、从内地也传来了令人不安的谣传。和彼得堡的电讯联系已经中断。各个角落都在谈论政治性的话题。

每一次值班,护士安季波娃早晨和晚上都要查一次房,这时就和病房的其他伤员,也和加利乌林以及尤里·安德烈耶维奇交谈三言两语。"真是个奇怪的耐人寻味的人,"她是这么想的,"年轻轻的就对人不怎么客气。长了个翘鼻子,根本说不上漂亮。是个正经的聪明人,头脑灵活机敏,让人有好感。不过问题不在这上面。要紧的是尽快完成自己在这里的责任,然后调到莫斯科去,和卡坚卡离得近一些。到了莫斯科就要求解除护士的工作,然后回尤里亚金,到学校去工作。因为关于可怜的帕图利亚的情况都弄清楚了,一切希望也都落空了,所以没有必要再继续充当什么战地女英雄,那是为了找他才被宣传了这么一阵子。"

不知道卡坚卡现在怎么样?可怜的失去了父亲的孤儿(想到这里她又哭了)。近来的变化太大了。不久前还一心想的是对祖国的神圣责任,是军人的英勇和崇高的公德。可是仗打败了,这才是最主要的灾难,因此其余的一切也就失去了光彩,丝毫神圣的意味都没有了。

突然间一切都变了样儿,言论变了,空气也变了,既不会思考,又觉得无所适从。仿佛有生以来就像个孩子似的让人牵着手走,如今骤然把手放开,要自己学着迈步了。而且周围既没有亲人,也没有权威人士。于是便想信赖最主要的东西,即生活的力量、美和真理,让它们而不是让被打破了的人类法规来支配你,使你过一种比以往那种平静、熟悉、逸乐的生活更加充实的、毫无遗憾的生活。拉拉及时地醒悟到,她在这种情况下无可置疑的唯一目标就是抚养卡坚卡。帕图利奇卡已经不在人世,如今拉拉只是作为一个母亲而活着,要把一切力量都倾注在卡坚卡这个可怜的孤儿身上。

尤里·安德烈耶维奇接到信说,戈尔东和杜多罗夫未经他同意就把他的书出版了,很受欢迎,预示他在文学上大有前途。还说到目前莫斯科的形势既使人感兴趣,也令人不安,下层平民中隐伏着的激愤情绪日益增强,大家似乎处在某一重要事件的前夕,严重的政治事件迫近了。

夜已经深了,尤里·安德烈耶维奇不断地克制着难耐的困倦。他一阵阵地打着盹儿,心想在这样紧张的一天过后,他不可能睡熟,而且现在真没睡着。在窗外,睡眼惺忪般的微风似乎轻轻打着呵欠。如泣如诉的风声仿佛在说:"冬妮娅,舒罗奇卡,多么想念你们哪,我是多么渴望回家去工作啊。"在这微风的喃喃低语声中,尤里·安德烈耶维奇时睡时醒,短暂而又令人不安地交叠着苦乐不同的心境,恰似这多变的天时和今晚这个捉摸不定的黑夜。

拉拉想的是:"他表现出这么大的关心,怀念并且保存着可怜的帕图利奇卡的遗物,可我简直蠢得像猪,连人家是谁、是哪儿来的人都没问。"

第二天早上查房的时候,为了弥补前几次的疏忽并遮掩一下自己的失礼,她仔仔细细地询问了这位加利乌林的情况,其间不住地发出惊叹声。

"上帝,您真是太圣明了!布列斯特街二十八号,季韦尔辛一家,一九〇五年革命的那个冬天!尤苏普卡?不认识。对不起,不知道尤苏普卡,也许是不记得了。可是就在那一年,那一年和那个院子!啊,不错,是有这座院子,也正是在那一年!"噢,她一下子就把这一切都回忆起来了!还有当时的那些枪声,还有(是什么来着,一下子又想不起来了),还有《基督的意愿》!啊,小时候初次感受的力量真大,印象真深哪!"对不起,请原谅,少尉,您怎么称呼?噢,对,对,您已经告诉过我了。谢谢,太感谢您了,奥西普·吉马泽特金诺维奇,您唤醒了我多么美好的回忆和思念啊!"

一整天她心中就装着"那座院子"到处走动,不断地叹息,而且几乎要说出口来似的盘算着。

"想想看吧,布列斯特街二十八号!又是枪声,不过这回更可怕得多了!这可不是那些'男孩子们在放枪'。那些男孩子已经长大成人,而且都在这儿——都在军队里,全部是来自同样院落、同样村庄的普普通通的人。太惊人了!太不可思议了!"

　　拄着手杖和架着拐的人走进房来,邻近病房那些伤残而不需要人扶的人跑了进来,大家争先恐后地喊着:

　　"最重要的事件发生了。彼得堡街上已经开始骚动。彼得堡卫戍部队站到了起义者一边。革命了。"

第五章　告别旧时代

一

　　这个小城叫作梅留泽耶沃,它坐落在一片黑土地带。部队和辎重车队潮水般地穿城而过,扬起黑色的烟尘。像黑压压的一群蝗虫悬在房屋上空,从战场撤下来的和开往前线的这两个方面的人流和车辆,从早到晚不曾中断。谁也说不准仗是在继续打,还是已经结束了。

　　像雨后春笋一样,每天都会冒出一批新的职务。这些都得选一些人去担任,其中包括他本人、加利乌林中尉和护士安季波娃,还有他们那一伙儿中的另外几个,算是寥寥可数的来自大都市的见过世面的人物。

　　他们占据了市自治机关的几个职位,同时还兼任分驻在几处小地方的部队和医疗队的政委。对待这些需要不断轮流处理的公务,他们都抱着像在户外玩捉人游戏似的娱乐消遣的态度。然而他们始终萦萦于怀的,就是尽快摆脱这种把戏,赶回家园从事各自长远的事业。

　　由于工作上的关系,日瓦戈和安季波娃时常接触。

二

城里乌黑的烟尘在雨水中变成咖啡似的茶色泥浆，覆盖在街道上。

这座城市不大。在任何地方只需稍微顺着街角向外一走，放眼望去就是一片忧郁的田野和阴暗的天空，那里就是正在进行战争和革命的空间。

尤里·安德烈耶维奇给妻子的信是这样写的：

> 部队里仍然存在溃散和混乱现象。正在想办法加强士兵的纪律，提高他们的战斗力。我曾经巡视过驻地附近的几支部队。

> 最后想说的是，也许我早已告诉过你了——在这里直接和我一起工作的就是那个从莫斯科来的护士——乌拉尔人安季波娃。

> 还记不记得，就在你妈妈去世的那个可怕的晚上，在圣诞晚会上朝检察官开枪的那个姑娘？后来好像还审判过她。记得当时我对你说过，这个高等女子学校的中学生，我和米沙就曾经在一个蹩脚的小旅店里见过她。现在已经记不清楚是为了什么事和你爸爸一起到那儿去的了。那个晚上冷极了，现在回想起来仿佛就是在普列斯纳发生武装起义的时候。那就是安季波娃。

> 好几次想尽一切办法回家。不过，这事可不简单。主要还不是被工作耽搁了，要办的事可以移交给旁人，丝毫不会有什么影响。困难在于交通。要不就是火车根本不来，要不就是人多得挤不上去。

不过，看来也不会永远这样下去，所以，有几个已经伤愈的、退役的和完成工作的人，其中就包括我、加利乌林和安季波娃，下决心在下星期一定出发，而且为了坐车方便，一个一个地分别在不同的日子起程。

我会随时从天而降，就像一片雪花飘落到头上。不过，我还是会力争事先能发个电报。

然而，就在动身之前，尤里·安德烈耶维奇却收到了安冬妮娜·亚历山德罗夫娜的一封回信。

在这封由于痛哭而顾不上推敲字眼、纸上的泪痕代替标点的信里，安冬妮娜·亚历山德罗夫娜极力劝说丈夫索性不回莫斯科，不如直奔乌拉尔去追踪那个不同寻常的女护士，因为她经历当中那些传奇性的遭遇，绝不是她冬妮娅那种平庸的生活道路能比得上的。

"不要担心萨申卡和他的未来，"她写道，"你也不必为了他而觉得羞愧。我保证一定按照你从小在我们家看到的那些规矩来养育他。"

尤里·安德烈耶维奇忙不迭地提笔回信：

你发疯了，冬妮娅，这是多大的疑心病啊！难道你还不知道，或者还没有足够理解，正是你，对你的思念，对你和家庭的忠诚，才把我从死亡和这两年战争期间所有那些可怕的、毁灭性的遭遇当中挽救出来？其实，没必要说这些。我们很快就要见面了，重新开始过去的生活，那时一切都会清楚的。

不过，你能给我写这样的回信，倒引起了我另一方面的担心。如果我当真给了你这封回信以某种口实，可能我的举止确实有轻率的地方，那么，在这个女人面前我是惭愧的，因为这会让人家感到迷惑不解，我应该向她表示歉意。等她从附近几个村子巡视回来，我一定这么办。过去只是省、县才有的地方自治会，如今在更低一级的机构，在乡里，也都在建立。安季波娃是去帮助她的一个女朋友，那人就是指导这些新设的法定机关的视导员。

虽然和安季波娃住在同一幢房子里，可是到现在我还不知道她住在哪个房间，而且从来没对这个感兴趣。

三

从梅留泽耶沃往东和往西，有两条大路。一条是土路，穿过森林直通济布申诺。那是一个买卖粮食的小镇，行政区隶属梅留泽耶沃，可是小镇在各方面都超过了这里。另一条是碎石路，它穿过一片到夏季就干涸的沼泽草地通往比留奇。那是离梅留泽耶沃不很远的两条铁路交会的一个枢纽站。

六月间，在济布申诺出现了一个独立的济布申诺共和国，只存在了两个星期。是当地一个磨坊工人布拉热依柯宣告成立的。

这个共和国依靠的是第二一二步兵团的部分逃兵。他们携枪离开了阵地，经过比留奇来到济布申诺的时候，正赶上革命。

共和国不承认临时政府，而且也脱离整个俄罗斯。年轻时曾经和托尔斯泰有过通信关系的教派分子布拉热依柯，宣告在济布申诺建立永世不变的新王国，实行集体劳动和财产共有制，把原来乡的行政机关改叫作使徒会。

济布申诺从来就是种种奇谈怪论的发祥地,它坐落在一片难以通行的密林当中,混乱时代①的文献里边就有关于该地的记载,后来又因为周围不断出没的强人而出了名。人们茶余饭后常常提到的,是此地有不少殷实可靠的商家,再有就是它那神话般肥沃的土质。这临近前线的西边地带,有些风俗信仰和方言特色正是从济布申诺传来的。

如今风言风语的一些谣传,都是关于布拉热依柯的主要助手的。人们都一口咬定说,那个天生的聋哑人借着一股灵气就能开口说话,灵气一过就又成了哑巴。

六月间,济布申诺共和国垮了台。效忠临时政府的军队开到了这个地方。那股逃兵从济布申诺被赶了出去,朝比留奇的方向退去。

离比留奇有几俄里远的铁路线以外,周围是一片砍伐过的森林残址,现在那里剩下来的树桩上已经长满了草莓根,没有运完的老柴垛分成两半,当初季节性伐木工住过的地窖已经坍塌。那些逃兵就在这里扎了营。

四

日瓦戈医生先前养伤、后来留下来工作、如今要离开的那所陆军医院,就设在扎布林斯卡娅伯爵夫人的别墅里。女主人从战争一开始就把别墅献给了伤兵。

这座两层楼的别墅修建在梅留泽耶沃最好的地点,坐落在城里那条主要街道和中心广场的交叉点上。人们把这片广

---

① 混乱时代,指俄国十六世纪末、十七世纪初长年战乱的时代。

场叫作阅兵场，因为从前士兵们在这里训练，现在晚上用来开群众大会。

由于这里处于路口的位置，从别墅向不同的方向望去，视野都很开阔。除了那条主要街道和广场以外，还可以看到紧相邻的一所院落。那份寒酸的外乡人的家当，简直和农村住户毫无二致。别墅后墙之外就是伯爵夫人的旧花园，那里有一道门也可以通到邻家的院子。

扎布林斯卡娅从来没把这幢房子当作一份了不起的产业。在县里她还有一大片叫作"逍遥津"的领地，这房子只作为进城办事时的一个落脚点，同时也是客人从四面八方前去消夏的地方。

现在这座房屋成了陆军医院，房主人已经在她常住的彼得堡被逮捕了。

仆人当中留在别墅的只有两个很有意思的女人：一位是公爵夫人的两个女儿（如今已经出嫁）的老家庭教师弗列里小姐，另一位是皮肤白皙的女厨师乌斯季妮娅。

弗列里小姐是个头发花白、面色红润的老太婆，脚上拖一双便鞋，身上穿一件肥大的邋邋遢遢的长衫，就这样衣冠不整、蓬头散发地在整个医院里走来走去。她对医院已经有了好感，就像当初对待扎布林斯基一家那样，逢人就用那半通不通的俄国话说点儿什么，把每个词的尾音都按照法语的习惯吞掉了。谈话时她总爱摆姿势，不停地摇动着两只手，唠叨到最后就会爆发一阵嘶哑的笑声，结果则是忍不住的长时间咳嗽。

弗列里小姐对护士安季波娃的底细了如指掌。她觉得医生和护士本来就应该相互倾心。出于深深扎根于浪漫天性的撮合男女私情的癖好，这位老小姐总要高高兴兴地促使这两个人待在一起。凡是这种时候，她就意味深长地用手指比画着恫吓人的样子，一边像调笑似的朝他们眨眼睛。安季波娃觉得莫名其妙，医生则很恼怒，可是老小姐也同所有脾气古怪的人一样，总是把自己的误解放在首位，无论如何也不肯丢掉它。

乌斯季妮娅古怪的天性还不止这些。这个女人生就一副不匀称的上窄下宽的身材，活像一只正在抱窝的母鸡。她为人枯燥乏味但又精明到狡诈的程度，不过，在这个清醒的头脑里却掺杂着极强的幻想力，特别是有一种控制不住的迷信的倾向。

乌斯季妮娅通晓许多民间的咒语，每逢离家外出的时候，如果不对着钥匙孔念几句咒语，说几句祈求炉火安全和自身避邪的话，她是一步也不肯迈的。乌斯季妮娅是济布申诺本地人，据说是个乡村巫师的女儿。

只要没有莫名的激情，乌斯季妮娅就可以整年一言不发，而一旦爆发，就无法遏止，狂热地要为真理而战。

济布申诺共和国失败以后，梅留泽耶沃的执委会就开展了反对各地流行的无政府主义思潮的运动。每天晚间，阅兵场上都自然地形成和平集会，人数并不多，无事可做的梅留泽耶沃的居民就信步到这里来，像往年夏天到消防队门前露天闲坐一阵一样。梅留泽耶沃的文教干事很赞赏这种集会，经常派些自己人或是过往的人员去进行指导。他们认为最荒谬无稽的就是关于济布申诺的那个会说话的聋哑人的传说，于是都在发言中不断地加以揭露。可是梅留泽耶沃当地的小手工业者、士兵和过去老爷家里的使女，却另有看法。他们觉得一个聋哑人会说话并不是不可思议的事，所以纷纷为之辩护。

在支持聋哑人的乱糟糟的辩解当中，常常会听到乌斯季妮娅的声音。起初她还下不了决心抛头露面，女人的羞涩心理起了牵制作用。但是她逐渐有了勇气，开始敢于用一些在梅留泽耶沃并不受欢迎的想法来挑剔讲话的人。她就这样不知不觉地成了讲台上的一个饶舌妇。

通过敞开的窗子，在别墅里可以听得到阅兵场上混成一片的说话声，要是在十分寂静的夜晚，甚至可以零零星星地听出个别人讲话的内容。逢到乌斯季妮娅发言，弗列里小姐就经常会跑到房子里来劝说大家仔细去听，一边颠三倒四地、高高兴兴地学着说：

"说不过！说不过！像连珠炮似的！喊了一声！哑巴！变了！又变了！"

这位老小姐心里却暗暗地以这个伶牙俐齿的泼辣女人引为骄傲。这两个女人家总是既温柔相待彼此依赖，又没完没了地絮叨抱怨。

五

尤里·安德烈耶维奇按部就班地做着起程的准备，应该告别的人家和单位都去了一遍，必要的证明文件也领到了。

这时，前线这支部队的一位新政委在赴任途中，在城里逗留下来。关于此人已经有些传闻，说他还是个毛孩子。

那几天正是准备又一次大规模进攻的日子，尽力想办法提高部队的士气。部队已经集结，成立了革命军事法庭，恢复了不久前取消的死刑。

起程之前，医生需要到城防司令那里办理注销手续。担任这城防司令职务的是军事长官，大家都简单地叫他"县长"。

他那里经常拥挤不堪。无论是走廊里还是院子当中，甚至办公室几扇窗外的半条街上，都是乱哄哄的。要想挤到他的桌子跟前根本不可能。几百个人同时都在讲话，结果谁也听不清说的是什么。

这一天不是接待日。在那间空荡荡、静悄悄的大办公室里，对越来越复杂的公文程序感到不满的几名文书，默默地写着，不时互相交换几个带有嘲讽意味的眼色。从首长办公室传出欢快的笑语声，那里的人肯定是敞开制服领子，正在舒舒服服地享用清凉饮料。

加利乌林正好到外间屋来，一看到日瓦戈，他做了个准备跑开的动作来招呼医生也到里面去分享欢乐。

医生反正是要到办公室去找首长签字。到那里，他才看到一个最不成体统的场面。

俨然成了这个小城镇当前第一号风头人物的新政委，并不急于去上任，反而逗留在这间同司令部当前急务毫不相干的办公室里，站在这几个部队文牍人员的面前口若悬河地讲个不停。

"这是我们的又一位明星，""县长"这样说着把医生介绍给政委，可是政委完全陷于自我陶醉的境地，对他一眼也不看。为了给医生递过来的文件签字，"县长"改变了一下坐的姿势，随后又恢复了原样，接着就用一个亲切的手势给日瓦戈指了指屋子当中一个低矮的软坐凳。

在场的只有医生一人端正地坐着，其余人的姿态一个比一个放荡不羁。"县长"用一只手托着头，仿效毕巧林[1]的模样半躺在写字台旁边；他那位身躯肥硕的助手坐在对面沙发

---

① 毕巧林，莱蒙托夫小说《当代英雄》的主人公。

的扶手上,曲起两腿,胯下仿佛是一具女用鞍具;加利乌林反身骑在一把椅子上,两手拢着椅背,头靠在上边;年轻的政委一会儿用手撑着窗台,一会儿又跳下来,像是一头刚出洞的狼崽,一刻也不停歇,踏着细碎的脚步在屋子里走来走去。他一口气地说着,讲的是比留奇逃兵的事情。

关于这位政委的传闻得到证实。这是个身材瘦削、匀称而尚未发育成熟的少年,却表现得像是一支燃放出最崇高的理想之光的小蜡烛。据说他出身于富有的门第,父亲似乎做过枢密官。二月间,他是第一批率领自己的连队转向国家杜马方面的军官之一。他大概是姓金茨或者金采,因为给他们两个人作介绍的时候医生没有听清。政委讲的是一口纯正的彼得堡话,吐字非常清晰,稍稍带一点儿波罗的海东部沿岸的口音。

他穿着一件紧身的直领上装。由于这么年轻,大概自己也觉得不大自在,而为了显得年长一些,就硬板起面孔做出长篇大论讲话的模样,同时有意地摆出拱肩驼背的姿势。为此他把两手深深地插到马裤的裤兜里,缀着挺括的新肩章的肩头向上耸起,完全是一副标准的骑兵架势,从两肩到双脚可以由上到下划出两条在地面相交的直线。

"离这里只有几站远的铁路上有一个哥萨克团。是个可靠的红军团。如果把他们调过来,对暴乱分子实行包围,事情就解决了。军团司令坚持要尽快解除他们的武装。""县长"向政委介绍情况说。

"哥萨克?无论如何不行!"政委勃然变色,"现在早就不是一九〇五年了,说的都是老掉了牙的话!在这个问题上,我们的看法决然相反,您的那些将军过于自作聪明了。"

"还没有采取任何行动,目前只不过有这种打算。"

"同军事指挥员达成协议,我们不干预作战部署和命令。我不能取消对哥萨克团的调动。就让他们这么办好了。不过,在我这方面要按照明智的启示采取措施。他们已经在那边宿营了?"

"这要看怎么说,不过设防还是相当牢靠的。"

"那好。我到他们那里去一次。请把这个危险的地点,这伙绿林好汉待的地方指给我。尽管他们是暴乱分子,甚至是逃兵,然而仍旧是老百姓。诸位,别把这一点忘记了。对待老百姓就像对待婴儿一样,应该了解他们,掌握他们的心理,这就要用特殊的方法。要善于触动他们最美好的、最敏感的心弦,才能发出音响。

"我一定要到那个砍伐过的林场去,同他们推心置腹地谈一谈。您等着看吧,他们会老老实实地返回放弃了的阵地的。想不想打个赌? 您不相信?"

"不见得。不过,但愿上帝保佑!"

"我要对他们说:'弟兄们,请看看我吧。我是个独生子,是全家的希望,可是我一切都在所不惜,牺牲了家庭门第,牺牲了父母的爱,为的是给你们争取任何一个国家的人民都享受不到的自由。无数这样的青年和我一样,就是这么做的,当然更不用说那些老一辈的光荣的先驱者了。也无须再说那些备受苦难的民粹主义者和民意派了。这样奋斗莫非是为了自己? 难道我们需要这样? 现在你们已经不再是过去的那种士兵,而是世界上第一支革命队伍里的军人。你们不妨扪心自问,是不是配得上这个崇高的称号? 正当祖国的身上流淌鲜血,使出最后的力气摆脱缠在身边的毒蛇一般的敌人的时候,你们居然甘心受那伙来路不明的过路人的蒙蔽,把自己变成毫无觉悟的败类,成了一群放纵的、贪得无厌的恶棍.'这简直就像把猪养在桌子底下,猪爪子当然要扒到桌面上来——哼,我可把这帮人看透了,要让他们知道什么是羞耻!"

"不,不行,这太冒险。""县长"试着提出不同意见,一面偷偷地和助手交换了一个意味深长的眼色。

加利乌林一再劝说政委放弃他那种极不合理的新奇想法。加利乌林很了解第二百一十二步兵团的那伙胆大包天的人,因为他曾经在该团隶属的师里服过役。但是政委根本不听他的话。

尤里·安德烈耶维奇一直想起身走开。政委那番天真幼稚的表演使他感到难为情。不过,"县长"和他的助手尽管善于冷嘲热讽,满腹诡计,可是卖弄聪明的把戏也并不比他高明多少。这种愚蠢和这种狡诈恰好相互抵消。所有这些都是靠着连篇累牍的废话表现出来的,既无任何存在的价值,又缺乏明确的含义,生活本身正是迫切需要摆脱这一切。

啊,有时候真是多么希望能远远地离开这些平庸的高调和言之无物的陈词滥调,在貌似无声的大自然的沉寂中返璞归真,或者是默默地长久投身于顽强劳作,或者索性沉湎在酣睡、音乐和充满心灵交融之乐的无言之中!

医生这时才又想起了将要向安季波娃作的绝非愉快的表白。为了必须和她见面,他感到高兴,尽管要付出很大的代价。不过,她是不是已经回来了,还很难说。抓住头一个方便的机会,医生站起身来,悄悄地走出了这间办公室。

六

原来她已经回来了。这个消息是家庭教师小姐告诉医生的，她还补充说，拉里莎·费奥多罗夫娜到家的时候显得很疲乏，匆忙用过晚饭就到自己房里去了，嘱咐不要惊动她。"不过，您可以去敲敲门。"老小姐建议道，"她大概还没睡。""她的房间在哪儿？"医生这一问，使老小姐大感意外。原来安季波娃就住在楼上走廊的尽头，左右几个锁着的房间存放着扎布林斯卡娅留在此地的全部家具，医生从来不曾朝那里看过一眼。

天色很快暗了，街上的人开始多了起来。房屋和篱墙在傍晚的暮色中融为一体。庭院深处的树木在灯光下仿佛缩短了和窗口的距离。这一晚十分闷热，稍动一动就会出汗。落到院子里的煤油灯的光带，像是几条脏水顺着树干流下去。

走到楼梯的最后一级，医生停住了脚，心里在想，在旅途劳顿的人的房门上哪怕只是轻叩一下，也是不合时宜而又招人讨厌的。最好把谈话推迟到明天。怀着由于改变初衷而带来的怅惘，他顺着走廊踱到另外的一头。那边的墙上有一扇面对邻家庭院的窗子。医生从窗口探出身去。

沉寂的夜有着众多诡秘的音响。走廊附近可以听到水池的滴水声，间隔许久才均匀地滴答一声。什么地方的窗内有人喁喁交谈。菜园里有人在浇黄瓜畦，从一只桶往另一只桶里倒水，伴随着从井中提水的铰链发出的声音。

空气中散发着各种花草的芳香，仿佛大地白天只是无知无觉地沉睡，如今由于这些气味才恢复了神智。公爵夫人的古老的花园到处都是倒了的树的枝丫，难以通行，一株年深日久的柞树繁花初放，它那浓雾般的香气从园中升起并且浮动着，像一堵高墙。

从右面篱墙外的街上传来喧嚷的人声。那是些度假的人在嬉笑玩闹，其中有人不断地用力开门关门，还可以听到几句零星的歌声。

在公爵夫人花园里一株树上的乌鸦巢的后方，露出来一轮大得出奇的暗红色的圆月，初时很像是济布申诺的那座砖砌磨坊的蒸汽磨粉机，之后颜色变黄，又仿佛是比留奇火车站上的那个供水塔。

窗下的院子里，仿佛睡美人呼出的气息中还混合着花茶一般的新鲜麦草的幽香。在那儿有一头不久前从很远的村子里买来的母牛，路上它被牵着整整走了一天。这头牛也疲倦了，它怀着离群的忧伤，不肯吃还不熟识的新的女主人手里的饲料。

"唷，唷——别使性子，鬼东西，不许顶人。"女主人轻声说着，可是母牛却生气地一会儿把头摆来摆去，一会儿伸长了脖颈，闷声闷气而又哀怜地哞叫。在梅留泽耶沃那一排黝黑的仓房后面闪烁着一片星光，好似从那里引来无数看不见的同情之线，传送着另一个世界的牲畜家族对它的怜悯。

周围的一切有如一块神奇的酵母在不停地发酵，胀大，升起。对生活的深切感受犹如一阵轻风，掀起广阔的浪潮向前滚去。它漫无目的，沿着田野和城镇，穿越墙垣和篱栅，透过树木和人体，让路上的一切都感受到它的颤抖。为了胜过这股洪流的影响，医生走向广场，想听听集会上的谈论。

七

月亮高高地悬在中天,万物之上都洒满了它那仿佛是用白色颜料灌注的浓重的光辉。

在广场四周几幢带廊柱的公家的石砌房屋的阶前,宽大的阴影仿佛给地面铺了一条黑毯。

集会是在广场的另一侧。如果愿意细心倾听的话,隔着广场也可以分辨出那边所说的一切。不过,医生却被眼前壮观的景物吸引住了。他坐在消防队大门附近的一条长凳上,没有去注意街对面传来的人声,开始环顾四周。有几条荒僻的小巷通向广场的一侧,巷子的尽头隐约可见几幢歪斜破旧的小屋。小巷泥泞不堪,难以行走,仿佛农村的土路。泥泞的地面上立着柳条编的长长栅栏,像是翻到池塘里的篓子,又像是沉到水里捉螃蟹用的篮筐。

几幢低矮的房屋敞着窗,污暗的玻璃映射出一些亮光。小圃里栽种的玉米朝窗内探出了濡湿的长着淡褐色毛须的头,晶莹的花序和花穗仿佛涂了油似的。一排苍白消瘦的锦葵从歪斜的篱栅后面凝视着远方,像是被炎热从小屋子里赶出来的庄户人,只穿了件汗衫到外面吸几口凉气。

沐浴在月光中的夜色是奇妙的,仿佛洋溢出某种预感的温馨和慈祥的爱抚。就在这神话般清明澄澈的宁静中,突然传来非常耳熟的、像是刚刚听到的一个人均匀而又断续的讲话声。这个悦耳的嗓音带着满腔的热望和自信。医生仔细倾听,立刻就分辨出是谁来了。那便是政委金茨正在广场上讲话。

一定是地方当局要借助他的权威取得支持。他激动地责备梅留泽耶沃的人缺少组织性,轻易地受了布尔什维克的影响,并一再让大家相信后者才是造成济布申诺事件的真正罪人。他用了同军人讲话的口气谈到残酷而又强大的敌人以及祖国面临的考验。他讲到中途,开始被大家打断。

不要打断发言的要求和表示不同意的喊叫,此起彼伏。反对的声浪一阵紧似一阵,声音也越来越大。陪金茨一起来的人这时担当起大会主持者的角色,喊叫着不许随意发言,让大家遵守秩序。有些人要求让人群里的一位女公民讲几句,另一些人就发出嘘声,不让干扰金茨讲话。

一个女人挤过人群朝那个底朝天倒放着权充讲台的大木箱走来。她并不想到台上去,只是紧靠着它站在一旁。大家都知道这个女人,立刻静了下来。她成了人群注视的焦点。她就是乌斯季妮娅。

"您提到济布申诺,政委同志,接着又提到了眼睛。您说,大家应该把眼睛睁大,不要受骗上当。我可是用心听您讲话的,您只知道翻来覆去地数说布尔什维克和孟什维克,除了这些,别的什么也没提到。不要再打仗,彼此以兄弟相待,这是上帝说的,可不是孟什维克;大大小小的工厂应该交给穷人,这也不是布尔什维克说的,不过是凭着人的怜悯之心。没有您的时候就总挖苦我们是聋哑人,已经听厌烦了。你们总惦记聋哑人,真是的!不过他究竟在什么地方让您觉着不合心意?难道就因为一直是个哑巴,没征得您同意就突然开口讲话了?好像这是从来没见过的怪事。怪事还多得很呢!比方说人人都知道的那头驴。① 它说:'巴兰呀,巴兰,真心实意

<hr>

① 指《圣经·旧约》中巴兰和驴的内容。

地求您别往那儿去,到那儿要倒霉。'对吧,大家都知道,他听不进去,结果还是去了。您说的聋哑人,和这个也差不多。他心里想的是:为什么要听它的,一头驴,是个畜生。可别看不起畜生。到头来可要后悔的。您大概也知道结果是怎么回事。"

"结果怎么样?"人群里头有人好奇地问。

"算了吧,"乌斯季妮娅反唇相讥地说,"操心太多老得快。"

"不行,这不行。你说,结果怎么样?"那人并不罢休。

"结果,结果,你这解不开的榆木疙瘩!变成了盐柱。"

"别逗啦,亲爱的。那是罗得的故事,'罗得的老婆'。"远处有人这么喊道。

大家都笑了。主席让大家守秩序。医生回去睡觉了。

八

第二天晚上他见到了安季波娃,是在储藏室找到她的。拉里莎·费奥多罗夫娜面前摆了一堆已经熨好的衣服。她还在继续熨着。

储藏室是楼上最后一排房子里的一间,面向花园。屋子里放着几个茶炊,从厨房用手摇升降机送上来的食物分盛在许多盘子里,用过的脏餐具从这里放下去送到洗碗池。医院的物品账也存放在这间储藏室。人们在这里对照账册清点食具和卧具,空闲的时候到这儿来休息和聚会。

朝向花园的窗户是敞开的。屋子里闻得到柞树花香,还有那种古老的花园里才有的混合着兰芹干枝的苦味。两只熨斗发出淡淡的炭火气,拉里莎·费奥多罗夫娜轮换用它们熨衣服,一会儿把这一只、一会儿把那一只放到蒸汽管子上去加热。

"昨天您为什么不来敲门?老小姐都跟我说了。不过您做得对。我已经睡下了,无法请您进来。怎么样,您好。小心别弄脏了衣服,那儿撒了点儿煤。"

"看得出,您是给整个医院熨衣服。"

"不是,这里也有不少是我的。您总笑我永远也别想从这里脱身。这次可当真要走了。您看,我这不是正在打点行装嘛,收拾好了就动身。我上乌拉尔,您去莫斯科。今后要是有人问:'尤里·安德烈耶维奇,您听说过梅留泽耶沃这个小镇吗?''我想不起来了。''安季波娃是谁?''一点儿也不知道。'"

"唉,就算是如此吧。您到各乡走了一趟,有什么感触?乡下的情况好吗?"

"这可说来话长。——熨斗凉得真快!如果不费事的话,请递给我一只热的。就是管子上放着的那只。这只拿回去,放在管子上。对啦,谢谢。各个村子的情形不一样。全看村子里住的是什么人了。有的地方老百姓勤快、能干,情况还过得去。有些村子简直清一色是醉鬼,地都荒了,看着都可怕。"

"傻话,哪儿来的醉鬼?您其实是了解许多情况的。问题是根本找不到任何人,男子汉都被征去当兵了。好,不谈这些了。新的地方自治会,革命的,怎么样?"

"关于醉鬼的问题您说得不对,我还要跟您辩论。地方自治会?自治会的事要长期伤脑筋。许多规定不能落实,乡里找不到可以共事的人。当前农民只关心土地。我顺路到拉兹多利诺耶去了一趟。真是个漂亮地方！您真应该去一次。春天的时候被烧掉了一部分，抢走了些东西。仓房烧了，果树光秃秃的，大门有一部分让烟熏坏了。济布申诺没有去成。可是到处都断定那个聋哑人的事并非杜撰，还形容了他的外貌。据说是个年轻人，还受过教育。"

"昨天，乌斯季妮娅在广场上还替他说过好话呢。"

"我刚一回来，从拉兹多利诺耶就运来一大车破烂的废物。已经请求过多少次，让他们别动这些家具。我们自己的还少吗？今天早晨，卫戍司令部又派人送来'县长'的一张条子。他急着要用那套银茶具和装酒的水晶瓶。说是只用一个晚上，用后归还。可是谁都知道所说的归还是什么意思。半数的东西都无影无踪了。所有拿走的都说过是要归还的。听说是要举行晚会，好像是来了什么人。"

"啊，我猜到了。来了一位前线部队的新政委。我是由于一个偶然的机会见过他。他打算处置那些逃兵，实行包围和缴械。政委还是个毛孩子，办事的新手。这里的人建议调动哥萨克，可是他想要靠眼泪解决问题。他说老百姓就如同婴儿，还有其他等等类似的意思，认为这一切不过是哄小孩子的把戏。加利乌林苦口婆心地劝他不要这样干，说这是养虎为患，不过这种人一旦打定了主意，是不可能说服的。您听着，把熨斗暂时放一放，请听我说。这儿很快就会出难以想象的乱子，我们无力去制止。我希望您无论如何要在出乱子之前离开！"

"什么事也不会发生，您过分夸大了事态。何况我正准备离开。不过，总不能匆匆忙忙地甩手一走了事。应该对照账册把物品做个交代,不然的话好像是我偷了什么东西。可是向谁交代呢?这就是问题。为了管理这些物品,我操够了心,换来的却是无数的怨言。我把扎布林斯卡娅交给医院的财产全部登了记,因为这是法令规定的精神,现在却落得仿佛我假装这样做,用这种办法替伯爵夫人保护财产。这够多么卑鄙!"

"唉,您就让这些地毯和瓷器见鬼去吧,这些该死的东西。居然为这件事影响情绪!噢,对了,昨天没能见到您才是最大的遗憾呢,我简直是受了最大的打击。本来可以全都向您说清楚,使所有恼人的问题都有答案!这是当真的,不开玩笑,我恨不得把满腔的话都说出来。谈谈我的妻子、儿子,说说我的生活。真见鬼,莫非一个成年男人就不能和一个成年女人谈一谈,否则就会被怀疑有什么'勾当'?呸!让魔鬼把这些破布呀、衬里呀统统扯碎吧!

"您继续熨吧,只管熨您的衣服吧,别管我!不过我还是要说,要说很长时间。

"您也许在想,如今是什么时候!可是我和您正是生活在这种时候!这是史无前例的机遇。请想想看:整个俄国仿佛被掀掉了屋顶,我们和所有的老百姓都一下子暴露在光天化日之下。没有人顾得上我们。真是天大的自由!这绝非口头上的和书面要求中的自由,而是从天而降的意外,也是偶然的、糊里糊涂的自由。

"所有人都变得出奇得伟大!您发现了吗?仿佛每个人都被他本身、被他自己显露出来的威力制服了。

"我说我的,您只管熨吧,不用开口。您不感到乏味吧!我给您换熨斗。

"昨天我看到了晚间的集会，真是大开眼界。我们的俄罗斯母亲行动起来了，又坐不住了，一直走，一直说。讲话的不单单是人。满天的繁星和树木也在娓娓交谈，夜间的花草探讨着哲理，一幢幢的石砌房屋同样参加了集会。完全像是《福音书》上说的那样，难道不对吗？仿佛又回到了使徒们的时代。还记得保罗的话吗？'要开口讲话，发出神启。要为布道的才能祈祷。'"

"您说地上的树木和满天的星星也参加了集会，这我理解。我知道您想说的是什么，我有过这种体验。"

"战争只做了一半的事，剩下的由革命完成了。战争是人为的休止生命，完全像是可以把生存推迟短暂的一段时间一样（真是荒唐！）。革命违反着意志奔腾而出，仿佛是一股被阻滞得过长的气。每个人都苏醒了，再生了，所有人都发生了转化、转变。也许可以说，每一个人都经历了两种革命，一种是自身的，另一种是共同的。我觉得，社会主义宛如一片海洋，所有个人的、单独的革命应该像无数溪流一样汇聚其中，这就是生活的海洋，自存自在的海洋。我所说的生活的海洋，指的是那种值得用绘画表现的生活，是经过创造而丰富起来的充满智慧的生活。可是，现在人们决心不在书本上去体验它，而是通过自身的行动，不诉诸抽象，而是仰仗实践。"

出乎意料的声音的颤抖，暴露出医生的意志开始发生动摇。拉里莎·费奥多罗夫娜一时之间停止了熨衣服，严肃而又好奇地望着他。他显得很窘，忘记了自己正在说什么。短暂的停顿之后，他又开始讲起来，不假思索地信口说了下去。他说道：

"这一个时期始终渴望能够生活得忠诚而有成效！我非

常希望能成为这种昂扬振奋精神的一部分！就在这席卷一切的欢乐之中，我发现您那教人猜不透的抑郁寡欢的目光，那仿佛是不知失落在何方的一种神色。我宁愿付出一切，但求没有它，希望在您的神态上能看到对自己的命运是多么心满意足，而且在任何方面对任何人都无所需求。我甚至希望有一位您所亲近的人，朋友也好，丈夫（最好是军人）也好，能握住我的手，要我不要为您的遭遇担心，也不必用自己的关心给您增添烦恼。不过，我肯定会把手挣脱，而且摆着手表示不同意……唉，我真有点儿忘乎所以啦！请原谅。"

医生的嗓音又一次失去了控制。他摆了摆手，怀着无可挽回的窘迫的心情站起来，走到窗子跟前。他背朝房间，两只手掌托着脸颊，两肘支在窗台上，一双失神的、寻求内心平静的眼睛凝视着沉浸在暗夜中的花园深处。

拉里莎·费奥多罗夫娜绕过一头搭在椅子上、另一头靠在另一个窗台上的熨衣服用的木板，在离医生背后几步远的房间中央站住了。"天哪，我多么害怕这种事！"她像自言自语似的轻轻说，"这是多么致命的迷误！尤里·安德烈耶维奇，请别说了，别这样。哎呀，您瞧，我因为您干出了什么事！"她大声喊着朝工作台跑去，忘记拿开的熨斗下面，一件被烤焦的女上衣冒起了一股刺鼻的轻烟。"尤里·安德烈耶维奇，"她气恼地把熨斗砰的一声放到炉盖上，继续说下去，"尤里·安德烈耶维奇，您应该清醒一下，到老小姐那儿去待一会儿，喝点儿水，亲爱的，回来的时候应该是我希望看到的平常那种样子。听见了吗，尤里·安德烈耶维奇？我知道您是能做到的。一定要这样，我请求您。"

他们两人从此没有再这样表白心迹。一个星期之后，拉里莎·费奥多罗夫娜离开了。

九

又过了一段时间,日瓦戈也开始收拾行装准备上路了。临出发的前一天夜里,在梅留泽耶沃下了一场可怕的暴风雨。

狂风的咆哮和暴雨的轰鸣交织在一起,雨水一时倾泻在屋顶上,一时随着改变了的风向沿街洒去,似乎是用它那汹涌的水流一步步地夺路前进。

隆隆的雷声不间断地汇成一片均匀的轰鸣。在紧密的闪电照耀下,不时地显现出一条条向远处躲去的街道和弯着腰朝同一个方向奔跑着的树木。

深夜,弗列里小姐被大门外可怕的敲门声惊醒。她害怕地从床上坐起来,仔细倾听。敲门声仍然不停。

她想,难道整个医院就没有一个活人出去开门,莫非就该她这个可怜的老太婆吃苦受累,只因为她天生的正直和肯负责任?

好吧,就算扎布林斯基一家是有钱人,是贵族。不过这医院已经成了他们自己的,是人民的。那么现在他们把它扔给谁了呢?比如说,我真想知道,那些卫生员都跑到哪儿去啦?无论是负责人、护士,还是大夫,都逃命了。可是医院里还有伤员,两个没有腿的在楼上的外科手术室里,就是原先用作客厅的那个房间,楼下的储藏室里还有一屋子伤号,就在洗衣房旁边。乌斯季妮娅这个妖婆又外出串门子去了。这个傻瓜眼看要有大雷雨,可还是鬼迷心窍地走了。这回算是有了过硬的借口,可以在外边过夜了。

"啊,感谢上帝,雨总算停了,安静了。人家准是看到不开门,摆摆手就走了。这种天气还来敲门也真是见鬼。不过,会不会是乌斯季妮娅?不会,她自己有钥匙。哎哟,我的老天爷,真可怕,又在敲了!

"不过总还是太作贱人啦!对日瓦戈倒是没什么可责怪的。他明天就要走了,心早飞到莫斯科或是路上去了。不过,加利乌林可真不像话!他怎么能这么贪睡,或者居然心安理得地躺在床上听人敲门,盘算着到最后我这个弱不禁风的孤老太婆爬起来,在这可怕的夜里和吓人的地方给不知道是什么样的人去开门。"

"加利乌林!"她突然想起来了,"哪儿来的加利乌林?"就因为还没有完全睡醒,才会有这个荒唐念头!怎么还会有加利乌林,他已经走得无影无踪了。难道不就是她自己和日瓦戈把他藏起来,给他换了便装,讲清了周围的道路和村庄,让他知道往哪儿逃的吗?当时是在火车站上执行了私刑,打死了金茨政委,并从比留奇到梅留泽耶沃一路开枪追赶加利乌林,搜遍了全城。哪儿还会有加利乌林!

如果不是那批装甲兵,城市就彻底被摧毁了。当时正好有一个装甲师路过这里,保护了老百姓,遏制住了那伙恶棍。

暴风雨的势头已经减弱,逐渐远去。远方还隐隐地听得见稀疏的雷声。雨下下停停,雨水顺着树叶和屋檐轻轻地流淌着。无声的闪电不时照到老小姐的房间和她身上,稍稍停留一会儿,似乎在搜寻什么。

停了许久的敲门声又响了起来。仿佛是有人求救似的拼命敲打。风又刮了起来,接着又是倾盆大雨。

"来啦!"老小姐不知冲谁喊了一声,这一声连她自己也感到害怕。

一个意外的念头提醒了她。她把两脚从床上伸下来,穿上便鞋,披了一件长睡衣,就跑去招呼日瓦戈,免得一个人更加害怕。他同样听到了敲门声,于是拿了一支蜡烛从楼上下来,正好和她相遇。两个人的猜测是相同的。

"日瓦戈,日瓦戈!外面有人敲大门,我一个人不敢去开。"她用法语大声说,接着又讲起了俄语,"您得出去,大概是拉里莎或者加利乌林。"

这阵敲门声也惊醒了尤里·安德烈耶维奇。他想,这一定是自己人,也许是中途受阻的加利乌林又回到这个藏身之地,或者是路上碰到了什么困难而折回的安季波娃。

在过道里,医生让老小姐拿着蜡烛,自己走过去扭动门扣,拉开了门闩。强劲的阵风把门从他手中吹开,烛火熄灭了,冰冷的雨点溅落到两个人身上。

"是谁?是谁呀?有人吗?"老小姐和医生在黑暗中争先恐后地喊,但是没有回音。突然,他们又听到在另一个地方响起了先前那样的敲门声,似乎是在后门那边,可是一下子又觉得像是从花园里敲窗子。

"大概是风。"医生说,"不过为了安全,还是到后门去看看,弄清楚到底是风还是人,我在这儿等一等,免得真有什么人,或者还是别的原因。"

老小姐回到屋里去,医生来到大门外的遮檐下。他那已经适应了黑暗的眼睛,立刻分辨出天将破晓的征兆。

大团的乌云仿佛逃避追赶一般发疯地掠过城市上空。低飞的云絮几乎擦到朝一个方向倾斜的树梢,恰如无数把弯曲的笤帚在给天空清扫。打在房屋木板墙上的雨水由灰白变成了黑色。

"怎么样?"医生问转回来的老小姐。

"您猜对了。什么人也没有。"她告诉他在屋子里查看的结果。储藏室的一扇窗玻璃被一节柞树枝打碎了,地板上积了一摊水;拉拉原先住的房间也如此,地上简直是一片汪洋。"那里的一扇百叶窗脱榫了,拍打窗框。您看,就是这么回事。"

他和她又谈了一会儿,然后锁上大门,各自回去重新睡下,但心中都为这场虚惊感到遗憾。

他们原先以为,只要把门一开,进来的一定就是那个已经十分熟悉的女人,浑身湿透,冻得发僵,在她拭擦身上雨水的时候,他们就会向她发出一连串的问题。然后,她换过衣服来到厨房,借着炉子里昨天剩下来的余火烤烤身子,会一边用手拢着头发一边笑着,向他们叙说自己遭到的那些磨难。

他们对此确信不疑,所以关上门以后,这种确信不疑的痕迹仍留在外面的墙角屋边,从这个女人身上滴落的水迹或者她的影像继续在他们脑海里回旋。

十

比留奇的报务员科利亚·弗罗连科被认为是这次车站兵变的间接肇事人。

科利亚是梅留泽耶沃一个有名的钟表匠的儿子,当地人眼看着他长大。小时候他曾经寄养在伯爵夫人"逍遥津"女仆那里,和伯爵夫人的两个女儿一起在家庭教师的照管下玩耍。弗列里小姐对科利亚很了解。他就在那个时候开始学了一点儿法语。

在梅留泽耶沃,人们习惯于看到科利亚无论春夏秋冬总是穿得很单薄,不戴帽子,脚上是一双夏季穿的帆布鞋,骑一辆自行车。他不扶车把,挺直上身,双手交叉在胸前,就这样骑车跑在公路上和城里,不断地朝电线杆和电线看几眼,检查线路的情况。

城里有几幢房子是通过铁路电话的一条支线和车站连接的。这条线路由科利亚在车站的服务机房负责。

他在站上的工作忙得不可开交:铁路电报、电话,如果站长波瓦利欣短时间不在,信号和扳道的事也归他管,因为这部分设备也在服务机房里。

由于必须同时兼顾好几件设备,科利亚养成了一种独特的言语方式,所说的话隐晦而且句子不完整,令人费解,尤其是他不愿意回答或者没有谈话兴致的时候,更是如此。人们都说,在出事的那天他滥用了自己的职权。

由于他避而不接电话,的确让从城里打电话来的加利乌林的一片好心落了空,而且无意中对后来的事态发展起了不祥的作用。

加利乌林要求把正在车站或者在车站附近的政委找来听电话,要告诉他自己立刻出发到伐木场旧址去和他见面,请务必等一等,在这以前不要采取任何行动。科利亚拒绝了加利乌林请他去找金茨的要求,借口说当时线路正在给驶往比留奇的列车传送信号,同时又以种种真假参半的理由让这一列车滞留在附近的会让站上,但车上运载的正是调往比留奇的哥萨克。

等到列车终于开来的时候,科利亚并不掩饰自己的不满。

列车爬行般地缓缓驶进月台乌黑的遮檐下面,恰好停在报务机房那扇大窗前面。科利亚一下子拉开了那幅两侧织着铁路线名称缩写的深蓝色呢窗帘。石砌的窗台上放着一个很大的托盘,上面是一只盛着水的大凉瓶和一只普通的厚玻璃杯。科利亚往杯子里倒了点儿水,喝了几口,一面朝窗外看了看。

　　司机看到科利亚,从司机室里友好地向他点了点头。"哼,败类,臭虫!"科利亚心里满怀仇恨地这么想,一面朝司机吐舌头,同时用拳头做出威吓的样子。司机不但明白科利亚做出这种表情的意思,而且自己也耸了耸肩,把头朝车厢那边一扭,意思是说:"有什么办法?你自己试试看。人家有力量。"科利亚的表情作了这样的回答:"不论怎么说,反正是下贱,坏蛋!"

　　开始从车厢里往外牵引马匹。它们蹲着蹄子,不肯走。马蹄踏在木跳板上发出的空闷音响不断换成踩在站台石头地上的铿锵声。不断扬起前腿的马匹让人牵着走过几道铁轨。

　　线路的末端已经生锈并且长满了青草的轨道上,停放着两列报废的车厢。由于雨水冲蚀而油漆剥落以及虫蛀和湿气的损害,这些破旧的车厢又恢复了和列车另一侧的原始林木原先的亲族关系,那些白桦树树干上长满了多孔菌子,森林上空聚集了团团乌云。

　　在一片林间空地上,哥萨克们按照命令上了马,驰向伐木场的残址。

　　第二百一十二步兵团的那些拒不服从命令的人,被包围起来了。骑马走在林子里要比在空旷的田野上显得更加高大、威严。他们让躲在土窑子里的那些士兵吃了一惊,虽然后者的手中也都有枪。哥萨克们拔出了马刀。

在骑兵的包围圈里，金茨跳到一堆码放得坚实平整的木垛上，向周围的人讲起话来。

他仍旧照自己的习惯谈起了军人的天职、祖国的意义和另一些冠冕堂皇的话。这些概念在此时此地却得不到支持。这群人为数很少，他们备受战争的折磨，已经变得粗野而又疲惫。金茨说的这些话，早已磨破了他们的耳鼓。四个月以来，右的和左的甜言蜜语已经把这些人引入了歧途。他们都是普通老百姓。讲话的人的非俄罗斯的姓和波罗的海东岸一带的口音，也让他们听得扫兴。

金茨也觉察到自己的话说得太长，感到懊丧，但转念一想又认为这可以让听众更容易接受，不过后者对他并不感谢，反倒显得无动于衷和含有敌意的厌烦。人群越来越被激怒，他于是决定采用更为强硬的口气，说出了准备好的威胁性的言词。这时他已经听不到逐渐增大的怨声，只是提醒这些士兵不要忘记已经成立的军事法庭正在执行任务，并且以死亡威吓他们放下武器，交出为首的人。金茨还提出，如果不这样做，他们就证明自己是叛徒、麻木不仁的蠢货和不知天高地厚的下流坯。但是这些人已经听烦了这种口气。

响起了几百人愤怒的喊声。"你该说完了吧，够了！"人们异口同声地喊叫着，但还没什么恶意。可是，接着又响起了一阵歇斯底里的叫喊，声音非常之高，带着满腔的恼恨。大家都注意地听。他们叫喊的是：

"听到了吧，同志们，他骂得多么粗野？全是过去的那一套！旧军官的习气丝毫也没改！说我们是叛徒？尉官大人，你自己又是什么人？和他用不着客气。难道还看不出，他是个德国佬,是派进来的? 喂,把证件交出来,你这个老爷! 你们这些来镇压者为什么张那么大嘴? 来,让你们捆吧,把我们都吃了吧!"

金茨这番不得体的话,就是哥萨克们也越听越不顺耳。"都是些下流坯和蠢货,这帮老爷!"他们互相耳语着。开始是个别人,然后大多数人,都把马刀入了鞘,一个接一个地下了马。当这些下了马的哥萨克达到了相当数量的时候,就乱糟糟地向空地当中的二百一十二步兵团的人移动过去。大家混到了一起,开始了友好的交往。

"您应该想法偷偷地走掉。"惊慌不安的哥萨克军官们这样告诉金茨,"您的车就停在铁道过路口。我们派人去通知,把它开到近处来。请快走吧。"

金茨就照这个意见采取了行动,但他觉得悄悄地离开有失体面,因此放松了应有的戒备,几乎是毫不掩饰地朝车站走去。他在精神极度惊恐紧张的情况下走着,但是高傲的心理迫使他迈着安详的不慌不忙的步子。

离车站已经不远了,再过去就是紧邻的一片森林。在一处林间空地上铁路已然在望,这时他才第一次转回头去看了一眼。许多持枪的士兵尾随在后面。"他们要干什么?"金茨这样想着,同时加快了脚步。

追上来的人也加快了脚步,同他之间的距离保持不变。前方出现了两堵墙似的破损的火车车厢。绕过它们以后,金茨跑了起来。载运哥萨克来的列车已经编发到调车场,线路是空着的。金茨奔跑着越过去。

在跑动中他跳上高高的站台。这时,追赶他的士兵从几辆破损的车厢后面跑了出来。波瓦利欣和科利亚朝金茨喊了些什么,打着手势让他到车站里面去,在那里他们可能救他。

然而,仍旧是那种在城市里经过几代人培养出来的、但在此时此地行不通的带有献身精神的荣誉感,挡住了他的求生之路。他以超人的意志力设法控制住快要炸裂的心的颤抖。应该大声告诉他们:"弟兄们,你们会明白过来的,我算是什么奸细?"他这样想着,"应该说几句有清醒作用、打动人心的话,才能把他们控制住。"

近几个月以来,一种功勋感和发自内心的要高声呼喊的欲望在他身上已经不自觉地与木板搭成的讲台或者椅子联系在一起,只要一站到它们上面,就能向聚拢来的人群发出某种号召,煽动性的言语就会脱口而出。

站房门前那座车站的钟下面有一只很高的消防水桶,严严地盖着。金茨跳上桶盖,面对走近前来的人们断续地讲了几句感人的、超人的话。在咫尺之内几步就可以跑进去的门旁,他做出了一个愚蠢而勇敢的举动,使追上来的人目瞪口呆地站住了。士兵们把举在手中的枪支放了下来。

这时,金茨走到木桶的边缘,踏翻了盖子。他一只脚踩到水里,另一只悬到桶边上,整个人跨在桶边上。

他这副狼狈相引起士兵们一阵大笑,站在最前面的一个朝他颈部开了一枪,把这个可怜人送了命,其余的赶上来向死者捅了一阵刺刀。

十一

弗列里小姐给科利亚挂了电话,让他尽可能妥善地把医生安置到车上,否则就要揭穿会使科利亚不愉快的事。

科利亚一面回答老小姐的话，一面像往常那样接着另外一个电话，从他口中夹杂着带小数点的数字来判断，是在向另一个地方传送电报密码。

"普斯科夫①，北线司令官，听得见吗？什么暴乱分子？一只手？您这是怎么回事，小姐？什么手相术，一派胡言。行啦，把电话挂上吧，您妨碍我的事。普斯科夫，北线司令官。三十六，〇〇，十五。唉，真该让狗把您叼了，我的电报机上的带子都搞断了。什么？什么？听不清。又是您，小姐？我已经对您清清楚楚说过了，不行，我办不到。您应该找波瓦利欣。看什么手相，胡说八道。三十六……啊，见鬼……算了吧，别妨碍我了，小姐。"

可是老小姐却说：

"什么普斯科夫、普斯科夫，你瞒不过我的手相术，我已经把你看透了。明天你得把医生给我送上车去，我也就不再同任何杀人犯讲话了，你这个出卖上帝的小犹大②。"

十二

尤里·安德烈耶维奇起程的时候，天气闷热。像前天一样，又要有一场雷暴雨。

在乌黑的酝酿着雷雨的天空的凝视下，吐得满地是葵花籽壳的车站旁边的小镇上，低矮的土坯房屋和受惊的鹅群现出一片白色。

① 普斯科夫，沙皇尼古拉二世签署让权文件的地方。
② 犹大，暗指沙皇任命的彼得格勒军区司令尼古拉·尤多维奇·伊万诺夫。

和车站紧相连接的是一片向两侧展开的宽广的草地。地上的青草被践踏得凌乱不堪，数不清的人群一连几个星期在这里等待开往不同方向去的火车。

人群里那些身穿原色粗呢外衣的老年男子，从这一堆挤到那一堆，去探听各种谣传和消息。一些年龄大约十四岁的半大孩子，侧身用手臂支着头躺在地上，手里拿着去掉了叶子的树枝，仿佛还是在放牧牲口。年纪更小一些的弟妹们撩起衬衣在他们脚边走来走去，露出绯红色的屁股。那些当妈妈的伸出并拢的两腿坐在地上，怀里抱着用褐色粗呢外衣斜裹起来的吃奶的婴儿。

"只要枪炮声一响，就像羊群一样四散奔逃。真不习惯！"站长波瓦利欣不怎么友好地说着，一面和医生一起在车站内外地上一排排躺着的人们中间曲折地穿过来。

"这儿露出空地来啦！算是又看到了土地是什么样子，真叫人高兴！整整四个月没有见到，让这一大群人给遮住了——简直都快忘记了——他当时就躺在那儿。说来也真怪，战争中看够了各种各样可怕的事，早就应该习以为常了，可这一回真教我觉得可怜！主要就是因为——毫无道理。究竟为了什么？他对他们做了什么不好的事？难道这些家伙还算得上是人？听说他是家里的宠儿。现在请往右拐，对，对，往这边来，请到我的办公室。这一趟车您就不必指望啦，能把人挤死。我安排您上另一次车，是区间的。这是我们自己编组的，现在就开始挂车。不过，直到上车之前您别吱声，对谁也别说！要是露了风声，车来不及挂就会给拆开。夜里您在苏希尼奇换车。"

十三

当这次保密的列车编组完毕,倒退着从机务段朝站上开来的时候,草地上的人全部挤成一团,从斜刺里向慢慢退过来的列车跑去。人们飞快地从土丘上滑下来,冲上路基。他们互相推搡,有的在跑动中跳到车厢之间的缓冲器或者踏板上,也有的爬进了车窗,上了车顶。眨眼间这列还在开动的火车就挤满了人,等到停靠在月台旁边的时候,已经水泄不通,从上到下都是要赶路的人。

医生奇迹般地被挤进车厢门口那一小块可以站立的地方,接着又莫名其妙地被拥到里边的过道上。

一路上他始终被挤在过道里,直到苏希尼奇都是坐在自己的行李上。

墨黑的雷雨云早已消散。洒满了炙热的阳光的田野上,到处都不停地响着压倒列车行进声的震耳的蝈蝈的叫声。

站在窗前的人遮住了光线。地板上、椅子上和两排座位之间的隔板上,落下他们长长的身影,两三个人的重叠在一起。这些影子在车厢里也找不到容身之处,从对面的窗口被挤了出去,于是和前进中的整列车的影子在一起,在路基另一侧的斜坡上跳跃式地奔跑着。

周围是一片嘈杂喧闹声,有的唱着歌,有的笑骂,有的打牌。停车的时候,站上候车的人群的喧嚷又和车内的嘈杂汇合在一起。这么多人的言谈笑语声达到了海上风暴那种震耳欲聋的地步。也正像航行在海上一样,中途碇泊的时候会突然出现不可思议的片刻的宁静。这时,可以听到人们在站台上沿着列车匆匆走过的脚步声,有人赶到行李车附近并且发生了争吵,不时还从远处传来送行的人几句断续的话,鸡的轻声啼叫,其中掺杂着车站小花园里树木的簌簌响动声。

这时,就像是一封在途中拍发的电报,或者又像是从梅留泽耶沃给尤里·安德烈耶维奇带来的问候,一缕熟悉的香气从窗外飘来。它有时悄悄地在你身边的什么地方变得十分浓郁,有时又似乎是从田野和花圃里的鲜花达不到的高处降落下来。

因为拥挤,医生无法走近窗前。但他无须用眼去看,在想象中就见到了这些树木。它们大概就生长在附近,安详地向车顶伸出落满风尘的枝条,浓密的叶子宛如一幅天幕,点缀着许多晶亮的眨眼的小星。

这景象一路上不断重现。到处是喧嚷的人群,到处是开着花的椴树。

这股无所不在的香气似乎赶过向北方行驶的列车,又像是乘车的人所到之处都会听到的那种有根有据的传闻,不胫而走地散布到各个大小车站和道口的守望点。

十四

夜里到了苏希尼奇,一个老式打扮的殷勤的搬运工带着医生走过一条没有灯火的路,从后侧把他送上了一列刚刚到达而行车表上找不到车次的列车的二等车厢。

搬运工用乘务员的钥匙勉强打开了后侧的车门,把医生的东西放到门里那一小块可以站人的地方,正准备和立刻要把行李推下去的列车员抵挡一番的时候,后者似乎对尤里·

安德烈耶维奇发了善心,一下子消失得无影无踪了。

这列有特殊任务而不为人知的客车,行驶的速度相当快,短暂停车时还设置了警戒。车厢里几乎是空荡荡的。

日瓦戈进去的那间包房,被小桌上一支滴着油的蜡烛光照得很亮,从稍稍放下一点儿的窗口吹来的风,使烛焰不住地晃动。

蜡烛的主人是包房里唯一的乘客。他是个淡黄头发的年轻人,从修长的双臂和两腿来看,身材肯定很高。他那四肢的关节似乎相当松散、灵活,仿佛是一件折叠物品的没有联结牢靠的部件。这位青年靠窗坐在沙发长椅上,随便地向后仰靠着,一看到日瓦戈走了进来,客气地欠了欠身,由半躺的姿势改成较为雅观的端坐。

在他所坐的长椅下面有一堆毛茸茸的碎布之类的东西。这堆东西的一头突然动了起来,从长椅下面急匆匆地爬出来一条耷拉耳朵的猎狗。它围着尤里·安德烈耶维奇的脚下又闻又看,然后就在包房里从这一头到那一头跑来跑去,几只爪子灵活地伸来伸去,正像它那位两腿交换着叠起又放下的高个子的主人一样。不久,它就听从主人的吩咐急忙钻到椅子底下,又变成了先前那种像一团拖布的模样。

这时,尤里·安德烈耶维奇才看到包房里的衣钩上挂着一杆装在套子里的双筒猎枪,一条皮革的子弹带和紧紧地塞满了禽鸟的狩猎网袋。

这青年原来是个猎人。

他非常健谈,脸上带着亲切的微笑,急不可待地同医生攀谈起来,说话时,两只眼睛始终紧紧地盯着医生的嘴。

这个青年人有一副不中听的高嗓子,每当说话的声音达到最高点后,便又降下来变成带点儿金属味道的假嗓音。还有另一种怪现象:他虽然完全是个俄国人,可是唯独把"u"这个元音说得很古怪,发出的音软化得像是法语的"u",又像是德语里的变元音"ü"。除此之外,这个发不准的"y"对他来说也比较困难,要费很大的力气,尖声尖气地才能说出来,比其他的音都要高。他开口说的第一句话几乎就使尤里·安德烈耶维奇吃了一惊:

"昨天上(山)午我就打到了一些亚(鸭)子。"

看得出,他有时候比较在意,就能克服发音问题,可一不留神,错误发音就溜出来了。

"这是怎么回事?"日瓦戈心里在想,"好像在什么书里看到过,有这个印象。作为一个医生,我应该知道,只不过,一时想不起来。大概是大脑方面的某种原因,造成语音上的障碍。不过,这种号叫似的声音太可笑了,让人无法严肃地对待。简直不可能和他谈下去,最好还是爬到铺上去躺躺吧。"

医生果然就这样做了。他在上铺安顿好以后,年轻人就问是不是把蜡烛吹灭,不然也许会影响他休息。医生感谢地表示同意。这位同车的旅伴把蜡烛熄掉,周围变得一片漆黑。

车窗开了一半。

"要不要给您关上窗子?"尤里·安德烈耶维奇问道,"您不怕小偷吗?"

同伴没有回答。尤里·安德烈耶维奇又大声问了一次,那人还是毫无反应。

尤里·安德烈耶维奇于是划着了一根火柴,想看看这位同伴是怎么回事,也许从包房里出去了,或者更有可能是已经睡着了。

然而都不是,那人睁大眼睛依旧坐在原地,微笑地看着从上面俯下身来的医生。

火柴熄灭了,尤里·安德烈耶维奇又点燃了一支,就着它的光亮第三次重复了一遍所要问的话。

"随您的便吧,"猎手毫不迟疑地回答说,"我没有什么东西值得人偷。不过最好还是不必关窗。有点儿闷。"

"真没料到!"日瓦戈心里思忖着,"看来是个怪人,只能在有亮光的时候讲话。你看他现在的发音多清楚,一点儿错误也没有了!莫名其妙!"

十五

由于过去这一个星期发生的种种事件、临行前心情的波动以及收拾行装和凌晨就上了车,医生觉得全身好像散了架一样。他以为立刻就会沉入梦乡,于是让身体躺得更舒适一些。然而事与愿违。过度的疲劳驱走了睡意,等到他睡着的时候,已经天将破晓。

在这之前的漫长时间里,无论在他脑际一幕幕涌现的种种思绪多么纷繁杂乱,实际上只是构成两个时分时合、纠缠不开的圆周。

一个圆周的内容是对冬妮娅、家庭和过去的生活的思念,想的是那充满诗情、虔诚而圣洁的日子。医生对这种生活感到惊喜,切盼它能完整无缺地保存下来,如今在这夜间飞驰的列车上,急不可耐地想要重新投入阔别两年多的这种生活。

对革命的忠诚信念和赞赏也在这个圆周之内。这里所说的革命,指的是中产阶级所接受的革命,同时也是一九○五年那些对布洛克无限崇拜的青年学生所赋予的含义。

这个亲切而又熟悉的圈子当中，也包括战前一九一二年至一九一四年间在俄罗斯的思想界、艺术界以及整个俄国和日瓦戈本人命运中出现的那些新的征象和预兆。

战后情不由己地想要重新捕捉这股潮流，为了求得它的再现和延续，思乡的心情竟是如此的强烈。

第二个圆周也有着某种新的思念，然而却是异样的，同时又是那样美妙！但这并非自己所熟悉的推陈而出的新意，却是一种本能的、由现实所决定而又像大地震动那样来得突然。

战争、流血、恐惧以及它带来的家园沦丧和斯文扫地，这就是新的因素。战争的考验以及从中获得的精明的生活本领，也是这种新的成分。战争把他带到的这些边远小城镇和接触的那些人，同样是新鲜的。革命也是新的因素，当然不是一九〇五年前不久大学里谈论的那种理想化的革命，而是现在这种诞生于战争之中并且带着血腥气的士兵们的革命。它在善于驾驭这种自发力量的布尔什维克的指引之下，把一切都不放在眼里。

护士安季波娃同样也是这个圈子里的新内容，天知道战争会把她和她那具有神秘色彩的生活抛向何方，但她与人与世无争，几乎对自己的痛苦从不表露，她那沉默尽管令人不解，然而却又如此强劲有力。尤里·安德烈耶维奇竭力不去爱她，正像他竭力去爱所有的人，更不用说去爱自己的家庭和亲人了。

火车正在全速前进。从放下的车窗迎面吹来的风掀乱了、弄脏了尤里·安德烈耶维奇的鬓发。夜间停车的各个小站，重复着日间同样的景象，嘈杂的人群伴随着簌簌作响的椴树。

　　偶尔从黑夜的深处向车站传来辚辚的马车声。这时,人们的话语、车轮的响动和树木的沙沙声便交织在一起了。

　　在这样的时刻,究竟是什么迫使夜间的树影婆娑舞动和相互点头致意,究竟它们彼此之间通过梦中沉甸甸的叶子低声倾诉些什么,都变得可以理解了。这就是在上面的卧铺辗转反侧的尤里·安德烈耶维奇所思考的:关于越来越广泛地席卷整个俄国的信息,关于革命,关于革命的不祥而艰难的时刻,关于革命可能取得的伟大结局。

十六

　　第二天,医生醒得很晚。已经是十二点钟了。"侯爵,侯爵!"同车的旅伴压低了声音在招呼他那条不住翻身的狗。使尤里·安德烈耶维奇感到奇怪的是,包房里依旧是他和那个猎手两个人,路上没有第三者上车。途经的车站名称,都是从小时候起就熟悉的。列车已经穿过了卡卢加省,正在向莫斯科省驶去。

　　在带有战前的那种设备的洗脸间里完成了旅途中的漱洗以后,医生回到包房接受了这位颇使人感兴趣的旅伴提供的早餐。现在,尤里·安德烈耶维奇才能更好地对他端详一番。

　　此人最大的特点就是出奇地喜欢讲话而且好动。他之喜好讲话主要还不是为了交谈和沟通思想,而是在舌头动作和吐字发声本身。他边说边像坐在弹簧上一样全身上下颠动着,无理由地哈哈大笑,同时由于感到满足而飞快地搓动双手,如果觉得这还不足以表达自己的心情,就用两个手掌敲打膝头,笑得流出眼泪。

谈话中重复着昨天的怪现象。这位邂逅的伙伴讲话之颠三倒四,实在令人吃惊。他一会儿滔滔不绝地做着谁也不曾要求的自我介绍,一会儿又毫不在意地提出一连串无须回答的没有任何意义的问题。

他所讲的关于自己的一大堆情况,都是难以置信的,而且内容毫不连贯。看来他的一大弱点就是喜欢撒点儿小谎。观点的极端和对一切公认事理的否定,在他看来无疑是最能说服人的。

所有这些都令人想起那种重弹的旧调。发表这类激进主义言论的,原本是上个世纪的虚无主义者,稍后则是陀思妥耶夫斯基作品里的人物,一直延续到不久前他们的那些追随者,也就是俄国整个受过教育的外省知识界。他们常常要走在首都的前面,这是因为偏远省份古板正经的作风,更能保存在京城已经陈旧过时的流行观点。

这个年轻人谈到他是一个知名的革命家的侄子,而父母却是坚决的顽固分子,用他的话说就是死硬派。他们在离前线不远的某地有一片相当可观的领地。年轻人就是在那里长大的。父母和叔父一向针锋相对,但叔父不念旧恶,如今正是靠他的影响才使他们免去了许多麻烦。

这位喋喋不休的旅伴自称在信仰方面是追随叔父的,无论对生活、政治以及艺术,都是激进分子,极端主义者。从这番表白当中又让人嗅到彼坚卡·韦尔霍文斯基①的味道,不过并非指那些左的观点,而只是表现为思想的堕落和大言不

①　陀思妥耶夫斯基小说《群魔》中的人物。

惭的浮夸。"他现在一定会标榜自己是未来主义者了。"尤里·安德烈耶维奇这样想，果然话题就转到这上面，"现在大概要谈体育运动。"医生继续提前一步进行猜测，"可能要说起赛马，或者是滑旱冰，或者是法国式摔跤。"不出所料，话题果然转到了狩猎上。

年轻人讲到他在家乡的时候就开始行猎，自吹是个相当了不起的射手，只不过因为生理缺陷没有能够成为一名士兵，否则在战争中一定会弹无虚发而出人头地。

看到日瓦戈那种疑问的眼色，他惊讶地大声说道：

"怎么？莫非您没注意到？我以为您已经看出了我的缺陷。"

他于是从衣袋里拿出两张纸片给尤里·安德烈耶维奇看。一张是他的名片。他原来是复姓，全称是马克西姆·阿里斯塔尔霍维奇·克林佐夫-波戈列夫席赫，但他要求简称为波戈列夫席赫，表示对同样如此自称的他的叔父的尊重。

另一张纸片是个分成许多栏目的表格，画着手指按不同方法交叠起来的各种各样的手势。这是聋哑人的手语符号。一切立刻就明白了。

波戈列夫席赫原来是加尔特曼或者奥斯特罗格拉茨基学派的一个罕见的有才能的学生，他以不可思议的完美程度不靠听觉而仅凭视觉来根据教师喉部肌肉的动作学会了说话，并且同样能理解对方的话。

把他从什么地方来并且在哪一带打过猎的情况在心里盘算过以后，医生就问：

"恕我直言，不过您也可以不回答——您同济布申诺共和国以及它的建立有没有关系？"

"您是从什么地方……请允许我……这么说您知道布拉热依柯？……有,有关系!当然有。"波戈列夫席赫高兴得像放连珠炮似的说,一边哈哈大笑,整个身子左右摆动起来,两手用力拍打着膝头。接下去又是一派胡言乱语。

波戈列夫席赫谈到,布拉热依柯使他有了一个借口。济布申诺不过是表现他个人想法的一个无所谓的地点。尤里·安德烈耶维奇难以自始至终地注意听他的叙述。波戈列夫席赫的空论一半是无政府主义的设想,另一半完全是一个狩猎者的信口开河。

波戈列夫席赫以一个先知者的心安理得的语调断定,不久就会发生一场毁灭性的社会震荡。尤里·安德烈耶维奇内心也同意这可能是难以避免的,但是这个不招人喜欢的小青年不紧不慢地做出这种预言时表现的目空一切的镇定自若,让他不痛快。

"您听我说,请等一下,"他不无胆怯地反驳说,"所有这些也许是可能发生的。不过我觉得在我们这一片混乱和破坏的情况下,在步步紧逼的敌人面前,进行这种冒险性的试验不合时宜。应该让国家有一段清醒的时间,从一个转折走向另一个转变之前要有喘息的机会。需要等待什么,哪怕只是相对的平静和秩序也好。"

"这太天真啦。"波戈列夫席赫说道,"您所说的破坏,正像您赞不绝口和喜爱的秩序一样,也是正常现象。这些破坏却是更广阔的创造性计划合乎规律的先行部分。社会发展得还很不够。应该让它彻底垮掉,那时候真正的革命政权就会在完全另外的基础上把它一部分一部分地重新组装起来。"

尤里·安德烈耶维奇心里觉得很不是滋味,于是就走到过道里。

列车全速驶近莫斯科。迎着车窗一刻也不停地飞快闪过一片片的白桦林和一幢紧接一幢的别墅。狭长的露天站台连同那些到别墅度假的男男女女一闪而过，在列车掀起来的尘雾中仿佛被旋转木马带到另一边。火车一声接一声地拉响汽笛，空旷缥缈的林间回音携带着汽笛声传向远方。

这些天来尤里·安德烈耶维奇突然第一次完全明白了自己在什么地方，怎么了，一两个小时以后迎接什么。

三年间的各种变化，失去音讯和各处转移，战争，革命，动荡，枪击，种种死亡和毁灭的场面，被炸毁的桥梁，断裂，大火——所有这一切霎时都化为毫无内容的巨大空虚。长期的隔绝之后头一件真实的事就是在这列车上令人心旷神怡地一步步接近自己的家，至今还完好无缺地留在世上的自己的家，家里的每一块小石子都无限珍贵。来到亲人面前，返回家园和重新生存，这才是生活，这才是体验，是探险者的追求，这才是艺术的真谛。

树林已经被甩在后面，列车从拥挤的林木当中得到了解脱。一片缓斜的草地从谷底向上延伸到远方，成为宽广的丘陵地带。它上面纵向排列着一条条墨绿色的马铃薯田垅。在草地丘陵顶部马铃薯田的尽头看到的是地窖温室的玻璃窗。草地的另一侧，在奔驰的列车尾部方向，一团紫黑色的云悬在半空。阳光从乌云后面向四方辐射开来，落在温室的玻璃窗上，燃起耀眼的光芒。

突然，从云层里斜飘着洒下一阵太阳雨，阳光下可以看到闪烁的雨滴。急骤的阵雨的节拍正好和前进的列车轮声、车身的震颤相吻合，似乎是要竭尽全力地赶上，唯恐落后。

医生还没有来得及注意这一切，前方的山后已经出现了救世主基督大教堂的轮廓，接着就是它那穹隆形的屋顶、市区的房屋和林立的烟囱。

"莫斯科。"他一边说着，就走回了包房，"该收拾东西啦。"

波戈列夫席赫一下子跳起来，在狩猎袋里翻了翻，拿出一只最大的鸭子。

"拿去吧，"他说，"留个纪念。和您相处这一整天，我非常快活。"

无论医生如何谢绝，还是无济于事。"好吧，"他不得不表示同意，"我把它收下，算是送我妻子的一件礼物。"

"妻子！妻子！给妻子的礼物。"波戈列夫席赫兴高采烈地重复着，似乎是生平第一次听到这个字眼，同时扭动全身哈哈地大笑，让从座位下面跳出来的"侯爵"也分享他的快乐。

列车驶向月台。车厢里像到了夜间一样变暗了。这位聋哑人把那只野鸭递给医生，外面包了半张不知是什么内容的铅印传单。

第六章 莫斯科宿营地

一

一路都静静地坐在狭小的包房里,所以觉得只有火车在行驶,而时间是停滞的,现在最多也不过刚到中午。

当马车载着医生和行李吃力地一步步从斯摩棱斯克车站拥挤的人群中挤出来的时候,却已是日近黄昏了。

也许当初就是这样,或者是医生往日的印象又加上一层后来岁月的经验,不过事后回想起来,他觉得当时人们一群群地拥挤在市场上并没有什么必要,而只不过是出于一种习惯。因为空空如也的货摊都放下了遮阳的檐板,甚至还上了锁,况且在这片久已不打扫的肮脏的广场上,也没有可以买卖的东西。

他仿佛觉得当时还看到衣帽整齐、上了年纪的男男女女蜷缩着瘦削的身体站在人行道上,用隐含责备的目光迎送着身边往来的行人,向他们兜售无人问津的、谁也不需要的东西:人造的假花、带玻璃盖和汽哨的煮咖啡用的圆形酒精炉、黑色细纱的晚装和已经撤销的政府机关的制服。

人们买卖的净是些简单实用的东西:定量配给的、很快就变硬的面包头,咬过的濡湿肮脏的糖块,从一整包切成一半又一半的只有几两重的马合烟草。

市场上流通的就是这类来路不明的、没多大用处的东西,转手越多,价钱越高。

车夫把车拐到和广场相通的一条巷子里。一轮落日从后面直射到他们的背上。前面有一辆隆隆行驶的空空的大车,掀起的一股股灰尘被夕阳染成青铜色。

最后,他们终于超过了挡在前面的大车,于是加快了速度。让医生觉得奇怪的是,大路和人行道上处处都可以看到一堆堆从房屋和围墙上扯下来的旧报纸和广告。风把它们吹到一边,马蹄、车轮和来往的行人又把它们踩到另一边。

过了几条横巷不久,在两条街的拐角上出现了自家的那幢房子。车夫停了车。

尤里·安德烈耶维奇从四轮轻便马车上下来的时候,感到呼吸急促,心口怦怦跳,急忙向大门走去,按响了门铃。铃声没有得到任何反应,尤里·安德烈耶维奇于是又按了一次。当这次又毫无结果的时候,他越来越感到不安,就用很短的间隔一次又一次地按着门铃,直到随着向一侧打开的大门,看见把手伸开支在门上的安冬妮娜·亚历山德罗夫娜为止。由于出乎意料,刹那间两个人都呆住了,谁也没有听到对方的惊叫。安冬妮娜·亚历山德罗夫娜手扶着敞开的门,张开双手让他拥抱,这才使他们摆脱了木呆呆的状态。两个人像发疯似的一下子扑到一起。过了一会儿,他们同时开了口,彼此打断对方的话头。

“先告诉我,全家身体都好吗?”

“好,好,你只管放心,一切都好。我在信里写了些蠢话,对不起。这事以后再说吧。你为什么不拍个电报来呢？过一会儿马克尔就来给你提东西。啊，我明白了，叶戈罗夫娜没来开门，你就不放心了，是不是？叶戈罗夫娜到乡下去了。"

"你瘦了，但显得多么年轻苗条啊！我马上把车夫打发走。"

"叶戈罗夫娜搞面粉去了。别的用人都辞退了。现在只用了一个新女仆，她叫纽莎，你不认识，是个姑娘，让她照看萨申卡，另外就没人了。所有的熟人我都打了招呼，说是你该到了，大家都焦急地盼着。戈尔东，还有杜多罗夫，所有的人。"

"萨申卡怎么样？"

"上帝保佑，挺好。他刚刚睡醒。你要不是才从外边回来，现在就可以去看他。"

"爸爸在家吗？"

"信上不是写了嘛。一天到晚都在区杜马，当了主席。这你就可以明白啦。付了车钱没有？马克尔！马克尔！"

他们提着网篮和皮箱站在人行道中间，挡住了路，行人从他们身边绕过，从头到脚地上下打量这两个人，然后又久久地望着渐渐走远了的马车和敞开的大门，等着看下一步会发生什么事。

这时候，马克尔从大门口朝这对年轻的主人跑过来。他身穿印花布衬衣，外面套了一件背心，手里拿着一顶园丁帽，一边跑一边喊：

"感谢上帝神力无边，一定是尤罗奇卡吧？那还用说，就是他，这只小雄鹰！尤里·安德烈耶维奇，可爱的人，总算没忘了我们这些为你祷告的人，飞回老巢来啦。你们还要怎么样？啊，还想看什么？"他讥讽地朝那几个好奇的过路人说，

"走开吧,可敬的先生们。别把眼珠子看得掉出来!"

"你好,马克尔,让咱们拥抱一下。你这个古怪人,干吗穿背心。怎么样,有什么新鲜事儿和好消息?妻子和女儿们都好吗?"

"没什么可说的,都长得挺好,谢谢您的关心。至于说新鲜事嘛,你在外边干大事,可我们也没闲着打瞌睡。如今到处都弄得又脏又乱,叫人恶心,简直弄不明白是怎么回事!街道不打扫,房顶不修缮,从没油饰粉刷过,真像吃斋茹素的一样,一干二净,一丝一毫分外的东西也没有。"

"马克尔,我可要在尤里·安德烈耶维奇面前告你的状。尤罗奇卡,他总是这样,净说傻里傻气的话,简直让我受不了。大概是冲着你才这么卖力气,想让你满意。不过,他自己也有心里的打算。住口吧,马克尔,不用辩白了。马克尔,你真是个不开窍的人,该变得聪明点儿啦,毕竟你没同那些小摊贩住在一起。"

马克尔把东西拿到屋里,砰的一声把前门关上,接着就放低声音十分肯定地说:

"安冬妮娜·亚历山德罗夫娜在发脾气,这你也听见了。她总是这样。她常说,马克尔,你从里到外都一片漆黑,简直像是烟囱里的油烟子。她还说,你现在也不是小孩子了,就算是一条小狮子狗或者哈巴狗,也该通人性了。当然,这么说也不一定对,尤罗奇卡,信不信由你,可是只有知情人才见过那本书,一个了不起的共济会会员写的,整整压了一百四十年不得见天日。可是我觉得目前我们是被出卖了,尤罗奇卡,你难道还不明白,一个小钱、一撮鼻烟都不值地就把我们卖了。你看,安冬妮娜·亚历山德罗夫娜又不让我说话,在那儿摆手哪。"

"当然要摆手。好了,好了,把东西放在地板上,谢谢,马克尔,开步走吧。需要的话,尤里·安德烈耶维奇会喊你的。"

二

"总算把他摆脱了。你要信他的话就只管信好了。纯粹是演戏,在别人面前总装出痴呆的样子,可是自己偷偷地磨刀以备万一。只不过还没决定要对着谁,这个假装可怜的人!"

"唉,你也是太过分了!依我看,他只不过是喝多了,所以才这么忸怩做作,没什么了不起的。"

"那么你说说看,什么时候他清醒过?算啦,让他见鬼去吧。我担心萨申卡恐怕又没睡着。要不是铁路上流行这种伤寒病……你身上没有虱子吧?"

"我想没有。路上坐的车很舒服,跟战前一样。不过还是要洗一洗,稍微洗一下,用不了多长时间,以后再好好洗。你要上哪儿去?怎么不从客厅穿过去?你们现在走另一道楼梯?"

"啊,对啦,你还不知道呢。我和爸爸想了又想,还是把楼下的一部分让给了农业科学院。不然冬天自己连暖气都烧不过来。楼上也太空,还提出来再让给他们一部分,暂时还没接受。他们在这儿安置的是研究室、植物标本和选出来的种子。就是别养老鼠,种子倒无所谓。目前他们把房间保持得整洁。现在都把房间叫居住区。往这边来,这边来。看你多笨!从后边的小楼梯绕过去。明白了吗?跟我来,我带路。"

"你们把房子让出去，做得太好了。我工作的那个医院也是设在一幢贵族家的住宅里。楼上楼下一排排望不到头的门对门的房间，还保留了一部分镶木地板。养在木桶里的棕榈，支支楞楞的枝叶晚上从病床上看去就像一个个幽灵。那些从火线下来的见过世面的伤员都觉得害怕，做梦还会喊起来。当然，他们的神志也不太正常，受过震伤。结果，不得不把这些树搬出去。我想说的是，有钱人家的生活当中的确有些不健全的东西，多余的东西简直数也数不清。比如家里那些多余的家具和房间，多余的细腻的情感，多余的表达方式。住得挤一点儿，这太好了。不过还不行，应该再挤一点儿。"

"你那纸卷里露出来的是什么？嘴像鸟，脑袋像鸭子。真好看！野鸭子！从哪儿来的？简直不可思议！这在当前就算是一笔财产！"

"在火车上人家送的。说起来话长，以后再谈。你看怎么样，把它拿出来放到厨房去？"

"那当然。马上就让纽莎煺毛、开膛。听说到了冬天会有各种可怕的事，要挨饿、受冻。"

"不错，到处都这么说。方才在车上我看着窗外还在想，有什么能比家庭的和睦和工作更可贵？除此以外，一切我们都无法掌握。说真的，看起来不少人面临着不幸。有些人想往南方逃，到高加索去，希望远走高飞。这可不合我们的习惯。一个男子汉应该能咬紧牙关，和自己的故土共命运。我觉得这个道理很明显。至于你们，另当别论。我多么希望保护你们躲过这场灾难，送你们到更安全的地方，也许到芬兰去会好一些。不过，我们要是在楼梯上站半个小时，恐怕永远也到不了楼上。"

"等一下,你听我说,还有一件事。是什么来着?一下子我都给忘了。啊,尼古拉·尼古拉耶维奇来了。"

"哪一个尼古拉·尼古拉耶维奇?"

"科利亚舅舅。"

"冬妮娅!这不可能!怎么来的?"

"你看,就这么回事,从瑞士绕道去伦敦,然后经过芬兰。"

"冬妮娅!你不是开玩笑吧?你们见到他了?他在哪儿?能不能尽快找到他,现在就去?"

"真是急性子!他住在城外一个熟人的别墅里。他答应后天就回来。他变得很厉害,你会失望的。中途他在彼得堡逗留了一阵子,受了布尔什维克的影响。爸爸和他争得面红耳赤。真的,咱们为什么走一走停一停?走吧。看来你也听说今后的情形不妙,全是困难、危险和未知数喽?"

"我自己也这么认为。算了吧,我们是会斗争的。绝不会所有的人统统完蛋。看看别的人怎么办吧。"

"听说劈柴、水、照明都会没有。货币要取消,供应也要停止。我们又站住了,走吧。你听我说,人家都夸阿尔巴特街的一个作坊制作的方铁炉子好。用报纸烧火就能做一顿饭。我已经知道了地址,趁着还没抢购完,想买一个。"

"对,一定买。冬妮娅,你真聪明!可是科利亚舅舅……科利亚舅舅怎么办!你想想看!我简直安不下心来!"

"我有个打算。把楼上的一边再腾出一角来,我们和爸爸、萨申卡,还有纽莎,搬到尽头的两个或者三个房间去,不过必须是连通的,整幢房子的其余部分都不要了。这样刚好和临街的一面隔开,当中的一间装上这种铁炉子,烟筒从气窗伸出去,洗衣、用餐、烧饭和起居会客都在那里,别白烧这个炉子。也许上帝保佑能让我们度过冬天。"

"那还用说!肯定能过冬,毫无疑问。你想得真周到,好样儿的。你想到没有,为了表示采纳你这个方案,把那只鸭子烧好,请科利亚舅舅一起来庆贺我们乔迁。"

"好主意。我还可以让戈尔东拿点儿酒精来。他能从一个实验室里弄到。现在你看,这就是我说的那个房间。我挑选的,你觉得怎么样?把皮箱放到地板上,下楼去把网篮拿上来。除了舅舅和戈尔东之外,还可以把因诺肯季和舒拉·施莱辛格也请来。不反对吧?咱们的洗脸间在哪儿,还没忘记吧?到那儿去用消毒水洗一洗。我到萨申卡那儿去看看,让纽莎到楼下去。都弄好了,我再喊你。"

三

对他来说,在莫斯科最主要的新鲜事儿就是这个男孩。萨申卡刚一落地,尤里·安德烈耶维奇就被征召入伍了。关于儿子他能知道些什么?

已经接到动员令并且在快出发之前,有一次尤里·安德烈耶维奇到医院去看望冬妮娅。正好碰上给婴儿哺乳的时间,没让他进去。

他就坐在走廊里等。在这一段时间里,通向助产士室的那一排病房尽头成直角拐过去的婴儿室的走廊上,传来十几个新生儿连成一片的啼哭声;为了不让襁褓里的孩子受凉,助产士匆忙地走着,两边的臂肘下面各挟着一个婴儿,仿佛刚买来的一小捆物品似的,把孩子送到母亲那里去喂奶。

"哇,哇!"小家伙们的哭声都是一个调子,几乎不带任何情感成分,似乎是在完成应尽的责任。不过,在这齐唱当中有一个嗓音比较突出。他同样是"哇、哇"地哭喊,同样让人听不出有什么痛苦,不过好像并非出于本能,而是带着某种蓄意把声音降低的成分,颇有点儿阴郁和不大友善。

尤里·安德烈耶维奇已经决定给儿子取名为亚历山大,以纪念自己的岳父。不知为什么,他当时就认定自己的儿子一定是这么个哭法,而且脸上还伴随着预示一个人未来性格和命运的表情。在尤里·安德烈维耶奇的想象中,哭声本身就包含着亚历山大这个名字的声音成分。

尤里·安德烈耶维奇并没有猜错。后来知道当时正是萨申卡在哭。这是他对儿子所了解的头一桩事。

尤里·安德烈耶维奇对他的进一步了解,是根据寄到前线的信里附的照片。在那上边看到的是个活泼可爱的胖小子,头很大,噘着小嘴,叉开两腿站在铺开的毯子上,两只小手向上举着,仿佛是在做蹲跳动作。那时他刚一周岁,刚学走路,如今已经满了两岁,开始学说话了。

尤里·安德烈耶维奇从地板上拿起皮箱,松开皮带,把里面的东西摆放到窗前的一张呢子铺面的桌上。从前这个房间是做什么用的?医生已经记不起来了。看来冬妮娅把里面的家具搬走了,或者重新粉刷过了。

医生打开箱子,想从里边找出刮脸用具。窗口对面的教堂钟楼的柱子当中,高悬起一轮明亮的圆月。月光洒在放在箱子里面的衣服、书和漱洗用具上,房间仿佛被照成另一种样子,医生这时却认出了它。

这是空出来的去世的安娜·伊万诺夫娜的储藏室。过去她把坏桌椅和没用的过时的杂物都放在这儿。这里还存放着她家族的文件，有几只大木箱是夏天盛放冬季用品的。死者在世的时候，屋里四处的东西堆得几乎碰到天花板，而且一般是不让人随便进来的。不过在几个大的节日，孩子们来做客的时候，允许他们在楼上到处玩耍，也把这个房间的门打开。孩子们就在这儿玩捉强盗游戏，躲在桌子下面，用烧焦的软木塞把脸涂黑，仿照假面舞会的样子化装。

医生在这儿站了一会儿，回想这些，然后才到楼下的前室去取网篮。

在下面的厨房里，腼腆的、怯生生的纽莎姑娘蹲在灶前，在摊开的一张报纸上收拾那只野鸭。一看到尤里·安德烈耶维奇手里提着很重的东西，她的脸一下子涨红了，麻利地站起身，一面拂掉沾在围裙上的鸭毛，招呼了一声就要去帮忙。但是医生谢绝了她的好意，说他自己可以把篮子拿上去。

他刚刚走进安娜·伊万诺夫娜过去的那间储藏室，就听到妻子在第二个或者第三个房间里面喊他：

"可以来啦，尤拉！"

他于是朝萨申卡的房间走去。

现在的儿童室就是早先他和冬妮娅学习的地方。睡在小床上的男孩子，原来并不像照片上那样漂亮，不过他活脱脱就是尤里·安德烈耶维奇已去世的母亲玛丽娅·尼古拉耶夫娜，简直是一个模子，比她身后留下来的所有肖像更酷似。

"这是爸爸，你的爸爸，把小手伸给爸爸。"安冬妮娜·亚历山德罗夫娜说，一边放下床旁的栏杆，让做父亲的更便于把孩子抱起来。

萨申卡让这个陌生的、没有刮脸的大人走到跟前,也许是由于后者惊吓和触碰了他,所以当后者刚朝他弯下身的时候,这孩子猛地从床上站起来,抓住妈妈的短上衣,恶狠狠地照他脸上打了一巴掌。萨申卡对自己的勇敢也害了怕,立刻扑到母亲怀里,把脸埋到衣服里,大声哭起来,孩子气的辛酸痛苦的眼泪夺眶而出。

"哦,哦,"安冬妮娜·亚历山德罗夫娜轻声地责怪他,"不许这样,萨申卡。爸爸会想,萨沙不好,是个坏孩子。来,让人看看你会不会亲,亲亲爸爸。别哭啦,有什么可哭的,傻孩子?"

"冬妮娅,让他安安静静待着吧。"医生用请求的口气说,"不要难为他啦,你自己也别不高兴。我知道你又会胡思乱想,觉得这不是好兆头,一定是个不好的兆头。这都是无稽之谈。本来很自然嘛,孩子从来没见过我。明天和我一熟,用水都泼不开。"

但是他从屋子里出去的时候,自己像被泼了水一样很沮丧,怀着某种不祥的预感。

四

在此后的几天里,他才领悟自己是多么孤独。他并不责怪任何人。显然,这是他自己希望并且争取得到的。

朋友们都变得出奇地消沉了。每个人似乎都失去了自己的天地、自己的见解。在记忆中,他们的形象原本是更加鲜明的。看来从前他对他们的评价过高了。

只要情理上还允许有钱人靠剥削穷人而任性胡为,那么,就很容易把这种怪事以及多数人受苦而少数人享乐的权力当成事物的本来面貌和天经地义的道理！

不过，一旦底层的人抬头，上层的特权被取消，所有人就会黯然失色，不再独立思考，而且毫不遗憾，仿佛没有独立思考过！

如今尤里·安德烈耶维奇最亲近的人都无言相对，缺少激情，妻子，岳父，再加上两三个一起共事的医生，几位谦虚谨慎的普通职员。

按照事先的打算，准备了野鸭和酒精的晚餐聚会在他回来后的第二天或者第三天如期举行了。在这之前，他已经同所有被邀请的人都见了面，所以，这天晚上不能说是他们的初次会见。

在闹饥荒的日子里，这只肥鸭变成了难得一见的奢侈品，可是搞不到能够佐餐的面包，这又使出色的菜肴失去了意义，甚至令人感到愤懑。

戈尔东拿来的酒精是盛在一个药房用的带磨口瓶塞的玻璃瓶里。当时，酒精是投机小贩最喜欢使用的一种交换手段。安冬妮宁娜·亚历山德罗夫娜牢牢地把瓶子掌握在手里，根据需要掺上水，分成几小份，随着情绪的变化有时调制得酒性过烈，有时又过淡。其实，度数不稳定的酒比烈性酒和度数稳定的酒的作用更大。这同样也令人懊丧。

最引人伤感的莫过于他们的聚会和现时的条件完全不和谐。不能设想街巷对面那一幢幢房子里此时此刻人们也会有吃有喝。窗外就是黝黑沉寂的、饥饿的莫斯科。城里的小吃店空空如也，像野味和伏特加这类东西，已从人们的记忆中消失了。

看来,只有和周围的生活相似并能不留痕迹地融合其中,才是真正的生活;单独的幸福并不成其为幸福,因为鸭子和酒精在全市已经是独一无二的东西,所以也就失去了鸭子和酒精的滋味。这是最最令人烦恼的。

客人们同样有了种种不愉快的思绪。戈尔东的情绪还不错。他吃力地动着脑筋,忧郁而又不连贯地阐述自己的思想。他是尤里·安德烈耶维奇最好的朋友。在中学的时候,大家都很喜欢他。

但是现在,他对自己也感到厌烦,于是就想对自己的精神面貌做些未见得成功的修正。他强打起精神,硬着头皮装出无忧无虑的样子,不停地讲俏皮话,常常使用些"有意思"和"很有趣"这类并非他惯用的字眼,因为戈尔东从来不善于从消遣的意义上去理解生活。

在杜多罗夫到来以前,他给大家讲的就是自认为可笑的杜多罗夫的婚事。这在朋友们当中已经有所传闻,不过尤里·安德烈耶维奇还不知道。

原因就是杜多罗夫婚后将近一年又和妻子分了手。这件意外的事令人难以相信的症结是这样的:

由于差错,杜多罗夫被征去当兵。在服役和等待把问题搞清楚这段时间,又因为粗心大意和在街上不向上级敬礼,他大部分时间干的是惩罚性的勤务。解除兵役以后的很长时期,只要一看到军官,他的手便不由自主地还要举起来,两眼发花,仿佛到处都是闪亮的肩章。

那段时间,他无论做什么都不顺当,出了种种差错和纰漏。正是处于这种情况,他大概是在伏尔加河的一个码头上遇见了两个姑娘。她们是两姐妹,和他等的是同一条船。也许是因为周围有数不清的军人走来走去而引起精神恍惚,同时又勾起了当兵的时候和敬礼有关的感受,他看都没有看仔细就爱上了那位年轻的妹妹,匆匆忙忙地向她求了婚。"有意思吧,是不是?"戈尔东不止一次地问大家。说到这里,他不得不草草结束这段描述,因为门外传来了故事主人公的声音。杜多罗夫走进房间。

在他身上发生的是相反的变化。先前一个不稳重的、任性的轻浮人,变成了一个神情专注的学者。

少年时期由于参与一次政治犯的逃亡被中学开除以后,有一段时间他在几个艺术学校之间转来转去,最后终于被严肃的专业吸引住了。杜多罗夫在战争年代才从大学毕业,比同伴们都晚多了,然后就留在俄国史和世界史两个教研室里。他在俄国史方面写过有关伊凡雷帝的土地政策的著作,在世界史方面从事圣茹斯特①的研究。

如今他对一切问题都很有兴致,说话时声音不高,略带伤风似的暗哑,有所期待的目光凝视在一点上,眼睛既不低垂也不抬起,仿佛是在讲课。

这次晚间聚会快结束的时候,舒拉·施莱辛格终于忍不住开始了抨击性的谈话,而大家的情绪正好也处于昂奋状态,于是争先恐后地大声喊叫起来。从中学时期尤里·安德烈耶维奇就以"您"相称的因诺肯季,这时一连几次地问他:

"您读过《战争与和平》和《脊柱横笛》②没有?"

---

① 圣茹斯特(1767—1794),法国资产阶级革命时期雅各宾派领导人之一,热月政变中被处决。
② 《脊柱横笛》和下文中的《人》是马雅可夫斯基献给莉·尤·勃里克的两首长诗,分别发表于1915年和1916年。

尤里·安德烈耶维奇早就对他说过正在考虑这个问题，但是因为大家争论得厉害，杜多罗夫并没有听清，所以过了一会儿，他又问：

"您是不是读过《脊柱横笛》和《人》？"

"我可是已经回答您了，因诺肯季。没听清楚是您的过错。好吧，就依着你，我再说一遍。我一向喜欢马雅可夫斯基的作品。这好像是陀思妥耶夫斯基的某种继续。更确切一点儿说，整个作品仿佛是由他创造的某一个年轻有为的人物所写成的一部抒情诗，比如说伊波利特[1]、拉斯科尔尼科夫[2]，或者《少年》里的主人公。天才的力量简直所向披靡！这真是一语道破，说得多么斩钉截铁和直截了当！不过，最主要的还是他把这一切都那么勇敢地一下子甩到社会的脸上，抛到更遥远的宇宙空间！"

当然，聚会的中心人物还是舅舅。安冬妮娜·亚历山德罗夫娜说错了，尼古拉·尼古拉耶维奇并没有到别墅去。外甥到家的那天他就回到城里。尤里·安德烈耶维奇已经见过他两三次，两个人说也说够了，笑也笑够了。

他们第一次见面是在灰蒙蒙的一个阴天的晚上，空中飘着细微的雨丝，尤里·安德烈耶维奇径直来到尼古拉·尼古拉耶维奇的房间。当时的宾馆已经只能根据市政当局的指示接待客人。不过，尼古拉·尼古拉耶维奇到处都有熟人，他还保持着不少老关系。宾馆给人留下的印象只不过是一幢逃走的经理人员所抛弃的黄颜色的房屋[3]。里面空空如也，杂乱

---

①　伊波利特，陀思妥耶夫斯基长篇小说《白痴》中的人物。

②　拉斯科尔尼科夫，陀思妥耶夫斯基长篇小说《罪与罚》的主人公。

③　黄颜色的房屋，指精神病院。

无章,楼梯和走廊偶尔才有人收拾一下。

没有整理过的这个房间的一扇大窗,俯瞰着一片在当时那个发疯似的年代变得阒无一人的广场。它空旷得有些吓人,似乎只有在梦中才会见到,并非当真就展现在眼前饭店的窗下。

这次见面是激动人心、令人难忘而又值得纪念的! 他童年时代无限崇拜的人,少年时期左右他思想的人,现在又活生生地站在他面前。

斑白的头发给尼古拉·尼古拉耶维奇增添了风采,一套国外缝制的衣服非常合身。在他那个年龄来说,他看上去还很年轻,还是个美男子。

当然,与周围发生的巨大变化相比,他显得黯然失色。一系列事件都把他甩到了一边。不过,尤里·安德烈耶维奇丝毫不想用这种尺度去衡量他。

尼古拉·尼古拉耶维奇的安详、冷漠,谈到政治话题时用的那种玩世不恭的口气,都使他感到吃惊。他那自我克制的本领在当时的俄国是不可能的。这个特征恰好表现出他是个外来人。这个特征太引人注目,显得不合时宜而且令人感到不自在。

啊,不过他们见面之后最初一段时间想的并不是这个,也不是出于这个原因才哭着紧紧拥抱在一起,激动得上气不接下气,急切、热烈的谈话常常陷于停顿。

这是由血缘关系连接着的两个具有创造力的人的相逢,尽管往事的云烟再度升起而又获得了活力,种种回忆纷至沓来,分别期间发生的一桩桩事也浮现在眼前,但是只要话题一转到主要方面,接触到具有创业精神的人都熟悉的事情上,两人之间除了唯一的亲缘关系以外的一切联系都消失了，舅舅和外甥的身份隐退了，年龄的差距不见了，剩下来的只有彼此几乎相当的气质、能力和基本信念。

近十年来，尼古拉·尼古拉耶维奇始终还没有机会这样与自己的思想合拍地评论一个作家的魅力和创作使命的实质，也从来不曾像现在这样感到适得其所。另一方面，尤里·安德烈耶维奇也一向没有听到过如此透彻、精辟的意见，这一番如雷贯耳的分析的确使他折服。

两个人的想法是那样不谋而合，不时发出大声的感叹，两手抱头在房间里快步走来走去，或者跑到窗前，一言不发地用手指轻轻敲着玻璃，为相互这样理解而感到惊讶。

这就是他们第一次见面的情形，不过，后来医生又在社交场合见过尼古拉·尼古拉耶维奇几次，和其他人在一起，他的表现却变得让人认不出来了。

他已经意识到自己在莫斯科只是个过客，也不想抛弃这种意识。他会不会认为彼得堡或者另外什么地方才是自己的家，始终是个不解之谜。他安于扮演一个政治上能言善辩、社会上有迷人魅力的角色。也许，在他的想象中，莫斯科也会开放一些政治沙龙，就像在巴黎的国民议会开始之前罗兰夫人举行的那种沙龙。

他不时到莫斯科僻静的小巷走走，看看自己那些慷慨好客的、相好的女人，亲密无间地同她们以及她们的男人开开玩笑，嘲弄她们那种半新不旧的思想、落后的生活和坐井观天地判断事物的习惯。现在，他可以尽情炫耀大量的报纸上的新闻，简直就像从前的俄耳甫斯派教徒在宣讲伪经一样。

据说，他在瑞士还有一位新的年轻女伴以及未了的事务和尚未脱稿的著作,这次只不过暂时投入祖国沸腾的漩涡,以后如果能完好无损地脱身出来,他还是要返回阿尔卑斯山脚下。

他拥护布尔什维克,常常提起两个左派社会革命党人的名字,引为知己。其中一位是新闻记者,笔名米罗什卡·波莫尔;另一位是政治评论专栏作家,笔名西尔维亚·科捷利。

亚历山大·亚历山德罗维奇用不满的口气责备他说:

"简直是可怕,您都走到什么地步了,尼古拉·尼古拉耶维奇!您的那个米罗什卡,简直是坑人!再加上那位利季亚·波克利。"

"科捷利,"尼古拉·尼古拉耶维奇纠正道,"科捷利·西尔维亚。"

"反正都一样,不论是波克利还是波普利,名字不说明问题。"

"对不起,不过总还得是科捷利。"尼古拉·尼古拉耶维奇很有耐心地坚持着。他和亚历山大·亚历山德罗维奇进行着这样的交谈:

"咱们有什么可争论的?这些道理根本值不得论证。这是起码的常识。多少世纪以来,基本的人民群众的生存简直不可思议。可以拿任何一本历史教科书来看一看,不管叫作封建主义还是农奴制,叫作资本主义还是工场化的工业,这种制度本身的不合理和不公正老早就被发现了,早就在准备着可以把人民引向光明、使一切都各得其所的变革。

"您也知道,对旧的只做部分修补是行不通的,需要根本破除。也许这会招来整个建筑的垮台。那又怎么样?难道因为这很可怕,就该做的都不做,该发生的都不让它发生?这只是个时间问题。这个道理能推翻吗?"

"唉,我们谈的不是一码事儿。难道我是这个意思?我说的是什么?"亚历山大·亚历山德罗维奇生气了,争论更加激烈。

"您的波普利和米罗什卡之流,都是昧良心的人。他们说的是一个样,做的又是一个样。这难道合乎逻辑?言行毫无一致可言。对了,请等一下,我现在就证明给您看。"

他开始翻找一本登载了自相矛盾的文章的刊物,推推拉拉地把写字台的抽屉弄得很响,似乎要用这种声音激发辞藻。

亚历山大·亚历山德罗维奇喜欢在谈话时扯些与话题无关的事,以此来证明他慢条斯理的停顿和哼啊哈呀的口气是有道理的。每当他在找一件什么东西的时候,比如说在光线不足的前厅过道里找另一只套鞋,就会诱发浓厚的谈话的兴致,或者肩膀上搭着毛巾跨在浴室的门槛上,要不就是在餐桌上传送丰盛的菜肴,或者给客人们往杯子里斟酒的时候,也会如此。

尤里·安德烈耶维奇非常爱听岳父讲话。他喜爱这种十分熟悉的老式莫斯科腔,尾声拖得比较长,带点儿轻轻的鼻音,同时也和格罗梅科家族的人一样,卷舌音和不卷舌音分不大清。

亚历山大·亚历山德罗维奇留着经过修剪的小胡须,上唇稍稍超出下唇。他胸前系的蝴蝶式领结也这样稍稍向前凸起。嘴唇和领结之间有某种共同之处,使亚历山大·亚历山德罗维奇增添了几分更加动人的、可亲的稚气。

深夜,就在客人们将要离开的时候,舒拉·施莱辛格来了。她是直接从一个集会上来的,只穿了件短上衣,戴一顶工人的便帽,大步走进房间,挨个儿和所有的人握手寒暄,一边不住地责备和埋怨。

"你好,冬妮娅。你好,萨申卡。不管怎么说也是不像话,你们说是不是?到处都听人说他回来了,全莫斯科都谈论这事,可是从你们这儿我最后才知道。见你们的鬼去吧。显然我不配知道。他在哪儿,这个让大家左盼右盼的人?请让我过去。围得像堵墙似的。啊,你好!好样儿的,真是好样儿的。我读过了。虽然一点儿也不懂,可是也感觉到真有才气。这是明摆着的。您好,尼古拉·尼古拉耶维奇。我马上就回到你这儿来,尤罗奇卡。我有话要专门找你好好谈一谈。你们好,年轻的小伙子们。啊,你也在这儿,戈戈奇卡?鹅呀,鹅呀、嘎、嘎、嘎,你想吃,是吧?"①

最后这个惊叹句是针对格罗梅科家那位勉强算得上的远亲戈戈奇卡说的,此人最看重的是一切新露头的势力,由于他愚蠢可笑,大家都叫他"小海鲨",又因为他身材瘦长,又被人叫作"绦虫"。

"你们不是在这儿又吃又喝吗?我也决不落后。喂,先生们,先生们。你们简直一无所知,什么都不了解!世界上在发生什么情况!在发生什么事!你们应该到任何一个真正的基层集会上去看看,撇开书本去会会那些实实在在的工人和士兵。可以在那里把你们反对把战争打到最后胜利的主张提出来试试看。那儿的人一定会给你们点儿厉害看!我刚刚听过一个水兵的发言。尤罗奇卡,要是你就一定会发疯!那感情多么热烈!逻辑多么严整!"

---

① 俄罗斯儿歌,此处有戏谑之意。

舒拉·施莱辛格的话好几次被打断。所有的人都自管自地大声喧嚷。她坐到尤里·安德烈耶维奇身边,握住他的一只手,凑到他脸前,为的是压倒其他人的声音,像是对着话筒一样用不高不低的嗓音喊道:

"还是跟我去吧,尤罗奇卡。我给你介绍一些人。要知道,你十二万分需要像安泰①那样去和大地接触。你干吗瞪眼睛?难道我的话让你吃惊?莫非你不知道我是匹识途的老战马,当年贝斯土热夫女子高等学院的学生,尤罗奇卡?我坐过班房,参加过街垒战,那还用说!可你想的是什么?哦,我们不了解人民!我就是刚刚从那里来,从他们当中来。我正在帮助他们筹建一个图书馆。"

她已经喝了不少,显然有了醉意。不过,尤里·安德烈耶维奇的头也在嗡嗡作响。他已经搞不清舒拉·施莱辛格怎么会跑到房间的另一头,他自己却在这一头的桌子边上。他站在桌旁,从一切迹象来看,出乎自己意料地讲起话来。

"先生们……我想……米沙!戈戈奇卡!……这怎么办,冬妮娅,他们都不听?先生们,让我谈几句。闻所未闻的、史无前例的事件正在逼近。在它还没有降临到我们头上以前,对你们各位提一点儿希望。当它到来的时候,愿上帝保佑我们大家彼此不要失掉联系,也不要灰心丧气。戈戈奇卡,你先别忙着喊万岁。我还没说完哪。角落里的请别讲话,用心听听吧。

"战争进行到第三年,老百姓逐渐相信前方和后方的界

----

① 安泰,希腊神话中的巨人,海神波塞冬和地神盖娅的儿子。格斗时,只要身不离地,就能从大地母亲身上不断吸取力量,所向无敌。后被赫拉克勒斯发现他的这一特性,把他举在半空中击毙。

限迟早要消失，血的海洋会逼近到每个人的脚下，溅在所有企图逃避、苟且偷安的人身上。这场血的洪流就是革命。

"在这个过程中，就像我们在战场上一样，你们也会觉得生命大概已经停止，属于个人的一切都将结束，除了残杀和死亡以外，世界上再没有别的东西；如果我们还能活到可以把当时的情况记录下来并且看到这些回忆录的时候，我们肯定会认识到，在这五年或十年当中的感受，远远胜过整整一个世纪。

"我还说不清楚，究竟是人民自己以排山倒海之势挺身而起，还是这一切仅仅是打着他们的招牌。这样大规模的事件不需要那种装腔作势的论证。用不着这个我也相信。在巨大的事件中寻找起因未免失于浅薄，而且也不会找到。家务事的争吵倒有它的根源，不过发展到两个人互相揪起头发、摔盘子砸碗的地步，也就难断定哪一个先动了手。总之，真正宏伟的事物是没有起点的，这也像宇宙一样。它一下子就出现在你面前，仿佛一向就有或者从天而降。

"我也认为，俄罗斯注定会是争取社会主义统治的第一个国家。当这件事成为现实的时候，它会使我们在很长时期内惘然若失，一旦清醒之后，也就永远不能追回已经丧失的那一半的记忆。我们将会忘记许多事件的发生孰先孰后，也不再为这空前的变化寻求解释。已经确立的制度就像大地上的森林或者天空的云絮那样把我们团团围住，无所不在地受它的包围。没有任何其他的结局。"

他接下去又说了些什么，不过酒意逐渐消退了，但是仍旧像先前那样听不清周围人讲的话，回答得也文不对题。他看到了大家普遍对他表露的爱戴，可是无法驱除让自己感到无所适从的那种忧伤。于是他说：

"谢谢,谢谢。我理解你们的感情,可是我担当不起。不要因为担心今后不会再有更强烈的爱的机会,就这样匆忙而毫无保留地放任这种感情。"

全体都放声大笑并且鼓起掌来,觉得这是故意说出来的尖刻话,不过他却觉得不知所措,因为已经有了很强的不幸的预感,已经意识到将来的无能为力,尽管他一心渴求善良并且能够争取幸福。

客人开始散去。由于困乏,每个人的面孔都拉得很长。不住地打呵欠使他们的颌骨时开时闭,显得更像是一张张马脸。

告别的时候,拉开了窗帷,敞开了窗。晨曦带了一点儿淡黄色,湿漉漉的天空飘浮着污浊的土褐色的云团。

"方才我们高谈阔论的时候,肯定是下了一场雷阵雨。"有人这么说。

"我到这儿来的路上就赶上了雨,好不容易才走到。"舒拉·施莱辛格证实道。

在空荡荡而且仍然昏暗的巷子里,树上残存的雨水滴落声夹杂着被雨淋湿的麻雀坚韧不拔的啁啾。

一阵雷声响过,仿佛是一架犁铧从天空犁了过去,接着一切又都归于沉寂。在这以后才传来四声沉闷的雷鸣,像是秋天收获的松散堆起的大块马铃薯用铁锹翻动时散落的声音。

雷雨使整个充满烟草雾气的房间有了清新的气息。突然,生活的所有组成部分——水和空气、欢乐的愿望、大地和天空,都像电的激发一样让人可以感觉到了。

小巷里响起一片散去的人们的话语声。他们还都像方才在屋子里一样继续高谈阔论地议论着什么。人声逐渐远去，一点一点地消失沉寂下来。

"时间真不早啦，"尤里·安德烈耶维奇说道，"我们去睡吧。世界上所有的人当中，我爱的只有你和爸爸。"

五

八月过去了，九月也到了末尾。流逝的时光已经一去不复返。冬天的脚步逐渐临近，而人世间到处关心和谈论的，就是类乎动物界冬眠之前一定要解决的问题。

需要作御寒的准备，也要储存食物和劈柴。但是在这唯物主义欢庆胜利的日子里，物质变成了概念，粮食和燃料问题代替了食物和劈柴。

城市里的人是无助的，仿佛一群孩子面对日益迫近的毫无所知的未来，后者在自己前进的路上推翻了所有既定的习惯，身后留下来的是一片空虚，尽管它本身也是城市的产儿，是由市民所创造的。

周围全是些不可靠的指望和不着边际的高谈阔论。平庸乏味的日常生活还在一跛一拐地挣扎着，勉强按照老习惯朝着什么方向走下去。不过，医生看到的生活是未经渲染的。生活的判决逃不过他的眼睛。他看到自己和自己的环境是注定要完蛋的。面临的考验甚至可能就是毁灭。他剩下的屈指可数的日子就在眼前一天天地消融下去。

要不是还有日常的生活琐事、劳动和操心忙碌，他可能会神智失常。妻子、孩子和必须挣钱，就是他的救星——迫切的、恭顺的事，日常生活，职务，给病人看病。

他十分清楚，在未来这个怪异的庞然大物面前，自己是个侏儒，心怀恐惧，然而又喜爱这个未来，暗暗地为它自豪，同时又像告别那样，最后一次用深受鼓舞的热切的眼光凝视着天上的浮云和成排的树木，看着街上的行人，以及这座在不幸中蹒跚的俄国城市。他做好了牺牲自己的准备，为的是让一切都好起来，但是无论什么都无能为力。

每逢从旧马厩街拐角上的俄国医师协会的药房附近穿过阿尔巴特街的时候，他最经常看到的就是这一片天空和过往的行人。

他重新回到自己先前的医院上班。尽管圣十字会已经解散，但医院仍旧照老习惯叫圣十字医院。因为目前还没有找到一个恰当的名称。

医院里已经开始分化。对那些迟钝得让医生感到愤懑的四平八稳的人来说，他显得是个危险分子；在那些政治上走得很远的人看来，他的色彩还不够红。他就是落到这样一种不上不下的处境：对这部分人显得落后，对那部分人又难以接近。

在医院里除了直接的职责以外，院长还让他管理一般的统计报表。他看过各式各样的调查表、意见书和表格，填写着应有尽有的要求严格的申报材料。死亡率，发病率，职工财产状况，公民思想高度，参加选举的程度，燃料、食品、药物短缺的情况，所有这些都是中央统计局关心的，都要求作出回答。

医生就在主治医师办公室窗边自己的那张旧桌子上做这些事。他面前的一侧放着成堆的格式和大小不一的各种带格的纸张。除了自己的定期的医疗工作记录以外，他还抽空在这里写自己的那本《游戏人间》，也就是当时岁月的日记或者札记,里面有散文和诗,还有各式各样的随笔杂感,都是在意识到半数的人已经失去了本来面目,而且不知道如何把戏演下去的启示下写出来的。

这间阳光充足的明亮的主治医师办公室,四壁粉刷得雪白,洒满了金色秋天圣母升天节以后这段时间才有的那种奶油色的阳光。在这个季节,清晨已经让人感到微冻的初寒。准备过冬的山雀和喜鹊,纷纷飞向色彩缤纷、清新明快的已渐稀疏的小树林。这时的天空已经高悬到了极限,透过天地之间清澈的大气,一片暗蓝色冰冷的晴朗天色从北方延伸过来。世界上的一切都提高了能见度和听闻度。两地之间声音的传播十分响亮、清晰,而且是断续的。整个空间是如此清明透彻,似乎为你打开了洞穿一生的眼界。这种稀薄空寂的感觉,如果不是如此短暂,而且只是在秋季短短的一天的末尾、接近提早到来的傍晚时刻出现的话,那真是难以忍受的。

映照在主治医师办公室的,正是早早衔山的秋日阳光。它是那样鲜明,有着琉璃般的光洁和润泽,仿佛是成熟的白浆苹果。

医生坐在桌前,用笔尖蘸着墨水,边想边写。几只飞鸟悄悄地在近处从办公室的几扇大窗外面掠过,把无声的阴影投在室内,刹那间遮住了医生执笔的手、堆放着表格的书桌、地板和墙壁,接着又无声无息地飞走了。

"枫树开始掉叶子啦。"走进来的解剖医生说。这个先前身体肥胖的男人,如今由于消瘦,松弛的皮肤像口袋一样垂了下来,"风吹雨打都没摧垮,可是一个早晨就成了这个样子!"

医生抬起头。果然不错,先前在窗外飞来飞去的不知名的鸟,原来是酒红色的枫树的落叶。它们一旦飞离开来,先是平缓地在空中飘荡,然后就落到树旁医院的草坪上,撒上点点橙色的星星。

"窗缝腻好了吗?"解剖医生问。

"没有。"尤里·安德烈耶维奇边说边写。

"怎么回事?已经到时候了。"

专心在写的尤里·安德烈耶维奇没有回答。

"唉,塔拉修克不在。"解剖医生接着又说,"那真是个难得的人。能够修鞋,还会修钟表。什么都能干,世上没有办不到的事。是该腻窗户啦,该自己动手了。"

"没有腻子。"

"您可以自己配。这是配方。"解剖医生接着就讲起了怎样用油灰和白垩粉调制腻子,"看来,我打扰您了。"

他于是走到另一扇窗前去摆弄自己的那些瓶瓶罐罐和药剂。天色逐渐暗下去。过了一会儿他又说:

"您会把眼睛看坏的。光线太暗,可是还不给电。回家吧。"

"再干一会儿,二十来分钟。"

"他的妻子就在医院里当卫生员。"

"谁的?"

"塔拉修克的。"

"我知道。"

"可是不知道他本人现在在什么地方。这人到处找营生。夏天曾经见到过两次,也到医院里来过。如今可能是在哪个乡下安排新的生活。他就是您经常在城里的林荫路和火车上看到的布尔什维克派士兵当中的那种人。您不想听个究竟吗?比如说这个塔拉修克?那就听听吧。这人是个多面手,干什么都不会出纰漏。只要他一着手,事情就顺当。战争时期他也是这样。对于打仗,他也像对待一种手艺那样用心。结果成了一名出色的射手。无论是在堑壕里还是在哨位上,眼光的锐利和手上的功夫都呱呱叫。他得的所有的奖章都不是因为勇猛,而是由于战斗中准确无误地执行任务。您看,就是这么个人物。任何事情都能激起他的满腔热情,对打仗也有感情。他看出武器的力量对他很有吸引力。自己也想成为一股力量。人一旦武装起来,就不同凡响。要是在过去,弓箭手往往就会变成绿林好汉。现在要想从他手里夺掉武器,您试试看。要是突然喊上一声'掉转枪口'之类的口令,他就会把刺刀转过来。整个故事给您讲完了,这也是全部的马克思主义。"

"而且千真万确,完全来自生活本身。您想的是什么?"

解剖医生又回到自己的窗前,翻检他的那些试管,过后又问道:"炉子怎么样?"

"谢谢您的介绍。这人真是有意思。将近一个小时谈的都是黑格尔和克罗奇。"

"那还用说!人家是海德堡大学的哲学博士。炉子怎么样?"

"别提啦。"

"是不是倒烟?"

"就是这个毛病。"

"烟筒装得不对。插到炉子上的地方应该糊住,那才正好把烟从气眼拔出去。"

"是把它装到炉口上了。可是总冒烟。"

"那就是没找准烟道,排到风道里了。也许是进了通风口。唉,塔拉修克不在!您只好忍耐一阵吧。这也非一日之功。生炉子这事可比不得您弹钢琴。劈柴准备了吗?"

"到哪儿去弄啊?"

"我把教堂的更夫给您派来。他搞木柴有门路,能把篱笆墙拆了当柴烧。不过事先提醒您注意,应该跟他讲价钱。他漫天要价。或者我把治虫子的老太婆找来。"

他们下楼来到门房,穿上外衣,然后走到街上。

"找治虫子的干什么?"医生说,"我们那儿没有臭虫。"

"这和臭虫有什么关系?我说东,您就说西。不是臭虫,是劈柴。这个老太婆很会做生意。整幢的房子和屋架她都能当烧的东西买下来,能提供相当可观的数量。当心,别绊倒,太黑了。在这一带,过去蒙上眼睛我也能走。每块石头我都清楚。我是地地道道的本地人。自从把篱笆墙都拆掉了以后,我睁着眼也认不出来,仿佛是到了陌生的地方。露出来的这一片成了什么样子!风格古朴的几幢小房子周围长满了灌木丛,花园里用的圆桌,已经朽了一半的长椅,就躺在那儿。前几天我在三条巷子的交叉路口就路过这么一处荒废的地方。看到一位年近古稀的老太太用手杖在地上挖掘,我就说:'上帝给您帮忙,老奶奶。您是不是挖蚯蚓,想钓鱼吧?'当然,我这是开玩笑。可她却一本正经地说:'不是挖蚯蚓,老爷,是找野蘑菇。'说得真不错,在城里就跟在森林里一个样,到处闻得到发霉的树叶和蘑菇气味。"

"我知道这个地方。就在谢列布良内和莫尔昌诺夫斯卡之间,对不对?我从那儿路过,总有些意外的发现。要么是碰上一二十年没见过面的熟人,要么是找到点儿什么东西,据说在拐角的地方还有抢劫的事。这也不奇怪,那里四通八达。

到斯摩棱斯克那些残留下来的黑窝去的路,到处都是。抢了东西再扒衣服,然后逃之夭夭,你连个影子也找不到。"

"灯光也太暗啦。难怪都把路灯叫作紫斑。真是恰到好处。"

六

的确,无奇不有的意外的事,都在前边提到的那个地方让医生遇到了。深秋,就在十月战斗发生前不久一个寒冷漆黑的晚上,他在这个拐角的地方碰上一个人,横躺在人行道上,神志不清。这人伸开两臂躺着,头靠在石柱上,两腿搭在路边。他不时断断续续地发出轻微的呻吟。对医生试着让他恢复知觉而大声提出的问话,这人只低声含糊地吐出几个不连贯的字,又一次昏迷过去。他的头被打破了,染满鲜血,经过匆忙的检查,看来颅骨还是完好的。这个躺倒的人毫无疑问是一次武力抢劫的牺牲品。"皮包,皮包。"他轻声说了两三次。

医生用附近阿尔巴特街药房的电话叫来了派到圣十字医院赶马车的老头,把这不知名的人送到医院。

这位遇到不幸的人原来是个知名的政治人物。医生治好了他的伤,而此后多年他就成为医生的一个庇护人,在那充满怀疑和不信任的年代,让医生免受了许多麻烦。

七

那是个礼拜天。医生空闲无事,因为他不需要去上班。

他们已经按安冬妮娜·亚历山德罗夫娜设想的那样,在希弗采夫街家里的那三个房间住下来准备过冬。

天气寒冷而多风,预兆要降雪的低垂的乌云,颜色是墨黑的。

从早起就开始生火,不住地冒烟。对如何生火一无所知的安冬妮娜·亚历山德罗夫娜,不断给纽莎出些自己也说不清楚的、帮倒忙的主意,而后者已经让这些潮湿得点不着的劈柴弄得狼狈不堪。医生看到这些,而且知道应该怎么办,就试着要插手,可是妻子一声不响地扶住他的肩膀,边送他走出房间边说:

"回你自己房里去吧。本来就够头疼的啦,还来碍事。你就是有个说话打搅我的习惯。难道还不明白,你的主意只能是火上加油?"

"噢,油,东涅奇卡,这可太好啦!炉子一下子就能着起来。糟糕的是,我既看不到油,也看不到火。"

"现在不是说俏皮话的时候。你要明白,有的时候根本顾不上这些。"

生火的失败破坏了礼拜天的计划。大家原希望在天黑前把必需的事做完,到晚间就空闲了,但现在都落了空。午饭推迟了,想用热水洗洗头和做点儿其他事的打算也都办不到。

烟很快就冒得让人没法呼吸,大风把烟倒灌到屋子里。房间里弥漫着烟熏的黑雾,如同神话中的死沉沉的林妖。

尤里·安德烈耶维奇把所有的人赶到隔壁房间里去,打开了气窗。他从炉子里掏出一半木柴,在剩下的一半当中用细柴和桦树皮铺了一条引火道。

新鲜空气从气窗夺路而入,摆动着的窗帘向上飘了起来。

从写字台上飞走了几张纸。风把远处的一扇门砰的一声关上,在各个角落里回旋,像猫捉老鼠似的追赶残存的烟雾。

燃着了的木柴迸出火焰,噼噼啪啪地响着。小炉子像是被旺盛的火呛得不住喘息。铁皮炉膛上出现了一圈圈炽热的斑点,仿佛是肺结核病人脸上的红潮。屋子里的烟变得稀薄了,最后终于消失得干干净净。

房间也变得更加明亮。尤里·安德烈耶维奇前不久照解剖医生的指导腻好的几扇窗,这时都蒙了一层水汽,暖烘烘的油灰气味一阵阵袭来。炉旁烤着的劈碎的木柴也散发出气味:苦辣辣而呛喉咙的是云杉皮,清香得像化妆水味道的是白杨。

这时,仿佛从气窗吹来的一股风,尼古拉·尼古拉耶维奇飞快地跑进来对大家说:

"街上开了火。支持临时政府的士官生和站在布尔什维克一边的卫戍部队的士兵采取了军事行动。到处都有冲突,起义的据点不计其数。到你们这儿来的路上我两三次遇到了麻烦,一次是在德米特罗夫卡大教堂的拐角上,另一次是在尼基塔城门附近。已经没有直通的路了,我是绕道过来的。赶快,尤拉!穿上外衣,咱们走吧。应该去看看,这是历史性的事件,一辈子只能碰上一回。"

可是,他自己却滔滔不绝地讲了两个小时,然后就坐下来吃午饭,等到要回家的时候,准备拉上医生一同出去,但是戈尔东来了以后把他们劝止了。戈尔东同样是飞快跑来的,带来的消息也一样。

在这段时间里,事情又向前发展了。又有了一些新的细节。戈尔东讲的是射击越来越猛烈,行人被流弹意外地击毙。据他说,城里的交通已经中断,能够走到他们这个巷子里来简直是奇迹,不过回去的路已经断了。

尼古拉·尼古拉耶维奇不听劝告,试着到外面去探探情况,但很快就返了回来。他说,巷子根本出不去,子弹呼呼地飞,不少角落打下一块块砖头和墙皮。街上一个人影也没有,人行道也断了交通。

萨申卡这些日子着了凉。

"我说过一百次了,不要把孩子抱到生了火的炉子跟前。"尤里·安德烈耶维奇生了气,"受热要比着凉更有害。"

萨申卡的嗓子出了毛病,开始发高烧。这孩子的脾性很特殊,特别害怕恶心和呕吐,仿佛时时刻刻要出现这种反应。

他推搡开尤里·安德烈耶维奇拿着喉镜的手,闭上嘴不让把它放到嗓子里去,喊叫、挣扎。无论怎么劝说、恐吓,都不起作用。突然,萨申卡不小心张大了嘴舒舒服服地打了个呵欠,医生借这个机会动作飞快地把小汤匙伸到儿子口里,压住舌头,赶忙查看了一下萨申卡紫红色的喉腔和化了脓的肿大的扁桃体。看到的情形很让尤里·安德烈耶维奇吃惊。

过了不多一会儿,医生用同样的手法从萨申卡嘴里取了一个涂片。尤里·安德烈耶维奇自己有一台显微镜。他拿了涂片,自己勉勉强强地作了检视。幸好不是白喉。

但在第三天夜里,萨申卡突然出现了假性格鲁布喉炎的症状。他发着高热,喘不过气来。尤里·安德烈耶维奇不能眼睁睁地看着可怜的孩子,但自己又无法解除他的痛苦。安冬妮娜·亚历山德罗夫娜觉得孩子就要死了,把他抱在手上在屋子里来回地走,而萨申卡却开始感到好了一些。

应该搞到牛奶、矿泉水或者苏打水进行灌救。不过,这时正是巷战的高峰。排射的枪声和炮击一分钟也没有停止过。

即便尤里·安德烈耶维奇敢于冒着生命危险穿过交火地带，在火线的那一边也不会见到一个活人，因为在情况彻底明朗以前，城里的生活已经完全停顿了。

不过局势很快就清楚了。到处传来的消息说，工人已经占了上风。被分割开来而且和自己的指挥部失去联系的一群群士官生，还在个别地抵抗。

希弗采夫这个区处在从多罗戈米罗夫方向朝市中心进逼的士兵的行动范围以内。对德战争的士兵和少年工人坐在街巷里挖成的堑壕当中，他们已经熟悉了附近房子里的居民，不时和那些从大门向外探望或者走出来的人像邻居似的开开玩笑。市区这一部分的交通已经恢复。

作了三天俘虏的戈尔东和在日瓦戈这里被困了三昼夜的尼古拉·尼古拉耶维奇这时候都走了。在萨申卡生病的艰难日子里有他们在场，尤里·安德烈耶维奇感到很高兴，安冬妮娜·亚历山德罗夫娜也原谅了他们忙中添乱而额外增加的麻烦。为了表示对招待的感谢，他们两个都觉得有义务不断地和主人谈话，而尤里·安德烈耶维奇却被这三整天的无聊空话搞得如此疲倦，以至于和他们分手时感到很庆幸。

八

得到的消息说他们都平安地回了家，不过，根据这一次的实际检验而作出敌对行动已经全面停止的判断还是为时过早。不同的地点仍有军事行动，某些区还不能通行，医生暂时还不能到自己已在想念的医院里去，那儿的桌子抽屉里还放着他的《游戏人间》和业务札记。

只是在个别市区内部，人们才在清早外出到离家不远的地方买面包，路上遇到拿着瓶装牛奶的人，就有成堆人围上去打听人家是从什么地方搞到牛奶的。

有时全市又恢复了射击，再一次吓跑了群众。大家都猜测双方之间在进行某种谈判，进展得顺利或者不顺利就反映在枪炮射击的时强时弱上。

有一次是在旧历十月末的一天晚上九点钟，尤里·安德烈耶维奇快步走在街上，想要到住在附近的一个同事那里去，不过也并没有什么特殊要办的事。这一带往日是比较热闹的，但现在人烟稀少，几乎见不到行人。

尤里·安德烈耶维奇走得挺快。天上飘起初降的稀疏雪花，风却越刮越猛，眼看着变成了一场大风雪。

尤里·安德烈耶维奇从一条小巷拐到另一条小巷，自己也记不清转了多少次弯，雪也下得更加稠密，开始变成了雪暴。这样的暴风雪在空旷的田野会打着呼啸遍地弥漫开来，在城市狭窄的死巷子里却像迷了路似的反复盘旋。

无论在精神的世界还是在物质的人间，在近处或远方，在大地或天空，发生的事似乎都是类似的。一些地方不断传来已经减弱的最后抵抗的枪炮声。一处地平线上忽明忽暗地闪现着一簇簇火灾现场反映的淡淡余光。在尤里·安德烈耶维奇的脚下，在潮湿的路面和人行道上，风雪卷起雾腾腾的一圈圈漩涡。

在一个十字路口上，一个报童口里喊着"最新消息！"从他身边跑过，腋下挟了一大卷刚印出来的单张报纸。

"不用找钱啦。"医生说道。这男孩子吃力地从纸卷上分出潮乎乎的一张塞到医生手里，接着就和方才突然冒出来一样眨眼就在风雪中消失了。

医生走到两步之外的一盏亮着的路灯跟前，想就地立刻扫一眼主要的内容。

这份只印了一面的号外版，内容是来自彼得堡的关于成立人民委员会、在俄国建立苏维埃政权和实行无产阶级专政的政府公告。接下去就是新政权的第一批法令和电报、电话传来的种种消息。

风雪吹打着医生的眼睛，沙沙响的灰色雪粒不时地盖住报纸上的行行字迹。然而，妨碍他读下去的并不是这些。这一伟大和永恒的时刻震撼了他，使他无法清醒过来。

无论如何也要把这些消息看完，医生于是四下里张望着，想找个亮一些的避雪的地方。原来他又回到了自己也搞不清的那个十字路口，站在谢列布良内和莫尔昌诺夫斯卡的街角上，旁边就是一幢正门镶了玻璃的五层高楼的入口，楼里宽敞的前厅亮着电灯。

医生进了楼房，在尽里边的灯下全神贯注地读起了电讯消息。

在他头上响起了脚步声。不知什么人从楼梯走下来，中间似乎犹犹豫豫地常常停住。果然，往下走的这个人猛然改了主意，转身又向上跑去。什么地方的一扇门开了，传出两个人说话的声浪，不过回声太强，听不清讲话的是男是女。接着又是砰的一声关了门，先前下楼的那个人脚步十分坚决地跑了下来。

尤里·安德烈耶维奇的两只眼睛和整个心思都贯注在报纸上。他不打算抬起眼来看这个不相干的人。但是那人跑到楼下就站住了。尤里·安德烈耶维奇抬头看了一眼这个从楼上下来的人。

　　站在他面前的是个十八岁左右的少年,身上是一件在西伯利亚常穿的那种里外翻毛的鹿皮袄,头上戴了顶同样的皮帽。这男孩脸色黝黑,长着两只窄细的吉尔吉斯人的眼睛。他脸上有某种出身高贵的气质,聪明灵活的神态一闪而过,还隐藏着一种似乎是从遥远的异国他乡带来的、在混血人脸上常见的那种纤细的表情。

　　这男孩子把尤里·安德烈耶维奇认成了另外的什么人,明显地感到茫然不知所措。他腼腆而又慌张地看着医生,仿佛知道这是谁,但又迟疑着没有开口。为了解除这个误会,尤里·安德烈耶维奇上下打量了他一眼,用冷淡的表情打消了他想走近的念头。

　　男孩子发了窘,一句话也没说就朝大门走去,在那儿又回头看了一眼,然后打开那扇沉重的、已经有些松动的门,接着哗啦一声把它关上,走到了街上。

　　过了十分钟,尤里·安德烈耶维奇也随着出去了。他已经忘记那个男孩和本来要找的那位同事,满脑子装着刚刚读到的东西朝回家的方向走去。路上遇到的另一个情况,一件在当时来说意义非同小可的生活琐事,吸引了他的全部注意力。

　　在离家不远的地方,他碰到了一大堆靠着马路边沿横放在人行道上的木板和圆木。那儿的巷子里有个什么机关,大概是把郊区的一栋圆木房子拆掉运来作公家的燃料。圆木在院子里放不下,所以挡住了一部分街道。一个在院子里走动的持枪的哨兵看守着这一大堆东西,不时走到巷子里来。

　　尤里·安德烈耶维奇不假思索地抓住了哨兵返回院子、

刮来的一股风在空中卷起浓密的雪花的短暂时机。他从灯光照不到的有阴影的一边走到这堆木料跟前,慢慢摇动着从最底下松动了一根很重的短粗木桩。他吃力地把它从这一堆下面抽了出来放到肩上,并不感到有多么重(自己愿担的担子就不觉得重),然后就悄悄地顺着阴影下的墙扛回希弗采夫街自己的家。

刚好家里的木柴已经用完了。把这一大段木桩锯开,劈成了很不小的一堆碎柴。尤里·安德烈耶维奇就蹲下来生炉子。他一声不响地蹲在不断颤动而发出声音的炉门前面。亚历山大·亚历山德罗维奇把扶手椅推到炉子跟前,坐下来烤火。尤里·安德烈耶维奇从上衣一边的口袋里掏出报纸递给岳父,一边说:

"看过吗?欣赏一下吧,您看一看。"

尤里·安德烈耶维奇并没有站起来,一边用小火铲拨弄炉子里的木柴,一边大声自言自语地说:

"多么高超的外科手术啊!一下子就巧妙地割掉了发臭多年的溃疡!直截了当地对习惯于让人们顶礼膜拜的几百年来的非正义作了判决。

"关键是毫不使人恐惧地把这一切做完,这里边有一种很久以来就熟悉的民族的亲切感,是一种来自普希金的无可挑剔的磊落光辉,来自托尔斯泰的不模棱两可的忠于事实。"

"普希金的?你说的是什么?等一等。我马上看完。一下子又看又听我可办不到。"亚历山大·亚历山德罗维奇打断了女婿的话,错把尤里·安德烈耶维奇的自言自语当成对他说的。

"主要的是应该看到这绝妙的英明表现在什么地方。假

243

如说让谁去创造一个新世界,开创新纪元,他一定需要首先清理出相应的地盘。他肯定要等着旧时代先行告终,而为了着手建设新的世纪,他需要的是一个整数,要另起一段,要的是没有涂写过的一张白纸。

"但现在却一蹴而就。这是空前的壮举,是历史上的奇迹,是不顾熙熙攘攘的平庸生活的进程而突然降临的新启示。它不是从头开始而是半路杀出,不是在预先选定的时刻,而是在奔腾不息的生活的车轮偶然碰到的日子里。这才是最绝妙的。只有最伟大的事情才会如此不妥当和不合时宜。"

九

正如事先估计的那样的冬天来到了。它还不像后来接连的两个冬天那样叫人害怕,然而是类似的,同样缺少照明和饥寒交迫,一切都处于所有习惯的生活基础正在破坏与改造之中,都拼命要抓住即将逝去的生活。

如此可怕的三个冬天接踵而来,一个跟着一个,而且这一切也并不是像从一九一七年跨入一九一八年的人那样觉得都发生在当时,有些或许是稍后才发生的事。因为这三个接连的冬天已经融为一体,很难把它们相互区别开。

旧生活和新秩序还不合拍。两者之间还没有产生像一年以后内战时期那种强烈的敌意,不过已经缺少联系。这已是分开来的对立的两方,但谁也还不能压倒谁。

在房产方面,在各个组织当中,在公务上,在为居民服务的各个单位里,到处都在进行管理机构的改组。它们的成员改变了。所有的地方都在开始任命权力大得无边的委员。他们都是些具有钢铁意志的人，身穿黑色短皮外衣，以种种恐吓手段和手枪为武器，很少刮脸而且更很少睡觉。

他们很了解小市民的脾气和中等的拥有小面额国家证券的那种卑躬屈膝的俗人，毫不怜惜地面带挖苦的微笑和这种人讲话，就像对待捉到的小偷一样。

这些人就像纲领规定的那样掌管一切，一次又一次的发动，一次又一次的联合，就渐渐形成了布尔什维克的队伍。

圣十字医院现在改叫第二改良医院，内部也发生了变化。一部分人员被解雇了，更多的是自愿离开的，认为继续供职并不划算。这都是些挣了大钱的掌握最新临床技术的医生，是能言善辩的天之骄子。他们决忘不了把自己为了个人私利而离职装作是抗议的行动，有着文明的理由，而且开始看不起留下来的人，几乎要和后者断绝来往，日瓦戈也在这后者之列。

晚上，这对夫妇常常进行这样的对话：

"星期三别忘了到医师协会的地窖去取冻土豆。那儿有两口袋。我一定问清楚几点钟能下班，好来帮忙。用小雪橇也要两个人拖。"

"好吧。还来得及，尤罗奇卡。你还是快点儿睡下吧。已经很晚啦。反正你也不能一下把所有的事都做完。你需要休息。"

"传染病流行起来了。普遍的体质衰弱影响了抵抗力。简直都不敢看你和爸爸。应该想点儿办法。不过有什么办法呢？我们自己注意得也不够。要多加小心。你听我说。睡着了吗？"

"没有。"

"我并不担心自己，我身体壮。要是万一我垮了，你千万别糊涂,不要把我留在家里。应该立刻送医院。"

"你这是怎么啦,尤罗奇卡!上帝保佑你。干吗老早就说不吉利的话?"

"你要记住,已经没有什么正直的人和朋友啦。更谈不上医术高明的。要是一旦发生什么事,可以信托的只有皮丘日金一个人。当然,要是他还平安无事的话。你睡了吗?"

"没有。"

"这帮鬼家伙,自己占尽了便宜,如今反倒像是表现了凛然正气和原则性。见面的时候勉勉强强地伸出一只手来。'您还在给他们服务?'接着就把眉毛一扬。'是还在服务,'我说,'请您别见怪:对我们的困境我感到自豪,并敬重那些让我们变得光荣、向我们奉献了贫穷的人。'"

十

很长一个时期,大多数人的日常食品就是黄米粥和青鱼头煮的汤。青鱼的中段用油煎一煎就当作第二道菜。营养靠的就是没有磨过的黑麦和带壳的小麦,用它们煮粥。

一位熟识的女教授教给安冬妮娜·亚历山德罗夫娜在屋子里的荷兰式壁炉炉底上烤制烫面面包。其中的一部分像从前一样拿出去卖,吃水以后面包就增加了分量,再加上卖来的钱就可以抵消使用这种瓷砖壁炉的开支。这样就可以不再用那个只冒烟、火不旺、不保暖又折磨人的小铁炉子。

安冬妮娜·亚历山德罗夫娜的面包烤得很好,只不过靠它做的生意却毫无所得。于是,不得不放弃原先那个实现不了的打算,重新启用退了役的小铁炉。日瓦戈夫妇又开始受罪了。

一天早晨,尤里·安德烈耶维奇照往常那样出去上班。家里只剩了两块劈柴。安冬妮娜·亚历山德罗夫娜穿上那件就是在暖和天气也让身体虚弱的她冷得发抖的皮大衣,上街去"采购"。

她在附近的几条街巷里徘徊了半个来小时,因为市郊农村的农民有时带蔬菜和土豆到那里来卖。这些人需要去碰。带货物的农民会被拦截。

很快她就碰到了自己搜寻的一个目标。安冬妮娜·亚历山德罗夫娜陪着一个身穿一件粗呢上衣的壮实的青年人,旁边带了一辆像玩具似的小雪橇,绕过街角朝格罗梅科家的院子走来。

韧皮编的雪橇车里的一张蒲席下面有一堆桦树原木,粗细不超过过去照片上那种老式庄园围墙的栏杆。安冬妮娜·亚历山德罗夫娜很了解它的价值——桦木徒有其表,当劈柴不经烧,何况是新砍下来的,没法用来生炉子。但是没有另外的选择,不可能仔细盘算。

这个青年农民来回搬了五六次,替她把木柴送到住人的楼上;作为交换,他连拉带背地从楼上弄下来的是安冬妮娜·亚历山德罗夫娜的一个带镜子的小橱柜,放到雪橇上带回去给自己的女当家,出来的时候边走边说定了下一回捎些土豆的事,他的衣角还被立在门旁的钢琴挂了一下。

尤里·安德烈耶维奇回来以后并没有品评妻子买的东西。其实把送给人家的那个小柜子劈成细柴更合算,不过他们都不忍心下手。

"你看到桌子上的字条了吗?"妻子问了一句。

"医院院长写的吧？跟我说过，我知道。是请我去出诊。一定去。休息一会儿就去。不过，路相当远。好像是在凯旋门附近。我记下了地址。"

"要给的报酬可是真奇怪。你看到了吗？你还是看看吧。出诊费是一瓶德国白兰地酒或者一双女人的长袜子。真有点儿诱惑力。会是个什么人呢？财大气粗的口气，而且似乎全然不了解我们现在过的是什么日子。大概是个什么暴发户。"

"对，很像是个采办员。"

那些私人小业主的头衔就是这种采办员、合同承包人、代办人的称呼。政府取消了私人商业以后，在经济紧张时期稍稍给点儿松动，就和他们签订各式各样的供销合同和契约。

这些人当中已经没有那些被整垮的老字号的大老板。后者由于受到打击已经无法东山再起。如今的这些都是借着战争和革命从底层浮上来的投机一时的生意人，没根没底的外来户。

喝了些带点儿牛奶的乳白色的糖精开水，医生就出门去看病人。

从街道这一面的整排房屋到另一面的建筑物之间，人行道和桥面都埋在深雪里。有些地方积雪达到第一层楼的高度。在这片宽阔的空间里默默地移动着半死不活的身影，自己拖着或是用雪橇拉着一点儿可怜的食物。几乎见不到乘车的人。

间或有几处的房子上面还残留着原先的招牌，下面已是换了内容的门市部和合作社，但都锁了门，窗户加了栅栏或者用木板钉死，里面空空如也。

这些店铺空着而且锁起来,不完全是因为没有商品,而是由于包括商业在内的各项生活改组还在最笼统的阶段,还触及不到这类关了门的私人小店。

十一

请医生出诊的这一家,原来是在布列斯特街的尽头,靠近特维尔城门。

那是一栋式样早已过时的砖砌的营房式建筑,院子在里面,有三层木走廊连通沿后院墙排列的房屋。

这儿正在召开全体居民会议,有区苏维埃来的一位女代表参加。突然间来了一支军事巡察队,要检查经过允许保存的武器,未经允许的要没收。指挥检查的队长请那位女代表不要离开,保证说检查用不了多长时间,完了事的居民们陆续回来以后,中断了的会议很快就能继续。

医生来到大门口的时候,检查已近尾声,下一个该轮到的住户就是请他看病的那一家。在一条走廊的楼梯口放哨的士兵,背着用绳子挽住的步枪,无论如何也不让尤里·安德烈耶维奇进去,可是巡察队长介入了双方的争执。他没有给医生制造困难,同意在他诊治病人的时候检查暂停一会儿。

接待医生的这家年轻的主人温文有礼,他那没有什么光泽的微黑的脸上,衬着两只乌黑忧郁的眼睛。妻子的病,即将开始的搜查,以及对医学和医务人员超乎寻常的尊重——这些都让他非常激动。

为了减轻医生的负担和节省时间,主人想尽可能把话说得简短,但正是由于这么着急反而讲得又冗长又杂乱。

住宅里混杂着奢侈品与便宜货物,显然是为了让迅速贬值的钱有个牢靠的去处才匆忙购置的。配不成套的家具也是用凑不成双的单件充数的。

这家的主人认为他妻子是由于惊吓得了神经系统的病。他抓不住正题,绕来绕去讲的是有人很便宜地卖给了他们一座坏得早就不能走的老式八音钟(男主人还把医生领到隔壁的屋子里去指给他看)。他们是当作一件稀罕的钟表工艺品买下的。夫妇两个甚至不相信还能不能修好。可是这座多年没上发条的钟突然自己走了起来,里面的那些小钟奏了一段法国的小步舞曲,然后又停住了。做妻子的吓坏了,说是敲响了她生命的最后时刻,现在就这么躺着说胡话,不吃也不喝,连他这个做丈夫的也认不出来。

"您认为这就是神经受了震动?"尤里·安德烈耶维奇问话的口气是带着怀疑的,"带我去看看病人吧。"

他们走进隔壁的房间,屋顶上挂着枝形吊灯,一张宽大的双人床的两边摆了两只红木矮脚凳。床的一侧躺着一个身材娇小的女人,毯子盖过下巴,露出两只黑色的大眼睛。一看到进来的人,她摇着从毯子下面抽出来的两只手要赶开他们,宽大的睡衣袖子一直滑落到腋窝。她认不出自己的丈夫,似乎也不觉得屋子里还有人,接着就开始轻轻地唱起一支不知是什么名字的忧伤的歌。那首歌那样让她伤心,接着她就哭了起来,像个孩子似的抽抽搭搭,请求允许她回到什么地方的家里去。医生不论从床的哪一边想走到她身边,她都不让检查,每次都把后背掉过来。

"应该给她检查一下,"尤里·安德烈耶维奇说,"不过就这样我也清楚了。是斑疹伤寒,而且症状相当重。她受的痛苦可不算小,够可怜的。我建议送她到医院去。这倒不是为了给她提供什么方便,只是在发病后的几个星期必须有经常的医疗照顾。您能不能保证搞到交通工具,找个出租马车车夫或者至少请个院子里的搬运工,好把病人送去?当然,事先得把她好好裹起来。我马上就给您开个就诊证明。"

"可以。我尽力去办。不过请等一等。莫非真是伤寒病?这太可怕啦!"

"很遗憾,就是。"

"要是把她送走,我害怕失去她。您能不能尽可能地增加出诊次数,在家里治疗?我可以给您任何一种报酬。"

"我已经跟您说清楚了。重要的是不间断地对她进行观察。请您听着,我有个好主意。哪怕是从地底下您也要找个马车夫来,我给她开个就医证明。这事最好通过您这里的住宅委员会去办。证明需要盖章,还有其他一些手续。"

十二

经过询问和检查的居民披着暖和的披肩,穿着皮大衣,一个接一个地回到居委会所在的这间没生火的房子里来。这里原先是存放鸡蛋的库房。

房间的一头放了一张办公桌和几把椅子,这当然不够那么多的人坐。于是,另外在四周底朝上摆了些长条的空鸡蛋箱子代替长凳。这种箱子在屋子的另一头一直堆到了天花板。那儿的角落里,碎鸡蛋的蛋黄粘成一坨坨地冻结在墙下。一群老鼠在那里叫着乱窜,有时候跑到空着的砖地上来,然后又藏到那堆碎鸡蛋渣子里去。

每逢这个时候,一个全身长了一层肥油的大嗓门儿的女人就尖叫着跳到一只箱子上。她卖弄地翘起小手指头掀开衣服下摆的一角,穿着时髦的高靿皮鞋的两只脚踩着碎步,存心装出喝醉酒的哑嗓子喊着说:

　　"奥莉卡,奥莉卡,你这儿净是大耗子跑来跑去。瞧,跑过去一只,这脏东西!哎、哎、哎,还懂话呢,小畜生!哟,龇牙啦。哎呀,往箱子上爬哪!可别钻到裙子底下。真吓人,我害怕!先生们,请扭头看看。对不起,我忘记了,现在已经不兴叫先生,应该称呼公民同志。"

　　这个吵吵嚷嚷的婆娘穿的是一件肥大的卡拉库尔绵羊皮大衣,敞着扣子。她那像果子冻似的肥厚的叠了三折的下巴颤动着,滚圆的前胸和肚子紧裹在一件绸连衣裙下面。看得出,当初在那些三流的买卖人和账房伙计们中间,她一定是个出名的交际花。眼皮微肿的两只猪眼只睁开了一条缝。记不清从前是什么时候,一个情敌朝她甩了一瓶硫酸,但是没打准,只在左脸上溅了两三滴,在左嘴角留下两道不怎么明显却有点儿迷人的浅浅的疤痕。

　　"别嚷啦,赫拉普金娜。都没法儿工作了。"坐在桌子后边的区苏维埃来的女代表说话了,她是这次开会选出来的主席。

　　这里的老住户很早就认识她,她对他们也很了解。开会之前,她非正式地小声和管院子的女工法吉玛说了一会儿话。法吉玛从前和丈夫一起带着孩子凑凑合合地住在肮脏的地下室里,如今和女儿两个人搬到二楼的两间敞亮的屋子里。

　　"怎么样啊,法吉玛?"女主席问她。

　　法吉玛抱怨说她一个人照顾不了住这么多人的大院子,

又找不到帮手,分给各户的打扫院子和街道的任务没有人认真对待。

"别发愁,法吉玛,会给他们点儿颜色看的,你放心吧。这算个什么居委会?怎么让人理解?这儿窝藏有刑事犯,还有缺少证件的品质可疑的人。要把他们都赶出去,重新选举。我自己来当住宅管理员,你别灰心。"

管院子的女工恳求女主席别这么办,不过后者根本听不进去。她看了看室内的情况,发现人已经到得差不多了,就要求大家安静,接着用几句开场白宣布开会。批评了原来的居委会无所作为以后,她提议确定选举新居委会的候选人,接着又谈了另外几个问题,讲过了这些,她就说:

"情况就是这样,同志们。咱们说话应该直截了当。你们的房子容量很不小,适合做宿舍。有时候各地来开会的代表就没有地方安置。已经作了决定,把这房子收归区苏维埃支配,给外地来的人住并且用季韦尔辛同志的名字命名,因为他在流放前就住在这里。这是大家都知道的。有反对的吗?下面就说说腾房子的事。这还不是马上就要办的事,你们还有一年的时间。劳动人民成分的住户我们提供搬迁后的居住面积,对于不是劳动人民的,现在就预先告诫你们,得自己找住处,给你们十二个月的期限。"

"我们当中谁是不劳动的?我们这儿没有不劳动的!大家都是劳动人民。"各个角落都喊了起来。其中有一个人的嗓音盖过所有的人:"这是大国沙文主义!现在是各民族平等。我知道您暗指的是什么!"

"不要一齐说!我简直不知道该回答谁才好。什么民族?这和民族有什么关系,瓦尔德尔金公民?比方说,赫拉普金娜根本谈不上什么民族不民族,可是也得搬出去。"

"搬出去!倒要看看你怎么让我搬出去。你这个烂床垫子!占了十个茅坑不拉屎!"赫拉普金娜在争吵的高峰喊叫着给女代表送了一个莫名其妙的外号。

"真是条毒蛇!是个恶魔!你一点儿也不知道羞耻!"管院子的女工气恼地说。

"你不用插嘴,法吉玛。我自己能对付。你住口,赫拉普金娜。抓住点儿机会,你就想骑到人家脖子上!闭嘴吧,我说,要不然马上就把你送到一个机关去,用不着再等着人家抓你私设烧锅和窝藏赃物。"

吵闹的声音已经达到了顶点,谁也没法子讲话。在这个时候医生走进了这间库房。他请在门边碰到的第一个人给指点一下谁是居委会的,哪一位都行。那人就把两只手放在嘴边拢成个喇叭筒的样子,压住大家的吵嚷声一字一板地喊了起来:

"加——利——乌——林——娜!到这儿来,有人找。"

听了这个姓名,医生简直不敢相信自己的耳朵。走过来的是个瘦瘦的、背有点儿驼的妇女,就是那位管院子的女工。母亲和儿子的面貌如此相似,让医生感到吃惊。不过,他并没有让这种感觉流露出来。他说:"你们这儿有位居民(同时说了她的姓名)得了伤寒病。需要注意,免得传染。另外,应该把病人送到医院去。我可以给她开个诊断单子,由居委会证明一下。这事要到哪儿去办?"

管院子的女工把这话理解为只是送病人去医院,而不是办证明手续,于是就说:"一会儿区苏维埃有辆马车来接杰明娜同志。杰明娜同志是个和善人,我跟她一说,会把车让出来的。别发愁,医生同志,一定把你的病人送走。"

"哦,我说的不是这个! 我只是问什么地方办入院就诊的证明。不过如果还有马车的话……请原谅,您是不是加利乌林·奥西普·吉马泽特金诺维奇中尉的母亲? 我和他一起在前线服过役。"

女工全身一抖,脸色变得煞白。她抓住医生的一只手,说道:

"咱们到外面去,到院子里谈。"

刚刚迈出门槛,她就开了口:

"小声点儿,上帝保佑别让人听见。别坑害我。尤苏普卡不走正道。你自己说说,尤苏普卡是什么人? 他原本是学徒出身,有手艺。尤苏普卡应该明白,普通老百姓现在的日子好多了,这是瞎子都能看清的事,用不着多说。我不知道你是怎么想的,也许你还没什么,可是尤苏普卡是有罪的,上帝也饶不了他。尤苏普卡的父亲当了兵,给打死了,连个完整尸首都没留下。"

她已经讲不下去了,摆着手等待心情平静下来,然后又接着说:

"走吧,现在就去找马车。我知道你是谁了。他在这儿待过两天,都说了。他说,你认识拉拉·吉沙洛娃。那是个好姑娘。记得过去常到我们这儿来。谁知道现在怎么样了。难道说先生们也能你反对我、我反对你? 尤苏普卡真作孽。走吧,咱们要车去。杰明娜同志一定会给的。你知道杰明娜同志是谁吗? 就是奥莉娅·杰明娜,在拉拉·吉沙洛娃妈妈的作坊里打过工的,也是从这儿出去的,就是这个院子。走吧。"

十三

　　天已经全黑了,夜色笼罩着周围的一切。只有杰明娜手电筒的那一小圈光亮在五步开外的一个个小雪堆上跳跃移动,不仅不能给走路的人照亮,反而更让人摸不准方向。四周是漆黑的夜色,那座房屋已经落在身后。当她还是个小女孩的时候,住在那里的许多人就知道她。听人家说,她后来的丈夫安季波夫也是在那儿从一个小孩子长大成人的。

　　杰明娜用一种宽容、戏弄的口气对他说:

　　"再往下走您当真不用手电能走到家吗?啊?要不我把电筒给您,医生同志。是的,那时我们都还是小女孩呢,我真的迷恋过她,爱得忘乎所以。她们家有个缝纫作坊,我是她们那儿的徒工。今年我还见到过她。她到我这里来过,是中途路过莫斯科的。我跟她说,你真傻,还要到哪儿去呀?留下来吧,我们住在一起,再给你找个工作。都白说!她不乐意。这是她自己的事。她嫁给帕什卡是凭着理智,可不是顺从自己的心意,从那以后就变得喜怒无常。她到底还是走啦。"

　　"您对她是怎么想的?"

　　"小心,这里很滑。说过多少次了,不要在门前倒脏水,可是丝毫不起作用。我对她是怎么想的?我能想什么?有什么可想的。没有时间。我就是这么活着。我没敢告诉她,她那当军人的弟弟,好像是给处决了。至于她母亲,也就是我先前的老板娘,我还是要帮助的,给她帮点儿忙。好啦,我到了,再见。"

　　他们于是分了手。杰明娜的电筒的亮光扫到一条窄小的石砌楼梯,接着往前照亮了逐级向上的肮脏剥蚀的墙壁,把黑暗留给了医生。右边是凯旋花园路,左边是篷车花园路。在远处漆黑的雪地上,这两条夹在石砌楼房当中的街道已经不像是通常意义的路面,倒仿佛是乌拉尔或西伯利亚人迹罕至的密林里的两条林间小道。

家里是又明亮、又温暖。

"怎么这么晚?"安冬妮娜·亚历山德罗夫娜问了一句,不等他回答就接着说:"你不在的时候发生了一件怪事,出奇得无法解释。我忘了跟你说。昨天爸爸把闹钟弄坏了,懊丧到了极点。家里就剩这一个了。他翻来覆去地修,怎么也修不好。街角上的修表匠开口就要三磅面包,真是从来没听说过的价钱。该怎么办呢?爸爸简直绝望了。可是突然之间,你想想看,就在一小时以前,清脆震耳的铃声响了! 拿过来一看,它又走起来了!"

"这是敲响了我要得伤寒病的钟声。"尤里·安德烈耶维奇开玩笑地说,接着就给家里人讲了那位女病人和座钟的事。

十四

不过,他是在这以后又过了很久才得伤寒病的。在这中间,日瓦戈一家的困窘达到了顶点。他们缺吃少穿,身体也快垮了。尤里·安德烈耶维奇找到了那位曾被他救过的遭了抢劫的党员。那人尽其所能为医生做了一切。但是,内战开始了。他的这位庇护人经常出差在外。而且,这个人根据自己的信念认为当时的种种困难是很自然的,但绝不对人说他也在挨饿。

尤里·安德烈耶维奇也试着去找过住在特维尔城门附近的那位采办员。但是,近几个月来此人踪迹杳然,关于他那位病愈的妻子也得不到一点儿消息。那栋房子里的住户也完全变了。杰明娜上了前线,想找管房子的加利乌林娜也没有找到。

有一次他得到了按官价配给的劈柴,要从温达夫斯基车站拉回来。沿着一眼望不到头的梅山斯卡亚大街,他一路走着伴送车夫和那匹拖运这笔意外财富的劣马。医生突然间觉得梅山斯卡亚大街变得不是原来的样子,自己的身体也跌跌撞撞,两腿支持不住。他知道这下子完了,事情糟了——伤寒病发作。车夫把这个倒下去的人救了起来。医生已经不记得是怎么勉勉强强把他放到劈柴堆上拉回家去的。

十五

整整两个星期他断断续续地处在谵妄状态中。在幻觉中,他看到冬妮娅把两条大街摆到书桌上,左边是篷车花园路,右边是凯旋花园路,然后把他那盏温热的橘黄色台灯朝它们跟前推了推。于是街上就变得明亮了,可以工作了,他就写作起来。

他写得兴味正浓,而且十分顺手,内容都是一向想写并且早该写成的东西,只不过从来没有能做到,但现在却一蹴而就。只是偶尔有个男孩子来打扰他,那孩子长着两只窄小的吉尔吉斯人似的眼睛,穿了一件在西伯利亚或者乌拉尔常见的那种两面带毛的鹿皮袄。

完全没错儿,这个男孩子就是他的死神,或者简单说就他的死亡。不过，这孩子还帮助他写诗，怎么能是死神呢？莫非从死亡当中还能得到好处，死亡还能有助于人？

他的诗写的不是复活，也不是收殓入棺，而是在这两者之间流过的时光。他写的诗题为《失措》。

他一直想写出，在那三天当中，一阵滋生了蛆虫的黑色泥土的风暴如何从天而降，冲击着不朽的爱的化身，一块块、一团团地甩过去，就像是飞涌跳跃着的潮水把海岸埋葬在自己身下。整整三天，这黑色泥土的风暴咆哮着，冲击着，又怎样退去。

随之而来的是两行有韵脚的诗句：

接触是欢悦的，

醒来也是必须。

乐于接触的是地狱，是衰变，是解体，是死亡，但和它们一起乐于接触的还有春天，还有悔恨失足的女人，也还有生命。而且，醒来也是必须的。应该苏醒并且站立起来。应该复活。

十六

他开始逐渐好起来。最初好像还有些痴呆，他还找不到事物之间的联系，一切都随意放过，什么都不记得，对什么也不感到奇怪。妻子给他吃的是抹了黄油的白面包，喝的是加糖的茶，还有咖啡。他忘记了这些东西现在是不可能得到的，像对待一首诗歌和一篇童话那样欣赏可口的美食，似乎在康复期是理所当然的享受。但是刚刚开始恢复意识，他就问妻子：

"你从哪儿弄来的这些?"

"都是你的格兰尼亚。"

"哪个格兰尼亚?"

"格兰尼亚·日瓦戈。"

"格兰尼亚·日瓦戈?"

"不错,就是在鄂木斯克的你的弟弟叶夫格拉夫。你的异母兄弟。你昏迷不醒的时候,他总是来看我们。"

"穿了一件鹿皮袄?"

"对,对。这么说,你在昏迷当中看到了? 我听说,他在什么地方的一幢房子里的楼梯上遇见过你,他说过。他也认出了是你,本想自我介绍一下,可是你让他觉得非常可怕! 他很崇拜你,到了迷恋的程度。是他不知从什么地方搞来的这些东西! 大米、葡萄干、白糖。他已经回自己家去了,还让我们也去。真是个让人猜不透的怪人。我觉得他似乎和当权的人有些瓜葛。他说,应该离开大城市到别的随便什么地方去,销声匿迹地待上一两年。我和他商量过克吕格尔家那地方怎么样。他极力推荐。因为那里可以种菜园子,附近就是森林。决不能就这么像绵羊一样窝窝囊囊地坐以待毙。"

就在这一年的四月,日瓦戈全家出发去遥远的西伯利亚,到尤里亚金市附近原先的领地瓦雷金诺去了。

第七章　旅　途　中

一

　　已经到了三月的最后几天，一年中开始暖和的日子，而送来的却是春的虚假的信息，每年在这以后还会急剧地冷起来。

　　格罗梅科一家正忙着收拾行装上路。在这幢住户大大增加、人数比街上的麻雀还要多的楼里，他们把这件事做得好像复活节前的大扫除一般。

　　尤里·安德烈耶维奇一度反对迁移。他并不干预他们的准备工作，认为这种多此一举的行动不会实现，希望在关键的时刻一切告吹。然而，事情颇有进展并且接近于完成，于是就到了必须认真地谈一谈的时候。

　　"这么说，你们都认为我不对，我们还是应该走？"他用这句话讲完自己的反对意见。妻子接过话头：

　　"你说是再勉强凑合一两年，那时候调整好了新的土地关系，可以在莫斯科郊区申请一块地，开个菜园子。不过当中这一段日子怎么过，你并没说出个主意。这才是最让人关心的事，想听的正是这个。"

　　"完全是说梦话。"亚历山大·亚历山德罗维奇是支持女儿的。

"那好，我投降。"尤里·安德烈耶维奇同意了，"我裹足不前，就因为这一切都还是未知数。我们是眯着眼睛向下滑，不知道往哪儿去，对那个地方毫无所知。在瓦雷金诺住过的三个人当中，妈妈和祖母两个人已经去世，剩下的第三个人就是祖父克吕格尔，他如果活着也准会在铁窗后面当人质。

"战争的最后一年，他对森林和工厂做了一些手脚，装作把它们卖给了某一个子虚乌有的人或银行，也许和什么人象征性地办了过户手续。对这些勾当，我们谁了解？那些土地如今是谁的，我指的不是那该死的所有权，而是谁在照管？哪个机关负责？林木有没有砍伐？工厂还开不开工？最后，那地方是谁的政权，等我们到了以后又会变成谁的政权？

"对你们来说，米库利钦就是救命的寄托，这是你们常爱提到的人。可是谁告诉过你们，这位老管家还健在，而且照旧住在瓦雷金诺？除了祖父好不容易说出这个姓名才让我们记住了以外，对这个人还了解什么呢？

"不过还争论这些干什么？你们决定要走，我也同意。现在就是需要弄清楚这事该怎么办。不要再拖了。"

二

为了办这件事，尤里·安德烈耶维奇就到雅罗斯拉夫车站去了。

直穿大厅的一条两边有栏杆的小通道，使外出的人流不能走得很快。大厅的石头地面上躺着许多穿灰色军大衣的人。他们不住地翻身、咳嗽、吐痰，只要彼此一讲话，声音都异乎寻常地高,毫不考虑在共鸣很强的穹顶下面会造成多么大的回声。

这些人大多数都是传染斑疹伤寒的病人。因为医院超员,危险期一过,第二天就让他们出院了。作为一个医生,尤里·安德烈耶维奇自己也遇到过必须如此办的情况,但是不知道这种不幸的人会有这么多,而且车站成了他们的栖身之地。

"您应该弄个出差证明。"一个系着白围裙的搬运工对他说,"每天都得来看看。现在车次很少,要碰机会。事情明摆着……(他用拇指在食指、中指上捻了捻)得用点儿面粉或者什么打点打点。不花钱就走不了。哦,就这个(他用手指弹了弹喉咙①)……这可是宝贝。"

三

就在这段时间前后,亚历山大·亚历山德罗维奇被邀请去参加了几回国民经济高级会议的一次性咨询会,尤里·安德烈耶维奇则被请去给一个得了重病的政府要员看病。两方面都给了在当时来说是最高的奖赏——可以到刚设立的第一个内部供应点领东西的配给券。

供应点设在西蒙诺夫修道院内卫戍部队的一个仓库里。医生和岳父穿过教堂的和营盘的两道院子,直接走进没有门槛就从地面逐渐延伸下去的地下室,上面是石砌的拱顶。展宽了的地下室的尽头横着拦了一条长柜台,旁边站着一个神

---

① 表示喝酒的手势。

态安详的保管员，正在不紧不慢地称发食品，发过的就挥动铅笔从单子上划掉，偶尔离开一会儿去库房取货。

领东西的人并不多。"拿出你们盛东西的口袋。"保管员很快地看了一眼医生和教授的单子，就对他们说。他们看着往那几个用女式小枕头套和大靠垫罩做的口袋里装进去的面粉、大米、通心粉、白糖，接着又塞进了成块的猪油、肥皂和火柴，然后每个人又给了一块用纸包着的什么东西，到家以后才知道是高加索干奶酪，当时两个人惊奇得眼珠子几乎都要瞪了出来。

女婿和丈人尽快把许多小口袋捆成两个可以搭在肩上的大包，免得在这里磨磨蹭蹭，让保管员讨厌，他那种宽容大度的神气已经让他们感到很不自在了。

从地下室上来走到露天地里，两个人像喝醉了似的，但不是因为可以享受一点儿口腹之乐，而是意识到他们并非庸碌无为地白白活在世上，回到家里还能赢得年轻主妇冬妮娅的夸奖，能让她领情。

四

男人们一天到晚忙着去各有关机关办理出差的证件和保留现在住的这几间屋子的契约，这时候安冬妮娜·亚历山德罗夫娜就在家里挑选应该打点的东西。

在目前登过记属于格罗梅科一家的这三间房子里，她心事重重地走来走去，每当要把随便一件什么小东西放到应该带走的那一堆行李以前，都没完没了地在手里掂量来掂量去。

只有一小部分较为值钱的东西放到个人的行李当中，其余的都准备在路上和到了目的地以后当作交换手段去使用。

从敞开的小气窗吹进来的春风，带着点儿刚切开的新鲜白面包的味道。院子里有鸡在叫，还听得见玩耍的孩子们的说话声。房间通风的时间越长，从箱子里拿出来的冬天穿的那些旧衣服就发散出更浓的樟脑丸的气味。

至于说什么东西应该带着走，什么东西不能带，可是有一整套的道理。那是先走的一些人研究出来的，在留下来的熟人圈子里依旧照办。

这些嘱咐都是简短的、非照此办理不可的交代，清晰地出现在安冬妮娜·亚历山德罗夫娜的脑子里，以至于她在想象中似乎随着院子里麻雀的叫声和做游戏的孩子们的喧嚷都能听得到，又仿佛是有个神秘的声音从外面不断地向她提醒。

"布匹，布匹之类的东西，"想象中的声音说，"最好裁开，不过路上要检查，这也危险。最可行的办法是弄成一块块的，做成把毛边缝起来的样子。一般来说，可以带衣服料子或者半成品，成件的衣服也行，顶好是穿得不太旧的上衣。不值钱的、分量重的东西越少越好。因为经常要靠自己拿，别想带什么篮子、箱子。这些经过多次挑选出来的为数不多的东西，要捆成女人和孩子都能拿得动的小包袱。盐和烟草最有用，这是实践证明了的，不过也有很大的风险。钱要带二十或四十卢布面额的纸币。最难办的还是证件。"另外，还有诸如此类的其他注意事项。

五

出发的前一天刮起了暴风雪。风把一片片灰云似的飘荡的雪花吹到高高的天空,然后又变成一股股白色的气旋降落到地上,飞入黑暗的街道深处,给街道铺上一条白色的被单。

屋子里的一切都收拾停当了。照看这几间房屋和里边留下的财物的事,托付给了叶戈罗夫娜在莫斯科的一家亲戚——一对上了年纪的夫妇。安冬妮娜·亚历山德罗夫娜去年冬天通过他们卖了些旧破烂和用不着的家具,换来了劈柴和土豆,这样才同他们认识的。

这事不能指望马克尔。他现在把警局当成了自己的政治俱乐部,在那里虽然没有控诉过去的房主格罗梅科一家喝他的血,但是后来却责怪他们以往这些年总是让他无知无识,有意不让他知道世界的起源是猴子。

叶戈罗夫娜的这两位亲戚,男人过去是商业部门的职员,这时正由安冬妮娜·亚历山德罗夫娜领着最后一次检查各个房间,指给他们哪把钥匙开哪把锁,什么东西放在什么地方,同他们一起把柜橱的门打开又关上,把抽屉拉出来又推进去,什么都要教给他们,一切都要解释清楚。

房间里的桌椅都推到墙边,路上带的包袱放在一旁,所有窗户都取下了窗帘。狂暴的风雪要比那为了防寒把门窗遮得严严实实的时候更加无阻拦地从外面窥视着空落落的房间。这就使每个人都回想起来一点儿什么。尤里·安德烈耶维奇想起了童年和母亲的死,安冬妮娜·亚历山德罗夫娜和亚历山大·亚历山德罗维奇想到的是安娜·伊万诺夫娜的逝世和葬礼。一切都让他们觉得这是今后再不会见到的这幢房子里度过的最后一个夜晚。在这一点上他们都想错了,不过,当时是在不愿让对方伤心而彼此都不承认的迷惘心情的影响下,每个人都在心中重新回顾在这个屋顶下所过的生活,都强忍着在眼睛里打转的眼泪。

但这并没有妨碍安冬妮娜·亚历山德罗夫娜在外人面前保持上流社会的礼节。她不断地同受托照管房屋的那个女人交谈。安冬妮娜·亚历山德罗夫娜不住地夸大她帮忙的意义。为了表示不能白白地接受他们的关照，她一次又一次地向她道歉，到隔壁房间去一下，从那里一会儿给这个女人拿出一块头巾、一件女短衫，一会儿又拿出一块印花布或薄绢，当作礼物送给她。所有这些东西的料子都是黑色衬底上面带白格子或白斑点的，仿佛是雪地里黑暗的街道衬托着砖墙上一个个白色的镂空方格，在这临别的夜晚注视着没有遮挡的光秃秃的窗户。

六

天刚蒙蒙亮他们便上火车站去了。这幢房子里的住户都还没有起床。住在这儿的一位姓泽沃罗特金娜的妇女，平时最爱凑热闹，这时挨家挨户跑着敲那些还在睡觉的人家的门，一边喊着："注意喽，同志们！去告别吧！快点儿，快点儿！先前在这儿住的格罗梅科一家子要走啦。"

出来送行的人拥到墙边和备用楼梯的遮檐下面（楼前的正门现在一年到头都上了锁），贴着台阶围成半圆形，仿佛聚在一起照集体相似的。

不住打哈欠的人们伛偻着腰，免得披在肩上的单薄的短大衣滑下来，一面哆哆嗦嗦地倒换着匆忙中套上毡靴的光脚。

在这个见不到一滴酒星儿的时期，马克尔居然能灌得烂醉如泥，现在像是被砍倒了一样，瘫倒在楼梯栏杆上，让人担心会不会把栏杆压断。他自告奋勇要把东西送到车站,遭到回绝还生了气。他们好不容易才摆脱掉他的纠缠。

天还没有亮。雪在无风的空中下得比头天晚上更加稠密。鹅毛大雪懒洋洋地落下来,在离地不远的空中停滞一会儿,似乎对是否降到地面还迟疑不决。

从巷子里走到阿尔巴特街的时候,天色亮了一些。飘着的雪像一面白色的蠕动的帘幕悬挂在街道上方,它那毛边的下端摆动着,和那些行人的脚混在一起,让人觉得他们像是在原地踏步似的。

街上还看不到一个人影。从希弗采夫走来的这几个赶路的人,迎面没有遇到任何人。不久,一辆像是在湿面粉里滚过的沾满雪的空马车,赶上了他们。驾车的驽马也是满身白雪。讲妥了只用当时值不了什么的低得出奇的几戈比的价钱,马车就连人带东西都装了上去,只有尤里·安德烈耶维奇除外,他要求不带行装徒步走到车站。

七

在车站,安冬妮娜·亚历山德罗夫娜和父亲已经站到挤在两排木栏杆里的数不清人数的长队里。如今不是从月台上车,而是从离这儿差不多半俄里远的出站扬旗处的路轨附近上车,因为要清理出靠近站台的通道人手不够,车站周围的一半地面上都是冰和污物,机车也不开到这儿来。

纽莎和舒罗奇卡没有和妈妈、外祖父一起站在长队里。他们自由自在地在进口处外面的大遮檐下边走来走去,只是偶尔从大厅过来看看是不是该和大人们待在一起了。他们两个人身上发出很浓的煤油味儿。为了预防伤寒病的传染，在他们的脚腕、手腕和脖子上厚厚地涂了一层煤油。

安冬妮娜·亚历山德罗夫娜一看到丈夫赶到，连忙朝他招手，但是没让他走过来，而是从远处喊着告诉他在哪个窗口办理出差证件。他于是就朝那边走去。

"拿来看看，给你盖的是什么章。"刚一回来，她就问他。医生从栏杆后边递过来几小张折起来的纸。

"这是公务人员车厢的乘车证。"站在安冬妮娜·亚历山德罗夫娜后面的一个人，从她肩上看清了证件上加盖的印鉴以后说。站在她前面的另一个了解在各种情况下的一切规章、通晓刻板法令的人，更详细地作了解释：

"有了这个图章，您就能要求在高等车厢，换句话说就是在旅客车厢给座位，只要列车挂上了这种车厢的话。"

这立即引起了所有排队的人的议论。

"要等一等，高等车厢得到前面去找。人真是太多啦。现在能坐到货车的缓冲器上，也得说声谢谢。"

"这位出公差的先生，您别听他们的。您听我给您说说。现在已经取消了单一编组的车次，只有一种混合的。它既是军车，也是囚车，既能拉牲口，也能装人。舌头是软的，随便怎么说都行，不过要是让人家明白，就应该给人家讲清楚。"

"你可真能解释，够得上是个聪明人。他们拿到了公务人员车厢的乘车证，这不过是事情的一半。你应该替他们往下一步多想想，然后再说话。这么显眼的身份，难道能上那个车厢？那节车上坐的都是部队的弟兄们。水兵不只是眼光老练，腰带上还有枪。一眼就能看出来——这是有产阶级，何况还是原先老爷堆里的医生。水兵抄起家伙，就能像拍苍蝇一样给他一下子。"

要不是又有了新情况，这番对医生和他一家人表示同情的议论不知道还会扯到什么地方去。

候车的人群早就透过车站的厚厚的窗玻璃把目光投向远方。长长的月台上的遮檐只能让人看到远处线路上的落雪。在这么远的距离，雪花看起来像是停在半空中，然后慢慢地落下去，好像是沉到水里喂鱼用的面包渣。

早就有一群群的人和单个的人朝很远的地方走去。当走过去的人为数不多的时候，影影绰绰地出现在雪花帘幕的后面，让人以为是些铁路员工在检查枕木。可是他们一下子聚成一堆。在他们要去的远处腾起了机车的烟雾。

"开门，这帮骗子！"排队的人吼叫起来。人群拥上来靠到门前。后面的开始向前边拥挤。

"瞧他们干的好事！这里用墙挡着，那边不排队就绕进去啦！人家一会儿就把车塞得满满的，我们还像绵羊一样站在这儿！开门，鬼东西！我们砸门啦！喂，伙计们，用力挤，加油！"

"傻瓜，你们羡慕什么人呢？"那位无所不知的懂法律的人开了口，"那帮人是从彼得格勒押解来服劳役的。原先派到北部地区的沃洛格达，现在又往东部前线赶。不是自愿的，有押送队。去挖战壕。"

八

路上已经走了三天，不过离开莫斯科并不远。沿路一片冬日景象，铁路、田野、森林和村舍的屋顶都埋在雪下。

日瓦戈一家幸运地在车厢左侧靠前的上层铺位安顿下来,旁边是一扇长方形的昏暗小窗。一家人坐在一起,没有分开。

安冬妮娜·亚历山德罗夫娜是头一次坐货车。在莫斯科上车的时候,尤里·安德烈耶维奇用双手把女人们举到车厢上,车厢边沿上有一扇沉重的活动拉门。上路以后,女人们开始逐渐适应,自己也能爬上这辆取暖货车了。

开始,安冬妮娜·亚历山德罗夫娜觉得这些车厢就像是装上轮子的牲畜栏。照她的想法,这种小笼子似的东西,一碰撞或者震荡肯定就要垮掉。但是一连三天在行进途中经过改换方向和弯道、岔道前后左右的晃动,整整三天车厢下面的轮轴像玩具鼓鼓槌似的敲敲打打,火车还是顺顺当当地行驶,说明安冬妮娜·亚历山德罗夫娜的担心毫无根据。

由二十三节车厢组成的列车(日瓦戈一家坐的是第十四节),只能有一部分,或是车头,或是车尾,或是中间的几节,能靠近沿路那些很短的站台。

前边的一些车厢坐的是军人,中间的是普通乘客,尾部是征集来服劳役的。

后一类乘客将近五百人,包括各种年龄和形形色色的身份、职业。

这一类形形色色的乘客占了八个车厢。除了那些穿戴得很好的有钱人、彼得格勒的交易所经纪人和律师以外,还可以看到那些被列入剥削阶级的胆大妄为的马车伕、地板打蜡工、澡堂杂工、买卖旧货的鞑靼人、从精神病院跑出来的病人以及小商贩和修道士。

第一种人围着烧得通红的小炉子坐在立放着的短圆木桩

上，彼此你一言我一语地高声谈笑。这些人都有各种关系。他们并不灰心丧气，家里有影响的亲属正在为他们打点，在途中就可能得到赦免。

第二种人穿的是高筒靴和开襟的长袍，或是外套和一件束了腰带的长衬衫，光着脚，有的蓄了胡须，有的脸刮得干干净净。他们站在闷热的取暖货车的稍稍推开一点儿的车门跟前，手扶着门框和拦在门前的横杠，阴郁地望着沿路经过的地方和那些地方的人，不和任何人交谈。他们没有所需要的熟人，也没有什么可以指望的。

所有这些人并没有都坐上规定的车厢。一部分散在列车的中部，和普通乘客混在一起。第十四节车里就有这类人。

九

安冬妮娜·亚历山德罗夫娜在上边躺得很不舒服，而且碍着低矮的车顶又直不起身子。每逢列车临近一个车站的时候，她总要从上铺位垂下头，从开着的门缝看看远处出现的停车点，判断一下是不是有东西可换，值不值得从铺位上下来到外面去。

这一次也是如此。减慢的车速把她从瞌睡中惊醒。取暖货车在许多条道岔上颠动着，说明这是一个大站，停车时间不会短。

安冬妮娜·亚历山德罗夫娜蜷曲着身子坐起来，揉了揉眼睛，理了理头发，然后把手伸到装东西的口袋里，从底下翻出一条大毛巾，上面绣着几只公鸡、几个青年小伙子、一些弧形线条和几个车轮。

这时候医生也醒了,他第一个从铺位上跳下来,然后帮着妻子从铺位上下来。

也就在这个时候,随着几声汽笛和闪过的灯光之后,打开的车门外面已经出现了车站的树木,上面压着一层沉甸甸的积雪,挺拔的枝干像捧着面包和盐似的迎向列车。车还开得很快就首先跳到没有被人踩过的站台雪地上的是那些水兵,他们赶在所有人的前面跑向车站站房的拐角后边,那儿常常是凭借山墙的遮挡而藏着一些出售违禁食品的买卖人的地方。

水兵的黑色制服、无檐帽的飘带和越向下越肥大的喇叭裤,使他们的脚步显出一种冲击猛进的姿态,让人不得不像面对着飞速冲过来的滑雪或滑冰的人那样闪开一条路。

车站拐角后面,附近村子里的农妇激动得仿佛等待算命似的,一个接一个彼此遮挡着躲在那里,带来的有黄瓜、奶酪渣、煮熟的牛肉和黑麦奶渣饼,为了防寒,都用缝好的棉套使这些东西保持住热气和香味。妇女们和姑娘们把头巾扎到短皮袄下面,被一些水兵开的玩笑弄得脸像罂粟花一样涨得通红,同时又非常害怕,因为各种反投机倒把和禁止自由买卖的行动队大部分都是由水兵组成的。

农妇们不知所措的情绪并没有持续多久。列车停稳以后,其余的乘客接踵而来。人群开始混杂,生意马上兴旺起来。

安冬妮娜·亚历山德罗夫娜围着这些做生意的女人转圈子走着,把那条大毛巾搭在肩上,装作要在车站旁边用雪擦擦脸的样子。人堆里已经有人好几次朝她喊着:"喂,喂,那位城里来的太太,想用毛巾换点儿什么?"

安冬妮娜·亚历山德罗夫娜并没停下来,和丈夫一起继续朝前走。

在卖东西的行列最末尾的地方,站着一个女人,围着黑底红花纹的头巾。她发现了那条绣花的毛巾,锐利的眼睛立刻一亮。她看了看两侧,确认不会有什么危险,然后就快步走到安冬妮娜·亚历山德罗夫娜的紧跟前,把盖住自己要卖的东西的布掀开,飞快地喷着热气悄声说:

"看看这是什么。大概没见过吧?不流口水吗?好啦,别划算太久,不然会被没收的。用毛巾换这半只咸兔子吧。"

安冬妮娜·亚历山德罗夫娜没听清楚她最后这句话,心里想着她好像说的是一条什么毛巾,于是又追问了一句。

这女人说的就是她手里拿着的那半只从中间劈开、从头到尾整个用油煎过的兔子。她重又说:"用毛巾换这半只兔子。你还瞧什么?兴许以为是狗肉吧。我男人是打猎的。这是兔子,是兔子呀。"

交换成功了。双方都认为自己占了便宜,对方吃了亏。安冬妮娜·亚历山德罗夫娜感到很羞愧,觉得是不诚实地愚弄了这个可怜的农妇。那女人对这笔交易很满意,于是急忙离开这块是非之地,招呼一个也做完生意的女邻居,踏上雪地上踩出来的向远处延伸的一条小路,一同回家去了。

就在这个时候,人群里起了骚动。一个老太婆不知在什么地方喊叫:

"往哪儿走,骑兵老爷,给钱哪?什么时候给过我,你这没良心的?喂,你这个贪得无厌的东西,人家喊他,可他只管走,连头也不回。站住,我说你站住,同志先生!哨兵!有强盗!抢东西啦!就是他,就是他。把他抓住!"

"怎么回事？"

"就是那个没胡子的,一边走还一边笑呢。"

"是那个胳膊肘破了的?"

"不错,就是。哎呀,老爷子们,抢东西啦!"

"是那个袖口打了补丁的?"

"不错,就是。哎呀,老爷子们,抢东西啦!"

"出了什么怪事?"

"那家伙要买老太太的馅饼和牛奶,吃饱喝足了,拔腿就走。她不是在那儿哭嘛,真坑人。"

"不能白白放过他。应该抓起来。"

"别忙着去抓。没看见他身上缠满了子弹带。他不抓你就算便宜了。"

十

第十四节车厢里也坐上了几个被征到劳役队的人。看守他们的是个叫沃罗纽克的押送兵。他们当中由于种种原因最引人注意的有三个人:彼得格勒一家公营小酒店的出纳员普罗霍尔·哈里托诺维奇·普里图利耶夫,车上的人都管他叫"出纳";小五金店的一个十六岁的男学徒瓦夏·布雷金;头发已经花白的合作主义者革命家科斯托耶德-阿穆尔斯基,在旧时代曾经服过种种的苦役,到了新时期又尝到许多新的滋味。

这些被征集来的人原本互不相识,只是随着无可选择的机遇凑到一起,一路上才彼此熟悉起来。从车上的谈话当中才知道,出纳员普里图利耶夫和学徒瓦夏·布雷金原来是同乡，都是维亚特省的人，而且过不了多久，火车就要路过他们出生的地方。

普里图利耶夫本是马尔梅日市的小市民，他身材敦敦实实，留着平头，脸上有些浅麻点，浑身上下邋邋遢遢。他穿了一件已经发黑的灰色敞领上衣，腋下浸透了汗渍，紧贴在身上，仿佛是女人的长裙上半截紧包住丰满的腰身的那一段。他很少讲话，显得有些迟钝，一连几个小时都在想心事，一面不住地挠两只生有雀斑的手上已经开始化脓的小疣子，直到挠出了血。

前一年的秋天，他在涅瓦大街和铸工街拐角上正好遇到一次街上的大搜捕。人家检查他的证件。他拿的原来是发给非劳动分子的第四类的食品供应卡，不过凭这张供应卡从来没领到过任何东西。根据这个就把他扣住了，接着就和许多因同样理由在街上被拦住的人一起被押送到了兵营。用这个办法收拢来的一批人，按照先前去阿尔汉格尔斯克战线修战壕的惯例，开始是要发送到沃洛格达去，后来中途返回，又经过莫斯科派往东部战线。

普里图利耶夫在路加还有妻子，来彼得堡以前的战前年代，他就在那里工作。妻子听说了他的不幸，就直奔沃洛格达去寻找，打算从劳役队里把他解救出来。可是两个人走的路线不一样，她的辛苦成为徒劳。如今是一切毫无头绪。

在彼得堡，普里图利耶夫和一个叫佩拉吉娅·尼洛夫娜·佳古诺娃的女人同居。在涅瓦大街的十字路口他被拦住的时候，刚好他和她在街角才分手，准备到另一个地方去办事，在铸工路的行人当中，他远远地还能看到她那逐渐消失的背影。

这个佳古诺娃是个体态丰满、仪表端庄的女人,有两只很美的手,每逢长叹一口气的时候,背后的一根粗辫子就从这边或那边的肩上甩到胸前。她自愿随车陪送普里图利耶夫。

在像普里图利耶夫这样有几个女人追求的偶像身上能找出什么美好的地方,也真令人难以理解。除了佳古诺娃之外,在离机车不远的另一节取暖货车上,还有普里图利耶夫另一个相好的——姓奥格雷兹科娃的姑娘,头发是淡黄色的,身材瘦小。佳古诺娃轻蔑地管她叫"大鼻孔"和"喷壶"。

这一对情敌水火不相容,都避免直接见面。奥格雷兹科娃从不到这节取暖货车上来。教人猜不透的是她究竟用什么办法和自己崇拜的对象见面。也许,在全体乘客一起往车上装木柴和煤的时候能打个照面,她就满足了。

十一

瓦夏却另有一番经历。他父亲是在战争中被打死的。母亲把他从乡下送到彼得堡,在叔叔那里当学徒。

在阿普拉克欣大院开小五金店的叔叔,冬天有一次被叫到苏维埃去说明一些情况。他认错了办公室的门,走到指定的那一间的隔壁去了。凑巧那里是劳役委员会的接待室,里边人非常多。等到应召的人数凑足了的时候,来了一些红军士兵把他们包围起来,带到谢苗诺夫兵营去过了一夜,第二天一早就押到车站,准备送上开往沃洛格达的火车。

这么一大批人被征去的消息在市民当中传开了。第二天,不少家属都到车站去给亲人送行,瓦夏和他婶娘也在其中。

在车站，叔叔请求卫兵放他到栅栏外边去一会儿，见见自己的妻子。这卫兵就是如今在第十四节车厢押送这批人的沃罗纽克。瓦夏的叔叔没有提出一定回来的确实保证，沃罗纽克就不能同意放他出去。叔叔和婶娘于是就提出把侄子留下作担保。沃罗纽克这才同意了。瓦夏于是被关了进去，叔叔被放了出来，可是叔叔和婶娘从此就没再回来。

瓦夏对换人丝毫没有存过疑心，发现了这个假把戏以后，不禁痛哭失声。他倒在沃罗纽克的脚下，吻他的两只手，哀求把他放了，但是毫无结果。这个押送兵如此无动于衷并非性格残忍。当时是非常时期，制度是严厉的。押送兵对点过名交他押送的人数是要以身家性命负责的。瓦夏就这样到了劳役队。

合作主义者科斯托耶德-阿穆尔斯基无论是在沙皇时代还是现政府的治下，都受到所有看守的敬重，他和他们也总保持一种亲密的关系。这回他也不止一次请押送兵注意瓦夏所处的无法容忍的境况。后者也承认这的确是骇人听闻的误会，不过又说在手续方面中途还不能了结此事，只好指望到了目的地之后再去澄清。

瓦夏是个五官端正、长相很好的孩子，酷似肖像画里的沙皇御前侍卫和上帝身边的小天使。他少有地喜欢整洁，并能够保持。这孩子最大的乐趣就是坐到大人们脚边的地上，两手交叉着拢住膝盖，仰起头听他们的谈话。每逢这种时候，从他那忍住眼泪不哭或含笑不露而引起的面部肌肉的动作上，就能判断出人家说的是什么。他那表情丰富的脸就像一面镜子，反映着谈话的内容。

十二

　　科斯托耶德坐到上铺日瓦戈一家人这里来做客。他嗞嗞响地吸吮着请他吃的一块兔子的肩胛骨肉。这人特别怕穿堂风和感冒。"怎么一个劲地吹！从哪儿来的风？"他一边问，一边改换坐的位置，想找个避风的地方，最后总算在一个风吹不到的地方坐定了，就说，"这下子行啦。"他啃完了骨头，舔净了手指头，又用手帕擦了手，并且向男女主人道了谢，又接着说道：

　　"你们这儿窗缝透风，应该堵上。不过咱们还是回到刚刚争论的正题吧。您说得不对，医生。油煎兔子肉——这当然是了不起的美味。不过，要是因此认为农村的生活挺不错，对不起，这种看法至少是过于大胆，这个大反转也太不可靠了。"

　　"唉，您先别忙，"尤里·安德烈耶维奇反驳说，"请看看这些车站。树木没有被砍掉，栏栅围墙也完好无缺。还有这些小市场！还有那些卖东西的妇女！想想看，这够多么心满意足！有些地方还过着正常的生活，还是有人高高兴兴的。不是所有的人都唉声叹气。这一切都能说明问题。"

　　"那好，就算如此吧。不过，这并不真实。您从哪儿得出这个结论？您不妨离开铁路走出一百俄里去看看。农民到处接连不断闹事。您一定要问，他们反对的是谁？既反对白党，也反对红色分子，这就要看是谁掌权。您一定又要说，好哇，这种乡下人是任何一种制度的敌人，他们自己也不知道要的是什么。对不起，您不要过早地得意。他们要比我们知道得更清楚,不过,他们要求的完全不是你我所要求的那些。

"一旦革命唤醒了农民,他们就认定几百年来梦想的一家一户的独立生活就要实现,希望能靠自己双手劳动建立无政府的田园生活,不隶属于任何方面,也不向任何人承担义务。但是从被推翻的旧的国家体制的束缚下解脱出来以后,他们又落入了新的革命的超国家体制的更狭窄的夹缝。所以农村就要作乱,什么地方都不安定。您还在说农民心满意足。老兄,您是什么都不了解,依我看,您也不想了解。"

"那又怎么样,我当真也不想了解。完全不错。啊,您先别忙!我为什么要全都了解呢,为了这个还得费力气吧?时代并不买我的账,而是随心所欲地强加于我。现在我也要蔑视一下事实。您刚才说,我的话不符合实际。可是,如今在俄国还有没有实际呢?我认为,实际已经被吓得躲了起来。我宁愿相信农村已经取胜而且正走向繁荣。如果连这一点也是糊涂认识,那么我该怎么办?我将靠什么生活,听信谁的?但是我要生活,我是个有家室的人。"

尤里·安德烈耶维奇把手一挥,让亚历山大·亚历山德罗维奇去和科斯托耶德争论到底,自己挪到铺位边上,探头去看下边的人在干什么。

在下边,普里图利耶夫、沃罗纽克、佳古诺娃和瓦夏几个人正在一起谈话。因为火车离故乡越来越近,普里图利耶夫就说起了到那里去的路途,在哪一站该下车,下一步怎么走,是徒步还是骑马。瓦夏听到说起那些熟悉的家乡村镇,两眼亮闪闪地,不断站起身来,兴奋地重复着那些个地名,因为数说这些地名对他来说就已经像是一个神奇的童话。

"您是在苏霍依渡口下车吧?"他气喘吁吁地问,"那还用说！是我们的会车站！然后,您大概朝布依斯克耶村那个方向去吧?"

"对,往下就走布依斯克耶土路。"

"我说的就是它——布依斯克耶乡道。布依斯克耶村,哪能不知道! 我们就是从那里拐弯,到我们那儿去得往右走,一直往右,直到韦列坚尼基镇。要是到您那里去,哈里托诺维奇叔叔,我看是该往左,朝离开河的方向走。听说过佩尔加河吧? 那还用说! 就是我们的那条河。到我们那儿去是沿着河岸走,照直顺着河岸走。我们的韦列坚尼基镇就在这条河上,在佩尔加河上游不远的地方,那就是我们村。村子在陡岸边上,河岸真陡! 我们那儿管它叫采石场。站在那里都不敢往下看,就这么陡。简直就像要掉下去似的。一点儿也不假。那里的人都会开采石头,做磨盘。我妈妈就是韦列坚尼基镇的人。还有两个妹妹,阿廖卡和阿里什卡。帕拉莎大婶,佩拉吉娅·尼洛夫娜,我妈妈也和您一样,长得又白又年轻。沃罗纽克大叔! 沃罗纽克大叔! 我以基督上帝的名义求求您……沃罗纽克大叔!"

"干什么? 你怎么总像布谷鸟似的反反复复地叫我'沃罗纽克大叔,沃罗纽克大叔'? 难道我不知道我不是大婶? 你想要干什么,求我什么? 让我悄悄地放了你? 你说,是不是? 放了你,我可就完蛋啦,蹲小房子去啦!"

佩拉吉娅·佳古诺娃心不在焉地朝一边远处的什么地方张望,默默地不说一句话。她用手抚摩着瓦夏的头,在想什么心事,一面拨弄着他那淡褐色的头发。她偶尔用点头、眼神和微笑向这孩子作暗示,意思是让他放聪明些,不要公开当着大家的面和沃罗纽克说这件事。她似乎是说,过一段时间,问题自然就会解决,只管放心好了。

十三

当旅途远离中部俄罗斯地带向东方延伸以后,意外的情况就不断发生。列车开始穿越不安定的地区,那一带是武装匪帮出没、不久前才平息了叛乱的地方。

列车在旷野频繁停车,车厢周围有拦阻的队伍往来巡视,检查行李和证件。

有一次夜里又停了车。没有人查看车厢,也没有让大家起来。尤里·安德烈耶维奇出于好奇,同时也怕发生什么不幸的事,从取暖货车上跳了下去。

夜色漆黑,看不出列车为什么偶然地停在正常区间的一个路标附近,路基两边是一片人工种植的云杉林。比尤里·安德烈耶维奇先下去的几个邻座的人,在取暖货车前的地上跺着脚,告诉他说,据了解并没出什么事,似乎是司机自己停的车,理由是这一带有危险,如果探路的检道车不能确保这个区间情况正常,就拒绝继续开车。据说,旅客代表已经去劝说他,必要的话还可以塞点儿钱。可是,又风传水兵们也插手干预,这些人可要把事情搞坏。

就在大家向尤里·安德烈耶维奇说明情况的时候,路基前方机车旁边一片平坦的雪地像篝火的闪光一样,被机车烟筒和取暖炉灰箱里迸出的火星照亮。其中的一道火舌突然照亮了一小块雪地、机车和几个顺着机车旁边跑过去的人影。

前面的人影一闪,看来大概就是司机。他跑到踏板一端,向上一跳,越过缓冲器的长杠就从视线中消失了。在后面追赶的几个水兵接着重复了同样的动作。他们也是跑到踏板一端,跳起来在空中一闪,落下去就不见踪影了。

尤里·安德烈耶维奇被看到的景象吸引住了,就和另几个好奇的人朝前边的机车走了过去。

在列车前方空旷的一段路基上,他们看到的是这样一个场面:枕木一侧光滑的雪地里站着司机,身子一半埋在雪里。水兵们像追捕野兽的猎手一样站成半圆形围住了他,同样有一半身子埋在雪里。

司机喊道:

"谢谢你们啦,小海燕们!居然到了这个地步!拿起枪来对准自己的工人弟兄!我干吗说这车不能再往前开呢?乘客同志们,请你们大家作证,这是个什么地点。随便什么人都能在这儿把铁路道钉拧走。滚你们的蛋,你们要干什么,难道是为了我自己?我只不过给大伙儿开车,不是为了我,是为你们,怕大家出事。一片好心却得到这样的回报。行啊,朝我开枪吧,你们这些吃了火药的!乘客同志们,请你们给作证,我连躲都不躲。"

站在路基上的人群发出了各式各样的叫喊。一部分人惊慌地叫着:

"你这是怎么回事呀?……清醒点儿……没有的事……谁能让他们这么干?……他们就是这个样子……吓唬一下……"

另一些人挑逗地高声叫喊:

"别理他们,加夫里尔卡!别松劲,开机车的!"

第一个从雪堆里拔出腿来的水兵,原来是个棕黄头发的魁梧大汉,脑袋也特别大,所以显得脸是扁平的。他不慌不忙

地转身朝向大家,嗓音极低地轻声说了几句话,也像沃罗纽克一样夹带着乌克兰的字眼儿:

"对不起,干吗都聚在这儿?难道不怕喝西北风,公民们?大冷的天,回车厢去吧!"在这个深夜不寻常的情况下,他那非常镇静的态度倒使这几句话显得有点儿可笑!

当散开的人群渐渐返回各自车厢去的时候,这个棕黄头发的水兵来到还不十分清醒的司机跟前,说道:

"别发神经啦,机师同志。还不从雪窝子里出来,开车走吧。"

十四

第二天车行平稳,但时常减慢速度。因为担心刮起来的大风雪埋住路轨使车轮下滑,列车终于停在一处毫无生气的旷野,见到的只是被大火烧毁的车站遗迹。在那被烟熏黑的残垣断壁的正面,可以辨认出"下开尔密斯"的字样。

不只是站房保留了火烧的痕迹。车站后面也看得到一个被雪覆盖的空荡荡的小村落,以及把它和车站隔开的那片凄凉的空地。

村落最靠外的一栋房子已经烧焦,隔壁一家屋角的几根圆木坍落下来,一头搭到室内;路上到处是烧剩下的雪橇残骸、倾倒的篱笆墙、生锈的铁器和破碎的家用什物。被烟垢和焦灰弄得肮脏不堪的积雪露出一片片烧秃了的黑乎乎的地面,流进去的污水结了冰,把一些烧焦的碎木头和着火与灭火的痕迹冻在一起。

村落和车站还没有完全断绝人烟。一两处仍然可以看到人影。

"整个村子都烧啦?"跳到站台上去的列车长同情地问着从废墟中走来的站长。

"您好。祝贺您顺利到达。烧是烧了,不过情况要比火烧还要糟。"

"不明白您的意思。"

"最好别多问。"

"莫非是斯特列利尼科夫?"

"就是他。"

"你们犯了什么过错啦?"

"根本不是我们,完全没有关系。是我们邻居惹的事,把我们也扯到一起了。看见后面那个村子了吧?他们是祸首。就是乌斯特涅姆金斯克乡所属的下开尔密斯村。全都因为他们。"

"他们怎么啦?"

"好几桩滔天大罪。赶跑了贫农委员会,这是一桩;抗拒向红军交送马匹的命令,而且您要知道,鞑靼人本来是个都骑马的,这又是一桩;不服从动员令,这是第三桩。您看,就是这些。"

"原来是这么回事,都明白了。所以就挨了炮轰?"

"就是。"

"从装甲车上开的炮?"

"那可不是。"

"真惨,太可惜啦。不过,这不是我们该议论的事。"

"况且事情已经过去了。再没有什么好消息能让您高兴啦。在我们这儿停几天吧。"

"别开玩笑。我这车上坐的可不是随随便便的什么人，是给前线补充的兵员。我可不习惯停车。"

"这可不是开玩笑。您自己看吧，这些雪堆。这么大的风雪在整个区间刮了一个星期才停住。找不到人除雪。半个村子都跑光了。让剩下的人都去干也干不完。"

"啊，您现在是两手空空！这下可是糟了，真糟糕！现在怎么办？"

"总得想办法把路清出来让你们走。"

"雪堆得多吗？"

"还不能说特别多。是一条一条的雪垅。风是斜着刮的，同路基有个角度。中间的一段最困难，要挖三公里。那地方确实伤脑筋，埋得相当厚。再过去就没什么了，树林子给挡住啦。需要挖的前面这一段也不要紧，因为是平川地，风把雪都吹跑了。"

"唉，那就让您见鬼去吧。真是莫名其妙！我把车停在这儿，让大家都来帮忙吧。"

"我想也只好这样啦。"

"可是不要惊动水兵和赤卫军战士。这儿有整车的劳役队，还有将近七百人的普通乘客。"

"那就足够了。只要把铁锹运来就可以开始。现在工具不够，已经派人到附近的村子去了。能弄到的。"

"我的老天爷，这又是糟糕事！您认为能办到吗？"

"没问题。俗话说，众志成城。这是铁路，是交通的大动脉。您别那么想啦。"

十五

　　清路的活儿干了三天三夜。日瓦戈一家,包括纽莎在内,都实实在在地参加了。这是他们路上最好的一段时光。

　　这个地方有一种内在的、难以言传的气氛。它让人感到此地还保留着普希金笔下农民起义领袖普加乔夫的遗风和阿克萨科夫所描写的那种蛮野特色。

　　村落的破坏和少数留下来的居民那种不露声色的态度,更增加了这个地方的神秘色彩。村民们已经被吓坏了,都避免同车上的乘客接触,他们互相之间也不交往,怕有人告密。

　　铲雪的工作不是全体乘客同时参加,而是分批进行。作业地点的周围有人把守。

　　清除线路的积雪是把人分成小队,在不同的地段同时从各自那头开始的。各个清除干净了的地段最后都留了一个雪堆,把相邻的小队隔开了。这些雪堆要留到全线的工作结束时再一起铲掉。

　　严寒的晴朗天气,乘客们白天被送出去干活儿,晚上才回车厢过夜。劳动是间隔很短就倒班轮换,所以并不累,因为铁锹不够而干活儿的人多。这种轻松的劳动给人带来的只是一种享受。

　　日瓦戈一家参加劳动的地点是个景色优美的开阔地。从他们所在的路基开始,地势向东缓倾,然后呈波浪状起伏上升,直到远方的地平线。

　　山包上有一幢四面没有遮挡的孤零零的房屋,周围是个花园。在夏天它肯定有着斑斓的色彩,如今稀稀落落的树木在霜雪之下对房屋起不到丝毫保护作用。

那一带的雪层更显得浑圆而平坦，不过从几处起伏的坡度来看，积雪不可能覆盖住斜坡，春天一到肯定会沿着弯曲的谷地化作一条小溪流到路基下面旱桥的涵管里，后者现在被厚雪埋住，仿佛是个从头到脚用松软的毛毯裹住睡在那里的一个婴儿。

房子里还有没有人住，或许是已经毁坏了，空在那里，由乡或县土地委员会造册登了记吧？它先前的主人如今身在何方，遭遇如何？他们也许已然隐居国外？还是在农民的手下丧了命？也可能凭借赢得的好名声作为有专长的人在县里作了安排？要是他们一直留到最后时刻，是不是会得到斯特列利尼科夫的宽恕？还是和富农一起受到他的惩治？

这幢房屋在山包上不时地撩拨人的好奇心，自己却哀伤地默默耸立在那里。当时并没有人提出和回答这些问题。明晃晃的阳光照到无垠的雪地上，雪白得让人目眩。铁锹从它上面方方正正地切掉一块又一块！铲下去的时候散开的干燥的雪花又多么像一粒粒钻石粉末！这不禁使人回想起遥远的童年，幼小的尤拉头戴有银饰的浅色长耳风帽，身穿一件缀了一圈圈卷毛黑羊皮的小皮袄，在院子里也是用这样白得耀眼的积雪堆出金字塔、方柱、奶油蛋糕、一座座城堡和岩洞。啊，那时候的生活多么香甜，周围的一切都是那样让人看不够，享用不尽！

三天的户外生活给人的印象是充实而丰富的。这自然有其原因。每天晚上给参加劳动的人发放的是不晓得按什么规定、从什么地方运来的新烤的精粉面包。喷香的面包脆皮泛光，两边撑开裂口，下面是烤得焦黄的厚厚的一层外皮，上边还沾着些小粒的煤渣。

十六

正像在白雪皑皑的山间旅行途中短时间的驻留会让人流连不舍一样，大家都很喜爱这个残破的车站。它所处的地势、房屋的外观和受到破坏的一些特征，已经刻印在记忆当中。

傍晚回到车站的时候，正值日落。夕阳对过去是无限忠诚的，依旧在报务员值班室窗边那片苍老的白桦林后面的老地方逐渐沉落下去。

这间房子的外墙是从里面坍塌的，不过残砖碎瓦并没有把房间堆满，完好的窗户对面靠后的一角仍然空着。那里的东西都还保留着，未受损坏，包括咖啡色的壁纸、瓷砖火炉和浑圆的通风口上用链子拴住的铜盖，另外还有镶在黑镜框里挂在墙上的财产用品登记表。

沉到地平线的太阳仿佛是很不幸地触到了炉灶的瓷砖，为咖啡色的壁纸增加了热度。余晖映挂到墙上，白桦树的阴影像是给它披上了一条女人的披巾。

房间的另一侧有一扇封起来的通向接待室的门，上面还留着大概是二月革命开始那几天或是不久前写的字，内容是：

> 鉴于室内存有药品和包扎敷料，请诸位患者暂勿入内。根据上述原因，此门已封闭。乌斯特涅姆达高级医士某某谨此通知。

最后的雪被铲掉以后，隔在各个工段之间的小山丘似的雪堆一扫而光，开始可以看到笔直伸向远方的平坦的轨道。

路的两侧由抛出去的雪堆成了白色的山脊,外缘镶嵌了两道黑松组成的林墙。

极目望去,轨道的各个地方都站着手执铁锹的一群群的人。他们是第一次看到全体乘客在一起,对人数如此之多感到吃惊。

<h1 style="text-align:center">十七</h1>

虽然天色将晚,黑夜就要到来,但据说列车再过几小时就要开出。发车以前,尤里·安德烈耶维奇和安冬妮娜·亚历山德罗夫娜最后一次走去欣赏清理干净的线路上的风光。路基上已经阒无人迹,医生和妻子停下来向远方看了一阵,互相交换了几句感想,然后转身朝自己的那节取暖货车走去。

回来的路上,他们听到两个女人对骂的凶狠而又伤心的喊叫声。夫妇两个立刻就听出了这是奥格雷兹科娃和佳古诺娃的嗓音。两个女人和医生夫妇走的是同一个方向,从车头走到车尾都是这样,只不过是在对着车站的列车的另一侧。当时,尤里·安德烈耶维奇和安冬妮娜·亚历山德罗夫娜正走到路旁树林的末端,两对人中间隔着连绵不断的车厢。那两个女人总是离医生和安冬妮娜·亚历山德罗夫娜不很近,走得比他们稍稍靠前或者靠后一截。

她们两个都很激动,但双方花的力气互有增减。这大概是走路途中偶尔陷到雪里,或是腿脚发软,由于脚步不平稳,所以嗓音有时高得像喊叫,有时又低得像耳语。看得出,佳古诺娃是在追赶奥格雷兹科娃,赶上之后可能还动了拳头。她向对手像连珠炮似的骂出那些精心挑选的不堪入耳的话,但它们出自这个仪态万方的女士的悦耳动听之口,就显得比男人难听的粗鲁的咒骂更不知羞耻。

"你这个婊子,你这破烂货!"佳古诺娃喊叫道,"一走起路来身子马上一扭一扭,乱作媚眼! 你这母狗嫌我那个傻瓜不够,还要眼巴巴地盯住那可怜的孩子,想勾引他,非要把这小孩子给毁了不可。"

"这么说,你是瓦先卡①合法的妻子喽?"

"我让你瞧瞧我这合法妻子的厉害,你这臭不要脸的瘟神。你别想活着从我这儿走开,别让我犯罪!"

"哟,瞧瞧,还张牙舞爪的! 把手放回去,疯子! 你能把我怎么样?"

"我要让你断了气,下贱货,癞皮猫,无耻的东西!"

"说我什么都行。当然啦,我是猫狗不如,这都清楚。你可是有爵位的不寻常的人哪。你是阴沟洞里出身,门缝底下举行的婚礼,和大耗子一起怀的胎,生下来的是个刺猬……哨兵啊,哨兵啊,好心的人哪! 这凶娘儿们要杀我。喂,救救我这个姑娘家,保护我这孤苦伶仃的人吧……"

"快点儿走吧。我真听不下去,太让人厌恶啦。"安冬妮娜·亚历山德罗夫娜催丈夫快走,"这不会有好结果的。"

十八

突然间,地势和天气一下子都变了。平原已经消失,现在的路是在山丘和高山之间。前一阵不住刮着的北风也停了,

---

① 瓦先卡,瓦夏的爱称。

从南面飘散过来阵阵暖空气，像是从炉灶里吹出来的。

两侧山坡的台地上有一片片的树林。从这里穿行过去的铁路路基不得不开始爬坡，到中间又变为平缓下降。列车喘着粗气在树林当中艰难地行驶着，仿佛上了年岁的护林员徒步走着，带领一群东张西望、对什么都感兴趣的游客。

不过，现在还没有什么值得观赏的。密林深处仍像沉浸在冬日的恬静睡意之中。只是偶尔有几丛灌木和大树簌簌地抖落下部枝丫上的积雪，仿佛摆脱了箍在脖子上的脖套或是解开了领口似的。

尤里·安德烈耶维奇完全被克制不住的睡意纠缠住了。这几天他一直在上边的铺位上躺着睡觉，醒来的时候就想心事，而且希望能听到些什么。然而，暂时还什么也听不到。

十九

就在尤里·安德烈耶维奇怎么也睡不够的时候，春天姗姗降临，不断消融着大量的积雪。那雪还是从他们离开莫斯科的当天开始下起，一路不曾停过，在乌斯特涅姆达又有整整三天铲雪，这真是以不可思议的厚度一层又一层地覆盖了几千俄里空间的大雪。

开始，雪是从内部融化的，悄悄地不让人觉察。当这鬼斧神工之举完成一半的时候，就再也不可能掩盖下去。奇迹开始显露出来，从松动的雪层下面已经有了潺潺流水。人迹罕至的密林抖擞精神，那里的一切也都苏醒了。

任流水徜徉的天地是广阔的。它从悬崖上飞落，蓄成一处处清潭，然后就四面八方地漫溢出去。不久，茂密的林子里就响起了它那沉闷的响声，升起氤氲的水雾。一股股的水流像蛇似的在林中蜿蜒前进，遇到阻挡的积雪就钻到下面，在平坦的地面上沙沙地畅流过去，一旦向下跌落，还伴随着扬起的一片水的尘埃，土地已经容纳不了更多的水分，于是那些令人目眩的耸入云天的几百年的云杉用自己的根须把它吸吮进去，树根周围留下一团团变干的浅褐色泡沫，仿佛是喝啤酒的人唇边留下的残迹。

天空也染上了春日的醉意，惺忪蒙眬之中盖上了片片乌云。毛毡似的黑云低悬在森林上空，垂下的云脚不时地洒下散发出土腥气的暖乎乎的阵雨，冲掉了地面上最后剩下来的碎裂的黑色冰块。

尤里·安德烈耶维奇终于睡醒了。他把身体挪到那扇取掉了窗框的方形小窗口，把头支在撑起的臂肘上，开始倾听外面的声音。

二十

列车离矿山区越来越近，这一带的人口也越来越稠密，区间缩短，靠站停车的次数越发频繁。乘车的人也有了较多的流动，多数是在中间小站上下车的短途乘客。路途更短的人，并不需要安顿下来久坐和躺下睡觉，夜里就在车厢中部靠门的地方凑合待一会儿，彼此小声地谈些只有他们才了解的当地的事，到了下一个换车点或者小站就下了车。

尤里·安德烈耶维奇从最近三天车厢里不断变换的当地人谈话的片言只语当中得出一个结论，那就是白党分子在北边占了优势，已经或者准备攻占尤里亚金。除此以外，如果传闻属实,如果不是有人和他在梅留泽耶沃医院的同伴同姓,在这个方向指挥白党武装的就是尤里·安德烈耶维奇很熟悉的那个加利乌林。

在这个谣传没有得到证实以前,尤里·安德烈耶维奇对家里人只字没有谈这件事,免得让他们白白担心。

<h1 align="center">二十一</h1>

在深夜刚刚开始的时候,一种模糊不清但相当强烈的幸福感使尤里·安德烈耶维奇从睡梦中醒了过来。列车已经停下。车站笼罩在凝滞的半明半暗的白夜之下。这朦胧的夜色渗透着某种纤细而又恢宏的气氛。它说明列车停下的地方是开阔的,车站坐落在一个视野宽广的高地上。

沿着站台有几个人影无声地从车厢旁边走过,互相交谈的声音很轻。这也在尤里·安德烈耶维奇的心中唤起一股柔情。从这小心翼翼的脚步和悄声低语当中,他感觉到这是对深夜时刻的一种尊重和车上睡着的人的关心,似乎是战前和更早的年代才会有的情况。

其实医生的感触完全错了。和其他地方一样,站台上也是一片喧嚷的人声和皮靴沉重的走动声。不过附近有个瀑布,它送来的清新自在的空气扩大了白夜的范围,也让医生在梦中生出一种幸福感。一刻不停的瀑布的轰鸣压倒了车站上的所有声音,造成了车站寂静的假象。

虽然没有想到有这瀑布,但是当地这种奥妙而强劲的空气使医生又沉沉地入睡了。

铺位下边有两个人在谈话。一个问另一个:

"怎么样，自己人都安静下来了吧？对那帮人给点儿教训没有？"

"那些小铺老板，是吗？"

"对，就是那帮粮食贩子。"

"都老实啦，非常听话。为了杀一儆百，从他们当中处置了一个，其余的就都老实了。罚的款也拿到了。"

"一个乡罚多少？"

"四万。"

"你瞎说！"

"我干吗瞎说？"

"好家伙，四万！"

"四万普特。"

"嗯，你们干得真不错，好样儿的！都是好样儿的。"

"四万普特精磨粉。"

"想想看，这事也真巧。地点是没说的，正是做面粉生意的头等好地方。沿着雷尼瓦河往上一直到尤里亚金，从一个村子到另一个村子，都是码头，都是粮食收购点。舍尔斯托比托夫弟兄几个，还有佩列卡特奇科夫和他那几个儿子，都是干倒手批发的！"

"小声点儿！别把人吵醒。"

"好吧。"

说话的人打了个呵欠，另一个就说：

"躺下再迷糊一会儿，怎么样？车好像又开了。"

这个时候从后面传来迅速变大的震耳欲聋的隆隆声，淹没了瀑布的轰响。在停着的这列车旁边的第二股道上，一列老式的快车响着汽笛全速赶上来，闪过几点灯光，随即毫无痕迹地消失在前方。

下面的人又开始了谈话：

"嗯，这回该开车了。停够啦。"

"快啦。"

"大概是斯特列利尼科夫。这是有特殊任务的装甲快车。"

"可能就是他。"

"他对付反革命分子就像一头野兽。"

"他是去追赶加列耶夫。"

"追赶什么人？"

"白党的长官加列耶夫。据说是带了一批捷克人守在尤里亚金附近。这家伙占了一个码头，就守在那儿。加列耶夫长官。"

"也许是加利列耶夫公爵，你记错了。"

"没有这个姓的公爵。恐怕是阿里·库尔班。你弄混啦。"

"也许就是库尔班。"

"那就是另一回事啦。"

二十二

快天亮的时候，尤里·安德烈耶维奇又一次醒来。他又梦到了一些愉快的事，心里始终充满着一种乐陶陶的解脱之感。列车还是停着，也许是在一个新的小站上，也可能仍旧是原先的那一站。轰轰的瀑布声也照旧，很像是先前的那个站，也许是另外一个。

尤里·安德烈耶维奇接着又进入了梦乡。但在瞌睡中却依稀听到了乱糟糟的叫嚷声。原来是科斯托耶德和押送队队长吵了起来,两个人对着叫喊。车厢外面的气氛变得比前一阵更好。空气中散发出一种原先没有的味道。这种味道很奇怪,像是春天所特有的,又像是五月间飘来一阵灰白色的淡薄稀疏的雪花,落下来不仅显不出一片白色,反而使土地更加黝黑。空气中还像是有一种灰白透明而又芬芳好闻的东西。"啊,是稠李!"尤里·安德烈耶维奇虽然没有醒过来,但却猜到了。

二十三

清早,安冬妮娜·亚历山德罗夫娜就说:

"不论怎么说,尤拉,你可真奇怪。你整个人是由各种矛盾构成的。有时候飞来只苍蝇就能把你惊醒,一夜到天亮再也合不上眼。这里又吵,又闹,又乱,你却怎么也醒不了。夜里,那个出纳员普里图利耶夫和瓦夏·布雷金都跑了。想想看,还有佳古诺娃和奥格雷兹科娃。等一等,我还没说完。另外还有沃罗纽克,对,对,也跑了,都跑了。你瞧这事。再听我说,他们怎么逃的,一起行动,还是分散开来,用什么办法,完全是个谜。可以想得出,这个沃罗纽克一发现其他人都跑了,为了逃避责任,当然也要自找活路。可是另外那几个呢?全都自觉自愿地走了,还是有谁受了胁迫?比方说,那两个女的就让人起疑。不过,她们谁又能杀害谁呢?是佳古诺娃害了奥格雷兹科娃,还是奥格雷兹科娃害了佳古诺娃?谁也不清楚。押送队队长车前车后跑了个遍。'你们好大的胆子,'他扯开嗓子喊着说，'居然敢给发车信号。我要以法律的名义要求在找到逃跑的人以前不准开车。'列车长可不理这一套。他说：'您是不是发了疯。我这趟车是给前线补充兵员的，是最重要的紧急任务。难道还能听您的指挥！亏您想得出！'于是两个人都责备起科斯托耶德来。作为一个合作主义者，应该是有头脑的人，况且就在旁边，却不去阻止那个两眼漆黑的没觉悟的士兵走这要命的一步。'还算个民粹派呢！'队长就这么说。依我看，科斯托耶德没什么责任。列车长说：'真有意思！照您这么说，囚犯倒应该把看守管起来？那可真是让母鸡替公鸡打鸣啦。'当时我从旁边推你，又扳你肩膀，喊着叫你：'快起来，有人跑了！'你可真行，大炮也轰不醒……对不起，这以后再说吧。现在是……啊，真不得了！……爸爸，尤拉，你们快看，多壮观哪！"

在他们躺着探头张望的窗口外面，展现出一片无垠的泛滥的水面。不知是什么地方的河流漫过了堤岸，一侧的水已经淹到了路基跟前。因为是从很高的铺位上往下看，造成距离缩短的错觉，平稳行驶的列车就像是直接滑行在水面上。

它那平滑的表面只有极少的几处染了一层铁青色，其余的部分任凭温暖的清晨的阳光追逐着一片片镜面似的油亮的光斑，真像是一位厨娘用浸了油的羽毛在热馅饼上涂来涂去。

在这酷似无边际的水域，一条条拱形的白云的云脚，也和那些草地、坑洼、灌木丛一起沉没在水中。

中间的一处，可以看到有一窄条土地，上面的树木似乎是悬在天地之间的双重影像。

"鸭子！是家鸭！"亚历山大·亚历山德罗维奇朝那个方向望去，便喊了一声。

"在哪儿？"

"小岛旁边。别往那边看。往右，再往右。唉，见鬼，飞走了，吓跑啦。"

"啊，不错，看见了。我有些话要和您谈谈，亚历山大·亚历山德罗维奇。另找个时间吧。咱们车上那几个服劳役的和那两位太太真是好样的，都跑掉了。我看不会出什么事，只要别给什么人添麻烦就没关系。跑就跑啦，这和水总要流动一个样。"

二十四

北方的白夜已经过去了。什么东西都看得很清楚，不过一切又都像是缺乏自信似的，一座小山、一片树林和一处悬崖，仿佛是人造出来的。

树林刚刚染上了一层嫩绿，林中几丛稠李已经开花。这片林子长在峭壁下面一块向远处倾斜的不大的平地上。

不远就是瀑布。但不是从每个方向都能看到，只有从峭壁边上顺着小树林的方向看过去才行。瓦夏已经疲乏得走不到那里去，既感到害怕，又觉得惊奇。

周围没有任何东西能和这瀑布相匹敌。这独一无二的景观使它令人望而生畏，仿佛它具有生命和意识似的，变成了一条神话中的龙蛇，掠取贡品并让这一带荡然无存。

跌落到半空的瀑布，被突出的悬岩利齿不断地劈成两股。上边的水柱看起来几乎是停住的，下面的两股一刻也不停地微微向左右两侧摆动，整个瀑布总像是刚刚要滑倒，紧接着又挺起身来，刚要滑倒，立刻又挺起身来。

瓦夏把羊皮袄垫在身下,在林子里的一片空地上躺了下来。曙色变得更加明亮起来的时候,从山上飞下来一只大鸟,展开沉重的翅膀在树林上空平稳地滑行了一圈,然后落到离瓦夏躺下的地点不远的一棵冷杉树冠上。他抬头看了看这只佛法僧鸟的蓝色脖颈和青灰色的胸脯,迷迷惑惑地小声说:"野鸽子。"乌拉尔地区就是这个叫法。随后他站了起来,捡起羊皮袄披在身上,穿过空地走到同伴跟前,说道:

"咱们走吧,婶子。瞧把我冻的,上下牙都合不拢了。唉,您还看什么,吓坏了吧?我跟您说的是正经话,该走啦。要适应环境,朝着有村庄的方向走。到了村子里,自己人不会让我们受委屈,会护着咱们的。要总是像现在这样,两天没吃没喝,咱们也得饿死。恐怕是沃罗纽克叔叔惹了什么乱子,人家才追赶他。和您在一起我可倒了霉,婶子,几天几夜您一句话也不说!您这是愁得不会说话了,我的老天爷。您瞧,还有什么可伤心的?就说卡佳大婶,卡佳·奥格雷兹科娃,您从车上推她并没有恶意,她是侧着身子倒下去的,我看见了。后来她从草地上站起来,好好的,站起来就跑了。普罗霍尔叔叔,普罗霍尔·哈里托诺维奇,也是这样。他们会赶上咱们的,大家又能在一起啦,您还想什么?主要的是别让自己发愁,只要不这样,您的舌头就又灵了。"

佳古诺娃把一只手伸给瓦夏,从地上站起来,轻声说:

"走吧,好孩子。"

二十五

车厢发出咔咔的响声,在很高的路基上向山里爬行。路基下边是新生的混杂林,树冠还没有铁路高。再下去就是一片草地,不久前被水淹没过。混了泥沙的青草地上东躺西卧地排满了做枕木用的圆木。大概是哪个采林区伐下来准备用木筏送走,让大水冲到了这里。

路基下边的新生林几乎还像冬天那样光秃秃的。只是在那些仿佛一滴滴蜂蜡似的嫩芽上,杂乱地生出了一种像污垢又像赘疣似的额外的东西。然而也正是这些额外的、杂乱的污物才是生命,靠了它们才会用枝头浓密的绿叶装点林中开始生发的树木。

一处处的白桦艰难地挺起躯干,伸展开的对称的锯齿形叶片像箭羽似的指向四面八方。它们的气味是可以用眼睛看出来的。那一层发亮的就是散发出气味的木醇,是熬制清漆的原料。

铁路很快就要靠近那大概是木料原来被冲散的地点。在拐弯处有一片林中空地,地面上到处是木料的腐质粉屑和碎木片,当中还有一堆堆三丈来长的圆木。司机就在这片伐过的林地刹了车。列车颤动一下,就稍有点儿倾斜地停在弯道的中心。

机车拉响了几声很短的嘶哑的汽笛,接着又有人喊了些什么。其实,不用听这个信号,乘客们也都知道,司机停车是为了储备燃料。

各节取暖货车都拉开了车门。下到路基上的人,数量不亚于一个小城镇的居民,但是前面车厢里那些应征的军人除外,他们不参加这类全体动员的临时劳动。

那一堆堆的木柴有些不好往煤水车上装,一部分太长的圆木还需要锯开。

机车乘务组那里有锯，于是就分给自由结合的每两个人组成一组。教授和自己的女婿也分到了一把锯。

从那几节开了车门的军人车厢里，不时有笑容满面的脸孔探出来。还不曾受过炮火洗礼的海军学校高年级的青年后生们，似乎是出于某种误会才遇到这些有了家室，但只受过一点儿军训而同样没有闻过火药味的神情严峻的工人。为了排解烦闷，他们和年纪大些的水兵们一起，有意地大声开着玩笑。大家都感觉到考验的时刻临近了。

这群说说笑笑的军人朝那些锯木头的男女乘客大声开着粗野的玩笑：

"喂，老爷子！你去跟他们说：我是个吃奶的孩子，妈妈离不开我，还干不了力气活儿。喂，玛芙拉！小心别锯开了裙子，那可要受风啦。喂，那位年轻姑娘！别往林子里去，还是嫁给我吧。"

二十六

树林子里有几个用削尖的木桩绑成的十字形，把它两根木头的一端埋到土里作支架。有一副架子是空着的，尤里·安德烈耶维奇和亚历山大·亚历山德罗维奇就准备在这上边锯木料。

这时正是春天，土地刚刚从积雪下面显露出来，却几乎还是半年前被雪覆盖时的那种样子。林子里散发着潮气，遍地是隔年的落叶，仿佛是来不及打扫的房间，到处是撕碎的旧单据、信件和表册的碎片。

"来回锯的次数不要太多，不然会累的。"医生对亚历山大·亚历山德罗维奇边说边锯得慢了,接着就提出休息一会儿。

林子里响着其他人吱吱哑哑的锯木声,有的一来一往听起来很协调,有的间断不匀。在很远的什么地方,头一只夜莺在试它的歌喉。另一只鸲鸟却是隔了很长时间才叫一声,像是演奏一支不大通气的长笛。就连机车的气阀也学着咕咕叫的白鸽,向上喷吐着蒸汽,仿佛育儿室里酒精炉上煮沸了的一壶牛奶。

"你曾经说过有些事要谈谈,"亚历山大·亚历山德罗维奇提醒说,"没忘记吧?那是路过一片水泛地的时候,看到几只野鸭子飞起来,你似乎有所考虑地说:'我要和您谈谈'。"

"啊,不错。不知道怎么能说得简单明白些。您看,我们越来越深入到内地……这里整个地区处在动荡之中。咱们的目的地就要到了。还不清楚会面对一个什么样的局面。为了防备万一,彼此应该取得一致意见。我指的不是个人的信念。这种问题不可能在这春意盎然的树林子里通过五分钟的交谈就说清楚,或者作出什么决定。我们彼此是很了解的。咱们三口人,包括您、我和冬妮娅,目前是和另外许多人一起活在这个世界上,彼此的差别只是对外界环境理解的程度不一样罢了。我要谈的不是这个常识性的问题。我想说的是另外的事。我们应该事先约定今后在某些情况下如何处置自己,为的是彼此不要因对方的行为而脸红,不会由于对方而感到羞愧。"

"不用往下说了,我明白。你提出这个问题,我很高兴。这正是需要谈一谈的。好吧,听我跟你说。大概你还记得冬天有一个大风雪的夜晚,你带回来印着第一批法令的号外传单。也还该记得，当时我们对它是有一种多么罕见的无保留的态度。这是坦诚直率赢得了人心。不过，这类事只能存在于创业者头脑的原始纯洁性之中，只能存在于宣告胜利以后的第一天。政治的诡谲多变第二天就可以把它翻个里朝外。所以，我还能对你说什么？这种哲学对我是格格不入的。这个政权是和我们对立的。人们并没有问我是不是同意这种破坏，却对我表示了信任，因此即使我的行为举止是出于不得已，我也有责任这样做下去。

"冬妮娅问了几次，我们会不会误了种菜园的季节，会不会错过播种的时机。怎么回答她呢？我不了解当地的土质。气候条件又是什么样的？夏季太短，究竟能不能种熟什么？

"是这样，不过我们到这么遥远的地方来，当真是为了种菜园？甚至连'跑七俄里去喝一口粥'这句俗话都不完全适用，因为遗憾的是此地有三四千俄里之遥。不行，坦率地说，我们如此长途跋涉完全是有另外的目的。我们到这里来是应付当前情况的权宜之计，要想方设法把外祖父一辈留下的森林、机器和用具彻底抛弃。我们来不是为了收回财产，而是为了花光财产，然后靠几个戈比谋生，所以才把千百万卢布公有化，并且一定要过当前这种莫名其妙的乱糟糟的生活。这似乎就像让人光着屁股去赛跑或者强迫忘掉已经识的字那样原始。不对，私有制在俄国已经寿终正寝，至于我们个人，也就是格罗梅科一家，早在上一代就和敛财的欲望分了手。"

二十七

由于闷热和空气不新鲜，简直无法入睡。医生满头大汗，在湿漉漉的枕头上翻过来、侧过去。

他小心翼翼地从铺位上下来,为了不惊醒别人,悄悄地拉开了车门。

黏乎乎的潮湿空气迎面扑来,仿佛在地窖里撞上了蜘蛛网。"有雾,"他一下子就猜到了,"下雾就肯定是火辣辣的热天气。怪不得喘气都这么困难,心里也像压了块重东西似的。"

下到路基上以前,医生在门边站了一会儿,听听周围的动静。除了悄无声息和雾气以外,列车仿佛还被一种空旷、废弃和被遗忘了的气氛包围着。因为列车停在一条最偏僻的线路上,在它和车站站房之间还隔着那么多轨道,就是站台那边天坍地陷,在列车上什么也不会知道。

远方隐隐约约地传来两种声音。

后面,也就是他们来的那个方面,听到的是均匀的噗噗的响声,仿佛是有人在漂洗衣服,又像是风吹动一面潮湿的旗子扑打到旗杆上似的。

前面传来的是隐约的隆隆声,经历过战争的医生听了不禁打了个冷战,于是就聚精会神地听下去。

"远射程火炮。"医生听到这种均匀平稳地滚过的低闷的隆隆响声,下了判断。

"原来是这样。靠近前线了。"医生心里这么盘算着,摇了摇头,然后从车上跳了下来。

他往前走了几步。过了两节车厢,列车就中断了。机车带着前边的几节不知开到什么地方去了。

"难怪昨天他们显得什么都不怕的样子,"医生在想,"大概已经感觉出一到地方就要立刻上战场。"

他打算绕过车尾,再越过线路找一条到车站去的路。

在车厢拐角后面,一个持枪的哨兵像从地底下冒出来似的站在眼前。

"到哪儿去? 通行证!"

"这是什么站?"

"什么站也不是。你是什么人?"

"我是从莫斯科来的,一个医生。带着家眷,坐的是这趟车。这是我的证件。"

"你那证件骗不了人。黑乎乎的我才不看哪,别伤了我的眼睛。这么大的雾,你没看见。一里地以外就能看出来,你没有证件,也能知道你是个什么样的医生。你们那帮医生正在那边使唤着十二英寸的家伙哪。真应该正经地敲你一顿,不过还没到时候。趁着还有条命,快回去。"

"大概是把我当成另外的什么人了。"医生认定是这样。和哨兵吵一架毫无意义。不错,最好是离开这里,还来得及。医生转身朝相反的方向走了。

他身后的炮声停止了,那个方向是东边。雾中升起了太阳,不时从浮动的昏濛雾气的间隙露出头,仿佛在浴室的水汽当中偶尔闪过光着身子的人影。

医生顺着列车的一节节车厢走着,到了尽头还继续向前。他的两脚一步步越来越深地踩在疏松的沙地上。

噗噗的声音均匀地越来越近,地势随之平缓下降。又走了几步以后,医生在一个由于雾气而显得轮廓很大的不清晰的物体面前停了下来。再走前一步,尤里·安德烈耶维奇才在昏暗中看出迎面是拖到岸上来的几条船的船尾。他是站在一条大河的岸边,水面的涟漪缓慢无力地拍打着渔船的船舷和岸边栈桥的木板。

"谁让你在这儿闲逛的?"岸上另一个哨兵发问。

"这是什么河?"经过方才那场遭遇,医生本来不想再打听什么,可是禁不住又脱口而出。

哨兵并不回答,却把哨子放到嘴里,不过还没来得及吹响。他本想吹哨叫来的先前那个哨兵,原来一直尾随在尤里·安德烈耶维奇后面,现在就径直走到同伴身边。两个人同时开了口:

"这回没什么可说的。是个送上门来的家伙。'这是什么站,那是什么河?'真能打马虎眼。你说,是索性让他下去洗个澡,还是回车上去?"

"我想还是送他回车上去。看看首长怎么说。身份证!"后一个哨兵大声呵斥,一把抓起医生交过去的证件捏成一团。

"看住他,老乡。"不清楚他是向谁这么说了一句,然后就和头一个哨兵一起朝线路另一侧的车站走去。

为了弄清是怎么回事,一个躺在沙地上的像是打鱼的人咳了几声,起身走了过来:

"你算有运气,他们等的就是你。我的好人,说不定你有救了。也不用责怪他们。这是任务。如今是人民的天下,往后日子也许会好起来。现在可还不能这么说。看得出,他们认错了人。他们一直在等着捉一个什么人。这回一想,准是你。心里大概还盘算着,就是他,工人政权的敌人,这下可抓到了。其实是错了,你呀,一定要提出见负责人。别让这些人摆布你,在他们来说,算不了一回事。要是让你跟他们走,可别答应。你就说,一定要见负责人。"

从这个渔民口中,尤里·安德烈耶维奇知道了他面前这条河就是有名的雷尼瓦河,可以通航;离河不远的车站叫拉兹维利耶,是尤里亚金市郊的一个靠水吃水的小工业区。他还了解到,坐落在上游两三俄里处的尤里亚金,一直抗拒着白党的进攻,现在好像已经挺住了。渔民还对他说,拉兹维利耶的局势也一度发生过混乱,目前似乎控制住了,周围这一带这么安静,因为已经没有平民百姓了,外面设了一圈严格的警戒线。最后他还打听到,线路上停着的一列列火车上设了不少军事单位,其中有一列就是区军事委员斯特列利尼科夫的,他们拿了医生的证件就是送到这列车上。

过了一会儿,从那边来了另一个哨兵。和前两位不同的是,他拖着步枪,枪托蹭到地面,有时候又斜抱在身前,像是扶着一个跌跌撞撞、烂醉如泥的伙伴似的。这个哨兵把医生带到军事委员的车上。

二十八

和警卫说明了准许放行之后,哨兵领着医生登上一条里面蒙了一层皮革的过道。过道联结着两节有客厅的瞭望车。两个人刚一进去,车厢里原来有人说笑和走动的声音立刻停止了。

穿过狭窄的过道,哨兵把医生领进中间一节很宽敞的车厢里。这儿很安静,一切都井然有序。几个衣着整洁的人正在这节干净、舒适的车厢里工作。这位短时期内就在全州赢得荣誉并以威严出名的非党军事专家,他的指挥兼起居的地方居然是这个样子,和医生原来的想象完全不同。

不过,他主要的活动地点肯定不在这儿,大概是在接近火线的前方司令部，此地只是他的私人办公室，是个流动宿营地。

因此，这里才这么安静，很像海滨热水浴室的一条供休息用的走廊，地面铺了软木和小块地毯，服务人员穿上软底便鞋，走路悄无声息。

车厢中部原先是餐室，现在铺了地毯，有几张桌子，成了一个收发文件的地方。

"马上就好。"坐在最靠门口的一位青年军人应了一声。后来，桌子后面坐着的几个人都觉得自己完全可以把这个医生丢在脑后，就都不再去注意他。答话的那个军人漫不经心地点了点头，示意哨兵可以走了，后者就拖着步枪，让枪托在过道的金属横梁上碰得咔咔响地出去了。

医生在门口远远地就看到了自己的证件。证件被放在最里边一张桌子的边上，坐在桌后的是个年纪比较大、像是旧军队里上校模样的军人。这是个军事统计员。他一边用鼻子低声哼着，一边翻阅资料，看看军用地图，然后比比画画地剪贴着什么。过后，他依次把车厢的每一扇窗都看了一遍，就说："今天要热起来啦。"仿佛从每一个窗口得出的印象不完全一样，只有都看过一遍才能下这个结论似的。

在几张桌子中间的地毯上，一个穿军装的技术员爬来爬去地在修理一条出了故障的电线。当他爬到一个年轻军人桌子下面的时候，那人就站起身来，免得碍事。旁边一个穿着男式战地保护色上衣的女文书，正吃力地对付一架坏了的打字机。打字机的滚筒在一侧出了槽，卡在支架上移动不了。那人年轻军人站到她坐的凳子后边，从上面帮她查找出毛病的原因。技术员这时也爬到打字员这边，从下面检查打字机的传动曲柄。上校模样的军官也起身走了过来,所有的人都在对付这架打字机。

这个情况倒让医生放了心。因为这几个人对他的处境比他本人了解得更清楚,很难设想他们会在一个肯定要遭殃的人在场的情况下,还能如此专心致志地处理这种琐事。

"不过也难说,谁知道这些人是怎么回事?"他心里又这么想,"他们怎么会这么平静?附近炮声不断,每时每刻都有人丧命,他们却估计今天的天气要热,想的根本不是会有激烈的战斗。大概是看得太多了,所以他们对不论什么事情都变得迟钝了吧?"

由于无事可做,他就从自己站立的地方穿过整个车厢望着对面的一个窗口。

二十九

列车这一侧的前方是许多条铁路线的最后一段,看得见坐落在小山上的拉兹维利耶城郊的这个同名的大车站。

从铁路到车站有条未经油饰的木结构的天桥,中间有三处转弯的小平台。

从列车的这边看过去,线路上已经成了一片废机车的堆弃场。那些样子像茶杯和皮靴筒的没有煤水车的老式蒸汽机车,烟筒对着烟筒停在一堆堆破损的车厢当中。

下面这片机车坟场和山上城郊的墓地,连同线路上那些七扭八歪的金属物件和市郊一片片生锈的屋顶、招牌,汇合成一种荒芜颓败的景观,在清晨的阳光下受着煎熬。

在莫斯科的时候,尤里·安德烈耶维奇还想不到那许许多多的招牌会遮住很体面的房屋的外表。这里的招牌却让他意识到了这一点。此地的招牌尺寸很大，从火车上能看清上面的字。它们低悬在倾斜的单层房屋的窗前，矮小的房子遮在下面让人看不到，仿佛乡下孩子的头上扣着父亲的帽子。

这时，雾已经完全消失了，只有远方东边天际的左侧还留下一丝痕迹。就连这一部分也开始像剧场的帷幕一样移动着分开了。

离拉兹维利耶三俄里远、比城郊地势更高的山上，露出一座不小的城市，规模像是区的中心或者省会。阳光给它涂了一层淡黄色，因为距离远，所以轮廓看上去不很分明。整个城市阶梯式地一层层排列在高地上，很像廉价木版画上的阿丰山或是隐僧修道院，屋上有屋，街上有街，中间还有一座尖顶的教堂。

"尤里亚金！"医生激动地猜到了，"这是死去的安娜·伊万诺夫娜经常说到的地方，安季波娃护士也总要提到它！对这个城市我听到的真是太多了，如今却是在这种情况下才初次见到它！"

就在这一刻，低头摆弄打字机的那几个军人的注意力被窗外的什么东西吸引过去了。他们都朝那边扭过头去。医生的视线也跟着转到那个方向。

天桥上，几个被俘的或被捕的人被带着走过，其中有个头部受了伤的中学生。在什么地方已经给他包扎过，可是从纱布下面还渗出血来，他就用手掌抹到被太阳晒黑了的、流着汗的脸上。

这个学生在这一行人末尾，走在两名红军士兵中间，引人注目的不只是他那漂亮的脸上流露出的坚决神态，而且还有这么一个年纪轻轻的反叛分子惹人生出的怜悯。他和他身边跟随的那两个人，不断以自己的荒唐的行动引起大家的注意。他们一直在做不应该做的动作。

那个头缠纱布的学生戴的一顶制帽，总是往下掉。他不但不把帽子摘下拿到手里，反而不顾对伤口有害，往下戴得更紧，两位红军士兵也心甘情愿地帮他这么做。

这种一反正常人想法的愚蠢举动，似乎有某种象征的意思。就算是这里头有什么文章，医生还是禁不住想要跑出去拦住这学生，准备告诫他注意的话几乎就要脱口而出。他还情不自禁地要向这学生和车里所有的人高喊一声，让他们知道，求得拯救并非一定要恪守形式，而是应该摆脱形式的束缚。

医生的目光移向另一边。刚刚健步走进来的斯特列利尼科夫已经站在车厢当中。

在医生偶然结识的无数人物当中，为什么迄今为止还不曾见到像他这样一个显得突出的人？他们两个人的生活竟然各不相干？竟然没有相识的机缘？

不知为什么他立刻就意识到，这个人正是意志的完美无缺的化身。他可以说是达到了随心所欲的境界，身上所有的一切都必然带有典范性。包括他那匀称的身材，漂亮的头型，坚定敏捷的步伐和套上高筒靴的两条长腿；就是已经沾了泥污的皮靴在他脚上也显得干净得体；还有身穿的那件灰呢制服，尽管可能是揉皱了的，但给人的印象仍是十分平整。

一个人天资很高，自然不娇揉造作，随遇而安并且在任何处境下都具有征服力，就会产生这样的影响。

此人肯定具有某种天赋，但不一定是出类拔萃的。这种天赋表现在他的一举一动之中，成为一种榜样，于是大家就有一个学习的典范。他可以是历史上的英雄，可以是战场上或城市动乱中的风云人物，或者是最受人民尊崇的权威，也许是走在前列的一个同志。总之，非此即彼。

出于礼貌，他丝毫没有流露出一个局外人在场会让他感到奇怪或拘束的意思，相反，倒像是把医生当作他们当中的一员。他说：

"祝贺各位。我们把他们赶跑了。这不过是玩一场军事游戏，算不上真正的作战行动，因为他们和我们同样都是俄国人，只不过不愿意和愚蠢分手，不得不让我们费些力气帮他们去掉这个毛病罢了。他们的指挥官曾经是我的朋友。他出身要比我更加无产阶级化。我和他是在一个大杂院里长大的。在生活中他为我做了不少事，我对他是欠了债的。把他赶到河对岸去了，也可能更远一些，这我很高兴。古里扬，赶快恢复电话联络。只靠信件和电报可不行。天气真热，各位注意到了没有？我总算睡了一个半小时。啊，对了……"他两手一拍，转向了医生。这时他才想起来为什么把他喊醒。是为了一桩什么小事，因此才扣押了眼前站着的这个人。

"是这个人？"斯特列利尼科夫从头到脚用审视的眼光看着医生，心里在想，"根本不像。这些傻瓜！"他微笑着对尤里·安德烈耶维奇说：

"对不起，同志。把您误认为另一个人了。我的哨兵搞错了。您自由啦。这位同志的证件在哪儿？好，这是您的证件。原谅我不客气，想顺便看看。日瓦戈……日瓦戈医生……来自莫斯科……还是请您到我那里坐一下吧。这儿是秘书处，我的车厢在旁边。请吧，不会耽误您很长时间。"

三十

　　不过,这人究竟是怎么回事?奇怪,一个鲜为人知的非党人士能被提拔担任这样的职务而且居然能胜任。他出生在莫斯科,大学毕业以后在外省教书,战争开始不久就被俘了很长一段时期,不久以前还杳无音信,一度被认为已经牺牲了。

　　童年时期的斯特列利尼科夫是在进步的铁路工人季韦尔辛家里长大的。是季韦尔辛保举了他。管人事的那些人对他很信任。在局势混乱和偏激观点最盛行的时期,斯特列利尼科夫的革命性在任何方面都不落于人后,但他突出表现的是真诚与狂热,但他的狂热并非出于模仿,而是个人的生活所孕育的,是独立自主的,非偶然的。

　　斯特列利尼科夫的确没有辜负人们对他的信任。

　　最近一个时期,他的工作记录中就包括在乌斯特涅姆金斯克和下开尔密斯发动的战役,还有古巴索夫的农民武装反抗粮食征收队的暴乱和大熊洼车站第十四步兵团抢劫粮食的事件。经他处理的问题,还有土尔卡图拉市的拉辛派士兵武装倒戈投靠白卫军,以及奇尔金河口码头发生的武装暴乱、忠于苏维埃政权的指挥员被杀等几件事。

　　所有这些地方,他都像从天而降的暴风雪一样及时赶到,判断局势,作出决定,迅速、严酷、毫不手软地解决了问题。

　　在整个边区,他的列车所到之处,士兵大批逃亡的现象就会被制止。对征兵机构的监察很快就使工作面貌一新。红军的兵员补充进展得很顺利,新兵接待站也是热火朝天。

　　不久前,就在白党分子从北边压过来而造成有威胁的局面的时候，又给他肩上增加了新的担子，既有直接的军事行动，又有战略性、战役性的任务。只要他一插手，就立见成效。

斯特列利尼科夫也知道，人们送给他一个绰号："枪管子"。他对此淡然处之，他是无所畏惧的。

斯特列利尼科夫生在莫斯科，是个工人的儿子。父亲参加过一九〇五年的革命并因此而遭了殃。当时他由于年龄小而置身革命运动之外，后来在大学读书，因为是贫家子弟进了高等学府，对学习就更加重视和勤奋。富裕的大学生们的骚动并未触及他。他带着丰富的知识走出校门，以后又靠自己努力在原有历史、语文专业的基础上钻研了数学。

按照法令，他可以免服军役，但自愿上了战场，以准尉的军阶被俘，后来知道俄国发生了革命，就在一九一七年逃回了祖国。

有两个特点、两样激情使他不同于常人。

他的思路异常清晰和正确，天赋的追求高洁品德和正义的气质也是少有的，而且感情奔放，知恩必报。

但是作为一个开创新路的有学识的人来说，他还缺少应付偶然情况的思考力，还不善于利用意料之外的新发现去改变不会有结果的原来的完整设想。

此外，为了办些好事，他的原则性还缺少内在的非原则性，只了解个别与局部，不懂得还有普遍与一般，他心胸博大就在于肯做琐碎小事。

从幼年时代起，斯特列利尼科夫就向往着崇高、光辉的事业。他把生活看成一个宏伟的竞技场，大家尽可以在那里进行夺取胜利的较量，但必须老老实实地遵守比赛规则。

当事实证明并非如此的时候，他根本意识不到是自己的想法不对,把治世之道简单化了。他长久地把屈辱埋藏在内心深处,后来就开始喜欢让自己的想法有朝一日能在生活与败坏了生活的种种恶势力之间充当仲裁,目的在于捍卫生活并为它进行报复。

失望使他变得越来越严酷。革命给了他思想上的武装。

三十一

"日瓦戈,日瓦戈。"他们来到斯特列利尼科夫的车里以后,他继续自言自语地说,"好像是商人,或许是贵族。啊,这里写的是从莫斯科到瓦雷金诺。奇怪,从莫斯科一下子突然要到这么偏远的地方去。"

"正是为了这个。想找个安静的去处。偏远,不为人知。"

"请说说,这是怎么个道理。瓦雷金诺?这里的许多地方我都熟悉。那里从前是克吕格尔家的工厂。也许您是他的亲属?继承人?"

"您干吗用这种讽刺的口气?这和'继承人'有什么关系?不错,我妻子的确是……"

"您看,我说对了。是不是想念白党啦?那我可要让您失望。晚啦,全区都把他们清除了。"

"您是不是还想挖苦人?"

"不是这个意思,医生。我是个军人,现在是战争时期。这直接关系到我的职责。现在逃兵也都想到森林里躲起来。找个安静的地方,有什么理由?"

"我两次负伤,完全免除服兵役了。"

"您能不能拿出教育人民委员部或者保健人民委员部签署的意见，说明您是'苏维埃的人'，是'同情革命人士'和'奉公守法者'？现在人间正在进行最后的审判，慈悲的先生，您也许是启示录中带剑的使者和生翼的野兽，而并非真正同情革命和奉公守法的医生。不过我方才说过，您已经自由了，我决不食言，但是就这一次。我预感到将来我们还会见面的，那时候就要另当别论，您要注意。"

威吓和挑衅并没有让尤里·安德烈耶维奇感到困扰。他说：

"我知道您对我的一切想法。从您那方面来说，这完全正确。但是，您打算把我扯进争论中去的话题，在一生当中我心里始终同想象中的指控人在进行争论，而且可以认为，这已经有了结论。不过三言两语是说不清楚的。如果我确实自由了，现在请允许我不作什么解释就离开，要是相反，就请您处置吧。我不想在您面前为自己辩解。"

一阵铃声打断了他们的谈话。电话联系恢复了。

"谢谢，古里扬。"斯特列利尼科夫拿起听筒，朝里边吹了几口气以后说，"好伙计，请派个人来送一送日瓦戈同志。免得再出什么问题。请给我接通拉兹维利耶的肃反委员会运输局。"

只剩下一个人以后，斯特列利尼科夫打通了车站的电话：

"那边带来一个男孩子，帽子戴到耳朵上，头上缠了绷带，真不像话。对，需要的话给他提供医疗。对，要注意保护，你个人要对我负责。如果他要吃饭，就发一份口粮，是这样。喂，我还有话要说。见鬼，又插进来一个人。古里扬！古里扬！电话串线了。"

"可能是我教过的学生。"他心里想，暂时放下了要和车站把话讲完的打算，"长成人了，就来造我们的反。"斯特列利尼科夫盘算着自己教书、参战和当战俘的年数是不是和这孩子的年龄对得上。然后，他通过车厢的窗口在看得到的地平线的背景上寻找河道上游的尤里亚金城门附近的一个地方。那里曾经有他的家。也许妻子和女儿还在那儿？那可应该去找她们！现在立刻就去！不过这是可以想象的吗？那完全是另一种生活。要想回到原先那种被中断了的生活，首先应该结束现在这种新生活。将来会有这一天的，会有的。不过，究竟是什么时候，什么时候呢？

下　　卷

第八章　到　达

一

把日瓦戈一家人载到此地的列车，在被另几节车厢挡住的逆行线上停了一会儿，就让人觉得一路上还和莫斯科连绵着的联系，在这个早晨就中断、结束了。

从这里开始展现的是另一方地界，是通向外省的另一个新天地。

当地居民比住在首都的人彼此更加了解。尽管红军部队封锁了尤里亚金至拉兹维利耶铁路沿线，清除了无关人员，可是本地市郊的乘客不知用什么办法还是潜入到铁路上，正如大家伙儿现在说的"渗进来"。他们涌进车厢，暖棚车的门口都挤满了人，有的在列车两侧走动，有的在自己车厢门前的路基上站着。

这些人一个个彼此都认识，老远就搭上话，从身边走过时互相打着招呼。他们的穿着打扮、言谈话语和首都的人有些不一样，吃的也不同，有着另外的习惯。

禁不住想了解他们是怎么生活的，靠了什么样的精神和物质储备，如何克服困难并且钻着法律的空子。

答案毫不迟延地就以最生动的方式出现了。

二

哨兵在地上拖着步枪当拐杖拄着陪同医生回到自己的那列车上。

闷热。太阳烤晒着路轨和车顶。让原油染得黝黑的地面像镀了金似的闪出黄光。

哨兵的枪托划开了浮土,在身后的沙地上留下印迹。枪身碰上枕木就发出敲击声。哨兵说:

"天气就是这样了。到了种燕麦、春麦,或者黍子的春播季节啦,正是好时候。种荞麦还嫌早,在我们那儿得到荞麦节。我们是唐波夫省马尔山人,不是本地的。唉,医生同志,要不是打内战这个祸害,满世界不和,我怎么会在这个时节跑到外乡来?你看,就是它在咱们当中搞出阶级不和,干的是什么事呀!"

三

"谢谢,我自己能行。"尤里·安德烈耶维奇回绝了旁人的帮忙。一些人从暖棚车里弯身朝他伸出手,要帮他上车。他挺了挺身子,一跃登上车厢,站稳了脚,同妻子拥抱在了一起。

"总算回来了。感谢上帝,终归就这么结束了,"安冬妮娜·亚历山德罗夫娜不停地说,"这么侥幸的结果,对我们来说其实已经不是新消息了。"

"怎么会不是新消息?"

"我们都知道了。"

"从哪儿?"

"哨兵透露的。不然的话,我们能受得了这一点儿消息都没有? 就是这样,我和爸爸也差点儿急疯了。那不是,睡着了,叫也叫不醒。因为激动,整个人一下子就躺下了,推都推不动。有几个新来的乘客,我这就给你介绍一两位。不过你先听一听周围的人都怎么说吧。全车的人在祝贺你幸运地免了一灾。这就是他。"她忽然换了话题,回过头去,从肩膀上方朝刚上车的乘客当中的一个介绍了自己的丈夫。那人在车厢后面被两边的乘客挤着。

"桑姆杰维亚托夫。"声音是从聚拢一起的人头上举起一顶软帽的地方传出来的,报出姓名的人也开始从夹着他身子的人们当中朝医生挤过来。

"桑姆杰维亚托夫,"尤里·安德烈耶维奇这时在想,"原以为是个老派俄国人的样子,像壮士歌里唱的,留着满脸胡子、穿着暖腰长外衣、皮带上还有金属的饰件。可这个人倒像是某个艺术爱好者协会的,鬈曲的头发带着白丝,一撮西班牙式的小胡髭。"

"怎么样,斯特列利尼科夫恐吓您了吧? 老实说。"

"没有,怎么会呢? 谈得很严肃。无论如何也是个相当强势的人。"

"那还用说。我了解这个人。不是本地人,是你们莫斯科的。和我们这儿的那些时髦东西一样,全是从你们首都来的。我们的头脑可琢磨不出来。"

"尤罗奇卡,这就是那位博古通今、无所不知的安菲姆·

叶菲莫维奇。他听说过你和你父亲，也知道我外祖父，所有的人都知道。认识一下吧。"接着安冬妮娜·亚历山德罗夫娜不动声色地顺口问道，"您大概也认识当地的女教师安季波娃？"

"您怎么提起安季波娃？"桑姆杰维亚托夫回答这话时同样毫无表情。尤里·安德烈耶维奇听见了这段谈话，可是没有参与进来，安冬妮娜·亚历山德罗夫娜就接下去说：

"安菲姆·叶菲莫维奇是个布尔什维克。尤罗奇卡，你要小心。对他可要耳朵尖着点儿。"

"不会吧，当真？从来没这么想过。看外表更像是演员的样子。"

"父亲开了个旅店，在外头跑着的三驾马车有七辆。我受过高等教育，确实是社会民主党员。"

"尤罗奇卡，你听听安菲姆·叶菲莫维奇在说些什么吧。顺便说一句，您可别生气，您的名字和父称叫起来有点儿拗口。得啦，尤罗奇卡，你还是听我跟你说。咱们的运气真是太好了。尤里亚金我们去不了，城里着火，桥也炸了，通不过。要让列车沿一条并车线绕到另一条线路上去，我们要去的托尔法纳亚正好在那条线上。你想想看！不用转车，也不必拖着行李穿城而过从这个车站再到另一个车站。不过在真正上路之前，我们还要从这边到那边地倒腾，调车也要挺长时间。这都是安菲姆·叶菲莫维奇跟我说的。"

四

安冬妮娜·亚历山德罗夫娜事先说的一点儿不错，列车除了重挂、新挂车厢之外,在停满车辆的线路上无休止地前后倒来倒去,同时还有别的列车沿着它们在运行,好长时间挡住了他们驶向开阔平原的通道。

城市的一半隐没在远处,被一片坡地遮住。偶尔能在地平线上看到房屋和工厂烟囱的顶部和教堂钟楼上的十字架。市郊的一处着了火,风卷浓烟像马的鬃毛一般漫过天空。

医生和桑姆杰维亚托夫两个人靠边坐在暖棚车厢的地板上,把腿垂放在门外。桑姆杰维亚托夫一只手比画着指向远处,一直在向尤里·安德烈耶维奇说些什么。开得很快的列车的轰鸣不时地压过他的说话声,以至于对方听不清。尤里·安德烈耶维奇就多次地再问,安菲姆·叶菲莫维奇把脸贴近医生,直对着他的耳朵扯开嗓子把话再重复一遍。

"这里把'巨人'电影院给烧了。士官生们隐蔽在那儿。不过先前他们是投降了的。战斗本来也还没结束。您看看钟楼上那些个黑点。是我们的人,正在清除捷克佬。"

"我什么也看不到。您怎么能都看得清呢?"

"着了火的是霍赫里基那一带,城郊的手工业区。商铺所在的柯洛杰耶夫还在边上。为什么我这么关心,因为我家的旅店就在摊铺区。火势不大,一时还不会到市中心。"

"您再说一遍,我听不到。"

"我是说——中心,市中心。大教堂,图书馆。我们家族的姓氏是桑姆杰维亚托夫,是圣·多纳托的俄语叫法。似乎是德米多夫家族的后代。"

"还是什么也没听明白。"

"我是说,桑姆杰维亚托夫是圣·多纳托的另一种叫法。听说是德米多夫家族的后人,就是圣·多纳托·杰米多夫公爵。也许是胡扯,家人之间的传闻。这个地方叫斯皮尔金洼地。都是些别墅和娱乐场所。地名是不是很怪?"

他们面前是一片展开的田野。铁路支线在不同的方向把它切割开来。那些传送电讯用的线杆飞速地远去,隐没到天边。宽宽的石砌公路蜿蜒如一条带子,和铁路线争奇斗艳。

公路时而隐没在地平线下,时而有一阵子又在拐弯的地方呈现为一条波状的弧形,然后就又消失了。

"咱们这儿的公路可是有名的,穿过了整个西伯利亚。那些服苦役的人很欢迎。现在成了游击活动的基地。总的来说,我们这儿还不错。住下来就会习惯的。你们也欣赏欣赏城里的那些个新鲜事。我们的配水站都修在十字路口上。有妇女们组织的冬季露天俱乐部。

"我们不住城里,住瓦雷金诺。"

"知道。您妻子跟我说了。住哪儿都行。您办事总要到城里来。我第一眼就猜到她是谁了。那眼睛、鼻子、脑门儿,就像是和克吕格尔一个模子铸出来的。跟她外祖父一模一样。这地方的人都记得克吕格尔。"

田野尽头显现出油库那一圈高高的红色圆砖墙。工业广告牌耸立在高大的柱子上。其中有一幅两次落到医生的眼中,字句是:"莫罗与韦钦金。播种机。脱粒机。"

"很不错的一家公司。生产出色的农业机具。"

"没听清。您说什么来着?"

"说的是公司。明白吗,公司。生产农业机具的股份公司。我父亲有过股份。"

"您不是说开的旅店吗。"

"旅店归旅店,两者互不妨碍。他可不傻,知道往最好的企业里投资。给《巨人》电影院就投了钱。"

"您似乎也为此感到骄傲？"

"因为他的聪明机智？那还用说！"

"那么你们的社会民主党怎么办？"

"哪儿的话，这和党有什么相干？什么地方也没说过，用马克思主义观点考虑问题的人，就该当是办事不爽、口水不断的。马克思主义是实证的科学，认识实际的学说，反映历史状况的哲学。"

"马克思主义和科学？和一位相知不多的人士辩白这样的问题，少说也是轻率的。不过也只好如此。要想成为一门科学，马克思主义自身的把握很不够。科学要更加稳健。马克思主义和客观性？我还不知道有什么流派比马克思主义更加自我闭锁和远离事实的了。每个人所关心的只是依据经验的自我检查，而掌权者则尽全力躲开真理，为的是臆造出自己永无错误的谎言。政治不能告诉我任何东西。我不喜欢对真理毫无所谓的人。"

桑姆杰维亚托夫只把医生的这番话看成一个言语尖刻的怪人的乖常行为。他只是笑一笑，并没有反驳。

这时列车正在线路上调动。每逢到了出口道岔标杆的时候，那个把牛奶桶拴在腰带上的有了一把年纪的女扳道工，把织着的毛线活从这只手倒到另一只手，弯腰去扳动轨道换辙装置，让列车倒回去。火车一点一点向后滑动时，她直起腰来冲列车后面挥起拳头做出威吓的手势。

桑姆杰维亚托夫自个儿盘算着，默默地想着她这个举动。"是冲谁呢？""像是熟人。不会是通采娃吧？她倒是像。可是这和我有什么关系。未必是她。格拉莎的年纪太大了。我这是干什么？现在亲爱的俄罗斯大地上正经历着变革，铁路上也是乱糟糟，她这个可怜人儿肯定也是生活艰难，于是错也在我，就朝我挥拳头。见她的鬼去吧，还能为她伤脑筋！"

最后是女扳道工摇了摇小旗，朝司机喊了一句什么，就让列车通过信号旗闸，驶向它应该去的那条广阔无边的途程。在第十四节暖棚货车车厢从她身边疾驶而过的时候，她冲着那几个曾经见过多次的在地板上坐着的贫嘴饶舌的人吐了吐舌头。桑姆杰维亚托夫又默默地沉思起来。

五

着了火的市郊，圆柱似的储油罐，电线杆，商业广告，都退向远方并渐渐消失了。眼前出现的则是又一番景色：一片片的小树林、小山包以及在其间不时闪现的蜿蜒的公路。桑姆杰维亚托夫这时开了口：

"起来活动活动手脚吧。我快下车了。您也只有一站路了。当心别坐过站。"

"您对这一带确实很熟吗？"

"非常熟。包括周围一百里地。我是律师啊。从业二十年了。办公事，到处去。"

"直到如今？"

"那可不。"

"现在还有什么公事可办？"

"什么样的都有。没有了结的契约、没完成的财贸手续、未还清的债务——堵到嗓子眼儿，多得惊人。"

"这类往来活动难道还没制止？"

"名义上想必是制止了。不过，相互排斥的东西实际上还需要并存。企业要国有化，燃料要归属于市苏维埃，畜力运输工具仍然是省国民经委会的需要。与此同时人们也得活命。理论和实际还合不上，这就是过渡时期的特色。

"这就需要有那些机灵的、善于经营的人，像我这种性情的。就是那类什么都不管，只顾捞大钱的运气好的人。不过正像我父亲常说的，他们有时候也要挨嘴巴。半个省都靠我养活。为了办供应木材的事，我还会上您那儿去的。不用说，只能骑马去。

"仅有的这一匹腿也瘸了。要是好好儿的，我才不会在这破车上颠来颠去呢。瞧这慢腾腾的样子，还叫火车哪。

"您要是去瓦雷金诺的话，能用得着我。您这米库利钦家族的人，我可是清楚得很。"

"我们此行的目的和打算您了解吗？"

"大体上知道一些，也是猜测。我有个观念，就是人们自古以来就向往土地，想望着靠自己的两只手生活。"

"那又如何？您似乎不大赞成？您又怎么说？"

"这是安闲舒适而又天真的想法。为什么这么想？但愿上帝能帮您。不过我不信能实现。有点儿空想主义的味道，落后的生活方式。"

"米库利钦会如何对待我们？"

"连门都不许进，用大布掸子把你轰出去，而且做得有理。没有你们他那儿已经乱得不行了，怪事连连，工厂停工，工人走掉，人们的生活无计可施，牲口连饲料都缺。可是你们又突然来了，真是鬼支使的，让人高兴得起来吗。要是他把您杀了，我也认为他无罪。"

"瞧瞧,您这个布尔什维克也得承认,这不叫生活,只不过是无比荒诞的胡言乱语、毫无道理的东西。"

"这不用说。然而这是历史的必然。必须要经过它。"

"为什么是必然?"

"怎么,您是小孩还是假装这样? 莫非是从天上掉下来的。那帮贪婪的寄生虫骑在挨饿的劳动者身上把他们往死里赶。这种情况就应该继续存在下去? 还有另外那些个侮辱人、折磨人的法子呢? 人民的愤怒、公正生活和寻求真理的愿望,难道不能理解? 或许您认为,在杜马里头通过议会制就可以根本把这些摧垮,无须经过专政?"

"我们说的不是一回事,照这样争个一万年也谈不拢。我本是非常赞成革命的,可是如今我考虑的是,用暴力是得不到什么的。要以善引善。但问题不在这儿。还是再回来说说米库利钦吧。等着我们的要是这种估计,那还去干吗? 我们应该掉头返回。"

"真是胡说。第一,莫非就只有米库利钦这一家人啦? 第二,米库利钦这人非常善良,善得到了极点。别看他说话大嗓门,有时又扭扭捏捏,终归还是心肠发软,能把身上的衬衣脱给你,最后的一块面包皮也和人分了吃。"桑姆杰维亚托夫接着说道。

六

"二十五年前从彼得堡来的时候,米库利钦还是工学院的一名大学生。他是在警方的监视下被遣送到这儿的。米库利钦来了之后,在克吕格尔那里当上了管家,并且结了婚。那时我们这里的通采夫家有四姊妹,比契诃夫家①还多一位,是尤里亚金的学生们追求的对象。四姊妹的名字分别叫阿格里平娜、叶夫多基娅、格拉菲拉和谢拉菲玛,父称是谢韦里诺夫娜。大家把这个父称变动一下,都叫她们谢韦良卡小姐。米库利钦娶了谢韦良卡大小姐为妻。

"夫妇二人很快有了一个儿子。因为崇信自由的思想,傻乎乎的父亲给孩子取的名字挺古怪——利韦里,叫俗了就是利夫卡。这孩子挺淘气,同时也表现出多方面的、超群的才干。战争突然之间就爆发了。把出生证上的年龄一改,这个十五岁的少年就自愿地急忙溜跑上前线了。

"总是病歪歪的阿格里平娜·谢韦里诺夫娜受不了这个打击,躺倒了,再也没起来,前年冬天死了,刚好在革命前夕。

"战争结束了,利韦里也回来了。这是个什么人物啊?是位胸佩三枚十字勋章的英雄准尉。当然,还是个前线派出做宣传工作的厉害的布尔什维克代表。听说过'林中弟兄'的事吗?"

"对不起,没有。"

"那么说起来也就没意义啦。效果会差一半。您没有必要从车厢里总是张望公路。那里又有什么特别引人的?眼下就是游击活动。游击队员都是什么样的人?主要是内战时期的骨干。参与建立这支力量的有两个因素:掌握了革命领导权的政治组织和一般士兵,后者是在打输了这场战争以后就拒绝服从旧政权。两者合起来就有了游击队伍。成分是各色各样的,基本上是中农。同时,在这支队伍里另外什么样的人

---

① 指契诃夫的戏剧《三姊妹》。

都能见到——贫农,免了教职的僧侣,还有那些和富农爸爸争斗的儿子们。也有真心实意的无政府主义者,没有护照的乞丐,从中等学校里被赶出来的到了该成家年龄的蠢货。还有那些德奥军队的俘虏,都是相信了可以获得自由和回国的许诺。就在这几千人的人民军里头,有一支命名为'林中弟兄'的部队,指挥员是列斯内赫同志,也叫利夫卡,全称是利韦里·阿维尔基耶维奇,也就是阿韦尔基·斯捷潘诺维奇·米库利钦的儿子。"

"您说什么?"

"就是您正在听着的。可是我还要往下说。妻子死了以后,阿韦尔基·斯捷潘诺维奇又结了婚。新妻子叶连娜·普罗科洛夫娜是个中学生,她是直接从学校教室出来到教堂去结的婚。她生性天真,还要有意做作,原本就年轻,还要往岁数小的方面打扮。就这样喋喋不休、唧唧喳喳,装出一副纯洁无瑕、傻里傻气,或是田间一只云雀的模样。见到人,先要考一考。'苏沃洛夫是哪年生的?''列举出三角形相等的条件。'把人考住了,出了洋相,她可高兴了。再过几个小时您就能见着她,看我说的对不对。

"阿韦尔基本人也有另外的弱点:抽烟斗,讲话爱用那些教会学校出身的人常说的文绉绉的词,比如'毋庸考虑''某物''由于'之类的。他的生涯本该在大海上度过。在学院的时候学的是船舶制造。这在他的外表和一些生活习惯上还有迹可寻。脸刮得光光的,烟斗整天不离嘴,讲话时态度和蔼可亲,不慌不忙地一句句从牙缝里挤出来。和那些总吸烟斗的人一样,下颌突出,两只灰色的眼睛,目光冷冷的。差点儿还忘了一个细节:他是社会革命党人,从边区入选立宪会议。"

"这可是要紧的事。就是说,父子势不两立?政治上的敌人?"

"表面上可以这么认为。实际上树林子里的人并不和瓦雷金诺打仗。不过我还得接着说。通采娃另外的那几个姊妹,也就是阿韦尔基·斯捷潘诺维奇的小姨子们,如今还在尤里亚金,都是没出嫁的老姑娘。时代变了,姑娘们也都变了。

"这几个人当中年纪最大的叶夫多季娅·谢韦里诺夫娜,是市图书馆馆员。这位肤色黝黑的可爱的小姐,极端怕羞,无缘无故脸就羞得通红。阅览室里像坟墓一样的寂静是压抑的。慢性鼻炎一发作,喷嚏能连打二十个,害臊得想钻到地底下去。您又能怎么样?神经质的毛病。

"中间的格拉菲拉·谢韦里诺夫娜,是姐妹里头最受人称道的。这是个性子挺冲的姑娘,能干的女工,什么活儿都不嫌弃。众人异口同声地都说游击队的领导列斯内赫就像他这个妻妹。刚看见她在缝纫组干活或是正织袜子,转眼之间她又在给人理发了。您注意到没有,在尤里亚金铁路线上那个女扳道工朝我们威吓着挥拳头?当时我想,没料到格拉菲拉派去护路了。不过似乎不是她,那人过于老了。

"最小的西穆什卡①可是全家的磨难和考验。这是个博览群书的、有学识的女孩子。学过哲学,爱好诗歌。就在革命发生的年月,在人们情绪普遍高涨、街头游行和广场的台上讲演的影响下,精神有些失常,陷入了宗教狂热之中。姐姐们都出去工作了,把门锁上,她一下子就从窗户出去,沿街挥手召集群众,宣讲耶稣二次降世和世界末日。只顾说了,我快到站

---

① 西穆什卡,谢拉菲玛的爱称。

了。您就在下一站，准备一下吧。"

安菲姆·叶菲莫维奇一下车，安冬妮娜·亚历山德罗夫娃就说：

"不知道你是怎么看，可是我觉得此人是命运给我们派来的。我似乎有一种感觉，他会在我们的生活当中起有益的作用。"

"非常可能，托涅奇卡。不过人们会把你认出来，根据你和你外祖父的相似面貌，而且本地人对他记得很清楚。这可是让我高兴不起来。就说这斯特列利尼科夫吧，我刚一提到瓦雷金诺，他就不怀好意地插进来问：'瓦雷金诺，克吕格尔的工厂？顺便问问，该不会是亲戚吧？是继承人吗？'

"我担心在这儿比在莫斯科我们会更让人注意。从那里跑出来就是为了找个不显眼的地方。

"当然，如今已经无计可施。脑袋都没了，还哭什么头发。不过最好还是少表现自己，做到不显眼，保持低调。总的来说，我有种不祥的预感。把咱们的人都叫醒，收拾东西，系紧腰带，准备下车吧。"

七

站在托尔法纳亚车站的站台上，安冬妮娜·亚历山德罗夫娜把人和物件不知数了多少遍，为了确信车厢里没有落下东西。她已经感觉到被人们脚步踩实了的站台的沙地，可是怕坐过了站的担心一时还没消失。尽管两眼确认列车一动不动地停靠在月台边，可是耳边仍然响着行驶中火车的振动声。这就干扰了她的视听和思绪。

继续前行的乘客从暖棚车的高处和她道别。她没注意到他们，也不曾察觉列车开走。待到对面展现出另一条路轨以及绿色的田野和湛蓝的天空，她才发现火车已经消失不见了。

站房是石头建筑，进站口两侧有两只长凳。在托尔法纳亚站下车的只有从西夫采夫来的莫斯科的旅客。他们放下东西，坐到一只长凳上。

车站的寂静、阒无人迹和整洁，让刚到来的人感到惊讶。周围少了成堆的人，听不到骂街声，他们似乎觉得不大习惯。偏僻地点的生活落在历史后面，已经迟误了。面对首都上层社会的那种狂态，还得追赶才行。

车站隐身在一片桦木林子里。列车驶近时，车厢里就暗下来。沿着人们的手臂和面孔，沿着站台略显潮湿的黄色干净的沙地，沿着整个地面和屋顶，不停变换着轻微晃动的树顶投射下来的阴影。

树丛中的鸟鸣声和林中的清新十分匹配，响彻并穿透整个树林，毫无遮拦，非常纯净而且充盈饱满。树林被两条路分开，一条是铁路，一条是乡间土路。树木用自己那些四散的枝叶，从上向下如同低垂到地的宽大衣袖一样，把两条路遮掩起来。

突然之间，安冬妮娜·亚历山德罗夫娜的视觉、听觉又都出现了，一切的一切都感知到了，包括响亮的鸟鸣声，树林的清新，四周洋溢着的平静、安详。她心中已有想好了要说的话："我不敢相信我们能平安抵达。明白吗，他，也就是你的那位斯特列利尼科夫，当着你的面可以表现得宽宏大量，放过你，但给这里用电报发一份命令，把我们全体一下车就拘捕起来。亲爱的，我不相信他们的高尚。全都是做作出来的。"可她说出来的不是这些想好了的话，却是别的。

"真美啊！"一见到周边的魅人景色，这话就脱口而出。更多的就说不出啦。泪水开始让她喘不过气来，于是放声痛哭。

站长是个老头，听到哭声就从房子里走出来。他迈着小碎步走到长凳前，礼貌地把手抬到制服帽的红帽檐边，问道：

"小姐，用不用从车站的急救药箱里拿点儿镇静剂？"

"没事儿，谢谢。一下就过去了。"

"路上操心，担惊受怕，这是常有的。何况天气热得跟非洲似的，在我们所处的纬度上是少见的。再加上尤里亚金发生的事情。"

"路过的时候从车厢里看见着了火。"

"你们可能都是从俄罗斯来的，如果没猜错的话。"

"从白石城来的。"

"莫斯科的？夫人的神经有了点儿问题，那就不足为怪了。说是夷为平地了？"

"夸大了。不过我们确实也是全都见到了。这是我女儿，这是女婿。这是他们的孩子。这位是我们家的保姆纽莎，年轻人。"

"您好，您好。非常高兴见面。多少已经听说了一些。安菲姆·叶菲莫维奇·桑姆杰维亚托夫从萨克玛会让站用铁路上的电话联系过。他说日瓦戈医生带着家人从莫斯科来，请给予尽一切可能的协助。您大概就是医生本人吧？"

"不是，日瓦戈医生是他，我女婿。我在另一个方面工作，农业部门。我是农学教授格罗梅科。"

"对不起，认错人了。请原谅。非常高兴和您相识。"

"根据您所说的来判断，您知道桑姆杰维亚托夫？"

"怎么能不知道他，那是个无所不能的人。是我们的希望和给我们吃喝的人。要是没有他，我们早都伸腿了。他说，给予尽一切可能的协助。我说，听您的吩咐。答应了。如果需要马匹或是其他什么，都可以帮忙。你们预计要去哪里？"

"我们要去瓦雷金诺。离这里远吗？"

"去瓦雷金诺？难怪我绞尽脑汁也没想到您女儿让我记起的人是谁。原来你们是去瓦雷金诺！那就一切都清楚了。要知道，是我们和伊万·埃内斯托维奇一起修的这条路。我现在就去张罗，准备供路上用的东西。我去喊人，找辆大车。多纳特！多纳特！趁着办事的时候，把这些东西拿到旅客候车室去。马匹怎么办？兄弟，跑一趟茶室，看能不能解决。好像一清早瓦克赫还在那儿呆过。问一问，他也许还没走。跟他们说，拉四个人去瓦雷金诺，都是刚来的，没什么大不了的行李。快去。夫人，听我这上年纪的人一句劝。我有意没问您和伊万·埃内斯托维奇的亲族关系有多近，不过在这方面还是要当心。不能对所有人都坦诚相待。您自己考虑考虑，如今是什么时代。"

一听到瓦克赫这个名字，刚来的这几个人都互相看了看。他们仍然都记得已经过世的安娜·伊万诺夫娜讲过的一个铁匠，有一副自己打造的铁内脏，还有当地另外一些无稽之谈和编造的故事。

八

骑了一匹白色的下过驹的母马给他们赶车的老头，长着两只招风耳，满头乱蓬蓬的花白头发。由于各种原因，他身上到处都是白的。那双草鞋是新的，还没有穿黑。裤子、衬衣被时间褪了色、变了白。随着白母马身后的马驹黑得如同暗夜一般，迈着四条还没完全长硬实的带着软肉的腿，像乌鸦似的颠跑着，长着鬈曲鬃毛的小脑袋就像是一只手工雕出来的玩具。

坐在一过坑洼的地方就晃动的大车车沿上的赶路人，抓紧车边的栏杆，免得跌下去。他们心中都很平静，因为夙愿得偿，旅途的目的地正在靠近。

朗朗晴日的黄昏时刻正放慢了脚步，在延迟中展现它宏伟的华美。

道路时而穿越树林，时而经过开阔的空地。在林子里一碰上树墩，就让坐在车上的人挤在一起，弯着腰、皱着眉、互相靠紧。经过林中空地的时候，辽阔的空间使人精神饱满，仿佛摘掉了头上的帽子，人们于是伸直了腰，摆摆头，坐得更松快一些。

这里是山地。山总是有自身的面貌、体态。雄浑高大的山的阴影一直遮向远处，默默地审视着赶路的人。淡紫色的余光欢快地跟随着旅人走过田野，让他们得到宽慰，加强信心。

这一切都让他们很喜欢，很惊奇，尤其是那位闲话不断又有些古怪的赶车老人。在他口中，已经消失的古俄罗斯的语式、鞑靼语的质层、当地语言的特点等等，都和他自己发明的那些令人费解的东西掺和到了一起。

只要马驹一落后，母马就停下来等，前者却平稳地迈着水波浪一般的颠跑步子赶上来。它那并得很紧的小长腿走得还很笨,从一侧来到大车跟前,就把长脖子上的小脑袋伸过车辕去吮吸母马的奶头。

"我还是没弄明白,"由于颠簸,安冬妮娜·亚历山德罗夫娜口中上下牙齿也发生磕碰,同时又怕意外的震动让自己咬了舌尖,就一字一顿地朝丈夫喊着说,"这个瓦克赫有没有可能就是母亲常说的那个瓦克赫?还记得那些个胡说的乱七八糟的事吧。他这个铁匠给自己打架时候断了的肠子又做了副新的。一句话,铁匠瓦克赫是铁打的肚子。我也知道这些都是故事。不过这故事说的就是他?莫非这人就是他?"

"当然不是。首先,正如你自己所说,这就是故事,民间的传言。其次,母亲说的这些故事,在她那个时候都已经过了百多年了。干吗这么大声音?让老头听到了会见怪的。"

"他什么也听不到,耳聋。就是听见了也不明白,头脑迟钝。"

"唷,费多尔·涅费德奇!"不明白老头为什么吆喝母马会用名字加上父称这种对男人的尊称,何况他比坐车的人更知道这是匹母马。"瞧这热死人的天!简直就是阿拉伯火炉里边的波斯后人。见鬼了,天爷!说你哪,快走!"

没想到他忽然放声唱起了过去当地工厂里编的一段四句头小调。

> 再见吧矿坑和碎石场,
> 再见吧大账房,
> 吃够了主家的口粮,
> 喝够了一汪水的池塘。
> 沿岸飞来天鹅,
> 身下掀起绿波。

不是醉了酒身子晃，

是去送万尼亚当兵上战场。

玛莎，我不会受骗上当，

玛莎，我不是傻子没心肠。

我要去谢利亚巴城，

给辛杰丘利哈当雇工。

"唉，你这匹母马，连老天爷都忘了！大家都来看看，这个死尸样的，骗人的货！你给它使鞭子，它对你就泪汪汪的。我说费加·涅费加，什么时候能走到呀？这片林子号称原始林，无边无沿。那里就有农民的队伍，喔，喔。在那儿的就是林子里的弟兄。哼，费加·涅费加，又站住啦，见鬼，你这个骗子！"

他忽然扭过头来，两眼盯着安冬妮娜·亚历山德罗夫娜说：

"我寻思，你这么年轻，大概以为我不知道你这模样的人是从哪儿来的吧？大姐，我看你是想得太简单了。我认出来了，认出来了，要不我就找个地缝钻进去！简直都不能相信两个眼珠子，活生生就是格里果夫（老头把克吕格尔叫成格里果夫）。难道不是后代？我没见过格里果夫？在他家我干了一辈子，各式各样的、什么活儿都干。架坑木，伐木，养马。——快走啊，又站住了。没长腿的东西！老天爷呀，说你哪，不然怎么着？

"你这人刚才说这个瓦克赫会不会就是那铁匠？你想得太简单了。这么样的大眼睛小姐却是个糊涂人。你说的那个瓦克赫的姓是波斯坦诺果夫，铁肚肠波斯坦诺果夫，半个世纪前就入了土、进了棺材。我们的姓是梅霍诺申，是另一回事。

同名不同姓,这个费多特就不是那个费多特。"

坐车的人先前从桑姆杰维亚托夫那儿了解到的关于米库利钦的那些事,老头逐渐地用他自己的话又说了一遍。他管米库利钦叫米库利奇,称其妻子为米库利奇娜;把这位管家现在的妻子叫再婚婆。提到"头一个老婆,已经成了死鬼"的时候,说她是个蜜糖女人,是个带翅膀的天使。待他说起游击队的首领利韦里,知道了此人的名声还没传到莫斯科,而且在莫斯科对"林中弟兄"一无所知时,就感到难以置信:

"没听说?没听说过列斯内赫同志?老天爷呀,莫斯科人的耳朵长到哪儿去了?"

天色开始步入黄昏。赶路人的面前,随行跑着的他们自己的身影也越来越长。他们的路穿行在一片广阔空旷的地带,此处彼处可见单独的一丛丛枝头带穗的开花植物,诸如高高挺立着坚实枝干的滨藜、飞廉和柳兰。它们被夕阳余晖从地面自下而上地照着,现出模糊不清的被放大了的轮廓,像是在原野里间隔布置的岗位固定的侦察骑兵。

远在前面的路的尽头,平展的原野伸展到一片横向的高地脚下。高地有如一堵墙似的横在路前,可以让人猜想另一边会是峡谷或者河流。

那儿的天空恰像是被围墙圈起来似的,这条土路把人带到它的门前。

在陡坡上面,一幢白色的长条形单层房屋显露出来。

"看见山顶上那座阁楼了吗?"瓦克赫问道,"你的米库利奇和米库利奇娜就在那儿。他们脚下是峡谷,一条宽沟,俗名叫舒契玛。"

从那边传来两声枪响,一声接着一声,产生了许多碎裂的回音。

"是怎么回事？可别是游击队呀,我的老爷爷! 不是朝着我们吧?"

"基督保佑你们,哪儿是游击队呀。是斯捷潘内奇在舒契玛那里吓唬狼哪。"

九

到来的人和主人的第一次晤面是在管家的住家院子里。发生的情况是让人烦心的。一开始是默默无言,后来则是大声争吵、无法说清的场面。

叶连娜·普罗科洛夫娜傍晚林间散步归来正走在院中。夕阳的光线紧随着她的身影,从一棵树到另一棵树透过整座树林,颜色几乎和她的头发一样金黄。叶连娜·普罗科洛夫娜身上是轻便的夏装,涨红着脸,用手帕擦着由于走路而发热的面孔。她那裸露的脖颈上从前往后套着一根松紧带,脱下来的草帽在背后的松紧带上晃动着。

迎面而来的是她丈夫,手里拿着枪。他刚从峡谷上来,准备就去清理退子弹时发现有些毛病的烟熏过的枪筒。

突然之间,也不知道是从哪里,瓦克赫的大车和他要带来的喜事沿着大门口厚重的石板路发狠似的轰响着驶了进来。

很快,亚历山大·亚历山德罗维奇和同来的人都下了车。他一边嘴里磕巴着说明来意,一边摘了戴、戴了摘地摆弄着帽子。

被弄得不知所措的主人们一时之间惊呆在那里,而这些不幸的客人也因为确实慌了神,毫不做作地羞红了脸。无须任何解释事情就很清楚,不仅是当事人,就连瓦克赫、纽莎和舒罗奇卡也都明白。难堪的场面也感染到了那匹母马、马驹和金黄色的阳光,甚至包括在叶连娜·普罗科洛夫娜身边绕着飞和落在她脸上、脖颈上的蚊子。

"我不懂,"最终还是阿韦尔基·斯捷潘诺维奇打破了沉默,"我不懂,就是不懂,而且永远也弄不懂。因为我们这里是南方,有白军,又是产粮食的省份? 为什么就选中了我们,又何苦非要到我们这儿?"

"真有意思,您想没想过这要让阿韦尔基·斯捷潘诺维奇承担什么样的责任?"

"别插嘴,连诺奇卡①。不错,正是如此。她说的完全正确。您想过没有,这对我是多么重的担子?"

"老天保佑,您没懂我们的意思。说的是什么? 是件小事,微不足道。对你们不会有任何危害,不会打搅你们。随便哪座空着的破房子里有个角落。菜园周围没人需要、白荒着的一小块地。再趁没人看到的时候从林子里弄一车木柴。难道这算是很大的侵害吗?"

"是呀,不过世界很大,为什么非有我们不行? 为什么是我们才有这份荣幸而非别人?"

"我们知道你们,期望着你们也听说过我们。对你们来说我们不是外人,我们来投奔的也不是外人。"

"噢,这么说是因为克吕格尔,你们是他亲戚? 在当前这种时候您口风就转来认可这种事?"

阿韦尔基·斯捷潘诺维奇面目端正,头发向后梳着,大步

---

① 连诺奇卡,叶连娜的爱称。

走路，夏装是一件斜领衬衣，系一条有穗的腰带。中世纪的时候这类人常被看成乘船打劫的，现在总是摆出想要做教师的大学生的架势。

阿韦尔基·斯捷潘诺维奇要把青春奉献给解放运动和革命，同时担心活不到革命发生的时候，或者是革命发展得温和起来，满足不了他那激进的、流血的渴望。现在革命来到了，把他那些个最大胆的预想都底朝天地翻了出来，而他这位天生的、忠贞不渝的热爱劳动者的人，就成了在"勇士斯维亚托格尔"工厂里第一批建立工厂委员会的人员之一，并且设置了工人监督制度。不过最后落到一切皆空的境地，也没有职位，待在一个荒芜的村庄里，工人们都从那里跑走了，一部分当时就跟着孟什维克去了。如今，这些荒谬行为和不请自来的克吕格尔的不良后代，就像是命运对他的嘲弄和有意的恶作剧，让他无法忍受。

"不行，这真是莫名其妙，不可思议。知道不知道您给我带来多大危险，让我处在什么样的境地？看来我真要发疯了。不明白，什么都不明白，永远都不能明白。"

"太有趣了。您要知道，即便没有你们，我们已然是坐在火山口上了。"

"等一下，连诺奇卡。我妻子说的完全正确。没有你们来日子也不好过。猪狗不如的生活，像是在疯人院。总是夹在双方火力的中间。一边是百般非难，为什么养了这么个红色儿子，布尔什维克，百姓喜爱的人。另一边也不满意，为什么把你选进立宪会议。两边不讨好，就这么挣扎着过。现在又加上你们。因为你们去迎接枪子儿才好呢。"

"您这是什么话！冷静点儿吧，上帝保佑！"

过了一会儿，米库利钦消了消气，就说：

"好了，在院子里骂了一阵子就算了吧。到屋子里可以再接着吵。当然，往前看也没有什么好事。眼下是染缸里的黑水，看手相算命也是黑条纹一片。不过我们不是土耳其士兵，不是异教徒。不会把你们赶到林子里去喂熊吃。连诺奇卡，我想还是先把他们送到公事房隔壁那间放猎枪的屋子去。到了那儿再商量把他们安顿在哪里。我考虑是让他们住在花园。请进屋吧，欢迎。瓦克赫，去拿东西，帮帮他们。"

一边照着吩咐做事，一边不住叹气的瓦克赫说：

"我的圣母娘啊！简直就是云游朝圣的人，都是些小包袱，一只箱子也没有！"

十

寒冷的夜晚来到了。到来的人都漱洗过了。妇女们在单辟的房间里准备就寝的事。舒罗奇卡不自觉地养成了一个习惯，就是从他那稚气的嘴里说出来的那些孩童式的名言，颇得成年人的赞赏，所以为了迎合他们的口味，就瞎说一通，不过这回他却有些不自在。今天他的那些闲话并不成功，没引起人们的注意。他还不满意的是没有把小黑马驹牵到屋子里，而当人们喊他住嘴的时候，就号啕大哭，怕把他看作不能成材的坏孩子送回婴儿寄托所去。据他所知，那是出生之后就从那里把他送到父母家的地方。他把真实的惊恐大声表述给周围的人，可是那些招人听的荒唐话并没引起惯常的反应。待在别人家里感到拘束，年纪大些的人动作起来就比平日里更快些，而且默默无言地想着自己的心事。舒罗奇卡生气了，像保姆们说的那样,萎靡不振了。人们照看他吃了晚饭,好不容易才让他睡下。他终于睡着了。女仆乌斯季妮娅把纽莎领到自己屋里去吃了晚饭,并且对她述说了这一家的秘密。安冬妮娜·亚历山德罗夫娜和男人们被邀请去喝晚茶。

亚历山大·亚历山德罗维奇和尤里·安得烈耶维奇请求让他们离开一会儿,到门廊那里去透透新鲜空气。

"星星真多啊!"亚历山大·亚历山德罗维奇说。

天很黑。岳父和女婿站在那里相隔两步,彼此就看不见。从背后屋内的一个角落经窗户射出的灯光,落向峡谷。湿冷空气中的灌木丛、树木和其他一些看不清的物件,朦胧地显现在这道光束里。光束没有照到正在交谈的人,这就更加深了他们周围的暗黑。

"明天一清早就得去看一看他们提到的安置我们住的地方。要是适合居住,那就立即动手清理。趁着我们整理出那块地方的时候,土地也解冻了,有了温度。那时就得争分夺秒地整出畦来。我好像在交谈时从他话语中似乎听到要给我们些马铃薯种子。还是我听错了?"

"他是答应了,答应还有别的种子。我亲耳听到的。他建议给我们住的地方,路过花园的时候我们看到了。您知道在哪儿吗?就是正房背后让荨麻挡住的那几间。木结构的,正房是石头造的。从大车上给您指出过,还记得吗?我真想在那儿开出畦来。我觉得那里还残留有花圃,从远处看好像是。或许我看错了。小路要察看一下,要通畅。老花坛的土估计是肥很足,腐殖质丰富。"

"明天再看吧。我不知道,大概是满地杂草,土硬得像石头样。房子四围应该是个菜园子。那块地可能还有,闲置着。

这一切明天就都清楚了。早上会有霜冻,夜里会有寒气。我们已经到了这儿,有了地方,是福分哪。咱们彼此应该祝贺。这儿挺好,我喜欢。"

"这里的人挺讨人喜欢,尤其是他。她有点儿做作,似乎对自己有什么不满意之处,不喜欢自己身上的什么东西。所以那些不知疲劳的编造的连篇废话就是从这儿来的。她似乎急着把你的注意力从她外在的这方面引开,防止有不好的印象。就连她忘了摘掉而是把帽子拖在肩上,也并非出于无心。这确是对她很相称。"

"咱们还是进屋吧。我们在这儿耽搁时间太久了,不合适。"

走向通往明亮的餐厅的路上,岳父和女婿两人穿过了管家的公事房。餐厅里在吊灯下面的圆桌旁,主人们和安冬妮娜·亚历山德罗夫娜坐着喝茶。

公事房的一扇大窗和墙的宽度一样,是整扇玻璃的,高悬在峡谷之上。从窗内向外可以瞭望到远处峡谷外的景色和平原。最初,瓦克赫拉着他们从那里经过的时候,天色还亮,医生所以还能注意到这窗子。窗前是一张供设计师或者绘图员用的大桌子,和墙一样宽。桌上规规矩矩地横放着一杆猎枪,两侧都有足够活动的空间,更显出桌子的宽大。

如今走过这间屋子的时候,尤里·安德烈耶维奇又注意到了视野广阔的窗、桌子的宽大和摆放的位置以及陈设考究的房间的可容纳量。他和亚历山大·亚历山德罗维奇来到饭厅茶桌跟前的时候,首先就以惊叹的方式说道:

"你们这里真是个好地方。您的那间顶级的公事房,能唤起人的劳作热情,能鼓舞人。"

"您是用玻璃杯还是茶杯？喜欢淡点儿还是浓点儿？"

"尤罗奇卡，快来看看阿韦尔基·斯捷潘诺维奇的儿子小时候做的立体镜多好。"

"他到现在也长不大，不成熟，尽管替苏维埃政权从科木奇夺回了一个又一个州。"

"您说什么来着？"

"科木奇。"

"那是什么？"

"是西伯利亚的政府军，支持恢复立宪会议的权力。"

"我们整天不停地听到人们夸您的儿子。您完全可以凭着公道以他为骄傲。"

"这些是乌拉尔的风景，双向光源的，立体的，都是他的作品，是用他自制的镜头拍的。"

"小饼里放糖精了吧？饼干真好。"

"您说哪儿去啦！这么荒僻的地方哪儿有糖精！您可真是的。纯粹都是白糖。我是从糖罐子里给您往茶里加的。莫非没注意到？"

"是，确实没看到。我仔细看照片来着。茶好像是天然的真茶？"

"花茶，当然是真的。"

"从哪儿弄到的？"

"有一块自己能变出餐食来的台布。是个熟人，当代的活动家，信仰非常左倾，省国民经济委员会的正式代表。靠着相熟，他从我们这儿往市里运木材，给我们送米、黄油和面粉。西韦尔卡、西韦尔卡（她对阿韦尔基就这么叫），把糖罐往我这边推推。现在请回答我很感兴趣的一个问题：格里鲍耶陀夫是哪年去世的?"

"他好像是一七九五年生人。什么时候被打死的,不记得了。"

"再来点儿茶?"

"不用了,谢谢。"

"还有这么一件事,请您告诉我,在什么时间和哪些国家之间签订的《奈梅亨和约》?"

"连诺奇卡,别折磨他们啦。让人家消除一下路上的劳乏吧。"

"现在我很想知道,请告诉我放大镜总共有多少种,在什么情况下影像是真实的和变形的,在什么情况下是正的和倒的?"

"您哪儿来的这些物理学的知识?"

"在我们尤里亚金有位杰出的数学家。他在两所中学教书,在男校和在我们那儿。课讲得多好啊! 多好啊! 像上帝一样! 有时候就是先弄碎烂了再送到你口里。

"他的姓是安季波夫,和这里的一个女教师结了婚。女孩子们都迷上了他,都爱上他了。他自愿上了前线,从此再没回来,被打死了。人们断言说,这就是我们天老爷的鞭子,上天的惩罚。斯特列利尼科夫政委就是复活的安季波夫。当然,这是神话,也并不真像。不过谁又真知道他? 什么事都有可能发生。再喝一杯吧。"

第九章 瓦雷金诺

一

冬天,有了更多的时间,尤里·安德烈耶维奇开始写各种札记。他在自己的本子上写道:

> 夏天的时候,经常想和丘特切夫一起说的是:
>
> 何等的盛夏,如此美好的夏天!
>
> 老实说,这就是奇谈,
>
> 我不禁还要问,这为何总是让我们惦念,
>
> 还是没有任何因缘?

从早到晚,为了自己和全家去劳作,修缮房顶,为了吃饭去耕种,像鲁滨逊那样构建自己的一片小天地,模仿创世主创造宇宙,学着生身母亲一次又一次地获得新生!

就在你两只手忙于那些靠肌肉和体力完成的粗活儿或者木工活儿的时候,当你给自己规定的体力可以承担的任务完成之后能够获得快乐和成功的回报的时候,当你在露天地里呼吸着灼热的空气一连六小时不停地用斧子砍削什么物件或是锄地的时候,有不少念头在脑中闪过,心里会反复掂量一些

新的想法。这些思绪、揣测和类比，并没有能记录到本子里，同时瞬间又会忘掉。然而这不是损失，而是收获。城里的离群索居之士，用浓浓的黑咖啡或者烟草来刺激衰弱下来的神经和想象力，殊不知力量最强的麻醉剂却存在于真正有所需求和强壮的体魄当中。

我不再阐发我说过的那些东西，不宣扬托尔斯泰的平民化和转让土地的主张，我也不去臆想自己对社会主义农业问题有什么修正意见。我仅仅是确认事实，不想把我们偶然的命运更高地看成一种体系。我们是有争议的例子，不适合从中做出结论。我们的经济成分过于驳杂。只有蔬菜和土豆这一小部分是靠我们双手生产的，其余全部另有来源。

我们的土地使用是不合法的，本身自行就决定避开了国家权力的核算。我们采伐森林就是不可原谅的盗窃，是直接从国家的口袋里，过去就是从克吕格尔那里。米库利钦的纵容庇护了我们，他大体上也是这种生活方式。和城市离得远，这也救了我们。幸运的是，城里对我们的所作所为一无所知。

我已经拒绝行医，而且闭口不谈我是个医生，为的是自己的自由不受束缚。不过总是有些个老诚人，无论住的地方多远也会打听到瓦雷金诺搬来了一位医生。于是不远三十多里的路，赶来找我看病。有的带只母鸡，有的带着鸡蛋，也有的带了黄油或是什么别的东西。不管怎么推辞说不收报酬，可是摆脱不了他们。因为人们不相信看病真的会不要报酬。就这样，看病也得了些收入。不过我们和米库利钦一家的靠山，还是桑姆杰维亚托夫。

无论如何也想象不到，这个人身上能容纳这么多相互矛盾的东西。他真心拥护革命，完全不辜负尤里亚金市苏维埃的信任。凭借自己所持的强大权力,他可以征用瓦雷金诺的林木并把它们运出,对我们和米库利钦一家一声招呼也不用打,我们也不会在意。另一方面,要是想盗取出公家财物,不论是什么还是多少,他可以稳稳当当地往自己口袋里装,没有人会说个不字。他无须和什么人分赃和向什么人送礼。是什么促使他关心我们,帮助米库利钦一家并且支持区里所有的人,比如说托尔法纳亚车站的站长?他总是不停地到处跑,取些或是送些什么东西。要是谈论起陀思妥耶夫斯基的《群魔》和《共产党宣言》来,他同样有兴趣。我觉得,他要是不毫无必要地把自己的生活搞得如此不合算和显而易见,他就会因寂寞无聊而死。"

二

几天以后医生写下来的是:

我们搬进了老主人宅子后面那两个木结构的房间。那是安娜·伊万诺夫娜小时候由克吕格尔指定给高一级的用人住的,也就是家用裁缝、女管家、已无工作能力的保姆。

这个角落已经相当破败了。我们很快就把它修整了。借着内行人的帮忙重新安装了通着两个房间的火炉,现在的安置办法可以有更大的热量。

在花园的这个位置,早先地面上的痕迹已经消失在到处都是新植被下面。如今是冬天,周围死寂一片,活着掩盖不了死去的,被雪埋住的过去的面貌就显露得更为清晰。

我们还算是走运。今年是个干燥而又温暖的秋天。雨季和寒冷到来之前就都把土豆挖了出来。扣除还清了米库利钦的以外,我们还有二十袋,都存在地窖的大粮囤里,从上往下到地面,盖的是稻草和几条破旧的被子。冬妮娅腌的两桶黄瓜和两桶酸白菜也放到地窖里。新鲜的圆白菜两个两个地拴在一起挂在房梁上。干沙土埋着的是储备的胡萝卜,还有足够数量的收获的萝卜、甜菜和芜菁,上面的阁楼里还存了很多的豌豆、青豆。板棚里堆放的柴火足够用到春天。清晨,冬日的黎明之前,手持一盏微弱的、即将熄灭的火烛,稍稍推起地窖的那扇上下开启的小门,混杂有植物根茎、泥土和积雪气味的暖乎乎的气流扑鼻而来。我喜欢呼吸这样的空气。

从板棚里出来,天色还不曾彻底放亮。门的吱扭一响,或是无意间打个喷嚏,或只不过是雪在脚下的咯吱声,于是从远处菜畦里积雪上面竖立着的白菜根部,一窜一窜地跑出几只兔子,把有横有竖的很宽的足迹留在周围的雪地上。在附近,一只接一只的狗也叫了起来。仅存的几只公鸡先前已经啼过,现在停歇了。天色开始泛白。

在一眼望不到头的雪原上,除了兔子留下的痕迹以外,还有猞猁穿行的脚印,一个接一个的小坑,如同仔细穿起来的一条条的线。猞猁走起来像猫一样,爪子一步跟一步,就像人们说的那样,一夜能走好几俄里的路。

为了捉它们,设下捕兽夹子,当地叫捕兽器。有时掉到里头的不是猞猁而是倒霉的灰兔,从夹子里拿出来时已经冻僵,一半都让雪埋住了。

最初的时候，春天和夏天曾经非常艰难。我们都筋疲力尽。现在，冬日的夜晚，我们可以休息了。靠了安菲姆给我们提供煤油，我们大家能够围着灯聚在一起。女人们缝着或是编织着什么，我或者是亚历山大·亚历山德罗维奇把书念出声来。生着火炉子，我一向被认为是烧炉子的能人，于是就看管着炉子。这就要及时关风门，不要让热气外泄。赶上有没烧透的炭火块，就要取出来，赶快把这还冒着烟的木块远远扔到门外的雪地里。它迸溅着火星，像只火炬似的从空中飞过，照亮了暗夜中沉睡的花园连同几块白色方形草地的边缘，同时发出吱吱的响声落到雪堆上，熄灭了。

我们没完没了地朗读《战争与和平》《叶甫盖尼·奥涅金》和另外一些长诗，还读了司汤达的《红与黑》和狄更斯的《双城记》的俄译本，也读了克莱斯特的几个短篇小说。”

三

快到春天的时候，医生写道：

我觉得冬妮娅怀孕了。把这个跟她说了。她不相信我的估计，然而我确信不疑。在更加无可争辩的征象出现之前，不易觉察的一些先兆是骗不了我的。

这女人的面容有了变化，不能说她变丑了。但是早先她始终注意的自己的整个外表，已经脱离了她的监督。孕育着的未来支配着她，如今她已是今非昔比了。

摆脱了监控的女人的外貌，有着一种生理上不知所措的状态,其中包括脸色变暗,皮肤变得粗糙,两眼的光彩也非她自己所愿的那样,似乎这一切她已经不去管了,放任自流了。

我和冬妮娅从来也没有彼此疏远过。况且这一年的辛勤劳作让我们更加亲密了。我观察到她是如此的利索、有力量和不知疲倦;安排活路的时候,为了两种工作交替当中尽可能少浪费时间,她又是多么会算计呀。

我一向觉得,每一次妊娠都是贞洁的。在这一条和圣母有关的教义里,表达的是母性共有的思想。

任何一位待产的妇女,都会有一丝孤独、被遗弃和自我独处的情绪。此时的男人已如此之无能为力,他真如同是从来不曾存在过,而一切都是天上掉下来的。

女人自己把后代送到世上来,自己带着他退居到生存的次要位置,那里更安静,可以不用担心地安放一只摇篮。她自己在静默的温顺中哺育着他,把他养大。

人们向圣母乞求:"为你的儿子和你的上帝专注地祈祷。"大家把经的片段送到她嘴边:"我心因我之救世主而欢快。因你垂青于仆人的温顺,从此以后众人将讨得欢心。"这是她谈到她的孩子,他将要让她成为伟大("强有力的他为我做成大事"),他就是她的光荣,每一个妇女都能这么说。她的上帝就在婴孩身上。

大人物的母亲们应该熟悉这种感觉。所有的母亲,包括伟人们的母亲,日后受到生活的欺骗,并不是她们有什么过错。

四

我们反复读着《叶甫盖尼·奥涅金》和另一些长诗。安菲姆昨天来了,带了些礼物。品尝了好吃的东西,把灯光也弄得更亮一些。没完没了地谈论艺术。

老早我就有一个想法,艺术不是包容了无数概念和派生现象的某个类别或领域的称呼。相反,艺术是狭窄而集中的,是进入艺术作品构成成分里面的原则的标志,是其中所运用的力量或者千锤百炼的真理的称呼。对我来说,艺术永不会是形式的产物或某一方面,而更像是内容隐秘的部分。这对我来说非常清楚,有如青天白日一般,我浑身热血都能感觉到这一点,不过这种思想又怎么去表达、表述呢?

作品是以主题、论点、情节、人物等多种手段说话的,但更多的是凭借存在其中的艺术。《罪与罚》书页里的艺术,其震撼力更大于拉斯科尔尼科夫的罪行。

原始艺术、埃及艺术、希腊艺术,加上我们的艺术,这无疑是数千年来唯一存留的同一种艺术。这是某种思想,对生活的某种确认,由于它无所不包的宽宏而无法容纳在个别的词语之中。当它的力量有点儿滴进入到某种更复杂的混合物时,艺术成分就会超越其余部分的意义,成为所描写之物的本质、灵魂和基础。

五

有点儿感冒,咳嗽,还有低烧。一整天嗓子眼呼吸不畅,喉咙像是有东西堵着。我的情况不好。这是主动脉的事。这是从一生患心脏病的可怜的妈妈那儿来的遗传先兆。莫非当真如此?这么早?如此说来我在人世上待的时间并不长呀。

屋子里有股淡淡的木炭味和熨衣服的气味。有人在熨衣服,时不时从火不旺的炉子里拿出一块带着火苗的灼热的木炭放到蒸汽熨斗里,它那盖子发出如同牙齿相咬的咯咯响声。这让我要想起点儿什么,可是回忆不起来了。身体不好引起的健忘。安菲姆带来了上等肥皂,于是搞了次衣服的大清洗,舒罗奇卡两天都没人照看。在我书写的时候,他就钻到桌子下面,坐在两条桌腿之间的横梁上,模仿着每次来时安菲姆带他坐雪橇的样子,仿佛带着我也坐上无座雪橇。

待到病好了就去城里一次,读一读地区民族志和历史方面的书。有人肯担保似的对我说,这里有座非常好的市图书馆,由几个富人的捐赠建成的。非常想写东西。要抓紧。转眼间就是春天了。那时候就谈不上读书和写作了。

头疼越来越加重。睡得不好,做了一个杂乱无章的梦,就是那种醒来马上就忘的梦。梦已从脑海中飞去,意识里残留的只是让我醒来的原因。梦里听到响彻空中的一个女人的声音把我唤醒。我记住了这个声音,在记忆里复现出来,心中逐个想着那些熟悉的女人,想找出是哪一个拥有如此浑厚、低沉、湿润的嗓音。其中谁也没有。我在想,在我们之间可能是对冬妮娅过于习惯了,于是对她的听觉就迟钝了。我尝试着忘掉她是我妻子,把她的形象放到一个足以说明真相的距离当中。不行,那还不是她的声音。这成了一个搞不清的事。

顺便说说做梦。公认的是,日间清醒时印象最强之事,夜间通常进入梦中。我所察觉到的恰好与之相反。

我不止一次注意到,白天只是扫了一眼的东西,不清晰的想法,无意说出而又不曾引人注意的话,夜里就通过具体的形象返回来,成了做梦的主题,似乎是对白天怠慢了它们的一种补偿。

六

一个清冷的夜。一切可见的东西都显得异乎寻常的清晰和完整。大地、空气、月亮、星星都被严寒冻结、铆合在一起。在园子里,横投在林间小路上的树影,显出如雕似琢的鼓起来的样子。总让人觉得在不同的地方有一些黑乎乎的人影无休止地横穿小路。林子里树木的枝叶之间,大个的星像是发出蓝色云母光泽的灯笼似的悬吊在那里。小些的星则如夏日草地上的野菊花,满天开放。

每天晚上都继续不断地谈论普希金。剖析收在第一卷里的皇村中学时期的诗作。诗格的选择真是太重要了!

在那些诗句很长的诗作里面,这位少年的虚荣心的巅峰就是阿尔札玛斯,不想落在成年人之后,于是就用神话传说、华丽的辞章、虚构的堕落、享乐至上和伴装的思维早熟来蒙蔽年长的叔叔。

可是刚刚放弃模仿奥西扬或帕尔尼,或是从《皇村回忆》开始,这个年轻人一下子就抓住了诸如《小城》《致姐姐》或晚期在基什尼奥夫所写的《献给我的墨水瓶》里面的短诗句,以及《致尤金》的节律。整整一个未来的普希金在这位少年身上苏醒了。

正如穿过窗户进入房间一样,亮光和空气、生活的喧闹、种种物件和本质从外面涌入到诗中。外界的物体、日常生活用品和那些个名词,紧密挤塞着占满了诗行,把意思不够确定的品词远远地挤了出去。物体,又是物体,还是物体在诗作的一侧排成有韵的行列。

在这之后,出了名的普希金的四音步诗格,成了俄罗斯生活的某种测量单位、标尺,简直成了从整个俄罗斯的生存上面取下来的尺寸,又像是给裁制皮靴皮片子画出脚形,或者如同为了找到合适的手套而报出来的尺码。

稍后再晚一些,俄语口语的韵律和讲话时的腔调,就都由涅克拉索夫三音步诗的长度和他那扬抑抑格的韵律表现出来。

七

真想在工作的同时,在劳动务农或者行医的同时,深思熟虑地准备些值得保存的、可观的东西,写一部学术著作或是艺术作品。

人人生下来都可以是个浮士德,去拥抱一切、体验一切、表现一切。前辈和今人的失误,关照到了浮士德能成为学者。科学每前进一步,要依照排斥律,同时要推翻占统治地位的错误认识和虚伪理论。

导师们的感人榜样,关照到了浮士德能成艺术家。艺术每前进一步,要依照引力律,同时要仿效、追随和尊崇所爱的先行者。

是什么妨碍我工作、行医和写作呢?我想,不是穷困和漂泊,不是生活不稳定和经常变动,而是今天如此遍布的夸大其词的情绪,就像是未来的曙光,建设新世界,人类的火炬等等之类的说法。听到这类话,刚开始会觉得想象力真是宽广,内涵真是丰富!实际上这正是缺少才能而追求辞藻。

只有天才之手的触摸才能化普通为神奇。

在这方面,普希金是最好的教导。他赞颂的是诚实的劳作、责任和日常的生活习俗。现在,我们的小市民、俗人却是责怪性的口吻。对此,《家谱》里边的一些诗句已经有所警示了:

　　　　我就是小市民,我就是小市民。

在《奥涅金的旅行》里面也有:

　　　　做主妇是我理想,
　　　　平静生活是愿望,
　　　　还有大大一锅汤。

在整个俄罗斯的气质里面,如今我更喜欢普希金和契诃夫的稚气天真,还有他们对人类终极目的和自救这种大话题表现出的漠然的腼腆态度。对所有这一切,他们都清清楚楚,但是不能那样不谦虚,况且没有兴趣,也不合规矩。

果戈理、托尔斯泰和陀思妥耶夫斯基都对死亡做好了准备,心绪不安,追根究底,进行总结。而这一切却都被演员般的天赋所关心的日常生活细节完全吸引住。就在这些细节交替更换的同时,与旁人无关的私人细节也如同生命一样不引人注意地活到了头。如今这种细节已经成了大家的事,像是从树上摘下来的欠熟的苹果,在继承中成熟,散发出越来越大的甜香,越来越有意义。

八

解冻是春天的先兆。空气中有着煎饼和伏特加酒的气味,像是过谢肉节的时候。林中的太阳带着睡意眯起眼睛,树木的松针像睫毛似的昏昏然半开半闭,水洼在午间闪着油亮的光。大自然打了个哈欠,伸了伸懒腰,翻了个身又睡了。

《叶甫盖尼·奥涅金》的第七章——春天,奥涅金走后空下来的主人的宅子,连斯基的墓地就在山脚、水边。

是那夜莺,春的情人,
彻夜在鸣唱。

野玫瑰繁花怒放。

为什么用了"情人"这个词？一般来说用这个修饰语是自然的、恰当的。确实也是情人。另外也能和野玫瑰这个词押韵。可是用壮士歌里的"夜莺强盗"这个词就表现不了音韵的形象吗？壮士歌就把奥狄赫曼的儿子叫作"夜莺强盗"，对他有非常好的描述！

夜莺的哨鸣从他那里听到，
野兽的吼叫从他那里听到，
遍地挤满了青葱嫩绿小草，
那些蓝色的花朵想要睡觉，
昏黑的树木都向地面弯腰，
还有人们啊，死去般躺倒。

我们是早春时节来到瓦雷金诺的。很快到处就全都变绿了。特别是在舒契玛，这是米库利钦家房子下面那条山谷的名字，野樱、赤杨、胡桃都是绿色。几个夜晚过了以后，响起了夜莺的叫声。

如同头一回听到它们的鸣叫一样，我还是惊奇于这个音调在其他鸟类的啼叫当中十分特别。它是跳跃式的，没有逐步的过渡，大自然就让它的啼啭达到了华丽和独一无二的地步。这个声音各段落的交替如此之多样，清晰而又有力地传到多么远的地方啊！屠格涅夫在什么地方描述过这种鸣叫声，像是魔笛和鼓点的声音。特别是两个转弯的地方更突出。一处是热情加速而又华丽的

"特赫——特赫——特赫",有时分成三段,有时数不胜数。而此时作为回应,沾满了露水的灌木丛抖落了满身的露珠,更加神清气爽,像是被呵到痒处一样抖动着笑了起来。另一处是啼鸣声变成两个音节,叫得更有穿透力,像是在恳请、请求或是劝告:"醒醒! 醒醒! 醒醒!"

九

春天了。准备农活儿。顾不上写日记了。

写这些札记颇为愉快。只好等到冬天了。

就在最近,那天正好是谢肉节,一个有病的农夫乘雪橇走过泥水交加的道路驶进了院子。我知道,不要接待。"别见怪,亲爱的,我已经不干这个了。既不能真正找到药,也没有必需的器械。"这样就能摆脱得了嘛。"救救我吧。肉皮子疼。发发善心吧。肉身上的毛病。"

怎么办? 心不是石头的,决定给他治。"脱下衣服"。我做了检查。"你的病是狼疮"。给他诊治的时候,斜眼看了一下窗户,见到窗台上有一瓶石炭酸(正义的上帝啊,您别问它是哪儿来的了,还有另外的东西,都是最急需的! 这都是桑姆杰维亚托夫搞来的)。我一看,又一辆雪橇驶进了院子,开始我以为又来了新病人。弟弟叶夫格拉夫简直是从天上掉下来似的。一时之间,全家人,冬妮娅、舒罗奇卡、亚历山大·亚历山德罗维奇,都忙着招呼他。之后,等我脱开了身,也加入到他们当中去了。

追问开始了:怎么来的,从什么地方? 像往常一样,他躲躲闪闪，含糊其辞，没有一句是正面回答，只是一个劲儿地微笑，表示这是个奇迹，是个谜。

他住了大约两个星期，时常去尤里亚金，有时突然不见了人影，仿佛钻到地底下去了。在这段时间里，我终于发现他比桑姆杰维亚托夫更有影响力，他的所作所为和交往联系更无法说得清。他究竟从什么地方来？哪儿来的这么大势力？他在做什么？在消失之前，他应承要减轻我们的家务负担，好让冬妮娅有时间来教育舒拉，也让我有时间行医和从事文学活动。我们也好奇地问他为此准备怎么办。仍然是默默无言，只管微笑。但是他没有欺骗我们。

有了一些迹象说明我们的生活条件确实正在改变。

真是奇怪！他是我的异母兄弟，和我同一个姓。和别人比起来，其实我对他知之甚少。

这是他第二次以保护神和能排忧解难的救世主的方式闯入我的生活。也许，每个人一生经历的组成成分当中，除了见到的真实人物之外，还要有一种不知从何而来的力量，一个不召自来进行帮助的象征性的人物参加进来。在我生活中起了这种有益而又隐秘的弹簧作用的人，莫非就是我的弟弟叶夫格拉夫？

尤里·安德烈耶维奇的札记就到此结束了。他没有继续写下去。

十

在尤里亚金市立阅览室里，尤里·安德烈耶维奇翻检着他预定借阅的图书。可接待一百人的阅览室窗户很多,放了几排长条桌子,较窄的一头对着窗。天色一暗阅览室就关门了。春天的晚上市里没有照明。

不过尤里·安德烈耶维奇从来坐不到黄昏,在城里也从不耽搁过了午饭时间。他把米库利钦提供的马放在桑姆杰维亚托夫的旅店里,上午一直看书,中午骑马回瓦雷金诺。

在偶尔来阅览室之前,尤里·安德烈耶维奇很少到尤里亚金去。他没有什么特别要在城里办的事。医生对这里不怎么了解。他眼看着大厅渐渐让当地的居民占满,有些人坐得离他较远,有些就在旁边。这时他就觉得自己像是站在一个人流汹涌的交叉路口上,汇聚到阅读大厅里来的不是正在看书的尤里亚金人,而是他们所住的房屋和街道。

不过通过阅览室的窗口可以看得到真正的、非虚构的尤里亚金人。在中间最大的一扇窗户旁边,有一桶开水。看书的人作为休息就去楼梯那里吸烟,围着桶喝水,喝剩的就倒在洗杯盆里,聚在窗口旁观赏城市的景色。

来看书的有两类人:当地知识分子中的老住户,这类人居多数;还有就是一般老百姓。

第一类的人当中妇女较多,穿着都很破旧,已经不注意打扮自己,外表邋遢,身体欠佳,脸颊下垂,并且由于种种原因,比如吃不饱、黄疸病、水肿,皮肉都松弛下来。这都是阅览室的常客,和阅览室的职员都认识,在这里如同在家一样。

普通老百姓的那一类人,都是健康好看的面容,穿着要过节似的整洁服装。他们腼腆、畏缩地走进大厅,像是进教堂似的,可是弄出的声响比应该保持的要大。这倒不是因为不懂规矩，他们也想不出一点儿声音，可是不会让自己那双健壮的脚和嗓音好好地配合。

朝向窗户的那面墙上有处凹进去的地方，有挺高的立柱和大厅隔开。在这个壁龛状凹处一个高出地面的部分，阅览室的职员、年老的管理员和他的两位女助手忙着自己的工作。助手中的一位披着毛披肩，面带怒色，不住地把夹鼻眼镜取下来再戴上，看来不是视力的需要，而是因为变化多端的情绪影响。身穿黑色丝质短上衣的另一位，估计是胸口不舒服，因为她一直用手帕捂着鼻子和嘴，说话和呼吸时也这样。

像半数来看书的人一样，几位图书馆职员的脸也都是浮肿的、下垂而抻长的脸；同样是松弛的耷拉下来的皮肤，土色中带点儿蓝绿，如同腌黄瓜和发了霉的颜色。这三个人交替做着同样的事，轻声细语地向新来的读者解释借书办法，回答有关各类标签用途的询问，借书或还书，中间空下来的时候就去编写什么年度报告之类的东西。

真奇怪，根据一种莫名的思想的联系，面对的是窗外真实的城市和大厅里假想出的城市，甚至根据人们普遍浮肿而引起的某种类似，真像是所有人都得了甲状腺肿的病。尤里·安德烈耶维奇想起了那天清晨抵达时，在尤里亚金路轨上的那个表示不满的女扳道工，想起了远处看见的城市全景，还有坐在车厢地板上他身边的桑姆杰维亚托夫和他说的话。尤里·安德烈耶维奇想把离此地很远的地方听到的那些话，同他现在眼见的景象核心的东西联系起来。他没有记住桑姆杰维亚托夫的暗示，所以毫无所获。

十一

尤里·安德烈耶维奇坐在大厅最远的一头,身边全是书。面前放着几份地方自治局的统计簿和几本区民族志方面的作品。他还试着要求借两本有关普加乔夫历史的著作,可是那位穿丝质上衣的女图书管理员用手帕捂着嘴小声指着书说,一个人一次不能借这么多,要想再借感兴趣的作品,得把已经借的一部分手册和期刊还回来。

尤里·安德烈耶维奇于是赶忙更加仔细地翻看那些没弄清的书,把最需要的从书堆当中挑出来,其余的去退换他感兴趣的历史方面的著作。他迅速地翻看着各种书册,目录只是扫一眼,专心致志,目不旁视。大厅里人虽多,但干扰不了他,分不了他的心。他很好地琢磨过了挨着自己坐的人,眼睛不用离开书本从左边从右边凭借着意念就看到了他们。靠着这种感觉,知道这些人在他走之前不会变换,就如同窗外可以看到的城里的教堂和房屋不会移动一样。

然而太阳可不是静止的,始终在移位,在这段时间里已经绕过了阅览室的东墙角。现在,阳光正照在南墙的窗上,靠近那里的人被晃着眼,妨碍他们看书。

伤了风的女图书馆员从那隔开的高处下来,走到窗前。窗户上都装有松垂有褶的窗帘,用白色料子做的,让光线变得舒适柔和。她把所有的窗帘都放下了,只留下最靠边的不受光的那扇。她找了一下窗帘绳,把气窗打开,自己打起了喷嚏。

就在她第十次或第十二次打喷嚏的时候,尤里·安德烈耶维奇猜到这是米库利钦的小姨子,通采夫家庭的一员,桑姆杰维亚托夫曾经说过。尤里·安德烈耶维奇随着其他看书的人抬起头朝她那个方向看了看。

这时他就发现大厅里有了变化。在对面那一侧的尽头多了一位新来的女读者。尤里·安德烈耶维奇一下子就认出是安季波娃。她转过身来,背对着前边的桌子坐下,医生的位置就在其中一张桌子后面。她压低了声音和伤风的女管理员说着话,后者站着弯下腰凑近拉里莎·费奥多罗夫娜耳语。她们的交谈看来是立即对女管理员有了挺好的影响,不仅治好了烦人的伤风,也消除了精神紧张。她朝安季波娃送去一个温存感谢的目光,接着就把始终捂在嘴上的手帕拿掉,放进衣袋,满怀幸福和自信的样子,回到那个圈隔起来的自己的工作位置。

这个感人细节的小小一幕,并没有躲过另外几个在场者的眼睛。他们从大厅的不同角落用同情的目光看着安季波娃,脸上同样露出微笑。从这些微不足道的迹象来看,可以断定在这个城市里人们对她是多么熟悉和热爱。

十二

尤里·安德烈耶维奇首先是打算起身到拉里莎·费奥多罗夫娜跟前去。他对待她总是感到拘束和缺乏信心,虽然这不合他的本性,这时却占了上风。他决心不打扰她,还继续做自己的事。为了自己不受朝她那边看的诱惑,他把椅子横向桌子,几乎是后背冲着其他的读者,一本书拿在面前,另一本打开的放在膝盖上,完全沉浸在自己的书中。

可是他的心思已经脱离了正在研究的东西，飘移到十万八千里以外去了，完全在所研究的问题之外。他突然明白了，那个冬夜在瓦雷金诺梦中听到的正是安季波娃的声音。这一发现让他吃了一惊，于是急忙把椅子转到原先的位置，便于从这里看得到安季波娃，并且就朝她看起来。这个举动同时也引起了身边人的注意。

他几乎是从后面侧身看到了她。她穿的是件浅色方格的宽松短上衣，腰系一条宽带，头稍微低向右肩，兴致勃勃而又忘我地读着书，像个孩子似的。她有时举目望着天花板在沉思，时而眯起眼来出神地看着面前的什么地方，然后把头靠在一只手上，以迅速而又幅度很大的动作用铅笔从书上往笔记本里作摘记。

尤里·安德烈耶维奇验证了自己早先在梅留泽耶沃镇上的观察。他在想："她不愿被人喜欢，不想成为一个漂亮的、让人迷恋的女人。她看不起女人本性当中的这一方面，仿佛因为自己太美而自我惩罚。这种高傲的针对自身的敌意，使她成十倍地更加令人倾倒。

无论她是在做什么，一切都很好。她读起书来似乎不是在进行人的一项高级活动，而是最简单不过的、就是动物也能做到的。就如同她去提桶水或是削土豆皮一样。"

想到这里，医生的心情平静了。心中涌现了少见的平和，思想不再从一件事到另一件事地跳来跳去。他不由自主地露出了微笑。安季波娃的出现，对他产生了像对那位神经质的女管理员同样的作用。

他不再理会自己座椅的位置如何，不受外界的干扰也不分心，要比安季波娃来之前更加专心地埋头工作了一个或一个半小时。他翻检完了面前的一大堆书,选出了最需要的,顺便还看完了其中两篇重要的文章。认定对今天所做的事感到很满意之后,他便开始收拾那些书,准备送到还书台去。任何足以败坏心情的无关念头都离他而去。怀着一颗纯真的心,没有任何不可告人的目的,他在想,凭着老老实实地做完今天的事,他就取得了和一位善良的老相识见面的权利,让自己合理合法地享受这种乐趣。可是他站起来看了看大厅,没有发现安季波娃,她已经不在了。

在医生把自己借的成卷的书和各种小册子送去退还的台子上,安季波娃已经还掉的书籍还没有收走。那都是些有关马克思主义的教材。作为过去的一名教师现在重操旧业,显然她是在家里自修政治。书里面还夹着有交给目录室的拉里莎·费奥多罗夫娜的借书单。那片纸的末端在外面露着,上边就有拉里莎·费奥多罗夫娜的住址,很容易看到。

尤里·安德烈耶维奇对住址上的写法觉得奇怪,就抄了下来:"商管局街,有雕像的房子对面。"

尤里·安德烈耶维奇当即向人打听了一下才知道,"有雕像的房子"这个叫法在尤里亚金很通行,就如同在莫斯科按邻近的教区命名,或者像彼得堡的"五角地"。

让人这么称呼的这座住宅的许多根柱子上都有古代缪斯神的雕像,神像手里拿的是红方块王牌、竖琴和面具。房子是上个世纪一位酷爱戏剧的商人为自己的家庭剧院建起来的。他家的后代把这房子卖给了商管局,所在街道就冠以这个机构的名称。住宅就坐落在街角上,所以有雕像的房子所指的也包括它四邻的这一片地方。现在党的市委会就设在有雕像的房子里,地基下沉倾向山坡的那面墙上,从前贴的是戏剧和马戏海报，如今挂的是政府的法规、决定。

十三

这是五月初的一天，有风，很冷。在城里谈完了一些事情之后，尤里·安德烈耶维奇到阅览室去看了一下，突然改了所有的计划而去找安季波娃。

风使他在路上经常停下来，沙尘像云雾似的遮住去路。医生背过身去，眯起眼睛，把头低下，等着风沙过去再继续走。

安季波娃住在商管局街和诺沃斯瓦洛奇小巷子连通的拐角处，对面就是那座已变成暗青色的，目前就是医生初次看到的有雕像的房子。房屋和它的绰号很相称，给人的印象是奇怪和心绪不平静。整整一圈比真人要高出多半倍的女神雕像把屋顶围住。沙尘有两次把房子的正面遮住，在这中间，医生忽然觉得妇女们都从屋里来到阳台，从护栏上弯过身去看他，看那条从风沙当中露出来的商管局街。

通向安季波娃住的地方有两条路，一是从商管局穿过正门，一是从小巷穿过院子。尤里·安德烈耶维奇不知道有头一条路，走的是第二条。

刚刚从小巷进了大门，一阵风把整个院子的尘土和垃圾刮上天，把医生和院子隔了开来。在这扇昏黑的尘幕后面，从他脚下飞起一群被公鸡追得咯咯叫的母鸡。

尘土落下之后，医生看到安季波娃站在水井房边。起风的时候她刚用左肩挑起两只装满的水桶。为了不让风把土刮到头发里，她急忙披上三角头巾，在额头上打了个鸳鸯结，用膝盖夹住吹开的外衣的下摆，不让风掀起来。她要担着水往家里走,可是被又一阵风挡住。这次风把她的头巾刮掉了,吹散了头发,把头巾又刮到了栅栏的另一头,刮到了仍在咯咯叫的那群母鸡那里。

尤里·安德烈耶维奇跑了过去追头巾,拣了起来递给站在井边发愣的安季波娃。她像平时一样的坦然,没有发出惊叫来显露惊讶和困惑。她只是脱口而出:

"日瓦戈!"

"拉里莎·费奥多罗夫娜!"

"您怎么来啦?借了什么风的运气?"

"放下水桶,我来挑。"

"我从来不半道拐弯,已经开始的事也不放手。您要是来看我的,咱们走吧。"

"我来还能看谁呢?"

"那谁知道呀。"

"还是请您把扁担给我吧,您在干活儿我不能袖手旁观。"

"什么了不起的活儿呀。不能让您挑,会把楼梯都弄湿了。您不告诉我是借了什么风把您吹来的?您来到这里都已经一年多了,一直不得闲?"

"您怎么知道的?"

"到处都传开了。况且在阅览室我还见过您呢。"

"那您怎么没喊我?"

"您也不必让我相信您没看见我。"

医生跟随挑着颤动的水桶身子稍微晃动的拉里莎·费奥多罗夫娜穿过很低的拱门。这是一层楼的昏暗过道。拉里莎·费奥多罗夫娜急忙蹲下身来,把水桶放到土地上,从肩上拿下扁担,身子伸直,开始用一块不知道从什么地方掏出来的一条小手帕擦手。

"走吧,我带您从里头的小道进门,那边亮堂。您在那儿等我。我把水提到楼上,在上面归整一下,换件干净衣服。您看看我们这儿的楼梯。生铁铸的梯阶都有镂空的花纹,透过它们从上往下什么都可以看到。这是老房子。打炮的那些日子受了点儿震动。响的是大炮嘛。您看,石头都错了缝。砖上都是大洞、小洞。我和卡坚卡外出的时候就把钥匙藏在这个洞里,用块砖盖上。记住啦,说不定您哪天回来了我不在家,那就请您自己开门进去,随便坐坐,等我回来。那儿就是钥匙,可是我用不着。我可以从后面进去,从里头开门。唯一让人头疼的是老鼠。多得应付不了。在头上蹦来蹦去。房子过于破旧,墙都晃松了,处处是裂缝。能堵的地方我都堵了,想着法子对付。可是没用。什么时候您有空,能来帮个忙吗?咱们一起把地板和墙脚板堵上,行吗?好啦,您在楼梯台上稍等,随您的意待会儿吧。不会让您在这儿多受罪,很快就来招呼您。"

尤里·安德烈耶维奇等着安季波娃的召唤,目光开始在墙皮剥落的进来的地方和铁楼梯梯阶上移来移去。他在想:"我把她在阅览室里专注看书的精神同她在做一件实事和从事体力劳动的热忱做个对比。可是与我的想法相反,她挑水的时候也像在看书那样轻松,丝毫不费力。做什么事她都从容淡定。似乎是从很早以前,还是童年时期,她就开始了生活的加速度,到现在无论干什么也是一跃而起,自自然然,习以为常,十分轻松。这从她那弯腰时背部的线条、微笑时开启的双唇和变圆的下颌上,以及从她的言谈话语和思想里都看得出来。"

"日瓦戈!"从上一层楼梯台朝着的一扇门里有了喊声。医生上了楼。

十四

"把手给我,跟着我走,别乱动。这儿有两间屋子放了东西,都堆到了天花板,很暗。会碰伤的。"

"没错,真像一座迷宫。差一点儿我就找不到路。怎么是这样?房子正在修理?"

"根本不是,问题不在这儿。房子是别人的,是谁的我也不知道。在学校里我们有一间房,公家的。尤里亚金市苏维埃房管处占用了学校以后,就把我和女儿迁到这所别人弃置的空房子来。原来房主的全部陈设都留在这儿,家具多得不得了。我不需要别人的财产。我把他们的东西都堆到这两间房子里,只把窗子刷成白色的了。别松手,不然您会找不到路的。就这样握着。朝右转。现在难关过去了。这是通向我房间的门。马上光线就会好些了。门槛,别绊着。"

尤里·安德烈耶维奇跟着她进了房间后,见到正朝着门的墙上有一扇窗。窗外的景象让医生吃了一惊。这扇窗开向院子,对着邻居的后院和河边的荒地。荒地上有放牧的绵羊、山羊在吃草,长长的羊毛如同敞开的衣袄下摆一样扫着地面的土。除了这些绵羊和山羊以外,在两根柱子上方有一块朝向窗子的招牌。医生认识这块牌子:"莫罗和韦钦金公司。播种机。打谷机。"

医生在见到招牌的影响之下,立刻就向拉里莎·费奥多罗夫娜描述起他们一家子到乌拉尔的情形。他忘了人们把斯特列利尼科夫当成她丈夫的传闻,想也没想就说了他在车厢里同这位政委见面的经过。拉里莎·费奥多罗夫娜对这段话印象极深。

"您看见斯特列利尼科夫了?!"她问得急切,"暂时我还什么都不和您说。这太重要了! 似乎有一种预感,你们一定会见面。以后再跟您解释,那时您肯定要惊叹的。我若是对您说的话理解得没错,他给您的印象与其说是不讨人喜欢,倒不如说是良好的,对不对?"

"大概是吧。他本来应该对我冷淡。我们路过了经他镇压和破坏过的地方。原本我以为他是个粗野的讨伐者,或者是个革命狂热的刽子手,然而他两者都不是。如果一个人并不符合我们所想象的那样,和我们早先已形成的概念不一致,这是好事。要是一个人已属于一定的类型,那这人就算被判了刑。如果一个人归不到类去,不能算是标志性的,那他身上还有一半是作为一个人所必不可少的东西。他自己也就自由了,得到些许不朽的东西。"

"据说他是党外人士。"

"对,我也这么觉得。他有什么足以吸引人的? 他是注定要失败的。我想,他不会有好下场。他要赎清自己作的恶。专横霸道的革命者并不像凶犯那样可怕,而是如同失控的机器,像是出了轨的车辆。

斯特列利尼科夫和他们同样是疯子,但他不是因为过于沉迷于书本而疯狂,而是由于过去的遭遇和饱经忧患。我不知道他的私密,可是我相信他肯定有。他与布尔什维克结盟是出于偶然。他们暂时还需要他,可以容忍他,和他同路。一旦不需要了,便毫无惋惜地把他远远甩掉并踏上无数只脚,就像对待在他之前的许多军事专家一样。"

"您这么认为?"

"肯定是这样。"

"那他就没有救了? 比方说,逃走?"

"往哪儿逃啊,拉里莎·费奥多罗夫娜? 早先在沙皇时代能这么干。如今您试试。"

"可怜哪。您说的这些引起了我对他的同情。您可是变了。过去您评论革命没这么尖锐,没如此激动。"

"这正是问题之所在,拉里莎·费奥多罗夫娜,一切事都要有个分寸。经过这段时间应该看到点儿什么了。已经很清楚了,对革命的鼓舞者而言,唯一最本能的自发趋向就是让混乱交替产生并且不断地变动。不用给他们面包吃,但要给他们一些具有全球规模的东西。建设世界的所有领域和制造过渡时期是他们的自身目的。除此以外什么都没学到,什么也不会。您知不知道,这种无尽无休的混乱无序的准备从何而来? 这是来自缺乏一定的已具备的能力,来自天资缺失。人生下来就要过活,而不是为生活做准备。况且生活本身、生活现象和生活的赐予,又是何等引人入胜、非同小可啊! 为什么要用生生臆造的儿童闹剧,用契诃夫笔下的学生逃学去偷换生活? 行啦,现在该我来问了。我们是在你们市里发生政变的那天早上到的。处境那么危险,当时您在吗?"

"哎,那还用说,当然在。到处都是火,我自己几乎被烧死。我跟您说过,那房子震得真厉害! 到现在院门口还有一颗没有爆炸的炮弹。抢劫,炮击,糟糕透顶。像任何一次政权变换一个样。在那之前我们已经有过教训,习以为常了。不是头一回了。白军在的时候干的那些事呀！报私仇的暗杀、敲诈、纵酒作乐！对了，最主要的事没和您说。咱们的那位加利乌林！在捷克人那儿成了十分重要的大人物。似乎是督军之类的。"

"我知道，听说了。您见过他？"

"经常见面。靠了他，我才救了多少人的命！掩护了多少人哪！对他应该公正。他的个人表现是无瑕疵的，有骑士风度，和哥萨克上尉、县里边的警察那种顽劣的小人不一样。不过那时候能一锤定音的正是这帮小人，而不是正派人。在许多地方加利乌林都帮了我，要感谢他。况且我们是老相识了。我还是个小姑娘的时候，经常到他在那里长大的院子去。院里住的是铁路工人。从小我就在眼前见到了什么是贫困和劳累。所以我对革命的态度与您不同。革命离我更近，其中有不少我亲近的东西。突然之间这个孩子，这个扫院子的人的儿子，当了上校，甚至是白军的将军。我是文职人员的家庭出身，弄不清军衔。我的专门职业是历史教员。是啊，就是这么回事，日瓦戈。我帮过很多人。常到他那里去。我们也常提起您。

其实，我在所有的政府部门里都有联系和靠山，在所有不同的制度之下也有痛苦和损失。只是在那些差劲的书里才把世人分成互不交往的两个阵营。可是在现实生活里，一切都紧紧交织在了一起。想要在生活中只扮演一个角色，在社会上只占一个位置，只起一种作用，那就得成为一个无可救药的渺小人物！哟，原来你在这儿呀？"

走进屋来的是个八岁的小姑娘，梳着两条编得很细的辫子。两只细眼睛的眼角分得很开，让她有一种淘气、顽皮的样子。

　　姑娘笑的时候,抬起了双眼。在门外她就已经发现妈妈这里有客人,可是在过门槛时还是觉得要有个惊讶的表情,于是行了个屈膝礼,不眨眼地直看着医生,那毫无惧色的眼神表明,这是个很早就有思虑、在孤独中长大的孩子。

　　"这是我女儿卡坚卡。请多关爱。"

　　"您在梅留泽耶沃让我看过照片。长大了,认不出来啦!"

　　"你原来在家呀?还以为到外边玩去了。你进来的时候我都没听见。"

　　"我正从洞里拿钥匙,那儿就有一只那么大的耗子。我喊叫着赶忙跑开。我觉着要吓死了。"卡坚卡说话时扮了个可爱的小鬼脸,瞪大了狡猾的双眼,咧开圆圆的小嘴,像从水里捞上来的一条鱼似的。

　　"到自己屋里去吧。我留叔叔吃午饭。等我从烤炉里把粥拿出来就喊你。"

　　"谢谢,不过不得不谢绝。因为我常到城里来,我们六点钟就吃午饭。我习惯准时,但是骑马得三个小时,有时候得四个小时。所以我这么早就来看您,对不起,很快我就要告辞了。"

　　"再待半小时吧。"

　　"行啊。"

十五

　　"现在我们就相互坦诚相待吧。您说到的斯特列利尼科夫,就是我丈夫帕沙,帕维尔·帕夫洛维奇·安季波夫,也正是我上前线去寻找的那个人。我完全有理由不相信他是伪装死去的说法。"

"我并不奇怪,有思想准备。我听到这个谣言,也认为是荒谬的。正因为这样我才如此之忘乎所以,毫无拘束和顾忌地和您说起他来,如同完全没有过这些个议论似的。不过这种谣言都是毫无意义的东西。我见到了这个人。可是怎么能把您和他联系在一块儿?你们之间有什么共同之处?"

"这可全是真的,尤里·安德烈耶维奇。斯特列利尼科夫就是安季波夫,我的丈夫。我同意普遍的意见。这些连卡坚卡也知道,她因自己的父亲而感到骄傲。斯特列利尼科夫是他顶替的冒名,是假名,这和所有的革命活动家都一样。基于某些考虑,他必须借用别人的名字来生活和行动。

他抢占尤里亚金,朝我们发射炮弹,也知道我们就在这儿,可是为了保密,一次也没有打听过我们是不是还活着。当然啦,这是他的职责。要是他问我该怎么办,我们也会照样这么劝他。您也可以说,我之所以不受侵犯以及市苏维埃提供的还算是不错的居住条件,还有其他等等,都间接证明了他是在秘密关心我们!无论如何,在这个问题上您不要来开导我。近在身边却能坚决顶住来看看我们的诱惑!我脑袋里装不了这个,我理解不了。这是某种我无法接受的东西,不是生活本身,倒像是罗马公民的高尚品质,当今的一个深奥道理。不过在您的影响之下,我也开始和您唱同一个调子。

我原本不希望这样。我们不是志同道合的人。对某些捉摸不定的、非必需的东西,我们的理解一致。可是在那些有广泛意义的问题上,在生活的哲学方面,我们最好还是互为对手。还是再回来说斯特列利尼科夫吧。

目前他在西伯利亚,您说得不错,对他的那些怨言也传到我这儿了,其中有些让我的心都凉了。现在他正在西伯利亚我们的一处大力挺进的地段上,把自己同院的伙伴、后来又是前线上的同志给打败了,就是那个可怜的加利乌林。他的假名和我们的夫妻关系都没瞒着加利乌林。后者极其心细精明,从未让我们觉察出他知道这些,尽管一听到斯特列利尼科夫的名字就吼声如雷,气得失去自我控制。不错,就是这么回事,目前他在西伯利亚。

他在这里的时候(他在这儿待了很久,始终住在您看到过他的那个铁路线上的车厢里),我一直渴望有个偶然的机会和他不期而遇。他有时去司令部,就是原先立宪会议的部队即科木奇军事指挥部的地方。命运真是会开玩笑。司令部的入口是间厢房,也是早先我来见加利乌林谋求办些事的时候他接待我的地方。比方说,军官学校发生过轰动一时的事件。埋伏起来的士官生们朝对之不满意的教官们射击,借口是他们喜欢共产主义。还有就是正赶上开始迫害和屠杀犹太人的时候。要说我们这类市民和脑力劳动者,有一半的熟人是犹太人。在这种恐怖和卑鄙行为开始的时候,看着发生大劫难的地段,除了愤怒、羞愧、同情之外,一种难堪的矛盾心情折磨着我们,觉得我们的同情有一半是经过大脑的,同时带有一种虚伪而令人不快的沉重心情。

曾经一度把人类从偶像崇拜之中解放出来的这些人,如今又同样大批献身于从社会恶行中进行人类的解救,但对自身的解脱却无能为力,不能摆脱对已经过时并已失去意义的陈腐说法的忠诚,不能超越自己并且不留痕迹地消失在其他人之中,而这些人的宗教基础是他们亲自建立的,若是对之有很好的理解,这些人本该是对他们非常接近的。

很可能是压制和迫害造成了这种无益的、致命的态势,产生了只能带来灾难的这种勇于献身且又腼腆的独特状态,不过在其中也有内在的衰颓和多少世纪以来累积的历史劳乏。

我不喜欢他们那种解嘲式的自我鼓励,内容枯燥、贫乏的概念和缺少勇气的想象。这就如同老人只谈老、病人只说病那样让人心烦。您同意吗?"

"这方面我没有想过。我有个姓戈尔东的同学,他也有这些看法。"

"所以我常到这儿来,暗中等着帕沙。盼着在他来去进出的时候碰上。厢房在过去曾经是督军办公厅,现在门上挂的牌子是:"求诉接待处"。您可能已经看到了,这里是全城最漂亮的地方。门前的广场是条石铺的,走过广场就是市立公园,里头种的有绣球花、桐树、山楂。我站在人行道上一群求诉人当中,等候着。显然我不会破门而入冲进去说,我是他妻子。我们的姓不一样啊。凭着内心的召唤能行吗?他们有另一套规矩。比方说,他的亲生父亲帕维尔·费拉蓬特维奇·安季波夫,当过政治流放犯,出身是工人,就在离这儿不远的大道边上的法院里工作。那儿也是他过去被流放的地方,他的朋友季维尔辛也住在那里。两个人都是革命法庭的成员。

可是您想会怎么样?儿子对父亲也不暴露自己,父亲也理所当然地接受这个,并不生气。既然儿子隐匿身份,那就不能问。这都是倔强得跟打火石一样,不是人。只讲原则、纪律。

即便最后能证实我是他妻子,你想一想,这又有什么了不起!哪儿还谈得到妻子!是那个时代吗?这是世界无产阶级,宇宙大改造,完全是另一回事。这个我能理解。可是个别的像妻子这种两条腿的又算什么,呸,最后一只跳蚤或是虱子罢了。

副官过来转了一圈,问了问,放了几个人进去。我没报姓名,答复询问时说是办理个人私事。

其实早就该先跟您说,事情没有指望,根本不见。副官耸了耸肩膀,用怀疑的眼光朝我打量着。就这样,一次也没见着。

您是不是就会想,他嫌弃我们了,不爱了,把我们给忘了?噢,完全相反!我太了解他啦!他感情太丰富了,所以才能如此考虑!他要把在战争中获得的桂冠放到我们脚下,不是双手空空地回来,而是作为一个胜利者,载誉而归。要英名永垂,让我们眼花缭乱!简直是个孩子!"

卡坚卡又到房间里来了,拉里莎·费奥多罗夫娜双手抱起有点儿困惑的小姑娘,转着圈,给她呵痒,吻她,把她搂得紧紧。

十六

尤里·安德烈耶维奇骑马从市里返回瓦雷金诺。他无数次地经过这些地方。路是走惯了的,已经没有什么新意,引不起注意了。

他已经快到林中的交叉路口了。在那里从通往瓦雷金诺的主路分出一条支路,通到萨克玛河上一个叫瓦西里耶夫的渔村。就在这一分为二的路口上,立着在附近这一带已经是第三根的柱子,上面有农机广告。和往常一样,夕阳在这个路口照到医生身上。现在,天色已近黄昏。

两个多月之前他有一次进城,到了晚上没有回家,留在了拉里莎·费奥多罗夫娜那里,对家里说是在城里因事耽搁了,在桑姆杰维亚托夫的旅店里过的夜。他早就和安季波娃彼此以你相称了,他管她叫拉拉,她叫他日瓦戈。

尤里·安德烈耶维奇骗了冬妮娅,对她隐瞒了更为严重的、不允许发生的事情。这可是闻所未闻的。

他爱冬妮娅已到了崇拜的地步。她心态的平和宁静,对他是世界上最重要的东西。他是维护她荣誉的强大靠山,在这一点上要胜过她的亲生父亲和她本人。为了保护她那曾经受过刺激的尊严,他会亲手把欺侮她的人撕烂。然而这个欺负人的人就是他自己。

在家里和亲人在一起,他觉得自己就是个还没被揭穿的罪犯。家里人的一无所知和惯常的和蔼可亲的态度,让他痛不欲生。大家谈兴正浓的时候,他突然想起自己的罪过,发起了呆,开始不去听也不明白身边的人在说些什么。

要是在饭桌上发生这种情况,吃进去的一块东西就在嗓子里卡住,他于是放下汤匙,把碟子推到一边。泪水让他喘不过气来。“你怎么啦?”冬妮娅莫名其妙地说,“大概你是在城里听到了什么不好的消息?是不是什么人又被捕了?或是枪决了?告诉我。不要担心我难过。这样你会好些。”

是背叛了她,还是看上了比她更好的人?不是,他没选别人,也不去比较。“爱情自由”的思想和“感情的权利与需要”之类的话,他是完全不能接受的。谈论或是盘算这些事他觉得都是低级趣味。在生活当中他没有摘取过"随心所欲的花朵"，不把自己归入半神或者超人之类，不为自己要求优待和特权。在良心醒龋的重压之下，他已经疲惫不堪。

下一步该怎么办？有时他这样自问，但是没有答案，于是就盼望某种不可能实现而又无法预见的情况出现，可以进行干预并解决问题。

不过现在情况变了。他决定用快刀斩乱麻的办法。回家的时候想法已定。他要向冬妮娅承认一切，请求她宽恕并且不再和拉拉见面。

说实话，还不是各方面都理顺了。他感到有一点还不明确，就是永远和拉拉断绝关系的事。今天早晨他向她宣称想要把一切都告诉冬妮娅，他们以后见面已无可能，然而现在他的感觉似乎是和她说这些的时候口气太柔和，不够坚决。

拉里莎·费奥多罗夫娜不想用充满痛苦的场面让尤里·安德烈耶维奇难过。她懂得，即使是这样他也受尽了折磨。她尽可能保持平静地听完他说的这个新情况。他们这场表白性的谈话，是在拉里莎·费奥多罗夫娜没有占用的主人住宅里一间空房子进行的，房子朝向商管局街。不易察觉的、意识不到的眼泪沿着她的面颊流了下来，像是这时节的雨水从对面有雕像房子的石雕像脸上淌下来似的。她真心地、以并非做作的豁达态度轻声开口说："你觉得怎么好就怎么办，不要考虑我。什么我都能克服。"她不知道自己在哭，没有擦眼泪。

想到拉里莎·费奥多罗夫娜误解了他，让她抱着不切实际的希望而沉浸于错觉之中，他就想打马转身回城里去，好把没说完全的话讲完，主要的是应该更加热情和温柔地与她分手,这才会在最大程度上符合真正是一生永世的诀别。他勉强控制住了自己,继续赶路。

随着太阳一点一点西沉,林子里寒气渐浓,光线昏暗下来。林中散发出类似潮湿的桦树枝气味,像是一进澡堂更衣间就能闻到的那种。空气中不动地悬着一层展平的蚊群,仿佛是漂浮在水里,同时低缓哼唱着一个调子。尤里·安德烈耶维奇无数次地拍打脑门和脖颈上的蚊子。手掌拍在汗湿的身上发出的声音,与骑马行进的余音惊人的符合:鞍子下面勒马皮带的轧轧声,两边的马蹄一起一落轮番重重踩在吧唧吧唧响的泥泞里的声音,还有马快跑时造成的一连串如同枪响一样干巴巴的爆裂声。突然之间就在晚霞滞留的远处,传来夜莺的啼鸣。"醒醒吧! 醒醒吧!"这啼声是在召唤并劝说着,几乎就和复活节前的召唤"我的心灵、我的心灵啊! 起来吧,不要睡啦!"一样。

一个极其简单的想法忽然出现在尤里·安德烈耶维奇脑子里。这么急着去干什么?他不会违背自己给自己的许诺。问题是一定要揭露的。不过谁说应该就在今天?对冬妮娅还什么都没说呢。

还来得及把做解释往后推迟一次,趁这个时间再去一趟城里。要和拉拉深情而倾心地把话谈透,以此来抵消她受的煎熬。太好了! 太妙了! 怎么先前脑子里就没想到这么办,真是怪事! 想到还可再见到安季波娃,尤里·安德烈耶维奇乐得几乎要发疯,不时感到心跳也在加速。他又一次沉浸在事先的种种设想之中。

那里已是郊区僻静的木屋小巷,木板铺的人行道。他朝着这个方向行进。现在是诺沃斯瓦洛奇街,城郊的空地和木屋区走完了,石砌房屋的地段开始了。近郊的小房子从眼前闪过,像是快速翻检的书页,但不是那样用食指一篇篇翻过去,而是用大拇指的手指肚按住书的切口,让书页带着响声滑过去。有点儿喘不过气来!她就住在那儿,街的那一头,在傍晚雨后转晴的天上一块透出白色的亮光下面。他是如此之喜爱去看她的一路上这些熟悉的小房子啊!真想用双手把它都从地上抱起来吻个够呀!这是那些横向压在房顶上的只有一扇窗的小阁楼!小油灯的光亮反射在水洼里有如一颗颗浆果。就在这雨湿的街道上空那条光亮下面,他要再一次从造物主手里接受上帝创造的那个白皙的妙物。开门的将是个周身裹得严严实实的人的身影,她那亲密的许诺是不露声色的、冷冷的,如同北方明亮的夜,不属于任何人,宛如你在暗夜里沿沙滩向大海跑去时迎面涌来的第一个浪头。

尤里·安德烈耶维奇抛开缰绳,从马鞍上欠起身,搂住马颈,脸俯到鬃毛里。马把这个温存的举动理解为让它发力,立即飞奔起来。

马平稳地飞跑着,大地始终是离开马蹄朝后面飞去。尤里·安德烈耶维奇的心因狂喜而怦怦地跳动,在马蹄不易让人觉察的偶尔接触地面的间隙,还听到了像是人的喊叫声,他感到那是自己的幻觉。

近处的一声枪响把他惊呆了。医生猛地抓起缰绳,拉紧并抬起了头。在奔跑中马猛地停下,曲起腿向两旁跳了跳,又向后退了几步,开始往下蹲,要直立起来。

前面的路分成两股。霞光照亮了路边的招牌:莫罗和韦钦金公司 播种机 打谷机。三个武装的骑在马上的人横在路上把他截住。一个是头戴制帽、身穿紧腰细褶外衣的职业学校学生,身上十字交叉地挂着子弹带;另一个是骑兵,穿着军官大衣,戴着高筒皮帽,样子古怪,像化装舞会的打扮;还有一个是胖子,穿的是纫过的棉裤、棉袄,一顶宽檐牧师帽低扣在头上。

"不要动,医生同志,"戴高筒皮帽的那个骑兵缓慢又沉静地说,他是三人当中年纪最大的,"只要服从,保证您完全不受伤害。不然的话,请别见怪,我们会开枪。我们游击队的医生被打死了。我们打算征用您做医务工作。下马,把缰绳给这个年轻同志。提醒您一句,要是有一丝一毫逃跑的念头,就不客气了。"

"您是米库里钦的儿子,是列斯内赫同志?"

"不是,我是他的联络官卡缅诺德沃尔斯基。"

第十章 漫漫长路

一

沿途坐落着一些城市、乡村和驿站。圣十字市,奥梅利奇诺站,帕仁斯克站,特夏茨科耶站,亚格林斯科耶大村,兹沃纳尔斯克镇,沃利诺耶驿站,古尔托夫希基驿站,克惹姆斯克自然村,卡泽耶沃镇,库捷伊内关厢镇和小耶尔马拉村。

一条驿道穿过这些地方,这是一条老得不能再老的、西伯利亚最老的驿路。它把经过的城市如同刀切面包似的一切两半,一往直前地掠过村庄,把一排排小木头房子像夹道列队似的丢在后面,或者是在突然转弯时把它们弄成弧形或弯钩状。

在很久以前,经过霍达斯克村的铁路还没铺设以前,在驿道上跑的是三驾马的邮车。朝一个方向去的车队装的有茶叶、粮食和工厂里制造的铁货;朝另一个方向去的是被押解的犯人,一个羁押站一个羁押站地徒步走。这些无法挽救的、绝望的、像空中的电闪一样可怕的人,齐步走着,大家同时一起弄出镣铐的铁器声。周围还有不能通行的阴暗的森林发出的声响。

驿道是生活在一个大家庭之中。城市和城市,乡村和乡村,都是相互熟悉并有亲戚关系的。在霍达斯克村,驿道和铁路相交的地方,有附属于铁路的火车修配厂、机械厂,困苦的贫民挤在工厂的工人集体宿舍里,生病、死去。懂技术的苦役期满的政治流放犯,到这里来当技师,并且留下来定居了。

沿着这一线最初建立的苏维埃都被推翻了,西伯利亚临时政府维持了一段时间,现在是取而代之的最高统治者高尔察克的政权控制整个地区。

二

驿路有一段要用很长时间往山上走。远方展开的视域越来越宽广。山坡似乎没有尽头,眼界也愈加广阔。就在马匹和人员都疲乏了,停下来喘口气的时候,爬山结束了。在前方,驿路经过的一座桥下快速奔流着克日姆河。

在河对面更陡峭的高处,显露出圣十字修道院的砖墙。驿路绕过修道院前的斜坡,在城郊农舍之间拐了几个弯之后就直插入城里。

驿路在中心广场又经过修道院领地的边缘,它那染成绿色的院门就朝这里开着。入口拱门上的圣像镶着半个花环似的金字:"因生命之力的十字架而欢乐,因虔诚信仰而无往不胜"。

冬天即将过去。这是复活节前的一周,大斋的末尾。路上的雪变黑,表明已经开始了解冻,不过屋顶还全是白的,附着一层厚实的冰帽。

小男孩们爬到圣十字钟楼上去找敲钟人,看着下面的房屋像是挤成一堆堆的小匣子、小箱子。和句号一样大的黑色的小人朝屋子走去,从动作上判断能认出几个人来。走近的人在看贴在墙上的最高统治者发布的征召三种年龄人入伍的命令。

三

黑夜带来了许多不可预见的事。天气开始变暖,在这个时节有些异常。下着毛毛雨,雨丝轻盈,似乎不到地面就化为水雾在空中散去。不过这只是外表。温暖的雨水水流完全能把地上的积雪冲干净。整个地表黑得发亮,仿佛汗湿了一般。

矮小的苹果树都发了芽,不知用了什么办法都把细枝穿过花园的篱栅伸出到街上。雨水从树枝上纷纷落在木板铺的人行道上。全城都听得到不一致的鼓点似的雨水滴落声。

照相馆院子里拴着的小狗托米克一直号叫到天明。也许是被狗叫声惹怒了,加鲁津家花园里的乌鸦呱呱叫得全城都能听见。

买卖人柳别兹诺夫住在城里地势稍低的那边。有人给他运来三车货,他不收,说送错了,他从来没订过这些货。赶车的年轻人说天已经晚了,要求留宿一夜。他和他们骂起来,赶他们离开,不给开门。他们的骂声也是全城都能听见。

按一般计时来说是夜里一点,按教会的说法是六点多,圣十字修道院那座最大的稍微有一点点晃动的钟,发出一波平和、沉郁、幸福的钟声,和雨的湿润融合在了一起。这声音从钟上脱出,像是被春汛冲开的泥块,离开河岸沉了下去,融化在水里。

安息日的那天是大斋期的前夜。在网状的雨雾深处,刚能看清的几处火光在慢慢移动、飘浮，照出人的额头、鼻子和面孔。这是把斋的信徒去做晨祷。

　　一刻钟以后，听到了从修道院那边走过来，在人行道木板上踏出的脚步声。这是店主人加鲁津的妻子回家，晨祷不过刚开始。她戴着头巾，皮袄敞开，脚步不均匀，有时跑几步，有时又停下来。在教堂里她觉着不舒服，出来透透气。现在感到愧疚和遗憾，因为自己没能做完祈祷，并且是第二年没有把斋了。但这还不是她伤心的原因。到处贴着的动员入伍的公告让她揪心，因为她那可怜的傻儿子捷廖沙这回就要摊上。她想把这念头从脑袋里赶出去，可是在昏暗中到处一块块发白的告示总在提醒她有这么一道命令。

　　拐过墙角就是她家，两步之遥，但她在街上要好受些。她愿意待在外面，家里憋闷，不想回去。

　　种种愁人的念头涌在心间，想把它们一一用嘴巴念叨出来，又找不出足够的说辞，而且到天亮之前这段时间也不够。可是待在街上，这些袭扰她的一团团阴郁的念头，用不了几分钟她就能摆脱掉，从修道院墙再到广场拐角来回走两三次就行了。

　　马上就到复活节了，可是家里一个人也没有，都各自走开了，就剩下她一个。难道不是一个人吗？当然是一个人，收养的克休莎不算数。可她又是什么人？人心隔肚皮啊，也许是朋友，也许是敌人，也许是潜在的对手。她是弗拉苏什卡前妻的女儿，他说是养女。也许不是养女，而是私生女？或许连养女也不是，而是另一码事。男人的心能看透吗？不过也看不出这姑娘有什么不好的地方。聪明，漂亮，无可挑剔。比傻小子捷廖沙和养父精明多了。

于是复活节前夕就剩下她一个,别人都各去一方,把她舍弃了。

丈夫弗拉苏什卡沿驿道一路下去给新兵讲话,劝导征召入伍的人在战场上立军功。他要是能多关心自己的亲生儿子,在死亡的危险面前护住他多好!

儿子捷廖沙也忍不下去了,在大斋前夕跑了。他在碰上这种遭遇之后,跑到库捷内关厢的亲戚家开心取乐去了。小伙子被职业中学除名了。学习期间留了两次级,到了八年级学校就不再可怜他,把他赶出了学校。

唉,真伤心啊!噢,主啊!怎么会变得这么糟,真是一点儿指望也没有了。什么都办不成,真是不想活了!怎么就成了这样呢?是革命的力量?啊,不,可不是。全都是因为战争。男人宝贵的青春年华都在战争中毁掉了,只剩下毫无用处的废物。

身为承包人的父亲家里是不是也如此?父亲不喝酒,有文化,生活富足。还有两个妹妹波莉娅和奥莉娅。就像两个协调的名字一样,两个人也很融洽,还是一对美女。常到父亲那里去的木工工长们,都是身材魁梧、体态端正和处境比较好的。她俩有一次突然想起要织条六种毛色的披肩(不是家里困难需要她们编织),真是会想出主意的人!不过又该怎么说呢,织工活儿做得这么好,全县都夸她们编的围巾。有时候什么都能让她们感到高兴,比如说浓密的头发、苗条的身材、教堂里的祷告、跳舞、来往的客人、人的身段等等,尽管是普通人家、小市民,还是工人、农民。俄罗斯也如同一位没出阁的姑娘,有真正的追求者,真正的保护人,但不是现在这帮家伙能比的。如今什么都没了光泽,只剩下一伙吝啬鬼似的下贱又无用的人,日日夜夜不嫌累地说,终归要让话给堵死。弗拉苏什卡和他的朋友们想靠香槟酒和良好的愿望把那过去的黄金时代引回来。莫非失去的爱情也能夺回来?除非能够移山覆地!

四

加鲁津娜已经好几次来到圣十字市场的进货场。从这里到她家要往左拐。不过每次她都改了主意,向后转,又走进了通向修道院的小巷子里面。

进货场像一片旷野那样大。过去到了集市的日子,农民的大车在这里摆满。市场的一头紧挨叶列宁街。另一侧让一些一层或两层的小房子围成个偏弧形。小房子都是货栈、账房、商务交易所和修理作坊占用着。

在平安无事的年月,厌恶女人的布留汗诺,身穿一件长大襟的常礼服,戴着眼镜,像模像样地坐在他家四扇敞开的铁门前的椅子上在看只卖一个戈比的小报。这是个粗鲁的蠢人,做皮革、焦油、车轮、马具、燕麦和干草方面的生意。

在这里,一扇昏暗的小窗户的窗台上,经年放着几个积满了尘土的硬纸盒,盒子里摆放着成对的有缎带和小花束装饰的婚礼蜡烛。窗台后边不大的空屋子里,没有家具,也没有放过什么商品的迹象,如果不把一个个摆在一起的蜡环算上的话。就在这间房子里,由那位不知其住处、身为百万富翁的蜡烛生产商的神秘代理人经手,做过成千笔地板蜡、蜡和蜡烛的生意。

在这里,在街里一排商店正当中,是加鲁津家开的大杂货店,有三间门面,出售的是茶叶、咖啡、可可等外来货。屋里没上漆的干裂地板,每天都要打扫三次,因为掌柜和伙计们整天喝茶,没节制,泡过的茶叶都倒在地板上。年轻的老板娘非常喜欢坐在这儿的钱柜后边。她喜爱的颜色是雪青色、紫色,这是教堂举行大典时神甫法衣的颜色;丁香花含苞未放的颜色,是她最好的丝绒长裙的颜色,也是她那套餐用玻璃酒具的颜色。幸福的颜色,回忆的颜色,衰败的革命前俄罗斯处女时代的颜色,她认为也是紫丁香花苞那样的。她乐意坐在钱柜后面,因为散发着玻璃罐里淀粉、糖和深紫色黑醋栗水果糖香味的屋中,淡紫色的黄昏正好同她心爱的颜色吻合。

在这院子的一角,存放木材的库房旁边,有一座用普通的薄木板盖的四面都开裂的旧两层楼房,像一辆用旧了的轿式马车。楼房里有四套房间,两个入口在正面的楼角处。楼下左边的一半是扎尔金德开的药房,右边是公证人办事处。药房上面的楼上住着上年纪的女服裁缝什穆列维奇一大家人,裁缝对面,公证人办事处上面,挤住了许多租户,入口处门上贴满的招牌、牌子,说明他们都是干什么的。这里有修表的和定做皮靴的。茹克和施特罗达赫合伙在这儿开了一家照相馆,这里还有卡明斯基的刻字铺。

因为房间太拥挤,摄影师的两个年轻助手,修版工谢尼亚·马吉德松和大学生布拉仁,在院子的劈柴库房过道里搭了一间类似实验室的屋子。从红色显影灯的猫眼可以看出他们正在干活,显影灯一闪,小房间的窗户也暗淡地闪亮。窗户底下锁着小狗托米克,这狗叫起来整条叶列宁街都能听见。

"大家伙儿都乱哄哄挤在一起,"加卢津娜走过旧楼时这么想,"又穷又脏的破烂窝。"但她马上断定弗拉斯·帕霍莫维奇反犹太主义的做法不对。这些微不足道的人对帝国的命运起不了什么作用。不过要是问问什穆列维奇这个老人，混乱和无序从何而来，他一定会向你躬身施礼，做个鬼脸，咧着嘴说："都是拉贝尔①搞的鬼。"

唉，她想的这些都是什么呀，脑子里塞的是什么呀？难道这是问题所在？糟糕糟在这里？倒霉倒在这城市上。俄罗斯的生存不靠城市，只是贪图它们的教育程度，追赶城里人，可没赶上。错过了自己的岸，别人的岸也没靠上。

或许正相反，倒霉就倒在无知上。有学问的隔着地面也能看见，什么都能事先猜测到。可是我们掉了脑袋才想起抓住帽子，如堕五里雾中。但是有文化的人现在应该是日子也不好过。缺粮把他们从城里赶了出来。越想越不明白。魔鬼自己也为难。

可我们农村亲戚的情况就大不一样。就拿谢利特温一家、舍拉布林一家、帕姆菲尔·帕雷赫、莫德赫家的涅斯托尔和潘克拉特两兄弟来说吧。靠双手劳动，自己当家。大道两边盖了新房，招人爱看。每个人种了十五俄亩的地，有马、羊、牛和猪。存的粮食足够吃三年。生产工具也是令人赞叹。收割用的机械都有。高尔察克巴结他们，想把他们拉到自己这边来，政委们就想把他们诱惑到游击队里去。仗打完他们戴着乔治十字勋章回来了，马上都抢他们去当教官。不管你有没有肩章，只要你高明，哪儿都需要，决不会没指望。

现在可是该回家了。一个女人家闲逛这么长时间是不体面的。要是在自家的菜园子里就好了。可是那儿都是稀泥，

~~~~~~~~~~

① 拉贝尔，代指犹太人。

站不住脚。心里头似乎松快了点儿。

加鲁津娜一路上想来想去乱了套，最后连思路都找不着了。这时已经到了家门口。在迈进门槛之前，她在台阶前跺掉脚上的泥的时候，还在心里把五花八门的想法掂量了一遍。

她想起现在霍达斯克村的有名堂的人，从首都来的政治流放犯季维尔辛和安季波夫，无政府主义分子"黑旗"伏多维钦科，本地的钳工戈尔申科·别申内。对他们她都有近距离的印象。他们都各有主张，一生当中不断生事，现在大概又要策划什么了。不然他们就没法活。他们一辈子都没离开过机器，自己也冷酷无情，和机器一样。他们爱在短上衣外面套件绒衣，抽烟要把烟卷插在骨质烟嘴上，喝烧开过的水，免得传染上病。弗拉苏什卡白费力气，不会有什么结果，这些人是要把一切都按自己的意志倒转过来，永远照自己的主意办。

她于是想到自己。她知道自己是个挺不错的、与众不同的女人，身体保养得很好，人也聪明、不坏。但在这荒凉偏僻的地方，她的哪一处优点也没人赏识，也许到哪儿也得不到赏识。在整个外乌拉尔都知道的那个讽刺小曲，嘲笑愚蠢的先杰秋利哈的，只能说它的开头两句：

> 先杰秋利哈来把大车卖，
> 卖车的钱把三弦琴来买。

下边接下去就是淫词浪语了。她觉得人们在圣十字市场上唱这个小曲是在影射她。

她伤心地长叹一声，走进了家门。

五

　　她穿着皮大衣直接进了卧室,没在前厅停留。卧室的窗开向花园。此刻正是夜间,窗内和窗外杂乱的影子似乎是相互模拟的。下垂的宽大蓬松窗幔的阴影,和院子里光秃秃的漆黑树木的阴影几乎一模一样,轮廓不清。在花园里,即将逝去的黑绸般的暗夜,被穿过地层将要到来的春天暗紫色的气息温暖了。就要到来的这种暗紫色的节日温暖之气,让没有拍打干净的窗幔的尘土掺杂的闷气柔和了、淡化了。屋子里这两种相近的因素似乎就这样结合在了一起。

　　圣像当中的圣母,两手从银质衣饰下面伸出,窄小乌黑的手掌朝上举起。她每只手掌里像是握着她的拜占庭圣名最前与最后的两个希腊字母。放在金灯座上的石榴石玻璃的圣灯,仿佛一只黑墨水瓶,把似乎被牙齿咬碎的星星似的闪光洒在卧室的地毯上。

　　加鲁津娜一边脱下披巾和皮大衣,同时不很灵活地转一下身,肋骨又感到刺痛,胸口也发闷。她喊了一声,害怕了,喃喃自语道:

　　"请庇护悲伤的人,圣洁的圣母,及时助人,保佑平安。"接着就哭了起来。等这阵疼痛过去之后,她开始脱衣服。领子后面的和背上的束胸扣钩从她手里滑落下来,掉到衣服烟色的皱褶里,她吃力地去摸它们。

　　养女克休莎在她进家门的时候惊醒了,现在走到她屋里。

　　"您怎么摸着黑呀,妈妈,要不要给您拿盏灯来?"

　　"不用,就这样也看得见。"

"好妈妈，奥莉加·尼洛夫娜，我来帮您解衣服。别受罪了。"

"手指头不听使唤，一点儿办法也没有。裁缝脑子不好使，没把扣钩钉对地方，瞎了眼的东西。我都想从上往下撕到底，把整条子布边甩到他脸上。"

"十字架节的歌唱得真好。夜里静，空气把歌声都送到这儿来了。"

"唱得倒是不错。可是我，我的妈呀，不舒服。又是这儿也疼，那儿也疼。到处都疼。真是作孽呀！不知道怎么办才好。"

"顺势疗法的医生斯特多勃斯基给您治过。"

"他提出的办法总是实行不了。你的那位顺势疗法大夫原来是个庸医，什么也不懂。这是其一，其二是他走了。走啦、走啦，走的还不只他一个。都在节前从城里走了。是不是预先知道要地震？"

"但是那个俘虏过来的匈牙利大夫给您治得挺好嘛。"

"又胡说了。我跟你说，谁也没留下，都各奔东西了。克列尼·劳什和另外那些匈牙利人不知怎么落到分界线那边去了。他们强迫那家伙看病，带到红军里去了。"

"您太多疑了。神经官能症。普通的民间暗示疗法在这方面能有奇效。您还记得不，那个巫婆，士兵的老婆，念咒给您治病，效果不是挺好吗？那可是手到病除。忘了那个士兵老婆名字叫什么了。"

"不对，你完全把我当成愚昧无知的人了。你大概还会背着我唱先杰秋利哈小曲挖苦我吧。"

"您就不怕上帝啊！您不该说这种话，妈妈。您还是想想士兵老婆的名字吧。就在嘴边上，想不起来心里不踏实。"

"她的名字比她的裙子还多，不知道你要哪一个。她叫库巴利哈娜，又叫梅德维吉哈，还叫兹雷达利哈。还有十来个外号。她也不在这附近。巡回演出结束了，上哪儿找去。把上帝的这位仆人关到克日木监狱去了，因为给人打胎还有什么药面儿的事。可是你看她，嫌牢房里闷得慌，从那里逃之夭夭，到远东去了。我跟你说吧，都逃散了，包括弗拉斯·帕霍梅奇①，捷廖沙，还有好心肠的波莉娅姨妈。城里头正派女人就剩咱们这两个傻瓜了。我可不是开玩笑。没有地方看病了。要是出了什么事，那就算完，一个人也叫不来。人们都说，在尤里亚金有个从莫斯科来的名医、教授，是一个自杀而死的西伯利亚商人的儿子。我正盘算请他的时候，红军在大路上设了二十个哨所，怎么找啊。现在说点儿别的吧。你去睡吧，我也试着躺会儿。大学生布拉仁算是把你迷住了。干吗不承认哪。不管怎么着你也躲不开他。瞧你满面通红的。你那不走运的大学生复活节晚上还得冲洗相片，都是我的照片，又要显影又要洗印。自己不睡也不让别人睡，他们那条狗托米克叫得全城都听得见。该死的乌鸦在咱们苹果树上呱呱乱叫，这一夜我又不用睡了。你又生什么气呀，一点儿也碰不得，啊？大学生就是让姑娘们都喜欢喽。"

六

"那边狗怎么叫得那么厉害？该过去看看是怎么回事。

---

① 即帕霍莫维奇。

不会无缘无故这么叫的。等一下,莉多奇卡,别拼命催,闭一下嘴。要把情况搞清楚。万一警察进来怎么办。你别走,乌斯金。你也站在这儿,西沃布留伊。没你们也能行。"

可是中央来的代表没听见请他停一下的话,依旧疲惫地继续快速、雄辩的演说。

"在西伯利亚的资产阶级军事政权所推行的掠夺、勒索、暴力、枪杀和拷打的政策,必然会让迷途的人睁开眼睛。这不仅仅是与工人阶级为敌,实际上也与全体劳动农民为敌。西伯利亚和乌拉尔的劳动农民应该明白,只有和城市无产阶级和士兵结成联盟,只有同吉尔吉斯和布里亚特的贫农结成联盟,……"

终于他听见有人打断他的话,停了下来,用手绢擦擦脸上的汗,疲乏不堪地垂下浮肿的眼皮,闭上了眼。

站得离他近的人低声对他说:

"喘口气儿吧,喝口水。"

有人冲着不安的游击队头目说:

"你用不着激动,什么事也没有。窗台上有信号灯,还有岗哨,说得确切点儿,正死死地盯着周围。我认为可以继续作报告。讲吧,莉多奇卡同志。"

大仓库里的木材被搬空了。在搬干净的地方正举行秘密会议。把空着的另一半同过道里的照相室和出口隔开,像一面屏风,把聚会在这儿的人遮住。如果有了危险,开会的就钻进地道,修道院墙后面康斯坦丁死胡同有出口,出来可躲到偏僻地方去。

报告人戴顶黑棉布帽,把他整个秃顶都盖住。一张油橄榄形的脸苍白无光,黑络腮胡子一直长到耳根。他有神经性发汗的毛病，一直大汗淋漓。他就着煤油灯火热的气流对火，贪婪地抽没抽完的烟头，身子低低弯向摊在桌上的文件，那双近视眼着急地在上面扫来扫去，像是用鼻子去闻。之后，用呆板而疲倦的声音继续说下去：

"这样的城市和农村贫苦人的联盟，只能通过苏维埃去实现。西伯利亚的农民不管愿不愿意，现在努力要争取的，正是西伯利亚工人早已展开斗争并为之奋斗的目标。推翻海军将军们和哥萨克军事首领们令人民厌恶的专制政权，是他们共同的目的。在同武装到牙齿的资产阶级雇佣的哥萨克骑兵进行斗争的同时，起义者不得不进行正规的战线作战，而这种战争是顽强又持久的。"

他又停下来，擦擦汗，闭上眼睛。有人不顾会议议程，站起来举手想插话。

游击队首领，正确地说，就是外乌拉尔克日姆游击队联队指挥官，坐在报告人近前，摆出不在乎的挑衅姿态，粗鲁地打断他，没有丝毫尊重的样子。真难让人相信，这么年轻的一个军人，简直还是个孩子，在指挥几个军和几支联合纵队，而他的部下都服从他，崇拜他。他坐在那里，手脚都笼在骑兵大衣的衣襟里头，脱下来的大衣，上半截和袖口搭在椅背上，露出了穿军便服的身子。衣服上撕掉准尉肩章的地方留下两个黑印。

他两旁站着两个和他年龄相仿的一声不响的卫兵，身上穿的卷毛粗羊皮镶边的白羊皮袄已经发灰了。他们那呆板却好看的脸，除了流露出对长官的盲目忠诚和准备为他无所不为之外，没有任何其他表情。他们对会议漠然不关心，对会议所涉及的问题以及争论过程也无动于衷，不说话，脸上也没笑容。

除了这些人以外,仓库里还有十至十五个人,有的站着,有的坐在地板上,两条腿完全伸直,膝盖蜷起来,身子靠在墙上或堆在墙边堵缝的圆木上。

给贵宾摆了椅子。坐在这几把椅子上的是三四个老工人,第一次革命的参加者,其中有颜面变了样、阴沉着脸的季维尔辛,还有一向对他唯唯称是的朋友安季波夫老人。他们被归到神明的行列,革命把自己的祭礼和牺牲捧到他们脚下。他们像木偶似的一声不响地正襟危坐,但从他们身上流露出来的夜郎自大,把一切活生生的、有人味的东西都毒杀掉了。

仓库里还有值得注意的人物。比如无政府主义的中坚、黑旗伏多维钦科。他一刻也安静不下来,一会儿从地板上站起来,一会儿又坐回去,或是在仓库里走来走去,又在中间站住。他是个胖子,身材高大,脑袋和嘴也都很大,一头狮鬃似的长发。他是俄土战争中,至少是日俄战争幸存的几乎唯一的一个军官了。他是个梦想家,永远沉浸在自己的妄想之中。

由于无比忠厚,身材又惊人的高大,他就注意不到和他不相称的、规模小的现象。他对发生的一切都不太注意,对什么都误解,把相反的意见当成自己的看法,对什么都赞成。

坐在他旁边地板上的是他的熟人,在林子里打猎和捉野兽的能手斯维利德。尽管斯维利德不务农,但从他黑呢衬衣的开襟里仍流露出农民的泥土气。他把衬衣和领口下面的十字架抓在一起团成团,来回擦身子,挠胸脯。这是个有一半布里亚特人血统的乡下人,诚恳,没文化,头发梳成几根细短的小辫,上唇小胡子很稀,下颌的更稀,总共不过几根。蒙古人的体形让他显出些老态,总是带着的同情笑容又给他的脸增加了些皱纹。

报告人带着中央委员会的军事指示走遍了西伯利亚，他的思想已经飘到将要去的广阔地区。对大多数出席会议的人，他漠不关心。但作为一个幼年就参加革命的热爱人民的人，他崇拜地望着坐在他对面的年轻战略家。他不仅原谅这个男孩子的粗鲁，在老人看来这是有乡土味儿的潜在革命性的召唤，而且也颇为欣赏他那种放肆的举止，如同一个痴恋女人喜爱她的征服者的无耻放肆一样。

游击队领袖是米库利钦的儿子利韦里，中央来的报告人便是过去的合作主义者科斯托耶德-阿穆尔斯基，早先追随过社会党人革命分子。近来他改变了自己的立场，承认自己立场的错误性质，并在几次全面的声明中表示悔过，于是他不仅被吸收进了共产党，还在入党后不久被委以这样的重任。

把这项工作委托给他这么一个没当过军人的人，是出于对他的革命资历和在监狱里受尽磨难的尊敬，并且还估计到他作为过去的一名合作主义者，应该很了解西伯利亚起义控制的地区农民群众的情绪。在这方面，可能熟悉农民情绪比懂得军事更重要。

政治信仰的改变使科斯托耶德有了让人认不出来的变化。外表、动作和风度都变了。谁也不记得他先前总是秃顶和满脸胡须的样子了。也许这都是做作出来的？党指示他要严格保密。他的化名是贝伦杰和莉多奇卡同志。

伏多维钦科提前声明赞成读过的革命条文，这引起了一阵嘈杂声，待到安静下来以后，科斯托耶德继续讲下去：

"为了尽可能充分利用不断高涨的农民群众运动，必须尽快建立和省委管辖地区所有游击支队的联系。"

接下去科斯托耶德谈到了设立接头点、暗号、密码和联络方法等等问题,之后又谈起了细节:

"把白军机构和组织存放武器、军服和粮食的仓库地点,以及存有大量金钱的地点和他们的储备系统,通知游击队。必须周密地分析游击队内部配制的所有细节,分析它们的指挥人员、军事活动和同志纪律,秘密活动,游击队同外部世界的联系,对当地居民的态度,战地军事法庭,在敌占区的破坏策略,即破坏桥梁、铁路、轮船、驳船、车站、修配厂及其技术设施、电话局、矿山、粮食的策略。"

利韦里忍着、忍着,终于忍不住了。他觉得科斯托耶德所说的一切都是与实际无关的肤浅之见。

"十分精彩的讲话,我一定牢牢记住。要想不失去红军的支持,必须接受所讲的这一切并且不能反对吧。"

"当然是这样。"

"我的无比可爱的莉多奇卡,在你铺天盖地地教训我们的时候,我的队伍,那是三个团还有炮兵和骑兵,早已出发狠狠打击敌人去了。对你的那个别人给写好的孩子气的讲稿,叫我说什么好呢!"

"说得好!有力量!"科斯托耶德这么想。

季维尔辛不喜欢利韦里那种傲慢的口气,于是打断这种争论说道:

"对不起,报告人同志。我想确认一下。可能有一条指示我记得不对。我念一下,看看是不是记错了:'最好把革命时期曾在前线并加入士兵组织的老战士吸收进委员会。在委员会中最好有一两名士官和军事技术专家'。科斯托耶德同志,我记得对不对?"

"对，一字不差。记得对。"

"那请允许我提出以下几点：关于军事专家这一条让我担心。我们工人们，一九〇五年革命的参加者，信不过丘八长官。他们当中总有反革命。"

周围的人喊了起来：

"行啦！表决，表决！该散会了，时间不早了。"

"我同意大多数人的意见。"伏多维钦科插话进来，低音大嗓门像打雷，"表达要有诗意，应该这样：民事指示应来自下层，在民主的基础上生长，如同栽到土里生根并长出枝条那样，不能打桩子一样从上面往下打。雅各宾党专政就错在这里，所以国民会议才被热月党人推翻。"

"这再清楚不过了，"和他一起流浪的朋友斯维利德帮着说，"这连小孩子都懂。早就应该想到，现在晚了。我们现在要干的是作战，不顾一切地往前冲，低头弯腰喘大气地冲。指手画脚说一通，再往后退，那算什么事儿？自己种的苦果自己吃。自己跳到了水里就别喊救命——沉下去完事。"

"表决！表决！"四面八方都要求表决。大家又发了一会儿言，各说各的话，越来越不沾边，天快亮时宣布闭会。大家警惕地一个个分散着走了。

七

驿道上有一处风景宜人的地方。挨着陡坡有两个几乎连着的村子——库杰内小镇和小叶尔莫莱村，湍急的帕仁卡小河把它们隔开。库杰内从上方顺着陡坡铺展而下，小叶尔莫莱在其下呈现出五彩缤纷的景象。库杰内小镇正在欢送征募来的新兵。施特列泽上校为主席的验收委员会在复活节期间停了一阵之后，继续在小叶尔莫莱村工作，给该村和几个邻近乡应征入伍的青年检查身体。为了保证征兵工作顺利进行，村里驻扎了骑警和哥萨克兵。

这是复活节迟到了而初春又很提前的节后第二天，温和而宁静。库杰内镇的街上，一张张款待即将出发的新兵的桌子在露天里摆下，从大路的一边开始，为了不妨碍车辆通行。桌子放得不完全在一条直线上，像一条很长的弯曲的肠子。桌上的白桌布垂到地面。

款待新兵是大家合伙公摊的。食品主要是复活节剩下的东西，两只熏火腿，几个圆柱形大甜面包，两三个甜奶渣糕。沿桌摆满了装咸蘑菇、黄瓜和酸白菜的盆子，还有盛农民自己烤的切成厚片的面包的碟子。最慷慨大方的东西是一碟碟堆得像小山似的复活节彩蛋，彩蛋涂的是粉红色和浅蓝色。

外面粉红、浅蓝而里面白色的空蛋壳乱丢在桌子周围的草地上。从小伙子们上衣里露出的衬衫也是粉红色和浅蓝色的。这也是姑娘们连衣裙的颜色。浅蓝的是天空，粉红的是云彩。云彩在天上慢慢地、谐和地飘动，仿佛天空同它一起在动。

弗拉斯·帕霍莫维奇·加鲁津穿着粉红色衬衣，腰上系了一条半丝质的宽腰带。帕夫努特金的房子在小山坡上，他从帕夫努特金家高台阶上跑下来，皮靴的鞋跟敲着地面嗒嗒响，两只脚一会儿往左去，一会往右去，跑到桌子跟前，立即开口讲话：

"我用这杯老百姓自己酿的酒代替香槟酒为你们干杯，小伙子们。祝你们长寿！就要上路的年轻人！新兵先生们！

我祝你们万事如意。请注意！你们将要踏上上帝祝福之路，遥远的征途，挺起胸膛保卫祖国，打退让兄弟自相残杀、血染祖国大地的暴虐者们。人民希望不流血地全面衡量革命的成果，可是布尔什维克党作为外国资本的奴仆，把人民朝夕盼望的理想——立宪会议，用刺刀的暴力驱散，无自卫能力的人民血流成河。就要出发的年轻人！俄国武装被玷污的荣誉高于一切，因为我欠下我们诚实盟友的债，我们蒙受耻辱。我们已经注意到，紧跟着红军，德国和奥地利也无耻地抬起了头。兄弟们，上帝与我们同在。"加鲁津还想往下说，但喊乌拉的声音和要求弗拉斯·帕霍梅奇喝酒的呼叫，压住他讲话的声音。他把酒杯举到唇边，一口口慢慢喝着没过滤的杂醇酒。这种饮料并不能让他满足。他喝惯了美味的葡萄酒。但一想到为社会所做的牺牲，他心里也就很满意了。

"你老子是只雄鹰。这家伙真会骂人！你那个杜马会议的米留可夫也不怎么样。"人们喝醉了，在一片喧闹中，格什卡·里亚贝赫对坐在身边的朋友，捷连季·加鲁津用半醉的舌头夸他的父亲，"真的，真是头雄鹰。大概不会白费劲，他想用舌头去张罗，免了你去服兵役。"

"算了吧，格什卡！你真没良心。居然能想到什么'免服兵役'。咱们会同一天收到通知书，叫你张罗去吧！咱们要到同一个部队。他们把我从中学里赶了出去，这群混蛋。我妈难过得要命。幸亏没当志愿兵。说是让我当列兵。爸爸当真是会说体面话，那没说的，是能手。他这个本领是从哪儿来的？天生的，没受过任何系统教育。"

"桑卡·帕夫努特金的事听说过吗？"

"听说了。真是传染得那么厉害？"

"一辈子的病。最后死在痨病上。怪他自己。警告过他别去。主要是和些人鬼混。"

"他现在怎么办?"

"悲剧。想自杀。现正在叶尔莫莱的征兵委员会给他做检查。也许收他。我去参加游击队,他说。我要对社会上的这种祸害进行报复。"

"你听我说,格什卡。你说是传染上了。可是如果不上她们那儿去,还会得别的病。"

"我知道你指的是什么。看来你正在研究这个问题。这不是病,是不能跟人说的隐疾。"

"格什卡,说这话真该给你一个嘴巴。你胆敢欺侮你的伙伴,你这个坏透了的家伙!"

"我说着玩儿呢,别激动。我想跟你说的是这个,我在帕仁斯克解了馋。一个路过的人在帕仁斯克发表了一篇'个性解放'的演讲。他说,我,妈的,要参加无政府主义。他说,力量就在我们自身。他说,性和性格是动物电的激发。啊,神了吧!可是我酒喝得太多了。周围喊叫得什么都听不见,耳朵快震聋了。受不住啦,住嘴,捷廖什卡。我说,你这个干巴奶子,妈妈的乖宝宝,住嘴。"

"你给我说说这个吧,格什卡。我对社会主义还不太清楚。比如,怠工者,这是什么意思? 有什么用?"

"尽管我是这方面的专家,可我跟你说了,捷廖什卡①,离我远点儿,我喝醉啦。怠工者是说同其他人是一伙。一说怠工者,你就同他是一伙。明白不,笨蛋?"

---

① 捷廖什卡,捷连季的爱称。

"我想也该是个骂人话。说到电,你说得对。我照着广告想好了从彼得堡订购一条电腰带。为的是加强活动能力。货款要代收。要是突然爆发了革命,那就顾不上腰带了。"

捷连季并没说完……醉汉们的吵闹声被不远处的一声爆炸盖过了。一瞬间桌子周边的喧闹停了下来。一分钟之后又恢复了,并且吵嚷得更厉害。一部分坐着的人站了起来,清醒点儿的还能站得住。另一些人摇摇晃晃,想走到一边去,可是站不稳,倒在桌子底下,马上打起呼噜。女人们尖声叫起来。一片混乱。

弗拉斯·帕霍梅奇两眼四处打量,寻找肇事的人。开始他觉得这轰隆一声,就在库杰内镇,很近,也许就隔了几个桌子。他脖子上青筋暴起,脸涨得通红,扯起喉咙喊起来:

"这是哪个犹大钻到我们队伍里来捣乱?还在吃奶的小子扔手榴弹玩?不管是谁,就是我亲儿子,也要把这坏家伙掐死。公民们,不能允许开这种玩笑!要搜捕。把库杰内镇给我包围了!一定要抓住这个奸细!不能让这杂种跑了!"

开始大家还听他讲话,后来从小叶尔莫莱乡公所那边冲天升起的烟柱,把大家的注意力引过去了。人们都跑到陡崖边上去看出了什么事。

从烧起来的乡公所里跑出几个没穿外衣的新兵,有一个两脚全光着,只穿一条紧身短裤,施特列泽上校和几个验收新兵的军人也从那儿跑了出来。哥萨克和警察骑着马在村子里来回跑。他们挺着身子,两手伸开,挥舞鞭子,身下的马像蛇一样扭来扭去。他们在搜寻人、捉人。一大群人顺着通往库杰内镇的大路奔跑过来,紧随其后叶尔莫莱村的钟楼当当敲起报警的钟,警察还追赶往这边跑的人。

事情发展得惊人得快。傍晚时候施特列泽带领哥萨克们来到和小叶尔莫莱村紧邻的库杰内镇继续搜查。巡逻队包围了村子,逐门逐户搜查。

参加庆贺活动的人还有半数没有离开,他们喝得烂醉如泥,头靠在桌沿上或者躺在桌子底下的地上睡着了。等到人们知道村子里来了警察,天已经黑了。

几个小伙子避开民警,相互催促地挤碰着从小道跑了,到了头一个碰到的地下货栈,从栅栏门底下没接触到地面的空隙处钻了进去。因为黑暗,搞不清这是哪家的货栈,但从鱼腥味和煤油味来判断,这是合作社屋里的地窖。

藏进来的人并没干什么见不得人的事,他们错就错在不该躲起来。多数人这么做是因为心慌,喝醉了酒,一时糊里糊涂。有的是感到自己的有些熟人不体面,他们也许会牵连毁了自己。要知道,如今一切都带有政治色彩。在苏维埃政权这边,调皮捣蛋和耍流氓被看成黑色百人团的证据;在白军那边,把闹事的人当成布尔什维克。原先在屋子外面东奔西跑的小伙子们就受过警告。

原来在这几个年轻人之前就有不少钻进了地窖。这里挤满了人,有几个库杰内镇的,也有是小叶尔莫莱村的。库杰内镇的人烂醉如泥,其中一部分像伴唱似的呻吟着打呼噜,咬牙,不时还干号几声,另一部分恶心呕吐。地窖里漆黑一片,臭气熏天,让人出不来气。最后进来的一批人从里面用土和石块把爬进来的通道堵死,免得洞口把他们暴露了。没多久,醉汉们的鼾声和呻吟声完全停止了。地窖里一丝声音也没有,都安安静静地睡着。只有让死吓得要命的捷连季·加鲁津和小叶尔莫莱村好用拳头的科西卡·涅赫瓦林内静不下来,在一个角落里小声说着话。

"小点儿声,兔崽子,你这爱哭鼻子的鬼东西,别把大家都坑了。听见没有,施特列泽的人搜查呢,到处乱窜。他们从村口回来了,按次序查,很快就会到这儿的。你听,这就是他们,别动,别喘气儿,不然我闷死你!——算你走运,——他们走远了。从旁边过去了。谁会动你一根手指头?"

"我听见格什卡喊'快藏起来',就钻进来了。"

"格什卡是另一回事儿。里亚贝赫一家子都是注意对象,不可靠。他们在霍达斯克有亲戚。是有手艺的,正经的工人家庭出身。你别哆嗦,傻瓜,安安稳稳躺着。周围都是拉的、吐的一堆堆的,一动弹你就沾一身,连我都得蹭上。你没闻见有多臭吗?施特列泽干吗满村子跑?搜查从帕仁斯克派来的人。"

"科西卡,这是怎么回事啊?怎么闹起来的?"

"都是桑卡闹的,就是那个桑卡·帕夫努特金。我们脱光了站成一排检查身体。就快轮到桑卡了,他不脱衣服。桑卡喝了酒,到村公所的时候还没清醒过来。文书提醒他,客气地叫他脱衣服,对桑卡用您称呼。军队上的文书。可是桑卡对他粗野极了:'我就是不脱。我身上的一部分不想让大家看。'仿佛他害臊。他侧身靠近文书,抡足了拳头照他腮帮子就是一下。一点儿不假。你猜怎么着,还来不及眨眼,桑卡弯下腰抓起办公桌的腿,尽全力连同桌上的墨水瓶、兵役册子都掀翻在地!施特列泽从门后头喊叫:'决不许在这里胡闹。我要让你们看看不流血的革命,叫你们居然敢在政府所在地不尊重法律。是谁带头闹事?'桑卡跑到窗口,大喊:'救命啊,各人快拿自己的衣服!咱们倒霉的日子到了,伙计们!'

我抓起衣服,跟在桑卡后头,一边跑一边穿。桑卡一拳砸碎了玻璃,一下子跳到街上,没影儿了。我跟在他后头,还有些人跟在我们后面。我们拼命跑,追捕的人在后头追。你问我这是怎么回事?谁也说不清楚。"

"炸弹呢?"

"什么炸弹?"

"谁扔的炸弹?噢,不是炸弹,是手榴弹。"

"老天哪,这难道是我们干的?"

"那又是谁?"

"我怎么知道。一准是别人干的。一看见乱了,便想趁乱把整个乡炸了。让他们怀疑别人去吧。他准是这么想的。准是政治犯。这里到处都是帕仁斯克的政治犯。小声点儿,闭上嘴。有人说话,听见没有?施特列泽的人往回走哪。唉,要糟糕。别出声。"

声音越来越近。皮靴轧轧响,马刺也发出金属碰撞声。

"您不用争辩,骗不了我。我可不是容易上当的。这里一定有人说话。"传来上校的长官口气的彼得堡口音,听得越来越清楚。

"大人,也许是错觉,"小叶尔莫莱村长奥特维亚日斯金老头是个渔场主,想说服上校,"既然是个村子,自然有人讲话,这不奇怪。这儿又不是坟地。也许有人说话。屋子里头不是不会说话的动物。也许是家神把人在梦里掐得喘不过气来。"

"轻点儿!您要再装疯卖傻,做出一副可怜相,我就给您点儿颜色看看!家神!您也太不像样子了。自作聪明到共产国际可就晚了。"

"哪儿能呢,大人,上校先生!哪扯得上共产国际!都是两眼一抹黑的文盲。连旧圣书都磕磕绊绊地前后连不起来。他们哪儿懂得革命。"

"没拿到证据之前你们只管这么说。给我把合作社的屋子从上到下搜一遍。所有的箱子都翻过来抖落抖落。柜台底下也都看一遍。跟合作社挨着的房子全都搜查。"

"是,大人,照您吩咐的办。"

"帕夫努特金、里亚贝赫、涅赫瓦林内这几个人,不论死活都要。从海底下捞也行。还有加鲁津那个黄口小儿。尽管他爸爸发表爱国演说,想把我们说糊涂了。正相反,麻痹不了我们。既然是商铺老板都发表演说,事情就不大妙。这让人起疑,不符合本性。我们的秘密情报说他们在圣十字镇的家里窝藏政治犯,开秘密会议。我要捉住那小杂种。还没打定主意怎么处置他,可要是真发现什么,我就绞死他,杀一儆百呀。"

搜查的人往前边去了。待他们走远了以后,科西卡·涅赫瓦林内问吓得半死的捷廖什卡·加鲁津:"听见了吗?"

"听见了,"他低声回答,嗓音都变了,"如今咱们同桑卡和格什卡只有进树林子这一条路了。我不是说永远待在那儿。等他们醒悟过来再说。他们清醒过来就知道该怎么办了。说不准还可能回来。"

第十一章 丛林战士

一

尤里·安德烈耶维奇在游击队里做俘虏已是第二个年头了。

这种不得自由的界限并不十分清晰。尤里·安德烈耶维奇作为俘虏待的地方没有围墙圈着。对他没有看守，也没有监视。游击战士们一直在游动之中。

尤里·安德烈耶维奇和他们一起行军。这群战士走过了不少居民点、居民区，但是不脱离当地的人民，不同他们隔绝，而是掺混在一起，消融在其中。

似乎，这种受制于人、这种被俘状态并不存在，医生是自由的，只是他不善于享用它。

生活当中有另外一种形式的强迫措施，也是眼看不到、手触不及的，和医生的受制约和被俘虏没有任何不同，同样似乎是不存在的，是臆想和虚构出来的。虽说没有镣铐、看守，医生还是不得不屈从于表面看似想象的不自由。

三次逃离游击队的尝试都以被捉住而告终。这三次算是这样无事地过去了，但实际是在玩火。他没有再这样做。

游击队首长利韦里·米库利钦对他是纵容的,安排他在自己的帐篷里过夜,喜欢他这种人。对这种强加的接近,尤里·安德烈耶维奇颇为苦恼。

二

这一时期,游击队几乎不停歇地往东撤。这种转移,有时候是要把高尔察克逼退出西西伯利亚总的进攻计划的一部分。有时候白军绕到游击队的后方并企图实施包围,这时在同一方向上游击队的运动就变成了后退。医生久久理解不到这种奥妙。

后退行动的方向大部分是和大道两旁的小城市和农村平行的,有时也顺着路走。这些城市和乡村是不一样的,要靠战争的运气变化,才知道是属于白军或是红军的。从外表就断定出当地是什么政权,那是稀有的事。

当农民义勇军穿过这些小城镇的时候,其中主要的就是这支拉得很长的队伍。路两边的房子仿佛缩退到地里去了,而那些踩踏着泥泞的骑兵、马匹、大炮和背着大衣卷的身材魁梧的步兵,相互挤碰着,后者似乎在这路上显得比小房子都高。

有一次就是在这样的一个小城里,医生接收了作为战利品的一个英国药品库房,是卡比尔将军的军队撤退时由军官丢弃的。

那是一个只有两种色彩的昏暗的下雨天。有光的地方都是白色,背光之处都是黑的。人的心里也是这种单一的昏暗,没有柔软的过渡,没有半明半暗。

被频繁的军事调动破坏了的道路,最终变成了一大条黑稀泥浆，不是到处都能够蹚过去。有几处可以过街的地方，但互相离得非常远，要想到这里得从两边绕很大的弯。就是在这样的条件下，医生在帕仁斯克遇见了先前火车上的旅伴佩拉吉娅·佳古诺娃。

她先认出了他。这个面熟的女人是谁，他没有马上想起来。她从大路那边，像是从运河的一岸向另一岸投出了包含两重意义的目光，一方面是决心同他打招呼，前提是他认出她来的话，否则就准备走开。

过了一分钟，他全都想起来了。那是在挤满了人的货车厢里的各种景象，有去服役的一群人和解送的卫兵，有把辫子撩到胸前的妇女旅客，在其中也看到了自己的家里人。前年一家人乘车的情景都清晰地涌现了出来。他刻骨思念的亲切面容，清晰地浮现在眼前。

他用头部的动作向佳古诺娃做了表示，让她往前走几步，到踩着石头就可以过街的地方。他也走到这个地方，向佳古诺娃那边走过去，同她打招呼。

她向他讲了许多事。她提到被非法抓进劳工队里但没受到不良影响的漂亮男孩瓦夏，这孩子曾经和医生同在一节暖棚车厢。她还把自己在瓦夏母亲住的维列捷尼基村的生活向医生描述了一遍。在她那儿过得很好，可是村里人看她的眼光让她不好受，因为她不是本村人，是外来户。还编造说她和瓦夏过于接近，责怪她。她不得不离开，不然就会被他们找碴彻底折磨完了。她来到"十字架节"镇，住在姐姐奥莉加·加鲁津娜家里。传说有人在帕仁斯克见过普里图利耶夫，她便被吸引到这里。这个消息原来是假的，不过她在这儿找到了工作，于是就留下来，住在这儿了。

这段时间她心中最亲近的人一个个都遭遇不幸。从维列杰尼科夫村传来消息说，由于不服从余粮征集制，村子遭到军事镇压。看来，布雷金家的房子烧光了，瓦夏家里有什么人死了。在"十字架节"镇上，剥夺了加鲁津的财产，强占了他的房子。姐夫不是被关进了监狱便是被枪决了。外甥失踪。破产初期，姐姐奥莉加是挨饿，现在为了有口饭吃，在兹沃纳尔斯克镇给一个农村亲戚当用人。

凭一个偶然的机会，佳古诺娃在帕仁斯克的药店里当了一名器皿清洗工，药店的财产正好是医生征用的。包括佳古诺娃在内，对所有靠药店生活的人来说，征用带给他们的是生活困境。但取消征用并不在医生权限之内。药品移交的时候佳古诺娃在场。

尤里·安德烈耶维奇的大车一直赶到药房后院的仓库门口。用柳条缠着的瓶子和箱子一捆捆从房子里抬出来。

药房老板那匹长了疥疮的瘦马也随着人们一起悲伤地从马厩里看着往车上装货。阴雨的天将近黄昏。天空刚有一点儿透亮。乌云紧裹着的太阳露了一下面，快要落山了。它那深青铜色的余光洒进院子里，预示不祥地把粪便染成金色。风吹不动它们，粪水重得动不起来。但大路上的积水被风吹得颤抖，呈现出朱红色的涟漪。部队绕开最深水沟和坑洼的地方，一直沿着路的边沿不停地向前移动。在缴获的药物中发现一罐可卡因，游击队首长最近有了闻它的毛病。

三

在游击队里医生的工作多得不得了。冬天是斑疹伤寒，夏天是痢疾。另外，战斗重新爆发，在这样的日子里伤员不断增加。

尽管情况不利，大多是撤退，但游击队的人数还是不停地增加。人员来自农民起义军途经各地的新起义者，有的来自敌人阵营中的投诚者。医生在游击队度过的这一年半的时间里，游击队员人数增加了十倍。利韦里在"十字架节"镇地下司令部的会议上提到过他部队的人数，那时他大概夸大到了十倍。现在已经达到所说的这个数目了。

尤里·安德烈耶维奇有几个助手，新来的卫生兵有一定的经验。他的主要医疗助手是匈牙利共产党员、战俘里头的军医克列尼·劳什，在战俘营里大家都喊他"狗叫"同志。还有个助手是医士安格利亚尔，克罗地亚人，也是奥地利战俘。尤里·安德烈耶维奇同前者谈话用德语，后一个出生于斯拉夫人居住的巴尔干半岛，勉强听得懂俄语。

四

根据国际红十字公约，军医和卫生部队人员无权武装参与交战双方的军事行动。但有一次医生不得不违背自己的意志违反了条约。一次规模不大的战斗打响的时候，他正好在野地里，迫使他遭到了战斗人员的命运。

游击队的背后是大森林，前方是一片开阔的林中草地，是毫无防护的裸露的一个空间，白军从那里进攻。游击队的散兵线布置在林子边缘，医生在那里遭遇到敌人的炮火，马上就躺倒在队里报务员的旁边。

敌人已经很近了，医生看得很清楚，能看到每个人的脸。

这是些出身属于首都社会非军人阶层的青少年,那些年纪大的是从预备役动员来的,但其中的主力则是头一类人,青年,一年级的大学生和八年级的中学生,不久前才报名参加志愿军的。

他们当中医生一个也不认识,但觉得有一半的面孔都熟悉,似乎见过。这些人让他想起过去的中学同学,也许这些青少年是他们的小兄弟?另一些人他仿佛从前在剧场里或街上的人群中间遇见过。他们那一副副很有表情的、招人喜欢的面孔,使他感到亲切,就像见到自己圈子里的人一样。

按照他们所理解的去忠于职守,促使他们毫无必要的挑衅式的激动、逞能。他们排成间距较大的散兵队形前进,挺直身子,英勇的姿态超过了基干近卫军,做出藐视危险的样子,既不跳跃前进也不卧倒,尽管草地不平,有可供掩蔽的土丘和坑洼。游击队的子弹几乎把他们挨个扫倒。

白军前进的光秃宽阔的野地中间,有一棵烧死的枯树。它不是被闪电或篝火烧的,便是先前几次战斗炸坏烧掉的。每个前进的志愿兵射手都要看它一眼,克制住躲在树干后面较为安全也便于瞄准的诱惑,而且对此表示藐视,继续前进。

每个游击队队员的子弹数目是有限的,必须珍惜。有绝对的命令,只能在近距离,可见的目标有多少,要和持枪射击的枪的数目一样时才能开枪。

医生没有枪,躺在草地里观察战斗进程。他全部的同情都在英勇丧生的孩子们这边。他从心里祝愿他们成功。这是那些在精神上、教养上、气质上和观念上可能同他接近的家庭的后裔。

他脑子里突然有了一个念头,就是朝他们向草地那边跑过去，向他们投降，以此找到解脱。但这一步太冒险了，伴随着极大的危险。

等他跑到草地中间举起双手的时候，两边都可能把他打倒，击中他前胸和后背，自己这边的人是为了彻底处罚他的背叛，白军则是因为弄不清他的真正动机。他已经不止一次遇到过这种情况，考虑过各种的可能性，并早就确认这种解脱的办法不可取。医生在这种两重性的感觉下继续趴在地上，面向草地，没有武器，注视着战斗情况。

然而在周围进行你死我活的战斗的时候，一个人没有任何行动、冷眼旁观是不可思议的，是超乎人的承受力的。而且问题并不在于对这个阵营是否忠诚，尽管它限制了他的自由，也不在于个人自卫，而是在于必须遵从既成的秩序，服从发生在他眼前和周围的事件的法则。置身度外是违背规则的，必须做别人所做的事。战斗正在进行，有人朝他和同伴们射击。必须还击。

当他身旁的报务员在散兵线内先是抽搐，之后挺直着身子死了不动的时候，医生匍匐爬到他那儿，解下他的子弹袋，拿过他的步枪，回到自己原来的位置上，一枪接一枪地射击起来。

但怜悯之心不允许他瞄准他所欣赏并同情的那些年轻人，胡乱朝天射击又太愚蠢又徒劳，违背他的初衷。于是他选择在他和他的目标之间没有任何进攻之人的时刻，照着枯树开枪。这就是他自己采取的办法。

医生瞄着目标，越瞄越准，不易觉察地就扣动了扳机，但不扣到底，似乎没有射击的打算，直到机头落下，子弹像走火一样射出为止。像往常一样，医生打得很准，把枯树的枯枝打得纷纷落在它的周围。

可是,太可怕了! 不管医生多么小心,多么不想打中什么人,但进攻的人一会这个、一会那个,在关键的一刹那进入了他和枯树之间,在开枪的时刻穿过他的瞄准线。他打伤了两个,第三个不走运地倒在离枯树不远的地方,估计是付出了生命的代价。

白军司令最终确信进攻毫无益处,于是下了撤退令。

游击队人员不多,主力的一部分在行进之中,另一部分撤到侧方,遭遇上了力量更强的敌人。支队为了不暴露人员较少的情况,没去追赶退却的敌人。

医士安格利亚尔把两个带着担架的卫生兵领到林边。医生命令他们救护伤员,自己走到躺着不动的报务员跟前。他不安地期望着也许报务员还有呼吸,还能救活。可是人已经死了。尤里·安德烈耶维奇为了确证这一点,便解开他胸前衬衣趴上去听。心脏已经停止跳动了。

死者脖子上挂着一个细绳系着的护身香囊。尤里·安德烈耶维奇把它摘了下来。香囊的破布里缝了一张折缝边缘磨烂了的纸片。医生打开破碎零散的纸片的一半。

纸上写的是圣诗第九十首的摘录,但同原诗略有出入。这是老百姓祈祷时自己加上去的,因为不断地重复,逐渐脱离了原文。古斯拉夫文的这个片段抄写时改用了俄文。

圣诗里说:"天助生存"。在俄文中这句改成了咒语的标题:"庇护必有"。圣诗原文:"不怕恐惧之夜晚和危险之白昼"。改为鼓舞的话:"莫怕迎接白昼。"圣诗原文说:"因为信奉我的名",俄文改成:"知我名已晚。"原文是:"患难之时,我必与之同在。我将携带他……"俄文改成:"尽快带他进入寒冬"。

圣诗被看作是具有避开子弹伤害的神效。上次帝国主义战争时期士兵便把它当作护身符带在身上。几十年之后,或在更晚的时候,被捕的人把它缝在衣服里,每当侦查员夜间提审犯人的时候,他们就暗暗地背诵圣诗。

尤里·安德烈耶维奇从报务员身旁来到林中草地上被他打死的白卫军尸体跟前。少年俊美的脸上现出无辜和宽恕一切的痛苦表情。"我为什么要杀死他呢?"医生心里在想。

他解开死者的大衣,撩开衣襟。衣服衬里上工整地绣着死者的姓名:谢廖札·兰采维奇。大概是疼爱他的母亲手工精心绣上去的。

从谢廖札衬衣领口掉落出挂在项链上的小十字架、鸡心盒和一个扁平的金质小匣或是扁烟盒,坏了的盒盖像是用钉子钉上去的。小匣子半开着,从里面掉下一张叠着的纸片来。医生打开纸片,几乎不敢相信自己的眼睛,那也是圣诗的第九十首,不过是全部照着古斯拉夫体印制的。

这时谢廖札呻吟着抽搐了一下。他没有死。后来发现,他身体内部受到轻微的震伤。已经处于尾势的子弹打在母亲给的辟邪物壁上就无力了,这救了他的命。可是如何处理这个躺在地上还不省人事的少年呢?

交战的双方这时都凶残到了极点。俘虏不会活着押送到目的地,受伤的敌人就地刺死。

当时林子里游击队人员流动性很大,不时有新人志愿加入,不时又有老队员离开并投到敌人那边。要是能严守住秘密的话,可以把兰采维奇说成不久前加入的新队员。

尤里·安德烈耶维奇从被打死的报务员身上脱下上衣,

在安格利亚尔（医生把这个秘密告诉了他）的帮助下，给还没恢复知觉的少年穿上。

他和医士一起护理这个男孩。待到兰采维奇完全康复以后，他们放了他，但他并不向救了自己的人隐瞒，表示还要返回高尔察克部队，继续与红军作战。

五

已是秋天，游击队把营地扎在高山坡上一片小树林子里。这地方名叫狐湾，下面有一条水流很急的小河从三面环围着，河岸被冲出条条小沟。

卡比尔的部队曾在这里过冬，那时游击队还没来到。当时他们是自己动手，也借助当地居民的劳力，在林子里修筑、加强了工事，但春天他们就放弃了。游击队员们如今在他们没有烧毁的掩体、战壕和交通沟里住了下来。

利韦里·阿韦尔基耶维奇和医生合住一个土窑。这已是第二个夜晚他在和医生谈话，让后者无法睡觉。

"我真想知道，我那位最可敬的父亲大人、受人尊重的老爷子现在做什么呢。"

"天哪，这种要活宝似的腔调，简直受不了，"医生心里叹口气在想，"跟他老子一模一样！"

"从先前我们的谈话当中可以得出结论，您对阿韦尔基·斯捷潘诺维奇相当熟悉，而且我觉得您对他的看法并不坏。是吧，阁下？"

"利韦里·阿韦尔基耶维奇，明天要到坡上去开选举前的大会。另外，马上要审那个私酿酒的卫生兵，我和劳什还没准备好有关的材料。明天就碰头研究这事。两夜我都没睡了。以后再谈好不好？您发点儿善心吧。"

"不行，"队长又把话拉回到阿韦尔基·斯捷潘诺维奇身上，"您对老爷子有什么看法？"

"您父亲还相当年轻，利韦里·阿韦尔基耶维奇，干吗这么称呼他呢？现在我就回答您。我常跟您说，我划分不清社会各阶层的演进变化关系，看不出来布尔什维克同其他社会党人之间有什么特别的不同。您父亲是属于最近这一时期造成俄国动荡无序的那种人。您父亲无论外在表现还是性格都是革命的。他和您一样，是俄国发酵起因的代表人物。"

"这是夸奖还是否定？"

"还是请您以后找个方便时候再和我辩论吧。除此之外，还要提醒您注意，闻那个可卡因您可是又没有节制了，而且任意地从我的储备药品里头拿走。先不说这是毒药，我要为您的健康负责，而且它有其他的用处。"

"昨天您又没来上课。您的那条社会筋脉，跟不识字的一般妇女或是顽固不化、因循守旧的俗气人一样。另一方面，您又是个医生，念了不少书，似乎自己还在写些东西。请您说说，这两个方面怎么能联系在一块儿？"

"我也不知道怎么联系到一起，或许根本就没法联系，毫无办法。我是值得可怜的。"

"温顺胜过骄傲。与其恶毒嘲讽，不如熟悉一下我们讲习班的大纲，承认自己傲慢得不是地方。"

"随您怎么说吧，利韦里·阿韦尔基耶维奇！哪儿来的傲慢呀！我万分崇拜您的教育工作，议事程序上每天都有您的问题综述，我都读过。我知道您对培养士兵道德的想法，十分钦佩。您所说的人民军队士兵对待同志、弱者、无法自卫的人、妇女以及洁身自好和荣誉等应有的观念的看法，同反正教仪式派团体的主张几乎完全一样。这是托尔斯泰主义的一种，是人必须活得有意义的理想，我少年时期满脑子都是这套东西，我怎么能嘲讽它们呢？

"可是，首先这普遍完善的观点，像十月革命后人们开始对它理解的那样，已经触动不了我。其次，所说的这一切离现实还很远，但仅仅为了这种议论，人们就血流成河，似乎目的证明不了手段的有效。第三，这是主要的，我一听见改造生活这类的话，就控制不了自己，陷入绝望。

"改造生活！大家可以这样议论，议论的人或许还是有些阅历的，可是他们从来不曾真正认识生活，没感触到它的精神，它的心灵。在他们看来，这种存在是没经过改良的一团粗糙的材料，需要由他们来加工。然而生活从来就不是材料，不是物质。如果您想知道，生活本身就是不断自我更新，永远自我加工的因素，它永远自我改进，自我变化，它本身比我们的愚蠢理论高明得多。"

"不过我还是奉劝您，去参加会议，同我们那些绝好的、出色的人接触，依然会提高您的情绪，就不会沉湎于忧郁之中了。我知道这种情绪是从哪儿来的。我们被动挨打，您看不到一丝希望，所以觉得压抑。可是朋友，任何时候都不要恐慌。我知道的事，并且是关系到我本人的，要可怕得多。这些事还暂时不能公开，而我仍然没有惊慌失措。我们的失败是暂时性的，高尔察克的灭亡是不可逆转的。记住我的话，您会看到的，我们必胜。振作起来吧。"

"这可学不来！"医生心里想，"这么幼稚！这么短见！天

425

天跟他说我们的观点相反,凭着武力他把我抓来,还是凭着这个把我扣压在身边,可他却觉得他的失败会让我灰心丧气,而他的打算和期望却能让我振奋起来。居然能如此自己欺骗自己!在他看来,革命的利益和太阳系的存在是一回事。"

尤里·安德烈耶维奇身子扭动了一下,什么也没回答,只是耸了耸肩膀,勉强克制住自己,一点儿也不掩饰利韦里的天真已经超过了他忍耐的限度。

"朱庇特,你在生气,说明你错了。"他说。

"您总该明白,所有这类话不用对我说,什么'朱庇特','不要恐慌','说一不二','摩尔人做完了自己的事,该让他走了'。这些庸俗话,这类词句,对我说没有用。我说一,可也不说二,你就是有分身术,拿我也没办法。假设你们就是明灯,是俄国的解放者,没有你们俄国就要跌入贫困和愚昧的深渊,然而我对你们还是不感兴趣,我藐视你们,不喜欢你们,你们统统见鬼去吧。

"那些对你们的思想有巨大影响力的人物,有个毛病就是爱用俗语,可是重要的有一句却忘了:强制找不到亲人;他们尤其习惯于解放并施恩于那些并不曾请求他们解放和施恩的人。也许您会认为,我会把你们的营地看成世界上最好的地方,我大概还会为了我的不自由向您致谢,为您祝福,因为您把我从我的家庭、我的儿子、我的事业、我的住宅以及我珍爱并赖以为生的一切之中解脱出来。

"据说有一支来历不明的非俄罗斯的军队袭击了瓦雷金诺,洗劫并破坏了村子。卡缅诺德沃尔斯基没否认这个消息。似乎我家里的人和您的家人成功逃脱了。说是一群奇怪的人,斜眼睛,穿着短棉袄,头上是毛皮高帽,冒着严寒从冰上越过雷尼瓦河,一句难听的话也没说,可是村子里凡有活气儿的统统开枪打死,之后就不知去向,跟来的时候一样。您没听说吗?是真的吗?"

"胡说八道,是捏造的。无事生非的人顺口造的谣,没有查实的流言。"

"要是您真像对士兵进行道德教育时那么善良和宽宏大度,您就放了我吧,我去找我的亲人。说到他们,是不是还活着,在哪儿,我都不知道。如果不放我,就请住口,让我得个平静,因为对其余的一切我都不感兴趣,而且还管不住自己。最后,活见鬼,我总还有再简单不过的睡觉的权利吧!"

尤里·安德烈耶维奇伏身往床上一扑,脸趴在枕头上,竭力不去听利韦里的辩解。对方还是劝他放心,白军到不了春天一定会被粉碎;内战结束,自由到来,到处将会是幸福与和平,那时谁也不敢扣留医生;需要耐心等待那个时刻的到来,已经受了这么多的苦,做出了这么大的牺牲,这种等待、期盼的时间已经不会很长了;况且医生现在又能上哪儿去呢,为了他的安全,不能放他一个人到任何地方去!

"又是那套陈词滥调,见鬼!又动起嘴来了!也不怕羞,多少年都反复唠叨这些?"尤里·安德烈耶维奇气得叹气,"他迷上了自己说的话,这个好讲漂亮话的人,倒霉的可卡因鬼。对他来说夜晚就不是夜晚,跟他在一起没法睡觉,没法活,该死的。嗳,我恨死他了!上帝有眼,总有一天我要他的命。

"哦,冬妮娅,我那可怜的姑娘!你还活着吗?你在哪儿?天哪,她早该分娩了!分娩顺利吗?咱们又添了个男孩还是女孩?所有我的亲人们,你们怎么样?冬妮娅,我永远会自责,我有过错! 拉拉,我不敢呼唤你的名字,怕自己的灵魂也带出来。天哪,我的天! 这位还在演说,静不下来,麻木不仁的畜生! 总有一天忍不住把他杀了,杀了。"

六

晴和的早秋时节过去了,来到的是天气晴朗的金色秋天。白军在狐湾西头留下来的碉堡那里,依然矗立着一个木结构的瞭望塔。尤里·安德烈耶维奇和他的助手劳什医生约好在这里见面,商量几件公事。尤里·安德烈耶维奇准时来到,在等人的时候,就在坍塌的战壕沿上来回走走,然后上了木塔,进了守卫室,从机枪巢的空枪眼向外眺望河对岸那片延向远方的树林。

林子里的针叶树和阔叶树两者占地范围之间,到来的秋天在这里给标识出明显的界线。针叶树木像一堵昏暗得近乎黑色的墙立在林子深处,阔叶树木则在针叶树木之间闪烁着一个个葡萄酒色的光点,像是在密林中用伐下来的原木修起的一座有城堡和金顶阁楼的古城。

小小的干枯柳叶的叶片,仿佛剪过似的蜷成一个个小圆卷,铺满了壕沟和医生脚下让晨寒冻得变硬的林中道路的车辙里。秋天散发出这些褐色树叶苦涩气息,还夹杂了许多其他的气味。尤里·安德烈耶维奇把霜打的苹果、苦涩的干枝、丝丝的潮气和九月发蓝的晨雾混合而成的浓香,贪婪地吸到肺里。晨雾给人的联想是让水浇的篝火和刚刚扑灭的着火点的蒸气。

尤里·安德烈耶维奇没注意到劳什来在他身后。

"您好,同事。"他说的是德语,接着商议起了公事。

"咱们要合计三件事。第一,有关酿造私酒的人;第二,改组野战医院和药房;第三,我要求研究如何在行军条件下门诊治疗精神疾病。亲爱的劳什,您也许认为没这个必要,但据我观察,我们正在发疯,而现代的这种神经错乱是可以传染的。"

"这个问题很有意思,待会儿再谈它。现在先说这个,就是军营里出现了不安的迹象。酿私酒的人下一步会怎样,引起了大家的同情。还有不少人担心从白军占据的村子里逃出来的家属的命运。一部分游击队员拒绝开拔,因为载运他们妻子、儿女和父母的大车队快要到了。"

"是呀,应该等等他们。"

"可是这些正好都发生在就要选举统一指挥司令官的前夕。不隶属于咱们的支队都在他的统一指挥之下。我想利韦里同志是唯一的候选人。有一伙子青年推举另一个人,伏多维钦科。支持他的是同我们不合的那派,而且是和酿私酒的人勾结在一块儿。他们都是富农和小铺子老板子弟,还有高尔察克的逃兵。这帮人闹得厉害。"

"依您的意见对那些酿过和卖过私酒的卫生兵该怎么处置?"

"我看先判枪决,然后赦免,改为缓刑。"

"咱们扯远啦,还是谈谈正经事吧。如何改组野战医院,这是想和您商量的第一件事。"

"行啊。可是我要说,您关于预防精神病的建议一点儿也不让人觉得惊讶。我也有同样的看法。目前出现并流行的精神方面的病正是典型的。有一定的时代特点,是时代的历史特征直接引发的。咱们这里有个士兵,帕姆菲尔·帕雷赫,在沙皇军队里当过兵,自觉性很高,有一种天生的阶级本能。他担心如果自己被打死了,亲人们落到白军手里,就要替他担起所有的责任。这种对亲人的担心让他发了疯,是一种很复杂的心理状态。他的家属现在逃难的大车队里,正向我们这儿赶来。我的俄语太差,没法详细询问他。您可以向安格利亚尔或卡缅诺德沃尔斯基打听。应该给他检查一次。"

"怎么能不知道他呢,我很了解帕雷赫。有一阵子在军人苏维埃里我们经常接触。一个脸膛黑黑的、脑门很低的性情残忍的人。搞不明白您怎么在他身上发现了什么好的地方。他一向是赞成极端的、最严厉的措施,处决。我不愿意和他接近。行啊,我给他做检查。"

七

同整个上星期一样,这一天也是天气晴朗,干燥无风,阳光灿烂。军营里传出不甚清晰的一群人的嘈杂声,像是远处大海的波涛。还时不时听到林子里走来走去的脚步声、说话声、斧子砍木头声、铁砧叮当声、马嘶声、狗吠声和公鸡啼鸣声。一群皮肤黑、牙齿白的人在树林里笑着往前走。有的人认识医生,向他鞠躬,不认识他的便不打招呼从旁走过。

在家属赶来之前,尽管游击队队员们不同意撤离狐湾,不过前者离营地也只有几天的行程了,所以林子里仍在做着即将开拔的准备,计划是把宿营地再向东移。需要修理的修好了,该洗干净的洗完了,箱子钉好,看看是不是有毛病,大车也检查过了。

林子中间有块很大的踩踏出来的空地,像个土丘或是城堡的遗址,当地人给起个名字叫高地。通常开会都在这里。今天要在这儿举行全体会议,有重要消息宣布。

许多没发黄的树,在林子深处几乎整体还鲜嫩绿着。午后西沉的太阳光从树林透射过来,透过阳光的树叶背面,仿佛透明的绿玻璃似的发亮。

在一片开阔的草地上,联络官卡缅诺德沃尔斯基站在一大捆档案旁边焚烧废纸。这是卡比尔团部留下的文件,还有一堆游击队自己的报告。这火堆摆布得正让火苗对着太阳。阳光射过透明的火焰如同透过绿树林一样。火苗并看不见,只是从云母般波动的热气流上可以断定正在烧着东西,烧得炽热。

这里、那里满是把树林打扮得五颜六色的熟果子:好看的碎米荠的吊垂果,红砖色松软的接骨木和一串串颜色闪变的紫白色佛头花。和火焰或树林颜色相同的有花斑的蜻蜓,鼓动着玻璃样的薄薄的翅膀,在空中缓缓飘行。

从童年的时候起,尤里·安德烈耶维奇就爱看夕阳下的树林。这时,他感觉自己似乎也被光柱穿透了。鲜活的精神能力像溪水一般涌入胸腔,穿过整个身体,化作一对羽翼从肩胛骨下面飞了出去。每个人童年时期的原型在一生当中不断塑造,之后永远成为他内心的面目,他的个性以其鲜活的习性在他身上觉醒,迫使这大自然、森林、晚霞连同所有目之所及的一切幻化成童年所憧憬的、概括了一切美好事物的一个姑娘的形象。"拉拉!"他闭上双眼,半是喃喃自语,半是在心中向他全部的生活呼唤,向大地呼唤,向展现在眼前的被阳光照亮的整个空间呼唤。

可是日常要办的事照旧要办,俄国发生了十月革命,他是个游击队的俘虏。他不知不觉来到卡缅诺德沃尔斯基点起的火堆前。

"销毁文件?到现在还没烧完?"

"早着哪!这些还够烧半天的。"

医生用鞋尖踢了一下,从纸堆里挑出一沓文件。这是白军司令部的往来电报。一种模糊的预感在心里一闪,说不定在这些文件里能见到兰采维奇的名字,可是预感落空了。这是一堆枯燥的去年密码报告汇总,缩略得没人能看懂,非常费解,比如:"鄂木斯克。总局首脑。抄件。鄂木斯克。我区地图。叶尼塞河四十俄里未进入"。他用脚扒开另一堆,散出来的是游击队会议的旧记录。顶上面的一张纸写的是:"火速。发文底稿存卷。重选监察委员会。例行事务。鉴于乡村女教师伊格纳托德沃尔察的指控无凭证,军事苏维埃认为……"

这时卡缅诺德沃尔斯基从口袋里掏出张纸片递给医生,说道:

"这是你们医务部门的撤离安排。载着游击队家属的大车队离这里已经不远了。营地里的意见分歧今天就能解决。一两天之内咱们就要开拔。"

医生看了纸片一眼,"啊"了一声:

"这比您上次给的少。可是伤员又增加了多少!能走的和缠着绷带的叫他们步行走,不过他们人数很少。我用什么拉重伤病员?还有药物、病床和其他设备怎么办?"

"想法压缩一下。得适应实际情况呀。现在说另外一件事,我代表大家向您提出个请求。有个久经锻炼的同志,经受过考验,忠于事业,是位优秀的战士,有些不对劲。"

"是帕雷赫吧。劳什和我说过了。"

"那好,您上他那儿去一趟,给他查一查。"

"心理上有毛病?"

"大概是吧。他说看见了小鬼。可能是错觉。夜里失眠,头疼。"

"好吧,我马上去看看。现在我有空。什么时候开会?"

"我想这时已经开了。可这和您有什么关系?您看,我也没去。咱们去不去没关系。"

"那么我就去帕雷赫那儿了。不过我几乎要迈不开步了,困得要命。利韦里·阿韦尔基耶维奇爱在夜里高谈阔论,说得我厌烦。到帕姆菲尔那儿去怎么走?他住哪儿?"

"您认识石头坑后面那片小桦树林吧?"

"我找得到。"

"林子空地上有几顶指挥官的帐篷。我们拨给帕姆菲尔一顶,准备他家属来。他老婆和孩子的大车快到了,所以他就住在军官帐篷里了。享受营长待遇,对革命有功嘛。"

八

在去帕姆菲尔住处的路上,医生觉得再也走不动了,疲乏压倒了他,无法克制睡意,这是一连几夜睡眠不足的结果。可以回地窖去睡一会儿,但是尤里·安德烈耶维奇不敢去。利韦里随时可能回来,妨碍他睡觉。

他倒在林子里一块没长什么东西的地方,周围都是四面树枝上飘落下来的金色树叶。叶子像一个个方格似的交叉落在草地上，阳光也这样落在这块金色地毯上。这样双重交叉的绚丽多彩照得医生眼冒金星，但是又像在读没什么内容的印刷品或是听一个人单调的喃喃自语那样有催眠作用。

医生躺在丝绸一般柔软和籁籁作响的草地上，头枕着搭在蒙了青苔的凹凸不平的树根上的手臂，树根就成了枕头。他立即打起瞌睡来。催他入睡的太阳绚丽的光点，在他直躺着的身上照出许多方格，让他融合在阳光和树叶的万花筒中不易识别，如同戴上了一顶隐身帽。

直接的原因只能在相称的范围以内发生作用，超出这个限度就要发生反作用。因此，对睡眠过分的渴望和需要，很快又让他醒了过来。他那得不到休息并警醒着的意识便毫无意义地、狂热地活跃起来。有如一只坏了的汽车车轮擦着地面旋转，思想的片段像旋风似的飞驰。医生受着这种心灵慌乱的折磨，不免生起气来。"利韦里这个畜生，"他愤愤地想，"如今世界上已经有千百种理由让人发疯了，可他还嫌少。把你俘虏过来，然后用友情，用废话，毫无必要地把一个健康人折磨成神经病患者。非杀了他不可。"

翅膀一张一合带有花点的一只褐色蝴蝶，像一块彩色的布片从太阳那边飞了过去。医生睡眼蒙眬地看着它。蝴蝶落在和它颜色最相近、有花点的褐色鳞状杉树皮上，两者于是融为一体，完全分辨不出来的。这正如尤里·安德烈耶维奇在阳光和树的阴影笼罩下，让外人无法发现一样。

已经习以为常的那些想法又控制了尤里·安德烈耶维奇的思绪，这些都曾在他从事的许多医务工作当中间接地触及到。想到了意志和适应能力就是逐渐善于应对环境的结果。想到了拟态，也想到了模拟色和保护色。想到了自然淘汰的途径也许就是形成和诞生意识的途径。什么算是主体？什么算是客体？怎么去给它们同一性下定义？在医生的沉思当中，达尔文和谢林相遇了，而飞过的蝴蝶就与现代派的彩色写生和印象派的艺术相遇了。他想到了创造、生物、创作和作假。

他又睡着了，可是顷刻之间就醒了。让他惊醒的是附近有人压低了嗓子的说话声。传到尤里·安德烈耶维奇耳中的几句话，足以让他明白有人在计议秘密的违法之事。密谋的人未曾料到他就在旁边，显然没有发现他。如果现在他动一动，暴露了自己，就可能以生命为代价。尤里·安德烈耶维奇屏息不动，偷听他们谈话。

有的声音可以听出是谁。这都是些游击队里的败类、蠹贼，混进来的几个大男孩桑卡·帕夫努特金，格什卡·里亚贝赫，科西卡·涅赫瓦廖内赫和追随他们的捷连季·加鲁津，几个胡作非为的干坏事的头头都在这儿。扎哈尔·戈拉兹德内赫也和这些人在一起，这是个更为阴险的人，参与酿私酒，不过暂时还没受到惩治，因为他供出了主要的有过失的人。他们当中居然还有"银色连队"里的游击队员西沃布留伊，是游击队长的个人警卫。按照从拉辛和布加乔夫留下来的传统，利韦里极其信任贴身侍卫，所以这位心腹被称为首领的耳目。看来他也是参与密谋的，这让尤里·安德烈耶维奇感到吃惊。

阴谋分子们正在和敌人前方侦察队派来的人商谈。敌方军使的话一句也听不清，他们同这伙叛徒商谈时说话声音非常低，尤里·安德烈耶维奇只在阴谋者们耳语暂停的间隔时猜到，现在说话的是敌方代表。

说得最多的是酒鬼扎哈尔·戈拉兹德内赫。他嗓音沙哑,嘴里带着脏字。看来他是主谋。

"现在,你们都听着。最要紧的是悄悄地,保密。谁要吱声,告密,瞧见这把刀子没有?我把他肠子捅出来。明白啦?咱们如今已经没有别的路,得将功赎罪,干一件世人从没见过的事。他们要求捉活的,用绳子捆起来。听说他们的大头儿古列沃正朝林子这边来(有人提醒他,大头儿的名字他没说对,可他没听清,改叫成加列耶夫将军),这么好的机会不会再有了。这就是他们的代表。该干什么,他们会告诉你们的。他们说了,一定要捉活的,捆起来。你们自己问问伙伴们。大伙说吧。伙计们,告诉他们该怎么办吧。"

派来的几个陌生人开始说话了,尤里·安德烈耶维奇一个字也听不清。不过从双方沉默时间的长短上,可以想象出谈话的慎重程度。戈拉兹德内赫又说了:

"听见了吧,弟兄们?现在你们看清咱们落到什么宝贝手里了,什么恶棍手里了。替这种人卖命?难道他还算人吗?这是中了魔的傻子,就像个不知事的孩子或是山里的旧教徒。笑什么你,捷廖什卡!你龇什么牙,色鬼!没你说话的份儿。没错,就是个旧教徒。你要是听他的,一准把你变成和尚,把你阉了。他说的都是些什么话!要把毛病改掉,不许骂人,同酗酒做斗争,注意对女人的关系,等等。人能这么活下去吗?最后一句话,今天晚上在河的渡口那个砖堆旁边,我把他骗到野地里,咱们大伙儿一块扑上去。对付他有什么难的,一下子就成。麻烦的是他们要活的,捆上。要是捆不住他,我自己来解决,亲手给这么一下子。他们会派人接应咱们的。"

说话的人继续密谋,同时和其他的人开始逐渐离开了,医生也不再去听他们说话。

"他们这是要活捉利韦里，这伙恶棍！"尤里·安德烈耶维奇担惊而又厌恶地想着，忘了曾经多少次诅咒过这个折磨自己的人，巴不得他死去，"这帮坏蛋想把他出卖给白军或是杀死他。怎么办才能防止这事呢？应该是仿佛无意之中来到火堆跟前，任何人的名字都不提，可是要让卡缅诺德沃尔斯基知道这事。总得想办法警告利韦里有危险。"

卡缅诺德沃尔斯基已经不在原地了。火堆快烧完了，卡缅诺德沃尔斯基的助手照看火堆，不让火势蔓延。

阴谋并未得逞，被粉碎了。原来是已经知道了他们的策划，当天阴谋就被揭穿，参与的人全都被抓了起来。西沃布留伊扮演了密探和间谍的双重角色。由此医生对他更加反感。

九

已经确认，游击队员家属离狐湾只有两昼夜的行程了。游击队员们准备和家属相会，然后立即开拔。尤里·安德烈耶维奇去找帕姆菲尔·帕雷赫。

医生看到他手里拿着斧子站在帐篷门口。帐篷前是高高的一堆砍下来的嫩桦树杆，上面的细枝还没砍掉。有的整个儿倒在原地，折断的枝权插到有点儿潮湿的土里。有的是从不远处拖来就堆到上面。树干压着颤悠悠的有弹性的枝叶，并没接触地面，互相也不挨着，仿佛是用双手来抵挡砍它们的帕姆菲尔，用整个林子的鲜活浓绿拦住他进帐篷的路。

"为贵客准备的，"帕姆菲尔解释说他为什么这么做，"帐篷太低了，不适合让妻子和孩子们住，下雨时会淋着。我想用桩子往上顶一顶，砍了几根。"

"帕姆菲尔,你白费劲,你以为他们会让你的家人住到你帐篷里。在哪儿见过能让不是军人的妇女和孩子住在军营里。他们会安排在哪个林子边上的大车里。有空的时候去看看,帮着干点儿什么。放他们到军营的帐篷里来,未必。不过我不是为这个来的。听说你一天比一天瘦,不吃、不喝、不睡?可气色还不错嘛。只是长了一脸胡子。"

帕姆菲尔·帕雷赫是个壮汉,长了一头蓬松的黑发,一脸大胡子,脑门上长有疙瘩,乍看好像是双脑门。额骨太厚,如同一只环或是铜圈箍在太阳穴上。这让帕姆菲尔显出总是斜眼看人的不善的样子。

革命初期,人们都担心这次也会像一九〇五年革命那样,只是受过教育的上层分子历史中的一个短暂现象,触及不到底层,不能在那儿扎根,于是便竭尽全力向人民宣传、鼓动革命性,把人们搅得惊恐不安,怨气很大。

革命开始的那些日子,像士兵帕姆菲尔·帕雷赫这样的人,用不着任何宣传就对知识分子、老爷和军官刻骨仇视,成了狂热左派知识分子稀有的发现,身价百倍。他们的惨无人道被认为是阶级觉悟的奇迹,他们的野蛮行为被看作是无产阶级的坚强和革命本能的典范。帕姆菲尔就牢牢地有了这种名声。游击队首领和党的领导者都很看重他。尤里·安德烈耶维奇觉得这个阴沉、孤僻的大力士是个不完全正常的退化了的家伙,因为他毫无心肝,单调乏味,简单得什么离自己最近就依靠什么。

"咱们到帐篷里去吧。"帕姆菲尔邀请着医生。

"何必呢,我也钻不进去。在外面更好。"

"行啊,听你的。那儿确实是个洞穴。咱们坐在树干堆上聊吧。"

他们坐下了,树干在身下晃动而且有弹性。

"人们都说这故事一讲就完,可是办事情不能一下子就好。我的故事一下子可讲不完,三年也讲不完。不知道从哪儿说起。

"那就这么说吧。我跟我女人一块过日子,两人都年轻。她做家务,我下地干农活儿,没什么可抱怨的。有了孩子,我被抓去当了兵。送上火线当排头兵。是啊,去打仗。那一次的战争我能有什么可跟你说的。你都见过。军医同志。革命了,我才恍然明白过来。士兵们都睁开了眼睛。那可不是德国人,日耳曼人,是自己本国人。世界革命的士兵把刺刀朝下,从前线回家来打资本家!这一切你也都知道,军医同志。内战起来了,我加入了游击队。很多地方我就跳过去不说了,要不永远也说不完。时间过了不长也不短,现在,我这会儿看到的是什么?是他,那个寄生虫,把斯塔夫罗波尔第一、第二兵团从俄国前线撤走了,又撤了奥伦堡的哥萨克兵团。难道我不明白?我又不是小孩子。难道我没在军队里干过?咱们的情况很不好,糟透了。他那个畜生要干什么?他想让这一大群朝咱们扑过来,想包围咱们。

"现在老婆孩子都在我身边。万一他得手了,他们往哪儿跑?他难道能明白,他们是无辜的,跟我的事情没关系?他可不这么看,会因为我的缘故把我老婆的手捆起来,拷打她。为了我的缘故折磨我的妻子、孩子,把他们的骨头弄断。如今在这儿还能睡觉、吃饭,就算人是铁打的吧,也不能不揪心哪。"

"帕姆菲尔,你可真够怪的。我理解不了你。多少年都没和他们在一起，日子也过来了，没有他们的一点儿消息，也没难过。现在过一两天就要见着他们了，该高兴了，反倒为他们说起丧气话来了。"

"那是先前，可这是现在，大不一样了。那些白军杂种要把咱们打败。我说的不是自己。反正我是快进棺材了，看起来那才是我该去的地方。但我不能把亲人也带到那个世界去呀。他们会落入魔爪，被他把血一滴滴放光。"

"鬼就是从这儿来的吧？听说你见过鬼。"

"行啦，大夫。我没全都告诉你，主要的我没说。算了吧，那你就听听全部真相。你不用追根究底，我都面对面直说。

"我干掉了你们的很多人，手上沾满了老爷、军官还有不知道是什么人的血。人数、姓名我记不住了，随风而去了。有个孩子总在我脑子里，我干掉过一个孩子，怎么也忘不了。为什么要把小伙子杀了呢？因为他逗我笑得要命，我一时发昏，笑着就朝他开了枪，什么缘由也没有。

"还是在二月革命的时候，克伦斯基还主政呢。我们叛乱过。事情发生在火车站。派来了一个鼓动员，是个毛孩子，耍嘴皮子动员我们去进攻，让我们战斗到最后胜利。又来了个见习军官，是那么一个虚弱的家伙，劝我们克制。他的口号是最后胜利。他喊着口号跳上消防水桶，站在上面可以从更高点儿的地方号召大家去战斗。可是脚下的桶盖翻了，他掉到水里，脚踩空了嘛。哎呀，笑死人了。我笑得肚子疼，要笑死了。哎呀，可笑极了！我手里有枪，不管愿意不愿意，笑个不停，毫无办法，就像他在呵我的痒。我就瞄准他开了一枪，就地撂倒了。我自己也不明白这是怎么回子事，好像是有人把我的手推了一下。

"这就是我白日见的鬼。夜里总是梦见那个车站。当时觉得可笑,现在真是可怜他。"

"是在梅留泽耶沃镇吧,比留奇车站?"

"记不清了。"

"跟济布申诺村的村民一块暴动的?"

"记不清了。"

"在东线还是西线? 哪条战线,是西线吧?"

"仿佛是西线,很可能是西线。记不清了。"

第十二章　甜蜜的花楸果

一

坐在大车上的游击队的家属们，带着孩子和家具什物，早就追随着整个队伍走了很长时间了。在他们的最后面是人赶着的无数的牲口，大部分是奶牛，足有好几千头。

和游击队员的妻子们一起出现在营地里的，还有个新面孔，是个士兵的妻子，名叫兹雷达里哈，又叫库巴里哈，是一个兽医，暗地里还是个算命的。

她出来进去头上歪戴着的帽子像个馅饼，身穿的是英国最高执政者军服制备厂出来的苏格兰王国射手用的灰黄色大衣。她一再保证说，这些东西是她用囚帽、囚衣重新缝做的，似乎是红军把她从克日姆中央监狱里解救出来，而且不知道是为什么把她关在那里的。

这时候游击队员们已经驻扎在一个新地方了。

原来的打算是周边情况没有侦察清楚并且找到更适于长期稳固过冬的地点之前，短时在这里停留。后来情况变了，迫使游击队留下来过冬。

这个新营地完全不像不久前离开的狐湾。这是一片密得难以穿行的原始林,在大路和营地面对的方向,一望无际,看不到头。驻下的最初几天,战士们忙着搭建营盘、安排居住的时候,尤里·安德烈耶维奇有了较多的空闲。他怀着考察的目的从几个方向深入到林子里,终于确认在里面极容易走失迷路。有两个角落引起了他的注意,这是在第一次巡行当中就记住了的。

在从营地和林子向外去的出口处,如今已是秋天树叶落尽之时,光秃秃的林木使得视线十分通透,像是在这里开了一扇门。就在这个地方,长着一棵孤单而漂亮的花楸树,是所有林木之中唯一没有脱落叶子的,枝干上都是赤褐色的树叶。它长在一个低洼泥沼地里塔头墩子挺多的地方,树身直指高空,把一树像盾牌一般铺开的发红的坚硬果实呈现在铅黑色晚秋初冬的天色之中。披了满身如同寒冷的清晨一样明亮羽毛的冬季的小鸟,还有红腹黑雀和山雀落在花楸树上,慢慢地挑选着啄食个儿大的果实,扬起小脑袋,伸长了脖颈吃力地吞咽下去。

小鸟和树木之间这种充满生命力的接近,这棵花楸树似乎真切地都看到了,执拗、固执了半天,它终于让步了,对鸟儿们怜惜起来。如同母亲对婴儿一样,解开衣襟,把乳房给了它们。"嗳,跟你们真是没办法。吃吧,吃我吧。我喂养你们。"于是也跟着笑了。

林子里另一处地方更美好。这是一个尖顶状的山冈,一侧是很陡的峭壁。本以为下面会是与上边不同的另一番景色,有河流,或是峡谷,或是未曾割过的一片草地。然而下边与上边是一样的,只不过是在令人头晕的深谷里,在一个更低的水平上,那里的树梢离你脚下还挺远。大概这里曾经发生过山崩。

这片高耸入云的雄浑而又阴沉的森林，真如同是突然绊了一跤就整个飞落下去，本该穿过大地入了地狱，而在关键的那一刻却停在地面上，完好无缺，在深谷里喧嚣显现着。

然而这片林木覆盖的山冈之美妙并不在于此，却是另具特色。陡直的花岗岩大石块沿着边缘把它从四面围了起来，石块很像是史前石冢用的那种削平了的石板。尤里·安德烈耶维奇第一次到这里时，就肯断言净是石块的此地决非浑然天成，而带有人为手工的痕迹，可能曾是古代的什么多神教教徒的神庙，是他们祈祷和祭祀的地方。

一个阴沉寒冷的清晨，十一名阴谋策划事件的最主要罪人和两名酿制私酒的卫生兵，就在这个地方被执行了死刑。

二十个最忠于革命的游击队员以司令部特殊警卫为核心，把他们带到这里。卫队以半圆形把被判刑的人围起来，手持步枪，用快速紧逼的脚步推搡着把他们赶到场地的一角，那里别无退路，除非跳崖。

在经过拷问、长时间关押和许多凌辱之后，他们已经丧失了人的模样。满脸胡须，面目黝黑，极度虚弱，幽灵一般可怕。

侦讯之初便解除了他们的武装，行刑之前谁也没有再对他们搜一次身的念头。否则简直是卑鄙过分了，临死之时还要受到嘲弄。

和伏多维钦科并排走的是他的朋友勒扎尼茨基，思想上与他同样也是个老无政府主义者，这时突然朝那排卫队开了三枪，瞄的目标是西沃布留伊。勒扎尼茨基是极好的射手，可是因为激动，手发抖，没有命中。还是出于对曾是同志的客气和怜惜，卫队并没有扑向勒扎尼茨基，或是针对他的杀人未遂而在统一的命令下达之前发射排枪进行还击。勒扎尼茨基枪里还剩有三颗子弹，可能因为激动就忘记了，如今懊恼没有打中，于是把勃朗宁手枪一下子摔到石头上。因为这一撞击，手枪射出了第四颗子弹，打伤了已被判了刑的帕契科利亚的一条腿。

卫生兵帕契科利亚喊叫了一声，抱起腿倒在地上，疼得一声接一声地尖叫。离他最近的帕夫努特金和戈拉兹德内赫把他架了起来，抓住他的两只手拖着走开，免得让同志们在惊慌忙乱中给踩坏了，因为这时人们都只顾着自己，忘了其他。帕契科利亚瘸着腿一蹦一跳地朝石崖的边上走去，不停地喊叫，这时他那被打断的腿已经迈不动步了，判了死刑的都被逼走到那里。他的那种非人的哭号颇有感染力。这些人仿佛是根据一个信号似的，都不再自我控制，出乎预料的情况出现了。有开口咒骂的，有祷告祈求的，也有诉苦诉冤的，还有发狠诅咒的。

半大小子加鲁津把头上戴的镶黄边的学生帽摘掉，在人群里跪到地上，朝那吓人的石岸倒着爬行过去。他不住地向押送队的人深深鞠躬，头几乎碰到地面，一边哽噎着大声痛哭，人只是一半清醒地央求说：

"我错了，弟兄们，赦免我吧，再也不敢了。不要毁了我，别杀了。还没有过上日子，死得太年轻了。我还想活下去，再看一次我的妈妈，亲爱的妈妈。弟兄们，请原谅吧，饶了我吧。我可以亲吻你们的双脚，给你们背水。唉，遭殃啦，要命啊，完蛋啦，妈妈、亲爱的妈妈。"

不知道是谁，在他们中间有人哭诉：

"好心肠的同志们！怎么会弄成这样？清醒清醒吧。两次战争都在一起流血。捍卫过同一个事业，进行了斗争。发发善心,把我们放了吧。我们永世忘不了你们的好心肠,我们会用实际行动来证明。怎么不答话,都聋了吗?胸前没有十字架!"

他们朝着西沃布留伊喊起来:

"你这个出卖耶稣的犹大!我们算是什么反对你的叛徒!你这只狗才是十足的叛徒哪,真该把你掐死!

"向自己的沙皇发誓效忠,又把自己合法的沙皇杀掉,向我们表示忠诚,又出卖了我们。趁着还没出卖他,和你那个见鬼的列斯内依亲个嘴吧。你肯定要出卖的。"

站在坟墓的边沿上,伏多维钦科依然是始终如一的。他的头高高扬起,灰白的头发飘散着,用大家都能听到的声音,像相互面对的公社社员那样,朝勒扎尼茨基大声喊道:

"不要低三下四,博尼法茨!你的抗议到不了他们那儿。这群新爪牙,新刑讯室里的刽子手,不会理解你的。不过别丧气。历史会把一切都弄清楚。政委统治制度下的这些野蛮长官和他们那些肮脏勾当,将被我们的后人钉到耻辱柱上。我们是死在世界革命曙光中的思想蒙难者。精神革命万岁。全世界无政府主义万岁。"

按照只有射手们能收到的一个无声的信号,二十支枪发出的排射把一半的犯人扫倒在地,大部分毙命。余下的遭到又一次的排射。半大小子捷连季·加鲁津抽搐的时间比别人长,最终还是挺直身子不动,咽了气。

二

并不是一下子就否定了把宿营地点转移到更往东去的地

方过冬的想法。沿着作为维茨科和克日姆分界的大路的一侧,对地形的考察巡视已经持续了很久。利韦里时常到密林中去,把医生一个人留下来。

可是要想转移到另外的地方为时已晚,况且也无处可去。这是游击队最严重失利的时期。在自身彻底覆灭之前,白军决定采取一次性的打击来彻底解决掉林子里的这些非正规部队,动用前线的所有力量把他们包围起来,从各个方向逼近游击队。如果包围的半径再小些的话,游击队将会是个悲惨的结局。包围圈大得摸不着边,这才使他们得救了。在冬天就要来临之际,敌方无力在不能通行的无际密林当中收缩两翼,把这支农民军围得更紧。

往任何地方去,无论如何都已经不可能了。当然,要是有一个军事上占一定优势的转移计划,还可能以战斗方式通过包围圈,进入一个新的阵地。

然而并没有这样经过深思熟虑的策划。人们都筋疲力尽了。下级指挥官们自己就丧失了信心,失去了对属下的影响力。上级军官则是天天晚上开军事会议,提出的意见相互矛盾。

应该抛掉另外寻找过冬地点的念头,在已经占据的密林深处巩固阵地并且过冬。冬天的时候,深厚的雪使雪橇准备不足的敌人无法通行。须要修筑战壕,更多地储备粮食。

游击队的军需官比休林报告称,极缺的是面粉、土豆。牲畜充足,比休林预见到肉和奶是过冬的主要食物。

冬季服装不足,部分游击队员衣服穿不完整。营区里的狗都被勒死了。会熟皮子的人给游击队员们缝制翻毛狗皮袄。

不让医生使用运输工具。大车另有重用。行军的最后一段路程,重伤员是用担架徒步抬了四十俄里。

尤里·安德烈耶维奇的药品剩下的只有奎宁、碘和硫酸钠了。手术和包扎需用的碘都是结晶的,要放在酒精里溶开才行。对摧毁酿酒制造感到了后悔,于是又找那些当时证明罪责最轻的酿酒工去修理损坏的蒸馏设备,或者制造新的。为了医疗目的恢复了自酿生产,营地里人们互相交换着眼色,摇摇头。酗酒又重新开始了,滋生中的乱象更加严重起来。

酿造出来的东西几乎达到了一百度。如此强烈的液体能很好地把结晶体溶解掉。之后,尤里·安德烈耶维奇用泡过金鸡纳树皮的这种自酿酒,去治疗在初冬季节随着寒冷而发生的斑疹伤寒。

三

这些日子医生见到了帕姆菲尔·帕雷赫和他的家人。整个夏天他妻子和孩子都在外面尘土飞扬的路上瞎跑。经受过的恐惧把他们吓坏了,总是等着新的灾难到来。漂泊的生活在他们身上留下了抹不掉的痕迹。帕姆菲尔的妻子和一个儿子、两个女儿头上的浅色头发,让太阳晒成了亚麻色。由于风吹日曝而变得黝黑的脸上,突显出齐整的白色眉毛。孩子们还很小,看不出曾经遭受过什么的痕迹,但亲身体验过的惊恐和危险,已经把他们母亲脸上生命的色彩褪去得一干二净,只留下了干枯端正的面庞,紧闭成一条线的嘴唇和随时准备进行自卫的紧张呆滞的惊恐表情。

帕姆菲尔对他们都爱,尤其是孩子,爱得忘我。他以令医生叹服的娴熟灵巧,用磨得锋利的斧头尖角给孩子们在木头上刻出兔子、熊、公鸡等等玩具。

他们都来了,帕姆菲尔很是高兴,精神振作,身体开始变好。可是又有消息说,考虑到家庭的出现对军营里的情绪有不良影响,必须把游击队员和他们的心爱的人分开,让营地摆脱掉这些多余的非军事附加物,拉载他们的车队转移到更远一些的地方,在那里扎下营盘过冬,并且要有足够的安全保卫。把人员如此分开的各种议论不少,相比之下实际的准备却是不多。医生不相信这个办法能实行得了,但是帕姆菲尔却忧郁起来,早先有过的幻觉又回来了。

四

冬天就要到来的时候,某些原因在较长的一段时间让整个营地感到不安,茫然和恐惧,出现了混乱和稀奇古怪的状况。

白军完成了预定的对暴乱者的包围。这次已结束的战役为首的指挥官是维岑、克瓦德里和马萨雷格三位将军。坚决、果断是他们声名之所在。对营地里暴乱者的妻子们、尚未离开故土的和平居民以及留在敌人包围圈以外的后方自家村子里的人来说,光是听到这三个人的姓名就怕得不行。

曾经提到过,敌方当时无法找到收紧包围圈的办法。想到这个就可以让人们放心,然而也不可能对被包围漠不关心。听命于现实状况会在精神上助长敌人的力量。哪怕算是一种军事示威的目的,也要尽力从包围圈中突出去,虽然在它里边还算安全的。

为此游击队分出大部分力量,集中起来突击包围圈西面的圆弧。经过多日的炽热战斗,游击队打败了敌人,在那里突破了防线,进入了他们的后方。

由突击战造成的这片空白的地方,成了可以进入密林去到暴乱者那里的一个通道。为了和他们会合,新的难民群涌了过来。这个农村和平居民的人流并不限于是游击队员们的直系亲属。周边的农民都害怕白军的讨伐行径,就离开了自己的土地,很自然地投向林中的这支农民队伍,看出在这里自己能得到保护。

不过营地里正在想尽力摆脱自己的那些吃白饭的闲人。游击队已经顾不上其余的、新来的人,于是出去迎着这些难民,在路上把他们拦住,带他们到林子另一边契里姆卡小河的一个磨坊附近的一片耕地里。

这是一个树木已被清除,准备耕种的地方,是由磨坊四周的宅园地形成的,人们就叫它宅院。在宅院这个地方,打算给逃难的人开辟出一个过冬的住处,建个仓库把拨出来给他们的粮食存在那里。

在做出这种决定的同时,工作就照着自身的步调开展起来了,连营地司令部都赶不及。

战败敌人取得胜利的情况变得复杂了。白军把从里面把他们冲破的那股游击队放出去以后,收紧了边缘,恢复了被破坏的那条封锁线。对脱离了主力、潜入到了敌人后方的这支队伍来说,回到密林深处自己人那里去的路被切断了。应对那些逃难的人也出了麻烦事。在难以通行的密林当中非常容易走错路。派去迎接的人走差了,没有找到他们就回来了,可是逃难来的大批妇女们自发地就走向大森林的深处,一路上砍掉了身边的树，用树干、树枝架了桥，修成了路，创造了不少奇迹。

所有这些都不合指挥部的意图，把利韦里的计划和设想完全颠倒打乱了。

五

正是因为这个缘故，他大发脾气，当时正和斯维利德一起站在离大道不远的地方。这条路就在附近穿越大森林。他下属的那些指挥员们站在路上，争论是否要把沿路的电讯线路剪断。最后决定性的发言权属于利韦里，他正和那个流浪的捕兽人谈得兴起，于是就朝指挥官们招手示意，表示他马上就过去，让他们等一等，不要离开。

很长一段时候，斯维利德对判处和枪决伏多维钦科一事不能接受，认为后者根本无罪，只不过是他和利韦里争威望的影响造成营地里的分裂。斯维利德想离开游击队，像原先那样任由自己的意志去过与众不同的生活。然而却是事与愿违。他现在是受雇于游击队，卖给人家了，要是现在离开林子里的弟兄们，等待他的结局就是被处决。

天气坏得超乎想象。一阵一阵贴地的急风，吹送着片片破碎的乌云，像是漫天飞舞的黑煤烟。突然之间开始下了雪，仿佛有个白衣的精神病人匆忙慌乱之中抛撒下来的。

瞬时之间远处就被白雪遮住，大地覆上了白白的一层。很快这一层就融化得一干二净，露出来像炭一样黑的土地，远处的暴雨从乌云密布的天上斜泼下来。地面已经接受不了更多的水。又是一瞬之间，放晴的乌云散开了，真是像要给天空透透气，从上面打开了无数的窗口，洒下玻璃般清冷的白光。土地吸收不了的积水和上天相呼应，也把充溢着同样光泽的水洼和湖沼像窗户一样敞开。

浓雾一样的阴雨沿着针叶林松脂饱满发乌的松针滑过，渗透不下去，如同水通不过油布。通信电线上缀满了雨滴，仿佛是一条玻璃珠串，滴滴雨水挨得很紧，并不掉落下来。

斯维利德是派到密林深处迎接逃难者的人员之一。他想向长官说说自己的亲眼所见。下面得到的命令相互矛盾，而且都是无法执行的，造成一团乱的情况。大群妇女当中最软弱的、失去了信心的那部分人干出了残暴行为。

携带着包裹、口袋，怀抱着孩子徒步行走的年轻妈妈们，已经断了奶水，两腿也不听使了，丧失了理智，就把孩子扔在路上，把口袋里的面粉倒出来，掉头就往回走。速死胜过饿死。落到敌人手里胜过被林子里的野兽吃掉。

另外那些个最坚强的女人表现出来的坚忍和勇气，男人们都难以理解。斯维利德还有许多其他不少事情要报告。他想提醒指挥官，营地面临一次新的暴动的危险，要比镇压下去的那次更有威胁性，但是还不知道如何开口，因为利韦里没有耐心，十分恼火地催他快说，让他彻底丧失了善于言辞的本事。利韦里时不时地打断他的话，倒不只是因为路上等着的人在朝他招手、呼喊，还因为这两个星期不断有人向他提出这类看法，对这一切利韦里都已经知道。

"你别催我，队长同志，我本来就嘴笨。话就在嗓子眼里憋着哪。我跟你说得没错吧？你到难民大车队去看一看，叫那些西伯利亚娘儿们别瞎闹。她们太不像话了。我倒想问问你，咱们是全力对抗高尔察克，还是和这群娘儿们大战一场?"

"简单一些,斯维利德。你看,他们喊我哪。不用兜圈子。"

"现在就说那个怪物女妖精兹雷达里哈,鬼知道这个泼辣娘们儿是个什么东西。她老是说给她登记当个管牲口的通风员⋯⋯"

"是兽医,斯维利德。"

"我怎么说的? 我说的就是这个,——给牲口治流行病的女兽医。你这个无僧派的母畜生、招魂婆,哪儿还管什么牲口,还给牛做弥撒,把逃难新来的女人们勾引得不走正道。她还这么说,都怪你们自己,撩开裙子下摆跟着小红旗走到了这个地步。下次别再跟着跑了。"

"我听不明白,说的是什么难民? 是我们游击队的还是另外的什么人?"

"当然是另外的人,新的,外地的。"

"我已经命令把她们安顿到宅院小村去,就是契里姆卡河上的磨坊那里。怎么到这儿来了?"

"别提宅院小村啦。你那宅院小村就剩下一堆烧过的灰了。连带着磨坊和边边角角的树木都烧光了。她们到了契里姆卡河边上,看到的是光秃秃的一片。一半人精神失常了,哭闹着往回找白军去了。其余的把车辕一拐就都到这儿来了。"

"穿过了密林,通过了沼泽地?"

"斧头和锯是干什么的? 咱们派了男人们去保护、去帮助她们。说是砍出了一条三十俄里的路,还修了桥,这群机灵鬼。听说了这些,你还能管她们叫婆娘吗。这些苦命人能干的事,你三天也想不明白。"

"好家伙! 你高兴什么,粗壮的婆娘,三十俄里的路。这正合维岑和克瓦德里的心愿。开了条进入大森林的通道。就是炮兵也能开过来。"

"阻击,阻击。派出屏护部队,万事大吉。"

"用不着你说,我自己当然能想到。"

六

天短了,五点钟就天黑了。临近黄昏了,尤里·安德烈耶维奇从前几天利韦里站在那里同斯维利德争论的地方过了大路。医生是往营地去的。近处的一片林中空地和长着一棵花楸树的小山包,被认为是营区边界的标识,在那里医生听到了库巴里哈那充满激情的嬉笑乱闹的声音。对这个又是巫婆又是巫医的女人,医生戏称她为自己的竞争对手。他的这位对手正在用尖叫呼喊的嗓音卖劲地唱着一支快活的、下流的曲子,大概是四句头的民间小调。有人在听唱,不时有男人、女人爆出赞许的笑声把歌声打断。之后就静了下来,可能是人们都散去了。

这时库巴里哈另外又唱了起来,感到只剩下了自己单独一人,是压低了声音自吟自唱的。担心一失足掉到沼泽地里,尤里·安德烈耶维奇在昏暗中缓慢地沿着一条从花楸树前绕过一片泥泞空地的小径走着,突然之间停住不动了。库巴里哈唱的是一首古老的俄罗斯歌曲。

尤里·安德烈耶维奇不知道这支歌。也许是她即兴唱出的?

俄罗斯歌曲犹如河坝拦住的水，似乎是静止不动的。但在深处却是不停地从闸门里流出，表面的平静是骗人的。

曲子是用了重复唱、对比唱等等一切方法来控制逐步发展的内容，在某个节点上突然展开，一下子让人们惊倒。自我克制、自我把握的那股忧伤的力量，就是这样表现出来的。

这是企图用言语让时间静止的狂妄尝试。

库巴里哈边唱边说：

> 一只小兔跑在人世间，
> 跑在人世间和白雪铺满的地面。
> 它斜着跑过花楸树，
> 斜着跑过，对树哭诉。
> 是我还是兔儿的心太羞涩，
> 心太羞涩，心也畏缩，
> 兔儿，我怕那兽类的行踪，
> 兽类的行踪，野狼腹内空空。
> 怜惜我吧，花楸树丛，
> 花楸树丛，你那美丽的面容。
> 不可把你的美呈现给恶毒的仇家，
> 恶毒的仇家，恶毒的乌鸦。
> 你抛洒红色浆果一撮撮迎着风，
> 一撮撮迎着风，洒落人世间，洒落白雪中。
> 扔吧，把它们扔向家乡的一方，
> 扔向那边上的房子还有一扇小窗。
> 就是那边上的小窗和那间草房，
> 一个隐居的女人在那儿躲藏，
> 我那亲爱的，期盼的女郎。

你要在我妻子的耳边说一句轻声
热烈的话，充满了激情。
我是一名英勇战士，受尽被俘的折磨，
身在异乡的士兵心中寂寞。
我要从痛苦的俘虏生活中挣脱，
奔向我那美人的心窝。

七

士兵的妻子库巴里哈给帕雷哈的一头有病的母牛念咒。帕雷哈就是帕姆菲尔的妻子阿加菲娅·福季耶夫娜，叫俗了就是法杰夫娜。把母牛从牛群里牵到树丛里，把犄角拴在树上。牛前腿旁边树墩上坐的是女主人，后腿旁边一个挤奶小板凳上坐的是那个会算命的士兵老婆。

另外那些数不清的牛群拥挤在林中一片不大的空地上。黑压压的针叶林像堵墙似的从四面把牛群围住，那些高大的三角形的云杉似乎是坐在地上，底部四散撑开的枝叶就是它的臀部。

在俄罗斯繁殖的牛是瑞士的优良品种，毛色几乎都是黑的并带有白斑点。缺少饲食、长途转移和不堪忍受的拥挤，这些母牛受的折磨并不比人少。牛们紧靠在一起，挤压得几乎要发狂。它们傻乎乎不顾性别地叫着像公牛似的一个趴到另一个背上，一面吃力地向上拽那下垂的沉重的奶子。压在下面没有下仔的牝牛翘起尾巴挣脱出来，踩断灌木丛冲入密林，放牧的老人和帮忙的孩子们喊着在后面追上去。

众多的云杉树尖在冬日的天空中勾画出了一个圆圈，被围在里面挟带着雪花的黑白色云团,也在这片林中空地的天上汹涌杂乱地拥挤着,竖起来互相重叠在一起。

站在不远处一堆好奇的人妨碍了巫医。她用不友善的目光从头到脚把他们打量了一番。如果承认他们让她感到不好意思,那就有失她的尊严。作为一个能手,自尊心使她没这么做,于是装出一副没注意到他们的样子。医生从她看不到的人群后排观察着她。

他是第一次正经地把她看清楚了。她还是一成不变地戴着那顶英国船形帽,身上是浅绿色外国干涉军的大衣,领子不经意地敞开着。其实,隐含着狂热激情的傲气十足的脸庞,并不年轻却往年轻里描抹的眼睛和眉毛,都在她的脸上清楚地说明,这个已经不年轻的女人无论打扮到什么程度都无所谓,穿什么和不穿什么都一个样。

但是,帕姆菲尔妻子的外表却让尤里·安德烈耶维奇吃了一惊。她几乎让他认不出来了。几天的工夫她就惊人地变老了。凸出的两只眼睛似乎随时能从眼眶里掉出来。挺起来的细长脖子上鼓鼓的筋脉在搏动。暗含在心里的恐惧把她搞成了这副模样。

"不产奶,亲爱的,"阿加菲娅说,"我想着是怀上崽了,不是,不然早该有奶了,可就是不下奶。"

"怀什么崽。你看那奶头上的炭疽小伤口。我给你点儿药草油,涂上。当然我还得念念咒。"

"另一桩倒霉的事,就是我丈夫。"

"可以使法术,让他不去浪荡。这能办到。他会紧缠着你,不分开。说说第三件倒霉事是什么。"

"不是去浪荡,要是那样倒好了。倒霉的是正相反,他是完完全全跟我和孩子们连在一起了，为我们心血都熬干了。他的心事我知道。他想的是营地要分开，我们会被送到不同的地方。我们会落到巴萨雷格的人手里，他又不和我们在一起，没人护着我们。那帮人会折磨我们，拿这个来取乐。他想的什么我都知道。他可别对自己干出点儿什么事来。"

"咱们再想想。能让你不发愁的。说说那第三件倒霉事。"

"没有第三件事。全部就是这些，母牛和丈夫。"

"你这倒霉事少得可怜哪，大嫂！看看吧，上帝会宽恕你的。像这样的事白天打着灯笼也难找。可怜的小脑袋瓜里有两件伤心事，一件还是你那最疼人的丈夫。治这头母牛，你给我什么？开始祷告免灾吧。"

"你想要什么？"

"一个精粉大圆面包加上你丈夫。"

周围的人都哈哈笑了起来。

"你是说着玩儿的吧，是不是？"

"好吧，要是觉得要价太高的话，去掉面包。只你一个丈夫也成。"

周围的笑声成倍地加大了。

"叫什么来着？不是说你丈夫，是母牛。"

"美人儿。"

"这儿的牛群一半都挺美的。算了，画十字吧。"

于是她开始给母牛念咒。开始她的占卜还真是对着牲口的。后来她自己也非常投入，还向阿加菲娅说了一整套巫术及其使用方法。尤里·安德烈耶维奇像是中了魔法一样听着她这套谵语，仿佛是在当年从欧洲部分的俄罗斯到西伯利亚去的路上,听那车夫瓦克赫有声有色的闲聊。

这位士兵的老婆说的是:

"仙姑莫尔格西娅,到我们这儿来作客。星期二,星期三,把邪病、疖子都除掉。母牛奶头上的脓包赶快脱落。老实站住了,美人儿,别碰翻了条凳。站要像座山,奶水流成河。斯特拉菲拉,你的名字就吓人,把那些个疥痂都剥光,扔到野芝麻地里去。巫师的咒语跟沙皇的话一样有力。

"阿加菲什卡,所有的你都得知道,拒绝令、训示令、追讨咒、庇护咒。你现在看着,心里想着,那是树林。可那是妖魔和天使的军队遇上了,相互厮杀,如同你们和巴萨雷格的人那样。

"或者再打个比方说,我指哪儿,你就往哪儿看。不是看那边,亲爱的。用眼看,别用脖颈儿,我用手指头点给你往哪儿看。对了、对了。你想这是什么?你想这是一只鸟要搭窝?怎么能不是呢。你这么想,那才是真正的让鬼附了体。

"这是人鱼公主给自己的女儿编花冠,听到身边有人走动,吓着了,不编了。你会看到的,夜里就继续把它编完。

"或是再说说你们的红旗吧。你想的是什么?你想这就是旗子。可是你瞧它完全不是旗子,这是大瘟疫姑娘用来引诱人的紫手帕,我说的是引诱人的,为什么?就是用手帕朝男孩子们招手,挤眼睛,招引他们去残杀,去送死,向他们散播瘟疫。可是你们就相信这是面旗帜,所有国家的无产者和穷人都聚到我这儿来。

"如今一切的事情都要明白,阿加菲娅大嫂,一切的一切,所有的一切。什么鸟,什么石头,什么草。现在还是举个例子,这只鸟就是椋鸟。那只野兽就是獾。

"比如说你想要和谁相好，只要你说出来，我就能给你把他魂儿勾来。即便是你们的长官，还是列斯内赫，就算是高尔察克，或是太子伊万，都行。

"你以为我在吹牛，说谎？我可不骗人。那你就看看，再听我说。

"冬天就要来了，暴风雪在野地里带起旋风，翻卷成雪尘柱子。我让你瞧着我把刀子扎进雪柱子，一直扎到只剩下刀把子，等从雪里拔出来，刀子上满是血。怎么样，见过吗？啊？你想我是在骗人。那么你说，这暴风雪里头从哪儿来的血？那是风，是空气，是雪沫子。所以说，大嫂，这暴风雪并不是风，是那个离了婚的又会变来变去的妖婆把自己的孩子丢了，在野地里哭着找，找不着。我那刀子扎的是她，所以有血。我可以用这把刀给你割下个人的脚印子来。用丝线缝到你衣襟上。就算是高尔察克，是斯特列利尼科夫，还是哪位新沙皇，都会随着脚印子跟着你，你去哪儿，他就去哪儿。可你想的是我又在骗人，想的是各国的穷人和无产者都集合到自己这里来。

"或是同样再举个例子，现在正从天上往下掉石头，跟下雨一样。一个人从屋子里跨过门槛出来，石头就把他砸上了。另外就是有人看见骑兵骑着马在空中跑，马蹄子都碰到房顶上。还有就是古时候有些魔法师发现，为人妻的女人身上有粮食或者蜜或是貂皮毛之类的东西。于是披甲兵就像开箱子一样揭开她肩膀，用剑从一个女人肩胛骨里边取出来一俄斗麦子，从另一个女人那里取出只松鼠，还从别的女人身上取出一窝蜜蜂。"

人世间有时会遭遇上很强烈的感觉，其中总还掺杂着怜悯之情。我们越爱我们喜欢的事物，越觉得它是个牺牲品。某些人对妇女的同情超过了可能想象到的限度。他们的关心把她置于一种不能成为现实的、人世间找不到的、只存在于想象中的境遇里去。他们猜忌围绕在她身边的空气，猜忌自然界的法则，猜忌直到她出生前那几千年的时光。

尤里·安德烈耶维奇有足够的教养，可以从巫婆最后说的这些话里，对某部编年史的开篇部分产生怀疑，比如说诺夫戈罗德编年史或是伊帕契耶夫编年史。这些部分已经被累积起来的曲解搞成了伪书。多少个世纪以来，巫医和说书讲故事的人一代一代口头相传，已经破坏得不成样子。在他们之前，书籍抄写人员就已经弄乱、弄错了。

那么为什么传说中的这些暴虐之事为何如此让他动容？为什么对这些令人难以理解的荒诞之言和荒谬行为，他居然当成现实情况那样去看待？

拉拉的左肩被打开了一点儿，像是把钥匙插入嵌在柜子后面密室的小铁门一样，那把剑只是一拧就劈开了她的肩胛骨。在那打开的心灵的腔室里，露出了她藏在内心的秘密。异乡的城市、街道、房屋和异乡的广大空间，延展成多条带子，退卷着一盘盘地打开，掉落到了外面。

他是多么爱她呀！她是太美好了！正如同他永远在想着、盼着的他所需要的那个样子！那么究竟是她的哪个方面？能不能够具体地说出来或者是分析出来呢？噢，不能！那个无与伦比的、简单而流畅的线条，是造物主从上到下一下子把她这整个人勾画出来的，就在这绝妙的轮廓之中，如同洗浴后紧裹在浴巾里的婴儿一般送到他心中的手上。

但是如今他又在何处，又发生了什么事？森林，西伯利亚,游击队。他们被包围了,而他要分享这共同的命运。就是这种遭遇,这种荒唐事。尤里·安德烈耶维奇这时又感到头晕目眩。一切都在他眼前飘浮而过。原本等着是要下雪的,现在却掉下了雨点。如同在城市的街道上空从这幢房屋跨向另一幢房屋扯出一条大布幅的标语一般,在林中空地的这一边到另一边,隐约出现了放大了许多倍的惊人的一位神明头部的一幅影像。头像在哭,不断加大的雨亲吻着它,淋着它。

"走吧,"巫婆对阿加菲娅说,"我给你的母牛已经念过咒了,它会好起来的。向圣母祷告吧。这是世上人间的殿堂,这是一本兽语的书。"

八

战斗是在大森林西部边界打响的。森林真是太大了,对它而言战斗如同发生在一个大国的极其遥远的边界上。密林深处隐没的营地里的人非常之多,不论有多少人出去参加战斗,还有更多的人留下来,营地总不会是空着。

战斗所在地的枪炮声,在营地深处几乎听不到。林子里忽然有了几声枪响,一声接一声,就在近处,一下子又成了混乱密集的射击。听到响枪的地方有人们突然四散奔跑的动静。营地辅助后备的人员开始跑向自己的大车。

慌乱很快平息了。原本是虚惊一场。还是在响枪的地方,人都朝那里去。人群越聚越多。新来的都走到原已站在那里的人跟前。

人群围住躺在地上浑身是血的一个人被砍的残肢。这个被毁残了的人还在喘气。他的右手和左腿被砍掉了。他令人不可思议地用剩下的一只手和一条腿艰难地爬到了营地。他后背上绑着砍下来的血肉模糊的手和腿，还有一块上面写了挺长一段话的牌子，在那些不堪入耳的骂人话里面，说这是为了报复红军某支队和另一个支队所实施的兽行，但是林子里的游击队员与此事无关。另外还附带说，如果在牌子上写明的日期之前，游击队员们不向维岑军团的军队代表投降并交出武器，就对所有的人同样处置。

这个遭了罪的被残废了的人，一边继续流着血，一面用微弱的声音结结巴巴地说着在维岑将军后方侦察队和讨伐队里受到的折磨和拷打。原来判的是绞刑，作为宽大改为砍去手足，为的是用这种残废的样子放他到游击队的营地去以示恐吓。在到达游击队营地前哨线之前，是人用手抬着他走的。在这之后就把他放到地上，命令他自己爬行并从远处朝天鸣枪来驱赶他。

受尽折磨的这个人勉强动了动嘴唇。为了听清他那含混不清的话，人们弯腰低下身子凑向他。他说：

"弟兄们，当心。他冲开你们了。"

"派了阻击队。有一场大仗。能守住。"

"缺口。缺口。他要趁你不备。我知道。哎呀，不行了，弟兄们。我到处冒血，吐的是血。马上就完了。"

"你躺着，喘口气。别说话了。别跟他讲话了，混东西。这对他不好。"

"没给我留一块能活的地方，这个喝人血的狗杂种。他还说，你是什么人，不说的话就用自己的血洗个澡。我该怎么样，弟兄们，我就这么实说的，是个真正的逃兵。不错，我是从他那里来投奔你们的。"

"你说的他,到底是他们里头的谁拷问的你?"

"哎哟,弟兄们,内脏都翻个了。让我喘口气。现在我跟你们说,是别克申长官。施特列泽上校。都是维岑的人。你们在林子里什么都不知道。城里边鬼哭狼嚎。用活人熔铁,成条剥活人皮。揪住衣领子就把你拽到什么地方去下地狱。拿手周围一摸,就是囚人的笼子。里头关了四十多个只穿着短裤的人。不知什么时候就把笼子打开,大爪子伸进来头一个碰上的就拉出去。不管是谁就同宰鸡一样。天哪,有吊死的,有钎子捅死的,有的拷打。把人浑身打遍,往伤口上抹盐,浇开水。要是呕吐了或是排了便,硬叫你吃掉。对孩子和女人,上帝啊!"

这个不幸的人已临到最后一口气了。他没把话说完,叫了一声就咽了气。人们一下子就都明白了,都摘了帽子,在胸前画十字。

晚上,另一个比这更可怕的消息迅速传遍了整个营地。

帕姆菲尔·帕雷赫也在死者周围站着的人群当中。他看到了这个人,听了他的诉说,牌子上写的全部威慑性的内容也都看了。

看到这个人死去,他始终为自己亲人的命运怀有的担心害怕达到了从未有过的强烈程度。在想象中他看到了他们被送去经受慢慢的拷打,看到了他们那因痛苦而扭曲变形的脸,听到了他们的呻吟和呼救的声音。为了摆脱将来他们会遭受的苦难和自己的痛苦,在无法克制的悲伤情绪下,他自己亲手结束了他们的生命。他砍死妻子和三个孩子用的快得像剃刀一样的斧子,就是他给女儿和亲爱的儿子费烈努什卡削出木头玩具的那一把。

奇怪的是,做完这事之后,他当时并没有把自己也杀掉。他是怎么想的?他还能有下一步吗?是什么方式,什么打算?显然这是个精神错乱的、无可挽回的终结了生命的人。

就在利韦里、医生和士兵委员会在开会讨论怎么处置他的时候,他在营地里随意游荡,头低垂在胸前,皱着眉头,浑黄的眼睛呆视着。脸上始终露出一种痴呆的笑容,那是任何力量也克制不了的非人的痛苦所造成的。

没有人可怜他,大家都躲着他。有人说应该对他处以私刑,但无人响应。

世上再没有他可做的事了。黎明时分他从营地里消失了,像一只得了狂犬病的发疯的野兽一样,自己害怕自己地逃掉了。

九

冬天早就到了。一直是冻得喀喀响的寒冷天。冰凉的雾气里有撕裂声,一些看不出有什么联系的影像出现在那里,移动着,消失了。太阳已经不像是我们从地面上习惯看到的那个样子,而是换成了一个深红色的圆球悬在森林上空。如同在梦中或是童话里,浓得像蜜似的琥珀色光线从它那里迟缓地扩散开来,顺路在空气中停滞不进,冻结在树上。

套在毡靴里不现形的腿脚沿着各个方向在雪里移动,圆圆的足跟勉强能触及到地面,每一步都激起严酷的咯吱咯吱的雪声。与此相伴的是那些戴着围巾帽,穿着短皮袄的身影,另外在空气中浮动着,如同在天体上环绕的群星。

相识的人停下来,进行交谈。他们那一张张像刚从澡堂里出来似的通红的脸靠得很近,脸上的胡须冻在一起像刷子一样。口中吐出的浓稠的气团形成一片云雾,这么多呵气和他们嘴里勉强说出的似乎冻住了的意思简单的话不成比例。

在小路上,利韦里和医生遇上了。

"啊,是您呀? 好久好久不见了! 晚上请到我窑洞里去。在我那儿过夜。照往常一个样,叙谈叙谈。有消息。"

"是信使回来了? 瓦雷金诺有什么消息?"

"我的家人和您的家人在报告里只字未提。不过我正好从这个情况当中得出令人欣慰的结论。就是说,他们都及时得救了。否则的话报告里会提到的。这些还是见面时再谈吧。就这样,我等您。"

在窑洞里医生又重新提出这个问题:

"您只需回答,知不知道我们家里人的情况?"

"您又是只顾眼皮子底下,不往更远处看。咱们的家人看来都还活着,没危险。不过,要说的不是他们。有最最重大的消息。来点儿肉吧? 冷冻小牛肉。"

"不要,谢谢。您别扯远了。谈正事吧。"

"不要就算了。那我可就吃啦。营地里有了坏血病。人们把粮食、青菜是什么都忘了。秋天的时候就应该很有组织地采摘核桃、浆果,趁着当时还有逃难的人在。我跟您说,咱们的事情正处于顶尖好的状态。我一向的预料,都实现了。坚冰已然松动。高尔察克正在全线后撤。这是整体的,还在自发发展的失败。您看,我说什么来着? 您却老是牢骚、埋怨。"

"我什么时候埋怨了?"

"经常如此。尤其是维岑紧逼咱们的时候。"

医生回想起不久前才过去的这个秋天，枪决了暴动分子，帕雷赫杀死了子女和妻子，永远结束不了的血腥殴打和杀人。白军、红军的暴行比赛着谁更残忍，时不时地一个报复另一个，更是让这种行为翻倍地增长。鲜血让他恶心呕吐，刺激喉咙，冲上脑子，在他眼前飘浮。这绝不是灰心丧气，而完全是另一回事。不过这又怎么向利韦里解释呢？

窑洞里有一股烧着的煤炭的好闻气味。它冲到上颚，刺激得鼻子和喉咙发痒。地窖里是靠在铁的三脚支架上烧劈碎的松明来照明的。一根烧完了，烧尽了的尾巴就掉到一个装了水的盆里，利韦里于是再往三脚架的铁圈里续上一支新点燃的。

"您看我烧的是什么。油用完了。劈柴太干。松明不禁烧。是的，营地里有了坏血病。您是坚决不吃小牛肉？坏血病。您怎么看，医生？要不指挥部召集个会，说明一下情况，您向各级领导做个防治坏血病的报告。"

"饶了我吧，看在上帝分上。关于我们的亲人，您确切地知道哪些消息？"

"我已经跟您说了，没有任何有关他们的准确情报。不过从最近的综合军事报告当中所了解到的，我还没有说完。内战结束了。高尔察克完全被击溃了。

红军正沿铁路干线把他往东边赶，要把他抛到海里去。红军的另一部分正忙着赶来与我们会合，为了共同去消灭他那散布各处无数的后方。俄罗斯的南部已经清除干净。您怎么还不高兴？您还嫌少吗？"

"不是，我很高兴。可是我们的家人呢？"

"他们不在瓦雷金诺，这是大好事。虽然夏天有过卡缅诺德沃尔斯基传来的神话，我当时就估计得不到证实。您还记不记得那个愚蠢的流言,说是一股不知道是什么民族的人侵入了瓦雷金诺?不过村子是完全空了。看来在那儿是发生过什么事,非常好的是我们的两家人都及时从那里离开了。应该相信,他们是得救了。照我的侦察员的说法,当地少数几个留下来的人是这么估计的。"

"尤里亚金呢?那里怎么样?在谁手里?"

"说法也不靠谱。肯定是误传。"

"到底怎么回事?"

"好像白军还在那儿。这绝对是奇谈怪论,显然是不可能的。现在我就清清楚楚地证明给您看。"

利韦里起身往三脚铁架上加了一根松明,把一张揉皱了的两俄里比一英寸比例的地图折一折,让需要的部分露在外面,余下的折到里面去,手持铅笔沿着图开始说明。

"您看,在所有这些地段的白军都被打得向后撤了。就是这儿,这儿,还有整个这一圈。您注意看了吗?"

"看了。"

"他们不可能出现在尤里亚金这个方向。否则交通线一旦被切断,他们不可避免地就落到口袋里。他们的将军们不论多么无能,也不可能不明白这一点。您穿上皮大衣了?要上哪儿去?"

"对不起,我去一下,马上就回来。这儿满是莫合烟和烧松明子的味儿。我觉得不舒服,外面透透气。"

从地窖里来到外面,医生用手套擦掉出口旁边摆放供人坐的粗木墩上的积雪。他坐到上面,弯下腰,双手支着头陷入了沉思。

寒冬的大森林,林中的营地,在游击队里度过的十八个月,似乎都不曾有过。他忘掉了这一切。在想象中只有他的亲人。他心中有关他们的推测,一个比一个可怕。

那就是冬妮娅抱着舒罗奇卡在暴风雪中行走在野地里。她把他用被子包着,她的两脚深陷在雪中,吃力地拔出来,一阵暴风刮得她倒退,把她掀翻在地。她倒下然后再站起来,两条衰弱发软的腿已经无力支撑下去。噢,他总是忘记、忘记,忘了她是有两个孩子,小的还在吃奶。

像那些契里姆克的难民一样,她两只手都不空,一手一个孩子,痛苦和超乎忍受限度的压力让她们失去了理智。

两手抱着孩子,周围没有可以帮忙的人。舒罗奇卡的爸爸不知道在哪儿。他离她们很远,总是很远,这辈子都不在她们身边,这还是爸爸吗,真正的爸爸是这样的吗?她自己的爸爸又在哪儿呢?亚历山大·亚历山德罗维奇在什么地方?纽莎在哪儿?其他人都在哪儿?噢,最好别给自己提这些问题,最好别去想,不要想搞清楚。

医生从木墩子上站起来准备回地窖去。他的想法突然改了方向。他重新考虑了下去回到利韦里那儿去的打算。

雪橇、一袋子面包干和一切逃亡需要的用品他早已准备好了。他把这些东西埋在营地警戒线以外的雪地里,在一棵高大的冷杉下面,而为了确认还用斧子砍了个特别的记号。沿着一条在小山包当中踩出来的人行小路,他朝那里出发了。这是个晴明的夜晚,天上是一轮满月。什么地方布置了夜哨,医生都知道,所以顺利地绕了过去。然而就在有一株结了冰的花楸树的林中空地上,哨兵从远处喊住了他,并且挺直身子飞快驾着雪橇滑到他跟前。

"站住!不然就开枪!什么人?照实说。"

"你这是干吗,兄弟,发傻啦?自己人,没认出来?你们的医生日瓦戈。"

"对不起!别介意,热瓦克同志。没认出来。尽管是热瓦克,也不能放您往前去。一切得按条令办。"

"那也行。口令'红色西伯利亚',回令'打倒武装干涉者'。"

"那就是另一回事了。随您的便吧。这是夜游找什么鬼去?有病号?"

"睡不着,渴得要命。想出去走走,吞几口雪。看见了那株花楸树,果子都冻上了,想过去摘点儿吃。"

"瞧瞧,这真是老爷们的糊涂想法,大冬天的还摘果子吃。敲打了三年了,就是敲不掉。没有一点儿自觉性。找你的花楸树去吧,真是不正常。我有什么舍不得的?"

哨兵就用力蹬开雪橇,直着身子站在长长的发亮的雪橇上向一边滑去,越来越快,在整片雪地上远远地滑向如同谢了顶似的稀疏光秃的树丛后面。医生走的那条小路,把他引到了刚才提到的那株花楸树跟前。

树身一半在雪里,一半是上了冻的枝叶和浆果,向前伸出的两条落满了雪的树枝迎面朝向着他。他想起了拉拉那两条白白的浑圆丰满的手臂,于是抓住树枝,拉向自己。仿佛做出一个自觉的回应动作,花楸树从头到脚把雪洒了他一身。他喃喃低语,自己也不清楚说些什么,他忘却了自我:

"我会看见你的,我的如画的美人,我的花楸树公爵夫人,亲爱的心肝儿。"

夜是晴明的,月色明亮。他继续前行进入森林,找到那棵朝夕盼望的冷杉,挖出自己的物品,之后离开了营地。

第十三章　有雕像的房子对面

一

沿着一座小丘的斜坡通向小斯帕斯卡亚街和新斯瓦洛奇内小巷的是大商户街。俯视着这条街的是处于城里较高地势的房屋和教堂。

在街的把角处是一幢有雕像的深灰色的房子。它那向下倾斜的房屋基座的四方形大石块上面,新贴上去的官方报纸和政府法令、决议已经开始变黑。一小群路人很长时间站在人行道上默默地看着。

不久前化冻之后天气较为干燥。微冻,寒气逐渐加强。前不久天色还暗的这个时刻,现在还很亮。冬季刚刚过去。阳光占据了空出来的地方,傍晚也挽留着让它迟迟不能离去。这样的亮光鼓舞着人们,引领他们走向更远的地方,也让他们有点儿害怕,感到紧张。

前不久白军把城市交给红军之后就撤走了。交火射击,流血和战争的恐惧终于结束了。如同冬天过去春天白日渐长一样,这也让人们感到惊恐和不安。

借助白日变长的光线,过路人读着贴出来的通告。上面写的是：

告全体居民。本市合法居民可在尤里亚金苏维埃粮食处领取工作手册，每份须缴五十卢布。地址为十月革命街，即前总督府街，五号，137 室。

凡无工作手册或内容不实甚至伪造者，将依战时法令严惩。工作手册使用细则将由本年度尤里亚金执委会八十六号（1013）通知公布并张贴于尤里亚金苏维埃粮食处 137 室内。

另一份通告说的是本市粮食储备充足，只不过是资产阶级藏匿粮食，目的在于破坏分配制度并在这方面制造混乱。通告结尾的话是：

凡被发现贮藏及隐匿粮食者，就地枪决。

第三份通告提出：

为了正确进行粮食工作，凡不属于剥削分子者均由消费公社组织起来。详情可咨询尤里亚金粮食处。地址为十月革命街，即前总督府街，五号，137 室。

对军人提出的警示是：

未缴出武器或未按新规定许可携带武器者依法严惩。许可证由尤里亚金革委会换发。地址为十月革命街，六号，63 室。

二

一个身体消瘦的人，由于久未梳洗而面色黑黄，肩挎一个背包,手持一根棍子,表情有些痴呆地走到一群看通告的人跟前。他那已经长得很长的头发里边还未出现白发,但是满脸深棕色的胡须已经有些泛白。

这人就是尤里·安德烈耶维奇·日瓦戈医生。皮袄大概在路上早已被人抢走,或许是拿去换了吃食。他只穿了一件别人的短袖破旧衣服,暖不了身子。

在城郊最后路过的一个村子里人家给的面包,剩有一小片没吃完的在口袋里,另外还有一块腌猪油。他是一个小时之前从铁路那边进到市里的,可是从城关哨卡到这个路口就用了整整一个钟头,加上这几天的行走,他已经精疲力竭,身体很弱。他不时停下来,强忍着不扑到地上去亲吻这个城市路面上的石头,而这却是他没指望有哪一天还能见到的,看见它们也像是遇见了活生生的人同样高兴。

他走了很长时间,自己的徒步行程有一半是沿着铁路线的。铁路完全被弃置不用了,都已埋在雪下。他一路上经过的整列白卫军的车厢,有客车,也有货车,全都是被积雪以及高尔察克的全线溃败和燃料用尽而困住了。这些再也开动不了、淹没在雪里而停在线路上的列车,像条带子一样延伸有几十公里,于是就成了沿路抢劫的武装匪帮的堡垒,也是那些躲起来的刑事犯、政治难民和当时被迫出来流浪之人的避难所。不过更多的是成了死于严寒和斑疹伤寒的人的公墓和乱葬坟地。当时沿线附近一带斑疹伤寒十分猖獗,整村的人成片死去。

这个时候应验了一句古谚:人见人,都是狼。路上行人相遇,都赶忙躲到一旁,迎面碰见,一个杀死另一个,为的是不让对方杀了自己。个别的人吃人的事,也发生过。人类文明的规则结束了。兽性大行其道。人们梦中所见的是史前穴居时代。

有时在前边较远的地方，会有几个孤零零的人影闪到路旁，或是小心翼翼地穿过小道，尤里·安德烈耶维奇都尽可能地绕开他们，但时常觉得像是熟人，仿佛在哪儿曾经见过。他感觉他们都是从游击队营地里跑出来的。大多数情况下他都感觉错了，不过有一次他可没看走了眼。一个少年从挡住了一节国际列车卧铺车厢的雪堆后边钻了出来，行完了方便以后一下子又钻回到原处去了。这确实是在林地里的兄弟们当中的一个，就是都以为被枪决处死了的捷连季·加鲁津。他并没被打死，昏厥了很长时间之后自己缓醒过来，从行刑的地方爬走了，到林子里藏起来，养好了伤。如今是改了姓名潜回到圣十字镇自己家人那里去，路上怕遇到人就躲在被雪埋住的车厢里。

这样亲眼所见的景象，让人觉得不是人间所有，而是一种先验的印象。它们似乎本是外星生命的一小部分，是被错误地带到地球上来的。也只有自然界仍是忠于历史的，它在你眼前描绘出来的如同现代画家所表现的是一样的。

冬日的傍晚显得特别的寂静，天际是浅灰色和暗红色的。迎着明亮的晚霞，映照出细细的一带乌黑的白桦树的顶部，宛如一行古文字。灰雾般的薄冰下面流淌着黑色的小溪，两岸堆得像小山包一样的白雪，自下而上被乌黑的溪水浸湿。就是这样一个寒冷、灰色透明的傍晚，如轻软的柳絮般富有怜悯之心，许诺在一两个小时之后就要降临到尤里亚金的那座有雕像的房子对面。

医生正要走到房子石墙上政府新闻栏前面去看看官方的

通告。但他的目光不时地落到街的对面,向上注视对面房屋二层的几扇窗户。这几扇朝街的窗子像是什么时候用白灰刷过。窗后的两间屋子里堆放的是主人的家具。尽管严寒给窗子下部薄薄遮了一层晶莹的外壳,但可以看到窗户是透亮的,白灰已经洗掉。这个变化意味着什么?主人们已经回来了?或者是拉拉走了,房间里住进了新人,如今一切都另一个样子了?

医生因情况不明而激动,他控制不了这种情绪。他穿过街道,从正门进了过道屋,踏上了熟悉并从心坎儿上感到亲切的正门楼梯。铸铁的梯阶上那些格状的花纹图案乃至细小的花样圆圈,都是在林中营地时经常回想起来的。在一处向上转弯的地方,通过脚下的栅格可以看到楼梯下面堆放的旧水桶、洗衣大盆和一些坏了的椅子。现在还是如此,一切都如原样,丝毫未变。医生几乎要去感谢楼梯之如此忠实于过去。

门上曾经有过一个门铃,不过早在医生林中被俘以前就坏了,不能用了。他要去敲门,但发现门已经用新的办法锁上了,用的是一把沉重的吊锁,穿在粗笨地拧进老式橡木门上的圆环里,门面上很好的装饰物件有的地方已经脱落了。这种不文明的状况在早先是不容许的。那时用的是作用很好的暗锁,如果坏了,会有钳工来修理。这些微不足道的小事本身却说明了一种普遍的现象,即情况急剧在恶化。

医生确信拉拉和卡坚卡都不在家,或许也不在尤里亚金,甚至已不在这世上。他已做好了面对可怕的绝望的准备。为了免受良心责备,他决定还是摸一摸他和卡坚卡都挺怕的那个墙洞,而为了手别碰上隙缝里的老鼠,就用脚先踢一踢墙。他并没抱有在约定的地方找到什么东西的希望。洞口堵了一块砖。尤里·安德烈耶维奇取出砖，把手伸到洞里边。噢，真是奇迹！钥匙和一纸便条。

便条写在一大张纸上，很长。医生走到楼梯平台的小窗口跟前。真是太神奇、太难以想象了！便条正是写给他的！他赶忙去读：

> 上帝呀，太幸福了！人家说你还活着，而且出现了。在郊区有人看见了你，就跑来告诉我。我估计你的头等大事就是赶快去瓦雷金诺，我带卡坚卡到那儿去找你。钥匙放在老地方，以备万一。
>
> 等我回来，哪儿也别去。对了，这事你还不知道，我现在住的是前边朝街的房间。不过你也能猜想得到。房子太大了，又是空着，不得不把房主的家具卖了一部分。留了点儿吃的，主要就是煮土豆。照我做的那样，用熨斗或是别的什么重点的东西把锅盖压住，防着老鼠。乐得快要发疯了。

纸的正面写满了。医生没注意到纸的另一面也写满了字。他把在手上打开的便条托到嘴唇边碰了碰，之后再也没看就和钥匙一起放到衣袋里。可怕的伤心痛苦和他现在无比的快乐交织在了一起。她既然毫不踌躇并且无条件地到瓦雷金诺去了，他的家应该也不会在那里了。除了这个细节让人担心之外，他最难以忍受的愁苦就是惦念自己的亲人。

为什么关于他们她只字未提，比如说是目前在哪儿，具体什么情况，仿佛这些人根本不存在似的。

不过已经没时间多想了，外面天开始黑了。

趁着天色还亮，有不少事得抓紧去做。了解外面贴出的那些通告的内容也只是其中的一件。当时这可不是开玩笑的事。由于不知道而违反了哪项必须遵守的决定，是会付出生命为代价的。他没有去开房门，压得肩膀酸疼的背包也没放下，他径直下楼来到外面走到墙跟前，那上面很大的一片地方密密麻麻地贴的都是各种印刷品。

三

这一份的内容是报纸上的文章、会议上的讲话记录和一些法令。尤里·安德烈耶维奇迅速扫了一眼标题。《对有产阶级实施征用与课税办法》《工人监督》《工厂委员会》。这是进了城的政权的新法令，用来取代先前的规定。这使人想起各种准则自身具备的无条件的绝对性，或许居民们在白军暂时统治时期把这个都忘了。可是这种没完没了的千篇一律的重复，让尤里·安德烈耶维奇头脑发昏。这些标题在哪一年就有过？是第一次大变革的时候，还是接下来的哪个时期，或许是几次白卫军暴动的间隔当中？这又是什么提示？是去年的？前年的？一生当中他仅有一次赞扬了这种不留余地的言语表达和率直的思想。莫非就因为这一次不经意的赞许，他付出的代价就该是今后除了这些多少年都不变，而且越来越脱离生活、难以理解和无法实现的狂乱的空喊和要求以外，其他的什么都不看、不听？难道他一时的过分宽容就要永远把自己限定起来吗？

一份报告书上的一片纸不知从什么地方掉到他身边。他看到：

有关遭遇饥荒的情报表明，一些地方组织无所作为的状况极其严重。滥用职权事实明显，投机倒把猖獗，而地方工会管理局做了什么工作？市及边区各工厂委员会又做了哪些工作？对尤里亚金贸易货栈以及尤里亚金—拉兹维利耶地区和拉兹维利耶—雷巴尔克地区若不实施大规模搜查，对投机倒把分子若不采取包括就地枪决在内的严厉恐怖镇压措施，将无法摆脱饥荒。

丧失理智真是到了让人惊羡的地步！——医生心里这么想。还谈什么粮食，在自然界都早就没有了。什么有产阶级和投机倒把分子，照以前许多法令的说法是他们早已被消灭了。什么农民和农村，那也是好久就不存在了。自己的那些规划、措施早就彻底失败了，就连这个也都忘了吗！要想永远持有这种冷不下去的热情，年复一年无休止地谈论这些不存在的、早已结束了的话题，对周围的一切不闻不问，那得是个什么人哪！

医生头晕了，倒在人行道上失去了知觉。等他苏醒过来，人们帮他站起来，让他指出要去什么地方，可以把他送到。他谢绝了这份好意，解释说自己只不过是要到街对面去。

四

他再次上了楼，要去开拉拉住房的门。楼梯上的小平台那里还很亮，丝毫没有比头一次上来时暗。他愉快地怀着谢意注意到，太阳对他很宽厚。

开门锁的咔嚓声引起里面一阵慌乱。

空着无人的房屋迎接他的是稀里哗啦罐头盒翻倒、掉落的声音。多只老鼠全身扑通通掉在地板上，四散跑掉了。面对这群可能已经在这里繁殖起来的恶心人的东西,那种无助的感觉让医生觉得很不自在。不论怎样打算安置在这里过夜,他决定首先要避开这些成灾的老鼠,躲到一间与外面容易隔开而又门能关得紧的房间,用碎玻璃和铁片把鼠道统统填堵起来。

从前厅往左拐,走到了房子里边他不熟悉的部分。从一旁经过穿厅,一下子来到一间两扇窗都朝街的亮堂堂的房间里。窗子正对面就是那座昏暗的有雕像的房子。在它墙的下部贴满了报纸。背对着这边窗户站了一些看那墙上报纸的路人。

室内的光线同外面一样,都是早春时节清新但已坚持不了多久的黄昏的光亮。室内外光线一致,妙在房间似乎和街道并没有隔开,只不过还有一点点差别,就是尤里·安德烈耶维奇所在的拉拉的卧室,要比外面商人街上还冷一些。

就在尤里·安德烈耶维奇最后一次转弯走向城郊和接下来一两个小时之前在市里面行走的过程中,身体虚弱的程度越来越厉害,他感到了很快会病倒的威胁,心里有些害怕。

现在这里的室内外光照度完全一样,就又毫无缘由地让他愉快起来。院子里和屋子里同样变冷的空气,使他和傍晚街上的行人,和城市里的氛围,和世间的生活亲近起来。他的惊恐消散了,不再去想要生病的事了。

到处洒满的春天傍晚清亮透彻的光线,他觉着就是实现未来那些甚至是奢望的保证。他相信,一切都会好起来,生活当中需要的都能得到,亲人们都能找到,让大家和睦相处,所有的事都能考虑周全、盘算清楚。他等着和拉拉快乐的相见,就是这一切都能实现的最早的证明。

极度的兴奋和不可遏制的忙碌替代了先前体力的衰减。这种昂奋状态与先前的衰弱相比，是更为准确的开始发病的症状。尤里·安德烈耶维奇坐不住了。有个原因促使他要到外面去。

在这里安顿下来之前，他就想要理个发，刮掉胡子。他就这副模样走在城里的时候已经张望过先前那些理发店的橱窗。有些是房子已经空了，或是改做了他用。另外一些没有改变的，门都锁着。找不着地方理发和刮胡子。他自己又没有剃刀。

要是能在拉拉这儿找到一把合用的剪子，就解决了他的难题。他不安而又匆忙地翻遍了她的梳妆台，没找到剪刀。

他想起在小斯帕斯卡娅街曾经有家裁缝铺。他想，要是店铺还在而且仍然营业，那么在下班关门之前赶过去，就可能从哪位女师傅那里借到剪刀。他于是又出门上了街。

五

记忆并没有欺骗他。裁缝铺仍在老地方，还在营业。铺子的门面房有扇朝街的宽大的窗，底部落到人行道路面的高度。从橱窗可以直接看到屋子里边，直到对面的墙。

裁缝师傅们就在街上行人的眼皮子底下干活儿。

屋子里很拥挤。除了真正的女裁缝们之外，还额外安插了一些尤里亚金本地社会上的缝纫爱好者，都是上了年纪的女士，为了能领到工作手册。有雕像的房子墙上贴的法令里也说到了发放手册的事。

她们的动作一下子就显出和真正裁缝的麻利劲不一样。

铺子里做的是清一色的军服,有棉裤、札趄棉袄和上衣,还用杂色狗皮粗针大线地拼缝那种尤里·安德烈耶维奇在游击队营地里见过的斗篷式的皮袄。

那些爱好缝纫的女士们的手指,很不灵活地把衣边折齐放到缝纫机的针头下面,她们勉强地对付着这种不习惯的一半是熟皮匠才能干的活儿。

尤里·安德烈耶维奇敲了敲窗子,做了个让他进去的手势。回应也用手势,表示不接受私人的活儿。尤里·安德烈耶维奇没有退回去,重复打手势,要求放他进去说一说。他看懂了里边推托的手势动作,意思是现在正忙一批紧急任务,要他别再纠缠妨碍工作,请他走开。一位女师傅脸上现出困惑的样子,有些恼火地掌心向上伸出一只手,用眼睛示意问他究竟要干什么。他用食指和中指做了个剪刀剪东西的样子。她们没看懂,以为是什么下流动作,认为他是在挑逗,拿她们取笑。他那破衣烂衫的样子和古里古怪的行径,给人的印象就是个病人或者神经不正常。铺子里的人相互看看,吃吃笑了起来,挥手让他从窗前走开。最后他想起并且找到了穿过院子的路,敲响了铺子的后门。

六

一位面色黝黑的上年纪的女师傅来开了门,穿的是黑色长衫裙,表情挺严肃的,可能是铺子里的领班。

"这人可真能纠缠!真该治一治。快说,要干什么?我没时间。"

"我想借剪子用一用,您别见怪。就用一会儿。我当着您的面把胡子剪掉就还给您，太谢谢啦。"

女裁缝的眼里显露出的是难以置信的惊诧。很明显，她对来人的智力状况表示怀疑。

"我是从远处来的，刚刚来到市里。头发、胡子都太长了，想理一理。找不到一家理发店。所以我就想，还是自己解决吧，可是没有剪刀。借用一下吧。"

"好吧，我给您剪。可是您得注意，别另外打什么主意，耍什么花招儿。要是什么政治上的原因，想变了面容来伪装，那就怪不得我们了。不能为了您把命搭上，知道该上哪儿告发去。如今可不像以前了。"

"哪儿能呢，您放心！"

女裁缝让医生进了门，把他领到旁边一个比贮藏室宽不了多少的房间。一会儿之后，他已坐在椅子上，像在理发店一样脖子整个围上了罩巾，两角塞到领口里。

女师傅走开了去取工具，不一会儿拿回来剪刀、梳子、不同型号的推子、蹭刀皮带和剃刀。

"这一辈子什么都干过，"看到医生发现这一切都是现成的而有些惊讶，她于是解释说，"当过理发师，那是上次战争中当护士，学会了剪发、剃胡须。先用剪刀把胡子剪短，然后再刮干净。"

"头发请给理短一点儿。"

"尽力吧。这么有知识的人，可是装得像是什么都不懂。如今已经不按星期来计算，是按旬也就是十天来算。今天是十七号，理发店逢七休息。这些您好像都不知道。"

"我说的都是实话。干吗装假呀？我不是说过嘛，我是从远处来的，不是本地的。"

"坐稳了,别扭动。容易割破。这么说,是外地来的? 坐什么车?"

　　"自己的两条腿。"

　　"走的是公路?"

　　"一段是公路,其余都是顺着铁路。火车一列列地都让雪埋住了! 所有的车厢,特等的、特快的,都在内。"

　　"就剩一小块了。从这边再剪一点儿,好啦。您是为了家里的事吧?"

　　"哪儿是家务事! 是办过去的信贷联社的事情。我是流动巡视员。派出到各地视察。鬼才知道该往哪儿去。困在了东西伯利亚,回也回不去,没火车。只能徒步走,别提啦。走了一个半月。见的事可多了,一辈子都说不完。"

　　"那也用不着说。我说的能让您受益。您稍等,给您镜子,把手从罩巾底下抽出来拿住它。欣赏一下自己吧。您看怎么样?"

　　"我看去得不够,可以再短点儿。"

　　"那就梳不来了。我说,您什么也别讲。现在最好是对一切都不吭声。什么信贷联社、雪埋了火车、巡视员和视察员等等,最好把它们统统忘掉。还去和人们掺和这些! 尺码不合适,不是那个时候啦。最好瞎编,说自己是大夫或者教师。啊,胡子大致上剪完了,现在把它刮光。抹上点儿肥皂,咯吱咯吱一刮,年轻十岁。我去拿热水,水得加热。"

　　"她是什么人,这个妇女!"她不在的时候医生就想,"有种感觉,我们之间有个交汇点,我似乎应该知道她。曾经见过或是听说过。她一定是让我想起了哪个人。真见鬼,是谁呢?"

女裁缝回来了。

"现在咱们就刮脸。对了，最好是什么时候多余的话也不去说。这永远是真理。开口为银，闭口是金。坐火车免票，信贷联社之类的，都不说。就编造说是大夫或者老师。什么都见识过等等，都放到自己肚子里。还向谁去显摆这些？刮得疼吗？"

"有点儿疼。"

"刀不快，有些揪胡子，我知道。忍忍吧，亲爱的。这没办法，胡须太长了、变粗了，皮肤也不习惯了。不错，现在什么世面都不惊人了，人们都有了见识。我们也吃够了苦。土匪在这儿作乱的时候干的那些事呀！抢劫、杀人、把人绑走，拿人当靶子。比方说，有个非常残暴的小头目，会暗中使坏。有个中尉不讨他喜欢，您猜怎么着，他就派士兵到克拉普利斯基宅子对面那片城郊的小树林子里去设上埋伏。在哪儿解除了他的武装，押到拉兹维利耶去了。那时候的拉兹维利耶就如同现在肃反委员会设立的地方，是行刑的处所。您怎么摇脑袋呀？揪得疼？我知道，亲爱的，知道。没法子。这地方得逆着胡茬刮，加上粗得像鬃毛似的，又硬。又正好是在这个地方。

"那位妻子完全成了歇斯底里的样子。就是中尉的妻子。科利亚，我的科利亚！喊叫着直接去见最高长官。直接去找，也就是这么一说。谁能放她进去。于是托人求情。旁边那条街上有位不寻常的女人，知道见最高长官的路子，而且乐于为大家打抱不平。这是个心肠非常慈祥的人，富有同情心，无人能比。要见的就是加利乌林将军。当时到处都有私刑、兽行和忌恨造成的悲惨事件。完全跟西班牙小说里写的一样。"

"她说的是拉拉。"医生猜到了，不过为了小心，没有搭话,也没往下细问。在女裁缝说到"跟西班牙小说一样"的时候,又和一个人很像,特别是这句无缘无故说出的不怎么恰当的话,让他这么想。

"当然,现在完全是另一回事了。尽管说如今侦办、审讯和枪决也不少,不过在观念上不一样了。首先,政权是新的,执政没多少日子,门路还不熟。其次,不管怎么说,他们是为人民的,这就有力量。连我在内,我们是四姐妹,都是劳动者。很自然,我们倾向布尔什维克。一个姐姐已经死去了,嫁的人是个政治犯。她丈夫是本地一家工厂的管理人员。他们的儿子,也就是我外甥,是我们这里农村起义者的首领,可以说是个名人。"

"原来如此!"尤里·安德烈耶维奇醒悟过来了,"这是利韦里的姨妈,当地人常挂在嘴边儿上的,也是米库利钦的小姨子,当过理发员、裁缝和铁路扳道工,此地尽人皆知的一个多面手。不过我还是要像先前一样保持沉默,别暴露了自己。"

"我这外甥从小就向往老百姓。跟着父亲在工人当中长大,就在勇士圣山那地方。听说过瓦雷金诺的工厂吧?看看咱们干的这事儿!我简直是个没记性的傻子。半边下巴刮净了,另一半没刮。都是说话说的。您怎么不看着点儿,不提个醒儿?脸上的肥皂沫都干了。水凉了,我去热一热。"

通采娃回来了,尤里·安德烈耶维奇就问:

"瓦雷金诺可是个老天爷保佑的一个荒僻偏远的地方,什么动乱也到不了那里呀?"

"嗯,老天爷保佑的,那看怎么说了。这个偏远的地方,大概比我们这儿还要糟糕。有一帮匪徒从瓦雷金诺经过,不知道是哪方面的。说的也不是咱们的话。挨家挨户把人都赶出来就枪杀。一句不好的话倒是也没说，就走了。没人收拾的尸体就撂在雪地上，好在事情发生时是冬天。您身子怎么老抖动呀？我这剃刀差点儿割了您喉咙。”

"您方才说您姐夫是瓦雷金诺的居民。他也没逃过这些怕人的灾难吧？”

"不是，怎么会呢。上帝是心善的。他和妻子及时地从那里逃了出来。是和他再婚的第二个妻子。现在何处不得而知，不过确实是得救了。这事发生之前不久，从莫斯科去了一家人，住下了。他们走得更早一些。这家男人里边一个年纪轻的，是个医生，也是一家之主，失踪了。什么叫失踪啊！这就是这么一说，没了消息，免得让人伤心。要是说真的，应该是自己死了，或是被人弄死了。找他找了很久，没找到。这时候另外那个男人，年纪大些的，被召回了老家莫斯科。他是位农业方面的教授。我听说，是直接由政府召回的。还是在白军第二次来之前他们路过尤里亚金的。您怎么又自顾自地乱动，亲爱的同志？要是在剃刀底下扭来扭去乱动，很快就会被割伤。您真是不好伺候。”

"就是说他们在莫斯科！”

七

当他第三次又踏上这条铁扶梯的时候，每上一步心里就响起"在莫斯科！在莫斯科！"的回音。

空荡荡的居室迎接他的仍是从高处掉下来和地上四处跑老鼠的乱象。尤里·安德烈耶维奇明白，不管他如何筋疲力尽，身边有这群让人恶心的东西是一分钟也合不上眼的。为了准备过夜,先从堵老鼠洞开始。幸亏卧室里的洞比其他屋子里要少得多,那些地方的地板和墙根都很少有完整的。不过还是要抓紧。黑夜就要到了。真不错,可能是估计到他会来,厨房的桌子上放好了一盏从墙上摘下来的灯,上了半盏的油,旁边一个开着盖的火柴盒里留了几根火柴,尤里·安德烈耶维奇数了数正好是十支。不过煤油和火柴这两样,最好还是省着用。卧室里还发现有一个夜间用的灯碗,里边有灯芯,底上残留着灯油的痕迹,油可能是让老鼠喝光了。

有几处护墙板的边和地板之间有了裂隙。尤里·安德烈耶维奇往这些缝里填上了面朝下、尖朝里的碎玻璃片。卧室的门和门槛闭合得很紧,可以很好地关上并锁住,把堵好了洞的这间屋子同其他房间严密地隔开。用了一个多小时,尤里·安德烈耶维奇把这一切都弄妥了。

卧室的角上有个朝向一边的瓷砖壁炉,花瓷砖并没有一直砌到天花板的挑檐上。厨房里还存着十捆劈柴,尤里·安德烈耶维奇决定从拉拉这儿偷用两抱,于是跪下一条腿,往左手里搂劈柴。

把劈柴抱回卧室,码放在炉边,他开始查看壁炉的构造,很快检查了一下它的状况。他想把门锁上,但门锁坏了,于是用纸卷了挤上,免得开了。尤里·安德烈耶维奇开始不慌不忙地点起炉子。往炉子里添柴的时候,在一根从原木上锯下来的长条木棍上看到了一个标记。他惊喜地认出了它,这是旧戳子的痕迹,打头的两个字母是"K"①和"Д"②,印在还没

---

① K,俄语字母,发音类似于汉语拼音"ka"。——编者注
② Д,俄语字母,发音类似于汉语拼音"jie"。——编者注

锯开的树干上,表示从哪个仓库运来的。克吕格尔在世的时候,从库拉贝夫斯克林场拉到瓦雷金诺来的原木两头都有这些字母的戳记,当时工厂里也做买卖多余的燃料木材的生意。

在拉拉的家当里能有这样的木材,证明她认识桑姆杰维亚托夫,而且他也关心她,如同曾经向医生及其家人提供了一切所需的东西一样。这个发现是往医生的心上扎了一刀。他在过去就因安菲姆·叶菲莫维奇的帮助感到苦恼。如今这受人之助而欠情的不安又加上了其他的感觉就更为复杂了。

安菲姆对拉里莎·费奥多罗夫娜如此示好,只是因为她那对美好的眼睛。尤里·安德烈耶维奇心中想着安菲姆·叶菲莫维奇的那种潇洒自如的举止和拉拉表现出女人的轻率冒失。他们之间不可能什么事都不曾发生过。

库拉贝舍夫斯克林场的干柴在炉里燃起的火很旺,发出噼啪的响声,而随着火势加大,尤里·安德烈耶维奇有醋意的疑惑开始由模糊的猜想变成了确信。

他内心痛苦不堪,痛处一个挤碰着另一个。他可以不去驱散这些怀疑。不用他去费力,思绪本身就从这件事跳到另外一件事。

重又向他袭来的对自己亲人的强烈思念,一时之间压倒了嫉妒的臆想。

"说来你们都在莫斯科,我的亲人们?"他觉得通采娃已经让他相信他们安全到了那里,"也就是说,你们没有我又重新走了一遍这条漫长艰难的路程?你们是怎么到达的?亚历山大·亚历山德罗维奇这次差旅之行是什么性质,包括这次的召回?大概是科学院请他在那里重新执教?在家里你们都找到了什么?唉,别说了,那房子还在吗?上帝啊,真困难哪,太痛苦了！噢,不想这些了,不想了！我的头脑都乱套了！我这是怎么了,冬妮娅？我觉着是病了。我会怎么样,你们全都会怎么样,冬妮娅、冬涅奇卡①、冬妮娅、舒罗奇卡②,还有亚历山大·亚历山德罗维奇？上帝为什么要拒绝我？为什么这一生都把你们和我隔开,分到另一边去？为什么我们总是分散的？不过我们很快就要会聚在一起了,要相见了,是不是？如果非如此不可,我就徒步走着到你们那里去。我们一定会见面的。一切都会重新好起来的,难道不是吗？"

"大地还真肯让我立足,我这个把什么都丢到脑后的人,连冬妮娅要临产都忘记了。或许已经生了吧？出现这种忘性已经不是第一次了。她生产的情况怎么样？如何分娩的？

"去莫斯科的路上,他们到过尤里亚金。当然,拉拉虽是不认识他们,可是裁缝和理发师作为局外人都不是不了解,但拉拉在便条里却只字未提。写得真是奇怪,冷淡而又粗心！就像她对桑姆杰维亚托夫是什么关系保持沉默一样,无法解释。"

这时尤里·安德烈耶维奇把审视的目光投向卧室的墙壁。他知道,周围摆放着的、悬挂着的东西没有一件是拉拉的。这位去向不明的神秘主人家中的摆设,丝毫也表明不了拉拉的喜好情趣。

可是无论怎么说,他处在墙上这些放大了的男人、女人照片之中突然感到不自在。那些粗笨的家具也对他发出有敌意的味道。他觉得自己在这间卧室里是个陌生的、多余的人。

---

① 冬涅奇卡,安冬妮娜的爱称。
② 舒罗奇卡,亚历山大的爱称。

然而他这傻乎乎的人还无数次地回忆起这房子，想念它，他来到这个房间不是进了一间屋子，而是投入到了对拉拉的苦苦思念之中！这种感觉方式从旁看来一定是很可笑的！像桑姆杰维亚托夫那种坚强有力的实干家，又是长得漂亮的男人们，也能这样去生活、去表现自己吗？为什么拉拉就应该喜欢他这种软弱性格，欣赏他所崇尚的隐晦难懂而又不现实的言语风格？莫非她也需要处身于这种紊乱的氛围之中？她自己也愿意成为他所希望的那个样子吗？

　　他方才已经表示过，他所希望的是什么样的她呢？啊，这个问题的答案永远都是早已准备好了的。

　　这是个春日的傍晚，在户外。空气中有各种声音的记号。

　　远近不同的许多地方都有玩耍中孩子们的声音，似乎标示出整个空间都充满了生气。而这远方就是俄罗斯，是位四海轰动、著名的殉难母亲，乖戾而又任性，被人奉为神明，永远会出现不可预料的辉煌而又致命的狂妄行为！噢，永远是克制不了地想向生活本身、向生命本身说声感谢，直面着它们说出这句话！

　　这就是拉拉。不能和生活、生命去交谈，她就是它们的代表和表达，生命的无声元素赋予她听和说的才能。

　　在有所怀疑的那一刻所说的关于她的那一切，都不对，一千一万个不对。她的一切都是完美的、无可指责的！

　　神驰向往和愧悔的泪水迷蒙了他的视线。他打开炉门，用火钩捅了捅火。他把烧透的红炭火捅到最里边，没烧旺的柴棍放到通风量大的前面。他让炉门开了一阵，热气和火光扑到脸上、手上让他感到很舒服。火苗跳动反射过来的光亮让他彻底清醒了。现在他是多么需要她，此时此刻他迫切想要置身于她所涉及的任何事物当中去。

他从口袋里掏出了她的那张揉皱的便条。他把它取出来朝上的这一面,不是先前读过的,只是这时才发现原来纸的另一面也写满了字。

把纸团展平,在炉火跳动的光亮下他读了起来:

"关于你的家人你是知道的。他们在莫斯科。冬妮娅生了个女儿。"

接下去的几行被划掉了,下边就是:"我划掉了几句,在便条里写这个显得太蠢了,见面时再细说。我急着要跑去借马。如果搞不到,不知道还能想出什么主意。带着卡坚卡会有些困难……"句子末尾的字磨得认不出来了。

"她既然已经走了,她一定是跑去找安菲姆借到了马。"尤里·安德烈耶维奇放心地这么想,"要是在这方面她良心不是完全干干净净的话,她不会把事说得这么详细。"

八

炉子烧起来了以后,医生关上了烟囱通道,接着吃了些东西。之后,控制不了的困意袭来,躺在沙发上,没有脱衣服就沉沉入睡了。他完全没有听到门外和墙那边老鼠猖狂的震耳喧闹声。连着做了两个噩梦,一个接着另一个。

他在莫斯科。在一个房间里,面对的是一扇上了锁的玻璃门。为了确认,他还抓住门把手往自己身边拉了拉。门那边是他的男孩舒罗奇卡,穿着儿童外套、水兵裤,戴了顶小帽子,可爱又很不幸的样子,哭闹着要开门。孩子的后面,挤压着他和门的是一股泡沫翻飞、雷声般轰鸣的水流,可能来自坏了的水管或是上下水道,这在当时是常发生的,不过也许这扇门就是一个荒山峡谷的末端,它抵住了几百年来积累其中的寒冷和黑暗,如今形成了一股巨流奔泻而下。

轰响着泻下的水流把孩子吓得要死。听不到孩子的喊叫,轰鸣把他的声音盖住了。但是尤里·安德烈耶维奇看到他嘴唇上下的动作是在喊叫:"爸爸!爸爸!"

尤里·安德烈耶维奇心碎了。他要用整个的自身把孩子抱在手里,紧贴胸前,不顾任何方向地跑开。然而他一面流着泪,一面拉住锁上了的门把手,不放孩子出来,把他作为牺牲品献给了在另一个女人面前表现的虚伪的人格和责任。这个女人并不是这个男孩的母亲,而且随时会从另一边进入房间。

尤里·安德烈耶维奇在满脸汗水和泪水中醒来。"我在发烧。我生病了,"他立即想到,"不是伤寒。是一种很可怕的重症,表现形式是过分疲劳。如同所有的传染病一样,属于一种临界状态的疾病,关键就看哪一方占上风,是生命还是死亡。可是真想睡呀!"他又睡着了。

他梦见一个还黑着的冬天的早晨,是在莫斯科,在一条还亮着灯的人来人往的街上。从各种迹象看,是在革命前,一清早街道就活跃起来,头一班的电车响着铃声,夜间的路灯在黎明前路面灰色积雪上投下一条条黄色光带。

接下来梦中看见的是一幢长条形的房屋,有许多窗户,都开在一面,距地面不高,大概就是在二楼的样子,都挂着低垂的窗幔。房子里面有些人在睡觉,都穿着外出上路的衣服,睡姿各式各样,屋子里像火车车厢一样乱,油污的打开的报纸上摊放着剩下的食物,有啃过的炸鸡的骨头、翅膀和鸡脚,地板上立着一双双为了过夜睡觉而脱下来的靴子,主人似乎是短

时间来访的客人、亲戚或是过路的和无家可归的。房子里从
这头到那头默不作声忙碌张罗着的女主人是拉拉,身上是一
件匆匆穿上的束腰晨衫。紧随在她身后的就是他,一副令人
厌烦的样子,不停地在解释着一些个琐碎又不合时宜的事。
她没有一点儿时间留给他,对他解释的回应只是几次朝他那
边转过头去,姣好无比的带着银色笑容的天真的脸上,两眼流
露出安详而又纳闷的目光,这也就是她与他之间还保留着亲
密关系的唯一形象。这就是那个遥远的、冷漠的、极富吸引力
的她,这就是那个他把一切都给予献出、在所有人里面选中的
她。与她相比,其余的都无法相提并论,都一文不值!

九

　　不是他自身,而是比他自身更为相近的东西,伴随着宛如
在暗中莹莹闪光的温柔、亮丽的言语,在内心号啕、哭泣。和
自己痛哭的灵魂一起,他自己也在哭。他怜惜自己。

　　"我要生病,我病了,"在睡梦、热昏说胡话和失去知觉之
间短时清醒之际,他料想到,"这还是一种伤寒,我们在医学
系学习的教材里没有描述。应该准备点儿东西吃,不然会
饿死。"

　　不过刚想用臂肘支着起身,他确信自己身子已经不能动
了,接着就失去了知觉,或许是又睡着了。

　　"我穿着衣服在这儿躺了多久了?"在一次清醒的时候他
这么想,"是几个小时? 还是几天了? 我倒下去的时候刚刚
到了春天。现在窗上有霜,冻得不结实,又这么脏兮兮的,弄
得房间里很暗。"

厨房里的响动是老鼠打翻了盘子,从这头蹿到墙上然后整个身子又掉到地板上,发出像女低音似的令人厌恶的哭叫声。

之后他睡了又醒了过来,发现布满霜花的窗上映射出暖意的紫红色霞光,如同斟到水晶杯中的红酒。他不清楚,于是自己问自己,这是早霞还是晚霞?

有一回他觉得就在很近的地方有人声,他情绪很低落,认为这是神经错乱开始了。

含着自我怜惜的泪水,他无声地对天低语,为什么老天抛弃了他,置他于不顾。"永世不落的阳光,为什么不让我见到你的脸庞,让我处在异己的黑暗之中!"

忽然之间他明白了,他不是在梦想,而确实是真的脱去了衣服,身子洗过,换上了干净的衬衣,不是躺在沙发上而是洁净的被子里,坐在床边俯身向着他的是拉拉,两个人都在哭,头发和泪掺搅在一起。幸福感让他又失去了知觉。

十

不久前在热昏的胡言乱语中他埋怨老天置他于不顾,而现在老天以全部广阔的胸怀降到他床前,两只裸露到肩部的修长白皙的手臂向他伸了出来。仿佛没了知觉一样,快乐让他双眼发黑,彻底倒向无边的幸福之中。

这一生他总是在做些事情,永远处于忙碌之中,管家、治病、思考、钻研,还进行创作。像这样真好,把这些行动、追求、思索都停下来,把劳作交还给大自然,自己在她那双温柔、迷人、把美丽发挥到极致的手中成为一个物件、一种构思和一件作品！

尤里·安德烈耶维奇很快康复了。拉拉用自己的关心、白天鹅般的妩媚、伴随温湿的呼吸低语说出的问话和答话喂养着他，护理着他。

他俩的低语交谈，就是内容空泛，也像柏拉图对话一样意义丰富。

比心灵相通更能让他们结合在一起的，是那道把他俩和世界的其余部分隔开的深渊。现代人身上一切不可避免会有的典型的东西，他们两人都同样憎恶。诸如那些做作而不自然的热情，招摇显示的昂扬情绪，还有就是不计其数的科学与艺术工作者为了让人永远觉得才能是极其稀有的，于是竭力推行他们自己致命的、毫无创造力的平庸。

他们的爱是伟大的。不过所有爱着的人都未曾注意到，这种感情是前所未有的。

对他俩而言，当激情如同永恒的气息一样飞进他们命定的人生之世的瞬间，也就是他们不断在自身和生活当中启发认识新东西的时刻。这也是他俩与众不同之处。

十一

"你一定要回到自己亲人那儿去。多一天我也不留你。你也看到了如今发生的都是什么。我们刚刚融合到苏维埃俄国里面，它的瓦解又把我们淹没了。用西伯利亚和整个东部来封堵窟窿。因为你什么都不知道。在你病中城里有了很多改变！咱们库存的粮食储备转运往中心、运到莫斯科去了。对莫斯科来说这只是海水的一滴，运去的这些东西到了那里就像落进无底洞里一样消失掉，可我们就没了粮食。邮政不通，火车客运停了，列车全部装载的是粮食。如同在盖伊达起义前一样，城里又是怨声四起，对待这种不满情绪的表现，肃反委员会又是暴跳如雷。

不过像你这种皮包骨、只剩一口气的样子，能往哪儿去呀？难道又是步行？可是你也走不到哇！还是把身子养壮实了，有了体力，那就是另一回事了。

我不敢给你出主意，但是就你现在的处境来说，在去找亲人之前，要是我就先找点儿事来做，一是要用你的专业，这是人们很认可的，比如说，我觉得就是去州保健局。它还是在原先的医务管理局里。

你自己盘算一下。一个西伯利亚用枪自杀了的百万富翁的儿子，妻子是本地一个工厂主兼地主的女儿。在游击队里呆过又逃跑了。不管怎么说，从革命军事队伍里出走，就是临阵脱逃。任何情况下你都不能不做事，像个被剥夺了公民权的人。我的情况也不稳固。我要去工作，到州教育局去。我已是火烧到眉毛了。"

"怎么会火烧眉毛？那斯特列利尼科夫呢？"

"正是因为斯特列利尼科夫才这样的。我早先跟你说过，他树敌太多。红军胜利了。非党的军人、地位接近高层而又了解情况很多的，都被赶了出来。要只是被赶出来，没有为了不留痕迹而送上刑场，那还真算是不错。在他们里面帕沙是属于前排的，危险很大。他到了远东，我听说他跑了，藏起来了。据说正在搜捕他。说他也说够了。我不爱哭，哪怕再多说他一句话，我觉着就要痛哭一场了。"

"你爱他，到如今你还非常爱他吗？"

"要知道我是嫁给了他,他是我丈夫,尤罗奇卡。这是个品格高尚、坦荡的人。在他面前我深感负疚。我没给他做什么蠢事,不过这么说也不对。他是个干大事的人,非常、非常正直,而我却是个废物,和他没法比。我就是错在这里。可以啦,说这些足够了。另外什么时候我自己会再谈的,我答应你。你的那位冬妮娅,多么有魅力呀,简直就是波提切利笔下的画中人。她分娩的时候我在。我和她非常谈得来。对不起,关于这些也是以后再说。对了,咱们一起都去找个工作,两个人都上班。每个月领很多的薪水。西伯利亚发行的纸币,在最近这次变革之前我们这儿还通用呢。刚废止不久。你生病的这么长时间就这么没有钱地活着。是呀,你想想看。很难让人相信,居然挺过来了。现在已经给原先的金库运来了整列车的钞票,听说不少于四十节车厢。印的是两种颜色的大张的票子,蓝的和红的,像邮票似的,上面分了许多小格。蓝色的是五百万个格子,红色的每张一千万个。掉色,印得不好,颜色洇染不清。"

　　"我见到了这种钱。就在我们离开莫斯科之前才流通使用。"

十二

　　"你在瓦雷金诺待这么久干什么?那里不是谁也没有,空空如也吗?什么事儿把你拖住了?"

　　"我和卡坚卡打扫了你们的房子。我是怕你先就上那儿去。我不想让你见到你们的住处是那个样子。"

　　"什么样子?那儿怎么了,一片瓦砾,全都破坏了?"

"杂乱不堪。脏极了。我都给清理好了。"

"怎么支支吾吾的，就这么简单。你有话没说，有什么事瞒着我。不过随你便，我不追问。给我说说冬妮娅。给女孩儿起了什么教名？"

"教名是玛莎，纪念你的母亲。"

"给我说说，他们怎么样。"

"以后再说吧。我不是跟你讲了嘛，我是强忍住才没哭。"

"借给你马的那个桑姆杰维亚托夫，是个挺有意思的人。你认为怎么样？"

"太有意思啦。"

"其实我对安菲姆·叶菲莫维奇很了解。他是我们一家在这里的朋友，对我们来说这儿是个新地方，他帮了我们。"

"我知道。他跟我说过。"

"你们相处得一定不错吧？他是不是也想为你尽力？"

"他对我可以说是施恩满多的。要不是多亏了他，我都不知道怎么办。"

"能想象得到。你们之间估计是比较接近的同志关系，来往随意？他肯定会拼命追逐你。"

"那还用说。一步也不放松。"

"你怎么样？对不起，我说过头了。我有什么权利查问你？请原谅，我太过分了。"

"噢，随你吧。你关心的一定是另一方面——我和他之间关系的性质？你想知道的是，我和他良好的相识关系当中有没有掺杂着私人因素？没有，当然没有。我欠安菲姆·安菲莫维奇的人情太多，还也还不清。要说即使他给了我金山银山，为了我舍生忘死，也不可能让我更接近他一步。我这人生来就对这类另一种气质的人怀有敌意。这类人在生活当中很有办法，很有自信，是些不可替代的、会指挥调度的人物。在爱情这方面，留着小胡子的男人那种怒气冲冲、自满自得的派头，让人非常反感。对于男女之间的亲密关系和生活，我完全有另外的理解。这还不算。在道德问题上，安菲姆让我想起另一个更让人厌恶的人，而我所以成为现在这么一个人，原因就在于他。"

"我听不明白。你成了什么样子？你指的哪方面？"

"哎呀，尤罗奇卡，怎么能这样呢？我是很当真地和你说这些，你却像做客似的说些奉承话。你问我是什么样的人。我是个被毁了的人，一生都带着受伤的裂痕。我是过早地被人变成了妇人，早得简直是罪恶，把生活最糟的那一面朝向了我，并且是让一个在旧时代享受一切、无所不为、不劳而食的有了一把年纪的人，用他那虚伪、庸俗而又自信的眼光来向我解释这一切。"

"我猜到了。我似乎设想对了。你先别急。当时那种非一个儿童所能承受的痛苦，因毫无经验而受到的惊吓，还有作为一个未成年的女孩初次遭受的屈辱，这些都不难理解。然而这都是过去的事了。我要说的是，如今这已不是你的伤痛，而是像我这样爱你的人对此感到悲伤。我来得太晚了，为此我难过得近乎绝望，当时没有能同你在一起，否则我就会阻止发生这种事，不让你受苦。

"很奇怪。只是那些低层的、关系疏远的人才能让我产生强烈的、致命的猜忌之心。和高层人士去竞争，我完全是另外的感觉。要是和我贴心的、我喜欢的人爱上了我也爱的同一个女人，我和他之间会是一种伤感的兄弟情谊，不会是争吵和争夺。当然，我一时一刻也不会和他共同分享我所崇拜的对象，但我会带着完全是另一种的痛苦情感后退，而不是火气很旺的血淋淋的忌妒。若是我和一位艺术家发生了这种冲突，而他在与我性质类似的工作领域中以其超强的实力征服了我，我也会是上述的那种感觉。我肯定会放弃和他相同但却战胜了我的那些追求。

"我说得离题了。我想，如果你毫无所怨、毫无所憾，我对你的爱可能不会如此强烈。我不喜欢那种一贯正确、没有跌过跤和不曾后退过的人。他们的那些高尚品德是没有生命、没有价值的。生活的美好不会向他们展现出来。"

"我所说的就是这种美。我认为要能见到它，应该有不曾被触碰过的想象和最初始的领悟。如果不是我一开始见到的它，就带有令人格格不入的低级痕迹的话，可能我对生活会有自己的观点。这还不算。由于我刚一开始的生活就受到了一个不讲道德并且自得其乐的平庸之辈的干涉，因此我随后和一个极其优秀的人的婚姻才不很和谐。这个人是非常爱我的，我也以同样的爱回报给他。"

"等一下。你丈夫的情况以后再谈。我跟你说了，能让我产生忌妒的是低层次的人，而不是和我同一个层次的。我不忌妒你丈夫。那个人怎么样？"

"什么'那个人'？"

"那个生活腐化而且毁了你的那个人。他是什么人？"

"相当有名气的莫斯科的一个律师。是我父亲的一个同伴。父亲死后我们受穷的时候，他在物质上帮助了我妈妈。是个单身汉，有财产。我这么贬损他可能让人觉得他很有趣和了不起。这种人其实很常见。你要想知道,我可以说出他的姓名。"

"不用。我知道是谁了。我看见过他一次。"

"真的吗?"

"你母亲服毒自杀的那阵子,有一次是在旅馆的房间里。天已经很晚了。我们那时还是孩子,中学生。"

"啊,这事我想起来了。你们来了,就站在房间过道的暗处。要不是你帮我把这已经忘了的事提醒了,我自己永远不会想起那个场面。我觉得你曾经提到过,是在梅留泽耶沃。"

"科马罗夫斯基就在那儿。"

"是吗?完全有可能。很容易能见到我和他在一起。我们是经常在一起的。"

"你怎么脸红了?"

"因为从你嘴里听到'科马罗夫斯基',因为不习惯和突然。"

"当时和我在一起的是我的中学同班同学。在那里他对我讲了下面的事。他认出了科马罗夫斯基是有一次在料想不到的意外情况下他看到的一个人。这个男孩,也就是中学生米哈伊尔·戈尔东,有一回在路上亲眼目睹了我那百万富翁的父亲自杀。米沙和他坐在同一辆火车上。父亲是在火车行驶当中有意自杀跳下了下去,摔死了。陪伴着父亲的是他的法律顾问科马罗夫斯基。科马罗夫斯基经常让他喝醉,把他的生意搅乱,导致破产而走上了死路。他是我父亲自杀和我成了孤儿的罪魁祸首。"

"不可能吧!这些细节太重要了!莫非真是如此!这么说他就是你的克星?这下子可让我们更亲近了!真是命该如

此呀!"

"这也就是我无可更改地发疯一般忌妒的人。"

"你说什么?我不仅不爱他,还蔑视他。"

"你对自己能完全了解得这么清楚?人的天性,尤其是女人,是神秘的、矛盾的。你这种厌恶之心的某个角落,可能使你在他身边比在任何一个你心甘情愿爱上的人身边更为屈从。"

"你说的这个太可怕了。你通常讲话那么尖锐,那么这次的反常倒让我觉得你说得对。不过那可是太可怕了!"

"别激动,别听我的。我要说的是,我忌妒阴暗的,无心的,无法解释而且无从猜测的东西。我忌妒你使用的梳妆用品,你皮肤上的汗珠。我忌妒空气中携带的传染病,因为它会依附在你身上,毒化你的血液。如同忌妒传染一样我忌妒科马罗夫斯基,他会在什么时候把你抢去,就像有朝一日你或我的死把我们分开一样。我知道,你会觉得我说的这些是一团乱麻。我不能说得更有条理、更清楚。我爱你爱得丧失了理智,丧失了记忆,爱得没有尽头。"

十三

"多和我讲讲你丈夫的事。如同莎士比亚所说的,'命运之书将我们写在一行。'"

"从哪儿引来的?"

"《罗密欧与朱丽叶》里的。"

"在梅留泽耶沃我给你讲了不少他的事,当时我正在寻找他。后来在尤里亚金我们刚相识的时候,从你说的话里我知道了他曾经要在自己的车厢里逮捕你。我大概跟你说了，也可能没说，我是觉得有一次从远处看见他了，当时他正在上汽车。你猜猜看，对他的保卫是什么情况？我发现他几乎一点儿没变样。脸还是那么英俊、诚实、坚毅，那是我见过的世界上最诚实的面孔。没有一丝一毫的做作。原先是那样，现在还是如此。只发现了一种变化，而且让我不安。

"似乎某种抽象的东西进入到了他的面容当中，使它黯然失色。一张生气勃勃的面孔成了思想、原则的化身和图解。看到这个我的心都缩紧了。

"我明白了，这是他为之献身的那种力量造成的结果。那是种高高在上但却是置人于死地、毫无怜悯之心的力量，迟早连他也不会宽恕的。我觉得他就是个标志式的人物，这是命运注定的。不过可能是我自己搞糊涂了，也许是你给我讲的你和他见面情况的那些描述，给我的印象太深了。除了我们的感受相通之外，我还从你那里汲取了很多东西！"

"行了，还是说说革命前你们的生活吧。"

"我是很早从小时候就向往着纯洁。他就是纯洁的体现。我们几乎是在一个院子里长大的，我、他，还有加利乌林。我是他童年时期倾慕的人，一见到我他就有些茫然若失的样子，并且打寒战。我知道这个而且说出来也许不太合适。可是我要佯装不知道，那就更不好。我是他童年时候的恋人，是让他服服帖帖的那种激情。孩童的自尊把这种感情隐藏起来，不让人发现，但却无言地写明在脸上，人人都能看得到。我们要好了。

"作为人来说，我和他是如此之不同，就像我和你是如此之相同一样。我那时是真心选择了他。我决定只要我们两个一长大成人，就把自己的一生和这个非常好的男孩结合在一起，但在心里当时我和他就订了婚。

"想想看，他是多么有才干！不同寻常的才干！一个普通的铁路扳道工、护路员的儿子，只是靠自己一个人的天分和努力，能达到我原本要说的是水平，可更应该说的是顶峰，是现代大学数学和人文两个专业学识的顶峰。这可不是开玩笑的！"

"既然你们彼此这样相爱，是什么情况破坏了你们的家庭和睦？"

"这可是真不好回答。现在我就说给你听。但是也很奇怪，像我这么一个弱女子，居然要给你这么一位聪明人来说明如今这生活是怎么回事，还要说说俄国老百姓的日子以及包括你我都在内的家庭为什么会破裂？唉，似乎问题还在于人们本身，在于性格相合或不相近，在于爱和不爱。所有那些派生的、安排好了的和有关日常生活、人类家园和秩序的一切，都随着整个社会的大转折和重新构筑而灰飞烟灭。日常的一切也都被翻转了、毁掉了。剩下的只有非日常生活能够应用的、被剥得一丝不挂光秃秃的心灵的力量。这种力量一点儿也没变，因为它始终冷得发抖，总想向最近的同样赤裸与孤单的心灵靠拢。我和你就如同是初始的亚当和夏娃这两个人，在创世之初没有东西能遮蔽自己，而我们现在处于这个末世也是无衣可穿、无屋可住。我和你，就是几千年来在我们和他们两人之间世上无数伟大创造的最后的回忆，为了怀念这些已经消失的奇迹，我们呼吸、哭泣，相互抓住、贴紧。"

十四

稍微停了一会儿,她平静多了,接着讲了下去:

"我告诉你。要是斯特列利尼科夫能重新变回成了帕申卡·安季波夫,不再狂妄从事,不再闹事造反;要是时光能够倒流,在远方,哪怕是天涯海角,像奇迹出现一样我们家的窗子亮了,可以看到里面帕沙书桌上的灯和书,我就是跪在地上爬也要爬到那里去。我整个人都猛然一抖、精神为之一振。我抵挡不住过去和忠诚的召唤。我可以把一切都牺牲抛弃掉。甚至包括你这个最亲爱的,还有你我这种轻松自然的亲密关系。噢,请原谅。我说的不是这个,说得不对。"

她扑过来抱住他的脖颈,号啕大哭。很快她就恢复了常态,抹掉泪水,她说:

"不过驱使你去找冬妮娅的,也同样是这种责任感的呼声。上帝啊,我们怎么这样可怜!我们会怎么样?我们该怎么办?"

情绪彻底平静以后,她又接下去:

"我还是没回答你,我和帕沙的幸福是怎么毁掉的。这也是我事后才明白的。我现在就告诉你。这不仅仅是我和他的事,这也会是许多人可能遭遇的命运。"

"说吧,我的聪明人儿。"

"我们是在战争开始前两年结的婚。我们刚刚开始按照自己的意愿去生活,建立起自己的家,就开战了。如今我确信,所有的不幸,包括之后发生的一直落到我们这一代人头上的,要承担这场战争的罪责。童年时候的情形我还记得很清楚。上一个和平世纪的那些公众概念还起作用的时候,我也赶上了。那时候都相信理智的召唤。人们还都认为听从良心的提示是很自然的,也是应该的。一个人死在另一个人手里是罕见的非常事件,超乎常规现象。

"比如说谋杀,一般只见于悲剧、侦探小说和报纸登的新闻里,不在日常生活之中。可是突然一下子从安详的、无辜而有条理的状况,跳到无时无刻不在发生的大规模丧失理性的野蛮残杀之中,况且是合法又能受到表彰的。

"这一切可能从来不会白白地就这么过去了。你肯定比我记得还清楚,一下子就开始都崩溃了。铁路运行,城市粮食供应,家庭生活方式的基础以及人们思想意识的道德准则都在内。"

"你接着说。我知道你往下要讲什么。你对什么都分析得很清楚!听你讲话真是很愉快的事。"

"那个时候降临到俄国大地上的不是真理。主要的灾难、后来的一切邪恶的根子,是失去了对自己的见解的信心。人们都认为,遵循着道德嗅觉的提示行事的时代已经过去,现在应该唱一个调子,要按照强加于所有人的别人的概念去生活。开始时兴起来的是言辞话语的统治,起初是帝王式的,后来就是革命的。

"这种社会性的迷惘无所不在,而且很容易使人感染,一切都受到它的影响。我们的家庭生活也抵挡不住这种祸害,在什么地方开始动摇了。原先一向是无拘无束、活泼自在的主导气氛,如今我们的交谈之中出现了一种愚蠢的夸张造作的成分,而且是用摆样子的自作聪明的姿态,必定去谈论那些国家大事、世界性的话题。像帕沙这种细心而又自律很严的人,能准确无误地由表及里抓住事物的本质,居然能让这种有隐蔽外装的虚伪擦身而却注意不到呢?

"这时他犯了个决定成败的错误,而且影响到了他后来的一切。

"他把时代的征兆、社会的邪恶都当成家庭生活的现象。他把说话时声调的不自然,我们议论事情时那种官派的生硬态度都归咎于他自己,形容自己是块干面包,庸碌无为,是个套中人。你肯定会觉得这不可能,这种鸡毛蒜皮的事在两个人的共同生活当中又算得了什么。你想象不到这有多么重要,想象不到因为这种稚气他做出了多少蠢事。

"他打仗去了。没人要求他这么干。他所以如此是为了把我们从他那里解脱出来,从想象中他的压迫底下解脱出来。他那种奋不顾身的行为就是由此开始的。少年时期误以为指向正确的自尊心,使他对生活当中无人见怪的事抱怨、气恼。他开始对许多事件的进程生气,还生历史的气,和历史发生争执。就是到今天他还要和它算账。由此也开始了他那些挑衅性的乖戾行为。因为这种盲目的傲慢自负,他走向了必然的死亡之路。噢,我要是能救他多好!"

"你是无比纯真和强烈地爱着他! 去爱他吧。我不忌妒你这样对他。我不会妨碍你的。"

十五

不知不觉之间,夏季来了又走了。医生完全康复了。在期盼着计划出发去莫斯科的这段时间,他临时在三个地方找到了工作。货币飞速贬值迫使人要多兼几份职。

医生是每日鸡鸣即起，出了门走商人街，一路向下经过"巨人"电影院来到先前的乌拉尔哥萨克兵团印刷所，现在更名为"红色排字工"。在市杜马的拐角处，办公厅的门上迎面挂了一个《索赔局》的牌子。从这里斜穿过广场就到了小布扬诺夫卡街，过了斯捷贡工厂再穿过医院的后院就是陆军医院门诊部。这里是他主要的工作地点。

他走的路程的一半，街道上空都让两边交叉伸展出来的树枝遮住，一片浓荫。沿路所见的多数是结构奇巧的小木屋，屋顶向上翘起，四周有栅篱围住，院门装饰了花纹线条，窗子的护窗板上有雕刻的饰框。

门诊部隔壁是过去女商人戈列格利亚多娃继承的一座花园，那里头有一幢迥非寻常的古俄罗斯风味的不高的房子。房屋的砌面用的是带棱的上了釉的瓷砖，锥体的棱边朝外，和古代莫斯科大贵族的宅邸颇为相似。

每一旬当中，尤里·安德烈耶维奇要有三四次从门诊部到旧朱阿斯克街原先利格吉的房子去开会，尤里亚金州卫生局就设在那里。

在反方向离这里很远的那个区里有一幢房子，是安菲姆的父亲安菲姆·桑姆杰维亚托夫为了纪念亡妻而献给市里的。他妻子就是在生安菲姆的时候去世的。在这幢房子里，桑姆杰维亚托夫成立了妇产科研究所，如今在那儿设立了一个罗莎·卢森堡外科医疗速成班。尤里·安德烈耶维奇在那里教普通病理学和几门非必修课。

他每天快到夜里才从这几处工作地点回来，人是又累又饿，到家见到拉里莎·费奥多罗夫娜不是在炉子前就是在洗衣盆前忙得一塌糊涂。她头发松乱，挽着袖口，衣襟掖在腰里,就是这样的家常随意打扮,都流露着一种威严的吸引人的气质,几乎使人一惊,完全胜过了她穿上让身材加高的高跟鞋,大开胸的外衣和宽大的走起来有响动的宽裙子,准备出门去参加晚会的样子。

她做饭,洗衣,然后用剩下来的肥皂水擦洗屋子的地板。要不就是安安静静的,也不怎么讲话,在那里熨烫或缝补自己的、他的和卡坚卡的衣物。或者是忙完了厨房、洗涮、清扫之类的活儿之后,就去辅导卡坚卡学习。有时就一头扎在教材里,学习政治再教育的功课,准备回到改造后的学校去当教师。

这个女人和她的小女孩对他越接近,他就越不敢把她们当成一家人看待,而且对自己亲人的责任感以及不忠实所带来的痛苦,也让他的思想生发受到更严的禁锢。他的这种克制,并没有让拉拉和卡坚卡受到任何委屈。反之,这种非家庭式的情感相处包含了充分的尊敬之意,避免了放肆和过分的亲昵。

不过这种二重性总是让他伤心、难过,但是尤里·安德烈耶维奇对此也习惯了,如同对待一个没有长好而又时常开裂的伤口一样。

十六

就这样过了两三个月。十月里有一天,尤里·安德烈耶维奇对拉里莎·费奥多罗夫娜说:

"告诉你,我觉得我该辞去工作了。翻来覆去的永远都是老一套。一开始都非常好:'诚恳的工作在我们这儿永远受欢迎。有新想法尤其好,这是值得祝贺的。欢迎来这里工作、奋斗、探索。'然而实际上新想法就是只图个表面,在吹捧革命和执政当局的言语上再添油加醋。这太累人,也让人厌烦。在这方面我太无能了。

"也许他们这么做真是对的。当然我是不赞成他们的。

"不过我很难在思想上接受认为他们是英雄人物,是光明正大的,而我是渺小的,是造成黑暗和奴役人的。你听说过尼古拉·韦杰尼亚平这个名字吗?"

"当然。认识你以前就听说了,后来你又经常说起。西莫奇卡·通采娃常提到他。她是崇拜他的。惭愧的是我没看过他的书。我不喜欢全是谈哲学的那类著作。我认为哲学只应是艺术和生活的少量调料。专攻哲学这一门就如同只吃洋姜不吃其他东西一样令人觉得奇怪。可是对不起,我说这些蠢话把你的话给岔开了。"

"没有,正相反。我同意你的看法。这种思维方式和我很接近。对了,还是谈谈舅舅吧。也许真是他的影响才把我毁了。不过他们确是异口同声地叫嚷:诊断医师的天才,诊断医师的天才。不过这倒是真的,在确认病症上我极少误诊。不过这可是他们所不喜欢的那种直觉,这似乎也成了我的一个毛病,一下子我就能抓到完整的认知图像。

"对拟态问题以及人的机体对周围环境色彩的外在适应问题,我是入了迷的。在这里面隐藏着一种惊人的从内向外色彩调整适应的过渡。讲课的时候我大胆地涉及了这个问题。糟糕了!惹来的是:'唯心论,神秘主义。这是歌德的自然哲学,新谢林主义。'我该走了。州卫生局和研究所的工作我是自己请求辞掉的,争取继续留在医院,趁着还没赶我走。

我不想吓唬你,我有一种感觉,不是今天就是明天,迟早是要逮捕我的。"

"上帝保佑,尤罗奇卡。到这一步还远着哪,托福吧。不过你说的也对。小心谨慎总是没坏处。据我所见,这个年轻的新政权的确立要经过几个阶段。一开始是理性取胜,有危机感,和各种偏见做斗争。现在正要进入第二个时期。'混进来的'和伪善的黑暗势力占了上风。怀疑、告密、阴谋和仇视日益增多。你说得对,我们正处于第二阶段的初期。身边就有现成的例子。从霍达茨基往这儿的革命法庭委员会移送来两名工人出身的老政治犯,不是别人,是季韦尔津和安季波夫。两个人都非常了解我,其中一个还是我丈夫的父亲,是我公公。不久前他们刚一移送过来,我就开始为我和卡坚卡的生命胆战心惊了。他们是什么事都能做出来的。安季波夫从来就不喜欢我。保不准就在那一天,他们会以最高的革命正义把我甚至连同帕沙消灭掉。"

这次谈话很快就有了现实的结果。这期间,在小布扬诺夫卡街门诊部隔壁四十八号的寡妇戈列格利亚多娃家,进行了夜间搜查。在房子里发现藏有武器,揭发出一个反革命组织。城里许多人被捕,搜查和抓捕还在进行。

就这件事,人们相互耳语谈论说,有一部分被怀疑的人跑到河那边去了。

也有这样的说法:"这对他们有什么用?河跟河可不一样。有些河,比方说布拉戈维申斯克的阿穆尔河,一边是苏维埃政权,另一边是中国。跳到水里游过去,再见吧,连姓名都忘了。你瞧,这才叫一条河呢。完全另一回事。"

"气氛是一天比一天紧,"拉拉说,"我们的安全期过去了。我和你，肯定是要被捕的。到时候卡坚卡怎么办？我是母亲。我应该防止发生不幸，要想出个办法来。我应该事先就有所准备。可是一想到这个我就没了思考能力。"

"咱们再想想。什么办法能帮上忙呢？我们有这个能力防止这个打击吗？这是很冒险的。"

"不能逃，也无处可逃。但是可以退到某个隐蔽点儿的地方去，去个不显眼的地方。比如说，到瓦雷金诺去。我反复考虑过瓦雷金诺的那所房子。那个地方相当偏远，而且全都荒废了。况且在那儿咱们也不碍谁的眼，和在这里不一样。冬天快到了。在那里过冬需要干的活儿我来承担。趁着他们还没找到我们之前，我们能争取到多生活一年，这就算赢了一招。同市里的联系，桑姆杰维亚托夫能帮咱们维持住。也许他能同意把我们躲藏起来。啊？你说呢？当然，那里现在连个人影儿也见不到，空空如也，挺怕人的。至少我三月份去的时候是这个样子。听说还有狼出没，真吓人。不过如今人比狼还可怕，尤其是像安季波夫和季韦尔津这样的。"

"我不知道该怎么跟你说。因为你总是催我去莫斯科，让我千万别推迟期。现在出门儿的事好办多了。我在车站都打听好了。对投机倒把的也一挥手就过去了。对无票乘车的也不是都赶下车。处决人都处决累了，现在枪决的也很少了。最让我不放心的是我所有发往莫斯科的信都没回音。应该赶快到那里去，弄清楚家里人的情况。你自己也对我这么讲。可是又怎么去理解你说的关于瓦雷金诺的那些话呀？莫非没有我，你一个人去那个可怕的荒野之地？"

"不是，没有你当然这难以想象。"

"然而你又打发我去莫斯科？"

"是,必须这样。"

"你听我说。知道是什么吗？我有了一个最佳方案。我们去莫斯科。你带上卡坚卡和我一起去。"

"去莫斯科？你没疯吧。我为什么去？不去,我应该留下来。我应该在较近的地方准备着。帕沙的命运要在这里决定。我应当一直等到他们的事有个结局,这样在必要的时候他身边有个人。"

"那咱们就想想卡坚卡怎么办。"

"有时候西姆什卡,就是西玛·通采娃常来看我。最近我对你还说起过她。"

"是啊,我常看见她在你那儿。"

"你可真让我觉得奇怪。你们男人的眼都长到哪儿去了？我要是你一定会爱上她。多么迷人哪！看那外表,身高、匀称的身段,人又聪明,书读得也多,心地善良,头脑清晰。"

"从俘房营回到这里的那天,她姐姐,就是那个裁缝格拉菲给我剪的发。"

"我知道。姐妹俩和那个当图书馆员的大姐阿夫多季娅在一起住。一个很正当的劳动家庭。我想请求她们在极其必要的时候,若是你我被捕了,把卡坚卡收养起来。不过我还没决定呢。"

"这真的只能是在别无出路的时候。到这种不幸的地步,靠上帝慈悲,也许还远着哪。"

"听说,西玛有点儿那样,不正常。确实,不能说她是个完全正常的女人。这根源是在于她内心深处和性格古怪。她有非凡的教养,但不是知识分子那样的,是来自民间的。你和她的观点惊人地相似。让她来教养卡佳,我完全放心。"

十七

　　他又去了一次车站,毫无结果空手而回。一切都在未决之中。他和拉拉的前途如何,一点儿眉目也没有。阴冷的天气,像是在初雪之前。十字路口上方的天空更加开阔,比从狭长的街道中看起来更有冬天的样子。

　　尤里·安德烈耶维奇回到家的时候,正好见到拉拉的客人西姆什卡也在。她们两个谈的都是客人给主人讲的课程内容。尤里·安德烈耶维奇不想去打扰她们,另外也是想自己一个人待一会儿。两个女人在隔壁房间谈话。往那个屋里去的门半掩着,门帘从门框一直垂到地板,隔着它一字一句都能听到她们说的话。

　　"我要缝点儿东西,西莫奇卡,您不用理会这个。我整个人都在听哪。当初在学校我上过历史课、哲学课。您的思想很合我的心。我感到听您讲课非常轻松。因为一些烦心事,这几天我们夜里都没睡好。一旦我们遇到可能发生的什么不愉快的事,面对卡坚卡我这做母亲的有责任保障她的安全。想她的事头脑要清醒。在这方面我有些力不从心。一想到这个我就发愁,当然这也因为我过于疲劳和睡眠不足。您的讲话让我心里平静许多。

　　"另外,这雪可是每时每刻都该下了。下着雪,听着您那条理清晰的长篇论述,真是一种无比的享受。要是下雪的时候突然朝窗户斜看一眼,当真就会觉得是不是有人穿过院子向门口走过来了?您开始吧,西莫奇卡,我听着哪。"

　　"上次我们讲到哪儿了?"

尤里·安德烈耶维奇没听见拉拉的答话,他于是注意去听西玛在讲什么。

"可以拿几个词来说:文化,时代。不过对它们的理解各式各样。由于它们的含义有自相矛盾之处,我们就不使用,换另一种表述来代替。

"依我的想法来说,人是由两个部分组成的。由上帝和活动组成。在一个极长的连续不断的过程当中,人类的精神分成为许多个别的活动。这些活动一代一代、一项一项进行着并传接下去。埃及有过这种活动,希腊有过这种活动,《圣经》当中记载的预示神意者从事的敬神,也是这种活动。在时间序列上最近的,也是暂时还没有被其他一项所取代的活动,就是由全部现代灵感所表现的基督教。

"为了让您觉得完全有新意而且意外,不用那种您已经知道并且习惯了的方式,而是更简单、更直接地让您认识一种能带来前所未有的新感受的教导,我们一起来分析几个经文的片段,都不长,而且是删节过的。

"多数颂歌的组成方式是并列排出旧约和新约的知识。就是把旧世纪的状况,诸如烧不坏的灌木林、以色列人出埃及、炉火中的少年、鲸鱼腹中的约拿等等,和新世纪描述的圣母受胎及基督复活等加以对比。

"这种并列的方式是常见的,几乎是经常如此,而从中特别清晰地显现出旧中之旧和新中之新的差别。

"有许多诗篇将马利亚贞洁的母性和犹太人过红海进行比较。例如,在'红海上有时显现从未受过触碰的新娘'的诗中说:'红海在以色列人通过后就无法穿越,童女生子以马内利就成为不朽。'说的就是以色列人过去以后,大海就变得无法通过，童女生了天主依然童贞如故。

"把什么样的事件在这里相提并论呢？两者都是超自然的，都被认为是奇迹。不同的时代，就是古老的原始时期和时间更为靠前的后罗马这个新时期，究竟在这里边都分别见到的是什么奇迹呢？

"一种情况是按照人民领袖即族长摩西的命令，他那有魔法的权杖一挥，海水就让开，不计其数的千百万人形成的整整一个民族从这儿过去，待最后一个走完，海水闭合，覆盖了海面，把追赶而来的埃及人淹在里面。用远古的精神来看，场景就是自然力听从魔法师的呼唤，像进军中的罗马军团一般大批集聚起来的人群所表现出来的那种巨大的数量，还有就是人民和领袖，以及看得到的物件和听得到的震耳欲聋的声响。

"另一种情况就是在古代不会去注意的一个普遍现象——女孩隐秘地、悄悄地赋予一个婴儿以生命，为世界创造了一个生命，一个奇迹般的生命，所有人的生命，后世称之为"万物之生命"。她的生产不仅书呆子们看来是不合法的，因为是非婚生的，并且也违反了自然法则。这个女孩不是由于必需而生产，却是借助于灵感创造出奇迹。这即是《圣经》所说的，这个灵感把普通与特殊对立起来，把平日与假日对立起来，要凭借这个灵感创立一种与任何强制压力逆向存在的生命。

"两种情况的变化，意义非同寻常！用古代的观点看来是不值一提的个人私事，怎么在上天面前竟然就和整个民族的迁移有同等价值呢？因为这是用上天的眼睛去衡量，在上天面前所有的一切都发生在单一这个神圣的框架之内。

"世界被推动了,罗马的统治结束了,靠数量建立政权,凭武器来认定全体居民当中人人的生存义务的时代终止了。领袖和民族成了过去。

"取而代之的是倡导个性和自由。单个人的生活成了上帝的纪事,其内容遍布于宇宙空间。如同报喜节的一首赞美歌所唱的,亚当想要当上帝,但是他错了,没当成,现在上帝成了人,为了把亚当变为上帝('上帝成为人,上帝与亚当等同')。"

西玛接着说:

"就这个话题,我还要给您谈一点。但是暂时先离开一下本题。在关怀劳动者、保护母亲和反对敛财这些方面,我们这个革命时代是前所未有的和令人难忘的,这个时代取得的成果也是永存的。至于现在推行的那些有关对生活的理解和幸福哲学的宣传,简直让人难以相信是严肃认真地在说明,什么是可笑的旧意识的残余。要是有一种力量能让生活倒退,能把历史向后抛出几千年,那些对领袖和人民的夸张造作的言论,就足以把我们返还到游牧民族和族长统治的旧约时代去。幸亏这是不可能的。

"关于耶稣和悔过自新的女人,再说几句。这不是《福音书》里讲的故事,是来自受难周的祈祷文,似乎是在大斋期的星期二或星期三。不过,这些不用我说您也知道得很清楚,拉里莎·费奥多罗夫娜。我只是提醒一下,完全不是要给您讲授什么。

"您也很清楚地知道,在斯拉夫语里激情首先指的是苦难,上帝的激情就是上帝自愿承受苦难。此外,后来俄语里用这个词是表示行为放荡和情欲。比如'情欲奴役我心灵的尊严,使我等同牲畜'和'已被逐出天堂,克制情欲方可返回'等等。我已是个堕落的人,可是我不喜欢复活节前念的那些祈祷文,内容都是束缚肉欲、扼杀肉欲的。我总是感到这种粗糙、平淡的祈祷文,都出自一些大腹便便、油光满面的僧侣之手,缺少另外那些经文特有的诗意。问题也不在于这些僧侣们的生活就不守规矩而且欺骗别人。就算他们生活都凭良心,问题也不出自他们那里。问题在于这几段祷辞的内容上。它们表达的那种伤心、难过,对是否饮食不足还是使用过度而导致的肉体虚弱乏力,过于看重了。这让人觉得很别扭。这是把某种污秽的、非本质的次要的东西抬到它本身就不应有的高度。请原谅,我扯得离题太远了。我这么拖拖拉拉的,现在我得回报您。

"始终吸引我考虑的是,为什么要把提到抹大拉的马利亚这个情节放在复活节的前夕,就在临近耶稣死而复生的时候。我不知道这么做的原因,然而在告别生命的时刻和生命又将返回之前的当口提到什么是生命,都是很及时的。现在您听我说,这是如何饱含实在的激情和无比直率地提到的。

"一直有争论,这女人是抹大拉的马利亚,还是埃及的马利亚,还是另外一个马利亚。不管是哪一个,她向主请求说:'像我解散我的头发一样,请解脱我的罪恶。'希望得到宽恕和忏悔的渴求,表现得多么有物质感!简直用手都能摸到。

"也是在这天的另一支祈祷歌里有相似的咏叹,说得更详细,明确地指出是抹大拉的马利亚。

"在这里,她是以能触觉得到的惊人的悲伤来痛责过去,说是每到夜晚就会燃起先前早已根深蒂固的恶习。'黑夜带给我的是点燃克制不住的淫荡欲望,无月的暗夜是罪孽的陈述。'她请求耶稣接受她忏悔的泪水,俯下身来听她内心的叹息,这样她就可以用自己的头发去擦拭他无比洁净的双脚,天国里羞愧的夏娃受了惊吓就躲在这片擦拭声中。'亲吻你那无比洁净的双脚,用泪水冲洗,头发擦干,天堂里的夏娃午后被这震耳的声音惊吓,躲了起来。'就在说到头发之后,突然又来了一句咏叹,'我的罪孽很多,谁来关注你那可怜的命运?'你看,上帝与生活多么亲近、平等,上帝与个人、与妇人多么亲近、平等!"

十八

尤里·安德烈耶维奇从车站回来时已经很累。这天是他每一旬的一个休息日。逢到这个日子,通常他要睡得把一个礼拜的觉都补回来。他斜倚着坐在沙发上,时不时地半躺着或者完全伸直身子倒下。尽管他是一边打盹一边听西玛的讲话,但她的那些议论却给他带来了愉悦。"当然喽,这都是从科利亚舅舅那儿来的。"他这么想,"不过还真是有才气,聪明!"

他一下子从沙发上跳起来走到窗户跟前。窗子朝向院子,和隔壁房间一样,听不清拉拉和西姆什卡正在那里低声谈些什么。

天气变坏了,外面天色也暗了。两只喜鹊飞到院子里,在空中盘旋,像是在找个地方落下。风刮起它们的羽毛,吹得蓬蓬松松的。喜鹊先是落在垃圾箱盖上,之后飞过栏栅,落到地上开始在院子里走来走去。

"喜鹊来了预兆要下雪。"医生心里在想,同时就听到门帘后面说：

"喜鹊报信来了，"这是西玛对拉拉讲，"您要有客人啦，或者是有信来。"

过了一会儿，前几天尤里·安德烈耶维奇刚修好的用电线拴在院门上的门铃响了起来。拉里莎·费奥多罗夫娜从门帘后面出来，快步到前厅去开门。从她在门口的说话当中，尤里·安德烈耶维奇知道来的是西玛的姐姐格拉费拉·谢韦里诺夫娜。

"您是来找妹妹的吧？"拉里莎·费奥多罗夫娜问道，"西姆什卡在这儿。"

"不是，不找她。不过也行啊。要是她准备回家，我们就一起走。不行，我完全不是找她来的。有封寄给您朋友的信。让他道谢去吧，亏得我在邮局做过事。这信经过了那么多人的手，通过一个熟人才到了我这儿。从莫斯科来的。走了五个月。找不到收信人。但是我知道这人是谁。我曾经给他理过发。"

信写得很长，好几页纸，都被揉皱、油污了，装在一个磨坏了而且拆开了的信封里。是冬妮娅写的信。医生一时还没明白过来这信怎么就落到他手里，拉拉是如何把信封交给他的也没注意到。他开始看信的时候，还知道自己是在哪个城市、在谁家里，但慢慢读下去，这个意识就消失了。西玛出来寒暄，和他告别，他只是机械地礼貌回应着，根本没看她，已经意识不到她在离去。渐渐地他完全忘记了身在何处以及周围的一切。

安冬妮娜·亚历山德罗夫娜写道：

尤拉，

　　知道吗，咱们有了个女儿。为了纪念已经去世的妈妈玛丽娅·尼古拉耶夫娜,给她取的教名是玛莎。

现在说另一件事。梅利古诺夫、基泽维杰尔、库斯科瓦这几位立宪民主党和右翼社会党的知名社会活动家和教授,还有其他几个人,包括伯父尼古拉·亚历山德罗维奇·格罗梅科,还有作为他家庭成员的我和爸爸,都要放逐到国外去,离开俄国。

这太不幸了,尤其是你不在我们身边,不过只能服从,而且要感谢上帝,在这个可怕的时期能用这种温和的驱逐方式,否则的话可能会更糟。要是能找到你而且也到了这儿,你也和我们一起走。可是如今你在哪儿呀?我这信发去的地址是安季波娃的,如果找到你,她把信转交给你。让我受折磨的是,不知道你会不会受牵连,因为你也是我们的家庭成员。如果要是注定受牵连,找到了你,还不知道能不能让你出去。我相信你还活着,能被找到。我的爱心是这样告诉我的,我也相信。

或许你出现的时候,俄国的生存条件可能变得温和了,你自己能张罗着办好个人的出国申请,我们又可以相聚在一地了。但是我写到这儿的时候,自己也不相信这样的幸福能实现。

一切的痛苦都在于我爱你,而你不爱我。我竭力去寻找这种判断包含的意思,给它一个解释、一种辩白,自我反省,挖掘自身,反复检查我们整个的共同生活以及对我自己的了解,但是我找不到这最初的原因,而且回忆不出究竟我做了什么,才给自己招来如此的不幸。你似乎总是用不友善的目光错误地看我,如同是透过歪斜的镜子把我看歪曲了。

可是我爱你。我对你的爱,要是你能够想象得出来真是太好了!我喜欢你具有的一切不同寻常之处,以及给人以良好印象和不良印象的所有方面;那些虽然平凡但由于不平凡的结合而变得珍贵起来的地方,也是我之所爱;内在的因素提升了你的面容,否则不会这样好看;你的聪明和才智填补了完全缺乏意志的空白。所有这一切对我都是宝贵的,我不知道还有人能比你更好。

你听着,知道我要跟你说什么吗?如果对我来说你不是如此宝贵,如果你让我喜欢得没有到如此程度,尽管我冷漠态度的可悲的真相还没有对我自己显露出来,无论如何我还是要想,我爱你。不爱是一种多么有损尊严的具有杀伤力的惩罚呀。因为害怕这个,我不由地避免明白我不爱你。无论是我还是你,永远都不要发觉这一点。我自己的心对我也隐瞒着这个,因为不爱等同于谋杀,而我对任何人都下不了这个手。

尽管一切尚未最后决定,我们大概是去巴黎。我将要去到这么一个很远的地方,你小时候让人带着去过那里,爸爸和伯伯在那里受过教育。爸爸向你致意。舒拉长高了,并不漂亮,但成了一个结实的大男孩,只要一提到你总是伤心得掉眼泪。写不下去了,泪水让心都碎了。再会吧,我给你画个十字,为了我们这种永无止境的分离,为了各种考验和杳无消息,也为了你那漫长的愁闷的路。我不为任何事来责备你、怪罪你,照自己的意愿去料理生活,只要你好就行。

这个乌拉尔对我们来说是可怕的,也是决定命运的,在离开它之前,我对拉里莎·费奥多罗夫娜有了相当接近的了解。感谢她在我困难的时候留在我身边,分娩的时候帮了忙。说真心话,她是个好人,但我也不想委屈自己,她完全是我的对立面。我诞生来到世上是为了让生活变得单纯并寻找一个正确的出路,而她是为了让生活更复杂并从正路上走开。

该停笔了,再见吧。取信的人已经到了,也该收拾行李了。噢,尤拉,尤拉,亲爱的,我的丈夫,我孩子们的父亲,这究竟是什么事呀?我们是永远、永远也不会再见面了。我写了这许多话,你能明白这里边的意思吗?你明白吗,你明白吗?已经在催我们了,这如同发出了押赴刑场的信号。尤拉!尤拉!

尤里·安德烈耶维奇从信上抬起茫然漠视的双眼,痛苦熬干了泪水,空洞无神。对周围的一切,他都无知无觉。

窗外飘起了雪。风卷起雪花刮到一边,越来越急,雪也下得越来越大,仿佛以此来挽回已经逝去的时间。尤里·安德烈耶维奇就这样对窗向外望着,外面下的似乎不是雪,而是不停在读着的冬妮娅的信,风掀起来闪过眼前的不是冰晶似的干雪粉粒,却是信上黑色字母之间露出的一个个纸的空白,没有尽头的空白。

尤里·安德烈耶维奇不由自主地呻吟起来,双手捂住了胸口。

他感觉要晕倒,跌跌撞撞地几步来到沙发前,倒在上面就失去了知觉。

第十四章　重归瓦雷金诺

一

冬寒稳住了。落下的是大片的雪花。尤里·安德烈耶维奇从医院回了家。

"科马罗夫斯基来了。"出来迎他的拉拉说这话时声音嘶哑。她神情失措，像是受了什么打击一样。

"他到哪儿去？找谁？在咱们家吗？"

"当然不在。他是早晨来的，要晚上再来。快露面了，他想和你谈谈。"

"他干什么来的？"

"从他话里听不周全。他说是去远东，路过这里，特意拐个弯到尤里亚金和咱们见见面。主要是为了你和帕沙。他说了许多话都是有关你们两个的。他一再让我相信，我们三个，就是你、帕沙和我都面临死亡的危险，而只有他能救咱们，但必须都听他的。"

"我走开吧。我不愿意见他。"

拉拉放声大哭，想给医生跪下，抱住他两腿，用头紧紧贴上去，可是他强行阻止住了，不让她这样。

"为了我你别走，求你了。无论从哪方面来说我都不怕和他单独相会。不过这太让人不好受了。别让我一个人和他见面吧。另外，这是个很讲实际的人，见过很多世面。也许他真能有什么好主意。你对他反感是很自然的。不过我求你忍一忍，别离开。"

"你怎么啦，我的天使？安静下来。你这是干什么？别跪着，站起来，打起精神。你是让什么给迷住了，而且让你害怕了一辈子，把它甩掉。我陪着你哪。需要的时候，你说一声，我把他杀掉。"

半小时后夜晚来临了。天完全黑了下来。地板上的那些洞，半年前就都堵好了。尤里·安德烈耶维奇一直留意着，一有新的马上就堵好。家里还养了一只毛很长的大猫，总是一动不动用神秘莫测的眼睛在那里守望着。屋子里还是有老鼠，不过活动小心多了。

在等着科马罗夫斯基来的时候，拉里莎·费奥多罗夫娜切了点儿定量供应的黑面包，加上几个煮熟了的土豆盛在一个盘子里摆到桌上。准备在原来主人的餐室里接待这位客人，现在这里还当餐室用。房间里有一张大柞木餐桌，一个暗色的沉重的大酒柜，也是柞木的。桌上放了一盏有灯罩的蓖麻油灯，里面垂立着灯芯。这是医生使用的可携带的灯具。

科马罗夫斯基从十二月份的夜间黑暗里走来时，身上落满了路上下的雪。雪一片片地从他皮大衣、帽子和套鞋上掉下来，在地板上落了一层，化成了水洼。科马罗夫斯基先前剃掉而现在留起来的胡须也让雪花弄湿了，看起来像个滑稽的小丑。他身上穿了上下一套的保护得很好的衣服，有条纹的裤子熨得笔直。开口说些寒暄话之前，他用衣袋里带着的小梳子打理了半天潮湿皱乱的头发,用手帕擦干弄平了湿胡须和眉毛。在这之后,他默不作声地带着意味深长的表情同时伸出了双手,左手递给了拉里莎·费奥多罗夫娜,右手伸向尤里·安德烈耶维奇。

"我们应该算是相识的,"他对尤里·安德烈耶维奇说,"您肯定知道,我和您父亲相处得很好。他是在我怀里咽了最后一口气的。我一直在细看您什么地方像他。看来您长得不像父亲。那可是个开朗大方的人。容易冲动,做事果断麻利。从外表上看,您更像母亲。一个温顺的女人,喜欢空想。"

"拉里莎·费奥多罗夫娜要我来,听一听您想对我说的话。据她说,您有事找我。我服从了她的要求。我们交谈是迫于不得已。我本意是不想和您相识的,也不认为我们曾经认识过。所以还是言归正传。您要说什么?"

"你们好,我的朋友。这一切,我一下子就感觉到了,一切也都彻底明白了。恕我直言,您二位相互太合适了,绝对和谐的一对。"

"该让您住口。请不要涉及与您无关的事。没人求您表示什么同情。您太忘乎所以了。"

"年轻人,您不要马上就发怒呀。方才我说的不对,您还是像父亲。一触即发。

"这样,您允许的话,我向你们表示祝贺,我的孩子们。很遗憾,不仅仅我口头说你们是孩子,实际上也是什么也没见过,什么也不周全考虑的孩子。我来这里刚刚两天了解到的有关你们的情况,就会超出你们的预料。你们不会没想到,你们正走在悬崖的边上。若是不想什么办法防备危险,你们的自由,可能甚至连生命都指日可数了。

　　"确是有某种共产主义的方式存在。能适合这个尺寸的人少之又少。但是没有人像您这样明显地违背这种方式去生活和考虑问题,尤里·安德烈耶维奇。我不明白,为什么无事还要去招惹。您嘲笑这个世界,对它来说就是侮辱。

　　"巴不得这只是您个人的秘密。可是这里有从莫斯科来的有影响的人士。他们对您内心所思所想完全了解。你们二位非常不合此地法官们的口味。安季波夫和季韦尔津同志对拉里莎·费奥多罗夫娜和您都恨得切齿。

　　"您是男子汉,您就是自由的哥萨克,这在那个地方或许还有另外的说法。任意为之,拿自己的生命开玩笑,这是您的神圣权利。然而拉里莎·费奥多罗夫娜是有牵累的人。她是母亲,她手中托着孩子的生命、孩子的命运。她可不能想入非非,脱离现实。

　　"我花了一个上午的时间劝她,让她严肃认真地对待本地的现实情况。她不想听我的。

　　"您该展现您的威信,对拉里莎·费奥多罗夫娜施加点儿影响。她没有权利拿卡坚卡的安全开玩笑,不应该无视我的那些意见。"

　　"我这一生从来不去劝说什么人,也不强迫别人,尤其是亲近的人。听不听您的完全是拉里莎·费奥多罗夫娜的自由,那是她的事。况且我也完全不知道说的是什么。您所说的您的那些意见,我也不清楚是什么。"

　　"不对,您是越来越让我想起您父亲来了。也是这么脾气固执。好吧,那就言归正传。因为要说的这些事相当复杂,请务必耐心听,不要打断我。

"高层正在准备大的变革。别不信,我有最可靠的消息来源,您不用怀疑。指的是要转向更为民主的轨道,普遍的法纪要让步,而且这是最近就要办的事。

"不过正因如此,该撤销的那些执行惩治的机构,在末日到来之时就更加疯狂,更急于就地清算旧账。清除掉您已经排上日程,尤里·安德烈耶维奇。名单上有您。这可不是开玩笑,我亲眼见到的,您信我的话没错。想想救您的办法吧,否则就晚了。

"说这些还只是开场白,现在谈实质的事情。

"仍然忠于被推翻的临时政府和被解散的立宪会议的一些政治力量,正在太平洋的滨海地区集结。国家杜马的成员,社会活动家,原先地方自治分子里边的知名人物,做投机生意的和工业家也往那里跑。白俄军的将军们也在那儿集中自己的残余部队。对远东共和国的出现,苏维埃政权是一眼开,一眼闭。在边界地区存在这样一个组织对它有利,可以在红色西伯利亚与外部世界之间起一个缓冲作用。这个共和国的政府成员混合组成。半数以上的席位留给莫斯科的共产党人,为的是在方便的时候借助他们的力量发动政变,把共和国收到自己手中。

"意图是完全明显的,关键在于要很好地利用余下的这个时间。

"革命前我曾在弗拉迪沃斯托克替阿尔哈罗夫兄弟、梅尔库洛夫一家和另外几个经营贸易及银行业的家族办过事。那地方的人知道我。一半是秘密的,一半是在苏维埃政权公开放任下筹建的政府密使,给我带来一份邀请函,请我加入远东政府任司法部部长。我同意了,此行就是往那里去。刚才我说的这一切,苏维埃政权都了解并给予默认,但并不怎么公开,所以有关的这些不要声张。

"我可以带上您和拉里莎·费奥多罗夫娜一起走。从那儿你们很容易由海路去找自己的亲人。当然,你们已经知道他们被放逐的事了。引起轰动的事件,整个莫斯科都有议论。我已经向拉里莎·费奥多罗夫娜许诺了让帕维尔·帕夫洛维奇躲掉即将面临的打击。作为一个独立的、被承认的政府成员,我正在东西伯利亚寻找斯特列利尼科夫,还要协助他进入我们这个自治领域里来。要是他跑不掉,我可以建议拿他来交换某个已被联军扣押而且是莫斯科中央政权认为有价值的人士。"

拉里莎·费奥多罗夫娜吃力地想抓住谈话的内容,但其中包含的一些意思常从她意识里滑过。不过科马罗夫斯基最后谈到涉及医生和斯特列利尼科夫安全的那些话,把她从似乎与己无关的沉思状态中惊醒过来。她红着脸插进来说:

"尤罗奇卡,你要明白,这些想法对你和帕沙有多重要吗?"

"你太轻信了,我的朋友。不能把刚刚想出来的当成已经办成的。我不是说维克托·伊波利托维奇有意在骗我们。不过这些都是难以实现的!维克托·伊波利托维奇,现在我为自己说几句。谢谢您关注我的命运,但是您难道真认为我能让您来安排吗?至于您对斯特列利尼科夫的关心,那是拉拉应该考虑的。"

"你想要干什么?照他所建议的,咱们跟他去,还是不去。你明明知道,没有你我是不去的。"

科马罗夫斯基时不时喝一小口掺了水的酒精,那是尤里·安德烈耶维奇从门诊部带回来放在桌上的,嚼点儿土豆,慢慢地上了酒劲。

二

天已经很晚了。不断剪掉灯花的灯芯,随着爆出的噼啪声一下子燃得更旺了,把房间照得通明,之后又都陷入昏暗之中。主人们想去睡觉了,两个人也要单独谈一谈。科马罗夫斯基总是不走。他在这儿就如同那柞木酒柜,沉重的样子让他们觉得更加疲乏,又如同那窗外十二月严寒的黑夜一样,让人感到压抑。

他不看他们,两只带有醉意的圆滚滚的眼睛,从他们头上一直盯着远处的一点,半睡半醒、结结巴巴反复不停地说那些已经听腻了的事。他的绝招现在就是远东。

他对拉拉和医生翻来覆去地讲这个,发挥他对蒙古具有的政治意义的看法。

尤里·安德烈耶维奇和拉里莎·费奥多罗夫娜都不曾留意,他是在谈什么的时候转到了蒙古的话题。他们错过了他是如何把谈论的内容改变了的那一刻,所以这个节外生枝的话题更加大了他们的厌烦。

科马罗夫斯基说:

"西伯利亚,就像人们所说的,真正是个新大陆,潜藏着无比丰富的资源和机遇。这里是伟大俄国未来的摇篮,是我们的民主化、繁荣和政治复原的保障。蒙古和我们在大远东的邻居外蒙古,孕育着未来更多的引人的机遇。对它你们了解吗?你们也不替自己害羞,只管打哈欠,无所谓地眨巴眼睛。那可是个面积一百五十万平方俄里、拥有无数未探明地下资源的国家，是一片从史前期直到现在的处女地。中国、日本、美国都向它伸出贪婪的手，损害着我们俄国的利益。在地球上这个遥远的角落，每次划分势力范围的时候，所有的竞争者都认可我们的利益。

"通过对喇嘛和大活佛施加影响，中国从蒙古的封建神权落后政体当中取得好处。日本则是依靠各地的，也就是蒙古人所说各旗的王爷。红色共产主义俄国则把贵族阶层以外的平民当作盟友，换句话说就是蒙古起义牧民协会。说到我本人，我是想看到一个生活幸福美好的蒙古，在经过自由选举产生的全民代表大会的治理之下。下面要说的我们都应该感兴趣。一步跨出蒙古的边界，世界就在你们脚下，你们就是自由的鸟儿啦。"

滔滔不绝的长篇空论，谈的问题和他们一点儿关系也没有，这就让拉里莎·费奥多罗夫娜生了气。拖了这么长时间也不走，让她疲惫厌烦万分，于是果断地向科马罗夫斯基伸出手表示告别，并且毫不掩饰不高兴的样子说：

"太晚了，您该走了。我要去睡觉了。"

"但愿您不要如此不好客吧，别在这个时候把我赶出门去。夜里在这个没有照明的陌生城市，我恐怕找不到路。"

"您事先就该想到，而且也别坐这么久。谁也没留您。"

"噢，您和我说话怎么这么厉害？您也没问过我是不是有住的地方？"

"这于我完全无关。或许您不会让自己受委屈的。您要是一定想在这儿过夜，我不能把您放到我和卡坚卡住的那个大房间里。其他的房间老鼠可是闹得凶。"

"我不怕老鼠。"

"那就随您的便吧。"

三

"我的天使,你这是怎么啦?不睡觉已经是好几夜了,桌子上放的吃的东西碰也不碰,一整天就这么走来走去,像个呆子似的。总是翻来覆去地想个不停。是什么把你折磨成这样?不能让这些惊恐不安的想法自由发展下去。"

"医院里那个看门的伊佐特又来了。他和这儿的洗衣女工有恋爱关系。他顺路拐过来,安慰了我一番。

"他说有个可怕的秘密消息。你的那一位要被关起来了,躲不掉的。等看看吧,就是今明两天的事。接下来就是你,真是命苦啊。我就说,伊佐特,你这是从哪儿来的消息?他说,您放心吧,错不了,是波尔堪的人说的。这波尔堪是他绕着弯子说的,你也许能猜得到,指的就是执委会。"

拉里莎·费奥多罗夫娜和医生都笑了起来。

"他说的完全对。危险已经到了门前。应该赶快消失掉。问题是往哪儿去。到莫斯科去是连想都不必想。准备起来也太复杂,而且容易引人注意。要走得隐蔽,谁也觉察不到。亲爱的,知道吗,可能就按你的那个想法办,咱们得失踪一个时期,比如说是去瓦雷金诺。到那里去躲个两星期、个把月。"

"谢谢,亲爱的,谢谢。我太高兴了。我也明白,你整个人是反对做出这个决定的。不过咱们去了不住你们的那个房子。对你来说住在那儿确实难以想象。看到那些空落落的房间,心里的内疚,各种情况的对比,等等。难道我不理解吗?把幸福建立在别人的痛苦之上,践踏心灵中最宝贵和神圣的东西。我永远不会接受你为我做出这样的牺牲。不过问题不在这里。你们的房子毁成这样,房间几乎都难以入住了。我首先想到了米库利钦留下的住宅。"

"你说的都对。谢谢你的体贴。稍等一下,我一直想问可是总忘,科马罗夫斯基在哪儿? 他还在这里或是已经走了? 从我那次和他吵了架,接着又把他推下楼梯以后就再没听到他的消息了。"

"我也什么都不知道。随他去吧。你怎么提起他来了?"

"我越来越觉得,对待他的那些建议咱们应该有不同的态度。我们两个的处境不一样。你操心的是女儿。即便你乐意和我一起走向死亡,你也没有权利这样。

"再说说瓦雷金诺。没有食物储备、没有精力、没有希望地在这严寒的冬天跑到那样一个荒芜偏远的地方去,这是比丧失理智还要丧失理智。如果说除了丧失理智以外我们已经一无所有的话,我的心肝,那咱们就丧失一回理智吧。再委屈自己一下,去求安菲姆借匹马。再向他甚至是他手下的那些投机倒把的人借些面粉、土豆,他是没有任何理由推托的。

"还要说服他,不要为了表示施恩行善就立刻到咱们这儿来,要来也是到最后需要还他马的时候。咱们自己单独待几天。然后咱们就出发,我的心肝,去林子里砍上够用一个礼拜的柴火,要是非常细心地过日子,能烧上一年。

"我要再一次请你原谅我冲动的时候脱口说出的那些慌不择言的话。我也是希望和你说话时不用这么激动。不过我们目前确实是无从选择。

"不管它该是怎么个说法,死神真的是在敲门了。我们可以把握的时间已经指日可数了。让我们按照自己的想法来支配吧。我们要用这段时间来告别生活,用于分手之前最后的相聚。要和我们认为所有宝贵的一切告别;和我们早已习惯了的那些概念,和我们所期盼的以及良心告诉我们的应该如何生活的教导告别。要和我们的希望告别,还要相互告别。再一次夜间相对着说说私房话,包括大话和悄悄话,沉浸在静静的大洋之中。

"我的天使,你始终埋藏和固守在我心中,在战争和起义动乱的天空下,难怪你会出现在我生命即将终结的时候,而在童年时期的和平天空之下,你也曾在我生命开始的阶段同样出现。

"正是那一天的晚上,当时你还是个中学的高年级学生,穿着咖啡色的校服,站在旅馆房间隔断后面的暗处,美得让人都喘不过气来,完全和现在的你一样。

"以后在我的一生当中,时常想要确认并且找出一个名称,来说出当时你投向我的那股魅力无穷又渐渐暗淡下去的光亮,还有那个迷人的声音。从那以后,这些就蔓延到了我的整个生活当中,并且因你而成为我深入探索世上其他一切事物的一把钥匙。

"当身穿学生制服的你从房间深处像影子一样出现的时候,我这个对你还一无所知的男孩子,已经感受到了你所有的痛苦的力量,并且醒悟到在这个瘦弱的女孩身上,世上一切可能想象得出来的女性的美,如电气一样充满到了极限。要是走近她或是用手指触碰一下,电火花会照亮房间,或是立即被电死,否则就是终生携带着追求和悲伤的有磁性的电波。我整个人都充满了迷茫的泪水,内心闪烁、哭泣。作为一个男孩,我极其可怜自己;作为一个女孩,我更加可怜的是你。我全部的身心都在惊奇地发问:如果说爱和接受电流是这样痛苦,那么作为一个女人,成为电流并且施放出爱,肯定更加痛苦。

"好,这就完了。我把话都说出来了。"

拉里莎·费奥多罗夫娜穿着衣服躺在床边,感觉不大舒服。她缩起身子,用头巾盖上了脸。

尤里·安德烈耶维奇坐在旁边的一把椅子上和她低声讲话,当中有时停顿的时间挺长。有时候拉里莎·费奥多罗夫娜用臂肘支起身子,手掌托住下巴,张嘴看着尤里·安德烈耶维奇。有时又紧靠在他肩头,无声地、幸福地哭着,任泪水自由地流淌。最后把身子探到床外,快乐地耳语向他说:

"尤罗奇卡!尤罗奇卡!你太聪明了,什么都明白,什么都猜得到。尤罗奇卡,你就是我的堡垒、避难所,是我的主心骨,请上帝饶恕我亵渎神明的行为吧。噢,我真是太幸福了!亲爱的,我们走,到了那儿我再告诉你我担心的事。"

他判断她暗示自己怀了孕的估计是种臆想,于是说:

"我知道。"

四

他们从城里出发是在一个灰蒙蒙的冬天的早上。这天不是休息日,人们各自出来办自己的事。不时遇上熟人。在坑洼不平的十字路口那个配水站旁边,那些家里没有井的居民们把桶和扁担搁在身旁,排着队等候取水。医生勒住从桑姆杰维亚托夫那儿借来的那匹普通使役用的马。这匹黄烟色的维亚特卡种马一个劲儿地往前奔,他赶着它小心地绕过这群主妇。那些飞驶的雪橇,斜着从洒了水又冻成冰的有陡坡的马路上很快滑下去,上了人行道,雪橇的跨杠撞到街灯和石墩上。

他们飞快地赶着马,越过了正走在街上的桑姆杰维亚托夫,从他身边一闪而过,没有回头去看,免得让他认出他们和那匹马来,也怕他追着喊叫什么。在另一处,也是同样不打招呼地超过了科马罗夫斯基,同时也知道了他还在尤里亚金。

隔着整整一条街,格拉费拉·通采娃从对面的人行道上朝他们喊:

"都说昨天你们就走了。往后谁还能信他们的。拉土豆啦?"她打个手势表示听不到回话,然后挥手告别。

为了西玛,他们试着在小丘顶上停下来。那地方挺不方便,停不住。即便是这样,那马还总要往后缩,把缰绳抻得紧紧的。西玛从头到脚围了两条或是三条披巾,把她那身子弄得像根冻僵的圆木。她直着两条腿走到路中间的雪橇跟前和他们告别,祝他们顺利到达。

"回来的时候,应该再谈一谈,尤里·安德烈耶维奇。"

终于从城里出来了。尽管尤里·安德烈耶维奇冬天也曾经走过这条路,可是他记得的主要还是夏天时候的样子,现在就认不出来了。

把装粮食的口袋和另外的行李都深深塞到雪橇前部的干草堆里,牢牢地拴好。

尤里·安德烈耶维奇驾驭着雪橇,他有时像当地人那样跪立在这个带后座的宽大的橇底板上,或者是斜坐在橇帮上,把腿悬在外边,腿上穿的是桑姆杰维亚托夫给的毡靴。

过了中午,离太阳落山还很早,可是这冬季的天色会骗人,让人觉得这一天就快过去了。尤里·安德烈耶维奇开始用力抽打这匹黑鬃黄褐色的马,它于是箭似的飞奔起来。这个有后座的大雪橇,在不平的路面上像只小船一样一会儿向上扬起,一会儿向下俯冲。卡佳和拉拉穿着皮袄,动弹不得。走到斜坡或是坑洼地方的时候,她们喊起来,大笑不止,笑得肚子发痛,在雪橇里从这边滚到那边,最后如同翻不过来的麻袋一样埋到干草堆里头。

有时医生同她们开玩笑,不让人受伤地故意让雪橇侧翻过来,把拉拉和卡佳掀到雪里去。他自己扯着缰绳走几步,停住马,把雪橇正过来放到滑木上。这时他会招来拉拉和卡佳的一顿臭骂,她俩抖掉身上的雪,坐回雪橇,又是气又是笑。

"我指给你们看游击队把我给截住的那个地方。"医生应许着说。这时他们已经走出城相当远了,可是他兑现不了这个许诺,因为冬天的林子光秃一片,四周是死一般的沉静,而且空无一物,这就把地形变得认不出来了。"快看那儿!"很快他喊了一声,原来是把立在田地里的莫罗与韦钦金的商标牌错认为是第二个路标了。他是在那里被捉住的。当他们飞快地驶过还在原地立着的第二个路标的时候,没有看到。因为它是在萨卡玛岔路口很密的林子里,结了浓霜的相互交叉的树枝像是一道栅栏,看过去树林似乎被分割成一条条银黑色的细线,而且十分晃眼。路标就这样没有被看到。

飞一样驶入瓦雷金诺的时候,天还没有黑。雪橇停在了日瓦戈家老房子前面,因为它是沿路过来的第一家,离米库利钦家很近。

他们急忙冲进房子里，像强盗似的，因为天马上就要黑了。屋子里面已经昏暗了。匆忙之中，尤里·安德烈耶维奇没有去细看已经毁了一半的房子和荒废的状况。那些熟悉的家具有一部分还完好。在这已经完全空了的瓦雷金诺，已经没有人去把开始的破坏进行到底了。家居日常需用的物件，尤里·安德烈耶维奇什么也没找到。家里人离开的时候他并不在，不知道都带走了什么，留下了什么。这时拉拉就说：

"抓紧吧，马上就到夜里了。没时间再多想了。要是就在这儿住，那就把马牵到板棚，粮食放在走道，我们往这边来，住这个房间。可是我并不赞成住在这儿。这事我们已经说得够多了。对你，还有我，都不轻松。这儿是什么，你们的寝室吧？不是，是儿童间。这是你儿子的小床，对卡佳来说就太小了。那边，窗子都完整，墙和天花板都没有裂缝。另外，这炉子可真大，上次来的时候我就非常欣赏。尽管我反对，可是如果你无论如何坚持要在这儿住，那我脱了皮袄就去干活。首先就是生火。把火生起来，生起来。头几天火不能停。亲爱的，你怎么回事。怎么不说话。"

"没什么，马上。对不起。不，你听我说，当真最好还是去米库利钦家去看看吧。"

他们就这样又向前驶去。

五

米库利钦家的房子是用穿在门闩耳环上的挂锁锁住的。尤里·安德烈耶维奇砸了半天，最后连留在螺钉上的木头碎片一起弄了下来。和到前边那房子一样，急忙进去，皮袄、帽子、毡靴都没脱,就这样走入了里面的房间。

首先映入视线的是屋子一些角落的物件放得井然有序,比如说阿韦尔基·斯捷潘诺维奇的书房就是这样。

这里似乎有人住过,而且就在不久之前。那么究竟会是谁呢?要是主人或是其中的一位,为什么走了以后外面大门不用门本身就有的锁,而是另用了把吊锁?另外,如果是主人们经常在这儿住并且住的时间很长,那么房子该是整个收拾得整齐,而不仅仅是一部分。这表明是有外人进来了,不是米库利钦家的。这样的话,又会是什么人?这个不明的情况并没让拉拉和医生担心,他们也不为这个去伤脑筋。如今荒置的住宅连同一多半被抢走的动产有多少啊?藏起来的在逃的人又有多少啊?

"估计是个被搜捕的白军军官,"他们都这么以为,"来了就和睦相处,一起谈谈。"

和先前一样,尤里·安德烈耶维奇又呆呆地站在书房门口,欣赏起里面的布置,窗边那张宽大、适用的写字台更让他惊讶。于是他顺理成章地就想到,这么整齐舒适的条件,该多么适合耐心而又富有创造性的工作啊。

米库利钦家院子里杂用的房子当中,紧挨着板棚有一个马厩,不过是上了锁的,所以尤里·安德烈耶维奇不知道里边是什么状况。为了不浪费时间,他决定先把马牵到没锁的板棚里去,那里的门很容易开。他卸下了马,等它落下汗去,让它饮了打来的井水。尤里·安德烈耶维奇想从雪橇上的干草堆底下取些干草来喂马,可是都让坐的人压成碎末了,马不能吃了。幸亏在宽大的板棚和马厩上面的干草栏里,边边角角还找到了够用的干草。

夜里没有脱衣服,盖着皮袄就睡了,睡得舒适、深沉、香甜,像是跑跳耍闹了一天的孩子。

六

起床以后,尤里·安德烈耶维奇从清晨开始就一直在端详那张诱人的写字台。铺开纸写东西的想法已经让他双手发痒了。他想等到晚上拉拉和卡坚卡卧床睡觉之后,再来享受自己写作的权利。在这之前,就是只收拾好两个房间,活儿也是多得干不完。

他期待着晚间的工作,可是主要的目的还没考虑好。现在掌控着他情绪的只是单纯的向往拿起笔来蘸上墨水去写作。

他想随意信笔写点儿什么。一开始他觉得回想一下那些已经过去的东西,记下来,就不错了。为的是可以恢复一下由于在这方面毫无作为而中断停滞了的能力。他很希望能和拉拉在这里多待些日子,那就有足够的时间写些新的、有意义的东西。

"你在忙着吗?干什么哪?"

"烧火呀,一直在烧。有事吗?"

"把洗衣盆给我。"

"照这个样子烧下去,柴火都用不到三天。应该到先前我们日瓦戈家的板棚去看看。也许那儿还能有?要是还有够用的,我几次就能拉回到这儿来。这事明天就办。你要洗衣盆,刚才还看见来着,在哪儿就想不起来了,脑子不行啦。"

"我也是一样。在什么地方,看见了就忘。放得不对地方就容易忘。不管它啦。你想着点儿，我烧了不少水，洗澡用的。剩下的洗点儿我和卡佳的衣服，把你所有的脏衣服都一起给我。等晚上都收拾好了，再合计一下这两天该干的事。睡前都洗个澡。"

"我立刻就把内衣找出来，谢谢。照你说的，大柜子和沉的东西都往外挪了挪，不贴墙了。"

"好。我用洗碗碟的大圆盆当洗衣服的大木盆使吧。就是太油腻了，得把周围的油洗掉。"

"炉子的火一着上来，关上炉门我就去整理剩下的几个抽屉。桌子里和抽屉柜里几乎处处都有新发现。肥皂、火柴、铅笔、纸和一些文具。出乎意料地就出现在眼前。比如说，桌上的灯已经装好了煤油。我可是知道，这不是米库利钦家的东西。肯定是另外什么人的。"

"真是太走运了！多亏有了这位神秘的房客，简直就是凡尔纳笔下的人物。啊，你究竟要说什么来着！咱们又闲扯起来了，我的水都烧开了。"

他们在屋子里东一头、西一头地忙着，两只手里都有东西，有时两个人撞到一块儿，或是碰到了转来转去挡了路的卡坚卡。这小姑娘从屋子这角闪到那角，对收拾房间挺碍事，挨了说还生气。她冻得打寒战，抱怨说太冷。

"当代的孩子们真可怜，作了我们这种吉卜赛生活的牺牲品，这么小也只能顺从地加入到我们的流浪生活中来。"医生心里这么想，可是却对小姑娘说，"行啦，亲爱的，对不起。别哆嗦了。又瞎说，又淘气。那炉子都烧得通红了。"

"炉子自己可能暖和，我可是冷。"

"卡秋莎，那就再忍一下吧。晚上我再把炉子烧得更旺，你妈说还要让你洗个澡哪,听见了吗?看着,现在先把这些拿去。"他把从冰冷的储藏室拿来的利韦里的旧玩具扔到地板上,有的坏了,有的还好,堆了一堆。这里边有积木,机车和车厢都有的小火车,还有一块块划出格子、上了颜色并且标上数字的硬纸板,是做筹码胜负和骰子游戏用的。

"您这是干什么,尤里·安德烈耶维奇,"像个大人似的卡坚卡,委委曲曲地说,"这都是人家的,是给小孩子的。我是大人了。"

可是过了不大一会儿,她已经坐在地毯中间,这些玩具在她手里全都成了建筑材料,用它们给从城里带来的玩具娃娃宁卡盖起了房子。这房子盖得挺有想法,还带点儿永久性,比我们带着她经常变换住的别人家的房子还要好。

"爱家护家的本能真是不得了,渴望有个窝、渴望整齐有序,这种追求是消灭不了的!"从厨房里看着女儿在那儿玩,拉里莎·费奥多罗夫娜说,"孩子们真诚而且无拘无束,不怕面对真理。我们却是害怕落后,可以把最珍贵的献出去,对让人厌恶的东西说些好听的,对不理解的也随声附和。"

"大木盆找着啦,"医生从板棚里回来,拿着木盆走进屋里打断了她的话,"真是放错了地方。就在地上,冲着天棚漏雨的地方。估计是从秋天起就一直在那儿了。"

七

拉里莎·费奥多罗夫娜开始动用存储的新鲜食物,做了一顿午饭,准备够吃三天的。菜都是久未见到的土豆汤和炸羊肉配土豆。卡坚卡吃得嘴馋起来还想吃,吃不够,一边又是笑、又是淘气。终于吃好了，因为暖和了就懒洋洋的浑身无力，于是盖上妈妈的披肩在沙发上甜甜地睡着了。

拉里莎·费奥多罗夫娜刚从灶台那儿过来，样子很疲乏，脸上都是汗，像女儿一样昏昏欲睡似的，对她的饭菜产生的效果觉得很满意，于是也不急于收拾桌上的东西，就坐下来休息一下。看到孩子睡着了，她前胸靠在桌上，一只手支着头说：

"只要不是徒劳的而且能够达到某种目的，我就会不惜花费力气并从中得到幸福。你要时刻提醒我，别忘了我们到这儿来是为了能够在一起。要给我加油，别让我改变主意。因为严格来说，要是清醒地看一看，就会想到咱们现在究竟是在忙什么，究竟发生了什么事？破门而入地闯进别人的住宅，安顿住下来，一时不停地自己催着自己忙着干活儿，就是为了不去正视这并不是真正在过日子，只是个表演，不是真的，是'故意的'，就像孩子们说的，是玩木偶戏，招人一笑而已。"

"我的天使，到这儿来可是你一直坚持主张的。还记得不记得，我很长时间是反对和不同意的。"

"不错。我不和你争辩这个。我已经是对不起你们了。你可以动摇，可以改主意，而对我来说，一切都顺理成章、合乎逻辑的。我们进了家门，你一看到儿子的小床就呆了，伤心得几乎昏过去。你有权利这样，我就不行。对卡坚卡的担心害怕，对未来的种种考虑，在我对你的爱的面前，这些都应该退居第二位了。"

"拉里莎，我的天使，你清醒一下吧。改变主意，改变决定，什么时候都不晚。我首先要建议，你应该认真地对待科马罗夫斯基说的那些话。马还在咱们这儿。愿意的话明天就可以赶到尤里亚金去。科马罗夫斯基没有走，还在那儿。咱们在路上从雪橇里看到他了,不过他似乎并没注意到这个,估计我们还能找到他。"

"我几乎什么还都没说呢,你这话里就已经有了不满的味道。你说,难道我不对吗?就这样躲着并不牢靠,当初考虑得也不充分,就是在尤里亚金也能办到。要是决定去找逃脱的办法,归根结底肯定要有一个深思熟虑的计划,尽管提出这个建议的人让人讨厌,然而他毕竟是见过世面、头脑清醒的。我只是不知道,我们在这里是不是比在其他任何地方离危险更近。这儿是一片无边无际敞开对着暴风雪的平原地带。只有我们三个孤苦伶仃的人。夜里大雪可以把我埋住,清早想爬也爬不出来。要不就是曾经在这房子里待过的那位神秘的恩人又突然出现,原来是个强盗,结果把我们都杀了。你有什么武器吗?没有吧,你看。我最怕的是你什么也不操心的态度,而且还感染着我。把我的脑子都搅乱了。"

"这样的话,你想要怎么办?有什么吩咐?"

"我自己也不知道该怎么回答你。你要时刻让我服从于你。不停地提醒我,让我知道我是你的、盲目爱你的一个女人,是决不会争辩的一个奴隶。唉,我要告诉你,咱们的亲人,你的和我的,要比咱们好上一千倍。然而这并不是问题之所在。爱是一种天赋,和其他任何一种天赋一样。爱的天赋可能很伟大,但是没有鼓励和赞许就表现不出来。我们两个真像是在天堂里学会了相吻,之后把我们作为孩子送到人世上,在同一个时间里生活,为的是互相检验这个天赋的能力。这是某种谐和的最高点,不分你方我方,没有等级,不论高低,有的是整个身心的等同,一切都是快乐的源泉,一切都回归于心灵。但是就在这带有野性的、时刻都伺守等候着的温柔之中,有着某种孩子般的不驯服、不认可的东西。

"这是一种任意而为的、有破坏作用的本能，是家庭安宁的敌人。因惧怕而远离它、不相信它，这是我应该做到的。"

她双手搂住他脖颈，强忍着眼泪最后说：

"你明白吗，我们的处境不一样。老天给了你翅膀，让你飞上九霄云外，而我是个女人，就伏在地上，用翅膀遮护住雏鸟，让它们远离危险。"

他非常喜欢她所说的所有这些，但并未表现出来，免得陷入过于甜蜜的氛围之中。他控制着自己，说道：

"咱们这种宿营式的住法确实是不自然的，而且让人神经紧张。你说得完全正确。不过这也不是咱们想出来的。这种毫无理性的四处奔波是所有人的命，是这个时代的状态。

"今天从清早起我自己在想的大致上也是这些。我希望尽一切努力能在这儿待得时间长一些。我无法说出自己是多么想工作。我指的不是干农活。我们全家曾有一次全力投入地干过这活儿，而且成绩不错。但我已无力再干一次了。我现在脑子里想的不是这个。

"生活的方方面面正在逐步整顿之中，可能什么时候就会重新出版图书。我反复想来想去，能不能和桑姆杰维亚托夫商量好，把优厚条件给他，他支持我们半年的粮食，用我的劳动作抵押。在这期间，我必须写出一本医学参考书，或者是一个文学作品，比方说是一本诗集。要不我就翻译一部享誉世界的外国作品。我熟练掌握好几种语言。不久前我还看到了彼得堡一家专门出版翻译著作的大出版社的宣传公告。这种工作会有交换价值，可以转换成钱。能在这方面做点儿事，我感到幸福。"

"谢谢你提醒了我。今天我也想到了和这个差不多的办法。不过我对能不能在这儿待下去缺乏信心。相反,我有种预感,似乎很快我们就会被弄到更远的地方去。

"不过现状还在我们掌握之中,我向你请求一件事。最近这几天晚上为我牺牲几个小时,把你在不同时间凭记忆给我读过的东西都写下来。否则一半都忘了,另一半也没记下来,过后我怕你就全都忘记了,都没了。你自己也说过,这类事你经常发生。"

八

在一天快结束的时候,大家利用洗衣服多余下来的热水都洗了澡。卡坚卡是拉拉给洗的。尤里·安德烈耶维奇清爽舒适地坐在窗前的书桌前,背靠着房间。拉拉穿着浴衣,浑身散发出清香,一条毛茸茸的手巾把湿头发绾成一个发髻。她把卡坚卡安置上了床,自己也准备要睡觉了。尤里·安德烈耶维奇全身心已经预先感觉到了就要到来的聚精会神写作的快乐,同时也隐约地承受着一种无所不包的、让人觉得慵懒安逸的关怀。

已是深夜一点钟了,到现在还一直在装着睡觉的拉拉,这时当真睡着了。她和卡坚卡已经换好的和床上放着带花边的内衣,是那样的清洁、平整,光鲜耀眼。不知道拉拉是用了什么法子在这年头还能给洗的衣服上浆。

尤里·安德烈耶维奇周围是一片宁静,是怡然自得、充满幸福和散发出甜甜的生活气息的无声。平稳的黄色灯光落在白纸上,在墨水瓶里的墨水表面洒上金色发光的斑点。窗外是微微泛黄的严寒的冬夜。尤里·安德烈耶维奇慢步走进隔壁没有照明的冰冷的房间，望向窗子，从那儿看外面更清楚。雪原被满月的光照紧紧裹住，仿佛涂上了一层蛋白或是白水胶。

寒夜的美景是难以转述的。医生的心中一片祥和。他返回有灯光的、炉火烧得暖暖的房间，继续写了起来。

他注意让纸面上的笔迹能体现出书写时手的灵活，有个性，不呆板，所以字句排列得比较稀疏。他凭着记忆写下了和先前出版过的版本不大一样的、逐步改得更好的诗作。都是像《圣诞夜之星》《冬夜》之类极为定型的和值得记住的，还有其他相当多的这一类的诗，都是嗣后忘掉了、散失了、谁也找不到了的作品。

接下来就从这些已经站住了脚的和已经完成的，转到曾经开了笔但又搁下了东西。把握到了它们的风格，开始接续下去，但并没有抱着一丝一毫当时就能写完的希望。之后写得越发顺手，全神贯注，于是又开始了新的一首。

轻快地从笔下流淌出两三个诗段和几个让他自己也觉得惊喜的排比之后，这样的工作完全掌控了他，也让他有了走近所谓灵感的体会。管制着创作的那些力量之间的对比关系，似乎发生了倒置。占到第一位的不是人和他寻求去表现的那种心灵状态，而是要表达这些而使用的语言。

这时，语言、故国家园以及蕴蓄着的完美和思想内涵，都开始取代人来思考、说话，并且整体变成一种音乐，这指的不是外界有声的，而是自身内在的急速和有力的流程。于是就如同一股巨大的上下起伏的水流，以其本身的运动磨光了河底的卵石，推动着磨坊水车的转轮那样，顺畅流淌的言语自己也是以其本身规律的力量，一路顺便创造出诗格、韵脚，以及几千种其他的更为重要的诗形、结构，而且是迄今为止还不为人所知的、未曾考虑过的和没有名称的。

在这一时刻，尤里·安德烈耶维奇感觉到主要的工作不是他完成的，而是某种高于他、在他之上并支配着他的东西，那就是一种放眼世界的思想境界和诗情诗意，是注定的诗的未来，是在其历史的发展中应该接着走的下一步。他觉得自己只不过是让诗意进入这个运作流程的一个理由、一个支点而已。

他摆脱了自问自责和自己对自己的不满意，自己是个微不足道的小人物的感觉，一时之间也消失了。他四处张望地看看，环视了一下周围。

他看到枕在雪白的枕头上睡着的拉拉和卡坚卡的头。洁净的卧具，洁净的房间及所有这一切的洁净的轮廓，都和夜的、雪的、星的、月的洁净融为一股同等意义的浪潮，渗透了医生的心脾，迫使他因为感到了值得欢庆的生存的洁净而兴高采烈，而痛哭失声。

"上帝啊！上帝！"他想轻声说出来，"所有这些都赐给了我！为什么赐予我的这么多！为什么许可我走近你，让我无意中进入你的这片无价的土地，在你的众星照耀下，走到这个轻率的、顺从的、命不好的、无比珍贵的女人脚下？"

尤里·安德烈耶维奇把双眼离开书桌和纸面的时候，已是夜里三点钟了。他从一头扎进去而忘掉一切的聚精会神当中回醒过来，在这现实的环境中感到非常幸福，精力充沛，心神安详。突然之间，他听到了从窗外远方沉寂的空间传来一种悲凉的声音。

他来到隔壁没有点灯的房间,想从那里往窗外看看。就在他写作的这段时间里,窗上已经结上了霜花,看不清外面。尤里·安德烈耶维奇把塞在大门下面挡风的卷起的毯子拿开,披上皮袄,来到门廊下。月光下毫无遮蔽的雪地尽是一片亮亮的白色,晃他的眼睛。一开始他无法凝视东西,所以什么也没看到。过了一小会儿,又听到了那种从胸腔里发出的长长的哀号声,由于距离远,声音很弱。这时他发现冲沟后面的雪地边上有四个拉长了的影子,比书上印的移行符号大不了许多。

这几只狼并排立着,口鼻朝着房子的方向,扬起头像是对着月亮或是米库利钦的住宅窗子反射的银白色光亮号叫。它们一动不动地站了瞬间,这时尤里·安德烈耶维奇才明白原来是狼。它们像狗那样夹起尾巴从雪地边上小步跑开了,似乎知道了医生的心思。医生没来得看清它们消失的方向。

"这不是个好讯息!"他在想,"居然还有它们。莫非狼窝就在附近,不远?可能就在冲沟那儿,太可怕了!糟糕的是马厩里还有桑姆杰维亚托夫的马。肯定是闻到马的气味了。"

他决定一时半会儿什么也不能对拉拉说,别吓着她,于是进了屋,把大门锁上,把没生火的那一半房间通到暖和的这一边的过道门也关了,堵上门缝,走到桌旁。

灯还跟刚才一样着得很亮,讨人喜欢。但是他没有继续写下去,静不下心来。除了狼和其他一些吓人的乱七八糟的情况以外,别的什么也进不到脑子里去,况且他也累了。这时拉拉醒了。

"我心里头的这盏小灯呀,你还亮着哪!"她轻声地开了口,嗓音睡得有些沙哑,"过来挨着我坐一会儿。我跟你说做了个什么样的梦。"

他把灯熄了。

九

这一天又像是得了抑郁症似的过去了。在屋子里找到了一副儿童用的小雪橇。穿着皮袄的卡坚卡脸上红彤彤的,笑着从冰堆上顺着小花园没除雪的小道滑下来。冰堆是医生给她做的,就是用铁锹把雪拍实再洒上水就行了。她脸上始终带着笑容,没完没了地用绳子拖着雪橇回到冰堆上去。

天气越来越冷,严寒明显加重了。院子里有太阳。在中午的光照下白雪发了黄,在这蜜黄色之中,早早降临的黄昏如同沉淀了的香甜的橙汁一般融合进来。

昨天洗了衣服又洗了澡,拉拉让屋子里有了潮气。窗上布满一层疏松的霜花,受潮的壁纸从天花板到地面净是一条条淌水的痕迹。房间里变得昏暗,而且不舒服。尤里·安德烈耶维奇搬柴火、提水,继续查看整座房子并且不断有新发现,同时帮着从早就忙起来的拉拉干那些做不完的家务活儿。

忙得正紧的时候,两个人的手碰到了一起,于是一只手留在另一只手里,搬着的重东西没送到地方就放下了,一股让人昏昏然的柔情控制不住地突然袭来,解除了两人的武装。手里的东西全都掉完了,头脑里也是空空的。几分钟过去了,几个小时过去了,天色都已经晚了,这时两个人才惊醒过来,想起没人照管的卡坚卡或是还没喂没饮的马,于是急忙抢着去干没干完的活儿,把耽误了的补上,心里边难过地自怨自责。

医生因为睡眠不足,觉得头疼。像喝醉了酒一样,迷迷糊糊地挺好受,周身从里到外透着乏力,但很舒适。他急切地盼着晚间的到来,为的是重新继续夜里的工作。

他不仅整个自己处于睡意蒙眬的状态,而且感觉周围的一切同样如此,思想也被束缚在里面,但这也为他完成了写作前一半的准备。这种涵盖了所有各个方面的恍惚不清,实际上却是最终精准表现的先导,正如同先前涂写的草稿,或是让人百无聊赖、无所事事渡过的一天,正好是夜间辛苦写作的必要准备一样。

倦怠得不想做事并不是一切都不触动、都不改变。一切都有了变化,有了另外的样子。

尤里·安德烈耶维奇感到,在瓦雷金诺长久住下去的企望无法实现,想到和拉拉分别的日子近了,必将要失去她,接着也就失去了生活下去的动因甚至生命。痛苦吮吸着他的心。但更让他难过的是等待,等待晚间的到来,盼望那时在写作之中哭诉发泄出自己的痛苦,使任何人看到也为之落泪。

一天当中总是想到的那些狼,并没有在月光下的雪地上出现,但却成为有关于狼们的一个主题,成为要将医生和拉拉置之于死地,或驱赶出瓦雷金诺的那股敌对力量的表演。这个有敌意的想法逐步发展,到了晚上,在想象中似乎是在舒契玛发现了已绝迹的太古时代怪物的痕迹,似乎是在冲沟里卧了一条传说中的巨龙,要收尽医生的血,要把拉拉吞食掉。

夜晚来到了。还像昨天那样,医生点亮了桌上的灯。拉拉和卡坚卡比昨天还早就去躺下睡了。

昨天夜里写出的东西分为两类。用新的变体修改的旧作,写得干净、工整。新作写得简略潦草,一些逗点符号都不易辨认。看着这些涂鸦之作,医生像往常一样感到扫兴。这部分草稿的某些地方,在夜间读到时曾引出他的泪水,有的成功之处又意外地让他惊愕,现在正是这几处他想象中的得意之笔,以其很明显的牵强和不自然而伤了他的心。

他这一生向往的是写出一种平顺、不张扬的独到风格,表面上看不出但却潜藏在通用的、习以为常的诗形之下。一生当中他始终追求创作出那种有分寸的、不强求的音节,让读者和听者自己都不清楚,是通过什么样的方式把握到了诗的内容。他这一生所关注的,是那种不引起任何注意的、不易察觉的诗体,但让他觉得可怕的是离这个理想还很远。

在昨天的草稿里,他想用朴素的闲谈私语和近似于亲切的摇篮曲那样单纯的方法,来表达爱情与恐惧、痛苦与勇气混合交织在一起的情绪,让诗句不借助词语自行畅流而出。

现在,到了第二天来看这个尝试,他发现缺少一个能把一行接一行的诗句,串通为整体的内容上的起点。在一步步修改的时候,尤里·安德烈耶维奇开始用原来的抒情笔法来讲述关于勇士叶戈里的神话。他开始用的是可以提供较大余地的五音步诗格。不拘于是什么内容,这个诗格本身具有的那种公式化的近似歌唱的乐音,让他感到不舒服。他舍弃了这个华而不实的诗格,把诗句压缩为四音步的,就像是写散文要尽量缩减字词一样。这样写起来虽然更困难,但更引人入胜。

尽管写得很顺畅了,可是还掺进来一些多余的东西。他迫使自己把诗行压缩得更紧。在三音步的诗格里面,字词更加紧凑,无精无彩的最后一点儿痕迹在笔下消失了,他头脑更加清晰,精神振奋,词句当中狭小的间隔本身就提示着该用什么填进去。刚刚用词句指出的事物,毫不费力地就在提到的语境范围内描述出来。他似乎听到了踏在诗作表层上马在行走的声音,就如同肖邦的一首叙事曲中马走着溜蹄步的嗒嗒声。常胜者格奥尔吉骑马奔驰在一望无际的草原上,尤里·安德烈耶维奇从后面看着他的身影渐渐变小、远去。医生激动又急忙地写着,勉强来得及把恰到好处的词句记下来。

他没注意到拉拉从床上起来走到了桌前。

她看起来很瘦削,身材似乎比实际还高了些,穿的是长及足跟的睡衣。尤里·安德烈耶维奇因为她在身边突然出现而哆嗦了一下。拉拉脸色苍白,像是受了惊吓,向前伸出一只手,低声说:

"听见了吗?狗在叫,是两只。太可怕了,真是不好的兆头!不管怎么样,坚持到一清早咱们就走、就走。多一分钟在这儿我也不呆了。"

经过长达一个小时的劝说,拉里莎·费奥多罗夫娜平静下来,又去睡下了。尤里·安德烈耶维奇出了屋子来到廊檐下。

狼比昨天夜里离得更近,消失得也更快。尤里·安德烈耶维奇还是没来得及看到它们走去的方向。狼是出现的一群,他来不及数清是几只,只是觉得数目更多了。

十

这已经是他们住在瓦雷金诺的第十三天了,情况和前些日子一样。已经消失的狼,在这个星期中间又在号叫,像他们刚来的第二天夜里那样,拉里莎·费奥多罗夫娜还是把这当成狗叫,又被这个不祥的兆头吓得够呛,决定次日一早就离开。作为一个劳动妇女,她不习惯于终日里总是表露自己的心情,过着无节制地享受奢侈的柔情蜜意的生活;另一方面精神上又感到忧郁不安,这两种状态于是交替出现,达到某种平衡。

第二个星期的一天清早,同样的情况又出现了,如同每次一样,拉里莎·费奥多罗夫娜开始收拾行李准备回尤里亚金,让人可以认为在这里已经住了一个多星期的事根本不曾发生过似的。

因为天气阴沉,屋子里仍是潮湿、昏暗。严寒较前几日减弱,低沉阴暗的天空一片乌云,看来马上又要降雪了。一连几个夜晚睡眠不足,让尤里·安德烈耶维奇感到身心疲惫,打不起精神。他思想很乱,力气耗尽,虚弱加重了冷的感觉,缩着脖颈搓手,在没生火的这间屋子里走来走去,不知道拉里莎·费奥多罗夫娜会如何决定,自己相应地该做些什么。

她并没有明确的打算。只要她和他能不这样毫无章法的自行其是,而是强使自己去服从随便哪一种严格的、长远的制度,于是就能去上班工作,去尽自己诚实而理性地过生活的责任。

这天也和往常一样,她先收拾好床铺,打扫了房间,给医生和卡佳拿来早餐,然后就整理行李,让医生去准备雪橇。她做出了离开此地的决定,坚决不能改。

尤里·安德烈耶维奇不准备劝她改主意。不久前他们才消失隐藏起来,如今正是在逮捕的高潮却要回到城里去,简直是疯了。可是他们孤零零地躲在这可怕的荒原里,又是冬天,没有武器,受到的是另一种同样可怕的威胁,也未必就是明智之举。

另外,从邻近几家板棚里耙来的干草已经所剩无几,新干草还不知道哪里能弄到。当然，要是能在这儿长期住下去，医生可以到周围一带去找一找，设法补充草料和粮食。如果没什么指望地只在这里短期待几天，那就不值得到处去找了。医生于是什么也不多想了，立刻出去套马。

桑姆杰维亚托夫教了他如何套马，可他还是做不大好。尤里·安德烈耶维奇把这些指点忘了，不过用两只缺乏经验的手还是把该做的都完成了。他把有金属饰件的皮带头挂到车辕的套环上，在这一侧的辕上系了个结，拉紧，剩下的皮带在车辕前端缠了几圈，然后用一条腿顶住马的腹部，把松着的车轭的曲杆勒紧，接下来把其他该做的做完，把马牵到廊檐前边，拴住，进屋去告诉拉拉，可以起身了。

他看到的她正处于极度仓皇失措的状态。她和卡坚卡都穿上了出门赶路的衣服，行李也收拾好了。可是拉里莎·费奥多罗夫娜不住地搓着两只手，含着泪请求尤里·安德烈耶维奇稍坐一会儿，自己立刻扑到椅子上，接着又站起来，用她那带着哭腔而又悦耳的高音语调飞快地说着，前言不搭后语，中间还时不时惊叹地用"不是这样吗？"打断自己。她说：

"这不是我的错。我自己也不知道情况怎么会是这样。难道现在能出发吗？天就要黑了，夜里我们会在路上。正好是你曾经走过的那片可怕的森林里，对吧？我是听你的，你说如何就如何，我本身可做不了这个决断。像是有股力量扯住我不让走。我六神无主，你是知道的。对不对？你怎么不吭气，一言不发？我们一早上就在发呆，不知道这半天怎么过的。明天不能再这样了，要更细心一些，是不是？要不就再过一夜吧？明天早点儿起，天刚一放亮，七点或者六点就起。你觉得怎么样？你去把炉子生上，在这儿多待一个晚上，再住一夜。啊,这真是不可多得的事,太妙了!你怎么一句回话也没有?是不是我什么地方又错了,真不幸啊!"

"你言过其实啦。到傍晚还早着哪,时间还很早。不过就照你说的办。很好,我们留下来。你就放心吧。看看,你太激动了。该打开行李了,把皮袄脱下来。刚才卡坚卡就说她已经饿了。咱们吃点儿东西。你说得对,这次的出发准备不足,太突然。看在上帝的分上,你别激动,别哭。我马上去生火。亏得马还没卸,雪橇就在廊檐外面,我先到日瓦戈家的板棚去一趟,把最后的柴火拉回来,不然就没有烧的了。你别哭,我很快就回来。"

十一

板棚前面的雪地上还留着尤里·安德烈耶维奇前几次雪橇来去轧出的几个环形痕迹。门前的雪让他前天来搬柴火时踩脏了。

一清早天上就布满的云已经散去了。天空很洁净。又开始冷起来了。瓦雷金诺公园以不同的距离环绕着这片地方,最近的一处就直抵板棚跟前,仿佛要凑到医生跟前向他提醒什么似的。这个冬季雪下得厚,高过了板棚的门槛,显得门楣低了许多,整个板棚像倾斜了一样。从屋顶垂下来的凝在一起的雪片,像一个硕大无比的蘑菇顶,几乎触到医生的头。就在屋檐上方,如同把尖端直插在雪上的一镰新月,月牙的边沿发出灰黄色的光亮。

尽管还是白天,天色仍然很亮,可是医生觉得自己是晚间处在自己生活当中的昏暗沉睡的森林里。这种黑暗是在心里,他觉得悲哀。新生的月亮预示着分离,几乎就在他脸前,孤单单地发着光。

疲劳让尤里·安德烈耶维奇几乎站立不住了。从板棚里往雪橇上扔劈柴的时候,每次抱的都比往常要少。严寒中用手去拿那些沾上冻雪的木柴,尽管戴了手套也是痛的。快速的活动并没有让他暖和起来。他体内似乎有什么东西停顿了、断裂了。他用最恶毒的话诅咒自己这不走运的命,同时祈祷请求上帝保护这个忧伤、柔顺而又纯朴的,如画中人一样美的女人的生命。月亮始终悬在板棚上方,似明似暗,忽明忽灭。

马突然开始嘶叫,把头转过来朝着来时的方向,开始还胆怯似的声音不大,过后就信心十足地高声叫了起来。

"它怎么啦?"医生心里在想,"这么高兴? 不会是因为害怕吧。受惊吓的马是不会叫的,要是感觉到有狼,那不是反倒给狼发了信号嘛。看它那兴奋的样子,是觉得快要回家了,想家啦。别忙,马上就走。"

尤里·安德烈耶维奇又到板棚里拾了不少木柴片,还有几大块整个从树上剥下来的桦树皮,都像皮靴腰子那样一卷卷的,放到雪橇上,可以当引火柴用。他用粗席把木柴盖好,用绳子拴结实,自己跟在雪橇旁边,把柴火运回米库利钦家去。

马又嘶叫起来,显然是回应远处另一个方向传来的马叫声。"这是什么人的马?"医生一哆嗦,心里在想,"我们还以为瓦雷金诺已经没有人了。看来,我们是错了。"无论如何也没想到,他们有客人来了,马的嘶鸣声是从米库利钦家花园和房子廊檐前的方向传来的。他赶着马朝米库利钦庄园的杂务用房区走，从挡住了住宅的小山坡后面绕过去，从那个地方看不到住宅前面的屋子。

他并不匆忙地（为什么要着急呢?）把柴火扔到板棚里，雪橇也停到那里，卸了套，把马牵到隔壁冰冷的空马厩，拴在右墙角的一根桩子上，那个地方风小，接着又从板棚里抱了些干草，塞到斜挂着的槽里。

他心里有些不安地往家里走。廊檐前面停了一辆没卸套的宽大的农村雪橇，有个很舒服的后座，驾橇的是匹膘很好的黑种马。有个人围着马来回走动，从两侧拍拍马身子，查看一下它蹄子上的距毛。这是个脸面光鲜、体格壮实的小伙子，穿了一件紧身外衣，医生并不认识。

屋子里有嘈杂的声音。他不想去偷听，而且听也听不到什么。尤里·安德烈耶维奇不由得就放慢了脚步，终于一动不动地站停了。听不清说的是什么，但能分辨出科马罗夫斯基、拉拉和卡坚卡的嗓音。他们估计是在离门口最近的头一个房间。科马罗夫斯基在和拉拉争辩什么，从她答话的声音能够听出来她激动得在哭，一会儿激烈地反驳，一会儿又表示同意。根据某种更改不了的迹象来判断，尤里·安德烈耶维奇能想象到，现在科马罗夫斯基谈论的正是他，估计是说他为人不可靠（"一仆二主，"——尤里·安德烈耶维奇心惊了一下），很难说什么人他认为最亲近，是家人还是拉拉，拉拉不能指望他，要是相信了医生，就会全部落空，什么也得不到。尤里·安德烈耶维奇进了屋子。

果然是在头一间屋里，科马罗夫斯基站着，一拖到地的长皮袄穿在身子没有脱。拉拉正抓着卡坚卡的皮袄领子，要给它扣上，可是领钩怎么也套不到钩环里头去。她喊叫着对女儿发火,让她别乱动,身子别脱开。卡坚卡却是抱怨说:"妈妈,轻一点儿,你要勒死我啦。"他们是都穿戴好了站在那里,做好了出发的准备。尤里·安德烈耶维奇一进来,拉拉和维克托·伊波利托维奇就迎着他争着跑了过来。

"你跑到哪儿去了?我们正需要你哪!"

"您好,尤里·安德烈耶维奇!尽管上次我们都互相说了些蠢话,您看,没经邀请我可是又来了。"

"您好,维克托·伊波利托维奇。"

"这么长时间你到哪儿去了?听听他说的,尽快替你自己和我做个决断吧。没时间了,要抓紧。"

"都站着干吗?请坐吧,维克托·伊波利托维奇。说什么我到哪儿去了,拉罗奇卡?你知道我是拉柴火去了,接着我又照看了一下马。维克托·伊波利托维奇,您请坐。"

"你不觉得奇怪吗?怎么一点儿惊奇的感觉也没有?人家走了,咱们后悔没接受他的建议,现在这人就在你面前,你却毫不奇怪。他带来的新消息更惊人。请您告诉他吧,维克托·伊波利托维奇。"

"我不知道拉里莎·费奥多罗夫娜所指的是什么,下面是我要说的。我有意散布一个传言,说是我已经走了,而自己却留下来几天,为了让您和拉里莎·费奥多罗夫娜有时间再重新想一想我们谈过的问题,深思熟虑之后的决定,可能就不会那么冒失。"

"不能再拖下去了。现在走正是好时机,明天一早,——最好还是让维克托·伊波利托维奇自己跟你说吧。"

"等等,拉罗奇卡。对不起,维克托·伊波利托维奇。干吗都穿着皮袄站在这儿。脱了外衣坐一下吧。要谈的事是挺严肃的,不能这么不假思索地就决定。请原谅,维克托·伊波利托维奇。咱们的争吵触及到了内心某些细微的地方。分析这些东西显得挺可笑,而且也不方便。我从来没想过要和您一起走。拉里莎·费奥多罗夫娜是另一回事。在少有的特殊情况下,我们两个各有自己不放心的事,这就让我们想到我们并不是一个人,而是命运不同的两个人。特别是为了卡坚卡,我认为拉拉应该更加认真地考虑您的计划。她也是一直这么做的,反反复复地想着实现这个计划的可能性。"

"可是有一条,你必须一起走。"

"我和你是一样的,无法想象咱们的分离,但可能要迫使自己忍受这种牺牲。往后就不要再谈我走的事了。"

"可是你还什么都不知道哪。先听听吧。明天早上……维克托·伊波利托维奇!"

"看来拉里莎·费奥多罗夫娜指的是我带来的消息。我已经告诉她了。在尤里亚金的铁道线路上,停靠了一列远东政府的专车,已经生火待发。它是昨天从莫斯科开过来的,明天继续前行。这趟车是我们交通部的,一半车厢挂的是国际卧车。

"我是必须要坐这趟车走的。给我邀请的工作班子都留了位置。坐这列车的旅程会是很舒适的。机不可失呀。我知道您说不和我们走不是空话,而且也不会改变主意。您是个有决断的人,这我知道。不过为了拉里莎·费奥多罗夫娜,您终归得委屈一下自己。您也听见了吧,没有您,她是不走的。和我们一同上路吧,即便不去弗拉迪沃斯托克,就到尤里亚金也行。到了那儿看情况再说。这样办的话,就得抓紧时间。一分钟也耽误不得。我带了人来的,我驾不好雪橇。我那辆无座雪橇容不下五个人。要是我没记错的话,桑姆杰维亚托夫的马在您这儿。您刚才说用它去拉了柴火。马没卸套吧?"

"不是,卸了。"

"那就赶快再套上。我的车夫可以帮您。可是,算了,不用第二辆雪橇啦。用我那一辆无论如何也想法子走到。现在就是要赶快。把手头上路必需的东西带上。房子就这样,不用锁了。救孩子要紧,不能再忙着去找钥匙。"

"我听不明白,维克托·伊波利托维奇。照您方才这么说,肯定我是同意走了。如果拉拉想走,那就求上帝保她一路平安吧。不用担心房子。我留下来,你们走后我把它打扫干净,锁上。"

"你说什么哪,尤拉?这不明摆着是胡说嘛,你自己也不信呀。什么'要是拉里莎·费奥多罗夫娜决定了',明明知道得很清楚,如果拉里莎·费奥多罗夫娜没有他同行,她就不会有什么决定。为什么还要说出'房子由我来收拾、照管'这种话来?"

"看来您是铁了心啦。那我另有一个请求。如果行的话,请拉里莎·费奥多罗夫娜同意我单独和您谈几句。"

"行,确实需要的话,咱们到厨房去。拉里莎,你不反对吧?"

十二

"斯特列利尼科夫被捉到了,判了极刑,判决已经执行了。"

"太可怕了。是真的吗?"

"我是这么听说的。我相信。"

"别跟拉拉说,她会发疯的。"

"那当然,所以我才把您叫到另一间屋里来。这个枪决之后,她和女儿就直接面对着临近的危险了。帮助我救救她们吧。您是绝对不同意和我们一起走吧?"

"当然,我已经对您说过了。"

"不过,没有您她就不走。我也没有办法了。能不能请您用另外的方式帮助一下。您在谈话中假装表示出准备让步,做出似乎可以听劝的样子。如果您是要去送我们的话,无论是在这里还是在尤里亚金火车站,我都难以想象你们告别时会是什么状况。要让她相信,您也要走。如果不是现在和我们一起走,那就是过一段时间我给您提供一个新的机会,您也认可接受这个安排。您应该就在这里向她发个假誓。从我这方面来说,这些都不是空话。我凭良心向您保证,任何时候您一旦表示愿意离开,我都会把您接到我们那儿,然后再送您到您想去的地方。拉里莎·费奥多罗夫娜一定要相信您会给我们送行,要尽全力让她坚信不疑。比如说,您装着跑去给马上套,同时催我们赶快动身,别等您把马套好,你会随后赶上来的。"

"帕维尔·帕夫洛维奇被处决的消息太让我震惊了。一时都回不过神来。刚才是勉强跟上您说的话。我同意您的意见。照当前的逻辑来判断,斯特列利尼科夫被镇压之后,拉里莎·费奥多罗夫娜和卡坚卡的生命就受到威胁。我和她之间会有一个人失去自由,不论怎么说终究也是要把我们给分开。那么真不如由您把我们分开,您把她们带走,带到天边,任何地方,越远越好。现在尽管我对您这么说,事情已经是在依着您的意见在办了。我肯定是无能为力了,只能放弃自傲、自爱,屈从在您脚下,从您手中得到她、得到生命,得到能让我去见自己亲人的那条海路,让自己得救。不过您还是先让我把这一切都搞清楚,因为您告诉我的消息把我吓蒙了,痛苦压倒了我,无法去思考和判断。也许我现在屈从您的意愿,同时也就犯下了无法改正的、一生都要为之担惊受怕的错误。不过处在让我失去力量的不清醒的状态下,目前唯一的选择就只能是盲目而懦弱地服从您的安排。那么一切都是为了她好,我现在就做出立刻去套马,再去追赶你们的样子,最后我是一个人留下来。还有一个细节要说一下,你们现在怎么走啊,天马上就黑了? 一路都是在林子里,有狼,可得当心。"

"我知道。我带了猎枪还有手枪。您放心。顺手还带了些酒精,太冷的时候用。带的足够,您想不想留一点儿?"

十三

"我做的这是什么事? 什么事呀? 把她送出去了,舍掉了,自己让了步。赶快去追吧,追回来。拉拉! 拉拉! 这是逆风方向,她听不到的。他们一定是正在大声说着话。她有一切理由应该是高兴的、放心的。她受了骗,一点儿也想不到自己在什么地方糊涂了。她的一切想法现在估计就是这样的。所有的事情都办得不能再好了,完全符合她的愿望。感谢上天的造物主啊,她的那个幻想家尤罗奇卡,多么固执的一个人,最后终于软下来了,要和她一起到一个靠得住的地方去,那儿的人比咱们更聪明,而且能受到法治的保护。即使他还坚持自己的意见,任着他那执拗的性情,明天固执地不上我们这列车,那么维克托·伊波利托维奇还会派另一辆车去,用不了多长时间他也会赶过来。现在他当然是在马厩里,又着急又激动,抖动着两只不听话的手在套马,然后立刻飞快地在他们后头追赶,趁他们进入森林之前在田野的路上赶到。"

大概她就是这么想的。他们甚至都没有好好地告个别,只是尤里·安德烈耶维奇用一只手挥了一下就转过身去,尽力把哽噎在喉咙的痛苦咽下去,仿佛是一块卡了嗓子的苹果。

医生站在廊檐下的台阶上,皮袄披在一个肩上。皮袄没有遮住的另一只手,使劲攥住旋制的廊檐柱子窄细的部分,用力之大像是要把它掐死。他的全部意识都紧盯住远处空间的一个黑点上。离那里不太远的地方,在几棵分别单独长着的白杨树之间,爬上山坡的路有一段可以显露出来。在这块没有被树遮挡的地方,就要落山的太阳一瞬间洒上一抹余光。飞奔中的雪橇刚刚隐没在一个不深的凹地里,现在是分分秒秒之内就会出现在那片光带里。

"别了,永别了,"抢在这一时刻出现之前,医生似乎是无知无觉地重复着这几乎听不出的声音,从胸膛里向这夜晚寒冷的空中倾吐出来,"永别了,我唯一的最爱,永远失去的人!"

"来了!来了!"雪橇像箭一样从低地飞驶出来的时候,他那干涩苍白的嘴唇立时低声地说了出来。雪橇驶过一棵棵白杨,放慢了速度。噢,太好了,在最后一棵树旁停住了。

他的心在跳,跳得真厉害,两腿几乎站不住,身子也软塌塌的,像从肩上滑落下来的皮袄。"哦,老天哪,你是打算把她还给我?发生什么事了?在那么远的落日的地平线上干什么哪？怎么回事？他们怎么停下来了？不是，完了，又走啦。肯定是她要求停一下，临别再看一眼住过的房子。或许她想确认一下，尤里·安德烈耶维奇是不是出发了，是不是正在后头追赶着呢？走啦，走啦。要是太阳不提早落山，他们还来得及在山坡那一边的田野上显露这最后一次。前天夜里那个地方有过狼。"

　　这一时刻来到了，这一时刻又过去了。圆圆的暗紫色的太阳，依然悬在那一线淡蓝色的雪堆上方。积雪贪婪地吮吸着夕阳洒在它上面的菠萝般甜美的余晖。他们出现了，行驶得飞快。"拉拉，永别了，在那个世界再见面吧。永别了，我的美人，你是我无止境的、永恒的欢乐。"这时他们消失了，"我再也见不到你了，是这一生当中永远、永远再也见不到你了。"

　　天色这时已经暗了下来。雪地上晚霞投下的紫铜色的光点很快就褪色、消失了。浅灰的空间轮廓很快沉入雪青色的暮霭之中，渐渐增多了淡紫的成分。和灰蒙蒙的夜雾融合在一起的，仿佛是沿着突然变浅了的淡紫色的天边，用手细心绘制出来的花边似的路上白杨树的线条。

　　心里的痛苦让尤里·安德烈耶维奇的感觉变得非常敏锐。他看待周围的一切要清晰许多倍。围绕在身边的事物，都有了少见的卓越无比的特点，包括空气在内。

　　像是一位同情一切的见证人，冬日的傍晚有一种虚幻的专注氛围。仿佛迄今为止还从来没有黑下来过，今天是初次，为的是安慰一下这个陷入孤独的形单影只的人。背后就是地平线上环绕丘岗一带的森林，似乎不只是为这一地带添加些景色，而真如同是从地下钻出来分布在那里，为了表示同情。

如同想驱散那些纠缠着来表示同情的人一样，医生几乎就要举手赶开此时此刻眼前的美景，准备对着照到他身边的晚霞低声说一句："谢谢，不用了。"他仍站在台阶上，与世无争地脸朝向关着的大门。"我那明亮的太阳落山了。"心里不断重复地说，似乎还要牢牢地记住点儿什么。他已经无力有序地把这话说出声来，同时不让喉部一阵阵的抽搐来打断。

他进了屋。心里开始了两种不同的自言自语：一个是臆想中有什么事似的自顾自的；另一个是无边无际、长篇大论式的对拉拉的。他想的是这个："现在是到了莫斯科。首先是安顿下来过生活。不能失眠。不要倒头就睡。夜里要工作到头脑发昏、累得要死为止。还有件要做的事，马上把卧室的炉子生起来，别平白无故地在夜里冻死。"

另外他又自言自语说的是："我那永不能忘的美妙的人啊！只需我的臂肘还在想着你，只要你还在我怀抱中、在我唇边，我将与你同在。我要在能够配得上的传世之作中，为你流尽泪水。我写下的有关于你的记忆，都是温柔而又温柔的怅惘哀伤的描述。我留在这里，直到把这事做完，然后就离开。我是这样来描写你的。把你的整个形象投放在纸上，如同掀翻到海底的可怕风暴过后，飞溅得极远的最强有力的海浪落到沙滩上的痕迹。大海用它那弯弯曲曲的水线，把浮石、软木、贝壳、水草连同凡是能从海底掀起来的、分量轻的东西都甩到岸上。这就是最高的浪潮伸向无穷远方的岸线。生活的风浪就是这样把你送到我身边，你是我的骄傲。"

进到屋子里，他锁了门，脱掉皮袄。走进早上拉拉清扫过，走时匆忙中又都弄乱了的房间，看到翻过的床铺和地上、椅子上堆放的东西时，他像个孩子似的跪伏在床前，胸口紧贴着床沿，痛哭起来。他哭泣的时间并不很长，之后站起身来，赶快擦去泪水，用有点儿好奇而又无所谓的乏力眼光环视了周围一下，接着就拿起科马罗夫斯基留下的瓶子，拔掉塞子，倒了半杯酒精，加了水又掺了点儿雪，像是刚刚流过的止不住的泪水，于是开始颇为享受似的一小口、一小口喝了起来。

十四

尤里·安德烈耶维奇开始有了一些乖僻的行为。他慢慢失去理智。他从来还没有过如此奇怪的生存方式。房间不整理，弃之不顾，也不关心自己，拿黑夜当成白天，从拉拉走后已经丧失了时间的概念。

喝酒，写专门献给她的东西，但是随着不断的涂改和词句的变换，写出的诗和随笔当中的拉拉，离她真实的原型越来越远，和那位带着卡坚卡奔驰在旅途上的活生生的妈妈愈发不像。

尤里·安德烈耶维奇做的这些修改，为的是表达有力而确切，可是也要适应内心克制的授意，不能过于敞开地披露私人感受和并非杜撰的过去，以免伤害和触痛和他所写、所承受的一切直接有关的人。于是，那些连着血肉的、热气未散的内容从诗里去掉了，将流血的和病态的东西替换下来的，是把这种个人际遇提高到普遍认知的平和的广度。他没能达到目的，然而这个广度本身自行来到了，那是正在路上的她作为一种安慰、一个问候送给他的，如同她在梦中出现或是用手抚摸他的额头一样。他很喜欢诗里有这种使人高尚起来的痕迹。

完成了这些用泪水献给拉拉的诗之后，他又把自己在不同时期那些有关自然和日常生活等五花八门的涂鸦之作,彻底加了工。

和以往一样,在写作这些东西的同时,许多关于个人生活、社会生活的想法会纷至沓来。

他又一次开始思考什么是历史,所谓的历史进程又是什么。他与一般的看法不一样,而是认为历史和植物王国的生活很相似。阔叶林树木的枝条,在冬天的雪下一付干巴巴的可怜样,仿佛是老年人皮肤上疣子的汗毛。春天一到,不几天的工夫森林就焕发了青春,很快长得高耸入云,在密林的枝叶浓荫下面能够迷路,可以躲藏。这种转变靠的是运动。植物的运动速度比动物要快,因为动物的生长比植物要慢,而且一向很难观察到。森林是不会动地方的,我们也不能守候着在暗地里发现它位置的变动。我们所见的它永远都是静止的。正是在这种静止不动之中,我们遇见的则是永在生长、永在变化而又捕捉不到其转变的社会生活和历史。

托尔斯泰对拿破仑以及统治者和将帅们的首创作用是否定的,但他未能把这种思想引申到底。他是想到了这个,然而没有清清楚楚地说明白。

历史是不能制造的,也看不见,正如看不到草木是怎么样长起来一样。战争、革命、一代代的沙皇和罗伯斯庇尔分子,是历史本身固有的鼓动者,是历史的酵母。从事革命的是有效能的人,是单方面狂热并且十分克己的人。他们在几小时或者几天之内就把旧制度推翻。变革持续几周,甚至许多年。在这以后的几十年、几个世纪都像对待圣物一样,向导致变革的这种有局限性的精神顶礼膜拜。

在为拉拉而哭的时候,他也为早年在梅留泽耶沃过的那个夏天而落泪。当时革命仿佛就是上帝从天上步入人间,就是那个年代的上帝,每个人都有自己走火入魔的方式,生活也是自己顾自己,但都是说不清道不明地在证明高层政治的正确。

在修改各式各样旧作的时候,他又一次检视并明确了自己的认识,那就是艺术永远要为美服务,掌握了形式的幸福就是美,而形式则又是生存本身固有的锁钥,为了生存,一切有生命的东西都应该掌握形式,这样,包括悲剧艺术在内的艺术,就是来叙说生存的幸福。这些思考和笔下的札记,带给他的同样是幸福,而且是充满泪水的悲剧性的,他因此觉得很累,头也疼了起来。

安菲姆·叶菲莫维奇来看他,带来了伏特加酒,向他讲了安季波娃带着女儿和科马罗夫斯基一起走了的情况。安菲姆·叶菲莫维奇是坐铁路检道车来的,他埋怨医生没有把马照料好,尽管尤里·安德烈耶维奇请求再宽容三四天,他还是把马带走了。不过他承诺这几天之后亲自来接医生,带他彻底离开瓦雷金诺。

有时就在忘情写作之中,尤里·安德烈耶维奇会突然非常清晰地想起那个已经远去的女人,同时一股柔情和失去了这个人的痛苦让他不知如何是好。仿佛又回到了童年,在风光无限的夏季大自然中,雀鸟的鸣叫声里似乎有逝去的母亲的声音,因为已经习惯于拉拉的听觉,如今有时会让他受骗。"尤罗奇卡。"——耳朵的错觉有时会让他听到隔壁房间有人这样在叫。

这一个星期听觉让他受骗的情况发生了好几次。

这个周末的夜里他突然惊醒了,因为梦到了房子下面有个古怪的龙穴。他睁开双眼，看到峡谷里头有亮光，同时传来不知是什么人开枪射击的劈啪声。奇怪的是，发生了这种不寻常的情况之后，医生又睡着了，到了早晨就觉得这都是梦里的事。

十五

这是那些日子过后没多久的事。

医生终于服从了理智。他曾对自己说，如果非要给自己送命不可，他能找到奏效快、痛苦又少的办法。他自己发了誓，一旦安菲姆·叶菲莫维奇来接他，就马上离开此地。

不到黄昏天色还亮的时候，他听到有踏雪行走的沉重的脚步声。有人朝屋子走过来，脚步沉稳、有力，毫不迟疑。

这可是怪事，能是谁呢？安菲姆·叶菲莫维奇来肯定是有马的。空无一人的瓦雷金诺没见过有路过的。"奔我来的。"尤里·安德烈耶维奇心里这样认定，"传讯或者带回城里，要不就是逮捕。他们怎么把我弄走呢？那么来的就是两个人。这是米库利钦，阿韦尔基·斯捷潘诺维奇。"——从来人的脚步声判断，觉得像是他，立刻高兴起来。

暂时还是个谜的这个人，在拔掉了插销的门前停住了，没有找到应该在门上的锁，便很自信地再往前走，像主人似的用习惯的动作开了路边迎着他的另一扇门，走了进去，细心地把身后的门带上。

发生这件怪事的时候，医生正坐在书桌后面，背对着门口。就在他站起身来转脸朝着门要迎接来的陌生人的时候，那人已经呆立在门槛前边了。

"您找谁？"说这话时医生是无意识地，没什么一定的目的，所以没听到回答也不觉得奇怪。

进来的这个人很健壮，体态端正，面容也很好，穿的是毛皮的衣裤，脚上是一双暖和的羊皮靴，一支来复枪背在肩上。

医生感到意外的只是陌生人出现的这一刻，而不是他的到来。在这幢房子里发现的那些东西和其他的一些迹象，已经为尤里·安德烈耶维奇的这次会面作了准备。很明显，房子里储备的东西就是这个人的。此人的外表让医生觉得似乎曾经见过，熟悉。来人大概事先知道这房子不是空着的，对里面有人住也并不太惊异。他可能认识医生。

"这人是谁？是谁？"尤里·安德烈耶维奇尽力回想，"照上帝的吩咐，我是在什么地方见过他呀？可能吗？五月份很热的一天早上，记不清哪一年了。在拉兹维利耶火车站，那节吉凶莫测的政委的车厢。概念明确，态度直率，严厉的原则，正确、完全正确。是斯特列利尼科夫！"

十六

他们谈了很久，一连几个小时，只有在俄国的俄国人才这么健谈，尤其是受了惊的和悲伤发愁的人，还有就是那些狂热的激进分子，当时的俄国人都是这样的。

傍晚临近，天渐渐黑了。

除了和别人都一样静不下心来地爱说以外，他之所以说不够还另外有自己的原因。

他用尽一切力量和医生没完没了地说，是为了逃避孤独。是害怕追逐着他的良心的折磨或是哀伤的回忆，还是自怨自艾、忍受不了自己而宁肯羞愧一死的自我不满让他筋疲力尽了？也许是他已经做了可怕的、不可改的决定，而又迟迟不去执行，所以不愿一人独处，或许与医生的长谈和人际交往能有助于此？

无论是这样还是那样，斯特列利尼科夫是隐瞒了让他揪心的什么重要秘密，而所有其他方面则是一吐为快。

这是一种世纪病，时代的革命精神错乱。口中说出来的和外部表现出来的，完全不同于心中所想的。人人的良心都不干净。每个人都可以有根有据地觉得自己无一是处，是个暗中的罪人，是个未被揭穿的骗子。只要有一点点理由，臆想中的自谴自责就会像狂潮一般爆发至极限。人们耽于幻想和自我诽谤不仅仅是恐惧起的作用，而是出于自愿的一种毁灭性的病态爱好，是处于形而上的迷茫状态和一旦发作就无法控制的激情自责之中。

作为一名高级将领而有时还是军事法庭成员的斯特列利尼科夫，当时不知曾多少次听过或者看过这类死前的供述，有书面的，也有口头的。如今他自己就在被类似的自我谴责的发作所控制，全面重新评价自己并要得出结论，看什么都是狂热的、畸形的、谵妄反常的。

斯特列利尼科夫说得语无伦次，一会儿是表白，一会儿又是坦白，两者倒来倒去。

"这还是在赤塔附近的事。我在这屋子的柜子、抽屉里塞满了的那些奇怪的东西，让您惊讶了吧？这些都是红军占领东西伯利亚时候的军事征用品。可想而知，把这些东西带出来不是我一个人。

"生活一向都宠赐给我一些忠诚可信的人。蜡烛、火柴、咖啡、茶、文具和其他那些东西,一部分是捷克军用物资,还有一部分是日本的、英国的。太莫名其妙了吧,说得不对吗?您也许注意到了,'说得不对吗'是我妻子的一句口头禅。开始我不知道是不是立刻就对您说,现在我告诉您。我来是为了看她和女儿的。有人跟我说她们似乎在这儿,可是太迟了。所以我来晚了。当我从传闻和情报中得知您和她的关系亲近,并且头一次有人向我提到'日瓦戈医生'这个名字的时候,说不清为什么我就从这些年几千个在眼前闪过的人当中,想起了有一次带来由我审讯的一位医生就是这个姓。"

"当时没枪毙了他,您不后悔?"

斯特列利尼科夫并没在意,可能没听到对方这句插话。他若有所思地接着说了下去。

"当然我嫉妒她这样对您,现在也嫉妒。能不这样吗?东边更远地方我的藏身之处都不行了,这几个月才躲在这一带。我受到诬告,要接受军事审判,结果不难猜到。我不知道自己有任何罪过。我已经有了希望,在未来良好的环境下会证实无罪并恢复良好的名誉。我决定及早从人们的视线中消失,在未被逮捕前躲藏一阵,之后在各地流浪,过上隐居的生活。最终我会得救的。害了我的是个骗取了我信任的年轻无赖。

"我是冬天离开了西伯利亚,徒步往西走,一路躲躲藏藏、忍饥挨饿。在雪堆里躲过,当时大雪覆盖了西伯利亚铁路干线,一眼望不到头的整列的火车停在线路上,我就在雪下的车厢里过夜。

"在流荡的路上遇见一个流浪的半大小子,仿佛是在游击队处决的死刑犯队列当中没有被打死,从死人堆里爬了出来,缓过气来,体力恢复了之后就像我一样在各处的兽穴、熊窝里过夜。至少他对我是这么说的。这个半大不小的人品行不端,是个落后分子,是因为学习不好被中学开除了的留级生。"

斯特列利尼科夫讲得越详细,医生就越清楚地知道了这孩子是谁。

"名叫捷连季,姓是加鲁津?"

"不错。"

"这样的话,关于游击队和枪决这些事是真的。他完全没编造。"

"这孩子唯一的好品质是热爱母亲到了极点。父亲被掳走当了人质,下落不明。他知道了母亲身在监狱,将会是和父亲同样的遭遇,就决定不惜一切也要把母亲救出来。他向县里的非常委员会认罪,提出来愿为他们服务。那些人同意了不追究他的罪过,代价是必须能有些较为重要的招供。他于是指出了我的藏身之处。我是事先防备了他的出卖,才得以及时没了踪影。

"付出了非凡的努力,经历了千百次的冒险,终于穿越了西伯利亚辗转到了这里。此地的人很了解我,极不可能料到能在这儿见到我,因为估计不到我能如此果断地这么干。确实,当我在郊区一带的这所房子里躲一躲,在另一处藏一藏的时候,他们还在赤塔附近搜寻了我很长时间。不过现在是该结束了。在这儿我被跟踪上了。您听我说。天就要黑了,我不喜欢的这个时候快到了,因为我早就睡不了觉了。您要知道,这可是很痛苦的事。我的那些蜡烛要是您还没用完的话——那可是上好的硬脂蜡烛呀,对不对? ——咱们就再谈一小会儿。那就谈到您挺不住为止，索性就阔气点儿，点着蜡烛熬一个通宵。"

"蜡烛都在。只开始用了一盒。我是用在这儿找到的煤油点的灯。"

"您有面包吗？"

"没有。"

"您靠什么过呀？行了，我净问这些傻话。我知道，靠土豆。"

"不错。这里有的是土豆。房子的主人有经验，很会储藏，懂得怎么去埋。在地窖里存得很好，没有烂也没受冻。"

突然之间斯特列利尼科夫又谈起了革命。

十七

"这些都不是专门说给您的，您也不懂。您的成长方式是另一样的。那是城市郊区的一个世界，铁道线路纵横和工人住宿区的一片天地。到处是肮脏、拥挤、穷困和干活儿的人挨骂、妇女挨骂的现象。那些个满面笑容的让妈妈宠坏了的童男玉女、阔少爷大学生和商家子弟，他们的荒淫无耻不会受到惩处。对待那些被剥夺得精光和受委屈、受骗上当的人们的苦诉和泪水，他们只当是耍乐一般以轻蔑的一笑置之。这群道貌岸然的寄生虫之所以出人头地，只不过是他们从不为自己发愁，没有任何追求，对世界既无贡献，也没有任何可留下的东西！

"我们接受生活可就如同投入战斗的征程一样，为了所爱之人我们可以翻天覆地。虽然除了痛苦之外我们没有给他们带来什么,但我们一丝一毫也不欺侮他们,因为我们吃的苦、受的难更多。

"接着往下讲之前,我应该告诉您一件事。情况是这样,只要您还觉得生命诚可贵的话,应该离开这里,不要迟疑拖延。搜捕我的网正在收紧,无论是什么结果,必然要牵连到您。我们之间的谈话这个事实,就已经把您扯到我的案子里了。另外,这里的狼很多,这两天我已经开枪击退过它们。"

"啊,原来打枪的是您?"

"是。您想必是听见啦?我正往另一个藏身的地方去,还没走到,凭各种迹象判断那个地方暴露了,躲在那儿的人大概都死了。我在您这里待不长,过了夜明早就走。那好,您同意了我就继续往下说。

"难道只是在俄国、在唯一的莫斯科,才有特维尔大街和亚玛大街那种地方,才能见到歪戴帽子、穿着吊带裤的阔公子们,带着姑娘坐在马车上飞驶而过?大街,夜晚的大街,有世纪特色的夜晚的大街,剽悍的俄罗斯种大走马和花花公子们,这是到处都有的。是什么能形成一个时代,能把十九世纪构成一个历史阶段?那就是产生了社会主义思想。

"革命发生了,满怀自我牺牲精神的青年走上了街垒。评论家们苦思冥想,用什么办法能制止金钱带来的兽性般的厚颜无耻,怎么样才能提高和捍卫作为人的穷人的尊严。马克思主义出现了,看出了罪恶的根源,有了治愈的办法,于是成为一股强大的世纪的力量。所有这一切都属于特维尔大街、亚玛大街的世纪,也是肮脏与圣洁、荒淫无度与工人宿舍、传单与街垒并存的世纪。

"那是多么美好的一个女孩子,多么可爱的一个中学生啊！您是不可能理解的。她经常到自己的女同学家去，那院子里住的都是布列斯特铁路的职工。开始这条铁路就叫这个名字，后来才改了好几次。

"我父亲当时在铁路上工作，是车站路段的养路工长，如今是尤里亚金军事法庭的成员。我常到那个院子里去，在那儿遇见了她。那时她还是个小姑娘，然而一丝警觉的神气和世纪性的惊恐，在她脸上和眼神之中已经能够见到。时代的所有命题、所有的泪水和委屈，时代的觉醒及其累积的仇恨与骄傲，都写在她的脸上、气质上，都刻画在融合了少女的羞涩在内的挺秀的体态上。

"可以用她的名字、从她口中向时代提出控诉。这可不是小事情，您同意吧。这是某种使命，是一个标志。这原本就该是与生俱来的，是应该拥有的权利。"

"您对她的说法太精彩了。那时候的她我也见过，和您描述的一样。在她身上，一个中学女生和非儿童的潜藏着的勇士气质糅合在了一起。她行动时的身影映射在墙面上，看来就像是警惕自卫的架势。我见到的她就是这样，当时就记住了。您形容得太好了。"

"您看见了也还记得？那么您在这方面都做了些什么？"

"那可完全是另一个问题了。"

"所以说您请看看，整整一个十九世纪，以及在此期间发生在巴黎的历次革命，从赫尔岑开始那里就有好几代的俄国侨民，经过深思熟虑的要杀掉沙皇的计划有的没有实行、有的见之于行动，还有全世界的工人运动，马克思主义整体在欧洲的议会和大学里的传播，整个新的思想体系、新事物、嘲讽和快速的推理判断，以及为了同情而又附带着不要怜悯等等。

列宁把这所有的一切都吸纳于自身，并综合地加以表现，目的是向旧世界的全部所作所为进行报复。

"和他并列屹立起来的是永不磨灭的俄国巨大形象，在全世界的眼前，点燃了为人类的无所作为和一切不幸进行救赎的烛光。可是我为什么要跟您说这些？这些对您来说，不过是响当当的冠冕堂皇之语，都是空话。

"为了这个姑娘我进了大学，当教师也是为了她，然后就到我还从来没听说过的这个尤里亚金去工作。我如饥似渴般地读了许多书，有了丰富的知识，要做一个对她有益的人，一旦她需要帮助，我就出现在她身边。我之所以去参战，为的是在三年的婚姻生活之后再度赢得她，后来，战争结束了，我从被俘之中逃了回来，利用大家认为我已经被打死了的因由，于是改名换姓彻底投入了革命，要让她饱受过的痛苦得到报复，彻底洗刷掉这些可悲的记忆，为了永远不会再回到过去，也为了特维尔大街、亚玛大街不复存在。现在她们，她和女儿就在附近，就在这里！我要极力忍着奔向她们、去看望她们的愿望啊！

"不过我还是先要把我这一生的事情做到底。唉，哪怕只能看上她们一眼，我现在付出什么都可以！只要她一走进房间，窗子似乎就开了，屋子里就全是阳光和新鲜的空气。"

"我知道她对您来说是多么珍贵。对不起，可是您能想象得到她是如何爱您吗？"

"请原谅，您说什么来着？"

"我说您想不想得到，对她来说您珍贵到了什么程度，您是世界上她最珍爱的人。"

"您是从哪儿知道的？"

"她自己对我说的。"

"她？对您？"

"不错。"

"请别介意。我知道提出这个请求有些强人所难,不过如果不算失礼而且力所能及的话,想请您尽可能确切地把她说给您的话原样告诉我。"

"十分乐意。她称您为人的典范,从未见过与您相同的人,在高度真诚这方面,您是独一无二的。她还说,如果在天涯海角能再次在视线中出现曾经和您同住过的那幢房子,她就是从地球的另一边跪着用膝盖爬,也要爬到门前。"

"对不起,要是这不会牵扯到对您而言是不应涉及的事,那请您想想她是在什么情况下说的这番话?"

"那时她正在收拾这个房间,接着又到外面去抖地毯的时候。"

"请原谅,这儿有两块毯子,是哪一块?"

"那块大点儿的。"

"她一个人可拿不动。您帮忙了吧?"

"帮了。"

"你们分别抓住地毯的两头,她向后仰着身子,两手向上抖得高高的,像在秋千上一样,一面扭开脸躲避扬起来的灰,一面眯起眼睛哈哈地笑,是不是?她的习惯我太了解了!然后你们就走到一起,把那挺沉的毯子叠起来,先是两折,再是四折,她同时还会开开玩笑,做些怪样子,对不对?对不对呀?"

他们从各自的座位上起身,来到不同的窗前,朝不同的方向观望着。默默无言地待了一会儿,斯特列利尼科夫走到尤

里·安德烈耶维奇面前,拿起他的一只手放在自己心口上,还是像先前那样急促地说道:

"请原谅,我知道是触动了心中最宝贵、最珍视的东西了。如果可以,我还想再问问您。您别离开,别留下我一个人。我自己很快就走。

"您设身处地想一想,六年的分离,六年的苦苦等待。不过我觉得还没有得到全部的自由。首先我要赢得它,那时我就完全属于她们了,双手摆脱了束缚。现在我的一切设想都没用了,明天我就会被捉去。您是她最亲近的人,也许什么时候您能见到她。算了,还有什么可请求的呢?太不理智了。

"把我抓了去,不会让我争辩的。马上就会扑到身上,用喊叫和辱骂堵住我的嘴。这一套我还不知道吗?"

十八

他终于好好地睡了个觉。这是尤里·安德烈耶维奇很长时间以来,头一次身子一在床上躺好就睡着了。斯特列利尼科夫在他这儿过的夜,就在隔壁的房间。

尤里·安德烈耶维奇夜里有时醒了,翻个身或是把滑落到地上的毯子拉好,在这瞬间觉得沉睡恢复了体力,接着又舒服地睡着了。后半夜开始做梦,都是变换得很快的短梦。梦到的尽是童年时候的事,有条有理,内容也挺丰富,很容易让人以为是真的。

比方说,梦中看到墙上挂着的是妈妈画的那幅意大利海滨风景的水彩画,绳子突然断了,落到地上玻璃破碎的声音把他惊醒了。他睁开了眼睛。不对,不是这事儿。这大概是拉拉的丈夫帕维尔·帕夫洛维奇,姓是斯特列利尼科夫,就像是酒神巴克科斯说的,又在舒契玛那儿开枪吓唬狼哪。也不是,别瞎扯了。

当然还是画从墙上掉下来了,满地是碎玻璃片,——他又睡着了,是在梦中这么认定的。

睡得太多了,醒来时头就疼。一下子没清醒过来,不知道自己是谁,在什么地方,在哪个世界里。突然想起来了:"斯特列利尼科夫在这儿过夜呢。起晚了,快穿衣服吧。他大概已经起来了,没起就把他叫醒。煮咖啡,一起喝咖啡。"

"帕维尔·帕夫洛维奇!"

没有回应。"还睡呢。睡得真好。"尤里·安德烈耶维奇慢慢穿好衣服,走到隔壁房间。桌子上放着斯特列利尼科夫的羊皮高帽,他本人却不在。"准是散步去了,"医生心想,"帽子也不戴,锻炼身体哪。今天应该离开瓦雷金诺到城里去呀。晚了,又睡过头了。天天早上是这样。"

尤里·安德烈耶维奇点着了炉子,提了水桶到井边去打水。离门廊下台阶几步远的地方,帕维尔·帕夫洛维奇横身倒在路上,头扎在一堆雪里,是开枪自杀的。左太阳穴下面的雪凝了一团,周围让血洇染了一片。喷溅到四处的血珠和雪裹成了小圆珠,像是上了冻的花楸果。

第十五章　结　局

一

剩下的就是要把尤里·安德烈耶维奇死前生命最后这八九年并不复杂的故事讲完。在这期间他身体日渐衰弱,更加不修边幅,逐渐丢失了医生的知识、技能,丧失了写作能力。短时期内也曾有一度摆脱了抑郁、颓丧状态,精神振作了,恢复了活力,但经过这短暂的勃发之后,又重新跌入持久的对自身以及一切世事都漠不关心的状态。他早有的心脏病在这几年发展得很重,以前他就确诊了自己有这个病,只是不知道严重的程度。

他来到莫斯科的时候,正是新经济政策开始实施,也是苏维埃时期形势最捉摸不定和处境尴尬的阶段。他比从游击队俘房中回到尤里亚金的时候更加消瘦,满脸胡须,人也更加孤僻。一路上他还是逐步把身上值点儿钱的东西拿去换了面包和破旧衣服,免得赤身露体。就这样,路上他又吃掉了自己的第二件皮袄和一套正装。出现在莫斯科街上的他,只戴了顶灰色羊皮高帽,下边是一副绑腿,身上那件磨破了的士兵大衣,扣子只剩了一个,变成了臭烘烘的犯人囚衣了。他的这身打扮,在首都的广场、林荫道和车站到处是数不清的成群红军士兵当中,并不显眼。

他不是一个人到莫斯科的。到处都紧随着他的是一个长得很好看的农村少年,穿的和他一样都是士兵服装。他们就是这个样子出现在幸存的几户人家的客厅里,那都是尤里·安德烈耶维奇童年时候待过的地方。那儿的人都还记得他,接待了他和他的同伴,首先就关心地问他们回来以后是否洗过澡,因为斑疹伤寒正闹得厉害。就在这头几天里,就有人告诉了尤里·安德烈耶维奇,他的亲人们离开莫斯科出国走了的情形。

他们两个都躲着怕见人,非常之腼腆,尽量不单独外出作客,免得不能不开口而一个人和人家交谈。参加聚会的时候,这两个又瘦又高的人,一般都是躲到一个不引人注意的角落,不加入大家的谈话,默默地过一个晚上。

这位穿着平常、身材瘦高的医生,在自己的年轻伙伴陪同下,很像是个黎民百姓中的寻求真理的人,那个总是伴随着他的人,则像是一个顺从而又盲目崇拜他的学生、信徒。这个年轻的伴侣又是个什么人呢?

二

快到莫斯科的这最后一段路,尤里·安德烈耶维奇是坐了火车的,前边的一大半是徒步走过来的。

他经过的那些村庄,景象丝毫不比他从森林里被俘之中逃出来,在西伯利亚和乌拉尔所见的更好。只不过当时走过那么边远的地方是在冬天,现在则是夏末,温暖而干爽的秋初，行路更为轻便。

仿佛是遭受过敌人的讨伐，经过的村庄半数不见人烟，田地被弃置了，庄稼没有收割，实际上是战争的结果，是内战的后果。

九月末最后的两天或是三天，他的路线是沿着一带又高又陡的河岸。迎着尤里·安德烈耶维奇流过来的这条河，从他的右边绕了过去。左侧，一片不曾收割的广阔田野，从路旁一直延伸到云彩堆集的天际线。田野间或被一些地方生长的阔叶林分隔开来，林中大部是柞树、榆树和槭树。树木沿着很深的冲沟到了河边，和悬崖、陡坡一起拦断了道路。

田地没有收割，黑麦都已经熟透了，麦粒从麦穗里散落到地上。尤里·安德烈耶维奇抓起一把填到嘴里，吃力地用牙磨碎。在没有可能用谷物的籽实熬粥的那种特别困难的时候，只能这样来充饥。胃很难消化这种生的、勉强嚼碎的东西。

这一生当中，尤里·安德烈耶维奇还从未见过黑麦有这么暗的棕褐色，就像是发了乌的旧金子的颜色。要是及时收割的话，通常颜色会淡得多。

这片田野是在燃烧，但没有火焰，是在求救，但没有呼声，它冷漠而平静地把已经返回到冬季的广阔天空，从周围镶嵌起来，空中一层层中间黑色两边白色的长条的积雪云不停地飘浮，像是掠过人脸上的阴影。

一切都处于缓慢、均匀的运动之中。河水在流淌，迎面而来的是道路，医生走在路上。天上飘动的云和他是一个方向。就连田野也不是静止的，地上有什么东西在动，弄得整个地面似乎都不停地微微蠕动，让人感到恶心。

从来还没见过在地里会繁衍出这么多的老鼠。每当在野地里赶上天黑了不得不躺在田埂边上过夜的时候，老鼠会从他脸上、手上跑过去，从裤子和袖子里穿过去。啃足了的老鼠，白天就一群一群地在你脚下跑来跑去，要是踩上，就成了尖叫着抽动的稀乎乎的一摊。

村子里的长毛看家狗变得野性十足，很可怕。它们彼此对看一眼，使个眼色，像是商量什么时候扑到医生身上把他咬死，于是成群地在他后面跟着，保持一个相当远的距离。它们吃各种动物的尸体，也不嫌弃地里到处都是的老鼠，从远处眺望着医生，信心十足地跟在后面，始终是在等着什么。奇怪的是它们不进林子，离树林近了就慢慢落在后面，之后就掉头、消失了。

当时森林和田野两者完全是相反的情形。

田野如同没有人来照料而成了孤儿，在诉说因此造成的严重后果。摆脱了人的森林，自由自在地卖弄风姿，仿佛是离开了牢房的囚徒。

人们平常，主要是农村的孩子们，等不到核桃熟了，还青着的时候就打下来。现在林子里小丘和沟谷的坡上，遮满了没人碰过的毛扎扎的金色叶子，落上了灰尘，像是经过秋天的日晒变得粗糙了。从这些树叶里面鼓鼓地支起来许多核桃，三四个在一起像是打了结系成一串串的。这些熟透了的核桃似乎马上就要从枝干上落下来，但还坚持着待在上面。尤里·安德烈耶维奇一路不停地喀吧喀吧咬着它们，衣服口袋和背囊里都塞得满满的。一个星期的主要食物就是核桃。

医生的感觉是，田野得了病，正在发烧说胡话，森林则处于气色很好的康复状态，森林受到上帝的眷顾，田野却是一片魔鬼的讥笑声。

<h1 style="text-align:center">三</h1>

正好是在这几天,在这段路上医生来到了一处被居民舍弃了的烧得精光的村庄。被火烧毁之前,村子里只有从河边穿过道路的一排房子。河那边没有建房子。

村子里只剩了几处房屋,外表都熏黑了,里边也是空的,没有人住。其余的村舍都化作了灰烬,当中有几处还立着有烧黑了的炉灶烟道的支柱。

河边陡坡上净是坑,都是早先村民们为了采集做磨盘的石头挖出来的。在这排房子最末尾的残留下来的一家农舍对面,地上有三块没有完全做好的磨盘。这处农舍和其他的一样,也是空的。

尤里·安德烈耶维奇走了进去。这个傍晚很静,医生刚一进屋,一阵风就刮了进来。屋子里地面上四处都是一团团的稻草和麻刀,糊墙纸的碎片随风摇曳。一切的东西都在动,发出沙沙的响声。和周围别处一个样,这儿的老鼠也是成群地吱吱叫着满屋跑。

医生从房子里走了出来,太阳在他背后田野尽头落了下去。金色的余晖让河的对岸有了一丝暖意,岸边一处处的灌木丛和湾流,把逐渐淡下去的光影一直推向河心。尤里·安德烈耶维奇走到路对面,坐在草丛里的一块磨盘石上歇息。

从陡岸下边探出一个长满了淡褐色头发的人的脑袋,接着是肩膀和两臂。这是一个人打了一满桶水从河边顺小路上来的。来人看见了医生,停住了脚步,上半身露出在岸边上。

"要水喝吗,好心人? 你别碰我,我也不动你。"

"谢谢。让我喝点儿。人全出来吧,不用怕。我动你干吗?"

人从陡岸下边爬上来了,原来是个少年,光着两只脚,衣服破旧,头发蓬乱。

尽管说出来的话挺和气,但他那不安而犀利的目光始终紧盯住了医生。也不知道为了什么,这孩子莫名其妙地激动起来,把水桶放到地上,朝医生奔了过去,半路又停住,口里嘟哝着说:

"好像……似乎……不对,这不可能,是做梦吧。对不起,同志,不过请让我问您一下。我仿佛觉得您真是我认识的一个人。对! 没错! 医生叔叔!"

"可你是什么人?"

"没认出来?"

"没有。"

"和您一起从莫斯科搭军列离开的,在一个车厢里。被赶去当劳工的,有押送的人。"

这是瓦夏·布雷金。他扑倒在医生跟前,吻着医生的手哭了起来。

遭火烧了的那地方是瓦夏的老家、韦列坚尼基村。他母亲已经去世了。村子遭到洗劫并被纵火烧起来的时候,瓦夏就躲在采挖石头掘出来的地下洞里,妈妈以为他被捉到城里去了,于是神经错乱,跳进佩尔加河自尽了,就是现在医生和瓦夏坐在岸上谈话的这条河。瓦夏的姐妹据不太确切的消息说,是在另一个县的保育院里。医生于是带上瓦夏去莫斯科,一路上他向尤里·安德烈耶维奇讲了各种可怕的事情。

四

"这可是去年的秋播作物,刚种下去就遭了难。那时候姨妈波莉娅刚走。您还记得波莉娅姨妈吗?"

"不记得。可我从来也不知道这是谁呀?"

"怎么会不知道?就是佩拉吉娅·尼洛夫娜!和咱们同路的。佳古诺娃。什么事都表现在脸上,白白胖胖的。"

"就是总把编上的辫子解开,解开了又编上的那个人吗?"

"辫子,辫子!不错!说到点子上啦,辫子!"

"哎呀,想起来了。等一下,我可是后来在西伯利亚遇见过她,在一个城里的街上。"

"真有这种事!是帕拉莎姨妈?"

"你是怎么回事,瓦夏?你干吗老是摇晃我的手,疯子样的。小心,别摇折了。脸也红了,跟姑娘似的。"

"她在那儿怎么样?快跟我说说,快点儿。"

"我见着的时候她活得挺好的,很健康。还说起了你们。记得说是在你们家住过或是作客去过。也许我忘了,记错了。"

"怎么会错,怎么会错哪!是在我们家,在我们家!妈妈爱护她如同亲女儿一个样。不声不响的一个人,会干活,是个巧手。她住在我们那儿的时候,全家都高兴。她是从韦列坚尼基村被挤对走的,各种闲言碎语让她不得安宁。

"村子里有个叫脓包哈尔拉姆的男人,死盯着追求波莉娅。这是个没有嘴的惯于诽谤和告密的人。她对他连一眼都不看。为了这个他从此恨上了我。说了不少有关于我和波莉娅的不少坏话。就这样,她走了,被折磨透了。于是不幸的事接二连三就跟着来了。

"离这不远的地方发生了一件可怕的杀了人的事。布依斯科耶村附近的林子里,一个住在林子边上的寡妇被人杀了。她平日总是穿着一双有提环的男人的靴子走路,系着松紧带。一条让链子拴着的挺凶的狗绕着小屋子跑来跑去,狗名叫'大嗓儿'。无论是家里或地里的活儿,这女人都一个人干,不用帮手。谁也没料到,冬天一下子就到了,雪也下得早。寡妇的土豆还没刨完,于是来到韦列坚尼基村,说是请人帮帮忙,分份儿或是付工钱都行。

"我就自告奋勇地帮她刨土豆。到了她那小屋子一看,哈尔拉姆已经在那儿了,是在我之前强求着来的。可是她没跟我说。但是总不能为这个就打架吧。于是一起开始干活。天气非常不好,又是雪又是雨,满地稀泥一片。刨啊、刨啊,然后把秧子点着了,用热烟把土豆烘干。

"土豆刨完了,她如实地把账结了,让哈尔拉姆走了,可是对我挤了下眼睛,意思是我还有事找你,过后再来或是现在就留下。

"我就又一次到她那儿去了。她说,不想把余下的土豆按国家的摊派交出去;你这小伙子不错,知道你不会出卖我,所以也不瞒你;本想自己挖个洞存起来,可你看外面这个样子,着手晚了,已经是冬天了,所以我一个人干不了;给我挖好洞,亏待不了你,把土豆烘干、埋好。

"我偷偷地给她把洞挖好,越向下越宽,像个罐状,上面的口窄。洞同样是用烟熏干,加了温。正赶上刮起了暴风雪,土豆还是该怎么藏就怎么藏，上面撒了土，一点儿毛病也挑不出来。关于这个洞的事，我当然是闭口不谈，不让一个人知道，连妈妈和姐妹们也不告诉。那种事可不能干！

"就是这么回事。只过了一个月，她家就被抢了。从布依斯科耶村来的过路的人说，房子整个烧光了，寡妇不见了踪影，叫'大嗓儿'的狗也挣脱了链子，跑了。

"又过了一阵子，在冬天头一次回暖的日子里，快到新年的圣诞节前，傍晚下起了暴雨，把陡坡上的雪冲到地上融化了。'大嗓儿'跑回来了，用爪子在露出来的地面上刨，正是下面洞里有土豆的地点。它不停地刨着，把土翻上来，从洞里露出了女主人的两只脚，还穿着系了鞋带的那双靴子。你看，多吓人哪！

"韦列坚尼基村里的人都怜惜寡妇，为她祈祷。谁也没往哈尔拉姆身上想。怎么能这么去想呢？是能去想的事吗？要是他的话，能把事干得这么麻利，还留在村子里到处大摇大摆地走动？他早该尽快离开我们跑得远远的了。

"村子里那些好出主意的富农对这件凶事可是挺高兴，想让村子受点儿罪。他们就说，这都是城里人巧妙干出来的事，是要给你们点儿教训，惩戒一下。不要藏粮食、埋土豆。他们还反反复复地说，林子里有强盗，在村子里都看见了。你们真是缺心眼，别再相信城里人啦。他们还要饿死你们。乡下人，愿过好日子的就跟我们走。我们教你们变聪明点儿。他们来了之后就把你们辛苦挣来的和积攒的都强占了去，你们怎么能说自己的麦子一颗富余的也没有呢。要是真有了什么情况，你们抄起大叉子。谁敢反对村社就当心点儿。

"老家伙们就鼓动开了，又是说大话，又是召集开会。哈尔拉姆可是等的正是这个，把帽子往衣襟里一掖就进城了。到了那儿就一五一十地报告了。

"乡下都成了什么样了，你们怎么光坐在这里看哪？应该到那儿去建立贫农委员会。你们只要下命令，我在那儿就能把兄弟跟兄弟都划分清楚。可是他自己却急忙从我们那儿溜走了，从此再没露过面。

"后来发生的事情都是自然而然的，没有人在暗中捣什么鬼，谁也没有什么过错。从城里派来了红军士兵，成立了巡回法庭。我立刻就受了审。都是哈尔拉姆散布的，说我曾经逃跑，逃避劳役，煽惑乡下人暴动并且杀了寡妇。结果就把我锁起来了。谢天谢地，我摸到了一块地板，拔掉了就跑出来了。在地下的洞穴里藏着，我头上的村子烧起来了，我没见到。在我头上，我的亲妈跳到冰窟窿里去了，我也不知道。一切都这么自己就发生了。

"让红军士兵们单住在一个房子里，给他们酒喝，都醉得要死。夜里不小心火烛，房子着火了，把隔壁的屋子也烧了。本村的人都逃了出来，外来的人都烧死了，一个不剩，可是并没有人放火烧他们。遭了灾的韦列坚尼基村的人，谁也没把他们从已经住惯了的房屋废墟中赶走，可是他们害怕再出什么事，自己四散逃走。那些领头闹事的又出来扰乱人心，说是十岁以上的都要枪毙。我逃出来以后没遇见到人，都跑了，不知都流落到什么地方去了。"

五

医生和瓦夏是在一九二二年春天到了莫斯科，正是新经济政策开始的时候。天气晴暖，救世主大教堂的金色穹顶，把阳光反照到用四角削平的砖块铺砌的广场地面上，砖缝中间长满了青草。

禁止私人经营的规定取消了，允许在严格的范围之内进行自由买卖。恢复了旧货市场上仅限于旧货商品的流通交易。交易的规模很小，但也促发了投机活动和舞弊行为。对这个不断荒凉下去的城市而言，投机人的这些小勾当产生不出什么新东西，带不来物质的增加。盲目的倒买倒卖却也让人几十倍地赚了钱。

几个家里有私人藏书室的人，把书从柜子里取出来集中到某一个地方。他们向市苏维埃申请开展合作社性质的图书贸易，还请求拨给相应的房屋。他们获准可以使用革命开始后几个月就空了的鞋厂仓库，或是花圃的暖房。于是就在它们那宽阔的屋顶下出售少量的偶尔收集到的图书。

先前在困难时期不顾禁令烤了小白面包偷偷卖的教授夫人们，如今就在这些年始终还勉强维持的一个自行车修配车间里公开出售了。她们改变了立场，接受了革命，开始不说"对的"或"很好"，而改口为"有这么回事"。

到了莫斯科之后，尤里·安德烈耶维奇说：

"瓦夏，应该找点儿什么事干一干。"

"我打算去学习。"

"那是应该的。"

"还有个愿望，根据我的记忆把妈妈的面容画出来。"

"非常好。不过这要会画才行。你画着试过吗？"

"住在阿普拉克欣的时候，背着叔叔用木炭画着玩过。"

"那好，祝你顺利。咱们试试看吧。"

瓦夏没有什么了不起的绘画才能，不过中等程度是足够的，可以让他学些实用艺术。经过熟人帮忙，尤里·安德烈耶维奇把他安排到了过去的斯特罗甘诺夫斯基实用技术学校的普教部，后来转入印刷系。他在那儿学了石印技术、印刷与装订技术和图书封面艺术设计。

医生和瓦夏两个人共同努力，把力量结合在了一起。医生写些有关各种问题的只用一个印张纸的小册子，瓦夏在学校里把它们当作计入成绩的考试作业印刷出来。这些小册子印数不多，放到都是由大家的熟人新开设的旧书店里发售。

小册子的内容涵盖了尤里·安德烈耶维奇的哲学思考，医学观点，对健康与不健康给出的定义，关于变化论与进化论的想法，针对作为机体的生物基础之个性的论述，与舅舅和西姆什卡相接近的对历史与宗教的看法，布加乔夫活动地区的随笔札记，还有就是尤里·安德烈耶维奇的诗作和短篇小说。

这些东西写得通俗易懂，用的是谈话的形式，但远未达到通俗作家所追求的目的，因为作品当中包含有争论性的意见，也有些是即兴式的和未经足够验证的，但总归都是生动鲜活而独特的。

小册子发行得很不错，喜欢的人颇为看重。

当时什么都成了专业，比如说诗歌写作、文学作品翻译艺术等等，一切都能写出理论研究的成果，各方面都成立有研究所。还出现了各类的思想馆和艺术思想研究院。在这些言过其实的虚夸的机构里，尤里·安德烈耶维奇都有在编的医生职务。

医生和瓦夏长时期要好，而且住在一起。在此期间，他们一个接一个地调换了许多房间，还有那些由于各种原因无法居住,或住起来不方便的一半倒塌了的偏僻角落。

刚一到莫斯科,尤里·安德烈耶维奇立即打听西夫采夫街上自家的旧居。据他所知,他的亲人们途经莫斯科时,都已经不去那里了。他们的被逐使一切都有了变化。归在医生和他家里人名下的房间,已经都住上了人,他个人的和家中的物品什么都没剩下。见了尤里·安德烈耶维奇都躲到一边去,似乎是回避一个危险的熟人。

马克尔是一路顺风,已经不在西夫采夫住了。他转到木赤诺依镇去当上了房屋管理主任,在那儿按照职务条件他应该住管理人员的房子。可是他喜欢住在那个旧门房里,虽然没铺木地板,但有自来水管子和能烘暖整个房子的俄国式大火炉。

冬天这个镇子上所有房屋的自来水和供暖管道都爆裂了,只有这处门房里是暖和的,水管也没冻。

医生和瓦夏之间的关系,这时开始冷淡起来。瓦夏成长得很不寻常。他如今的言谈和思想,已经完全不像在韦列坚尼基村的佩尔加河边上蓬头光脚的那个男孩子样了。革命所宣传的那些摆在眼前的而且能自我证实的道理,对他越来越有吸引力。医生的形象化的言语让人不能充分理解,他觉得是该受到谴责的不正确的声音,它本身就感到软弱无力,因此说出来也是模棱两可的。

医生奔走在不同的部门之间,为了办两件事。一是在政治上给自己的家庭平反,让他们能合法地回到祖国;另一件是给自己办出境护照,目的是去巴黎接妻子和孩子。

瓦夏很奇怪的是,他操办这些事的态度是冷漠的、疲疲沓沓的。尤里·安德烈耶维奇急于并且过早地就认定所做的努力没有用,过于肯定甚至有些幸灾乐祸似的宣称,进一步的尝试都是徒劳的。

瓦夏越来越经常地责备医生,后者对这些有道理的指责也不生气,但两个人的关系破裂了。

他们最后终于断了交往,各奔了东西。医生把两人共同使用的房间留给了瓦夏,自己搬到木赤诺依镇去,有本事的马克尔,把斯文季茨基原先住宅最后边的房子打了隔断给他住。这是这座房子最靠边的部分,里边有斯文季茨基家已经不能使用的旧浴室,隔壁的房间只有一扇窗户,厨房已经倾斜了,还有一个一半早已塌陷下沉的后门。尤里·安德烈耶维奇就搬到这里来了,之后行医的事就不做了,又变得不修边幅的样子,和熟人也不再见面,生活开始窘迫起来。

六

这是冬季里一个灰蒙蒙的星期天。火炉冒出的烟不是柱状的升上屋顶,而是一缕缕的卷动着从窗子的通风口往外走,尽管有三令五申,人们还是在那儿安上了小铁烟囱。城市的日常生活还没完全恢复。街上走动的木赤诺依镇的居民,一副脸也不洗的邋遢模样,疠病流行,个个冻得瑟瑟发抖。

赶上是星期天,马克尔·夏波夫一家人都聚在了一起。

他们用餐的情形是这样的:在按卡定量分配面包的时候,每天清早要把全院子住户的面包票用剪子剪开,分类,点数,按不同的等级卷好或用纸包上送到面包房,然后取回来就切碎,按人头称出一份一份的。如今这都过去了,粮食登记已经有了另外的办法。现在是全家人正坐在桌前吃饭,胃口大开,吃得耳后青筋暴露,嘴里嚼出了声音。

屋子中间高高立着宽大的俄式的炉子,几乎占了这个门房的一半空间,从高木板床上垂下来一角有绗线的被子。

一进门的墙面上正常通水的自来水管立在盥洗盆沿上。屋子的两侧摆放着长凳,凳子底下塞的是装了零星用品的口袋、箱子。左边放了一个厨桌,上方墙面上是个装餐具的小橱柜。

炉子生着,屋子里挺热。炉前站着的是马克尔的妻子阿加菲娅·吉洪诺夫娜。她把袖口卷到臂肘,正用一根够得到炉壁的炉叉挪动里边的小瓦罐,根据需要让它排得紧点儿或是松点儿。她那满是汗的脸,一阵阵地让炽热的炉火照亮,一时又蒙上了已经做好的菜汤的蒸气。把那些小瓦罐挪到一边,她从炉灶的最里边把铁板上的馅饼抽出来,一下子把烤脆的一面翻过去朝下,停一小会儿又送回去把那一面烤黄。这时尤里·安德烈耶维奇提了两只水桶走了进来。

"祝你们有个好胃口。"

"非常欢迎。坐下来一起吃吧。"

"谢谢,吃过了。"

"知道您吃的是什么。还是坐下吃点儿热乎的好,可别嫌弃。小瓦罐里是烤土豆,还有馅饼和粥。馅饼有肉。"

"不必啦,真的,谢谢。请原谅,马克尔,我一次次地老来,给你把屋子里的热气都放走了。我是想一下子多打些水。

"我把斯文季茨基家的那只锌浴缸都擦得发亮了,给它盛满了水,再把几个桶也放满。我再来上五次,看看也许得十次,往后较长一段时间就可以不来打扰了。对不起,请原谅我总是这么来。除了你,我没有别人可以找。"

"水随你打，不心疼。果汁糖浆没有，水可是要多少有多少，白给你，不用讲价钱。"

桌边的人都大笑起来了。

就在尤里·安德烈耶维奇第三次进来打第五、第六桶水的时候，人们对他说话的口气有了点儿改变，内容也是另外的了。

"我的几个女婿都问，这人是谁呀。我说了，他们都不信。你只管打水，别在意。别洒到地上，真够笨的。你看，洒到门槛上了。冻上了，又不是让你拿铁钎子去凿。把门关严了，马大哈，从院子里进风。是啊，告诉女婿们了你是谁，就是不信。在你身上花了多少钱！学习了又学习，有什么好处啊？"

尤里·安德烈耶维奇第五次还是第六次又来了的时候，马克尔就皱起了眉：

"再打一次吧，接着就别打了。兄弟，做人要凭良心。在这里也就是我那最小的闺女玛林娜护着你，依着我就不客气，管你是什么高贵不高贵的共济会会员，早让你碰锁了。

"还记得玛林娜吗？那就是她，坐在桌子最边上的，脸黑黑的。瞧你，还红脸了。她说，爸爸，别欺侮人家。不过也没人惹你呀。玛林娜在电报总局当报务员，懂外语。她说，你是个不幸的人，为了你可以不顾一切。就是这么可怜你。你没能出类拔萃，难道怪我嘛。不该到西伯利亚去，最危险的时候把家扔了，是你自己的错。整个闹饥荒和白军的封锁，我们大家都挺过来了，都没什么事。你自己怪自己吧。也不把冬妮卡护住，让她流落到外国去。这和我有什么关系，都是你的事。你可别不乐意，我问一声，弄这么多水干吗去？是不是要把院子泼成冰场,让它冻上? 我说你呀,怎么是这么个不争气的后代。"

桌边的人又都哈哈笑了起来。玛林娜用不满意的目光扫了自己的家人一眼,生了气,开始对他们数落起来。尤里·安德烈耶维奇听到她的说话声音,觉得有点儿怪,可是还不清楚其中有什么奥秘。

"马克尔,家里要洗的东西很多。需要打扫,还有地板。还想洗些衣服什么的。"

围桌坐着的人都挺奇怪。

"你怎么说些这个,莫非要开一家中国洗衣店不成!"

"尤里·安德烈耶维奇,让我女儿到您那儿去吧。她去帮您干擦擦洗洗的事。必要的话还可以缝缝补补。闺女,不用怕他们这种人,都是温文有礼的,不像其他人那样。见了苍蝇都不打的。"

"不行,您这是干什么呀,阿加菲娅·吉洪诺夫娜,不需要。什么时候我也不同意,为了我让玛林娜弄得浑身脏兮兮。她成了我的女工啦? 我自己能行。"

"您能够弄一身脏,我就不行? 您怎么这么不听人劝哪,尤里·安德烈耶维奇。还拒绝呀? 要是我一定到您那儿去作客,莫非能把我赶出去?"

玛林娜有可能成为一名歌手。她有一副好听的干净的嗓子,有高度和力度。玛林娜说话的声音并不大,但嗓音的力量要比谈话所需要的程度强,而且不与玛林娜这个人合在一起,似乎单独有什么含义在里面。像是这个声音从隔壁房间传过来的,在她身后。这副嗓音庇护着她,是她的保护神。有这种嗓子的女人,谁也不会欺侮她,不会让她伤心。

从这个去打水的星期天开始,医生与玛林娜之间产生了友谊。她常到他家去帮忙料理家务。

有一次她就留在了他那里,从此再也没回到门房去。

在第一位妻子尚未离婚的情况下,她就成了尤里·安德烈耶维奇的第三位未曾在户籍站登记的妻子。两个人也有了孩子。夏波娃的父亲、母亲骄傲地称女儿为医生太太。马克尔抱怨尤里·安德烈耶维奇没和玛林娜举行婚礼,也没登记。妻子反驳他说:"你昏头了吧? 安冬妮娜还活着,能办什么? 重婚吗?"马克尔答话说:"你自己才傻哪。管冬妮卡①干什么,只当没有这么个人。没有任何法律来保护她。"

尤里·安德烈耶维奇有时开玩笑说,他和她走到一起,就如同小说的二十个章节或者二十封情书诉说的爱情故事一样,是二十桶水的罗曼史。

在这个时期,对医生形成的那种自知是在沉沦堕落的人才有的怪癖和任意而为,还有就是到处弄得脏而又乱,玛林娜都采取了原谅的态度。他经常唠唠叨叨,说话尖酸刻薄,而且容易发怒,对这些她也都容忍了。

她这种自我献身的步子走得还要远。待到因为他的过错而使两人陷入自愿造成的生活困顿的境况时,玛林娜为了不在这种时候把他一个人留在家里,竟然抛掉了工作。工作单位很看重她,在她一时之间被迫中断服务之后还乐于接受她回去。屈从于尤里·安德烈耶维奇的想入非非,她随他一起到各居民院里去打零工。两个人为不同楼层的住户计件锯木头。尤其是那些个在新经济政策初期发了财的投机倒把的

<hr>

① 冬妮卡,安冬妮娜的爱称。

人,还有就是靠拢政府的科学、艺术界人士,开始自建房屋和修饰环境。有一次玛林娜和尤里·安德烈耶维奇为了怕把尘土从外面带进来,穿着毡鞋的脚非常小心地踩着地毯,把多余下来的木料送到户主的书房里去。这位正聚精会神看书的主人,傲慢得对这锯木头的一男一女一眼都不看。和他们两个商量、吩咐和算账的,都是女主人一个人来办。

"这头猪怎么这么专心哪?"医生感到好奇,"他还拼命地用铅笔做记号?"抱着木料绕过书桌的时候,他从那人的肩膀后面往下看了一眼。桌子上放的是早年间瓦夏在高等工艺美术学校给印的尤里·安德烈耶维奇写的那些小册子。

七

玛林娜和医生住在斯皮里东大街,戈尔东在相邻的小布隆纳亚街租了一间房子。医生和玛林娜有了两个女儿,叫卡帕卡和克拉什卡。卡皮托林娜(即卡帕卡)六岁了,不久前才生下的克拉夫吉娅(即克拉什卡)刚六个月。

一九二九年的夏初天气很热。熟人都不戴帽子、不穿外衣穿过两三条街互相串门作客。

戈尔东租的那间房结构挺怪。房子的原址曾经是个时装店作坊,一上一下有两个单间。朝街的一面是一整扇玻璃橱窗,把两层都包括在内了。橱窗玻璃上有手写体的金字,是裁缝师的姓和行业名称。橱窗里面有一架从底层往上层去的旋梯。

现在是把房子隔成了三间。办法是用脚手板在两层之间做了个夹层,或者叫作半楼,还开了一扇对住人的房间来说显得有点儿奇特的窗户。这扇窗高度有一米，下边只能直接挨到地板，还被一部分金字挡住了，透过字母的空隙能看见屋里人膝盖以下的小腿。戈尔东就住在这房间里。现在在他这儿坐着的有日瓦戈、杜多罗夫和带着孩子的玛林娜。和大人不一样，从窗外能看到孩子们的全身。

玛林娜很快就领着孩子走了，只剩下了三个男人。

他们在谈着话，也就是那种数不清有多少年交情的老同学之间，夏天懒洋洋地慢慢闲谈的话题。他们经常又是怎么谈的呢？

谁要是有足够的话想说，就让他说够。于是这个人谈起来和思考起来就很自然，有条理。能有这种情况的，只是尤里·安德烈耶维奇。

他的那几位朋友缺少必需的语言表达手段，没有口才。为了弥补语汇的不足，他们就边说边在房间里来回走动，使劲吸烟，摆手，无数次地重复一个意思，比如说："老弟，这可不老实"、"就是不老实嘛"、"对、对，不老实"。

他们还没意识到，言谈交往当中这种用不着的紧张，并不表示你性格热烈奔放和心胸宽广，相反只说明是不够成熟，有缺陷。

戈尔东和杜多罗夫都是很好的教授圈子里的人士。他们这一生都是在好书、好思想家、好作曲家以及昨天、今天和永远都是好的音乐当中度过的。他们不知道，不上不下的品味比没有品味更糟。

戈尔东和杜多罗夫并不知道，就是他们对日瓦戈提出的那一大堆责备，也让人觉不出是出于朋友之间的倾心和想要施加好的影响，而只感到对方是不善于顺畅思考，不能按自己的所想驾驭谈话罢了。谈话的这辆马车是越跑越快，把他们引到了并不想去的地方。他们无法让车掉头，结果只能是在什么地方和什么东西撞上。现在他们正靠着那些说教、嘱咐，在这车上全速朝尤里·安德烈耶维奇冲去。

他们如此激昂慷慨的动机，并不怎么牢固的同情以及推理的机制，医生都看得清清楚楚。可是他不能对他们说："亲爱的朋友们，你们和你们代表的那个圈子，真是庸俗得无可救药了，包括你们喜爱的那些知名人士、权威的艺术和名声在内。你们身上唯一鲜活、闪亮的，就是因为和我生活在同一个时代，而且与我相识。"不过对待朋友们，真能如此袒露心声！为了不伤他们的心，尤里·安德烈耶维奇恭恭敬敬地听他们说。

杜多罗夫是不久前在流放地满了期限从那里回来的。他一时被剥夺掉的权利恢复了，而且允许他重新在大学里授课执教。现在他正向朋友们倾心诉说流放期间的内心感受。他说得真心实意、老老实实。他的见解并不是由于胆小怕事或者有什么其他的考虑。

他说，公诉的理由以及在狱里和出狱时受到的对待，尤其是和检察官的当面对话，让他头脑清醒了，在政治上受到了再教育，在许多方面睁开了眼睛，作为一个人就此成熟起来了。

杜多罗夫的这番陈词滥调的谈论，和戈尔东的思想挺贴近，后者同情地不住朝因诺肯季点头，表示同意。恰恰是杜多罗夫那种公式化的所谈、所感，特别让戈尔东受到触动。他把仿效寻常情感的这种表现当成了普遍的人性。

因诺肯季合乎道德的谈话也很符合时代精神。不过正是因为它们的合理合法、假仁假义和透明袒露，让尤里·安德烈耶维奇恼怒。一个不自由的人总是把自己的不得已理想化。中世纪的时候就是如此，其中总是耶稣会的大教徒起着作用。尤里·安德烈耶维奇忍受不了苏维埃知识分子的那种政治上的神秘主义，也就是他们最大的成就，或如当时所说的时代精神的最高限。尤里·安德烈耶维奇没有对朋友们说出这样的感受，免得引起争辩。

　　但是让他感兴趣的却是另一件事，就是杜多罗夫讲的关于博尼法季·奥尔列佐夫的事情。这人是因诺肯季的狱友，一个东正教司祭，吉洪分子。此人有个六岁的女儿，叫赫里斯京娜。父亲被捕及其后的遭遇对她打击很大。"神职人员"、"褫夺公权的人"等等之类的话，她看作是不光彩的污点。在那热血沸腾的儿童心里，她可能是发誓要在什么时候，把这个污点从慈爱的亲人名字上洗掉。这么早就给自己确立的目的和永不会熄灭的火一样的决心，如今已把她变成一个仍然像孩子般狂热的追随者，对共产主义当中所有最不容置辩的东西尤其如此。

　　"我要走了，"尤里·安德烈耶维奇说，"别生我的气，米沙。屋子里太闷，街上也热。我需要点儿新鲜空气。"

　　"你看，地板的那个通气口开着哪。对不起，我们这烟抽多了。我们总记不住，不能当着你面吸烟。这房子的结构这么差，我也没办法。要不给我另找间房吧。"

　　"我可得走了，戈尔多沙。咱们也谈够了。亲爱的伙伴们，谢谢对我的关心。这不是我又有什么怪念头，这是病，心血管硬化。心肌壁磨损，变薄了，不知哪一天就会破裂。可我还不到四十岁。我不酗酒，生活也不腐化。"

　　"给自己唱安魂曲还早哪。净胡说，还有你活的呢。"

"在咱们这个年龄段,心脏微乎其微的溢血现象是会频繁发生的。这些并不都会致命,在某些情况下,人能活下来。这是一种现代的病,我觉得原因是在精神方面。我们当中的大多数人,会经常被要求处于一个过甚其词的口是心非的体系之中。

日复一日地做出违背自己感受的表现,对不喜欢的东西要滔滔不绝地为之辩护,对给自己带来的不幸还要表示高兴,这样做不会不给健康造成后果。

我们的神经系统并非空穴来风臆想出来的,它是由人的肉体纤维组成的。我们的心灵是有空间位置的,存在于我们身上,如同牙齿长在口中,不能永远不受惩罚地受到奸污。因诺肯季,听你诉说流放中的事,如何在这个过程中成熟起来并受到再教育,我感觉很沉重。就好像是一匹马在说它如何在驯马场里自己围着自己转圈子。"

"我支持杜多罗夫。你只不过是已经不习惯听人讲的话罢了,听不进去了。"

"还真说不定是这样,米莎。不管怎么说,请原谅,还是放我走吧。我出气困难,上帝啊,我绝不夸大。"

"等一等,这都是含糊其辞。你不给我们一个直截了当、真心实意的答复,就不放你走。你需要改变、修正自己的想法,同意不同意? 在这方面你准备怎么做? 你应该把你和冬妮娅、和玛林娜的事搞清楚。这可都是大活人、妇女,能吃苦也有感情,不是你脑子随意拼凑出来的什么无形的想法。另外,像你这样的人白白荒废掉了,害臊不害臊。应该从慵懒和睡梦当中醒过来,打起精神,待人接物不要无理由的高傲态度,对啦、对啦,就是那种让人受不了的傲慢,去工作,干点儿实事。"

"行,我回答你们。最近我自己也常有这方面的考虑,所以我可以毫不脸红地给你们一些许诺。我觉得一切都能正常起来,而且用不了多久,你们看着吧。啊,说得不对,一切都会朝好的方面去。我热切地想生活下去,活着就意味着永远努力向前,奔着更高、更完美的目的前进,而且一定要达到。

"戈尔东,你像以前是冬妮娅的保护人一样护着玛林娜,我真高兴。不过我和她们并没有不和睦,和她们谁也不争吵。一开始你就责怪我说,她跟我讲话称'您',我对她却喊'你',而且她用名字加上父称的方式来尊称我,我却心安理得。不过作为这种不自然状况的根子,那种更严重的乱了套的东西,早就抛掉了,完全确立了平顺的同等关系。

"还可以告诉你们一件让人高兴的事。从巴黎又给我来信了。孩子长大了,感觉到能和同龄的法国孩子们自由相处了。舒拉马上就要在那儿的小学毕业了,小学,玛妮娅也要上那个学校。我可是对自己的女儿还不了解。尽管她们都已经入了法国籍,不知为什么我相信她们不久就会回来,一切都会以某种不可知的方式有个圆满的结果。

"从许多迹象来看,玛林娜和孩子的事,岳父和冬妮娅是知道的。我自己写信没跟他们说这个,情况大概是旁人侧面传过去的。很自然,亚历山大·亚历山德罗维奇觉得受了辱,基于父亲的亲情为冬妮娅痛心。我们之间的通信几乎中断了五年,这可以得到解释。回到莫斯科以后,有一阵子我是不断和他们通信的。后来突然就不回信了,彻底中止了。现在,就是不久之前,我开始收到那边的来信。他们都有信,甚至孩子也写。心里觉得亲切而又暖暖的。似乎有什么东西软化了,也可能冬妮娅有了什么改变,也许有了新朋友,让老天保佑她吧,我说不明白。有时候我也去信。不过说真的,我不能再待下去了。我要走了,不然非憋死不可。再见。"

第二天一清早,半死不活的玛林娜跑到戈尔东这儿来了。孩子放在家没人照看,那个小的克拉沙用毯子紧紧裹住,一只手抱在胸前,另一只手牵着在身后磨磨蹭蹭的卡帕。

"尤拉在您这儿吗?"她的声音都有些变了。

"他夜里没在家?"

"没有。"

"那就是在因诺肯季那儿。"

"我去过了。因诺肯季到学校讲课去了。邻居们认识尤拉,他没去那儿。"

"那么他究竟哪儿去了?"

玛林娜把用毯子裹着的克拉沙往沙发上一放,她歇斯底里大发作了。

八

两天了,戈尔东和杜多罗夫都没有离开玛林娜。他们倒着班陪在她身边,不敢只留她一个人,中间还出去寻找医生。凡估计他能去的地方,他们都跑遍了。到过木赤诺依镇和西夫采夫街的那所住宅,所有的那些个思维宫、思想院也去看了,因为医生曾经在那些地方工作过,凡是能知道地址的他的所有老朋友,哪怕只掌握一点点信息,也都去寻访过了。寻找毫无结果。

没有向警察局报告,因为不想引起当局的注意,尽管他有户籍,没有前科,但也远不是当下理解的那类模范公民。迫不得已时再让警察去找他。

第三天,玛林娜、戈尔东和杜多罗夫都在不同的时间收到了尤里·安德烈耶维奇的信。信中对让他们受到了惊吓表示了很深的歉意,请求原谅,让大家放心,并且恳切要求不要再去找他了,反正是找也找不到。

他告诉大家,为了尽快和彻底改变自己的命运,他要独处一段时间,以便集中精力做些事情,只要一旦能初步站住脚,确定自己付出努力改变的状况不会故态复萌,他就会从藏身的地方出来,回到玛林娜和孩子们身边。

在信里通知戈尔东把他名下的钱给玛林娜转过去,还请帮忙给孩子们找个保姆,让玛林娜能脱身去上班。他解释说,不把钱直接按地址寄过去,是担心取款单上的数额会给她带来被抢的危险。

钱很快就到了,数目超过了医生的待遇和他那几个朋友们的收入水平。给孩子们请了保姆,玛林娜恢复了在电报局的工作。她很长一段时间心情平静不下来,因为原先对尤里·安德烈耶维奇的怪异行为已经习惯了,最终对这次的非常行为也就认可了。尽管尤里·安德烈耶维奇再三请求和提出警示,朋友们和对他最亲近的这个女人还是继续找他,但在这个过程中逐渐相信,他事先说的话是真的,他们找不到他。

九

其实他就住在离他们不远的地方,就在他们眼皮子底下,在他们寻找他的那个最小的范围里面。

也就是在他消失的那天，从戈尔东家出来走到布隆纳亚，黄昏来到，天还不黑，迎面碰上了自己的同父异母弟弟叶夫戈拉·日瓦戈。尤里·安德烈耶维奇已经三年多不曾见过他了，消息也一点儿没有。这次叶夫格拉夫是因事顺便到了莫斯科，刚来不几天。同往常一样，他仿佛是从天而降，问他什么都没用，只是默默地笑着或者开几句玩笑把话岔开。现在他是撇开那些日常生活的细节，根据无须准备就向尤里·安德烈耶维奇提出的几个问题，立即就洞察明了到了他整个的伤心和麻烦事。就站在这窄窄的街道的拐角，在从身边朝前走过去和迎面走过来的拥挤的人流之中，制订好了一个怎样帮助和挽救哥哥实际可行的计划。尤里·安德烈耶维奇之所以失踪并藏了起来，都是叶夫格拉夫的主意和发明。

在艺术剧院旁边那条当时还叫卡梅尔格尔斯基的街上，他给医生租了一间房，用钱由他供给，开始为他谋求一个在医院里能有广泛学术活动机会的好差事。他在生活的各个方面，都想尽一切办法卫护着哥哥。

最后，他对哥哥做了保证，让哥哥的一家人彻底结束在巴黎不稳定的生活状况。要么是让尤里·安德烈耶维奇到他们那儿去，或者是让他们回到他这里来。叶夫格拉夫应许这一切都由他去办。弟弟的支持让尤里·安德烈耶维奇振作了起来。和过去一样，叶夫格拉夫为何能有如此巨大的能量，依旧是个谜。尤里·安德烈耶维奇也不想去探究这个隐秘。

十

他住的是朝南的房间。两扇窗面对的是对面剧院屋顶。

夏日的太阳高高悬立在屋顶后的上方,把小巷的路面沉在阴影之下。

这个房间起的作用要超出尤里·安德烈耶维奇的工作室和书房。在这个创作活动处于贪婪状态的时期,他的那些计划和设想,已经是堆放在桌上的札记本容纳不了的,构思出来的和梦中见到的各种形象,已然停留在屋角四处的空中,像是画家已经下了笔的无数画稿,面向墙壁摆满了画室,医生的这间起居室变成了他精神盛宴的大厅、种种狂妄设想的贮藏室和思想启示的仓库。

亏得是叶夫格拉夫和医院领导的商谈拖长了,不知道什么时候才能去上班,所以能利用这段延迟的时间来写作。

尤里·安德烈耶维奇于是开始整理已经写好的东西,还有记得起来的和叶夫格拉夫不知从什么地方找来的作品片段,一部分是尤里·安德烈耶维奇的手稿,一部分是别人重印的。资料的杂乱无序,让尤里·安德烈耶维奇的精神分散,不能集中,其程度更甚于他生来就有的这个毛病。很快他就放弃了这件事,从继续去写先前未完成的作品转向去创作新的,整个人就沉浸到新的书稿中去了。

像头一次在瓦雷金诺的时候那样,他大体上很快写出文章的概要,把心中激起的诗作片断,开篇、结尾或是中段,随时都交错着记录下来。有时候他的手都赶不上奔涌而来的想法,仅仅又快又草地写出一个词开头的字母或是缩写字也来不及。

他忙于写作。每当构思疲乏了,工作停顿了,他就在纸边的空白处画画儿,以此来驱策思路。他画的是森林里伐出来的通道和城市的十字路口,中间竖立有柱子支出的广告牌,上面写的是"莫罗与韦特金　播种机　脱谷机"。

他写的文章和诗都是一个题材,对象是城市。

十一

后来在他的文稿里发现了这样的札记:

在一九二二年我回到莫斯科的时候,发现这座城市是荒凉的,一半已成了废墟。经过了革命最初那个年代的考验,莫斯科就成了这个样子,直到今天。居民人数减少了,新房子没盖,旧的也没有修缮。

尽管是这个模样,仍不失为一个现代的大城市,是一个实实在在的让当代新艺术唯一可受到鼓舞的地方。

表面上看似不相容的和并列的事物及概念,没有章法地排列出来,仿佛是任意而为之举,诸如那些象征主义者、布洛克、维尔哈伦、惠特曼等,完全不苛求文体风格。这是生活体验中的印象和取自现实的一种新的结构。

正如同他们沿着诗行驱赶一系列的形象一样,十九世纪末的事务繁忙的城市街道本身在飘浮,同时也驱赶着过往的人群和马拉的车辆,后来到了下一个世纪初,就是城市里的电气列车和地下铁的车厢了。

在如此的条件之下,焉能产生清纯的牧歌。那虚伪的率真,只不过是文学的仿制品、不自然的矫揉造作,不是来自乡间而是取自学院书库架子上书本的表现。生动的、鲜活形成的自然符合当代精神的语言,变成了大都市主义的口舌。

我住在人烟稠密的市里的十字路口。夏日的莫斯科被阳光照得耀眼,让各处院落的沥青地面烤得炙热,又通过高层建筑的窗框投射出点点光影。这个城市一面吞吐着街心花园的繁花气息,一面在我身边旋转,使我头脑发晕,要让我为了它的荣光再去转昏别人的头。这个城市教育了我,让我投身于艺术,就是为了这个目的。

屋外昼夜不息在喧闹的街路,同样与现代精神紧密相连,有如伴随着充满幽暗和神秘、尚未拉开但已被红色脚灯照亮的舞台帷幕一起奏出的前奏曲一般。门窗之外不住地轰隆作响的城市,是我们每一个人进入生活的无比宏大的序曲。我笔下要写出的城市,恰好就有这些特点。

在保存下来的日瓦戈的诗稿之中,并没见到这类的诗作。也许《哈姆雷特》那首诗就是这种?

十二

八月末的有一天早晨,尤里·安德烈耶维奇在加泽特内街街角那一站,坐上了沿尼基塔大街上行的从大学到库德林斯卡亚街的电车。他这是头一次到博特金医院去工作,当时这医院的名称是索尔达金科夫医院。这几乎也是他第一次去就职。

尤里·安德烈耶维奇运气不佳。他上的这辆车有毛病,总是出事故。不是马车车轮卡在轨道槽子里挡了它的去路,要不就是车厢下边或是上边绝缘器短路,噼啪爆出火星就烧坏了。

司机就经常拿着螺丝扳子,从走不了的车厢前边走道上下来,绕着车周围察看,蹲着探身到底下去修理车轮和后边走道之间的零件。

不走运的电车挡住了整条线路,街上已经让受阻的车占满,后面的还源源不断地驶来,全都堵在一起,形成一条长龙,尾部已经到了练马场,而且还在延长。后边车上的乘客下来跑到前面的车上去,似乎这样的换乘能有什么好处。这天一清早就这么热,人多得不行的车里又挤又闷。在穿行马路过往的人群头顶上方,从尼基塔门那个方向飘浮过来的一团紫金色的乌云,越升越高,暴雨快要来了。

尤里·安德烈耶维奇坐在车厢左边的一个单人座上,被挤得紧挨着车窗。左侧是尼基塔街的人行道,坐落在那里的音乐学院始终在他视线之内。他漠然望着这边步行的和乘车的人,注意力逐渐减退,而不由自主心里想的是另外的人。

一个身穿过时的束胸连衣裙的上了年纪的白头发女人,戴着浅黄色草帽,帽檐还缠了用亚麻布做的雏菊花和矢车菊花,气喘吁吁地在人行道上走得很慢,用一只手里平扁的小包不停地扇着自己。她让紧身胸衣箍着,热得筋疲力尽,又出着汗,不断用带花边的小手帕擦着汗湿的眉毛和嘴唇。

她走的路和电车路线是平行的,有几次尤里·安德烈耶维奇看不到她了,因为修好的电车开动以后把她超过去了。有几次她又回到了医生的视线之内,那是新故障让电车停了下来,这位女士又赶到前面去了。

尤里·安德烈耶维奇想起了中学时的一道习题,要求算出发车时间不同、行驶速度不同的几列火车到达的日期和顺序。他想回忆起一个通用的计算方法,可是怎么也想不起来。他算不出这道题,回忆就又跳到另一个需要多思多想的方面去了。

他想到了附近这几个活生生的人，一个挨着一个以不同速度运动着，不知什么时候某一个人的命运就赶过了另一个，也不知哪一个的生命更长。他觉得这类似生命赛场上的相对原则，不过理不出头绪来，终于不再去进行比较了。

天上打了一道闪，响起了雷声。这辆不走运的电车，又卡在了从库德林斯卡亚街到动物园的下坡路上，已经记不清这是坏了第几次了。过了一会儿，穿淡紫色连衣裙的那位女士出现在窗外，走过电车，渐渐远去了。最先下来的大雨点落在人行道和街面上，淋到女士身上。裹起尘土的阵风沿着树木扫过来，搅得树叶翻飞，掀动着女士的帽子，撩开她的衣裙，突然间却又止住了。

医生突然感到头晕恶心，周身无力。他克服着疲软从座位上站起来，猛力抓住窗框上的带子上下拉动，企图把窗子打开，但是开不了。

有人朝医生喊叫说，窗户是钉死在框上的，可是他一面对付突发的不适，同时感到某种恐惧，没觉得喊叫是对他的，所以也不去理会。他继续试着开窗，一连三次用力上下拉并往自己身上拽窗户框子，猛然间感到胸口里面从未有过的剧痛。他知道，这是体内什么地方受了伤，是自己太冒失了，糟糕了。这时电车又开动了，在普列斯纳街上行驶了不大一会，又停了。

尤里·安德烈耶维奇以非人的毅力，步履蹒跚地挤过两排座位中间的乘客，去到后边车门的通道。人们不让他过，责怪他。外面进来的空气让他觉得清爽了一些，也许还有希望，感到身体也好了一些。

他在后门通道上开始往外挤,重新惹得人们的责骂,有人还对他踢踹。不顾这些人的叫喊,他冲过人堆,从停住不走了的车的踏板上下来,到了地面,迈了一步、两步、三步,一下子倒在石板地上,再也没有起来。

人们嚷叫开了,有互相说什么的、有争辩的,也有出主意的。有几个乘客从后车门下来,然后站到摔倒人的周围。很快他们就确认此人已经没有了呼吸,心跳也停止了。从人行道上也有人向围着的人群走来,其中有的放了心,也有的似乎感到一些失望,因为此人不是被轧死的,他的死去和电车毫无干系。人们越聚越多,那位穿浅紫色连衣裙的女士也来到一堆人跟前,站了一会儿,看了看死者,听了听人们的议论,然后就继续向前走了。她是个外国女人,可是听明白了有人建议把死者放到电车上,送到前方的医院去,也有人说应该把民警叫来。她不等着最后究竟怎么决定,继续往前走。

这位穿淡紫色衣服的女士是瑞士籍的弗列里小姐,从梅留泽耶沃来的,年纪已经很大了。十二年来一直用书面方式申请准许她返回祖国。就在不久之前申请获得准许。她来莫斯科是办出境签证。今天是来大使馆领取,手里拿着扇动的就是卷起来用带子扎住的证件。她继续往前走,丝毫没有意识到,她这个人走到了日瓦戈前面,命也超过了他。

十三

从通着房门的走道就能看到斜放了一张桌子的房间的一角。桌子上的那具棺材,低窄的尾部粗粗凿出的正面对着房门,死者的腿紧抵着棺材壁。这张桌子原先就是尤里·安德烈耶维奇的书桌,除了它房间里没有另外的桌子。手稿都收拢在抽屉里,桌子上面停放了棺材。死者躺在棺材里,头枕垫得很高,人像是卧在小山坡上。

许多鲜花摆在他周围,一簇簇的是这个季节少见的丁香,插在瓦罐和花篮里的是仙客来和瓜叶菊。鲜花遮住了窗外进来的光,只有很微弱的亮光透过摆放的花照在死者蜡黄的脸和手上,落在棺木的蒙面材料上。桌面上一簇簇美丽的花影,仿佛刚刚停止了摆动。

那时在火葬场火化死者已经广泛推行了。为了争取给孩子们的抚恤金,好让他们将来上学,也为了不影响玛林娜在电报局的工作,就决定不举行安魂祈祷,只进行非宗教的火葬。已经向有关机构申报了,只等着派的人来到。

在等待的这段时间里,房子是空的,像是原来住的人已经迁出、新的入住者尚未迁入。打破了这份寂静的只有来告别的人踮起脚小心走路的步履声,和有人不小心擦碰了什么的声音。来的人并不算多,但终归是比预计的多了不少。这位几乎不知其姓名的人的死讯,出奇迅速地传遍了他们的人际圈子。聚来了相当多的人,都是他在世时的不同时期相知的,在不同时期失去联系和被忘掉的。在他的学术思想和诗才方面,还有很多陌生的朋友,生前从未与之谋面,但都仰慕着他,如今是首次前来看望,也是向他送出最后告别的目光。

在这没有任何仪式的大家沉默无语的时刻,一种几乎可以触觉得到的失落感压在心间,只有那些鲜花替代了缺少的歌声和仪式。它们不仅是在开放和洒播芳香,也许是一起共同在把气味散尽,尽快让自己的生机燃尽,用全部的芬芳之力把一件事圆满完成。

植物王国不难把自身想象为是死亡王国的近邻。就是在这里,在墓地的树木之间,在畦垄当中出土的幼苗之中,集中存在着我们竭力追索的生命转换之谜。最初的一瞬间,马利亚没有认出从棺木里出来的是耶稣,误以为是在墓地里走着的园丁。(她认为是个看园子的人⋯⋯)

十四

死者从他最后的居住地被运到卡梅尔格斯基大街的时候,让这个死讯吓呆了的朋友们,陪着因噩耗而失去了理智的玛林娜,从大门一直跑进敞着门的屋里。她始终把持不住自己,倒在地板上滚来滚去,拿脑袋去碰撞那个放在前厅的、有靠背座位的长条木柜的棱沿。在等待订购的棺木运来和清理这个零乱房间的这段时间,死者就停放在这木柜上。玛林娜泪流满面,嘴里低声说着什么,不时又大声叫嚷,一半的话是不由自主地扯着嗓子喊出来的。她就像民间百姓那样口里不住地数落着,一面大声哭着,人都走了神,对什么都不在乎,也不留意。等到要把死者移送到清理过的、多余的物件都搬走了的房间去净身,然后入殓放进棺木的时候,玛林娜抓住死者的身体不放,别人上去拉都拉不开。这一切都是昨天的事。今天她那股悲痛激发的狂暴劲头停歇了,继之而来的是神情麻木,但仍然不能自持,什么话也不说,精神还没有完全恢复过来。

从昨天起她就在这里坐了一天一夜,哪儿也没有去。克拉瓦让人给她抱来喂了奶,卡帕和那个年轻的小保姆也带来过,之后又带走了。

陪伴着她的都是自己人，同她一样悲痛的杜多罗夫和戈尔东。父亲马克尔在这条凳子上贴近她坐下，小声啜泣，只是擤鼻子时的声音较大。母亲和姐妹也哭着来过这里。

在无数的来人当中，有一男一女两个显得与众不同的人。他们无意让大家注意自己与死者的亲密关系，要胜过上边说到的那些人，也不想在谁更加悲痛这一点上，与玛林娜、她的女儿和死者的朋友争个高下，而是让着他们。这两个人并不贪图什么，但却有着自己特殊的吊唁亡者的权利。不知道他们是怎么就有了这份令人不解的、默默无声的权利，也没人去触及它，没有人对此提出异议。看起来，是这两个人从一开始就在关心和安排丧事，而且平稳妥当地把事情办好，似乎这对他们是一种享受。这种很高的精神境界大家都看在眼里，给人一种奇特的印象。这两个人似乎不仅参与办理丧事，而且和这次死亡有关，但又不是肇事者，也不构成什么间接的原因，只仿佛是平心静气地默许了这件事的发生，并不认为有什么特别的了不起。只有少数人知道这两个人是谁，另一些人是在猜测，大多数人对此毫无所知。

当那个长着一双令人好奇的吉尔吉斯人的细眼睛、带着探询目光的男士，和那位未曾精心装扮就很漂亮的女士走进停放了棺木的房间时，所有的人，站着、坐着和走动的，包括玛林娜在内，像说好了一样都毫无异议地让出地方，闪在一边，从顺墙放着的椅子、凳子上站起身来，拥挤着从房间里来到走道和前厅，只剩下那位男士和那位女士留在掩上了门的屋子里面。这两位仿佛是请来的内行人，要在安静、无人打扰的环境下，直接来处理最为重要的殡葬事项。现在就是这种情形。留下来的只有他们两人，分别在靠墙的两只凳子上坐下，谈起事情来：

"您了解到的是什么情况，叶夫格拉夫·安德烈耶维奇？"

"今天傍晚火化。半小时之后，医务工作者工会来人把遗体运送到工会俱乐部。四点钟开追悼会。死者的证件没有一份是合格可用的。劳动手册已经过期了，工会会员证是旧的，没有换，会费也几年没缴了。这些事都要办，所以费了些事，时间也拖后了一些。棺木运出去之前，顺便插一句，这时候快到了，还要做点儿准备。照您的要求，我让您一个人留在这儿。请原谅，您听见了吗？电话响了，我去一下。"

叶夫格拉夫·日瓦戈来到走廊，那里挤满了医生生前并不认识的同事、中学时的同学、医院里的一般职员、书店的店员，还有带着孩子的玛林娜。她拥着两个孩子，用披着的外套衣襟把她们遮住（那天很冷，风从大门直吹进来），坐在凳子上等着房门再打开，就像是来探视被囚的犯人，等候卫兵放人进监狱接待室。走廊里光照不好，也容不下所有来吊唁的人，所以通楼梯的门也打开了。不少人站在前厅和走道上，有的在吸烟，也有人来回走动。

"火化之后请您不要消失似的走掉，拉里莎·费奥多罗夫娜。我还有很要紧的事来求您。我不知道您在什么地方住下。别让我找不到您。最近，明天或者后天我就要整理哥哥的书稿。我需要您的帮助。您肯定比所有人都了解得更多。您无意间似乎说过，自己是刚从伊尔库茨克来，这才是第二天，在莫斯科不准备久留，到这座房子里来是为了别的事，是偶然的，并不知道我哥哥在世的最后几个月住在这儿，也不知道这里发生的事。您所说的话有一部分我不明白，也不想请您解释。不过您可别无声无息地离开了,我不知道您的地址。最好是整理他手稿的这几天,我们都在一间屋子里,或是在另外的两间屋子里,不要离得太远。这些都能安排。我认识房屋管理人员。"

"您说,我的话您不明白。什么地方不明白?我到了莫斯科,存放了行李,顺着莫斯科老的街道走下去,半数的地方都不认识了,忘记了。走啊走,一路走下去,从库兹涅基桥下来,又上坡顺着库兹涅茨基小巷往前去,几乎吓了一跳似的突然看见了烂熟于心的卡梅尔格斯基街上的那座房子。我那被枪决死去的丈夫安季波夫,还是大学生的时候就在那房子里租住了一个房间,就是你我现在坐在这儿的这一间。我想进去看一看,运气好的话或许原来的房主还在世哪。至于他们早就不在了,这里的一切都变了样,我是事后才知道的,也就是我到的第二天和今天,慢慢打听到的。可是您就在这儿,我何必还说这些?我像被雷击了一样,看到街门大开,屋子里都是人,有口棺材,里面是死去的人。死者是什么人?心里这么想着,我走了进去,来到跟前,——一下子就蒙了,是做梦吧。这些您都亲眼看见了,我又何必说呢?"

"请等一等,拉里莎·费奥多罗夫娜,我打断一下。我跟您说过,我和哥哥没有料想到这个房间有这么多让人感到惊奇的事。比如说,安季波夫在这里住过。您随口说的还有一句话更让我觉得奇怪。对不起,待会儿我再告诉您是哪句话。至于说安季波夫,他从事革命战争活动时的姓是斯特列利尼科夫。内战初期有一个时期,我常常听到这名字,几乎是每天都能听到,还亲眼看见过他一两次,料想不到什么时候会由于家庭的原因和我发生这么近的关系。不过,请原谅,可能是我听错了,好像您说了'被枪决的安季波夫',不过在这种情况下也可能无意中说错。莫非您不知道他是自杀的吗?"

"有这种传言,可是我不相信。帕维尔·帕夫洛维奇是不会去自杀的人。"

"但这是确实的。据哥哥说,安季波夫自杀所在的房子,就是您从那里离开经由尤里亚金再往远东去的那栋。您带着女儿走后很快就发生了这事。我哥哥收拾了遗体,把他埋葬了。这个消息莫非没传到您那里?"

"没有。我得到的是另一种消息。照这么说他真的是自杀了?许多人都这么说,可是我不信。就在那栋房子里?不可能!您告诉我的这些细节太重要了!对不起,您知不知道他和日瓦戈见了面?还谈了话?"

"据已经去世的尤里说,他们进行了一次长谈。"

"难道真有这样的事?感谢上帝。这样更好(安季波娃用慢动作画了个十字),真让人吃惊,这比天赐的巧合良机还要好!您能让我另外再有机会重新谈谈这个,再向您问问所有的细节吗?每个细节对我都是珍贵的,可是现在我支撑不住了。是不是该这样?我过于激动了,先停一下不说话了,歇口气,清理一下思想。是不是该这样?"

"噢,那当然,当然。您请便。"

"是不是该这样?"

"理所当然。"

"哎呀,我差点儿忘了。您希望在火化以后我别离开。好吧,我答应您。我不会消失不见的。我和您一起回到这栋房子,留下来,您让我待在哪儿、待多长时间都行。我们一起整理尤罗奇卡的书稿。

"我来协助您,我可能真会对您有用的。这对我也是极大的安慰。我心中的血液和每一根神经,都能感觉出他书写的一笔一画。过后我还有事要找您,还需要您的帮助,是不是?您像是位律师,至少是熟悉过去和现在的规章制度的行家。另外,重要的是您知道咨询什么事该去什么机关。这可不是大家都了解的,是不是。我有一件可怕的、折磨人的事想请您出出主意。说的是个孩子。这个稍后再说,从火化场回来以后。我这一辈子都不得不在寻找什么人,是不是?请您说说,要是在某种能设想得到的情况下,必须去寻找小孩子的下落,一个交给了别人去抚养的孩子的下落,有没有全苏联的现有保育院的总档案,有没有全国的无人照看儿童的调查统计或者记录?您不必现在就回答,我求您了。以后再说,以后。啊,真是太可怕了!生活本身就是可怕的,是不是。我真不知道我女儿来了之后这下一步该怎么办,不过暂时我就留在这房子里。卡秋莎已经显露出了出众的才能,一部分是戏剧方面的,另外还有音乐方面的。她能惟妙惟肖地模仿他人,还能表演自己编的整场的戏。另外,只靠听觉就能唱出歌剧的全部独唱,真是个让人惊奇的孩子,是不是?我想送她上戏剧学校或者音乐学院初始的预备班,要是能录取的话,再安顿到寄宿学校去。我就是为这事来的,趁她现在不在这儿,我把事情办妥,然后我就走。一下子也说不完,是不是?这事以后再说。现在我不再讲话,让激动的情绪平静下去,让头脑清醒清醒,试着把受到的惊吓抛开。另外,我们让尤拉的亲人们在走道里耽搁的时间太长了,我已经两次感到有人敲过门了。那边有乱哄哄走动的声音,大概是殡葬馆的人来了。我暂时在这坐一坐,想一想,您打开门让人们进来。到时候了,是不是。请等一下,等一下。得把小凳子放到棺木下面,不然够不到尤罗奇卡。我踮着脚试过,很困难。玛林娜·马尔克洛夫娜和孩子们可是需要这个。另外还要有个'给我最后一吻'的礼仪。哦,我受不住了,受不住了。太痛心了,是不是。"

"现在我把人都放进来。不过在这之前还有话要说。您讲了这么多让人猜想的话,提出了看来是折磨您的这些个问题,我也难以回答。我想让您相信一点,我愿竭尽全力帮您去处理您所操心的事。希望您能记住,任何时候、任何情况下都不能绝望。抱有希望并采取行动,是我们在不幸中的责任。无所作为的绝望是忘记和毁掉责任。现在我去把告别的人放进来。凳子的事您提醒得对。我去找一把来放上。"

可是安季波娃已经不再听他说什么了。她不曾听到叶夫格拉夫·日瓦戈去开房门,没听到走道里的人们拥进屋里,没听到他如何同丧礼主持人和主要的送行人怎样在交涉,也不曾听到人们走动、玛林娜的哭喊、男人们的咳嗽和妇女们的抽泣和叫嚷的声音。

周围这些单一的声音让她感到头晕、恶心,尽量挺着不让自己昏倒。她的心就要碎了,头剧痛。她垂下头,陷入猜测、想象和回忆之中。她一时之间完全沉入其中,有几个小时,想象自己到了日后的某一个年龄,能不能活到那个时候还不知道。到了这个年龄,她会变老几十年,成为一个老太太。她完全被沉思埋没了,真像是跌到了自己深度不幸的最底层。她心里在想:

"再也没有什么人了。一个死了,另一个自己结束了生命,剩下的只是那个该杀的。她曾经蓄意杀过,可是没有命中。那是个异样的毫无价值的卑劣之人,也就是此人让她一生不断有着自己也搞不清楚的罪过。这个鄙俗的恶魔,如今正在只有集邮爱好者才知道的亚洲一些城市谜一般的街巷里四处逃窜,而她的亲人和所需要的人,却是一个也没有了。

"嗳,那天是圣诞节,在考虑好了要开枪杀死这个卑鄙可怕的家伙之前,黑暗中就在这间屋子里和当时还是个大男孩的帕沙谈过话,如今人们正向其告别的尤拉,当时在她的生活里连影子还没有呢。"

她尽力回想着要重现圣诞节那天和帕沙谈话的情景,可是除了当时在窗台上点着的蜡烛,和旁边窗玻璃上烤化了的一小圈冰面以外,什么也想不起来了。

她焉能想到,现在躺在桌上的死者,当时从街上经过时从这个小孔就注意到了这支蜡烛?她焉能想到,就从在街上看到这只烛光开始——"桌子上点着蜡烛,点着蜡烛"——就进入了他的生命,成了他的使命?

她的思绪集中不起来了,于是就想:"无论如何,不举行安魂祈祷终归是一件憾事。宗教的送葬礼仪才是隆重、庄严的!大多数的亡者是不配享受的。尤罗奇卡却是完全值得的!他完全享受得起这一切,足以说明'盖棺哭颂阿利路亚'是确实值得的。"

一种骄傲和轻松的感觉于是涌上心头,正如同每次记起尤拉或是与他短暂共度的时光一样。他一向都是如此轻松自然,毫无牵挂,现在这样的心情气氛也笼罩着她。她从容地从凳子上站起身来,整个人有了不可理解的一个改变。她要借助他的力量,尽管时间不长,也要摆脱这种受束缚的状态,从悲痛的泥沼里去到新鲜空气中,像以往那样体验解脱的幸福。这正是她梦想的和他告别的幸福,就是有机会也有权利任性地痛哭他一场的幸福。她心情冲动地环视了一下房间里的人，可是像被医生滴了药水一样两眼都是泪水，什么也看不清。人们开始走动，擦鼻子，闪到一旁，走出房间，最后留她一个人在这半掩着门的屋子里。她走向停放在桌上的棺木跟前，其间迅速画了个十字，接着踏上叶夫格拉夫拿来的那只凳子上，缓缓地向死者画了三个大十字，用嘴亲吻了死者冰凉的前额和双手。对仿佛已经缩小了的前额和握成拳头的两只手并不去理会，也不去留意这种变化。此时的她，呆呆地，一瞬间不开口、不思想，也不哭泣。她整体地用自己的头、胸、灵魂以及如心灵般巨大的双手伏倒在鲜花和棺木中的死者身上。

十五

　　她浑身颤抖着压住哭声，尽力忍住泪水。可是突然一股力量盖过了一切，眼泪流了出来，淌到腮上，洒落到衣服、两只手和她紧拥着的棺木上。

　　她无言无语，无思无想。和他共同的思想、认识和信任，不由自主地一连串在心中涌现，像天空中的浮云和当年夜间的谈话一样，从她身上掠过。

　　曾经有过并给她带来幸福和解脱的，正是这种感觉。

　　这是无须理性头脑的、炽热的、相互促成的认知。

　　这是一种本能的、直接的认知。

　　她曾经满怀着这种认识，现在则是对死亡既无准备、又模糊不清的理解，而且毫不惊慌失措地面对。在这世上她确实像是已经活过二十次了，记不清有多少次失去了尤里·日瓦戈，在这方面已经有足够的经验，因此如今在棺木旁边的所感所为都恰到好处,十分得体。

啊,这样的爱是自如的、从未有过的,与此相似的举世皆无！他们两人的所思所想,正如同安魂祷词唱出的一样。

他们两人相爱不是像虚伪描述的那样出于必不可免,也不是由于"炽热的激情"煽动。他们彼此相爱,是因为脚下的大地、头上的青天、白云和周边的树木以及周围的一切,都希望是这样。也许,环绕着他们的一切,要比他们自己更加喜欢这份爱情,包括路上的陌生人,供人休闲散步的旷野和他们居住与相会的房间。

其实,让他们亲近并结合在一起的,这才是主要的原因！任何时候,即使是在上天赐予的忘我的幸福时刻,那种最高境界的、抓住心灵的东西从未离开过他们。这就是欣赏两人共同塑造的世界,就是将他们自己置身于自然的整幅画卷之中,感觉到是从属于眼前全部的美,从属于整个宇宙。

他们呼吸的只是这种共同结合,所以,将人置于自然界之上,时兴的对人的崇拜和娇惯,都引不起他们的兴趣。在他们二人的眼中,已经成了政策的虚伪的社会原则,只不过是家中自制小玩意而已,同时也难以让人理解。

十六

她开始用不拘俗礼的说家常话的方式与他告别。她的话冲破了现实的框子,如同悲剧当中的合唱与独白、诗的言语、音乐和其他一些程式化的俗语一样,并没有什么意义,只表达波动的情绪。

在这种客观造成的情况之下,只有眼泪能为她辩解说出的那些无关紧要的、事先并无准备的言语,而她要说的活生生的不需要打扮修饰的话,都沉浸在这泪水之中。

似乎是这些让泪水濡湿的话语,自己就融合在她那轻柔快速的低语之中,像是湿润的雨点落在湿滑的树叶上发出的沙沙声。

"我们又在一起了,尤罗奇卡。上帝又让我们见面了,你想想看,真可怕呀!噢,我受不了!上帝!只能放声大哭!你想想看!这又是我们的方式,我们的办法。你的离去,我的结束,这又是某种力量巨大、无可替代的东西。生之谜、死之谜,天才之美妙、显露之魅力,这可是我们二人能懂得的。至于那些鸡零狗碎式的世界上的争吵,像是要改造地球似的,对不起,您请便吧,这与我们不相干。

永别了,我最亲的人,永别了,我的骄傲,永别了,我那水深流急的小河,我多么喜爱你那日夜不停的汩汩声,我多么愿意投身于你那冷冷的波涛之中。

你还记得那次在雪地上同你告别的情形吗?你可是骗了我呀!没有你难道我能走吗?哦,我明白,我知道,为了假想中的我的幸福,你是勉强这样做的。当时一切都毁了。上帝啊,我在那儿受尽了折磨,可是你什么都不知道!唉,尤拉,我干了什么呀!你不知道,我是个有罪的人。不过这不是我的错。当时我在医院躺了三个月,其中有一个月失去了知觉。从那以后我过的是什么日子啊。尤拉,后悔和苦痛让我心中始终不得平静。可是最主要的我还没说,我不能说。

我没有力量说出它来。每次想到生命途中的这一处,吓得头发都要竖起来。你要知道,我不敢保证我是神经正常的。你要知道,我不像许多人那样去酗酒,我不走那条路。因为一个酗酒的女人是不可救药的了。我说得对吧?"

她又说了些别的,接着失声痛哭,不能自持。突然之间她惊讶地抬起头,向周围打量了一下。屋子里早就进来人了,有的为她担心,有的在走动。她从凳子上下来,步履不稳地离开了棺木,用手掌擦了擦眼,像是要挤出没哭尽的泪水,然后甩到地上。

几个男人走到棺木跟前,用三块檐板把它抬了起来。起灵开始了。

十七

拉里莎·费奥多罗夫娜在卡梅尔格尔斯基街上的房子里住了几天。和叶夫格拉夫·安德烈耶维奇说过的整理书稿的事,在她参与之下开始了,但没有做完。她曾经请求要和叶夫格拉夫·安德烈耶维奇谈的一件事,也说过了。他从她那里了解到了一件重要的事情。

有一天,拉里莎·费奥多罗夫娜从家里出去就再也没有回来。看来是那几天她在街上被捕了。如今她已被人们遗忘,只成了下落不明的人的名册上一个无名无姓的号码,也许死在北方无数的一个普通集中营或者女子集中营里头,或是不知去向。

第十六章 尾 声

一

一九四三年的夏天，红军突破了库尔斯克包围圈，解放了奥廖尔之后，不久以前晋升为少尉的戈尔东和杜多罗夫少校各自返回他们所属的同一个部队。前者从莫斯科出差回来，后者在那里度完三天假归队。

两个人在归途中不期而遇，一起在切尔尼小镇上过夜。这个小镇像"荒漠地区"的大多数有人住的地方一样遭到了破坏，但还没有完全毁掉，尽管敌人撤退时想把它从地球上抹去。

在城里一处尽是烧焦的残砖碎瓦废墟中，他们找到一个没有被毁的干草棚，两人就在那里过夜。

他们睡不着觉，整夜都在谈话。三点钟快天亮的时候，杜多罗夫刚刚入睡，就让戈尔东吵醒了。他手脚不灵活地钻进干草垛里，像在水里一样翻腾一阵，把几件衣服卷成一卷，又笨拙地从草垛上面爬下来到门口。

"你穿上衣服要去哪儿？天还早哪。"

"上河边去一下。想洗几件衣服。"

"你发疯啦。晚上到了部队，保管员坦卡会替你洗的。你着什么急呀。"

"不想拖了。都让汗湿透了，穿得太脏了。早上天就很热。涮几把，拧干了，在太阳底下一会儿就干了。再洗个澡，换上干净衣服。"

"那可不大合适吧。怎么说你也是个军官，对不对？"

"天还早，周围的人还都睡着。找个树丛我躲在后头，谁也看不见。别说话了，你睡吧，要不困劲就过去了。"

"不说话也睡不着了。我和你一起去。"

两个人经过一堆堆石块废墟朝小河走去。初升的太阳已经把白色的石块晒热了。在先前的街道中间，人们躺在地上睡着，打着呼噜，脸晒得通红，周身是汗。他们大多都是没了住处的当地的老人、妇女和孩子，还有追赶自己部队的零散的红军战士。戈尔东和杜多罗夫小心地注意脚下，从睡觉的人当中走过，生怕踩到了人。

"说话小点儿声，别把街上的人吵醒，不然就洗不成衣服了。"

他们悄悄地继续着昨晚的谈话。

二

"这是什么河？"

"不知道。没打听，大概是祖沙河。"

"不对，不是祖沙河，是另一条什么河。"

"不过事情是发生在祖沙河上。我说的是赫里斯京娜的事。"

"不错，那是在河的另一个地方，靠下游。据说教堂已经把她列为圣者了。"

"那地方有座石造的房子，叫'马厩'。"确实是国营农场里养马场的马厩。这是个通称，如今已经成为历史了。房子是老式的，墙很厚。德国人又进行了加固，成了一个难攻的堡垒。从那儿进行射击能覆盖整个这一片地界，挡住我们的进攻。所以说，马厩是非拿下不可的。凭着机智和勇敢，赫里斯京娜神不知鬼不觉地潜入了德国人的防线，炸掉了马厩，自己却被敌人活捉后绞死了。

"为什么叫她赫里斯京娜·奥尔列佐娃，而不用杜多罗夫娃的姓呢？"

"因为我们还没结婚。四一年夏天我们互相许诺战争不结束决不结婚。在这以后我就随部队行动，而且始终调来调去。在这期间我失去了和她的联系，以后再也没见到过她。关于她的英勇事迹和牺牲的情况，我所知道的和大家一样。也都是来自报纸和团队发布的命令。据说要在这里为她建一个纪念碑。听说日瓦戈将军，就是已经去世的尤拉的弟弟，正在这一带视察，搜集她的材料。"

"请原谅，不该引起你谈到她。这对你太沉重了。"

"这不是问题。不过我们也是说得够多的了。我不再耽误你的事了。脱了衣服下水去吧。我要在岸上躺一躺，嘴里含上根草嚼一嚼，也许还能打个盹。"

过了几分钟他们又谈了起来。

"你在什么地方学会了洗衣服？"

"生活逼出来的。我们这帮人不走运。被送进去的那个惩戒营是最吓人的。很少有活着出来的。从到达的那天起就开始受罪。我们一群人被从火车上带下来，眼前是一片茫茫雪原，很远的地方是森林，还有枪口朝下的警卫和警犬。就在这个时间的前后，还分别押来了另外几拨人犯。在雪地里让我们排成挺宽的队列，背对背呈多角形，为的是不让我们彼此看到。然后命令我们跪下，大家害怕被处决，都不敢往两边看，接着就用侮辱人的方式开始点名，时间拖得很长。我们始终都是跪着。最后让大家站起来，其余几拨人被带往各个劳改点去了，对我们却宣布说：'这里就是你们的营地。你们自己安顿去吧。'头上是天空，脚下是雪地，雪地中央立着一根柱子，上面有字，写的是'古拉格 92ЯН90'，除此以外就什么都没有了。"

"我们那时候要好一点儿，算是运气不错。我是因为受到头一次的牵扯才又第二次被捉进去的。另外，判罪的条款不同，条件也不一样了。像头一次一样，我一被放出来就平了反，允许我在大学里授课。应召参战的时候我是享有充分职权的少校，不像你似的是受惩罚的。"

"对，我们就是带着'古拉格 92ЯН90'号码的这根柱子，其他一概全无。最初我们是在严寒之中用折断的杆材林搭窝棚。其实也算不了什么，我们慢慢地也盖起了房子，你不信吧。牢房是我们自己盖的，立了围栅，修起了单人禁闭室和瞭望塔，全是我们自己干的。接着伐木就开始了。把树砍倒，滚木下山。运木材，八个人拉一辆雪橇，大雪没到胸口。很长时间都不知道战争爆发了，瞒着我们。突然之间有了通知。惩罚营的人可以志愿兵的方式上前线，几次战役活下来的就恢复自由。以后就是一次次的冲锋，突破几公里长的通了电的带刺的铁丝网，到处是地雷，发射的迫击炮，一连好几个月都在极猛烈的炮火之中。在这几个连队里，人们不是平白无故地就都说我们是敢死队。死得就剩下一个人了。我是怎么活下来的？我怎么活下来的？可是，你想想看，要和可怕的集中营相比，在这血流成河的地狱还算是幸运，这指的完全不是恶劣的条件如何，而是另有原因。"

"是啊，兄弟，你算是吃够了苦。"

"在那种地方不用说是洗衣服，想学什么都能学会。"

"真是怪事。不只是在你受苦役方面，就是相对于三十年代整个生活状况而言，甚至于人身还自由的时候，对有书、有钱、环境舒适的大学教书这样的条件来说，战争就是一场清污除垢的暴风雨，是一股清新的空气，是让人解脱的微风。我以为，集体化是错的，这种举措是失败的，可是又不能承认这个错误。为了掩饰这个败笔，就必须用尽所有的恐吓手段，让人们不要去思考和判断，强迫大家去看那并不存在的东西，去证明与实际相反的东西。空前残忍的叶若夫的那些措施就是由此而来的，还公布了原本就不准备采用的宪法，进行根本不符合选举原则的选举。等到战争一爆发，实际的恐怖、实际的危险和死亡的威胁，同那种构想出来的非人的统治权相比，带来的却是轻松，因为可以使那些脱离实际的法令条文的魔化作用受到限制。不只是像你这样处于服苦役状况的人，不论在后方或是在前线的所有的人，都更为自在地长舒一口气，满怀着真正的幸福感，投身于殊死的、解救的严酷斗争之洪炉。"

"在十几年的革命链条当中，战争是个特殊的环节。作为各种变革本质因由所起的作用，已经终结了。间接的结果，成绩的成绩，后果的后果开始显现出来了。这就是从灾难中锻炼出来的性格,不再娇生惯养,英雄主义精神以及为投入前所未有的更大的惊人事业,做好了准备。这些神话般惊人的品质,形成了一代人的精神色彩。

"观察到这些,还是让我满怀幸福之感,尽管赫里斯京娜受尽折磨死去,尽管我几次负伤和我们遭受了损失,尽管为了这场战争付出了宝贵的血的代价。自我牺牲的光芒,减去了奥尔列佐娃的死对我的沉重打击,照亮了她一生的结局和我们每一个人的生活。

"正好是你这个可怜人遭受数不清的折磨的时候,我获得了自由。这时奥尔列佐娃考入了历史系。专业兴趣使她处于我的指导之下。早在我第一次从集中营出来之后,她还是个小孩子的时候,我就注意到了这个出众的女孩。你还记得吧,尤拉在世的时候我还说起过她。你看,如今她居然成了听我讲课的人当中的一个。

"学生批评教师在当时还刚刚时兴起来。奥尔列佐娃对这种风气真是趋之若鹜。只有上帝才知道,她为什么如此狂热地斥责我。她的攻击持续不断,带有火药味而且不公正,以至于教研室的其他学生有时起来为我说话。奥尔列佐娃还非常幽默。她给我套上一个假名字,不过大家都知道这指的是我,在墙报上恣意地进行嘲讽。突然由于一个完全偶然的原因才弄明白,原来这种根深蒂固的敌意,是早就牢固隐藏了很久的青春爱恋的一种伪装的形式。我一向也是这样对待她。

"一九四一年,也就是战争爆发的头一年,我们过了一个非常美好的夏天。当时正值开战的前夕和宣战之后那段时间。有几个青年人,男女大学生们,其中也有她,在莫斯科郊外的别墅区住了下来,后来我们的部队也到了那里。他们接受军训,组建民兵队伍,赫里斯京娜进行了跳伞训练,还在城市房屋屋顶上,击退了德国人头几次的夜间空袭。在这个过程中,我和她产生了友谊。我告诉过你,我们是在那儿订的婚,很快就因为我最初的随军调动而分了手。以后再也没有见过她。

"随着我们的情况好转和成千的德国人开始投降,我两次受伤和两次住院,之后又从高炮部队调到司令部的七处,因为那里需要懂外语的人。直到我像在海里捞人似的把你找到之后,就坚持一定要把你调到这里。"

"保管员塔妮娅很了解奥尔列佐娃。她们是在前线认识的,并且成了朋友。关于赫里斯京娜的事,她说了不少。塔妮娅一笑就满脸开花,那笑法跟尤里一样,你没注意到吗?只要她那翘鼻子和凸颧骨不那么显眼的时候,那脸还是挺招人和可爱的。这种脸型在我们这儿是很普遍的。"

"我明白你指的是什么。可能是我没注意吧。"

"坦卡①·别佐切列多娃这个称呼太粗俗难听了。无论如何这也不是个姓,完全是乱编出来的、走了样的。你说呢?"

"她不是解释过嘛。她是自小无父无母、无人照管的孩子。在俄国偏远的内地,语言还原封未动地保持着纯洁状态,人们就叫她是别佐切伢,意思就是没有父亲的孩子。后来她住的那条街上的人,不知道这个叫法的意思,听着听着就搞错了,意思也变了,更加接近当地大众化的土话了。"

①　坦卡,塔妮娅的爱称。

三

　　这是在被彻底破坏了的卡恰列沃城里。戈尔东和杜多罗夫在切尔尼过夜并且彻夜长谈之后，不久就来到了这里。两位朋友在这儿，总算追上了赶在自己这个军后面的后勤机关。

　　平静而炎热的秋天，一个多月以来始终是晴朗的天气。在炽热无云的蓝天之下，布林什内这片位于奥廖尔和布良斯克之间肥沃的黑土地，被阳光照得现出咖啡色。

　　一条和公路交汇在一起的笔直的街道把城市一分为二。一边是房屋被地雷炸成的一片建筑垃圾，果园里被连根拔起的树都烧成了碎片。街的另一边是一片荒地，受火烧和炸药的破坏颇少，可能是在城市被毁之前房子就建得不多，没有什么可破坏的。

　　在早先房屋较多的那边，没有了住处的居民，在没烧尽的灰堆里翻找、刨挖着，把从离火堆较远的各个角落找到的东西集中到一个地方。另一些人给自己挖土窖，把地皮切成一块一块的盖在土窖上面。

　　在房屋建得较少的那一边，搭起了一些白色的帐篷，停满了第二梯队各后勤部门的卡车和马拉的带篷大车，有的是脱离了师部的野战医院，有的是吓得迷了路、互相寻找的各类站场、军需以及粮库部门的队伍。还有一些是从新补充的增补连队来的少年，头戴灰色的船形帽，身后背着沉重的灰色大衣卷，人都很瘦弱，一副土灰色的、让痢疾病弄得虚弱贫血的面容。他们在这里排泄大小便，就地躺下休息，睡个觉，然后继续无精打采地向西行进。

一半已经成为灰烬的城市还有火在燃烧,远处埋有延迟引信地雷的地方还不断发生爆炸。在园子里挖掘的人,时不时由于脚下地面震动的反应而停下来,伸直了一直弯着的腰,倚着铁锹把歇一歇,把头转到发生爆炸的那一方,久久凝望着。

就在那个方向上,垃圾产生的灰的、黑的、砖红的和火红色的烟尘,开始像柱子和喷泉似的冲上天去,之后又让一股股气流吹散开来,重新又落回到地上。在园子里挖掘的人重新干起活来。

在房子较少的这边有一块林中空地,四周都是树丛,上方是众多古树构成的一片浓荫。这块植被极好的空地,似乎成了一处与世隔绝的独居住宅,一个隐没在凉爽黄昏之中的有篷顶的院落。

就在这块空地上,保管员塔妮娅和两三个同团的战友,以及几个要求搭伴同行的人,还有戈尔东和杜多罗夫,从清早起就等着派来接运塔妮娅,和由她保管的团部物资的卡车到来。东西都装在几只鼓鼓的箱子里,放在地上。塔妮娅守着它们,一步也不离开,其余的人也在近处,怕的是失去走的机会。

等了已经很久了,超过了五个小时。他们无事可做,都听着这位见过世面又喜欢讲话的姑娘不停的闲扯。她方才讲的是她见到了日瓦戈少将的情形:

"那还用说,就跟昨天才发生的一样。他们带了我去见将军本人,就是日瓦戈少将。他是在这儿路过,想了解赫里斯京娜的事,要找那些当面见过她的证人。人们把我推荐给他,说我是她的好朋友。将军命令叫我去,于是就把我带去了。一点儿也不让人害怕,没什么特殊的,和大家一样。头发是黑的，眼睛有点儿斜。我把所知道的就都说了。听完了，他说了声谢谢。他又说，你是干什么的，哪里人。我自然是支支吾吾地不愿说。有什么值得夸的呀！一个从小没人照管的孩子，你们都知道的，无非就是教养院和四处流浪。他说这有什么可难为情的，让我讲下去。一开始我还胆怯，只说一两句，然后就越说越多，他不住地点头，我胆子也大了。我确实有可讲的，你们要是听了准保不信，认为我是胡编的。我想他也是这样。我一说完，他就站了起来，在屋子里从这头到那头地走来走去。他说，你讲的这些太不可思议了，现在我没有时间，我还要找你的，别担心，我能找到，而且还要叫你来。我简直想不到他能说这些。他还说对你不能撒手不管，而且还有些细节需要搞清楚，说不定还要当你的干叔叔，让你成为将军的侄女，送你上大学，想进哪个学校都行。天哪，这都是真的。就是这么个让人高兴的人。"

这个时候，一辆车身很长、车帮很高的马拉运货的空车驶入了这块空地。这种车在波兰和俄国西部是拉干草用的。赶着两匹驾辕马的是一名现役军人，按旧时的专门叫法就是辎重兵。他把车赶进空地，自己从驭手台上跳下来，开始卸马。除了塔妮娅和几名士兵以外，其余所有人都把赶车的人围住，求他不要卸马，把他们拉到指明的地方去，当然是要向他付钱的。这名辎重兵拒绝了，因为他没有权力使用马匹和车辆，他要执行任务。他把卸了套的马牵走了，之后再也没露面。坐在地上的人都站了起来，又坐到了那辆空车上。塔妮娅的话，让大车的出现和众人与赶车人的交涉中断了，现在又继续讲了下去。

戈尔东问道："你对将军说的那些，能不能给我们重新说说?"

"怎么不能呀,当然可以。"

她于是向他们讲了自己可怕的经历。

四

"我真的是有话可说。有人说,我好像不是一般人家出身。是别人跟我说的,还是自己记在心里的,那就不知道了。我只是听说我妈妈拉伊莎①·科马罗娃,仿佛是藏在白色蒙古的一位俄国部长科马罗夫同志的妻子。这个科马罗夫应该不是我的亲生父亲。当然,我只是个没文化的姑娘,无父无母,从小就是个孤儿。你们也许觉得我说的这些挺可笑,不过我知道什么就说什么,应该设身处地来了解我。

"是啊,我下面要讲的这些事,都发生在远离克鲁什茨的地方,在西伯利亚的另一端,哥萨克人的那一带,接近中国边境了。就在我们红军逼近白军主要城市的时候,这位科马罗夫部长把妈妈和她全家送上一列专车,命令把她们送走。因为妈妈受到极度的惊吓,没有他们这些人她寸步难行。

"关于我,科马罗夫甚至不知道世界上还有这么个人。妈妈让人把我藏在另外的地方,而且谎称是已经死掉了,怕的是有人说走了嘴让他知道。他极度不喜欢孩子,一提起小孩就又喊又跺脚,说这是家里的脏东西,让人不得安宁。他常喊着说受不了这个。

"大概就因为这个,红军开始逼近的时候,妈妈就让人去

① 此处塔妮娅说错了母亲的名字。

纳格尔纳亚铁路会车站,把值守员的妻子玛尔法找来。那地方离她所在的城市有三个区间。我现在就给你们细说一下。头一站是尼佐夫,其次是纳戈尔内会车站,然后是萨姆松诺夫山口。我现在才明白妈妈是怎么认识的值守员的妻子。估计是玛尔法在城里边卖青菜、送牛奶。肯定是这么回事。

"我跟你们说,有些事看起来我现在也还不太清楚。想必是人家骗了妈妈,没对她说实话。天晓得契约是怎么写的,说是在这混乱时期照看我一两年,不是永远养育在别人家里。妈妈也不可能把亲生孩子送出去的。

"事情是明摆着的,当时我还小嘛。走到阿姨跟前,阿姨给块饼干,不要怕,阿姨好。后来我一直是在泪水中挣扎,一颗孩子的心伤得快要碎了。这些最好就别去想它了。曾经想过上吊,小小的年纪几乎就要疯了,我还太小啊。一定是向玛尔法阿姨付了养育费,很多钱。

"会车站信号楼的院子里挺富足的,有牛、有马,当然还养了各种家禽。在划归铁路用的土地上,还辟出了菜园子,地块想要多大都行,住的房子是分配的,而值守员本身就是铁路上的公家人嘛。火车从我家乡那边来是上坡路,吃力地向上行驶,从你们俄罗斯这边过来就开得快极了,还得用上刹车。秋天的时候树叶脱落了,可以看到坡道下面像放在盘子里似的纳戈尔内车站。

"对瓦西里这个人,我按乡下人的习惯管他叫爹。他是个快活的善良人,只是太容易相信别人,喝醉的时候就像俗话说的——母猪遇上骗猪,自己跟自己过不去。另外,碰上个人就能把心里话都倒出来。

"对值守员的妻子玛尔法,我从来没喊过一声妈。是因为我忘不了自己的妈妈，或许还是玛尔福莎①阿姨太让人害怕的缘故。是啊，我一直就叫她玛尔福莎阿姨。

"一年年的日子就这么过去了，多少年我也记不清了。那时候我已经能举着旗子朝火车跑过去了。牵牛、驭马对我来说已经不算回事，玛尔福莎阿姨还教我纺线。家里的活儿更不在话下，擦地、收拾屋子、发面、做饭，全难不住我，都会。对了，有件事还忘了说，我还照看着一个三岁的孩子彼坚卡，他双腿肌肉萎缩，不能走路，只能躺着。彼坚卡是由我照管着。多少年都过去了，可是想起玛尔福莎斜着眼看我那两条健康的腿的神气，我后脊背就发凉，那意思仿佛是说，为什么我的腿肌肉不萎缩，偏偏是彼坚卡，似乎是我使的坏，把他害了。你们看，这世上居然有这么恶毒和黑了心的人。

"你们都听好了，俗话说这只是刚开了花苞，下面的你们听了准会啊的一声叫起来。

"那时正赶上新经济政策，一千卢布只当一个戈比用。瓦西里·阿法纳西耶奇到坡道下边把牛卖了，换回来两口袋票子，叫克伦斯基票，对不起，说错了，叫柠檬票。他喝完了酒，就在整个纳格尔内站上嚷嚷说自己发了财。

"还记得那天是刮着秋天的大风，房顶都快掀开了，人都站立不住。火车逆着风连这条上坡道都开不上来。我看到有个朝圣的老太太在坡道上方走着，风翻卷起她的衣裙和披巾。

"老太太边走边哼哼，用手捂住肚子，过来求我们让她进屋。我们让她坐到凳子上，她啊啊地喊着说肚子疼得快要死了，求我们看在上帝的分上送她去医院，她给钱，不心疼钱。

---

① 玛尔福莎，玛尔法的爱称。

我爹套上那匹壮马,扶她上了车,送她到离我们那儿十五俄里外的县医院去了。

"我和玛尔福莎阿姨躺下睡了没有多一会儿,就听见窗外壮马在叫,我们的马车进了院子。回来得也太快啦。于是,玛尔福莎点上灯,披上短外衣,不等爹来敲门自己就过去开门。

"开了门一看,站在门前的根本不是爹,是个脸黑黑的、可怕的陌生男人。那人开口就说:'卖牛的钱在哪儿,指给我看。我在树林子里把你丈夫解决了,告诉我钱在哪儿,就饶了你这娘们。要是不说,你自己也明白,那就怪不得我了。别和我耍嘴皮子,没工夫和你磨蹭。'

"唉,亲爱的同志们呀,我们该怎么办啊,你们替我们想想!我们浑身发颤,不死不活地吓得说不出话来,太可怕了!头一件事,他自己说的,用斧子把瓦西里·阿法纳西耶维奇给劈了。第二件倒霉的事,只有我们两个人和强盗在家里,这人明摆着是个强盗。

"这时玛尔福莎阿姨显然是头发蒙了,丈夫的死让她心都要碎了。可是要挺住,不能露出声色来。玛尔福莎阿姨先是向他下跪,哀求他说,别杀我,你说的什么钱,我一点儿也不知道,这还是头一回听说。可是这个该死的没那么简单,几句话打发不了他。突然之间她心生一计,要骗一骗他。于是说:'算了吧,照你说的办。钱在地窖里,我把窖口打开,你钻进去,就在下面。'可是那个恶魔一下子就看透了她的鬼主意,他说:'不行,你自己进去。不管你是钻下地还是上房顶,把钱给我就行。只是你要记住,耍我可不行,我和开玩笑可不是好事。'

"她回答他说：'上帝保佑，你不用多心。我自己很乐意下去，就是身体不行。最好是我在台阶上头给你照着亮，你也不用怕，为了让你放心，让我女儿也跟你一起下去。'这指的当然是我。

　　"亲爱的同志们，你们想想看，听到这个我可怎么办呀！我心想，这下子算完了。当时就觉得两眼发黑，腿发软，要倒下去。

　　"那个恶人可是不傻，用一只眼斜看了我们俩一下，接着眯起眼来咧开大嘴狞笑一声，表示的意思是你哄骗不了我。他也看出来了她并不心疼我，我可能不是她亲生的。于是一只手抓住彼坚卡，另一只手拉住地窖顶盖的铁环，打开了窖口，'照着亮。'他一边说一边就带着彼坚卡顺梯子下去了。

　　"当时我就想，玛尔福莎阿姨是疯了，什么都不清楚，脑子坏了。那个恶魔带着彼坚卡刚一下到窖口里边，她就把那顶盖往坑口的框子上一盖，上了锁，接着就要把一只挺沉的箱子推到窖口这边来。箱子太重，她朝我点点头，意思是叫我过去帮忙。箱子挪到窖顶上，她自己笑着坐了上去。真是个傻瓜。

　　"她刚一坐到箱子上，底下就传来了强盗的喊声，并不住地敲地板。那人喊叫说，赶快放他出来，不然立刻把彼坚卡弄死。地面太厚，隔着听不到，况且听见了也没用。他喊得比野兽号叫还难听，让人害怕。他喊的是，你的彼坚卡马上就完蛋了。她什么也不明白，只管坐在那儿笑，朝我挤眼，仿佛是说，只管喊叫吧，反正没人听你的，反正我坐在箱子上，钥匙在我手里。我想办法要让玛尔福莎阿姨明白，冲着她耳朵嚷，还想把她从箱子上推下来。必须把地窖打开，把彼坚卡救出来。

可是我该怎么办呀！我拿什么对付她呀？

"那人还在下边敲,时间一分一秒地过去,她坐在箱子上眼珠子转来转去,什么也不听。

"我的爷啊,老天爷啊,时间不容人呀,我这一辈子见过的多了,苦也受够了,可从没遇到过这么让人忍受不了的事,一直到死我也忘不了彼坚卡那可怜的微弱的声音,——那是小天使一般的彼坚卡在地窖里呻吟、呼喊,——那个该死的恶魔用嘴把他咬死了。

"那么,我怎么办,我该做点儿什么,怎么安顿这已经半傻的玛尔福莎,怎么处置那杀人的强盗啊？时间一点一点在过去,我刚一想到这里,就听见那匹壮马在窗外嘶叫。原来这马没有卸套,一直在原地站着。对啦,壮马这一叫唤,仿佛是提醒我说,塔纽莎,快骑上我跑去找好心人来帮帮吧。我一看,天快亮了,心想就按你的意思办,你这好样儿的壮马,咱们走吧。我正在这么想的时候,仿佛有人在树林子里发了话:'塔纽莎①,等一下,别忙,咱们另外还有办法。'看来在这森林里,又不是只有我一个人了。就像是一只公鸡喔喔地啼叫着同伴,一辆机车从坡道下边拉响了一声汽笛。根据这个汽笛声,我知道是那辆总是在纳格尔内车站升火待发的机车。大家都管它叫推车,用来助推货车上坡的。这回是一趟混合编组的列车,每天晚上在这个时间从这里经过。现在我听到的是这辆熟悉的机车在坡道下边招呼我。我听见了,心都快跳出来了。我想,大概我和玛尔福莎阿姨一起都精神失常了,因为感到任何一个有活气儿的东西,任何一件不会说话的机器,

<hr>

① 塔纽莎,塔妮娅的爱称。

都能清楚地用俄语开口对我说出话来。

"哪儿还有时间细想啊,火车已经快到了,没时间啦。我一把抓起已经显得不太亮了的提灯,朝铁轨跑去,站在两条铁轨当中,前后摇晃着提灯。

"不用说了,我把火车拦住了。应该感谢那风,是它让那火车慢慢地,可以说是一步一步地开过来的。截住了火车,熟悉的司机从驾驶室的窗口探出身来问,因为有风,听不见他问什么。我朝司机喊着说,有人袭击铁路值巡站,杀了人还抢劫,强盗就在屋子里,叔叔同志,救救命吧,赶快去救吧。我正说着的时候,几个红军战士从暖棚车厢一个接一个地跳到路基上,问着说出了什么事,为什么夜里车停在很陡的坡道上不走了。

"知道了发生的事,他们把那强盗从地窖里拖出来,那家伙用比彼坚卡还细小的嗓门哀求饶命说,好人们哪,别杀我,我再也不敢了。他们把他拉到枕木上,手和脚分别绑到铁轨上,活着让火车轧了过去——用私刑处置了。

"我也没回屋去取衣服,那里太可怕了。我求叔叔们把我带上火车去,他们就把我带走了。从此以后,我绝不是夸口,和那些流浪者们一起,不论是咱们的还是外人的,什么地方都到过了,走遍了半个地球。经过了童年的痛苦,我才明白了什么是快乐,什么是幸福! 当然,也还有不少的不幸和过错,这些我以后再给你们说。还是在那一天,从火车上下来一个铁路上的职员,到值巡站接收了属于公家的财物,对如何安置玛尔福莎阿姨也做了吩咐。听说她后来在疯人院里精神错乱病死了。另外有人说是病好了,出院了。"

戈尔东和杜多罗夫听了这些之后,默默地在草地上徘徊走了很长时间。后来卡车到了，笨拙吃力地从路上拐进林中的这处空地。人们开始往车上装箱子。戈尔东说：

"这个保管员塔妮娅是什么人，你明白了吗？"

"噢，当然啦。"

"叶夫格拉夫会关心她的。"沉默了一会儿他又接着说：

"这种情形历史上已经有过几次了。设想的是颇为理想的、崇高的，结果变得粗俗了、物质化了。就是这样，希腊成了罗马，俄国的启蒙变成了俄国的革命。

"你就拿布洛克的'我们都是俄国恐怖年月的孩子'这句话来说，立刻就能看出时代的差异。布洛克说这句话的时候，应该从转义的方面、从形象表达方面去理解。孩子们指的不是孩子，而是儿子们、子女们，是知识分子们，恐怖不是指的可怕，而是天命注定，是一种启示，这些都是不同的东西。现在，转义的都成了字面上的，孩子就是孩子，恐怖就是可怕，差异就在这儿。"

五

五年或许是十年过去了，戈尔东和杜多罗夫又坐在了一起。那是个安静的夏日黄昏，在高处一个开着的窗前，眼下是无际的傍晚的莫斯科。他们正在翻看叶夫格拉夫编出的尤里所写的札记。这些都是他们看过无数次的，一半几乎都能背下来。翻看过程中不断交换意见和想法。读到一半的时候天黑了，看字吃力，不得不点上灯。

眼下和远处的莫斯科，是札记作者的故乡城市，他一生的经历有半数是发生在这里。两个人现在觉得，莫斯科并不是发生这些遭遇的一个地点，而是一部长篇小说中的主人公，今晚他们是手中握着这本札记，接近了故事的结局。

虽然人们所期待的战争结束以后的安详和解脱，没能与胜利一同到来，然而不论怎么说，战后这些年都处于存在自由征兆的氛围之中，也是这一时期唯一的历史内容。

坐在窗前的这两位已经老了的朋友感觉到，心灵里的自由已经到来，正是今天傍晚在他们脚下的街道上，已经可以触及到未来，他们两个也在步入未来，而且现在已经身在其中。想起这座神圣的城市和整个世界，想起能够活到今日的这段历史的参与者和他们的孩子们，两人的心中油然感到一种幸福而温柔的安详，这样的安详正把幸福化作无声的音乐传向四方。他们手中的这本札记似乎明了这一切，支持并证实着他们的感觉。

第十七章　尤里·日瓦戈的诗作[*]

1　哈姆雷特

喧嚷嘈杂之声已然沉寂，
此时此刻踏上生之舞台。
倚门倾听远方袅袅余音，
从中捕捉这一代的安排。

朦胧的夜色正向我对准，
用千百只望远镜的眼睛。
假若天上的父还肯宽容，
请从身边移去苦酒一樽。①

---

* 最后一章的诗篇，就是作者暂时告别诗之酷爱而又在小说中与之重逢
的结果，也正是帕斯捷尔纳克要用这部作品展示他小说与诗歌的全面
创作才华。当然，这一组诗绝非为了表现诗才而叠加在小说之后的游
离之作，更应看成对小说中人物命运、情感乃至事件，用另一种艺术手
段做了更为内化的烘托描摹。
① 语出《圣经·新约·马太福音》："在你凡事都能，求你将这杯撤去。"

我赞赏你那执拗的打算，
装扮这个角色可以应承。
但如今已经变换了剧情，
这一次我却是碍难从命。

然而场景已然编排注定，
脚下是无可更改的途程。①
虚情假意使我自怜自叹，
度此一生决非漫步田园。

2　三月②

阳光曝晒汗如雨下，
发疯的溪谷难忍热浪的冲刷。
早春的农事正繁忙，
件件操劳在牧羊女健壮手上。

羸弱的残雪更苍白，
身下的树枝露出一条条筋脉。
畜栏的生活更沸腾，
翻飞的草杈闪耀着尖利齿锋。

日复一日夜复一夜！

①　这句暗示主人公在时代大变革中艰难前行的命运。
②　这首诗可能取材于《圣经·新约·路加福音》中葡萄园管理人对耶稣说
　　的话："主啊！今年且留着，等我周围掘开土，加上善。"

屋檐下病恹恹的冰箸一节节，
日中又在滴滴溶解，
化作涓涓小溪诉说无眠梦呓！

马厩牛栏门扉四开，
鸽群在雪地上争食颗颗燕麦。
作祟的兴奋莫责怪，
这都是那股新熟的粪香带来。

3　复活节前七日

四周仍是夜的昏暗，
时光还是这般的早。
苍穹悬挂星辰无数，
颗颗如白昼般光耀。
若是大地有此机缘，
梦中迎来复活诗篇。

四周仍是夜的昏暗，
时光还是这般的早。
广场始终这样平展，
从十字路铺向街角。
待到黎明暖风吹拂，
千年①的日子还嫌少。

---

①　语出《圣经·新约·彼得后书》："有一件事我们不可忘记，就是主看一日如千年，千年如一日。"

大地仍是光秃一片，
无奈依旧赤手空拳。
夜半钟声如何敲响，
配合圣歌婉转回环。

从复活节前的三日，
直到节前的那一天，
拧成了漩涡的水花，
不停地淘掘着两岸。

就在基督受难之日①，
树木没有一丝装扮，
仿佛祈祷者的行列，
松林挺起排排躯干。

但是在那城镇之中，
会聚在狭促的空间，
光秃秃的林木一片，
凝望着教堂的栅栏。

它们眼中充满恐惧，
惊骇之色一目了然。
土地崩裂摇撼震荡，

---

① 指"蒙难的礼拜四"。

庭园举步走出栅栏，
它们要为上帝安葬。

在坛口看到了灯光，
黑披风和蜡烛成行，
还有那悲哭的面庞——
遮住坛巾
捧送十字架的仪仗，
你要躬身低首施礼，
门外肃立两株白杨。

行列绕过一座院落，
沿着人行道的一旁，
把春天和她的言语，
一并带到教堂门廊，
空中散发圣饼余香。

阳春三月晴空飞雪，
洒向阶前残疾人堆；
似乎门内走出一人，
奉献打开银色约柜，
布施净尽毫无反悔。

连绵歌声迎来黎明，
悲怆号啕已然尽兴。
使徒们默默地行进，

遥看那旷野的孤灯，
内心泛起空冥寂静。

待到得知春的消息，
一夜消失七情六欲，
只需红日喷薄欲出，
面对复活更生伟力，
死神也要悄然退避。

4 白夜

久已远去的时光又在眼前飘荡，
那幢房屋就在彼得堡的一方。
地主之家掌上明珠降在草原上，
你来自库尔斯克才走进了学堂。

美好迷人的你自有多少钟情郎，
那个白夜却只有你我人一双。
互相依偎着坐在你家的窗沿上，
仿佛从你的摩天大厦凌空眺望。

瓦斯街灯真像那纷飞的蝶儿狂，
初次的战栗催来了黎明时光。
轻声慢语我向你倾诉肺腑衷肠，
心儿飘向那片蒙眬沉睡的远方！

同样的情感拴紧了你我各一方，
心底都在把羞怯的忠诚隐藏。
真像是那尽收眼底的全景图像，
宏伟的彼得堡在涅瓦河边依傍。

就在这洋溢着春意的白夜时光，
沿着那远去的河流山川走向，
夜莺为一支支赞颂曲卖弄舌簧，
无边的林海尽情让那歌声徜徉。

惹人怜的黄口鸟儿也无法拒抗，
婉转啼鸣出自那弱小的胸膛。
这一切唤醒的只是不安和叹赏，
充满在深远而迷人的林海茫茫。

像是那赤脚的朝圣者漫步彷徨，
白夜沿着篱栅走来不声不响。
它身后牵出几丝窗边絮语声浪，
偷听到私房知心话回响在耳旁。

沿着一家一户庭院的木板围墙，
顺路听来的言语声流连徜徉，
苹果树和樱桃树舒展枝条臂膀，
披上了淡白色繁花点点的新装。

这一株株一片片的林木排成行，

幽灵似的白色身影投在路旁。
仿佛为了告别白夜再挥手张扬，
赞赏她此行不虚并且见多识广。

5 春天的泥泞小路①

天边燃尽晚霞的余光，
在荒僻的松林泥泞路上，
朝向远方乌拉尔的田庄，
骑者踟蹰彷徨。

慢走的马儿悠悠晃晃，
像是迎合着蹄铁的音响，
还有那叮咚潺湲的泉水，
一路匆匆赶上。

暂且松开手中的缰绳，
骑者让那马儿慢步徜徉，
春汛泛起了沉闷的轰响，
近在身边路旁。

仿佛是有人哭笑无常，
原来是蹄下的砾石相撞，
还有那连根掀起的树桩，

---

① 泥泞小路，又指歧路徘徊、犹豫不决。此处为双关用法。

卷入漩涡飘荡。

燃尽的晚霞闪烁余光，
衬出远山林木墨色苍茫，
宛如那报警的钟声敲响，
枝头夜莺欢唱。

沟谷旁一株孤单垂柳，
俯身低下枝叶纷披的头；
骑者学那古时绿林魁首，
呼哨一声长啸。

这炽热的情怀和操守，
是为了怎样的恋人烦忧？
填满霰弹的枪口乌油油，
要在密林寻仇？

原来是带着满身污垢，
走出政治逃犯的藏身沟，
朝着骑马或徒步的朋友，
走向游击哨口。

苍天大地丛林和田畴，
都捕捉到这声音的稀有，
里面包含着迷惘和痛苦。
幸福伴着忧愁。

6 倾诉①

生活又是无缘由地返回，
和它曾古怪地中断一样，
我依旧在那古老街道上，
也是相同的仲夏日时光。

同是那些人和那种烦忧，
夕阳的余晖也不曾尽收，
但死样的昏暗匆匆奔走，
把那霞光抹上马场墙头。

女人们披上廉价的裙衫，
夜晚才把那高跟鞋试穿，
过后在那铅皮的屋顶上，
反射出敲击阁楼的音响。

依然是迈着倦怠的脚步，
迟缓地跨过了那道门槛，
从地下室上来走到地面，
取了一条斜径穿过庭院。

我仍是准备了种种借口，

---

① 可以结合第十四章"重归瓦雷金诺"读这首诗。

可又觉得总是依然如旧。
善意的女邻居绕开避走，
留下我们两人在她身后。

———————

千万不要哀伤痛哭失声，
也无须撮起肿胀的双唇。
这会勾起心中痛楚深沉，
别触动火热青春旧伤痕。

红酥手不要抚在我胸间，
你我有传情达意一线牵。
无心无意之中时时相见，
任它摆布听凭命运偶然。

年华流逝你会结成婚配，
忘却那一时的迷恋沉醉。
成为妇人需要跨一大步，
神魂颠倒也须勇气十足。

面对女性的迷人的双手，
俏丽颈背和圆润的肩头，
满怀缠绵和眷恋的感受，
我的虔诚景慕永世不休。

暗夜尽管投下一副铁环，
把我完全限在忧伤之间，

还有更强的力牵向一边，
那是激情在召唤着割断。

7　城市之夏

细语轻声，
伴着热切的步履匆匆；
青丝漫卷发顶，
颈后略见蓬松。

头饰之下，
女人的目光透过面纱，
抬头回首刹那，
辫梢飘拂挥洒。

酷热街巷，
预示着夜来雷雨一场；
沙沙脚步声响，
紧傍庭院宅旁。

断续雷鸣，
天边响彻清脆的回声，
帘卷徐徐清风，
窗前轻轻飘动。

万籁俱寂，

大地依旧蒸腾着暑气，
闪电时断时续，
扫亮暗夜无际。

灿烂辉煌，
又是一天炎热的朝阳，
街心积水闪光，
夜来骤雨一场。

苦脸愁眉，
仿佛惺忪睡眼低垂，
百年椴树巍巍，
浓香繁花未褪。

8　风

死去的是我活着的是你，①
风儿如泣如诉，
撼动了丛林和房屋。
它摇荡的不是棵棵松树，
却是成片林木，
在无尽的远方遍布；
就仿佛是帆樯桨橹无数，
港湾水上沉浮。

① 句中"我"可能指男性，"你"可能指女性。

决非争那豪气十足，
也不是为了无名的怨怒，
只是伴着烦忧，
为你把摇篮曲寻求。

9　酒花①

常春藤缠绕着爆竹柳，
树下把避雨的地点寻求。
一件风衣披在你我的肩头，
拥抱着你的是我有力的双手。

原来这并不是常春藤，
却是浓密的酒花一丛丛。
那就更好让我们打开披风，
让它在自己身下宽舒地展平。

10　初秋艳阳天②

醋栗叶子长得粗厚繁茂，
人在家中笑得门窗在叫，
主妇们切碎盐渍加调料，
丁香嫩芽放在卤汁里泡。

---

① 酒花，又有"醉意"的意思。
② 可以结合第九章"瓦雷金诺"第一节和第二节读这首诗。

树林子像是在一边嘲笑，
把这些笑声朝山坡上抛，
榛树在那里受阳光炙烤，
像是被篝火的热气烧焦。

这里一条小路下到山谷，
还有许多干枯的水朽木，
那片片积水怜爱这初秋，
把这一切都收容在一处。

世界原本单纯而又清楚，
决非聪明人设想的糊涂，
就好比水淹了苍翠林木，
一切的一切都有着归宿。

一旦面前的一切都烧光，
眼睛也无须徒然地迷惘，
那白色的秋天的雾茫茫，
却像蛛丝一般粘到窗上。

从庭院篱墙引出的小路，
消失在一片桦树林深处，
院里笑声伴着家务忙碌，
同样的笑语欢声在远处。

11　婚礼

贺客走过一侧的庭院，
轻松愉快地参加喜筵，
手风琴伴着笑语欢颜，
早早就来到新娘门前。

一扇扇门用毡布镶边，
遮不住门后片语只言，
说不尽的话断断续续，
子夜以后才求得安闲。

极度的困倦迎来黎明，
多么想合上睡眼惺忪，
客人们纷纷告别散尽，
回去的路上伴着琴声。

琴手也从甜梦中惊醒，
再把那琴键按在手中，
白色键盘上手指飞腾，
伴送远去的笑语欢声。

一切又一次重新开始，
说不尽的话无休无止，
这是温暖的亲人酒宴，

直接送在新人的床边。

新娘裹起雪白的衣裳，
喧闹衬托出仪态端庄，
像一只白孔雀①在飞翔，
轻轻地擦过你的身旁。

她频频地轻轻点着头，
不时举起纤细的右手，
轻快的舞步踏出拍节，
活像那一只只的孔雀。

欢乐的喧闹掀起激情，
旋转的轮舞脚步轰鸣，
恨不能寻找一个地缝，
跳过去消失无影无踪。

小小的庭院睡醒了觉，
你言我语的声音喧闹，
夹杂着家务事的商讨，
不时爆发出一声大笑。

抬头望见无际的天穹，
一些瓦蓝的斑点腾空，

---

① 孔雀的形象可能取自希腊神话中宙斯的妻子喜爱孔雀一说。

原来是一群家养驯鸽①，
欢快地飞出小小樊笼。

它们好像是忽然想起，
也急忙赶来参加婚礼，
祝一对新人百年长寿，
表达了养鸽人的心意。

生命原本只是一瞬间，
我们要融化为一点点，
混合在所有人的心田，
也是对所有人的奉献。

然而现在只有这婚礼，
还有窗外传来的歌声，
衬托着瓦蓝色的鸽群，
还有这如睡如醒的梦。

12　秋②

家里的仆人已被我遣散，
亲朋好友各在天之一边，
总是那种一个人的孤单，

---

① 按照基督教，鸽子与神灵同在。天空飞来的鸽子指对新人的祝福。
② 可以结合第十四章"重归瓦雷金诺"第十四节读这首诗。

充满我心中和那大自然。

在这荒凉的看林人小屋，
只留下你和我厮守居住。
像是歌中唱的那些小路，
丛生的杂草淹没了半数。

凝望着我们的圆木围墙，
如今也带上满面的忧伤。
我们答应不要任何阻挡，
我们宁愿死得公开坦荡。

我们常无言对坐到夜深，
你埋头女红我手捧书本，
直到天明我们竟未发觉，
记不清何时才停止亲吻。

让满树的秋叶尽情喧闹，
无所顾忌地在风中飘摇，
昨日的悲伤还迟迟未了，
却胜不过又添新愁今朝。

让我们倾听九月的音声！
都是些眷记和叹赏之情！
一切都成了秋天的絮语！
直到精疲力竭生命告终！

像那丛林一样枝秃叶光，
你也仿效着卸去了衣裳，
就这样投入拥抱的臂膀，
只是一件绸衫遮在身上。

当生活陷入烦恼与痛苦，
你为我阻挡了绝望之路，
你的美就在于勇气十足，
就是它把你我牢牢系住。

13　童话

这是在很久以前，
一个神话般的远方，
一个骑士沿着河旁，
穿过广阔的草场。

他忙着寻条小路，
但透过草原的尘雾，
迎面看到浓密树木，
就在前方远处。

飒爽的精神减弱，
心中一个念头闪过：
饮马不能走近小河，

快把缰绳松脱。

但骑士并不听从，
驱使马儿任意奔腾，
飞快地跑了这一程，
朝向山冈树丛。

转过了一座山丘，
又来到了一条干谷，
林中草地遇在半途，
越过山峰一处。

眼前是一片洼地，
一条小路出没草际，
循着野物点点足迹，
来到它们饮水地。

像是聋人不听唤，
也不信自己的感官，
只顾牵马走下陡岸，
让马儿畅饮一番。

———————

幽暗的洞在河边，
洞的前方一片浅滩，
仿佛一股硫黄绿火，
照亮洞口山岩。

骑士眼前之所见，
是血色的烟雾一片，
还有那茫茫的林海，
似在远方召唤。

骑士急忙挺起腰，
策马越过一个山包，
迎着那个召唤快跑，
响应它的感召。

他紧紧握住长矛，
原来是他亲眼看到，
一条龙的头和尾梢，
还有坚硬鳞爪。

龙张口打个呵欠，
喷出火光像是闪电，
绕着一个妙龄少女，
整整盘了三圈。

当中还有一头蛇，
身躯蜿蜒像根长鞭，
用它那凉滑的脖颈，
搭在少女双肩。

按照当地的习惯，
凡是美丽的女俘虏，
都要当作最好贡献，
送给林中怪物。

少女的父老乡亲，
情愿拿出房舍田庄，
作为这姑娘的赎金，
向龙提出报偿。

那蛇缠住她的手，
又紧紧裹住她咽喉，
要把牺牲者的痛苦，
让这姑娘尝够。

看到这样的哀求，
骑士又怎么能忍受，
手持长矛腾空而起，
誓与龙蛇搏斗。

————————

转眼就是几百年，
同样的云同样的山，
同样的溪流河水间，
悠悠岁月依然。

骑士头上的战盔，

厮杀中被打得开花，
忠实的马踏住了毒蛇，
让它死在蹄下。

那马和龙的尸体，
并列着倒在沙滩上，
少女受惊神志不清，
骑士昏迷不醒。

头上是红日当空，
瓦蓝的天清明无风。
这姑娘是大地之女？
还是郡主王公？

有时是感到幸福，
不禁流下欢乐的泪，
有时仍旧如痴如醉，
忘记一切昏睡。

两人的心还在跳，
他和她在争取生命，
有时渐渐恢复清醒，
有时重入梦中。

转眼就是几百年，
同样的云同样的山，

同样的溪流河水间，
悠悠岁月依然。

14 八月

像是忠实地遵守着诺言，
旭日早早就在天边出现，
一道道红里透黄的光线，
从窗帘直照到长椅跟前。

这赭石色的温热的阳光，
照遍了附近的树木村庄，
潮湿的枕巾和我的卧床，
还有书架后面那一面墙。

我想起是为了什么原因，
才会稍稍沾湿了这枕巾，
就是梦见你们为我送行，
一个随着一个走在林中。

你们三三两两或是一群，
这当中不知谁忽然想到，
今天按旧历是八月六号，
基督变容节恰好在今朝。

那是没有火的普通的光，

来自那基督变容的山上，①
让秋日显现上天的征兆，
普天下的人都受到感召。

你们穿越过走过的地方，
是一片细小光秃的赤杨，
但这墓地树叶上的颜色，
却像刻花糕饼似的姜黄。

摇动树顶的风已经平静，
仰望着温柔闲适的天庭，
远处的雄鸡一声接一声，
不断地唱出报晓的啼鸣。

在这丈量过的国有墓地，
到处都是死一般的静寂，
看着我已经逝去的面庞，
掘个墓穴比照我的身量。

你们大家都会亲耳听见，
一个平静的声音在身边，
那是已经预知天意的我，
说话的嗓音丝毫没有变：

① 语出《圣经·新约·马太福音》第十七章，耶稣受难前登上高山，"变了形象，脸面明亮如日头，衣裳洁白如光"。

"永别了,在基督变容节
和救主节这晴朗的一天,
请用那女性温柔的手掌,
最后抚平我命运的创伤。

"永别了,多年不幸时光!
女人的变幻莫测的召唤,
无止境的卑微还有低贱!
一生我都在充分地承担。

"永别了,伸展宽阔翅膀,
为的是勇敢自由的飞翔,
伴送着世间的创造之神,
还有那应验的言语篇章。"

15　冬之夜①

没有了任何分界,
天地之间是一片白。
桌上燃起了蜡烛一台。

像那夏日的蚊虫,
一群群地追逐亮光,
团团的雪花扑向门窗。

① 可以结合第十四章"重归瓦雷金诺"第八节读这首诗。

风雪在窗面凝挂，
结成圈圈道道冰花。
桌上燃起了蜡烛一台。

烛光映照在屋顶，
投去手足交叉的影，
那是结合一起的运命。

脱下的两只小鞋，
落到地面发出轻响，
几点烛泪滴落衣裳。

一切都已经消失，
风雪的夜是一片白。
桌上燃起了蜡烛一台。

灯火在风中摇荡，
诱惑的天使在飞翔，
展开那两只爱的翅膀。

整个二月是这样，
天地之间是一片白，
桌上燃起了蜡烛一台。

16　分离①

他从门槛上向里张望，
认不出这就是家。
她的离去就像是逃亡，
把凌乱痕迹留下。

这儿一切都是乱糟糟，
看不出怎样才好，
因为两眼布满了泪痕，
只感觉头脑昏沉。

清早起就是嗡嗡耳鸣，
是梦中还是清醒？
为什么心中总是浮现
对那大海的思念？

仿佛透过结了霜的窗，
见不到希望的光，
心中盘结双倍的悲伤，
有如荒漠的海洋。

她那可亲可爱的面庞，

---

① 可以结合第十六章"尾声"读这首诗。

对他总是一个样，
像是漫长的一道海岸，
总要拥抱那涌浪。

潮水不断涌来又涌退，
淹没砂石一堆堆，
随同她的面影和形体，
他的心沉入海底。

有那痛苦恼人的时光，
生活总伴着迷惘，
她乘着命运的大海浪，
漂浮到他的身旁。

在数不尽的困苦当中，
绕过多少个险滩，
携带着她的惊涛骇浪，
任她沉浮漂荡。

如今她已经永远离去，
许是屈从于暴力，
两个人被这分离吞食，
悲伤永不会消失。

他茫然环顾左右四周，
她确已匆匆出走，

到处是一堆堆的杂物，
翻捡过个个抽斗。

直到傍晚他仍在彷徨，
捡拾留下的衣裳，
一件件放回她的衣箱，
还有剪裁的纸样。

突然她似乎就在眼前，
手缝的内衣一件，
带着不曾抽出的针线，
泪水代替了语言。

17　相逢

大雪封了路，
埋住了幢幢房屋。
我要去暖暖两只脚，
你刚巧就倚在门后。

不曾戴着帽，
也没有穿上套靴，
为了冷却心的激动，
你口含了冰凉的雪。

树木和篱栅，

隐没在远方雾中。
大雪纷飞凛冽的天，
只有你站在墙角边。

雪融在发辫，
湿透了领口衣边，
晶莹的露珠一点点，
在你头上一闪一闪。

一绺淡黄发，
在你的额边斜挂，
发辫衬着你的面颊，
全身都裹在大衣下。

雪湿了睫毛，
眼里是悲伤情调，
整体的你如此匀称，
仿佛一块碧玉雕成。

像是一块铁，
也是炼好的合金，
命运让你握在手中，
在我心上划一刻痕。

深深的刻痕，
永远印上你全身，

因此一切都无所谓，
尽管人世残酷无情。

同样的原因，
这个雪夜加倍长，
我不能划一条界线，
割断在你和我之间。

你我何处来，
有谁能说个明白？
尽管留有闲言碎语，
那时我们已不存在。

18　圣诞夜的星

那是个冬天。
风来自草原。
山坡上的一个洞，
里面的婴儿受冻。

犍牛用呼吸
暖他的身体，
一些家畜也在洞里，
马槽上散出温暖的气息。

牧羊人抖动皮衣，

甩掉草屑和谷粒，
睡眼望着夜半的远方，
背靠着峭壁。

那是一片旷野，
白雪覆盖了村舍和篱墙，
墓碑歪斜地立在雪中，
头上是满天繁星。

仿佛就在近旁，
打更人的窗台上，
一盏小小的灯碗，
通伯利恒的路闪出星光。

这星燃出的火，
仿佛烧起了草垛，
又像是起火的谷仓，
但远离上帝的天堂。

这星向上腾飞，
带着炽热的谷草灰，
整个的宇宙天庭，
都被这新星惊动。

越来越旺盛的火，
似乎为了什么在减弱，

随着天意的安排，
三颗小星匆匆赶来。

配了挽具的驴和驼队，
就在后面跟随，
它们戴了足够的贡献，
迈着碎步走下山。
这奇迹般的一切，
未来都要变换地出现。

包括几代人的思想和希望，
还有将来的博物馆和画廊，
诱人的巫术和美女的轻狂，
世上的圣诞树和孩子们的梦想。

跳动的烛火连成一线，
法衣的彩绣熠熠生辉……
……草原的风狂暴肆虐……
……苹果树和金光菊风中摇曳。

赤杨林遮住了一角池塘，
从这里可以看到另一角，
但要越过树顶和白嘴鸦巢。
驴子和驼队沿着池塘前进，
一旁跟随着牧人。
"来吧，一同去向神迹祈祷。"

牧人说着掀开御寒的皮袄。

雪地上疾走发出了热，
赤裸的双脚匆匆踏过，
足迹指向一座小屋，
牧羊犬轻轻叫个不住，
似乎在担心迷途。

这一夜冷得出奇，
一个人肩上的落雪成堆，
他总是悄悄地混进驼队。
牧羊犬警觉地把脚步放慢，
等待着主人和可能的灾难。

同是这一条路径，
几名天使也在行进，
他们的身影虽然隐去，
雪地上依然留下足迹。

人群吵嚷着站在巨石前，
曙光照出了红松的树干。
"你们是些什么人?"马利亚在发问。
"我们是牧羊人,是上天指派,
送来对你和他的赞美,是目的所在。"
"都进去不可能,请在外面稍待。"

黎明前灰黑的昏暗当中，
赶牲口的和牧羊的聚集着在骂。
步行人和骑手对骂着开起玩笑，
驴子和驼队在饮水槽前嘶叫。

濛濛的天色开始放明，
空中消失了最后的星。
术士受马利亚的召请，
走进神奇的岩洞。①

他安睡在橡木的马槽，
光辉的全身像月光普照。
驴子和犍牛的嘴唇，
代替了温暖的襁褓。

阴影里站立的畜群，
似乎耳语着分辨人的声音。
马槽左边站定的一个人，
伸手把术士推到一旁，
他转身回首张望：
天边那颗圣诞的星，
像临门的嘉宾把圣婴照亮。

---

① 在拜占庭时期,古罗斯和后世荷兰的圣像画作品中,有耶稣出生在山洞
的情节。

19 黎明

是你主宰了我的命运。
后来爆发了战争，
一切的一切都烧净，
得不到你丝毫音讯。

又一次听到你的声音，
多年后使我震惊。
整夜读着你的遗训，
似乎从昏厥中苏醒。

我非常想要走进人群，
和他们迎接黎明。
我愿把一切都奉献，
把大家都拥在膝前。

我沿着阶梯飞快地跑，
像初次得到逍遥，
奔向那雪盖的街头，
踏上那结冰的大道。

到处飘起清早的炊烟，
饭后都赶向车站。
城市完全变了模样，

只不过几分钟时间。

鹅毛一样的浓密雪片，
像帷幕挂在门前。
为了抓紧分秒时间，
大家不曾从容进餐。

我几乎为所有人担忧，
仿佛他们的骨肉。
我愿像雪一样融化，
像这清晨紧锁眉头。

和我同在的无名无姓，
不论是妇老儿童。
他们都已把我战胜，
我的胜利就在其中。

20　神迹①

他走的是去耶路撒冷的路，
心中充满预感的痛苦。

峭壁上的树丛已经烧光，
火后的烟雾凝聚在茅屋上，
无声的苇丛呼吸着炽热的空气，

---

① 可以结合第一章"五点的快车"第八节读这首诗。

死海泛不起一丝涟漪。

胜过海水的苦涩他已饱尝，
彩云伴着他在这土路上奔忙，
去耶路撒冷城寻一家栈房，
门徒在那里期待着探望。

他深深沉入自己的思索，
无力地把长满苦艾的田野走过。
伫立在寂静之中的只他一人，
这一带到处昏昏沉沉。
干旱和沙漠已混杂在一起，
还有那泉水溪流和蜥蜴。

不远处有一株挺拔的树棵，
那是只有枝和叶的无花果。
他问树说："你生来对人何益？
光秃的枝干有什么乐趣？"

"我又饥又渴，你却无花无果，
和你相遇令人无可奈何。
啊，你无才无学真晦气！
让你一生永远如此站立。"①

---

① 取材于《圣经·新约·马太福音》第二十一章。耶稣从伯大尼返回耶路
撒冷，感到饥饿，看到路旁有棵无花果树，但在树上却找不到任何果实，
于是就责令此树永远不结果，树立时就干枯，同时告诉门徒，只要有信
念，无论求什么，都会实现。

这树因受责而周身颤抖，
又像是通过了一道电流，
顷刻间化为乌有。

你或许会找到闲暇时光，
深入自然规律的殿堂，
读懂这枝干茎叶的文章。
然而神迹终归是神迹，
神迹也就是上帝。
每逢惊慌失措或遇到危机，
他会来得出其不意。

21 土地

春天似乎杂乱无章，
匆匆闯进莫斯科的住房。
橱后飞出的虫蛾，
爱停留的是件件夏装，
快把裘衣收进木箱。

阁楼的木板，
一排排盆栽的紫罗兰，
人们的呼吸更加顺畅，
屋子里飘散着泥土香。

泥泞的街巷和朦胧的窗，
短暂的白夜和晚霞的光，
在莫斯科的河边，
这是不能错过的景象。

发生在户外的音响，
也回响在走廊，
那是四月的雨滴，
送来点点偶然的消息。

四月的故事是一条长河，
把人间的痛苦诉说。
篱栅凝住了霞光，
时间在这里徜徉。

无论空旷的田野，
或是舒适的厅堂，
到处是无数的灯光，
空气也变得异样。
在那街道和工场，
泥泞的路和檐下窗旁，
稀疏的柳枝把嫩芽催放。

远方的雾中谁在哭诉，
苦涩的气息来自腐熟的土？
须知这就是我的使命，

为了这隔阂不生出寂寞，
为了这自由的土地不唱出悲歌。

正是为了这个目的，
早春的朋友和我相聚。
我们的相会是为了分手，
我们的欢宴是为了留言，
让那苦难的暗流，
温暖生活的冷酷。

22　受难之日

那是最后的七天，
他来到耶路撒冷，
身后有手举橄榄枝的人群，①
迎面一片祈祷的呼声。

严酷的日子一天胜似一天，
慈爱已经脱离心间，
到处是横眉怒眼，
历史翻到了最后一篇。

铅灰色的天，
在这城的上空高悬，

---

① 取材于《圣经·新约·约翰福音》第十二章。

法利赛人在寻找罪证，
却像狐狸般在他面前逢迎。

邪恶的力拥进神殿，
把他交付蟊贼审判，
先前的歌颂和礼赞，
变成了诅语咒言。

外乡的人聚成了群，
窥望着拥在殿门，
大家都等待着结局，
推搡着前拥后挤。

悄悄的耳语在流传，
都是四面八方的谣言。
唤起了儿时的记忆，
那是逃亡去到埃及。①

有人说起了那片土坡，
还有悬崖边的沙漠，
撒旦在那里施了诱惑，②
应许给他世上的万国。

① 取材于《圣经·新约·马太福音》第二章。
② 取材于《圣经·新约·马太福音》第四章。

也提到了迦南的喜宴，①

神迹曾显现在席间，

他履海如平地，

从容登上了小船。

穷苦的人聚了一群，

捧着蜡烛来到坟茔，

奇景吓灭了烛火，

复活的他正在起身……

23 忏悔的女人②

（之一）

死神入夜就要光临，

这是我一生的报应。

荒唐放荡的回忆，

会啮咬我的心灵。

被玩弄于男人的股掌，

我曾愚蠢而疯狂，

欢乐在繁华的街上。

坟墓的寂静到来之前，

只有不多的时间。

①　取材于《圣经·新约·约翰福音》第二章、第十六章。

②　可以结合第十三章"有雕像的房子对面"第六节通采娃的话读这首诗。

当我走近生命的边缘，
愿剖开肺腑心肝，
呈献在你面前。

啊,我的导师和救主,
多么渴望那片乐土。
受我的引诱而来的人,
像是被罗网缠身,
永远等不到我的音讯。

假如在众人眼中,
苦痛使我与你同在,
宛如幼芽与母体不可分开,
那么罪恶、毁灭与地狱之火,
又会意味着什么?

我主耶稣,
你一旦双膝跪倒,
我会把木十字架拥抱,
若是将你埋葬,
我将无知无觉倒在你身旁。

24 忏悔的女人

(之二)

节日前都在清扫,

我离开这嘈杂与喧闹，
用一桶尘世的水，
洗濯你的双脚。

我找不到床下的软靴，
只因两眼噙满了泪水，
还有那散开的发卷，
遮在我眼前。

主的双脚落在我裙边，
挂上我的项链，
沾满泪痕一片，
垂发掩住泪眼。

我看到了未来清晰图景，
恰如你所规定。
我已有预言的才能，
学会了女巫的本领。

教堂的帷幕明天就要落下，
我们都会被抛到一边，
大地要在脚下震颤，
也许为了我的可怜。

送葬的人重整队形，
骑在马上的各奔回程。

仿佛起了一股龙卷风，
十字的木架要挣向天空。

扑倒在你受难的十字架下，
我无言地紧咬双唇。
你双手拥抱了众人，
如今在十字架两端平伸。
为了谁人间会有如此宽广胸膛，
容纳这般深重苦难和强大力量？
世上竟有这么多的灵魂和生命？
这么多的丛林、河流与村庄？

经过这样的三昼夜
抛落到无涯的虚空，
而在这可怕的间隙之中
我要为复活而重生。

25　客西马尼的林园①

远方闪烁的群星，
无意照亮蜿蜒的路程。
小路盘旋在橄榄山，
脚下水流急湍。

~~~~~~~~~~~~

① 这首诗借转述《圣经》中耶稣受难的情节，暗指主人公"生命的诗篇已
经读到终了"。

芳草地中断在半途，
后面开始的是银河路。
亮灰色的橄榄果，
要拼命乘风举步。

尽头就是那沃土的林园，
他吩咐门徒留在墙边：
"我的心万分悲痛，
你们要和我一同警醒。"

无所不能地显现神迹，
他已从容地放弃，
如同拒绝了高利借贷。
如今已经和我们一样，
无须任何赎买。

遥远的夜，
已是一片空幻，
茫茫的虚无缥缈间，
只有这一处可住的林园。

眼望这昏暗的虚空，
既无始也无终，
他极力祈求天父，
把这苦杯免除。

祈祷减轻了倦怠，
他又一次来到园外。
但门徒已被困乏战胜，
纷纷倒在路边草丛。

他把众人唤醒：
"天父让你们与我同在，
却睡在这里一动不动。
人子的时刻已到，
他已被卖在罪人手中。"

话音刚刚落下，
出现了流浪的奴仆一群，
他们手持刀剑棍棒，
前面的犹大是带路人，
准备好出卖的一吻。

彼得拔剑和暴徒对抗，
一人的耳朵被砍落地上。
他的声音响在众人耳旁：
"收起你的剑，
刀枪解决不了争端。

"难道不能请求我的父，
派来无数的天兵相助？
仇敌那时就会四散奔逃，

不会损害我丝毫。

"生命的诗篇已读到终了，
这是一切财富的珍宝。
它所写的都要当真，
一切都将实现，阿门。

"请看，眼见的这些
都应验了箴言，
即刻就会实现。
为了这警喻的可怖，
我愿担着苦痛走向棺木。

"我虽死去，
但三日之后就要复活。
仿佛那水流急湍，
也像是络绎的商队不断，
世世代代将走出黑暗，
承受我的审判。"

"外国文学名著丛书"书目

第 一 辑

书　名	作　者	译　者
伊索寓言	〔古希腊〕伊索	周作人
源氏物语	〔日〕紫式部	丰子恺
堂吉诃德	〔西班牙〕塞万提斯	杨　绛
泰戈尔诗选	〔印度〕泰戈尔	冰　心　石　真
坎特伯雷故事	〔英〕杰弗雷·乔叟	方　重
失乐园	〔英〕约翰·弥尔顿	朱维之
格列佛游记	〔英〕斯威夫特	张　健
傲慢与偏见	〔英〕简·奥斯丁	王科一
雪莱抒情诗选	〔英〕雪莱	杳良铮
瓦尔登湖	〔美〕亨利·戴维·梭罗	徐　迟
欧·亨利短篇小说选	〔美〕欧·亨利	王永年
特利斯当与伊瑟	〔法〕贝迪耶	罗新璋
巨人传	〔法〕拉伯雷	鲍文蔚
忏悔录	〔法〕卢梭	范希衡 等
欧也妮·葛朗台 高老头	〔法〕巴尔扎克	傅　雷
雨果诗选	〔法〕雨果	程曾厚
巴黎圣母院	〔法〕雨果	陈敬容
包法利夫人	〔法〕福楼拜	李健吾
叶甫盖尼·奥涅金	〔俄〕普希金	智　量
死魂灵	〔俄〕果戈理	满　涛　许庆道

1

第 三 辑

书　名	作　者	译　者
彭斯诗选	〔英〕彭斯	王佐良
艾凡赫	〔英〕沃尔特·司各特	项星耀
名利场	〔英〕萨克雷	杨　必
人性的枷锁	〔英〕威廉·萨默塞特·毛姆	叶　尊
儿子与情人	〔英〕D. H. 劳伦斯	陈良廷　刘文澜
杰克·伦敦小说选	〔美〕杰克·伦敦	万　紫　等
了不起的盖茨比	〔美〕菲茨杰拉德	姚乃强
木工小史	〔法〕乔治·桑	齐　香
恶之花　巴黎的忧郁	〔法〕波德莱尔	钱春绮
萌芽	〔法〕左拉	黎　柯
前夜　父与子	〔俄〕屠格涅夫	丽　尼　巴　金
卡拉马佐夫兄弟	〔俄〕陀思妥耶夫斯基	耿济之
安娜·卡列宁娜	〔俄〕列夫·托尔斯泰	周　扬　谢素台
茨维塔耶娃诗选	〔俄〕茨维塔耶娃	刘文飞
德国诗选	〔德〕歌德　等	钱春绮
安徒生童话选	〔丹麦〕安徒生	叶君健
外祖母	〔捷〕鲍·聂姆佐娃	吴　琦
好兵帅克历险记	〔捷〕雅·哈谢克	星　灿
我是猫	〔日〕夏目漱石	阎小妹
罗生门	〔日〕芥川龙之介	文洁若

第四辑

一千零一夜		纳　训
培根随笔集	〔英〕培根	曹明伦
拜伦诗选	〔英〕拜伦	查良铮
黑暗的心　吉姆爷	〔英〕约瑟夫·康拉德	黄雨石　熊　蕾
福尔赛世家	〔英〕高尔斯华绥	周煦良

书　名	作　者	译　者
月亮与六便士	〔英〕威廉·萨默塞特·毛姆	谷启楠
萧伯纳戏剧三种	〔爱尔兰〕萧伯纳	潘家洵　等
红字　七个尖角顶的宅第	〔美〕纳撒尼尔·霍桑	胡允桓
汤姆叔叔的小屋	〔美〕斯陀夫人	王家湘
白鲸	〔美〕赫尔曼·梅尔维尔	成　时
马克·吐温中短篇小说选	〔美〕马克·吐温	叶冬心
老人与海	〔美〕欧内斯特·海明威	陈良廷　等
愤怒的葡萄	〔美〕斯坦贝克	胡仲持
蒙田随笔集	〔法〕蒙田	梁宗岱　黄建华
悲惨世界	〔法〕雨果	李　丹　方　于
九三年	〔法〕雨果	郑永慧
梅里美中短篇小说选	〔法〕梅里美	张冠尧
情感教育	〔法〕福楼拜	王文融
茶花女	〔法〕小仲马	王振孙
都德小说选	〔法〕都德	刘　方　陆秉慧
一生	〔法〕莫泊桑	盛澄华
普希金诗选	〔俄〕普希金	高　莽　等
莱蒙托夫诗选	〔俄〕莱蒙托夫	余　振　顾蕴璞
罗亭　贵族之家	〔俄〕屠格涅夫	陆　蠡　丽　尼
日瓦戈医生	〔苏联〕帕斯捷尔纳克	张秉衡
大师和玛格丽特	〔苏联〕布尔加科夫	钱　诚
茨威格中短篇小说选	〔奥地利〕斯·茨威格	张玉书　等
玩偶	〔波兰〕普鲁斯	张振辉
万叶集精选	〔日〕大伴家持	钱稻孙
人间失格	〔日〕太宰治	魏大海

第 五 辑

书名 卡勒瓦拉(上下)

作者 [芬兰]埃利亚斯·隆洛特 编

译者 孙用

校改 原著

[日]森本觉丹 刘寿康

[印度]泰戈尔